AVERIL KENNY

# Sterne über Noah Valley



GOLDMANN

Averil Kenny

# Sterne über Noah Valley

ROMAN

Aus dem australischen Englisch von
Veronika Dünninger

GOLDMANN

Die australische Originalausgabe erschien 2021 unter dem Titel
»Those Hamilton Sisters« bei Echo Publishing, Sydney, Australien.



MIX
Papier aus verantwortungsvollen Quellen
FSC® C014496
FSC
www.fsc.org

Penguin Random House Verlagsgruppe FSC® N001967

1. Auflage
Deutsche Erstveröffentlichung Januar 2023

Umschlaggestaltung: UNO Werbeagentur GmbH
Umschlagmotiv: Johanna Huber/HUBER IMAGES; FinePic®, München
Redaktion: Lisa Wolf
LK · Herstellung: ik
Satz: KCFG-Medienagentur, Neuss
Druck und Bindung: GGP Media GmbH, Pößneck
Printed in Germany
ISBN: 978-3-442-49241-1

www.goldmann-verlag.de

*Für Liam,*
*den Jungen, der mir jeden Tag*
*im Schulbus einen Platz frei gehalten hat,*
*und für die wunderschönen Geschichten,*
*die wir zusammen angestoßen haben:*
*Dash, Aurora, Eleanor und Teddy.*

# ERSTER TEIL

*»Blick harmlos wie die Blume,*
*doch sei die Schlange drunter.«*

William Shakespeare, *Macbeth*

# Kapitel 1

*

## Ankunft in Noah Valley

*1955*

Der Zug, der sich an diesem grünen Sonntagnachmittag nach Noah Valley schlängelte, brachte Feuer mit sich, einen brodelnden Kessel voller Kleinstadttratsch.

Olive Emerson, die auf dem überfüllten Bahnsteig wartete, stieß ein letztes nervöses Gebet aus, als der Zug mit einem Ruck zum Stehen kam, dann ging sie ihn langsam ab, suchte in jedem Waggon nach ihren Nichten – drei erst vor Kurzem verwaiste Mädchen, die zum Geburtsort ihrer verstoßenen Mutter nach Noah Valley zurückkehrten.

Und da waren sie. Der fünfte Waggon stand in Flammen, lodernd von Rotschöpfen: der erste, in dem kräftigsten Rot, zu einem strengen Knoten nach hinten gebunden; der zweite, fließende erdbeerblonde Flammen, von goldenen Strähnchen durchsetzt; und schließlich die glänzenden kastanienbraunen Locken einer anhänglichen Dreijährigen. Olive staunte, wie sich Esthers leuchtende Haarfarbe bei ihren Töchtern durchgesetzt hatte. Jedes der Mädchen trug dieses wilde Rot auf seine eigene Art – genug von ihrer tragisch schönen Mutter, um Segen oder Fluch zu sein, je nachdem, wie man es sehen wollte.

Abergläubische Närrin, schalt sich Olive. Sie hatte sich geschworen, mit ihren Nichten einen Neuanfang zu wagen – eine Gnade, die Esther nie gewährt worden war.

Olive heftete den Blick auf das Waggonfenster, beschwor die Mädchen, sie vor der murmelnden Menge zu entdecken. In diesem Moment war sie sich nur allzu bewusst darüber, dass sie sich den Status als rettende Tante lediglich selbst gegeben hatte, war sie doch in Wirklichkeit nichts weiter als eine Fremde für diese Mädchen.

Olive hatte die Stimmen in der Main Street kaum überhören können, triefend vor Verachtung für die neueste Hamilton-Tragödie: die lange geächtete Tochter von Noah Valley, die endlich die Quittung bekommen hatte, und ihre Bastardkinder, die nach Hause reisten, um Buße für sie zu tun.

Selbst nach all den Jahren konnte Olive noch immer nicht verkraften, was aus ihrer Familie geworden war. Die Hamiltons waren eine Gründerfamilie dieses abgeschiedenen ländlichen Tals gewesen und über Generationen hinweg Bastionen der Achtbarkeit in Kirche, Schule und Farmleben. Niemand hatte es kommen sehen – am allerwenigsten sie selbst.

Malcolm und Lois Hamilton, erst spät zur Elternschaft gekommen, hatten zwei Mädchen großgezogen, die völlig unterschiedliche Lebenswege einschlagen sollten. Olive, die Ältere, hatte die Schule mit vierzehn beendet, einen netten einheimischen Jungen geheiratet und den ihr zugewiesenen Platz eingenommen. Obwohl Olive und Gavin Emerson selbst keine Kinder bekommen konnten, hatten sie stets der Gemeinschaft etwas zurückgegeben und versucht, anderen eine Unterstützung zu sein. Stolz hingen ihre Ladenschindeln Seite an Seite: EMERSON'S EISENWAREN und EMERSON'S MODE UND STOFFE.

Und dann war da Esther.

Ein Wechseljahrebaby, über ein Jahrzehnt nach Olive geboren. Esther war eine aufstrebende Schriftstellerin gewesen, von glänzendem Intellekt und erstaunlicher Schönheit. Die vielversprechendste Debütantin, die je die Schulbühne von Noah Valley betreten hatte! So hieß es zumindest früher. Heutzutage war Esther Hamilton den meisten nur noch als ruinöse Lolita in Erinnerung geblieben.

Die Hamiltons hatten fast zwei Jahrzehnte lang mit dieser Schande gelebt, die an ihrem berüchtigten Familienstolz nagte. Aber Lois und Malcolm waren beide in den vergangenen Jahren gestorben, ohne sich mit ihrer Tochter versöhnt zu haben.

Zwanzig Jahre lang hatte Olive die Vergleiche zwischen den Hamilton-Schwestern ertragen, ihre Entfremdung erduldet und ohne Unterlass dafür gebetet, dass die kleine Essie zur Vernunft und zurück nach Hause kommen würde. Aber Stolz auf einer Seite und Scham auf der anderen hatten sich in beiderlei Hinsicht als unüberwindlich erwiesen.

Von den Hamiltons war es nur Olive gewesen, die den Kontakt zu Esther aufrechterhalten hatte. Gelegentliche Briefe und Geburtstagskarten, hin und wieder ein Telefonanruf, alles sanft und auf Umwegen versucht. Die meisten blieben unbeantwortet, oder die Antwort ließ so lange auf sich warten, dass sie kaum noch von Bedeutung war. Aber was hätte Olive sonst noch tun können?

Die Frage verfolgte sie.

Der letzte Kontakt der Hamiltons zu Esther, vor acht Jahren, hatte stattgefunden, um sie über die Vorkehrungen für Lois' Beerdigung in Kenntnis zu setzen. Welche Tochter würde *nicht* zur Beerdigung ihrer Mutter nach Hause kommen? Nun ja, mittlerweile kannte Olive die Antwort: die Tochter, die zum ersten Mal seit zwölf Jahren von ihrem Vater angerufen wurde, der ihr mit schroffer Stimme ausdrücklich untersagte, daran teilzunehmen, um ja keine Schande über das Andenken einer ehrbaren Frau zu bringen. Die Frage, ob Esther zur Beerdigung ihres Vaters, nur wenige Jahre später, nach Hause kommen würde, stellte sich nicht.

Esther galt als verbannt, bis zu ihrem eigenen elenden Ende vor drei Monaten – in einem roten Hillman Minx, der über eine nasse, einsame Straße geschlittert war. Betrunken, soweit Olive informiert war. Was für ein schändliches Ende für das Mädchen, das sie alle hätte in den Schatten stellen können.

Olive zuckte zusammen, als der Fuß, mit dem sie an ihrer Wade rieb, von einem Krampf geschüttelt wurde. Sie hatte die Nachricht vom Tod ihrer Schwester erst vor zwei Monaten erhalten. Wochenlang hatte sie ihr beschauliches, geordnetes Leben geführt, ohne auch nur zu ahnen, dass ihre kleine Schwester von ihr gegangen war.

Und jetzt waren hier Olives heimatlose, vaterlose, einsame Nichten: Sonnet, Fable und die kleine Novella Plum, die sie offenbar nur Plum nannten.

Unbehagen kribbelte unter Olives Kragen. Vielleicht hätte sie am Telefon mit Esthers Mädchen etwas offener über die Vergangenheit ihrer Mutter in Noah reden sollen? Es hatte ihr auf der Zunge gelegen, brennend. Aber wie sprach man so heikle Themen bei trauernden Kindern an? Und welches Recht hatte Olive, ihnen irgendetwas zu sagen?

Nein, sie würden es Schritt für Schritt angehen müssen, gemeinsam.

Schließlich wandte sich ihre älteste Nichte zum Zugfenster um. Ihr erschöpfter Blick glitt über Olive hinweg, nahm das Meer spähender Gesichter in sich auf. Olive hob zitternd eine Hand, und Sonnets Blick kam mit einem ernsten Nicken auf ihr zu ruhen, bevor sie sich abwandte, um Plums winzigen Koffer zuzuklappen.

Olive fragte sich, ob sie noch Zeit hatte, ein Aspirin zu schlucken, bevor die Mädchen aus dem Zug stiegen.

Als Erstes kam Sonnet, neu ernannter gesetzlicher Vormund, die zwanzig Jahre zuvor der Grund gewesen war, weshalb der Bauch ihrer Mutter unter der Schuluniform anschwoll. Sonnet hatte nie auch nur einen Fuß nach Noah Valley gesetzt, und doch war sie jahrzehntelang *das* Stadtgespräch gewesen. Olive verzog das Gesicht. Im Gegensatz zu ihrer zarten Mutter war Sonnet hochgewachsen und durchtrainiert, von einem vornehm athletischen Aussehen, ergänzt mit dem üppigen Busen ihrer Mutter. Die strenge Frisur trug nicht dazu bei, ihren harten Zügen zu schmeicheln, aber mit ihren scharfen grünen Augen war sie zweifellos eine auffällige Erscheinung.

Dicht hinter Sonnet folgte Plum. Olives Herz krampfte

sich zusammen beim Anblick des pummeligen Mädchens, das sich an die Hand ihrer Schwester klammerte, einen Teddybären an die Brust gedrückt. Ringellocken umrahmten auberginefarbene Augen, ein herzförmiges Gesicht und volle Wangen.

Die zwölfjährige Fable verließ den Zug als Letzte, und als sie es tat, stockte Olive der Atem.

Es war Esther in den Rehaugen und vollen Lippen. Esther in der langen, wallenden Mähne, Esther in der zarten Figur, und Esther überall in diesen feinen Zügen. Nur die Haarfarbe war etwas anders. Und wo Esthers Augen grasgrün geschimmert hatten, waren Fables von einem sonnenbeschienenen Bernstein, das in einem Tümpel violetter Schatten schwebte.

Dieses junge Mädchen war noch entzückender als ihre Mutter es gewesen war.

Vier Hamilton-Frauen standen nun auf dem Bahnsteig und sahen sich schweigend an. Um sie herum weiteten sich Augen und Ohren voller Neugier; ein Geflüster ging durch die Menge.

Blut von meinem Blut, dachte Olive, während sie in ihren Nichten nach Spuren von sich selbst suchte.

Sie trat vor, um die Mädchen zu umarmen – und bekam eine Abfuhr. Sonnet hatte ein Stirnrunzeln aufgesetzt, das selbst die gutmütigste aller Frauen einschüchtern würde. Fable, mit Pokermiene, sah schnell zwischen Schwester und neuer Tante hin und her. Plum zappelte an Sonnets Rock, streckte die Arme aus und quengelte darum, getragen zu werden.

Das hier war kein Ort für eine intime erste Begegnung.

»Nach all den Jahren seid ihr endlich nach Noah Valley gekommen!«, sagte Olive. »Ich kann euch gar nicht sagen, wie sehr ich mich freue, euch hier zu haben.«

Sie streckte Sonnet die Hand entgegen. Doch anstatt sie zu ergreifen, beugte sich Sonnet mit verkniffenem Mund zu ihr. »Können wir gleich zu deinem Wagen gehen? Das hier ist zu viel. Die Mädchen sind erschöpft.«

Olive griff nach dem ersten von drei schäbigen Koffern. »Folgt mir!«

Sonnet wuchtete den letzten Koffer in den Kofferraum des Holden, dann steckte sie hastig eine rote Locke zurück, die sich aus ihrem Haarknoten gelöst hatte. Olive rückte die kleinste Tasche zurecht. Beide Frauen starrten einen angespannten Moment auf das Gepäck.

»Also dann«, sagte Olive und knallte den Kofferraum zu. »Bringen wir euch Mädchen nach Hause. Ich habe eine wundervolle Hühnersuppe auf dem Herd stehen.«

Sonnet zögerte, eine Hand auf dem Kofferraum.

Olive hielt inne. »Sonnet?«

»Wir würden gern direkt zum Cottage fahren.«

Olive wandte sich zur Fahrertür. »Es ist schon so spät. Gav und ich werden euch morgen früh hinbringen. Gleich als Erstes.«

»Wir möchten aber sofort einziehen«, erklärte Sonnet, den Blick durchs Rückfenster auf zwei kleine Rotschöpfe geheftet.

»Du liebe Güte, wir haben das Cottage noch gar nicht hergerichtet. Es ist nicht wirklich bewohnbar – noch nicht einmal der Strom ist wieder angeschlossen.«

»Kein Problem.«

»Nein, Liebes, da gibt's vorher noch jede Menge Arbeit zu erledigen«, sagte Olive. »Gav wollte sich um alles kümmern.«

Sonnets Kiefer spannte sich sichtlich an. Olive vermutete, dass ihr dieser Gesichtsausdruck in Zukunft noch häufiger begegnen würde – und sie sich manches Mal würde geschlagen geben müssen.

»Ich habe dir doch am Telefon gesagt, dass wir sofort einziehen wollen. Ich werde nicht im Haus einer Fremden kampieren.«

Olives Stirn kräuselte sich. »Aber wir wollen uns doch nur um euch kümmern …«

»Ich sorge für meine Schwestern, seit sie geboren wurden, und seit dem Tod unserer Mutter tue ich das ganz allein. Wir brauchen niemanden, der *sich kümmert.*«

O ja, Olive konnte sich nur zu gut vorstellen, wie es gewesen sein musste, ständig auf der Flucht zu leben – Städte, Zuhause und Freunde nach Lust und Laune ihrer Mutter zu wechseln. Olive konnte verstehen, dass Sonnet fest entschlossen war, unabhängig zu sein.

Olive war hin- und hergerissen. Sollte sie nachgeben? »Ich fürchte, ihr werdet enttäuscht sein, Liebes. Das Cottage ist heruntergekommen und von Ungeziefer befallen – Geckokot überall! Und Regenwaldratten.«

»Wir kommen schon zurecht.«

»Aber es ist wohl kaum angemessen, dass junge Mädchen ganz allein leben. Wir haben jede Menge Platz im Haupthaus. Ihr werdet kaum mitbekommen, dass wir da sind …«

»Es steht nicht zur verdammten Diskussion«, schnitt Sonnet ihr das Wort ab. »Ich habe meine Pläne deutlich klargemacht, bevor wir Canberra verlassen haben.«

»Ja, ich kann mich erinnern. Aber, du liebe Güte, ihr müsst doch mal durchschnaufen wollen? Ihr habt so viel mitgemacht. Wir könnten euch doch sicher helfen – zumindest für den Anfang?«

Aber sie hatte sie zu sehr bedrängt. Olive spürte, dass Sonnet kurz davor war, in die Luft zu gehen.

»Na schön, wie du willst, dann fahren wir eben zum Cottage. Und du kannst selbst sehen, in was für einem Zustand es ist.«

»Ihr seid zur mildesten Zeit des Jahres angekommen«, erklärte Olive, während der Wagen vom Bahnhof eine steile Anhöhe in Angriff nahm. »Der Winter in den Tropen ist paradiesisch: jeden Tag Picknick und schwimmen. Wir lieben das Leben abseits der Großstadt. Und wir sind eine eng verwobene Gemeinschaft.«

Auf dem Beifahrersitz saß Sonnet in angespanntem Schweigen.

»Noah Valley ist eine alte Zuckerstadt. Ihr müsstet unsere Mühle gesehen haben, als ihr ins Tal gekommen seid. Zuckerrohr gibt es überall in dieser Gegend hier, aber wir haben auch unsere eigenen Tabak-, Mango- und Bananenplantagen zu bieten. Viele historische Anwesen.«

Sie kamen auf eine weite Biegung heraus. Unter ihnen, in einem tiefen Kessel von Bergketten, auf einer wogenden Patchworkdecke, lag Noah Valley.

»*Das* ist unsere Stadt.«

Das Licht der Spätnachmittagssonne, die sich den ganzen Tag hinter einer dunklen Regenwand versteckt hatte, brach jetzt über der Bergkuppe hervor und warf goldene Strahlen über das nebelverhangene Tal. Es war eine Technicolorszene; übersteigerte Farbtöne, klar akzentuiert vom Regen.

Olive warf einen Blick auf die Rückbank. Sie sah, wie sich Fables Lippen weit öffneten und Plum angestrengt versuchte, etwas zu erkennen, so glupschäugig, dass es schon fast komisch aussah. Nur Sonnet blieb steif, unergründlich.

Sie folgten der Straße hinunter nach Noah Valley; vorbei an einem Traktor, der im Leerlauf auf einem frisch umgepflügten Feld stand, während Reiher an den roten Reihen entlangstolzierten, eine Allee zinnoberroter Mangobäume hinunter und auf eine Brücke, die eine breite, nebelverschleierte Flussschlucht überspannte.

»Der Serpentine Creek«, erklärte Olive und wies mit einem Nicken hinunter. »Schlängelt sich genau durch die Mitte des Tals.«

»Oh«, hauchte Fable, während sie aus ihrem verträumten Dämmerzustand zu sich kam. »Sonny, das ist *Mamas* Fluss! Erinnerst du dich? Wie sie immer von ihrem Serpentine-Zauber geredet hat …«

Olive machte ein spöttisches Geräusch. »So ein Unsinn. Esther hat kaum von ihren Büchern aufgesehen, um zu bemerken, dass der Fluss überhaupt existiert! Und wenn sie diesen Fluss so sehr geliebt hat, warum hat sie denn dann …« Als sie sah, wie sich Fables Miene verschloss, brach Olive ab. Die Anspannung im Wagen war spürbar.

Olive nahm kurz die Hand vom Lenkrad, um nach dem Folienstreifen mit Tabletten in ihrer Rocktasche zu tasten. Sie würde für die Mädchen einen Tee kochen, wenn sie auf Heartwood ankamen, und dann ein paar Aspirin schlucken.

»Na ja, ist ja auch egal«, murmelte Olive. »Beim Cottage werdet ihr nah am Fluss sein, und dann werdet ihr es selbst sehen: Es ist nur ein ganz gewöhnlicher Wasserlauf, ohne jede Magie. Jedenfalls bis zur Regenzeit – dann haben wir hier unseren eigenen reißenden Strom!«

Plum presste ihr kleines Gesicht besorgt an die Scheibe.

»Die Brücke nach Noah wird jedes Jahr überflutet. So wie all unsere Brücken in der Regenzeit – sie schneiden uns von der Außenwelt ab. Wir sind die nasseste Region von ganz Australien, sehen manchmal wochenlang keinen Sonnenstrahl. Wir brauchen praktisch eine Arche!«

Sie bogen jetzt in die Main Street ein. Tadellose Art-déco-Gebäude mit hübschen, rustikalen Fassaden säumten die Straßenfront. Wahre Institutionen thronten hier stolz: das Postamt, das Canecutter's Hotel, das Paragon Café – alle, wie es sich gehörte, geschlossen an einem Sonntagnachmittag.

»Da sind unsere Läden«, sagte Olive und bremste den Wagen zu einem bloßen Tuckern ab, während sie an den nebeneinanderliegenden Geschäften vorbeifuhren.

Olive bewunderte ihre Schaufensterpuppen, die anlässlich der Ankunft ihrer Nichten in sittsame, damenhafte Kleider gehüllt waren. »Nicht unbedingt das, was ihr an Wintermode unten im Süden seht, nehme ich an, aber wir haben hier eigentlich keinen richtigen Winter.« Als sie die Furche zwischen Sonnets Augen bemerkte, fügte Olive hinzu: »Ich freue mich, jetzt ein paar junge Frauen als Inspiration zu haben. Meine Kundschaft besteht hauptsächlich aus unseren Damen mittleren Alters, und ich verliere jedes Jahr viele Debütantinnen an die großen Kaufhäuser in Cairns. Ich habe jede Menge Arbeit für euch Mädchen in meinem Geschäft … falls ihr wollt.«

Sie spürte, wie Sonnet sich versteifte, daher trat sie das Gaspedal durch und vergaß vorläufig ihren Traum von ihren anmutigen Nichten, die zwischen den Kleiderständern umherschwebten und Lebendigkeit versprühten.

Die Main Street gabelte sich um einen großen Park mit einer schmiedeeisernen Pforte am Eingang. Sonnets Interesse schien aufzuflackern beim Anblick der riesigen Bäume dahinter, ihre Äste so ausladend, dass sie ein Haus hätten überdachen können.

Olive nahm ihre Reiseführung rasch wieder auf. »Regenbäume. Die gab es in Noah Valley schon immer, seit wir hier angesiedelt wurden. Im Winter richtet unsere Kirche – gleich dort drüben, seht ihr – im Park ein Zuckerfestival aus, um den Startschuss für die Zuckerrohr-Erntesaison zu geben. Jede Familie in der Stadt hat ihren eigenen Tisch. Da gibt es Fahrgeschäfte und Buden – ihr Mädchen werdet es lieben!«

Sonnet hatte sie allerdings bei der ersten Erwähnung von »unserer Kirche« verloren.

Sie schlängelten sich noch eine Anhöhe hinauf, die mit Bananenstauden bedeckt war, und oben auf der Kuppe an einer Schule vorbei. Fable kurbelte das Fenster herunter.

»Ist das meine Schule?«, fragte sie, während ihre Augen

alte Holzbauten und die Banyanbäume mit ihren langen, herabhängenden Ranken musterten.

»Ja, die Grundschule und die Highschool sind hier beide zusammengelegt. Du wirst die vierte Generation von Hamiltons sein, die über die Schwelle der Schule von Noah Valley tritt …« Olive wurde blass, und der Rest ihrer Geschichte blieb unausgesprochen.

*Die letzte Hamilton hier wurde unter lautem Gejohle vom Schulgelände gejagt.*

Die Fahrt ging weiter. Queenslander Familiensitze erstreckten sich zwischen Farmland, das Tal verschmälerte und vertiefte sich, und hoch aufragende Berge, unwahrscheinlich grün, umschlossen die kleine Gruppe. Sie durchquerten einen letzten Regenwaldhain, und da, mit einer stolzen Aussicht über blühendes Zuckerrohr, erhob sich das im Kolonialstil errichtete Plantagenhaus der Hamiltons.

»Das hier«, erklärte Olive erhaben, »ist Heartwood.«

Olive hörte, wie Sonnet tief einatmete, während ihr Blick über die ausladende Veranda und Hängefarne glitt, weiße Fensterläden, die zu den gebogenen Papayas hin geöffnet waren, Kokospalmen, die wie Wachposten ringsum standen, und prächtige Tropengärten, die vor dem weißen Holz wucherten.

»Es ist ganz nett«, meinte Sonnet wohlwollend. »Ich kann verstehen, warum du uns hier unterbringen möchtest.«

»Gav und ich haben dieses Anwesen von euren Großeltern geerbt. Genau das Stück Land, auf dem ich geboren wurde. Damals war es eine bewirtschaftete Zuckerrohrfarm, aber das meiste Zuckerrohr, das ich als junges Mädchen durchstreift habe, wird jetzt auf einer Seite unseres Grundstücks von den Hulls und auf der anderen von den Lagorios angebaut.«

Der Holden kam zum Stehen.

»Und jetzt«, sagte Olive, »gehen wir das kurze Stück zu Fuß zu eurer neuen Unterkunft.«

Ein Golden Retriever sprang über das Gras auf die Neuankömmlinge zu. Plum schrie auf und sprang auf Sonnets Arm.

Olive machte eine beschwichtigende Geste, während der Hund um sie herumtollte. »Oh, keine Sorge wegen Zephyr, er ist gutmütig.«

Plum wimmerte, während Sonnet mit einer Hüfte wippte, um sie zu beruhigen. »Olive, Plum hat schreckliche Angst vor Hunden!«

»Oje«, erwiderte Olive, etwas mürrischer als beabsichtigt. »Zeph himmelt jeden an, also nehmt seine Begeisterung nicht allzu persönlich. Sitz, mein Junge. Sitz!«

Zephyr setzte sich, und Olive zuckte mit den Schultern. »Sie wird sich schnell genug an ihn gewöhnen.«

»Oder wir werden uns von seinem Zuhause fernhalten müssen.«

Zephyr wurde prompt auf die Veranda verbannt. Sein Blick folgte sehnsüchtig den Hamilton-Schwestern, während sie ihre Koffer ausluden.

Sie gingen am Haupthaus vorbei und stiegen einen Hang hinauf, der mit exotischen Obstbäumen bepflanzt war. Fable streckte eine Hand aus, um eine pralle Frucht mit reptilienartiger Haut zu berühren.

»Meine Zuckeräpfel«, begann Olive. »Und wartet nur, bis ihr die …«

Aber Sonnet würde jetzt für nichts stehen bleiben.

Auf der Kuppe des Hügels angekommen, blickten sie über eine Schwemmwiese, die sich bis hinunter zu einer breiten, vom Regenwald umschlossenen Flussschleife erstreckte. An den Fuß des Hangs schmiegte sich ein baufälliges Holzcottage, umgeben von Bäumen und einem Garten, der überwuchert war von Allamandagestrüpp, Melassegras und rankender Mandevilla. In der anbrechenden Dunkelheit setzte sich das behagliche Cottage deutlich vor dem dichten, dunklen Wald ab.

Fable seufzte.

»Das Cottage stammt noch aus der edwardianischen Zeit und wurde von euren Großeltern erbaut«, erklärte Olive, während sie mit zunehmendem Schwung den Hügel hinunterliefen. »Ich habe in der ersten Zeit meiner Ehe selbst in dem Cottage gelebt, und nach mir war es immer eurer Mutter versprochen. Selbst nachdem sie … Noah Valley verlassen hatte, war es immer noch ihres. Wir haben es als Gästehaus genutzt und in letzter Zeit als Lagerschuppen. Aber jetzt gehört es euch.«

Während die beiden jüngeren Mädchen vorausstürmten, blieb Olive stehen. Sonnet wandte sich fragend um.

Olive seufzte, lange und tief.

»Hier«, sagte sie und drückte Sonnet den Schlüssel in die Hand. »Nur zu, macht es euch gemütlich. Ich wünschte, du würdest mir glauben – es ist wirklich absolut unbewohnbar. Aber wenigstens sind die Betten frisch bezogen. Es gibt

Sturmlaternen, und auf dem Küchentisch findest du Zuckerbananen, frisches Brot und Passionsfruchtaufstrich für euer Abendessen. Ich hatte mir schon gedacht, dass du vermutlich darauf bestehen würdest, heute Abend hier zu übernachten. Du bist schließlich die Tochter deiner Mutter. Es ist vermutlich sehr ungemütlich, aber wenn es das ist, was du wirklich willst …?«

Fable war die Erste, die durch die klapperige Pforte und unter die verrottende Gartenlaube trat. Sie blieb stehen, um die verfallenden Giebel und Dachbodenfenster zu bewundern, die im letzten goldenen Licht des Tages leuchteten; sie reckte die Nase, um an den duftenden Gardenien zu schnuppern, die in dem wilden Garten blühten, stieg auf Zehenspitzen über Frangipaniblüten, die auf dem steinernen Fußweg verstreut lagen, und spürte, als sie das Flusslied hörte, wie sich ihr Pulsschlag erhöhte. Hier gab es mehr Schönes, als sie in ihrem jungen Leben je gesehen hatte. Hier konnte ihr gebrochenes Herz heilen.

Sonnet stieg die Stufen zum Cottage hoch, kratzte an dem abblätternden Anstrich der Schindeln, während sie in die moderige Dunkelheit trat, und begann ihre Inspektion mit einem gedanklichen Frühjahrsputz – jahrelangen Schmutz mit der Kraft der Fantasie zu tilgen. Sie schrubbte die Klauenfußwanne in einem stechend nach Schimmel riechenden Badezimmer, fegte Spinnweben von den nackten Balken, jagte Wollmäuse den langen Flur hinunter, verbannte Krimskrams von dem Fenstersims im Wintergarten, förderte Möbel aus Schutthaufen zutage und kratzte Schmutz vom vorderen Erkerfenster. Sie glitt mit einem Finger über ein schmuddeliges Bücherregal, zählte Stellen für jedes Buch, das sie eines Tages vielleicht dort einräumen würde, und nickte anerkennend beim Anblick einer schlichten, wenn auch vollgestellten Küche. Sie beendete ihre Inspektion mit einem Seufzer wie nach körperlicher Arbeit. Alles, was sie hier sah, hatte Potenzial für ein richtiges Zuhause. Endlich.

# Kapitel 2

*

## Heartwood

Sonnet wurde vom lauten Brutzeln von Eiern, untermalt vom eindringlichen Ruf einer Regenwaldtaube, geweckt. Ihr Magen rumorte, und Sonnets Blick glitt durch das Dachbodenschlafzimmer, wartete darauf, dass irgendetwas einen Sinn ergab: ausgeblichene Chintzvorhänge an den Giebelfenstern, die warmes Licht hereinließen; klobiges, nach links abfallendes Bett; Vintagekommode und -frisiertisch, unter Krimskrams begraben, und in einem eindrucksvollen Kleiderschrank geblümte Kleider und perlenbesetzte Gewänder, die dort hingen wie schlaffe, großmütterliche Geistererscheinungen. Sonnet war zu Hause.

Aber wie könnte es ohne Mama je wirklich ein Zuhause sein?

»*Saudade*«, flüsterte Sonnet in die moderige Luft – eines ihrer Lieblingswörter aus ihrer Sammlung und in letzter Zeit ein Rettungsring. Nichts anderes konnte diese neue Existenz auch nur annähernd beschreiben: die Anwesenheit von Abwesenheit.

Sie hatte jetzt zwar eine Tante, aber endlos viel Arbeit vor sich. Sonnet wand sich bei der Erinnerung an die Anspannung des gestrigen Nachmittags. Sie hoffte, dass sie Olive nicht schon jetzt vor den Kopf gestoßen hatte, aber die Frau war einfach verdammt stur. Irgendetwas an Olives Vehemenz war ihr gleich gegen den Strich gegangen. Auch wenn man fairerweise sagen musste, dass sich Sonnet über viele Dinge an vielen Leuten ärgerte. Sie beschloss abzuwarten, um zu sehen, was genau Olive ihnen anzubieten hatte, bevor sie sie völlig vergraulte.

Während sie das Chaos um sich herum in Augenschein nahm, spürte Sonnet, wie sich ihr Magen vor Panik verkrampfte. In ihrer Erinnerung erschien ihr die winzige, ordentliche Mietwohnung, die sie in Canberra zurückgelassen hatten, wie eine Art Burg. Diese Wohnung hatte sie länger als irgendeine andere – drei ganze Jahre – beherbergt und war das einzige Zuhause, das Plum je gekannt hatte. Dort war das Leben zum ersten Mal stabil erschienen, hell sogar, als ob ein Schatten von ihrer aller Leben abgefallen wäre.

Sonnet hatte ihr letztes Schuljahr an einer einzigen Highschool verbracht, was allein schon ein Wunder war, und die Schule mit Auszeichnung abgeschlossen. Nicht dass es viel Sinn hatte, akademische Höchstleistungen zu erbringen oder insgeheim von einem Studium an der Universität zu träumen. Gleich nach der Schule hatte Sonnet auf eine weiterführende Ausbildung verzichtet, um Mama bei ihrer Schneiderarbeit zur Hand zu gehen. Es war das Mindeste, was Sonnet tun konnte, um ihr zu helfen, die Mädchen durchzubringen, und sie war ohnehin immer davon ausgegangen, dass das ihr Schicksal war, seit sie als kleines Mädchen auf Mamas Drängen hin ihren ersten Stich genäht hatte. Fable, an der Schwelle zur Pubertät, war ebenfalls aufgeblüht – sie hatte die neuen privaten Kunststunden geliebt, für die Mama jeden Dollar zusammenkratzte, um sie bezahlen zu können. Und Plum war in der Zwischenzeit in der liebevollen Obhut von Esthers neuer Freundin, Maria, geblieben, die auf der anderen Seite des Flurs lebte.

Plum hatte eine völlig andere Version von Esther Hamilton gekannt als die, in die Fable und Sonnet hineingeboren worden waren. Dieser süße Fratz mit den Grübchen hatte eine schier unglaubliche Veränderung in ihrer Mutter bewirkt. Mit Plums Ankunft schien Mama endlich … na ja, man konnte nie sagen, *zufrieden*, aber irgendwie sesshaft geworden zu sein. Sonnet nahm an, dass ein Großteil davon Esthers enger Freundschaft mit der fünffachen Mutter und frommen Christin Maria geschuldet war. Trotz ihres Misstrauens gegenüber Religiosität gestand Sonnet Maria einen beruhigenden Einfluss auf ihre Mutter zu. Das Leben war konventionell gewesen, banal sogar. Fast vergessen waren die Tage, an denen Mama ihrer aller Leben wieder einmal ohne jede Vorankündigung entwurzelte, in einem verzweifelten Versuch, vor irgendetwas oder irgendjemandem davonzulaufen.

War es Mama in den letzten Jahren gelungen, ihren Dämonen zu entkommen? Sonnet wollte es glauben. Es hatte weniger Chaos und Unglück geherrscht als in früheren Jahren. Keine monatelangen Phasen mehr, in denen sie auf Zehenspitzen an der Tür vorbeischlichen, während Mama versuchte, der Hölle durch Schlaf zu entkommen. Und keiner dieser geheimnisvollen Liebhaber mehr, von denen sie nur bruchstückhaft etwas mitbekamen – eine volltönende Stimme am Telefon, ein vielsagender Geruch an Mamas Haut, ein Schatten, der in den frühen Morgenstunden an ihrem Fenster vorbeihuschte. Es hatte mehr von Mamas beschwingten, kreativen Phasen gegeben, in denen sie Literatur zitierte und diese folkartige Altstimme durch die Wohnung schwebte. Mama redete zwar unerlässlich von Türkisen, Weihrauch und Aura, aber zumindest hatte sich, endlich, so etwas wie eine gewisse Reife eingestellt.

Normalität und Berechenbarkeit hatten bei ihrer versponnenen Mama schließlich immer hart erkämpft werden müssen: lebhaft und leidenschaftlich liebend im einen Moment, ausdruckslos abwesend und überreizt im nächsten. Niemand sonst schien eine Mutter zu haben, die so jung und schön war – und so traurig. Esther war das Mädchen, das eine Mutterrolle spielte – und oft ihren Text vergaß. Sie war es, die sie alle zu später Stunde zu Kunstgalerien und Literaturfestivals aus dem Haus zerrte, auch wenn es immer mit Tränen – ihren eigenen – endete, und dennoch die Schulpforte, Schuleltern, Schularbeiten, selbst die bloße Erwähnung der Schule selbst, mied. Esther konnte monatelang glücklich in häuslicher Verwahrlosung leben, um dann plötzlich manische Putzaktionen in Angriff zu nehmen, als erwartete sie jeden Moment, Mitglieder des Königshauses zu empfangen. Ständig erschöpft konnte Mama nach einer langen Schicht nur selten die Willenskraft aufbringen, ein Mittagessen zuzubereiten, ein Abendessen auf den Tisch zu stellen oder für überhaupt irgendeine Verpflegung zu sorgen.

Ihre »Nerven« beschrieb Mama als ständig »in Flammen«. Sonnet hätte sie vielleicht berichtigt: *Nein, Mama, sie brennen durch.*

Das war der Punkt, an dem Sonnet immer eingesprungen war, oder? Sie hatte ihr Bestes getan, um Mama die Last zu erleichtern. Sonnet war Köchin und Putzfrau, Hausangestellte, die Kleider ausbesserte, Fugen schrubbte, Schultaschen packte, Einkäufe erledigte. Sie hatte bereits in jungen Jahren begriffen, was für Mädchen sie waren – arm und vaterlos, die Art Mädchen, die bemitleidet wurden. Schlau wie sie war, hatte sie gelernt, die neugierige Hilfe von Nachbarn und wohlmeinende Angebote kirchlicher Gutmenschen zu entschlüsseln. Jeder angeblich besorgt um die »Sicherheit« der jungen Mädchen, die alleingelassen wurden, während ihre Mutter lange Tage und Nächte arbeitete, um sie durchzubringen, ohne einen Vater, der moralischen Anstand – oder eine Miete, die vollständig und pünktlich bezahlt wurde – garantierte. Sonnet hatte, genau wie Mama, gelernt, solche Wohltaten mit verächtlichem Stolz abzulehnen. Sie hatte die Lektion angenommen, die Esther in Wort und Tat vermittelt hatte: »Wir brauchen niemanden sonst, solange wir Hamilton-Mädchen immer einander haben.«

*Bis Mama starb und wir einander auf einmal nicht mehr hatten.*

Plum schien am meisten zu leiden; sie weinte wochenlang um die Mutter, die diesmal nicht wieder nach Hause zurückkommen würde. Plum hatte in ihrer frühen Kindheit, wann immer sie konnte, an Esthers Rockzipfel gehangen.

Sie wurde ständig herumgetragen, verzweifelt geliebt, und schlief meist an Esthers Brust gekuschelt.

Aber Plum hatte sich auch am schnellsten angepasst, hatte sich das, was sie brauchte, von Sonnet erkämpft. Sie schlief nachts in Sonnets Bett und klammerte sich tagsüber beharrlich an ihre große Schwester. Ihr ganzer Schmerz war sichtbar, therapierbar.

Es war Fable, seit Mamas Tod überraschend abgeklärt, die Sonnet nachts wach hielt. Fable war ein spiegelglatter Tümpel unergründlicher Tiefen; ein stilles, tiefes Wasser, das unerforscht blieb. Mama hatte es immer auf eine besondere Weise verstanden, Fable zu erreichen. Aber würde Sonnet das auch gelingen? Wimmern und Toben konnte Sonnet vielleicht besänftigen, aber gegen das innere Chaos blieb sie machtlos. Und Sonnet sorgte sich schon lange um Fables Hang zu geheimen Welten, die von niemandem sonst ergründet oder gar betreten werden konnten.

Fable Winter war zu einer für Esther schmerzlichen Zeit gekommen, erneut verlassen von einem geheimnisvollen Liebhaber, der es in seiner Abwesenheit schaffte, ihrer aller Leben zu beherrschen. Fables Vater hatte, als er sich aus dem Staub machte, auch den Großteil von Esther mitgenommen. Das winzige Mädchen mit den dunkelvioletten Augen, das eines Augustmorgens überstürzt das Licht der Welt erblickte, wurde in die Arme einer innerlich ausgehöhlten Mutter gelegt. Sonnet war damals erst acht, aber sie erinnerte sich noch gut an die schwermütige Mutter, die von Raum zu Raum gewandert war, ihr rötlich-goldblondes Bündel an sich gedrückt, so nah und doch so fern. Sie hatte darauf beharrt, dass Mama das Baby »zurückschicken« sollte, das so viel Traurigkeit mit sich gebracht hatte.

Fable schien, von dem Moment an, in dem sie geboren wurde, zu wissen, dass sie besser keinen Aufstand machte und dankbar für die kleinsten Aufmerksamkeiten sein sollte. Während Sonnet vor ihr quengelig und anstrengend gewesen war – noch *immer* war, wie sie durchaus zugeben konnte –, war Fable ein fügsames, friedliches Kind. Sie war außerdem die Einzige, die sich empfänglich für Mamas kreative Leidenschaften zeigte: eine eifrige Autorin und Künstlerin von frühreifem Talent. Doch wo Esthers literarische Bestrebungen fieberhaft und verzagt waren, war Fables künstlerisches Herz süß, beständig und verträumt.

Oder war es gewesen.

Beängstigenderweise hatte Fable seit dem Tag, an dem Mama gestorben war, keinen Pinsel oder Bleistift mehr angerührt. Die Ruhe und Sauberkeit von Fables Händen machte Sonnet Angst. Fable war der Hauptgrund, weshalb Sonnet sie alle hierhergebracht hatte. Fable brauchte Stabilität, Ruhe, Sicherheit – alles, was Noah Valley zu bieten hatte. Nach Sonnets Recherchen klang dieses Tal wie ein idyllischer Garten Eden.

In bittersüßer Ironie hatte Mamas Tod den Mädchen eine neue Lebensstation eröffnet. Zwei unerwartete Schätze waren aus Esthers sorgfältig abgefasstem Testament aufgetaucht: ein eigenes Cottage und ein großzügiger Fonds für die Mädchen – eine Erbschaft, die für sich selbst auszugeben Esther offenbar zu stolz gewesen war. Genug, um sie alle unabhängig unterzubringen, in einem richtigen Zuhause, in fußläufiger Entfernung zu einer Tante, die, nach dem vagen Bekunden ihrer Mutter, ein »gutes Herz« hatte.

Selbstverständlich hatte Sonnet diese Gelegenheit beim Schopf gepackt! Welche Gründe auch immer Mama bewogen hatten, ihre Familie und Gemeinde zu verabscheuen, es waren nicht Sonnets. Mama hatte gern gesagt: »Kleinstädte bringen Kleingeister hervor«, und sie hatte streng darauf geachtet, nie wieder woanders zu leben als in einer Großstadt. Aber als Tochter einer unverheirateten Mutter, selbst einer abgebrühten Großstadtbewohnerin, wusste Sonnet nur zu gut: Vorurteile gab es überall.

Wie viel schlimmer konnte eine Kleinstadt wirklich sein?

Sonnet setzte all die Hoffnungen eines nomadenhaften Lebens auf diesen Umzug in den Norden; ein Neuanfang, ein völlig anderes Leben für die Hamilton-Schwestern. Sie hatte alles genau geplant: das alte Cottage auf Vordermann bringen, die Mädchen mit der örtliche Schule vertraut machen, sich Arbeit suchen, sparen, was das Zeug hielt, und die Mädchen dann fortschicken, damit sie sich den Reihen aufstrebender, moderner junger Frauen an der Universität anschlossen.

Und dann würde endlich auch Sonnet an der Reihe sein.

Das war schließlich die eine persönliche Sache, die dieser regionale Umzug Sonnet gekostet hatte, zumindest kurzfristig: das Hochschulstudium, nach dem sie sich so lange gesehnt hatte. Sonnet hatte nicht die Absicht, die vorgeschriebene Rolle der Hausfrau auszufüllen.

Aber es war ausgeschlossen, dass sie ihre Schwestern jetzt im Stich ließ. Sie brauchten sie, so wie sie es immer getan hatten. Sonnets brillante Karriere würde warten müssen – aber nicht für immer.

Ihr Blick wanderte zu der Urne, die sie gestern Abend behutsam auf ein schmuddeliges Regal gestellt hatte, nachdem sie Mama aus ihrer primitiven Reiseverpackung befreit hatte – den Socken und der Unterwäsche, die sie vor Stößen geschützt hatten.

*Du wirst bald frei sein, Mama.*

Es war eine der ersten Aufgaben zu entscheiden, wo ihre Asche verstreut werden sollte. Ihre eigenwillige Mama würde in einer Keramikurne niemals ihre Ruhe finden.

Teller schepperten und rissen Sonnet aus ihren Grübeleien. Sie schwang die Beine aus dem Bett und stieg eine knarrende Treppe hinunter, um dem Lärm auf den Grund zu gehen.

Olive war in der Küche, den leicht ergrauten rotblonden Kopf über den Gasherd gebeugt, ein unerwartetes Publikum an ihrer Seite. Die schüchterne Plum, die schreckliche Angst vor Fremden hatte, stand neben ihr auf einem Stuhl, den Teddybären an ihre Babywangen gedrückt. Vor der Haustür lagerte Zephyr und hechelte möglichst leise vor sich hin.

Plummy, die in der Nähe eines Hundes ruhig war *und* einer praktisch Fremden Gesellschaft leistete? Sie waren kaum fünf Minuten hier, und Olive versuchte schon jetzt, die Dinge an sich zu reißen.

»Guten Morgen, Schlafmütze!«, rief Olive. »Ich wusste, dass ihr nach eurem kurzen Abendessen hungrig sein würdet, daher habe ich mich selbst hereingelassen. Dachte, ich koche euch etwas Gutes.«

Die gezwungene Fröhlichkeit überspielte die Absurdität der Situation nur schlecht: Olive, die sich in das Cottage schlich, das sie immer als ihr eigenes gekannt hatte, um sich um Nichten zu kümmern, die ihr kaum näherstanden als Fremde.

»Wer von euch sammelt Zeitungen?«, fragte Sonnet und zog sich einen Stuhl an einen Resopaltisch voller Zeitungsstapel und leerer Marmeladengläser.

»Mein Gav«, antwortete Olive, während sie noch ein riesiges Ei in die Pfanne schlug. »Verwendet sie für Gartenmulch.«

»Und die Gläser sind dann deine?«

»Ja, ich bin eine begeisterte Marmeladenköchin und, wenn ich das sagen darf, berühmt für meine Ananasbutter-Mangostan-Chutneys. Ich räume dieses Durcheinander gleich auf. Am besten wäre es wohl, meinen Laden für ein paar Tage zu schließen, um euch zu helfen.«

»Oh, nein danke, wir kommen schon zurecht.«

Olive wendete geschickt ein Ei. »Plum hat mir eben von eurer Zugfahrt erzählt. War doch auf jeden Fall eine lange Reise für euch Mädchen, den ganzen Weg von Canberra hoch.«

Plum hat *geredet*? Die Furche zwischen Sonnets Augen vertiefte sich. »Ja, wir haben eine halbe Woche gebraucht.«

»Dann warst du ja bestimmt froh, letzte Nacht in einem richtigen Bett zu schlafen.«

»Na klar. Ruhig geschlafen habe ich trotzdem nicht, aber das lag vielleicht auch an der Matratze.«

Olive sprang prompt darauf an. »Ist alles ziemlich verwahrlost hier, habe ich recht? Vielleicht wäre es doch angenehmer für euch, erst mal zu uns nach Heartwood zu ziehen?«

Sonnet musste sie für ihre Sturheit bewundern.

»Das Cottage hat alles, was wir brauchen.«

»Na ja …«, schnaubte Olive, »… erstens einmal gibt es hier kein Besteck. Das musste ich mitbringen. Und viel Glück, falls du versuchen willst, heute Morgen heiß zu duschen, ohne Strom!«

Sonnet musste gegen ihren Willen lächeln, während Olive über sich selbst lachte. Plum sah misstrauisch zwischen Tante und Schwester hin und her.

»Lass mich dir einen Vorschlag machen«, sagte Olive. »Oder es zumindest versuchen.«

Sonnet verkrampfte sich.

»Wie wär's, wenn ihr für ein paar Tage bei uns wohnt, während wir das Cottage auf Vordermann bringen. Wir werden den Strom anschließen, und Gav wird sich um die Instandsetzungsangelegenheiten kümmern. Wir können diese ganze Bude von oben bis unten durchputzen, und dann …«

»Olive«, schnitt Sonnet ihr das Wort ab, »ich weiß dein Angebot zu schätzen. Aber ich befürchte ehrlich gesagt, dass aus ›ein paar Tagen‹ schnell eine Woche wird und mit dem ein oder anderen zusätzlichen Problem ein Monat oder ein halbes Jahr und so weiter.«

»Oh, wäre es denn wirklich so schlimm, bei Gav und mir zu wohnen?«

»Ich hatte nicht vor, nach Noah Valley zu kommen, um meine Unabhängigkeit aufzugeben.«

»Du sollst sie ja nicht aufgeben – ihr nur eine kleine Pause gönnen.«

»Nein.«

Olive wandte sich seufzend ab, und verschwand in der Speisekammer. Sie kam mit einem altmodischen Salzstreuer wieder und knallte ihn hart auf den Tisch. Salz kam nicht zum Vorschein. Sonnet sah sie nachdenklich an.

*Bleib stark! Wenn du jetzt einknickst, wird dein Leben hier eine Reihe von Zugeständnissen an diese Frau sein.*

»Ich hoffe, du magst dein Essen fad und ungewürzt«, sagte Olive und schob Sonnet einen Teller mit Eiern hin.

»So mag ich's am liebsten, danke.«

Am Herd zuckte Olives Rücken vor ungesagten Worten. Sonnet hob den Blick zum Himmel und unterdrückte ein Stöhnen.

*Vielleicht dieses eine Mal?*

Sie stieß ein leises Schnauben aus.

*Nur dieses eine Mal.*

»Na gut«, erklärte sie schließlich, obwohl ihr Ton das Gegenteil besagte. »Wir wären froh, für ein paar Tage bei euch in Heartwood zu wohnen.«

Olive wandte sich um, zog die Augenbrauen hoch.

»Die Schule fängt in zwei Wochen an«, fuhr Sonnet fort. »Bis dahin will ich ein bewohnbares Zuhause haben.«

»Oh, gut, ich liebe es, feste Termine zu haben!«

»Aber du musst mir versprechen, dass du uns spätestens am Ende der Woche wieder ins Cottage ziehen lässt.«

»Versprochen.«

Sonnet nickte zweifelnd. »Okay, danke, Olive.«

»Wäre es zu früh, um einen Antrag für den Titel ›Tante‹ zu stellen?«

»Lass es uns nicht gleich übertreiben. Und was ist das eigentlich für ein verdammter Vogel, der draußen vor meinem Fenster sein Unwesen treibt?«

»Eine Wompu-Fruchttaube.«

»Okay, als Erstes werde ich mir eine Steinschleuder besorgen.«

Sonnet war eine Frau auf einer Mission, stets die Urne im Blick, die darauf wartete, dass das Cottage in seinem einstigen Glanz wiedererstrahlte. Olive arbeitete eine geschlagene Woche unermüdlich an ihrer Seite. Allmählich erkannte Sonnet, wie ihre Tante zu diesen muskulösen Waden und Armen gekommen war – die Frau war ein Kraftpaket, das jede Aufgabe entschlossen in Angriff nahm. Widerstrebende Zusammenarbeit wurde langsam zu Anerkennung.

Nicht dass Sonnet irgendeine Absicht hatte, Olive das wissen zu lassen.

»Ich will dieses Bücherregal nicht dort haben«, sagte Sonnet beispielsweise sehr bestimmt – und ignorierte dabei, wie es jetzt vor Glanz erstrahlte. Oder: »Lass das, ich komme schon klar«, was tatsächlich bedeutete: Danke, gute Arbeit, wie hätte ich das ohne dich bloß geschafft.

Fable war wenn überhaupt nur zeitweise eine Hilfe, da sie zwischen überschwänglichen Putzaktionen immer wieder verträumt über das Farmland schlenderte und dabei leise vor sich hin murmelte. Nach Hause kam sie zur Abendessenszeit, rosa Schlangenwurzblüten im Hosenbund, violette

Prinzessinnenblumen hinter den Ohren, Goldsternwedelien um die Stirn geflochten und von der Sonne gewärmte exotische Früchte in den Hosentaschen. Oh, na klar, wenn es *Fables* Zimmer war, das ausgemistet werden sollte, *ihr* Bücherregal, das mit innig geliebten Romanen gefüllt wurde, dann war sie die Einsatzbereitschaft in Person. Bei jeder anderen Aufgabe hingegen blieb Fable ein wandernder Punkt in der Ferne, der nicht einzufangen war.

*»Solivagant!«*, zischte Sonnet jeden Tag Fables flüchtender Gestalt hinterher, wie einen Hexenfluch. Es war unmöglich, nicht wütend auf ihre Schwester zu sein, wenn Sonnet selbst bis zum Hals in jahrzehntealtem Dreck steckte.

Plum hingegen war ein Schatten an Sonnets Seite: bemüht zu helfen, aber außerstande, irgendeine echte Unterstützung anzubieten. Hin und wieder schlich sie sich an Olive heran – und huschte davon, sobald sie direkt angesprochen wurde. Sonnet gegenüber erwähnte Olive nichts von dieser zunehmenden Aufmerksamkeit. Nichtsdestotrotz entwickelte Olive nach und nach eine immer größere Zuversicht.

Gavin Emerson – der neue Onkel mit dem schroffen Lächeln, der ständig nach Kiefern und Diesel roch und der bei ihrer ersten unbeholfenen Begegnung darauf bestanden hatte, dass sie ihn Gav nennen sollten – erwies sich als Stolperstein. Sonnet fiel es schwer, eine Onkelfigur herumzukommandieren. Gav war ein eifriger Tausendsassa, die perfekte Bereicherung, und doch weigerte sich Sonnet, irgendetwas aus der Hand zu geben. Allzu oft ertappte er sie in kompromittierenden Situationen – wenn sie schwere

Möbel schob, sodass die Adern an ihrem Hals hervortraten, oder hoch oben auf einer Leiter schwankte, um verstaubte Balken zu putzen – und schaltete sich sofort ein, nach einem gemurmelten Kommentar über den »Hamilton-Stolz«. Es war zum Verrücktwerden, aber Sonnet war auch über die Maßen dankbar. Gavs Art war erfrischend. Er ertrug keine Idioten, gab keine Plattitüden von sich.

Die beiden jüngeren Mädchen beobachteten Gav mit so großen, bewundernden Augen, dass Olive kichern musste und Sonnet sie verscheuchte, um Olive den Spaß zu verderben.

Nie zuvor hatten sie einen männlichen Verwandten aus nächster Nähe erlebt. Ein Onkel, der den Boden fegt! Ein Onkel, der mit einem Hund spielt, an einem Traktor herumbastelt, einen Nagel in die Wand schlägt. Ein Onkel, der eine Glühbirne auswechselt! Kein Wunder, dass ihnen die Augen aus dem Kopf quollen.

»Ich arbeite hier bis zum Umfallen«, stöhnte Gav jedes Mal, wenn er ein Glas Wasser hinunterstürzte – anfangs zur Verwirrung der Mädchen, später begleitet von leisen Lachanfällen, wenn Fable ihn heimlich nachmachte.

Die Arbeit begann beim ersten Hahnenschrei und endete mit der Ankunft der Fledermäuse. Am ersten Abend hatte diese dunkle Legion, die über das sich violett verfärbende Tal schwärmte, Sonnet einen Schauder über den Rücken gejagt. Sie verabscheute alles, was Federn oder Flügel hatte.

»Was ist das denn?«

»Fledermäuse«, erklärte Olive, ohne den Blick zum Himmel zu heben. »Sie kommen bei Sonnenuntergang von der

Kolonie in Cairns und verbringen die Nacht damit, den Regenwald zu befruchten.«

»Befruchten!«, wiederholte Fable. »Wie denn das?«

»Kacken, Liebes. Sie fressen die ganzen Regenwaldfrüchte, und dann kacken sie überallhin. Sie heißen Brillenflughunde. Laute, von Krankheiten befallene Biester, und sie haben es ständig auf meinen Obstgarten abgesehen, aber der Regenwald braucht sie.«

»Fliegende Hunde mit Brillen und Durchfall!«, flüsterte Fable mit vor Erstaunen großen Augen.

Sonnet teilte die Bewunderung ihrer Schwester für jeden seltsamen Aspekt des Tropenlebens nicht – angefangen mit der Größe der verdammten Riesenkrabbenspinnen, die sie ständig aus diesem Cottage verscheuchte! Dinge, Leute, Orte, alles musste Sonnet erst ans Herz wachsen – vor allem wohlwollende Tanten.

In der Wochenmitte beobachtete Sonnet ihre Schwestern heimlich hinter der Gartenpforte, wo sie mit den Armen ruderten, die Gesichter zum Himmel gereckt, während Zephyr an ihren Fersen hing und bellte. Ihre Aufregung sorgte dafür, dass Sonnet von ihrer Leiter stieg, das Staubtuch in der Hand, um der Sache auf den Grund zu gehen. Sie fingen große Kringel dunkler Asche auf, die vom Himmel schwebten. Sonnet streckte eine Hand aus, um eine der Flocken zu fangen, und drehte den zerfallenden Schnörkel fasziniert in den Händen, als sie auf einmal Olives Stimme von der anderen Seite des Cottage rufen hörte.

Sonnet lief ums Haus nach hinten, wo Olive an der Wäscheleine stand und Wäsche in den Rollwagen warf.

»Oh, Sonnet, hilf mir, schnell! Sonst ist die ganze frisch gewaschene Wäsche dahin!«

»Was ist das denn für eine Asche?«, fragte Sonnet, während sie sich rasch an die Arbeit machte.

»Zuckerrohrfeuer drüben bei den Hulls«, antwortete Olive. »In der Erntezeit bekommst du hier buchstäblich Asche aufs Haupt gestreut. Am besten behältst du den Himmel im Auge, wenn du draußen Wäsche aufgehängt hast.«

»Das heißt, in den Tropen schneit es im Winter nicht, aber dafür regnet es Asche?«

Olive lachte.

Jetzt konnte Sonnet die schwarze Rauchwolke sehen, die hinter der Wand des Regenwalds aufstieg.

»Sie setzen ihre eigene Ernte in Brand?«

»Klar tun sie das«, antwortete Gav, der ihnen in diesem Moment zu Hilfe kam. »Sie verbrennen das Ungeziefer und bereiten das Zuckerrohr für die Ernte vor. Es ist ein wundervoller Anblick, in einer dunklen Nacht ein Zuckerrohrfeld in Flammen stehen zu sehen. Es gab nichts Schöneres damals, als wir die Farm noch bewirtschaftet haben. Du hast Asche auf der Stirn, Liebes!«, sagte Gav zu Sonnet und kicherte, während sie zusammen die Wäsche über die hintere Stufe ins Haus trugen.

Sonnet wischte die Asche mit mürrischer Miene fort.

Es dauerte sechs Tage, das Cottage einigermaßen herzurichten. Am letzten Tag versammelten sie sich, wie es rasch zu ihrer allabendlichen Gewohnheit geworden war, auf der breiten Veranda von Heartwood um den Tisch, um die Vorzüge des Kleinstadtlebens zu genießen: köstlich gefüllte Kasserollen, die täglich von Olives Kirchenfreundinnen kamen; frei Haus geliefert, so Sonnets Vermutung, um Esthers Doppelgängerinnen zu beäugen. Sonnet tröstete sich damit, dass diese Wohltaten zeitlich begrenzt waren. Bald würde Sonnet ihre eigene Küche haben, und dann würde sie nie wieder die Almosen neugieriger Fremder annehmen müssen.

Ein Vollmond war über dem Tal aufgegangen, und eine Brise wehte sanft über die Zuckerrohrfelder und zupfte Haarsträhnen hinter Sonnets Ohren hervor. Die beiden jüngeren Mädchen schliefen in einem Himmelbett, das mit Moskitonetzen verhängt war.

Während sie über das schimmernde Meer von Zuckerrohr hinaussah, ging Sonnet in Gedanken durch, was sie in einer Woche alles erreicht hatten: ein Anhänger voller Gerümpel, das für die Mülldeponie bestimmt war, und ein Zuhause, das von Kakerlaken, Spinnweben und Krimskrams befreit war, bereit, um von den Hamilton-Mädchen in Besitz genommen zu werden.

Sie ließ sich in ihrem Rattanstuhl zurücksinken, angenehm gesättigt. Olive hatte die Schüsseln ebenso rasch eingesammelt, wie sie sie verputzt hatten, und war anschließend in die Küche verschwunden. Gav und Sonnet blieben allein in der Stille sitzen.

»Warum habt ihr diesen Ort eigentlich Heartwood genannt?«, fragte Sonnet.

»Das Hamilton-Anwesen hieß schon immer Heartwood, seit ich mich erinnern kann«, antwortete Gav. »Aber ursprünglich war das hier Aborigines-Land. Und das wird es auch immer sein, wenn man die todunglücklichen Leute fragt, die Sergeant Windsor regelmäßig aus dem Raintree Park verjagt. Früher hing an eurer Eingangspforte ein Heartwood-Schild, bevor das damalige Cottage im Jahr 1918 von einem Zyklon vollkommen zerstört wurde. Aber einen Namen kann man nicht zerstören.«

Gav lehnte sich zurück, um Sonnet zu betrachten, während sie auf das ratternde Geräusch lauschte, mit dem sich entweder ein großes Fahrzeug oder ein kleiner Zug durch das Zuckerrohrfeld näherte. Ein eindringlicher Pfeifton bestätigte, dass es sich um Letzteres handelte. Sonnet beugte sich auf ihrem Platz vor, um etwas zu erkennen.

Eine winzige Dampflokomotive schoss aus der Dunkelheit hervor, eine lange Reihe offener Waggons im Schlepptau, die hoch mit Grünzeug beladen waren.

»Was ist das denn?«, fragte Sonnet und stand auf, um besser über die Balustrade sehen zu können.

»Ein Zuckerrohrzug«, antwortete Gav und stellte sich neben sie.

»Ich wusste gar nicht, dass es auf dem Grundstück eine Bahnlinie gibt!«

»Na ja, du hast bislang ja auch kaum einen Fuß aus dem Cottage gesetzt. Jetzt, wo du mehr Zeit hast, wirst du noch jede Menge eindrucksvolle Dinge entdecken. Während der Erntezeit kommen die Zuckerrohrzüge über den Fluss – dort hinten, wo eine Brücke unser Land mit dem der Hulls verbindet. Und dann geht es weiter durch diese Felder dort drüben, einst stolzes Hamilton-Land, jetzt aber das Zuckerrohr der Lagorios, bis hinunter zu der Zuckermühle bei Cairns.«

Der Zug verschwand schnaufend außer Sicht, ließ den Geruch verbrannter Melasse hinter sich zurück.

Sonnet grinste über diese ganze Absurdität.

»Willst du ein bisschen frischen Zuckerrohrsaft kosten?«

»Ich habe für Süßes eigentlich nicht so viel übrig.«

Gav schnappte sich ein Buschmesser und verschwand in das Zuckerrohr. Olive kam auf die Veranda, wischte sich ihre seifigen Hände an der Schürze ab. »Holt er dir etwas flüssigen Zucker zum Probieren, ja?«

»Ja, mit einem viel zu großen Messer.«

Gav war stolz wie ein kleiner Junge, als er wieder auf die Veranda sprang, ein Stück Zuckerrohr in der Hand. Er wrang das faserige Innere des Stängels über Sonnets Glas aus. Blasser Saft tröpfelte in ihren Becher.

»Probier das mal!«

Sonnet nahm vorsichtig einen Schluck. Es schmeckte so, wie sie es vielleicht erwartet hätte: Kopfnoten von braunem Zucker, grasig im Abgang auf dem Gaumen.

»Erfrischend«, sagte sie und stellte ihr Glas, noch immer fast voll, auf dem Tisch ab. »Ihr solltet Fable in der Gegend hier besser im Auge behalten – sie ist eine unersättliche Naschkatze. Eure Nachbarn werden die Hälfte ihrer Felder verlieren.«

»Dann warte mal ab, bis sie meine Schokoladenfrucht gekostet hat«, meinte Olive. »Oder noch besser, meine Wunderbeere; die verleiht selbst dem bittersten Gericht Süße!«

Sonnet prustete. »Hier draußen ist es wie in einer anderen Welt. Vor allem die Miniaturzüge werden die Mädchen lieben.«

»Aber gebt auf diesen Feldern acht«, sagte Olive, »vor allem Fable, so, wie sie immer herumstromert. Die Zuckerrohr-Bahngleise sind während der Erntezeit kein Ort für Kinder. Und in diesen Feldern leben große Taipane – sie sind schnell und noch tödlicher als ein Blitz.«

»Fable ist nicht dumm«, knurrte Sonnet. Der Zuckerrohrsaft lag ihr auf einmal sauer auf der Zunge.

»Also«, ging Olive über diese Bemerkung hinweg, »dann seid ihr jetzt alle bereit für euer neues Leben in Noah Valley?«

»So bereit, wie wir je sein werden.«

»Und wie fühlst du dich damit, dass Fable nächste Woche mit der Schule anfängt?«

»Ich freue mich darauf. Es wird sie von den Gedanken an Mama ablenken, und die Struktur und Routine werden ihr und ihrer verträumten Art sicher guttun.«

Olive räusperte sich, warf immer wieder einen verstohlenen Blick auf Gav. »Sonnet, es könnte am Anfang … etwas beängstigend für Fable sein. Sie wird vielleicht eine Weile brauchen, um … sich einzuleben.«

»Nein, Fable ist es gewohnt, das neue Mädchen in der Klasse zu sein. In unserer Kindheit sind wir ständig umgezogen. Sie ist zwar zurückhaltend, aber sie sehnt sich auch nach Freunden.«

»Aber Noah Valley ist nicht so wie die Großstädte, in denen ihr gelebt habt. Hier reden die Leute. Und sie haben ein gutes Gedächtnis.«

»Was soll *das* denn heißen?«

»Erstens einmal ist da die Tatsache, wie ähnlich Fable

ihrer Mutter sieht. Es wird sein, als ob der Geist von Esther Hamilton in die Schule zurückkehrt.«

»Aber Fable ist nicht Mama.«

Olive nickte, auch wenn ihr die Besorgnis noch immer anzusehen war. »Ich erwähne es nur für den Fall, dass du Fable darauf vorbereiten willst, dass die Leute anfangs etwas … abweisend sein werden. Deine Mutter hatte einen … gewissen Ruf …«

*Da war es.*

»Was hat das mit Fable zu tun?«

»Und es gab Umstände …«

»Damit meinst du wohl mich.« Sonnet spürte, wie ihr Gesicht einen hässlichen Zug annahm.

»Es tut mir leid. Ich wollte dich nicht beleidigen; ich weiß einfach nicht, wie ich das Thema … was mit deiner Mutter passiert ist …«

Gav schaltete sich jetzt ein: »Esther war für viele so etwas wie die Stadtschlampe.«

Olive hob, zu spät, einen Arm, um ihren Mann zum Schweigen zu bringen. Tränen brannten hinter Sonnets Augen. Sie erhob sich vom Tisch, um die Flucht anzutreten. Gavs große Hand legte sich um ihr schmales Handgelenk. »Lauf nicht weg, ich habe mich ungeschickt ausgedrückt. Wir wollen nur, dass du weißt, wie die Stadt Esther gesehen hat, aber das ist nicht, was *wir* denken.«

Sonnet setzte sich wieder. Gav ließ ihr Handgelenk los, und sie verschränkte die Arme vor der Brust und fixierte die beiden stirnrunzelnd. »Also? Was?«

Olives Antwort kam zitternd. »Ich habe deine Mutter

innig geliebt, und nichts in meinem Leben war so schmerzhaft für mich wie unsere Entfremdung. Sie hat … Fehler gemacht.« An dieser Stelle schenkte sie Sonnet ein tröstliches Grinsen. »Aber sie hatte Vergebung verdient. Es ist nur … Sie hätte nie wieder nach Hause, nach Noah, kommen können, nicht mit ihrem … Ruf.«

»Ihrem ›Ruf‹ als alleinerziehende Mutter?«

»Das ist ein Teil davon. Und ihrem Ruf … labil zu sein.«

»Die Leute haben gesagt, sie hätte ein Problem damit, an Männern, aber auch an ihrem eigenen Gemütszustand festzuhalten«, warf Gav ein, der noch immer an seinem Zuckerrohr kaute.

Sonnet saß mit zusammengepressten Lippen da, nicht gewillt, sich ihre Zustimmung anmerken zu lassen.

»Essie war auf eine wilde Art poetisch und unwiderstehlich«, fuhr Olive fort. »Aber sie war auch sturköpfig, widerspenstig und für die meisten Leute einfach *zu viel* – hat zu viel gefühlt und zu viel gewollt und zu viel gesagt. Mit ihr musste man jede Emotion durchleben, und sie hat uns alle zermürbt mit ihren heftigen Stimmungsschwankungen. Sie hat sich schnell an irgendwelchen Dingen festgebissen, konnte ein Gefühl nicht loslassen, sobald es sie gepackt hatte. Hat sich nach Liebe gesehnt …«

»Danach verzehrt«, warf Gav ein.

»Ach, halt doch den Mund, du«, murmelte Olive. »Sie *brauchte* Liebe – und davon gab es von Mutter und Vater nicht allzu viel. Als sie älter wurde, schien sie mit ihrem heftigen Wesen besser umgehen zu können … aber letztendlich vielleicht doch nicht?«

Schweigen breitete sich zwischen ihnen aus.

Die Erste, die es brach, war Sonnet – womit sie sich selbst verblüffte. »Mama hat oft gesagt: ›Mein Herz geht durch Höhen und Tiefen, und ich habe die Frucht dieser Verfehlungen getragen.‹ Ich wusste, dass sie uns meinte, aber ich glaube, sie meinte auch ihre dunklen Phasen.«

Olive hatte keine Schwierigkeit damit, zu ihrer Frage überzuleiten. »Hattest du viele Stiefväter, Sonnet?«

»*Stiefväter*? Es gab überhaupt keine Väter, nie. Ich nehme an, du hast diese Vorstellung, dass wir ständig von Mamas Liebhabern umgeben waren. Aber das stimmt nicht. Ihr habt keine Ahnung! Mama hat ihre Verehrer immer von uns ferngehalten, und wir haben sie nie zu Gesicht bekommen. Als ich älter wurde, konnte ich es sehen, wenn sie verliebt war. Das waren ihre strahlenden Zeiten. Und ich wusste es auch immer, wenn es vorbei war. Dann ging es mit ihr stetig bergab, manchmal über Monate hinweg.«

Olive kämpfte mit irgendetwas noch Unausgesprochenem. Aber Sonnet wartete nicht darauf; es war, als wäre ein Damm in ihr gebrochen. »Aber Mama hatte es nicht so mit dem Thema Vaterschaft. Keine von uns hat einen Vater in ihrer Geburtsurkunde stehen. Könnte gut sein, dass wir von Geistern gezeugt wurden.«

Gav gluckste.

Sonnet funkelte ihn an und bereute, so viel aus ihrer aller Leben preisgegeben zu haben.

»Und was weißt du über … deinen Vater?«, fragte Olive so vorsichtig wie möglich.

»Ich weiß genug.«

Olive studierte ihr Gesicht. Sonnet straffte die Schultern.

»Gibt es irgendetwas, was du mich gerne fragen würdest, Liebes?«

Sonnet kämpfte gegen den Drang an, ihre Tante hier und jetzt zu löchern, um alles in Erfahrung zu bringen, was diese Frau über den Mann wusste, der sie gezeugt hatte. Olive könnte vielleicht endlich jede erbärmliche Lücke in ihrer Herkunft stopfen, für die sie sich zu unterschiedlichen Zeiten entweder geschämt hatte oder für die sie von anderen gedemütigt worden war.

Aber Olives offensichtliches Mitleid war zu viel. Im nächsten Augenblick hatte Sonnets übermächtiger Stolz die Neugier vertrieben. Fast wäre Sonnet auf Olives Frage hereingefallen und hätte zugegeben, dass sie weitaus weniger von ihrem Vater wusste, als sie vorgab zu wissen.

»Es gibt nichts, was ich dich oder irgendjemand anders in dieser Stadt über ihn fragen will.«

# Kapitel 3

*

## Das Glade

»Was denn für Schlangen?«, knurrte Fable, während sie die Cottagepforte hinter sich zuknallte. Wehmütig starrte sie auf die Zuckerrohrfelder, die sie von nun an nicht mehr betreten durfte.

In den vierzehn Tagen, die sie jetzt schon in Noah Valley waren, hatte sie es geliebt, begleitet von Tagträumereien stundenlang durch die Felder zu streifen. Aber heute Morgen hatten Olive und Sonnet sie beiseitegenommen und ihr die Spaziergänge durch das Zuckerrohr verboten, in dem es »von Taipanen nur so wimmelte«. Ihre zur Schau getragene Sorge hatte Fable ihnen nicht eine Sekunde abgenommen.

»Ich brauche keine zwei selbst ernannten Mütter!«, murmelte Fable mit einem verächtlichen Blick zurück zum Cottage.

Drinnen wirbelte Sonnet geschäftig durch die Zimmer, rückte Möbel zurecht und strich Kissen und Bettdecken glatt. Sie waren eben erst wieder zurück ins Cottage gezogen, aber Sonnet hatte sich schon jetzt zur Königin ihres neuen Reichs gekrönt.

Fable war dankbar für kleine Gaben. Sie hatte ein eigenes Schlafzimmer, in das sie sich flüchten konnte, auch wenn es nur ein nachträglich angebauter Wintergarten war, hastig ans Cottage hingezimmert, als die kleine Esther dahergekommen war. Wie sehr Fable diesen Wintergarten mit Blick auf den Wald liebte! Das erste Zimmer, das sie je ihr Eigen nennen konnte. Neue Spitzenvorhänge umrahmten ihr Erkerfenster, eine weiße Quiltdecke lag über dem Bett, das sie absichtlich ungemacht ließ, Regale und ein Frisiertisch schimmerten verlockend, und Milchglas-Verandatüren sorgten für lange ersehnte Privatsphäre. Der Raum war eine weiße wartende Leinwand. Fable war noch nicht bereit, Farbe und Detail – sich selbst – in diese neue Umgebung einzubringen.

Sie war überzeugt, dass dem Raum überirdische Kräfte innewohnten, vielleicht sogar Mama selbst. Seit sie hier angekommen war, fühlte sie sich Mama näher als zu irgendeiner anderen Zeit seit ihrem Tod. In manchen Nächten fuhr sie aus einem traumlosen Schlaf hoch und hätte *schwören* können, dass sie eine warme, strahlende Gestalt neben sich spürte. Wenn sie ganz still dalag, ohne die Augen aufzuschlagen oder sich zu regen oder auch nur zu atmen, konnte Fable das Parfüm ihrer Mutter, Femme von Rochas, riechen und ihre zarte Berührung spüren, wenn sie ihr ihre erdbeerblonden Strähnen aus der Stirn und dem Nacken strich, wie sie es zur Schlafenszeit immer getan hatte.

Fable seufzte und richtete ihren bernsteinfarbenen Blick auf das wogende Dunkel des Regenwalds, der fein säuberlich eine Farm von der anderen trennte. Dann eben nicht die

Zuckerrohrfelder, es gab einen Fluss zu erkunden. *Mamas Serpentine.*

Sie stapfte über die Wiese, entschlossen, ihre Schritte sowohl Taipane als auch Schwestern deutlich spüren zu lassen.

Oh, was für ein himmlischer Wintermorgen! Wie leicht waren sie von einem trostlosen und eiskalten Juli in Canberra in dieses halkyonische Tal verpflanzt worden! Fable hasste jedoch den Namen »Noah Valley«. Wer immer er war, dieser Noah hatte kein Recht, das Tal für sich zu beanspruchen. Fable hatte entschieden, es Rainbow Valley zu nennen, sowohl nach dem moderigen Montgomery-Roman, den sie in den Bücherregalen des Cottage gefunden hatte, als auch nach den Himmelswundern, die sich hier so herrlich entfalteten. Manchmal hatte Fable das Gefühl, dass es nicht genügend elegante Farbbezeichnungen auf der Welt gab, um die ganze bunte Pracht der Tropen zu beschreiben.

Als sie sich dem Fluss näherte, wurde die Regenwaldwand zu einem lebendigen Körper. Unzählige Grünschattierungen lösten sich nach und nach voneinander, und ihre Blätter nahmen ihre einzigartigen Formen an. Kühle, stechende Luft schlug ihr entgegen, und das Flussplätschern erhob sich zum Gruß. Fable bahnte sich einen Weg zu einer Lücke in der Waldgrenze, wo, so ihre Vermutung, die Zuckerrohrbrücke liegen musste.

Sie fand die Schmalspurgleise, versteckt in vulkanischem Boden, und folgte den Schwellen bis zu einer alten Eisenbahnbrücke, die die Gewässer des Serpentine Creek überspannte. Ohne zu zögern, streifte sie ihre Sandalen ab und trat vorsichtig auf die Schwellen. Genau in der Mitte der Brücke hielt sie inne, die Beine gespreizt, um die dicht überhängenden Bäume zu betrachten, die sich über den Fluss ausstreckten. Sonnenstrahlen durchdrangen den Baldachin, wie durch Buntglasfenster. Der golden-türkisfarbene Fluss schlängelte sich unter ihren Füßen vorbei und glitt um eine s-förmige Biegung.

»Schönheitslinie«, flüsterte Fable, während sie im Kopf wieder die Stimme ihres Kunstlehrers hörte. Sie atmete aus, dankbar für den plötzlichen kreativen Schmerz, der tief in ihrer Brust, auf der Seite ihres Herzens, entfacht wurde. *Ah, da bist du ja, kleiner Funke.*

Es war ein Drang, den sie so lange vermisst hatte; Fable war besorgt gewesen, sie könnte ihn für immer verloren haben. Überzeugt sogar, dass Mama ihn mit sich genommen hatte. Schließlich hatte niemand auf der Welt Fables Kunst so geliebt und gelobt wie Mama. Sie hatte stundenlang einfach nur dasitzen und Fable beim Zeichnen zusehen können, während ihr die Tränen ungehindert übers Gesicht strömten. Es war immer ein solch schöner Schmerz gewesen, Mama zum Weinen zu bringen. Jetzt hingegen sorgte die Erinnerung an das gequälte Gesicht ihrer Mutter dafür, dass Fable ihr eigenes bedeckte. Sie brauchte dreizehn Atemzüge, um den emotionalen Aufruhr niederzuschlagen.

Warum war sie nicht schon früher hierhergekommen? Das Kribbeln in ihren Fingern wurde beharrlicher. Sie sehnte sich nach ihrem Skizzenblock und ihren mit einem Band zusammengehaltenen Bleistiften, versteckt unter dem losen Brett, das sie in ihrem neuen Fenstersitz gefunden hatte. Aber es war ausgeschlossen, dass sie jetzt nach Hause zurückkehren würde, um sich, in Sonnets Augen, »nützlich zu machen«.

Was würde sie nicht für einen neuen Kasten Wasserfarben geben, um dieser Szene von Licht und Schatten und uralter, atmender Stille gerecht zu werden? Ihre Seele, sie würde ihre eigene Seele verkaufen!

Fable stöhnte auf bei dem Gedanken, Sonnet um Kunstutensilien bitten zu müssen. Bei der derzeitigen Einstellung ihrer Schwester würde das zwangsläufig bedeuten, »Aufgaben übernehmen zu müssen« und »eine Hilfe zu sein« und »sich ein Taschengeld zu verdienen«. Aber diese kostbaren letzten Tage, bevor die Schule begann, gehörten allein Fable. Sie würde ihre Zeit sicher nicht mit so etwas Sinnlosem verschwenden – oder sich gar einsperren lassen!

Fable überlegte, dem Fluss in östlicher Richtung zu folgen. Olive hatte gesagt, dass er sich durch ganz Noah Valley schlängelte, was bedeutete, dass Fable, wenn sie ihm folgte, jeden Ort erreichen konnte, nach dem sie sich sehnte.

Sie ging weiter, über die Zuckerrohrbrücke und auf der anderen Seite in der Lücke zwischen den Bäumen hindurch, bis sie eine andere weitläufige Zuckerrohrfarm entdeckte. Auf der Kuppe der Anhöhe erhob sich ein elegantes Plantagenhaus, umgeben von Mangobäumen. Das Anwesen der Hulls war sogar noch prächtiger als Heartwood!

Sie pfiff anerkennend durch die Zähne, während sie sich wieder in den Wald zurückzog, um den gewundenen Weg auf der Seite der Hulls auszukundschaften. Er war noch immer ein Teil des Flusses – sie würde doch sicher nicht wegen unbefugten Betretens von irgendeinem verdatterten, begriffsstutzigen, Gewehr schwingenden Farmer zur Rede gestellt werden? Nun ja, die Hulls würden sich an Fable Hamiltons tägliche Übertretungen einfach gewöhnen müssen.

Fable schlenderte weiter. Der gewundene Verlauf des Flusses folgte abwechselnd Stromschnellen und trägen Tümpeln glasiger Vollkommenheit. Fable begann, in ihrem geistigen Sammelalbum zu katalogisieren. Sie bückte sich hinunter zu herzförmigen Blättern, weich wie Baumwollsamt, und lächelte, als Regentropfen wie Murmeln von ihnen wegkullerten. Behutsam presste sie das Bild auf eine Albumseite in ihrem Kopf. Sie hob den Blick zu einer wachsartigen Blätterkugel, die wie eine Waldlaterne von einem Zweig baumelte. Scheußliche grüne Ameisen krabbelten aus der Kugel, als sie an ihr herumstocherte, aber Fable eilte weiter, ein mentales Duplikat abgespeichert. Sie barg glänzende gefallene Blätter in gemischten Farbtönen von Purpurrot, Safrangelb und Blaugrün, hielt sie gegen das strahlende Sonnenlicht, um ihre komplexen inneren Adern sichtbar zu machen. Sie benötigte feine schwarze Tinte, und zwar sofort!

Bald war das Rauschen eines Wasserfalls zu vernehmen, und darüber ausgelassene, jugendliche Stimmen. Fable verlangsamte ihre Schritte, darauf bedacht, sich nicht zu zeigen, bevor sie selbst die Chance gehabt hatte zu spionieren. An der nächsten Biegung verschmälerte sich der Fluss zu einer felsigen Schlucht, und der Weg schlängelte sich steil hinunter ins Unsichtbare, zur Quelle des Tumults. Mit hämmerndem Herzen stieg sie eine natürliche, aus Stein geformte Treppe hinunter.

Sie stieß auf eine Schwimmstelle, umgeben von steilen, moosbewachsenen Felswänden, gespeist von einem Wasserfall, der sich in eine tiefe, bernsteinfarben schimmernde Lagune ergoss. Gespiegeltes Licht tänzelte an den Klippenwänden. Ein kleiner Junge schwang sich an einer Seilschaukel übers Wasser. Auf dem Holzdeck eines winzigen Baumhauses, das aus dem Regenwald herausragte, stand ein Mädchen etwa in ihrem Alter mit einem Elfengesicht und rabenschwarzen Haaren, das schamlos irgendetwas brüllte. Zwei dunkelhaarige Jungen, Zwillinge, wie es aussah, tauchten aus einer Höhle auf, die hinter dem Vorhang des Wasserfalls verborgen war. Rings um die Lagune waren Kinder unterschiedlichen Alters, die von Felsen oder Gesteinsbrocken sprangen. Sie hätten Wassernymphen beim Spiel sein können. Es war eine überirdische Szene, idyllischer als jeder Anblick, den sie sich je erträumt hatte.

Das Entzücken wich rasch einem neidischen Stich. Wie unerträglich, dass dieser Ort bereits entdeckt und in Besitz genommen worden war. Fable wollte sich eben schon wegschleichen, als sie bemerkt wurde. Stille senkte sich über die Lagune, und alle Blicke richteten sich auf das seltsame erdbeerblonde Mädchen, das unerwartet in ihrer Mitte aufgetaucht war.

Das Mädchen mit dem Elfengesicht trat auf der hohen Plattform vor, mit frohlockender Miene, als hätte sie eine große Beute erspäht. Sie vollführte einen eleganten Sprung und tauchte dann aus dem Wasser auf, um sich, noch vollkommen triefend, vor Fable aufzubauen.

»Wer bist *du* denn?«, rief sie, während sie Fable mit ihren blauen Augen musterte. Alles an diesem Mädchen sorgte dafür, dass Fable am liebsten zurückweichen wollte.

»Mein Name ist … Fae.«

»Ich bin Adriana Hull. Machst du hier Ferien?«

»Ich bin eben erst aus Canberra hergezogen.«

»Wie alt bist du?«

»Dreizehn nächsten Monat.«

»Ich werde im Oktober dreizehn«, sagte Adriana. »Ich gebe eine riesige Party. Eine *riesige*.«

Auf einmal war Fable von jungen Leuten umringt.

Adriana machte eine erhabene Geste. »Das hier ist unsere Schwimmstelle. Wir nennen es das Glade. Und das hier ist unsere Glade-Gang. Wir sind fast alle Cousins und Cousinen, bis auf Christy – sie ist meine beste Freundin. Und die Lagorio-Jungen – sie sind eineiige Zwillinge. Kannst du sie auseinanderhalten?«

Einer der Lagorio-Jungen grinste Fable an. »Ich bin Marco, und das hier ist Vince.« Sein Ebenbild nickte, ohne sie anzusehen.

Eine junge Frau, etwa in Sonnets Alter, grinste ihr aus dem seichten Wasser entgegen. »Hallo! Ich bin Kate Hardy, eine Cousine. Und das hier ist mein jüngerer Bruder, Eddy.«

Von einem Klippenvorsprung rief ein Teenager: »Hey, ich bin Ben! Der am besten aussehende Hardy.«

Kate gluckste.

Zwei Jungen an höheren Sprungpositionen weigerten sich zu grüßen.

»Oh, die Ravellis sind auch hier«, sagte Adriana und wies mit einem Nicken in ihre Richtung.

Ein schlankes Mädchen war an Adrianas Seite getreten und beäugte Fable vorsichtig. »Ich bin Christy Logan«, erklärte sie.

Fable hob matt die Hand.

Adriana trat noch näher. »Ich habe auch noch zwei ältere Brüder. Rafferty lebt in Brisbane, er geht auf die *Universität!* Und mein anderer Bruder ist Eamon. Er ist fünfzehn. Aber heute hilft er bei der Ernte.«

Fable riss ihren Blick von Adrianas los. Sie tauchte eine Zehe ins Wasser.

»Hast du da drunter deinen Badeanzug an?«, fragte Adriana.

Fable schüttelte den Kopf, betastete ihre Bluse, tadellos gebügelt von Sonnet.

»Dann bring ihn morgen mit! Wir werden hier sein. Aber du kannst jetzt bleiben und uns bei ein paar Sprüngen zusehen.«

Und mit diesen Worten ging der Tumult wieder los. Eine Reihe von Sprüngen folgte, und Fable lächelte jedem Springer höflich zu, aber zwischen den Nummern huschte ihr Blick immer wieder zur Seite, um ihr Glade in Augenschein zu nehmen. Adriana hob sich ihren Sprung bis zuletzt auf und vollführte ihn mit einer schwungvollen, eleganten Bewegung zu Christy Logans begeistertem, wenn auch ernsthaftem Beifall.

Am nächsten Morgen stürmte Fable gleich nach dem Frühstück aus dem Cottage, unter einem karierten Hemdkleid im Badeanzug, ein zerschlissenes Handtuch unter den Arm geklemmt, während eine entnervte Sonnet ihr von der

Türschwelle mit einer Schöpfkelle hinterherfuchtelte: »Sei zum Mittagessen zu Hause!«

Eine Stunde lang saß sie schmorend an der Schwimmstelle, lauschte über das Rauschen des Wasserfalls angestrengt auf herannahende Kinder, zögerte, auch nur ein Blatt von seinem Platz zu verrücken, bevor die rechtmäßigen Besitzer des Glade zurückgekehrt waren.

Dann, unter johlendem Gelächter, füllte sich das Glade wieder. Niemand schien verblüfft, sie dort zu sehen, am allerwenigsten Adriana.

»Kannst du schwimmen, Fae?«, fragte sie, während sie das Kerngehäuse eines Apfels in die Tiefe des Waldes warf. »Komm mit unter den Wasserfall!«

Zusammen näherten sie sich dem Vorhang aus Wasser.

»Hol auf drei tief Luft und tauch mit mir unter!«

Mit hämmerndem Herzen ahmte Fable Adrianas Delfinsprung nach. Sie tauchte in einer Art Höhle wieder auf, wo Adriana mit funkelnden Augen wartete. Sie kletterten auf ein Felsplateau hoch, etwas breiter als ein Bett, und dann saßen sie da und blinzelten sich mit nassen Augen an, hinter dem durchscheinenden, von hinten erhellten Schirm aus herabstürzendem Wasser.

»Das hier ist unsere Höhle. Als ich klein war, habe ich immer meine Babypuppen hierhergebracht und Mama, Papa, Kind gespielt. Eamon hat sich hier draußen versteckt, wenn Pa ihm wieder einmal mit einer Tracht Prügel gedroht hat. Aber in der Regenzeit, wenn der Fluss überflutet wird, kann man hier nicht hineinschwimmen. Nicht einmal Raff schafft das, und er ist ein spitzenmäßiger Schwimmer!«

»Es ist magischer als alles, was ich je gesehen habe«, sagte Fable und schlang die Arme um ihre Beine.

Adriana nickte, als sei es genau das, was sie erwartet hatte. Sie rutschte von dem Felsen. »Kannst du von hoch oben springen? Komm, versuch es vom Baumhaus aus!«

Fable folgte ihr gehorsam in die Lagune hinaus. Unterhalb der Plattform ließen sie sich ausgleiten.

»Hey! Leiter!«, rief Adriana.

Eine handgemachte Strickleiter wurde herabgelassen, sodass die Mädchen hochklettern konnten. Oben angekommen begrüßte Marco Lagorio Fable mit einem welpenhaften Jauchzer.

»Hallo, Neuling!«

Sie grinste, mochte ihn auf Anhieb.

Das hölzerne Baumhaus, das von der Klippe über den Fluss hinausragte, hatte riesige Fenster zum Wald und eine winzige Veranda, umgeben von einem Geländer. Fable fühlte sich, als wäre sie in den Baldachin des Waldes selbst gehüllt.

»Das ist ja atemberaubend«, hauchte sie. »Wer hat das denn gebaut?«

»Mein Bruder, Raff. Hat es ganz allein entworfen«, antwortete Adriana. »Und jetzt sieh mir bei meinem Sprung zu!«

Sie kletterte auf das Geländer und schnappte sich ein vorbeibaumelndes Seil. Sekunden später jauchzte sie über der Lagune auf und ließ sich hinunterfallen.

»Sie ist so mutig«, staunte Fable mit offenem Mund.

Adriana tauchte wieder auf. »Komm schon, Fae!«, rief sie. *»Spring!«*

»Adriana gibt gern an«, meinte Marco, der sich in diesem Moment neben sie stellte. »Aber wenn du ihr sagst, dass sie ganz oben vom Wasserfall springen soll, wird sie das nicht tun! Wir nennen diesen Sprung ›Keine Angst‹«, fügte er hinzu und zeigte auf den Namen, der an die Klippenwand gemalt war.

Noch während sie zusahen, kletterte ein älterer Junge die Klippe zum Keine-Angst-Felsen hoch.

»Das ist Eamon«, sagte Marco, während ein großspuriger dunkelhaariger Junge einen perfekten Rückwärtssalto von dem hoch aufragenden Felsen vollführte.

Fable fuhr sich mit einer Hand an den Mund, und Marco kicherte. »In dieser Familie sind sie *alle* Angeber. Eamon posaunt überall herum, dass er sogar schon einmal mit verbundenen Augen gesprungen ist.«

»Fae!«, brüllte Adriana und spritzte ungeduldig mit Wasser um sich. »Komm schon, spring, du feiges Huhn!«

Fable wich von der Kante zurück. »Ich kann nicht.«

»Du musst nicht«, sagte Marco und zeigte zu dem Waldweg hinter ihnen. »Auf dem Weg dort kommst du auch zurück zur Lagune. Versuch es erst einmal mit einem der Babysprünge.«

*Baby?* Fable war beleidigt. Im Nu war sie auf dem Geländer und segelte über die Kante, noch bevor sie ihre Absicht verarbeitet hatte. Sie spürte die verblüffende Kühle des Wassers zeitgleich mit dem Schock ihrer Spontaneität. Zu begeisterten Jubelrufen und Pfiffen tauchte sie an die Wasseroberfläche.

Nur Marco, der noch immer auf der Plattform stand,

bemerkte den Anflug von Wut, der über Adriana Hulls hübsche Züge huschte.

Fable kehrte jeden Tag zum Glade und zu ihrer neuen Gang zurück. Am letzten Samstagmorgen vor Schulbeginn jedoch wurde sie von einer entnervten Sonnet – die ihr tagtägliches Verschwinden und die Ansammlung von Steinen, Beeren und Samen an Fables Fenstersitz leid war – zu Hausarbeiten im Cottage verdonnert.

Fable stand in einem gebrauchten Schulkleid auf einem Stapel Enzyklopädien, während Sonnet, Nadeln in den Mundwinkeln, zu ihren Knöcheln kniete, als Adriana sich lautstark an der Fliegentür bemerkbar machte. Beide Hamilton-Schwestern sahen verblüfft auf.

»So viel dazu, dass man eine Weile braucht, um dazuzugehören, *Olive*«, grinste Sonnet selbstgefällig und schubste Fable mit dem Ellenbogen vor.

Adriana war ihr erster offizieller Besuch, und Sonnet stürzte sich prompt in die Rolle der zuckersüßen Gastgeberin, zu der, wie Fable dachte, nur kleine Mädchen neigten. Sie biss sich auf die Zunge, während sie dicht hinter Adriana folgte.

»Ich war noch nie im alten Hamilton-Cottage«, bemerkte Adriana, während sie ihre bescheidene Hütte in Augenschein nahm.

Sonnet bestürmte Adriana mit tausend Fragen zu Noah Valley, und Adriana beantwortete sie alle auf ihre selbstgefällige Art. Fable wand sich vor Unbehagen angesichts dieser unerwarteten Begegnung zwischen nicht länger geheimer

Freundin und neugieriger Schwester, und ihre Beklommenheit nahm erst recht zu, als Adriana sich in einer Zurschaustellung von Verbundenheit bei ihr unterhakte. Die Enthüllung ihres richtigen Namens durch eine nichts ahnende Sonnet verlief ohne Zwischenfälle – bis auf ein fast unmerkliches Zucken von Adriana, das Neugier verriet.

Aber die Befragung, so oberpeinlich sie auch war, hatte den gewünschten Effekt: Befreiung!

# Kapitel 4

*

## Summerlinn

Ein wolkenloser kobaltblauer Himmel wölbte sich über ihnen, als Sonnet Fable zu der stillen Landstraße begleitete, über die jeden Morgen der Schulbus von Noah Valley zuckelte. Plum stolperte neben Fable her und zog an ihrer Hand.

Neben der Reihe mit Briefkastenfässern, die zugleich als Bushaltestelle dienten, setzte sich Fable auf ihren Schulrucksack und starrte mit teilnahmsloser Miene auf die Biegung in der Straße. Mit jedem Wimmern von Plum, die sich an sie klammerte, wurde Fable noch stiller. Nur das Beben ihres Kinns deutete darauf hin, wie nervös sie war.

Olive hatte beharrlich erklärt, sie könne die Mädchen zu Fables erstem Schultag in die Stadt fahren – und wie erwartet eine Abfuhr kassiert. Als ob Sonnet ihr gestatten würde, ihr die Kontrolle über dieses bedeutende Ereignis zu entreißen!

Der Schulbus kam rumpelnd in Sicht, und Fable sprang prompt auf, strich ihre verwaschene Schuluniform glatt und suchte die Fenster nach Adrianas Gesicht ab. Da war sie, in der letzten Reihe, und winkte Fable gebieterisch zu einem frei gehaltenen Platz. Fable riss sich aus der Umklammerung einer weinenden Plum und war im nächsten Augenblick hinter der scheppernden Tür verschwunden.

Sonnet wartete, bis sich der rote Staub gelegt hatte, bevor das Lächeln von ihren Lippen schwand. Zum ersten Mal, seit Mama gestorben war, gingen die Hamilton-Mädchen getrennte Wege. Sonnet schluckte einen Kloß in der Kehle hinunter, hob eine protestierende Plum auf den kantigen Knochen ihrer Hüfte hoch und schlug den Weg nach Hause ein.

Der Morgen zog sich hin, während Sonnet von nagender Unruhe gequält wurde. Plum schlenderte verloren durchs Haus und fragte immer wieder nach ihrer Schwester.

Sonnet begann, sich mit der altertümlichen Singer-Nähmaschine vertraut zu machen, die sie aus dem Dielenschrank gezerrt hatte. Bis zum Nachmittag hatte sie den Dreh für die launische Maschine herausbekommen und sogar schon ein paar Röcke für Plum genäht, die jetzt auf knubbeligen Knien mit ihrem Puppenhaus beschäftigt war, einem prunkvollen Familienerbstück, das Olive ihr widerstrebend überlassen hatte.

Angeblich hatte Mama viele Jahre lang mit dem viktorianischen Puppenhaus glückliche Familie gespielt – weitaus länger, hatte Olive gemurmelt, als es die meisten Mädchen zu tun pflegten. Auch Plum hatte sich darin verliebt. Und jedes Mal, wenn Sonnet einen Blick auf Plum warf, wie sie mit dem Puppenhaus in einem Kreis aus hauchzartem Sonnenlicht saß, verspürte sie ein befriedigendes Triumphgefühl: wieder ein Schlag gegen Olive.

Olive hatte Plum das Puppenhaus ursprünglich auf Heartwood gezeigt, wohl wissend, dass Plum darum betteln würde, zu bleiben und in ihrem neu eingerichteten Spielzimmer damit spielen zu dürfen.

»Lass sie doch für ein paar Stunden bei uns sein«, hatte Olive Sonnet gebeten, als Plum wimmernd zum Cottage weggezerrt wurde.

Plum in Olives Hände zu geben, *egal* für wie lange, ging einen Schritt zu weit. Plum hatte jedes Mal nach dem Puppenhaus geschluchzt, wenn Olive zum Cottage kam – was sie, sehr zu Sonnets Leidwesen, noch immer jeden Tag tat.

»Ich wollte nur sehen, wie ihr Mädchen hier zurechtkommt«, sagte Olive jedes Mal, während sie sich geschickt zwischen Fliegentür und Rahmen hindurchmanövrierte. Nach jedem Besuch verfluchte Sonnet Olives Namen noch ein bisschen mehr.

*Ich sehe nur, wie du ständig an Plum, an uns allen, herumzerrst!*

Schließlich hatte Olive Sonnet offen darauf angesprochen, warum sie sich so dagegen sträubte, Plum loszulassen. Und Sonnet hatte aus tiefstem Herzen erwidert: »Ich habe Angst, dass irgendetwas passiert, während ich nicht da bin, um sie zu beschützen. Ich kann nicht noch jemanden verlieren – die Mädchen sind alles, was ich noch habe.«

»O Sonnet«, hatte Olive ausgerufen und die Arme nach ihr ausgestreckt. »Du bist nicht mehr allein, du hast uns!«

»Nein, wir sind nur Nachbarn«, hatte Sonnet entgegnet und sich in sichere Entfernung zurückgezogen. »Wir Hamilton-Mädchen haben ausschließlich einander.«

Und doch hatte Gav am nächsten Tag Olive geholfen, das Puppenhaus hinunter zum Cottage zu tragen, damit die Mädchen es behalten konnten. Sie hatte, wie Sonnet es sah, ihre Niederlage eingestanden.

Sonnet war dabei, die letzte Reihe Zackenlitzen an eine schlichte Schürze zu nähen, als ihr durchs Fenster eine Gestalt in einem blauen Trägerkleid ins Auge sprang: Fable, die langsam den Hügel hinunterstapfte, während das Licht der Nachmittagssonne auf ihren erdbeerblonden Locken schimmerte. Unmerklich für andere, aber nicht für Sonnets scharfes Auge, war die Art, wie Fable bedrückt die Schultern hängen ließ. Sonnet stand einen langen Moment da und grübelte darüber nach, während Plum zur Tür hinausstürzte, um ihre Schwester zu begrüßen.

Sie sah zu, wie Fable ihre kleine Schwester an sich drückte, das Gesicht verzerrt, um die Tränen zurückzuhalten. Aber bis Fable das Cottage und Sonnet erreicht hatte, hatte sie ihre zarten Züge wieder unter Kontrolle.

Fable blieb für den Rest des Abends – und den Rest der Woche – verschlossen. Ihre Lehrerin war nett, ihre Klasse war nett, ihr Mittagessen war nett, ihre Freundinnen waren nett; alles war *nett*. Und doch sackte dieser glänzende Kopf jeden Tag ein bisschen mehr nach unten, und ihre Schultern krümmten sich weiter nach vorn, wenn sie den Hügel hinunterstolperte.

Als Fable am Freitagnachmittag zur Tür hereinschlurfte, den Kopf bis zur Brust gesenkt, drückte die Faust um Sonnets Herz schließlich allzu fest zu, um es noch einen Augenblick länger zu ertragen. Genug! Ein offenes Verhör würde

Fable vielleicht noch tiefer in ihr Schneckenhaus treiben, aber das war ein Risiko, das sie eingehen musste.

Als Fable versuchte, sich an ihr vorbeizuschleichen, zwang Sonnet sie, sich auf die Couch zu setzen. »Fable, so kann es nicht weitergehen. Ich weiß, dass du leidest – und ich will wissen, *warum*. Ist es wegen Mama? Oder irgendetwas anderes? Hast du in der Schule nicht das Gefühl dazuzugehören?«

Schweigen.

Maskierte bernsteinfarbene Augen.

Noch mehr schwesterliches Flehen.

Und dann, mit einem Wimmern, brach der Damm – würdevolle Zurückhaltung stürzte auf einen Schlag in sich zusammen. Fable schluchzte, das Gesicht in die Polsterung vergraben, mit bebenden Schultern.

»O Fabes.« Sanft jetzt, während sie ihren Arm streichelte. »Es tut mir so leid, Schatz. Ich wusste ja, dass du aufgewühlt bist, aber ich wollte dich doch nicht zum *Weinen* bringen. Bitte sag mir, was los ist, Fable.«

Das gedämpfte Schluchzen hielt noch mehrere Minuten unvermindert an. Plum saß wie gelähmt in der Nähe und starrte sie mit offenem Mund an.

»Ich hole dir ein paar Taschentücher«, sagte Sonnet, während sie zusah, wie Tränen und Rotz auf der alten Couch eintrockneten. Als sie sich erhob, schoss ein schlanker Arm hoch, um sie aufzuhalten. Sonnet ließ sich wieder auf die Couch sinken.

Fable begann mit einem Schluchzer. »Sie sagen, Mama war … oh, ich kann nicht!«

»Sie war *was*?«

»Sie sagen alle, sie war das … Stadtflittchen.«

Der Schock warf Sonnet gegen die Couch zurück.

»Dass sie einen verheirateten Mann verführt hat. Und du, Sonnet, du bist sein Bastardkind. Wir sind alle Bastardkinder!«

Ein kehliges Schluchzen übernahm.

»Wer sagt das?!«

*»Jeder.«*

»Nein, drück dich genauer aus. Das ist eine abscheuliche Lüge. *Wer?*«

Große, glänzende Augen blickten tragisch in ihre. »Christy Logan, am Anfang – sie hat es am ersten Schultag verbreitet. Dann haben sie und Adriana sich gegen mich verbündet, und jetzt erzählen sie alle dieses Zeug über Mama … und uns. Niemand will mit mir reden, alle hassen mich, und Adriana sieht mich nicht einmal mehr an, außer mit einem höhnischen Grinsen. Und die Geschichte wird jeden Tag schlimmer – wir sind Ehezerstörer, und Mama war eine Hure! Ich wusste nicht einmal, was das heißt, bis ich es im Wörterbuch nachgeschlagen habe …« Ihr Gesicht lief rot an.

Wut katapultierte Sonnet buchstäblich von der Couch hoch. »Diese falsche Schlange! Wie konnte sie es wagen, hier aufzutauchen, so zu tun, als wäre sie eine Freundin, und dann solche Lügen zu verbreiten! Dieses hinterhältige, böswillige kleine …« Sie riss sich zusammen. »Na ja, es ist nicht mehr dein Problem, Fabes.«

Sie betrachtete ihre Schwestern einen Moment, bereits entschlossen. »Fable, trockne deine Augen. Ich will, dass du

Plum hoch nach Heartwood bringst. Bleib bei Olive, während ich das kläre!«

Fable schniefte. »Aber wohin gehst du?«

»Zur Quelle des Gerüchts. Ich werde sie … *es* zerquetschen, ein für alle Mal.«

Sonnet scheuchte die Mädchen den Hügel hinauf, mit einer rasch gemurmelten Ermahnung, auf ihren Weg zu achten und sich von ihrer besten Seite zu zeigen, mit den Augen bereits beim Fluss und der Familie, die dahinter lebte.

»Na los, lauft schon! Wir sehen uns gleich!«

Sonnet schnellte herum zu der Zuckerrohrbrücke. Ihre rasende Wut war zu einer Flut angeschwollen, die sich nicht mehr aufhalten ließ.

Der stattliche Familiensitz der Hulls, stolz und majestätisch im schräg einfallenden Licht, war von Mangobäumen umgeben und einer ringsum verlaufenden Veranda gesäumt. Auf einem Hängeschild stand der Name des Anwesens: Summerlinn.

Die Frau, die auf die oberste Stufe heraustrat, um sie zu begrüßen, war äußerst elegant, und trug ihre dunklen Haare zu einem eleganten Knoten frisiert. Noch immer auf der untersten Stufe, war Sonnet trotz ihrer Größe in deutlichem Nachteil.

»Sind Sie Adriana Hulls Mutter?«, platzte Sonnet heraus.

»Die bin ich«, erwiderte sie. Ihre blauen Augen musterten Sonnet ebenso eindringlich, wie es ihre Tochter getan hatte. »Man nennt mich aber in der Regel Delia Hull. Und es kann keinen Zweifel geben, wer *du* bist. Du bist das Ebenbild von Esther Hamilton.«

»Sonnet Hamilton«, sagte sie, die Faust an der Hüfte geballt.

»Wir haben uns schon gefragt, wann wir endlich die Töchter kennenlernen würden, die Esther versteckt gehalten hat. Ich habe neulich bei Olive vorbeigeschaut, um euch zu besuchen, aber sie hat uns gesagt, ihr bräuchtet noch etwas Zeit, um euch einzugewöhnen. Komm doch bitte herein«, sagte sie mit einer Geste auf ihr stilvolles Wohnzimmer.

»Nein danke, ich habe nicht vor zu bleiben. Ich bin nur hier, um Ihnen zu sagen, dass ich das Verhalten Ihrer Tochter gegenüber meiner jüngeren Schwester, Fable, nicht hinnehmen werde.«

Fein gezogene Augenbrauen hoben sich. »Was in aller Welt meinst du damit?«

Sonnet stieg auf die Veranda hoch und richtete sich zu ihrer vollen Größe auf, korrigierte die übliche gebückte Haltung eines hochgewachsenen Mädchens, das es gewohnt war, sich zu anderen herunterzubeugen.

Delia wartete; es war ein durchtriebenes Schweigen, das seine Wirkung vermutlich nicht oft verfehlte.

»Mrs Hull, Ihre Tochter verbreitet in der Schule Lügen über unsere Familie. Diese Lügen machen Fable schwer zu schaffen, zumal sie ihre Mutter gerade erst verloren hat. Ich verlange von Ihnen, dass Sie mit Adriana darüber sprechen, damit so etwas nicht mehr vorkommt.«

Delias Augen weiteten sich. »Unsere Adriana würde so etwas niemals tun. Was soll sie denn gesagt haben?«

»Ich denke, das wissen Sie.«

»Ich habe keine Ahnung, wovon du sprichst, und ich habe kein Interesse daran, mich wegen einer solch belanglosen Kinderei mit dir zu streiten.«

»Ich kann das, was Adriana über unsere Mutter und unsere Familie sagt, leider nicht als Kinderei abtun. Fable ist völlig aufgelöst.«

Delia machte eine knappe wegwerfende Handbewegung.

Sonnet schätzte die Frau vor ihr genau ab: Scheinbar forderte niemand Delia Hull heraus. Sonnets Stimme bebte vor Wut. »Adriana nennt unsere Mutter die Stadthure, beschuldigt sie, eine Nutte und Ehezerstörerin zu sein – ich kann mir kaum vorstellen, dass sie selbst auf diese Ausdrücke gekommen ist. Vielleicht können Sie mich aufklären?«

Delias Augen blitzten auf. »Wenn meine Tochter so etwas gesagt hätte, dann hätte sie vermutlich nur das wiederholt, was ganz Noah Valley schon lange denkt.«

»Wagen Sie es ja nicht …«

»Hör auf, mich anzuschreien.«

»Sagen Sie mir nicht, wie laut ich sein soll! Sie kennen meine Mutter doch nicht einmal!«

»Ha! Und ob ich deine Mutter kannte. Meine Schwester Beth war mit ihr in einer Klasse, und wir sind gemeinsam aufgewachsen, haben am Serpentine Creek miteinander gespielt. Ich kannte Esther sehr gut – auch wenn niemand von uns auf die Idee gekommen wäre, wozu sie wirklich imstande war. Und was noch wichtiger ist, die Brennans waren unsere liebsten Freunde. Esther Hamilton war all das, was du über sie gehört hast. Und wenn die Gefühle deiner Schwester durch die Wahrheit verletzt werden, dann vergiss nicht, dass deine Mutter sich das alles selbst eingebrockt hat, und auch euch.«

*Die Brennans? Nein, komm jetzt nicht ins Schwimmen; gib ihr nicht die Oberhand!*

»Ich sage Ihnen nur: Bändigen Sie Ihre gehässige kleine Viper!«

Ein hartes Lächeln zuckte an Delias Lippen. »Ich kann nicht verhindern, dass meine Tochter hört, was sie hört. Diese Dinge sind in Noah in aller Munde – wie soll man da von Adriana erwarten, dass sie irgendetwas anderes denkt?«

Sonnet spürte die Wut, die in ihrer Kehle aufstieg, und tat nichts, um sie aufzuhalten. »Indem Sie mit gutem Beispiel vorangehen und sich nicht wie ein boshaftes altes Klatschmaul aufführen. Bringen Sie ihr bei, selbst zu denken, anstatt das dumme Geschwätz anderer Leute nachzuplappern.«

Delia wich zurück, als wäre sie geschlagen worden. »Glaub mir, Adriana wird sich künftig von euch Hamiltons fernhalten. Ich werde persönlich dafür sorgen, dass sie nichts mehr mit den wertlosen Töchtern einer verdorbenen Frau zu tun hat.«

Die Haustür knallte zu, und Buntglasrosen erbebten.

Sonnet polterte von der Veranda. Sie wandte sich nur noch ein einziges Mal um, am Rand der Mangobäume, um der stillen Fassade zuzubrüllen: »Bei Familien wie *eurer* ist es kein Wunder, dass meine Mutter diese verdammte Stadt verlassen hat!«

# Kapitel 5

*

## Sünden der Mutter

In dem Moment, in dem sie auf der Hamilton-Seite des Flusses war, brach Sonnet zusammen, rammte Fäuste und Tränen in die torfige Erde.

»Zum Teufel mit den Hulls, zum Teufel mit ihnen allen!«

Sonnet rappelte sich auf und rannte, bis die Tränen versiegten und die körperliche Anstrengung die Angst zu vertreiben begann – nie zuvor hatte sich Laufen so befreiend angefühlt. Sie blieb erst stehen, als sie Heartwood erreicht hatte.

Olive eilte mit offenen Armen die Stufen hinunter. »Sobald Fable mir gesagt hatte, wohin du gegangen warst, *wusste* ich es einfach!«

Sonnet stieß Olives ausgebreitete Arme weg, schnappte keuchend nach Luft. »Warum hast du mir nicht gesagt, wie diese Stadt ist? Wo war die Vorwarnung?«

»Ich habe es doch versucht, Sonnet, wirklich! Damals am Telefon, als du überlegt hast, ob ihr alle nach Noah kommen solltet, und neulich beim Abendessen habe ich es wieder versucht.«

»Aber nicht genug! Ich habe Fable einfach ins offene

Messer laufen lassen, ohne jede Vorbereitung! Sie ist völlig fertig. Wie könnte irgendein junges Mädchen es ertragen zu hören, wie ihre Mutter so ans Kreuz genagelt wird? Ich kann nicht glauben, dass ich sie in dieses Höllenloch gebracht habe!«

»Ich wusste ja nicht, was eure Mutter euch bereits erzählt hatte, und du hast mehr als deutlich klargemacht, dass es mir nicht zusteht, Fragen zu stellen. Du warst so entschlossen. Ich habe versucht, mich nicht einzumischen. Das war es doch, was du wolltest.«

»Ich habe das Gefühl, du hast mich ausgetrickst, damit wir nach Noah Valley kommen! Und im Moment weiß ich gar nicht mehr, was ich glauben soll!«

Olives Augen glänzten. »Komm hoch und iss mit uns zu Abend, dann werden wir reden. Ich werde dir alles sagen, was du wissen willst.«

Die paar Bissen, die Sonnet vom Abendessen angerührt hatte, lagen ihr wie Steine im Magen, während sie zusammengekrümmt am Tisch saß und darauf wartete, dass Olive das Wort ergriff.

Auf der anderen Seite des Tals wütete ein Zuckerrohrfeuer in der Dunkelheit. Aus dem Inneren des Hauses hörte sie Plums belustigtes Kreischen und Fables unterdrücktes Kichern, während Gav mit ihnen eine Abwasch-Komödie aufführte und dazu »Mulga Bill's Bicycle« rezitierte. Zephyrs Bellen vervollständigte die Kakofonie.

»Die Geschichte deiner Mutter«, begann Olive, »war einer der Gründe, weshalb ich so darauf gedrängt habe, dass ihr Mädchen erst einmal hier bei uns wohnt – um euch bei eurer Ankunft vor all den Vorwürfen zu schützen.«

»Vor dem großen dreckigen Geheimnis, meinst du wohl? Das, das du mir absichtlich verschwiegen hast, bevor ich meine trauernden Schwestern aus ihrem Zuhause entwurzelt und mitten ins Nirgendwo geschleift habe? Die Wahrheit, die du mir am Telefon hättest sagen können, anstatt mich mit einem Trick dazu zu bringen, unser Erbe anzutreten?«

»Du hast doch keine Ahnung, wie schwer ich mit dieser Entscheidung gekämpft habe. Man bespricht das Thema der umstrittenen Vaterschaft einer jungen Frau nicht am Telefon, vor allem nicht so bald nach dem tragischen Tod ihrer Mutter.«

Sonnet verschränkte die Arme vor der Brust. »Na los, rede weiter!«

Olive schenkte sich mit einer zitternden Hand eine Tasse Tee ein, und Sonnet winkte ab, als sie ihre Tasse ebenfalls füllen wollte.

»Was hat man dir denn gesagt, wer dein Vater war, Sonnet?«

»Ein Wanderarbeiter bei der Obsternte, ein paar Jahre älter, nicht aus Noah.«

Olives Miene war ausdruckslos. Sonnet ergänzte hastig ein unterstützendes Detail. »Es war nur eine ganz kurze Affäre, und er hat sich aus dem Staub gemacht, als er erfuhr, dass ich unterwegs war. Mama kannte nicht einmal seinen Nachnamen, falls ich ihn eines Tages suchen wollte. Aber meine Loyalität gilt ohnehin dem Elternteil, das mich *ge-*

*wollt* hat. Die Schande, ein ›Bastardkind‹ zu sein, ist immer da, aber wenn du dein Leben lang so tust, als ob dein Vater nicht existiert, ist Vaterschaft irgendwann kein Thema mehr. Bis es das auf einmal für eine ganze Stadt doch ist!«

Olive antwortete lange Zeit nichts.

Sonnet fühlte sich beinahe krank vor erwartungsvoller Angst.

»Erstens einmal«, begann Olive schließlich leise, »musst du verstehen, wie Essie überhaupt in eine solch … unglückliche Situation kam. Deine Mutter war, wie du vermutlich weißt, furchtbar gescheit. Unser Vater hat oft gesagt: ›schlauer, als gut für sie ist‹. Er hat versucht, sie davon abzubringen, ihre Schulausbildung fortzusetzen, nachdem sie vierzehn wurde. Was nützen denn Bücher einem Mädchen, das so schön ist, meinte er. Aber Essies Ambitionen waren größer als wir alle. Sie war eine talentierte Autorin – das Schreiben war ein gutes Ventil für die Gefühle, die sie nicht in Schach halten konnte, ehrlich gesagt. Und sie hatte so große Hoffnungen für sich selbst. Ließ sich von niemandem sagen, sie solle mit beiden Beinen auf dem Boden bleiben, und sie fügte sich erst recht nicht Vaters Weigerung, sie auf die Universität zu schicken. Erklärte, sie würde ›sich aus diesem verdammten Tal herausschreiben!‹. Und zu diesem Zweck erhielt Esther in ihrem letzten Highschooljahr Förderunterricht zur Vorbereitung auf ein Stipendium …« Olive wandte den Blick ab, sammelte sich neu. »Wenn ich damals noch zu Hause gelebt hätte, vielleicht hätte ich die Warnzeichen bei deiner Mutter gesehen, bevor es zu spät war. Aber deine Großeltern haben nie etwas geahnt. Wenn sie wollte, verstand Esther es so gut, einen zu blenden – als ob ein Licht in deine Augen schien, mit großen Schatten dahinter.«

Sonnet schauderte, dachte an die Ähnlichkeit zu einer anderen Hamilton-Tochter mit einer ebenfalls undurchdringlichen Maske, die sowohl Licht als auch Schatten verbarg.

»Niemand hat es kommen sehen. Ich war zu der Zeit frisch verheiratet mit Gav, und wir wohnten über seinem Laden. Ich war mit meinen eigenen … Problemen beschäftigt.« Olives Gesicht verzog sich vor Kummer.

Sonnet spürte kein Mitgefühl – nur Ungeduld.

Olive holte einmal tief Luft und legte los. »Sonnet, es tut mir leid, deine Mutter hatte nichts mit einem Obstpflücker auf der Durchreise. Tatsächlich war dein Vater einer der angesehensten Männer in unserer Stadt. Esther hatte eine Affäre mit ihrem stellvertretenden Schulleiter. Er war zehn Jahre älter als sie und verheiratet. Er hatte kleine Kinder, darunter einen sehr komplizierten Jungen, der ständiger Fürsorge und Aufsicht bedurfte.« Olive hielt einen Moment inne. »Die Affäre kam schließlich unter absolut entsetzlichen Umständen ans Licht. Sie wurden beim Abschlussball dabei ertappt, wie sie … *das* … auf der Schulbühne taten. Jemand hatte … Der Vorhang wurde zurückgezogen.«

Sonnet wandte den Blick ab, richtete ihn auf den flammenerhellten Horizont.

»Es war ein entsetzlicher Skandal. Einfach nur schockierend.«

»Und dann kam ich daher«, sagte Sonnet mit bleierner Stimme.

»Nicht sofort, nein. Die unmittelbaren Folgen der Affäre

waren schon schlimm genug. Einer unserer meistgeliebten Lehrer entlassen! Die Familie verließ Noah Valley. Binnen Wochen, nachdem die Affäre ans Licht gekommen war, waren sie fort. Aber für ihn war es leichter – er verschwand einfach in die Anonymität der Großstadt. Deine Mutter hingegen litt. Sie verzehrte sich nach ihrem Liebhaber, wurde von der Schule verwiesen, von ihren eigenen Eltern geächtet und war gefangen in dieser Stadt, in der alle sie verurteilten und sich über sie empörten. Und dann konnte man auf einmal sehen, dass sie einen kleinen Bauch bekam … Es dauerte nicht lange, bis Esther Wind von Vaters Plan bekam, sie in ein Heim für ledige Mütter zu stecken. Sie wollte nichts davon wissen! Vater bot ihr die Gelegenheit, sich … vom Fleck der Sünde reinzuwaschen. Aber Essie gab nie auf, wenn sie sich etwas in den Kopf gesetzt hatte. Sie sagte, vorher müssten sie dich ihren toten Händen entwinden. Vater nannte sie die »Hure des Tals« und warf sie aus dem Haus. Nicht lange danach floh Esther und kehrte nie wieder zurück …«

Olive beendete ihre Geschichte abrupt und leise. Sie suchte in ihrer Nichte nach einer Reaktion, aber Sonnet blickte sie nur kalt an wie eine Statue.

Doch innerlich: ein Schneesturm.

Es schmerzte Sonnet, auch nur ein einziges Wort zu sprechen. »Und das ist alles?«

»Die ganze schmutzige Geschichte.«

Sonnet verspürte einen überwältigenden Drang, Olives Teetasse zu nehmen und sie ihr ins Gesicht zu schleudern. »Du willst mir also sagen, dass meine Existenz das Ende der

Karriere eines allseits geschätzten Lehrers und vermutlich auch das Aus für seine Ehe bedeutet hat, dass Mama wegen mir den Rest ihres Lebens entfremdet von ihrer Familie verbringen musste und über die Erde gewandert ist wie irgendeine aussätzige biblische Prostituierte. Und als ob das alles nicht schon schlimm genug wäre, bin ich auch noch an den einzigen Ort der Welt zurückgekommen, an dem ich von allen gehasst werde?«

Olive streckte eine Hand nach Sonnets aus, aber sie riss sie blitzschnell zurück. Sonnet fiel auf, dass Olive ihr nicht widersprochen hatte.

»Das war's – wir verschwinden von hier!«, rief Sonnet und schob ihren Stuhl zurück im Begriff, davonzustürzen und zu packen.

»Nein, nein, du darfst dir keine Vorwürfe machen! Die Fehler deiner Mutter waren ihre eigenen; niemand in dieser Stadt wird dich dafür verantwortlich machen.«

»Schon komisch, Olive. Denn es sieht so aus, als ob sie genau das tun!«

»Sie sind vielleicht voreingenommene Wichtigtuer, aber sie wissen, dass ihr Mädchen nichts dafür könnt. Diese Stadt hat ein gutes Gedächtnis, aber sie wird euch rasch vergeben, nein, akzeptieren, trotz dieses missglückten Empfangs.«

»Das glaube ich allerdings nicht.«

»Hab Geduld, dann wirst du schon sehen. Versprochen.«

Sonnet knirschte mit den Zähnen, versuchte, den Wert von Olives Beteuerung abzuschätzen. »Also wie jetzt, ich soll einfach die Füße stillhalten und darauf warten, dass diese Leute über ihren Schatten springen?«

»So ähnlich. Hast du je die Redensart gehört: ›Mit einem Löffel Honig fängt man mehr Fliegen als mit einem Fass Essig‹?«

»Mit anderen Worten, ich soll *nett* sein, egal was passiert? Ich bezweifle, dass du einem Neffen denselben Ratschlag erteilen würdest. Nur von Frauen wird erwartet, ständig *nett* zu sein. Ich nehme nicht an, dass es für dich überraschend kommt, aber ich bin nicht die Art Mädchen, das die Füße still hält.«

»Dann sieh es doch so, dass du sie ›mit Freundlichkeit tötest‹.«

»Töten klingt gut.« Sonnet reckte entschlossen das Kinn vor. »Ich meine es ernst! Wenn das nächste Mal irgendjemand meine Schwester demütigt, bekommt er es mit mir zu tun!«

»Ich kann den Impuls verstehen, auch wenn er kontraproduktiv ist. Wenn du durch die Main Street stolzierst und die Leute überall gegen dich aufbringst, wirst du nur eine neue Kontroverse um Esther Hamiltons Andenken entfachen, es ihnen noch schwerer machen, euch Mädchen losgelöst von ihr zu sehen.«

»Wenn diese Stadt uns unbedingt das Gefühl geben will, nicht willkommen zu sein, gehe ich mit den Mädchen weg von hier.«

»Gib uns eine Chance, das ist alles, was ich sage und mir für uns erhoffe.«

»Das habe ich bereits getan!«

»Eine richtige Chance, Liebes. Wirf nicht beim ersten Problem das Handtuch.«

Sonnet funkelte sie wütend an. Wie schnell diese Frau ihre Schwachstellen entdeckt hatte.

»Hör zu«, meinte Olive, jetzt beschwichtigend, »du hast dein Erbe angetreten, du hast genug Geld, um dich mit deinen Schwestern niederzulassen, wo immer du willst. Du brauchst uns und diese Stadt nicht wirklich. Aber gib uns eine Chance. Wir sind eure Familie, ob es dir gefällt oder nicht, und ich denke, wir werden euch eine gute Familie sein. Wirf uns nicht in einen Topf mit den spöttischen Klatschmäulern – lass uns beweisen, dass wir anders sind. Denn egal wo Esther gestorben ist – Noah Valley war trotz allem ihr Zuhause.«

Sonnet grübelte darüber nach. Sie war dieser Stadt wirklich nichts schuldig, aber nach so vielen wurzellosen, heimatlosen Jahren sehnte sie sich nach einem Zuhause, einer Gemeinschaft, zu der sie gehören konnte. Noah Valley hatte endlich so eine Möglichkeit für sie eröffnet. Vielleicht war es wirklich am besten, erst einmal abzuwarten. Und vielleicht waren die anfänglichen Vorurteile der Kleinstadtbewohner ein halbwegs erträglicher Preis, den sie dafür zu bezahlen hatte.

Sie seufzte. »Das heißt, ich soll abwarten, bis sich der Tumult gelegt hat?«

Olive nickte, Hoffnung zuckte an ihren Mundwinkeln.

»Und dann werden sie das mit Mama vergessen?« Es war eine Warnung, keine Frage.

»Versprochen. Du wirst es nicht bereuen, Sonnet. Halte einfach durch, dann wirst du Noah Valley eines Tages ebenso sehr lieben wie wir.«

Sonnet blickte nicht überzeugt. »Eine Sache noch. Und dann werde ich nie wieder mit dir darüber reden. Ich will den Namen von diesem Dreckskerl wissen.«

Olive zuckte bei dem Schimpfwort zusammen. Sonnet genoss den Effekt.

*Ja, genau, du hast richtig gehört: Dreckskerl!*

»Sein Name war Archer Brennan«, antwortete Olive. »Er kam als neuer Lehrer nach Noah Valley, frisch vom College. Es sollte eine befristete Anstellung auf dem Land sein, aber die Stadt und die Schüler haben ihn angehimmelt. Und dann hat er ein sehr beliebtes einheimisches Mädchen geheiratet – eine der Logans. Archer wurde stellvertretender Schulleiter, als er sechsundzwanzig war.«

»Und er hatte Kinder?«

»Zwei Jungen. Sie müssten, oh, lass mich überlegen, ein paar Jahre älter sein als du. Der jüngere kam mit starken Beeinträchtigungen zur Welt. Ich habe mich oft gefragt, wie sie mit diesem armen Wurm zurechtgekommen sind. Archer hat sich rührend um ihn gekümmert – er war als Vater ebenso wundervoll wie als Lehrer. Deshalb war es ja auch so schockierend untypisch für ihn, etwas mit einer Schülerin anzufangen, und deshalb haben die Leute Esther beschuldigt, sie hätte ihn verhext. Und für Delia Hull war es eine sehr persönliche Sache. Sie war …«

»Hör auf! Es ist mir egal, was diese Hyäne von Mama gedacht hat! Ich wollte nur seinen Namen wissen, damit nicht die ganze Main Street über mich lacht, wenn ich dem Mann, der mich gezeugt hat, geradewegs in die Arme laufe.«

»Es wird nicht passieren, dass du Archer begegnest. Es tut

mir leid, dir sagen zu müssen, dass er vor ungefähr zwei Jahren gestorben ist. Krebs – er hatte schon überall gestreut. Die Traueranzeige erschien in unserer Zeitung. Es war tragisch, den Namen deiner Mutter nur wenig später in der gleichen Spalte zu sehen, wie einen traurigen Epilog.«

Sonnet reckte das Kinn. »Okay, das reicht. Erwähne ihn einfach nie wieder.«

»Du bist ein tapferes Mädchen«, sagte Olive, »sogar noch stärker, als ich anfangs dachte. Ich denke, du wirst die nächste Generation Hamilton-Mädchen in eine vielversprechende neue Zukunft in Noah Valley führen.«

Sonnet räusperte sich verlegen, tat dann jedoch Olives rührselige Worte mit einem Schulterzucken ab. Aber tatsächlich war es genau das, was sie vorhatte. Eines von Mamas Lieblingszitaten ging ihr durch den Kopf, als würde es auf der Brise des verbrannten Zuckersirups durchs Tal getragen werden: »… Möcht' ich statt Tränen Feuerfunken weinen.«

*Ja, Mama, wir werden es ihnen allen zeigen, dem ganzen verdammten Haufen!*

In diesem Moment löste sich auf der Veranda, ungesehen und ungehört, Fables schmaler Schatten von den offenen Fensterläden.

# ZWEITER TEIL

*»Aber es passt mir nicht, wenn du so redest wie ein vornehmer Herr. Als ob die Frauen alle vornehme Damen wären und nicht vernünftige Wesen. Wir erwarten gar nicht, immer nur in ruhigen Gewässern zu segeln.«*

Jane Austen, *Überredung*

# Kapitel 6

*

## Die grüne Frau

*Winter 1955*

Nach diesem Abend wusste Fable, was sie als Nächstes zu tun hatte, auch wenn es vier Wochen dauerte, bis sie den Mut dafür aufbrachte. Vier lange, einsame Wochen, in denen sie begann, sich selbst als winziges Krustentier zu sehen, das seiner perlmuttartigen Schale beraubt und unter der weißglühenden tropischen Sonne liegen gelassen worden war, um bei lebendigem Leib zu verschmoren. Von ihren Mitschülern durchgehend mit Vorurteilen und Vorwürfen konfrontiert zu werden, war kaum zu ertragen, und dennoch musste sie es irgendwie.

Jeden Tag zerrte Sonnet sie aus dem Bett und schleifte sie gewaltsam zur Bushaltestelle. Jeden Tag machte Fable sich so glatt und flach wie ein vom Fluss polierter Stein. Und es klappte – die Beleidigungen schienen einfach an ihr abzuperlen. Tatsächlich galt Fable mit ihrer unnahbaren Art und ihren Augen, von Wimpern überschattet wie Lampen unter einem Schirm, bei ihren Lästerern als »hochnäsig«.

Ihre Kritiker waren zahlreich, und sie waren lautstark.

Adriana, die Anführerin, Christy, ihre getreue, eilfertige Stellvertreterin, und eine Schar Gänse, die ihnen alles nachschnatterte …

»Bastard!«

»Fable hat die Beine ihrer Mutter, leicht zu spreizen!«

»Deine Mutter ist das Stadtfahrrad – jeder hat schon drauf gesessen!«

»Hurentochter!«

»Hamiltons, die Ehezerstörer!«

Und, sehr zur Belustigung der Lehrer, die von der neuesten Beleidigung Wind bekommen hatten: »Äsop!«

Na ja, das war wenigstens geistreich, flüsterten sie sich im Lehrerzimmer übereinstimmend zu, und ein Beweis dafür, dass die kleinen Nervensägen manchmal doch etwas mitbekamen. Außerdem, jeder, der seiner Tochter einen solch albernen Namen gab, hätte sie auch mit dem nötigen Rückgrat ausstatten sollen, damit umzugehen. Jeder wusste doch, wie grausam Kinder waren.

Die ganze Zeit über hörte Fable Sonnets eifrige, trotzige Stimme in ihrem Ohr: »Wenn du zurückschlägst, haben sie gewonnen. Sie wollen dich nur schikanieren, ignorier sie einfach, dann nimmst du ihnen ihre Macht. Lass sie gar nicht an dich heran. Bald werden sie es vergessen haben.«

Fable wich dem durchdringenden Blick ihrer Schwester stur aus, sah vorbei an den hassverzerrten Gesichtern, die sie an jeder Ecke empfingen, als wären sie Wasserspeier, die in die Gebäude selbst gehauen waren.

Albträume quälten sie. Unheimliche Visionen, die sich in der fremden tropischen Landschaft abspielten und von der unausweichlichen Auslöschung von Familie, Liebe und Geborgenheit handelten. Und immer suchte Fable nach einer Mutter, die in irgendeinem Raum weggesperrt war, in den sie nicht gelangen konnte. Mamas Stimme verhallte, während Fable verzweifelt versuchte, festen Boden unter den Füßen zu bekommen oder sich einen Zentimeter vorwärtszubewegen.

In ihren wachen Stunden jagte sie dem Gesicht ihrer Mutter nach – und auch dann entzog es sich ihr. Sie konnte jedes andere Gesicht – ob eingebildet oder echt – heraufbeschwören, ihre Mutter hingegen blieb eine dunkle Silhouette.

Fable gab sich selbst die Schuld. Sie hatte sich dem Andenken ihrer Mutter verweigert und diese flüchtigen Besuche im Wintergarten zurückgewiesen, als sie den gehässigen Verleumdungen dieser Kinder von Noah Valley Gehör schenkte. Sie hatte zugelassen, dass sie ihre Mutter zu einer Fremden machten.

Aber damit war jetzt Schluss! Wenn sie irgendeine Hoffnung hatte, das Gesicht ihrer Mutter wiederzusehen oder ihre Gegenwart in diesem kurzen Moment zwischen Schlaf und Wachsein zu spüren, dann musste sie ihre Stimmen zum Schweigen bringen. Sie würde dieses geliebte Gesicht finden und es nie wieder loslassen.

Gestern Nachmittag hatte sie sich Sonnets Aufsicht entzogen und war hinauf nach Heartwood geschlüpft. Olive, die ihr Ananasbeet jätete, blinzelte fragend zu der jungen Nichte hoch, die vor ihr auftauchte, von hinten angestrahlt von einer tief stehenden Sonne. Fable gab halbherzig vor, eine Enzyklopädie aus der Bibliothek im Wohnzimmer konsultieren zu müssen, und Olive winkte sie weiter ins Haus, ohne nachzubohren.

In dem hoch aufragenden Bücherregal auf Heartwood hatte Fable vor Wochen eine Reihe mit Fotoalben entdeckt. Sie waren schwer, förmlich und prall gefüllt mit alten Fotografien. Jedes Mal, wenn Olive versuchte, die Alben nach dem Abendessen auf Heartwood hervorzuholen, erklärte Sonnet das Gespräch für beendet. Sie duldete Olives Hamilton-Geschichten nur zu einem gewissen Grad, und Fotos überschritten diese Grenze bei Weitem.

Fable wusste, dass es ein Verrat an ihrer älteren Schwester war, die Alben zu suchen. Schuldbewusst zog sie einen Stapel auf ihren Schoß, und ihre Hände überschlugen sich, während sie sie in aller Eile durchblätterte.

Die Alben büßten den Reiz des Verbotenen fast augenblicklich ein. Die Gesichter, Häuser und Orientierungspunkte sagten ihr nichts. Sie blätterte durch das Leben fremder Leute, wiedergegeben in verwaschenem Sepia und Schwarz-Weiß-Tönen.

Ein Knoten bildete sich in Fables Kehle, als ihr bewusst wurde, dass sie zum vorletzten Album gekommen war, ohne auch nur ein einziges Bild von ihrer Mutter zu entdecken – nur leere, vergilbende Steckplätze, wo einst das leuchtende Gesicht ihrer Mutter gestrahlt haben musste. Die Hamiltons hatten alle Spuren ihrer Tochter getilgt, als sie sie verstießen. Was für ein Mensch versuchte, die Erinnerung an das eigene Kind auszulöschen?

Auf der allerletzten Seite, unter einem dünnen Schutzblatt, fand Fable, was sie suchte. Die junge Esther, in körnigem Schwarz-Weiß. Sie war nicht viel älter als Fable jetzt, das konnte Fable erkennen, auch wenn das Bild an den Rändern eingerollt war und bereits verblasste. Aber es war Mama, trotz allem.

Mit übergroßer Erleichterung ließ Fable den Blick auf dem Bild ihrer Mutter ruhen: herzförmiges Gesicht mit sanft geschwungenen Ebenen, weit auseinanderstehende Augen, Amorbogen über vollen Schmolllippen und eine feine, kleine Nase.

Fable zog das Bild aus den Fotoecken und steckte es ein, bevor sie rasch aus dem Haus schlüpfte, vorbei an Olives betont abgewandtem Rücken, während sie am Küchentisch stand und irgendetwas hackte.

Eine Woche später war das Foto ein Talisman, verborgen in der Tasche ihres Schulkleids, während sie hoch oben im schattigen Herzen eines Banyanbaums kauerte. Unter dem Schulgebäude spielten Jungen »Beamey« – sie warfen Tennisbälle gegen die Träger.

Die Schulbibliothek befand sich auf der anderen Seite des viereckigen Innenhofs. Niemand besuchte die Bibliothek zur Mittagszeit, und keiner der Beamey-Spieler achtete auf sie. Eine Woche lang war Fable jeden Tag zu dem Banyanbaum zurückgekehrt, bereit, ihren Plan auszuführen, und doch außerstande, die letzten fünfzig Meter zurückzulegen. Jetzt war es so weit.

Fable gab sich den entscheidenden Ruck und rutschte an

den Wurzelranken hinunter, entschlossen, nicht wieder zu kneifen. In der Bibliothek war alles still. Ein Deckenventilator bewegte die warme Luft. Die Bibliothekarin sah von ihrem Sandwich auf und warf ihr einen zwangsläufig strengen Blick zu, begleitet von einem Finger, der ihr Schweigen gebot.

Fable nickte artig und ging schnurstracks auf die Wand golden gerahmter Fotografien hinter der Falttür des Lernanbaus zu. Lehrkräfte, Abschlussklassen und Schülersprecher mehrerer Jahrzehnte zierten diese Ruhmeswand.

Er musste hier sein, irgendwo.

Fable warf einen Blick über die Schulter, aber Mrs Kent, noch immer mit dem Rücken zu ihr, war damit beschäftigt, Sandwichkrümel aufzufangen.

Als Erstes musste sie Mama finden. Rasch ging sie die Jahre durch, bis sie die Abschlussklasse und Lehrkräfte der Schule von Noah Valley aus dem Jahr 1935 fand. Sie überflog die vielen Reihen adretter, grinsender Jungen, bis sie zu der einzigen Reihe sittsam dasitzender Mädchen kam; alle schlaksig und ungelenk, noch nicht ganz zu sich selbst herangewachsen. Bis auf eine.

Esther.

Sie glitzerte in dieser Reihe wie ein Kristall, der sich auf einer Klinge aus Licht spiegelte; natürliche Sinnlichkeit und Anmut vereinten sich zu einem verführerischen Effekt. Inmitten all dieser jugendlichen Mädchen war allein Esther eine Frau. Selbst in Schwarz-Weiß war sie nicht weniger bezaubernd.

Fable musste sich zwingen, den Blick abzuwenden, dem

Drang zu widerstehen, sich gegen das Glas selbst sinken zu lassen. Sie war nicht wegen Mama gekommen, nicht diesmal. Er war es, hinter dem sie her war. Sie durchforstete die Liste mit den Namen der Lehrkräfte, die darunter stand, fand das entsprechende Gesicht zu »Archer Brennan, stellvertretender Schulleiter«.

Er stach als der größte der männlichen Lehrer hervor, in der Mitte der letzten Reihe – blendend gut aussehend, blond und jung. Fable suchte in seinem Gesicht nach Spuren von Sonnet – und fand sie in seiner Größe und Haltung, den attraktiven, kantigen Zügen, dem durchtrainierten Körper. Daher also rührte Sonnets Kraft.

Sonnets *Vater*, hauchte Fable ungläubig. Allein schon die Vorstellung von Zugehörigkeit, durch Blutsverwandtschaft, zu einem Mann war für Fable ungeheuerlich. Ihr Leben lang war alles, was sie gekannt hatte, ihre Schwestern. Hier, endlich, war ein männlicher Ursprung.

Lange Zeit stand Fable einfach nur da, starrte auf sein stolzes Gesicht und versuchte, das alles zu verstehen. Sie blätterte die Seiten eines imaginären Familienfotoalbums – das Einzige, das die Hamilton-Mädchen je gekannt hatten – zögernd zurück und sah mit allmählich dämmernder Klarheit jede klaffende, hässliche Lücke, die Archer Brennan hätte ausfüllen können.

Dann, ganz langsam, sanft, kam die Offenbarung und legte sich um ihr Herz.

Als sie sich schließlich abwandte und die Bibliothek verließ, trat sie hinaus in eine völlig neue Welt.

Zum ersten Mal seit einem Monat schlief Fable traumlos. In den frühen Morgenstunden fuhr sie mit einem Ruck erschrocken aus dem Schlaf hoch, im Bewusstsein einer Gestalt, die wenige Zentimeter über ihrer eigenen verharrte. Die schwebende Masse schien sich zurückzuziehen, als Fable die Augen aufschlug. Sie griff in leere Luft, sank in das Kissen zurück, suchte das dunkle Schlafzimmer mit den Augen ab. Das Mondlicht, das durch die Vorhänge hereinschimmerte, vermochte die geheimnisvollen Nischen und Formen dieses noch unvertrauten Zimmers nur unzureichend zu beleuchten. Da war eine aufblitzende Bewegung, in der Nähe ihres Kleiderschranks. Spielten ihre Augen ihr Streiche, oder war das die Schleppe eines grünen Gewands, die durch die Verandatür fortraschelte?

Fable sprang mit einem Satz aus dem Bett, knallte mit ihren knochigen Ellenbogen gegen die Kommode in dem verzweifelten Versuch, das Kleid und seine Trägerin zu fassen zu bekommen. Der Flur war leer; das Mondlicht, das durch die Eingangstür schien, fiel als ein langer Balken über den Holzboden. Ein Schatten bewegte sich über die Glasscheibe.

Fable stürzte den Flur hoch und schlüpfte vorsichtig zur Tür hinaus, wartete mit angehaltenem Atem auf ihr verräterisches Knarren.

Die Nachtluft schlug ihr unerwartet kalt entgegen. Sie blieb stehen, um die Gänsehaut wegzureiben, ihr Nachthemd zum ersten Mal zu dünn in diesem tropischen Winter.

Die Gartenpforte quietschte vor ihr, und die Kälte war vergessen. Fable stürmte die Stufe hinunter und über den

Gartenweg, auf einmal sicher, was sie dort sehen konnte, mit der Dunkelheit des Flusses verschmelzend: eine barfüßige, fliehende Frau in einem perlenbesetzten Ballkleid.

*»Mama!«*

Ohne darauf zu achten, ob sie Sonnet weckte, riss Fable die Pforte auf und stürzte auf die Finsternis zu. Das Gras war kalt und glitschig unter ihren Füßen. Die Wand des Waldes erhob sich aus dem Nebel, eine bedrohliche Schwärze im fahlen Mondlicht.

Fable versuchte verzweifelt, Mamas flüchtige Gestalt zu finden. Sie lief instinktiv auf die Eisenbahnbrücke zu, als sie auf einmal weiter nördlich ein Glitzern bemerkte: Mondlicht, das sich auf schimmerndem Peridot spiegelte, während die Frau in den Wald entschwand. Fable schwenkte herum und lief nach Norden, in die dichte Festung der Bäume.

Ein Schrei erschütterte die frühmorgendliche Dunkelheit, riss Olive aus ihrem Schlummer. Mit einem, wie es sich anfühlte, einzigen Sprung war sie draußen auf der Veranda. Ihr Herz hämmerte, während Gav hinter ihr polternd nach einer Taschenlampe suchte. Zephyr kratzte wie wild mit den Pfoten an der Tür, um hinausgelassen zu werden.

»Olive! Gav!«

Olive suchte die Dunkelheit ab. Der Schrei kam vom Orchard Hill herunter.

»Sonnet?!«

Das Verandalicht ging an, und Gav tauchte mit einer Taschenlampe an ihrer Seite auf. Der Strahl glitt in einem

Bogen über den Garten, fiel auf Sonnet, die über das Gras sprintete, Plum an ihre Taille gedrückt.

»Sonnet!«

Olive und Gav stürmten die Stufen hinunter, und Sonnet knallte genau gegen sie und drückte Plum Olive in die Arme.

»Fable ist verschwunden! Du musst mir Plum abnehmen!«

»Was meinst du damit, sie ist verschwunden?«

»Ich weiß nicht – sie ist nicht mehr da!«

»Hat sie sich vielleicht irgendwo versteckt und ist eingeschlafen?«

»Nein! Ich habe überall nachgesehen – sie könnte im Fluss ertrinken! Nimm einfach Plummy!«

»Immer mit der Ruhe«, sagte Gav. »Bist du sicher, dass sie nicht auf dem Klo ist?«

»Dort habe ich als Erstes nachgesehen.«

»Aber warum sollte sie denn überhaupt hinausgehen?«

Sonnet stieß einen entnervten Schrei aus. »Olive, sie ist *verschwunden*. Ich muss sie suchen! Hilfst du mir jetzt oder nicht?«

Gav drückte Sonnet eine Taschenlampe in die Hände. »Hier. Ich gehe rasch noch eine holen. Fable kann nicht weit sein, zusammen werden wir sie finden.«

»Mach schnell, Gav.« Sonnet richtete einen verzweifelten Blick auf Olive. »Ich habe Schreie gehört. Nur dadurch bin ich überhaupt wach geworden. Also bin ich aufgestanden, um nach Fable zu sehen, und sie war verschwunden. Selbst während ich hierher hochgelaufen bin, habe ich sie wieder gehört – solche gotterbärmlichen Schreie.«

»Du musst dich beruhigen«, sagte Olive, während sie Plum die Ohren zuhielt. »Du machst ihr Angst. Wenn Fable schreit und du es hören kannst, muss sie ganz in der Nähe sein! Wir werden dem Geräusch folgen.«

»Sie klingt so herzzerreißend.«

Gav stürmte die Stufen hinunter, Zephyr folgte ihm dicht auf den Fersen.

»Gehen wir. Olive, warte du beim Cottage auf sie.«

Sie stürmten den Orchard Hill hoch, riefen im Chor Fables Namen, suchten mit den Taschenlampen schwarzes Laub ab. Laut brüllend rannten sie den Hügel hinunter zum Cottage. Olive schlüpfte hinein, während Sonnet und Gav weiter zum Serpentine Creek liefen.

»Es dämmert bald«, meinte er beschwichtigend.

Und tatsächlich, die tiefe Schwärze lichtete sich bereits zu einem Grau; Formen begannen sich abzuzeichnen. Noch während sie zusah, trat die dunkle Ader des Flusses aus dem Nichts hervor.

»Es sind diese Schreie. Ich bekomme sie nicht aus dem Kopf.«

Gav zog sie an seine breite Achsel. »Rechne nicht gleich mit dem Schlimmsten, Liebes. Allzu weit weg kann sie nicht sein, sie ist eine Hamilton; dieses Land liegt ihr im Blut. Wir werden als Erstes zur Eisenbahnbrücke gehen und das untere Ende des Hull-Grundstücks absuchen.«

Ihre Rufe schienen die Nacht zu vertreiben, und Licht strömte rasch in die Welt, um sie bei ihrer Suche zu unterstützen. Sie zertraten taufeuchte Spinnweben unter ihren Füßen, während sie über die Wiese eilten. Als sie sich dem

Rauschen des Flusses näherten, wurde das klägliche Wimmern aufs Neue laut.

»O Gav!«, rief Sonnet und klammerte sich an ihn. *Nimm sie mir nicht auch noch,* dachte sie. *Das werde ich nicht überleben!*

Gav drückte Sonnet einmal kurz. »Liebes, das sind nur die Rufe der Brachvögel. ›Klageweiber‹ werden sie auch genannt. Verdammt scheußlich klingende Vögel sind das nachts, da könnte man leicht denken, dass jemand ermordet wird …« Er brach unvermittelt ab. »Na komm, wir werden sie im Nu finden, heil und unversehrt.«

Eine Stunde lang suchten sie den Weg am Serpentine Creek entlang ab, bis er in Zuckerrohrfelder und letztendlich zur Straße in die Stadt abzweigte.

»Wenn sie in diese Richtung gegangen ist, wird ein Wagen sie früh genug finden. Am besten kehren wir um und laufen weiter den Fluss entlang«, schlug Gav vor.

Nördlich der Eisenbahnbrücke führte Gav Sonnet einen zugewucherten Weg hoch, der auf der Hamilton-Seite des Flusses verlief. Zweige peitschten ihnen ins Gesicht, und glitschige Baumwurzeln rutschten übereinander, während sie hastig darüber hinwegstolperten. Sonnet schrie auf, als eine Schlingpflanze ihre bösartigen Stacheln in ihre Beine schlug.

»Mach das weg von mir!«

»Verdammter Mauritiusdorn«, fluchte Gav. »Das haben wir gleich.« Er riss ihn von ihr los. Blut sickerte über Sonnets Haut.

Sie geriet mehr und mehr in Panik. Wie könnte sich

Fable auf diesem verschlungenen, holprigen Pfad in der pechschwarzen Nacht zurechtfinden, während unheimliche Vögel sie anschrien? Sie hielt sich bei ihrem Onkel. Gav wusste, was zu tun war. Sie war nicht allein, wenigstens das.

Der Weg verschmälerte sich weiter, führte die beiden zu einem schattigen, kreisrunden Hain, der von einem riesigen Baum geformt wurde. Moosbewachsene Brettwurzeln schlängelten sich von seinem Stamm fort und bildeten einen Rock aus tiefen Senken und Mulden.

Und da, in einer geschwungenen Vertiefung, wie ein Fötus in der Geborgenheit des Mutterleibs oder eine Fee, die vom Himmel gefallen war, lag Fable.

*»Fabes!«,* rief Sonnet und stürzte vor.

Ihre Schwester regte sich wimmernd.

Sonnet fuhr mit den Händen über Fables ganzen Körper. »Bist du in Ordnung? Wo bist du verletzt?«

Fable verzog das Gesicht, fuhr sich mit den Fingern an den Hals. Sie kam zu sich, sah sich mit wildem Blick um. »Wo ist sie? Wo ist Mama?!«

Sonnet tauschte einen Blick mit Gav, der inzwischen hinzugekommen war und sich lautlos neben sie gekniet hatte.

»Fable, sie ist nicht mehr bei uns. Erinnerst du dich, Süße?«

Fable wand sich aus ihrer Umarmung. »Nein! Ich bin ihr in der Nacht gefolgt!«

»Bist du deshalb hierhergekommen? Weil du Mama gesucht hast?« Mitleid schwang in Sonnets Stimme mit, und Fable zuckte davor zurück.

»Ich bin nicht blöd, ich habe sie *gesehen*! Mama war in

meinem Zimmer. Ich bin ihr hinterher, bis sie stehen geblieben ist. Genau hier, hat einfach aufs Wasser hinausgesehen – so still. Ich habe darauf gewartet, dass sie sich umdreht und zu mir spricht. Ich wollte sie nicht verscheuchen. Und dann muss ich eingeschlafen sein. Aber sie war *hier*, Sonnet!«

Gav war blass geworden, sagte jedoch nichts.

»Fabes, Mama ist nicht mehr hier. Sie ist einfach nicht hier.«

Fable schob Sonnets beschwichtigende Hand von sich weg. Sie erhob sich schwankend, suchte den Hain mit den Augen ab. Sonnet wich zurück. Sie sehnte sich danach, die Arme nach Fable auszustrecken, um sie an sich zu drücken.

Als Fable sich wieder umwandte, konnte man ihr ansehen, wie sie sich fühlte: beraubt. Tränen kullerten ihr über die Wangen.

Sonnet stand ebenfalls auf und machte einen Schritt auf sie zu, aber Fables Blick glitt an ihr vorbei zu dem riesigen Baum hinter ihr. Ein seltsames Lächeln, weise für ihr Alter, trat auf ihre Lippen. Sie drängte an Sonnet vorbei, streckte die Arme nach dem Baum aus. Sie stand da, eine Hand an dem Baum, und dann legte sie die Stirn an die Rinde und flüsterte: »Mama.«

*Mama? Das ist ein verdammter Baum!* Sonnet unterdrückte den Drang, diesen Satz auszusprechen. Selbst mit ihrem Zynismus konnte sie zugeben, dass der Baum eine unheimliche Ähnlichkeit mit einer Frau hatte – einer, die in ein schleppendes Gewand gehüllt war. Kein Wunder, dass Fable ihn im Mondlicht dafür gehalten hatte. Ihre Augen spielten ihr einen Streich, das war alles.

Fables Lippen bewegten sich wieder; ein leises, gebrochenes Murmeln: *»Sie ist nicht du, und nur du bist sie.«* Schließlich wandte sie sich um, auf einmal einen feuchten Glanz in den Augen. »Hier. Hier müssen wir Mamas Asche verstreuen – unter der Grünen Frau.«

# Kapitel 7

✶

## Der geheime Garten

*September 1955*

Die leuchtend gelbe Farbe an ihrem Fahrrad funkelte in der Sonne, als Sonnet, ihre rote Mähne im Fahrtwind offen flatternd, an der hoch aufragenden Reihe mit Zuckerrohr entlangsegelte, der silbrig rosa Kopfschmuck der Stängel strahlend in der Frühlingssonne. In ihrem Weidenkorb wackelte ein Einkaufsnetz, gefüllt mit frischem Obst und Gemüse. Der klebrige Geruch des überfüllten Bauernmarkts haftete Sonnet noch immer an. Sie hatte eine Drachenfrucht besorgt, damit Fable sie kostete, und sie konnte es kaum erwarten, ihr Gesicht zu sehen, wenn sie sie aufschnitt und das außergewöhnliche, leuchtend rosa Fruchtfleisch entdeckte.

Olive war nicht die Einzige, die Fable beeindrucken konnte!

Sonnet war beschwingt. Von Glück, vielleicht – oder irgendetwas, das Glück so ähnlich war, dass sie sich nicht darum scherte, den Unterschied zu analysieren. Hier war sie, an einem Morgen zum ersten Mal allein, seit ihre Mutter gestorben war. Keine drängenden Rufe oder klammernden Hände, nur das schlichte Vergnügen, Essen für ihre Familie zu besorgen.

Der Ausflug war Olives Idee gewesen, aber selbst sie musste verblüfft davon gewesen sein, wie schnell Sonnet auf das Angebot eingegangen war. Und wer konnte es ihr verdenken? Bei jedem zweiten Schritt, den Olive in ihr Leben tat, drängte Sonnet sie einen Schritt zurück. Und auch wenn ihr Olives Verbissenheit gründlich gegen den Strich ging, erkannte sie sich selbst darin wieder. Sonnet würde es Olive gegenüber niemals zugeben, aber es tat gut, ein bisschen nachzugeben und Olive in ihr Leben zu lassen. Das Gefühl von Angst und Machtlosigkeit an jenem dunklen Morgen, an dem Fable verschwunden war, hatte irgendetwas in ihr zum Schmelzen gebracht.

Es war Gav gewesen, der Fable von diesem Hain am Flussufer nach Hause zum Cottage getragen hatte. Olive hatte ihre schlanken Füße und Hände gebadet, Fable ein warmes Frühstück und süßen Tee mit Milch bereitet und ihr ein Aspirin aus ihrer Rocktasche verabreicht – als linderndes Placebo, wie es schien. Und dann war es wieder Gav, der sich mit Fable an den Küchentisch gesetzt und ihr erklärt hatte, welche schlimmen Auswirkungen ihr mitternächtlicher Streifzug durch den Regenwald mit sich hätte bringen können.

Der Höhepunkt seines Vortrags war der Stechbaum mit seinen großen, herzförmigen Blättern, die mit winzigen, giftigen Härchen bedeckt waren, die höllische Schmerzen verursachten, wenn sie in die menschliche Haut eindrangen.

Gavs Erzählung beinhaltete außerdem eine anschauliche Geschichte von einem seiner Kameraden im Zweiten Weltkrieg, der sich den Allerwertesten mit einem großen Stechbaumblatt abgewischt und solche Qualen gelitten hatte, dass er versuchte, sich mit seiner eigenen Waffe das Leben zu nehmen.

Fable musste überzeugt gewesen sein, auch wenn ihre Miene versteinert blieb, denn seitdem hatte es keine nächtlichen Ausflüge mehr gegeben. Die Tage hingegen waren eine andere Geschichte. Sobald Sonnet ihr den Rücken kehrte, schlüpfte Fable noch immer davon zum »Hain der Grünen Frau«, was, offen gestanden, nicht gesund zu sein schien, aber Sonnets Instinkt befahl ihr, sich nicht einzumischen. Sie hatte keine Ahnung, was Fable den ganzen Tag in diesem Hain eigentlich trieb, da sie ihre Skizzenbücher noch immer nicht in die Hand genommen, geschweige denn benutzt hatte. Vielleicht verträumte sie dort einfach die Stunden, und vielleicht war das vorläufig ja auch genug.

Nachdem ihre Gedanken wieder einmal zu den Aufgaben abgeschweift waren, die im Cottage auf sie warteten, trat Sonnet fester in die Pedale in Richtung Heartwood. Sie konnte es kaum erwarten, ihr neues Fahrrad ihren Schwestern vorzuführen – sie hatten sie angefleht, mitkommen zu dürfen, als Gav Sonnet in die Stadt gefahren hatte.

Nie zuvor hatte Sonnet so viel Geld für sich selbst ausgegeben. Es war ihr erster offizieller Kauf von ihrem Erbschaftsfonds, und auch wenn die Anschaffung eines Transportmittels gerechtfertigt war, hatten die Schuldgefühle darüber, dass sie Mamas Geld antastete, das Vergnügen überschattet. Mama hätte sich niemals träumen lassen, dieses Geld von ihren Eltern auszugeben. Und selbst als Esther diese unerwartete Zuwendung von ihrem Vater, großherzig erst nach seinem Tod, erhalten hatte, war es offenbar zu viel für ihren Hamilton-Stolz gewesen, auch nur einen Cent davon auszugeben.

Wenn Mama es schon nicht über sich hatte bringen können, Malcolms Geld anzurühren, wie sollte Sonnet das dann tun? Es hatte zunächst einiger Überredungskünste seitens Olives und Gavs bedurft, gefolgt von einer gründlichen Erforschung ihres Gewissens. Mama hatte dieses Geld ausdrücklich den Mädchen vermacht, ohne ihnen irgendwelche Einschränkungen bezüglich seiner sofortigen Verwendung aufzuerlegen. Esther selbst hatte das Geld vielleicht nicht angerührt, aber sie hatte gewollt, dass die Mädchen darauf zurückgriffen, wenn die Zeit dafür kam. Und die Zeit war eindeutig gekommen. Sonnet wollte nicht ständig auf Olive angewiesen sein, wenn sie irgendwohin musste; je weniger Zeit sie gefangen in ihrem Wagen verbrachte, desto besser.

Dennoch hatte Sonnet an der Ladentheke von Ryan's Räder hart feilschen müssen, bis sie davon überzeugt war, Mamas Geld gut angelegt zu haben. Sie widersetzte sich dem Vorschlag des Ladenbesitzers, dass ein niedliches rosa Fahrrad mit einem blümchenverzierten Korb besser zu ihr und ihren »Bedürfnissen« passte. Sonnet, der das Vorherrschen von Traktoren und Anhängern auf dem Hof nicht entgangen war, kam zu dem Schluss, dass Ryan nicht ganz so vertraut mit ihren »Bedürfnissen« war, wie er behauptete.

Außerdem hatte sie sich Hals über Kopf in dieses sonnengelbe Fahrrad verliebt, sobald sie es strahlend auf dem Hof stehen gesehen hatte. Es war verwegen und mutig und belastbar – alles, was sie von einem Fahrrad – und sich selbst – erwartete. Sie hatte es Freya getauft.

Jetzt segelte Sonnet, die Beine von sich gestreckt, während ihr die Haare ums Gesicht flatterten, auf einer Welle der Euphorie den letzten Hügel hinunter zum Cottage. Gut gelaunt kam sie schlitternd an der Pforte zum Stehen.

Gav und Fable waren vertieft in ihre Arbeit im Garten, der sich in den wenigen Stunden, die Sonnet in der Stadt gewesen war, dramatisch verändert hatte. Riesige Tropenschmetterlinge umschwirrten die Blüten, die sich zwischen dem alles erdrückenden Unkraut hervorgekämpft hatten. Fables Bitten, den Garten wiederherzurichten, waren an diesem Morgen offenbar erhört worden.

Ihr Onkel und ihre Schwester rappelten sich hoch, als sie zum Stehen kam, ihre Gesichter ebenso strahlend wie ihr eigenes. Fable bewunderte das neue Gefährt, während Gav mit einem anerkennenden Pfiff herüberschlenderte. »Was für ein Schmuckstück! Wie fährt es sich?«

Sonnet tätschelte das Fahrrad. »Traumhaft. Und ich habe Ryan ordentlich heruntergehandelt. Willst du eine Runde drehen?«

Gav übernahm die Lenkstange von ihr, ein fröhliches Grinsen in seinem wettergegerbten Gesicht, und radelte auf die Wiese hinaus. Seine riesige Gestalt sah lächerlich aus auf dem gelben Fahrgestell. Fable klatschte begeistert in die Hände und griff dann nach Sonnets Arm.

»Sonny, du musst dir ansehen, was Onkel Gav und ich im Garten ausgegraben haben – es ist alles so *magisch*!« Sie führte Sonnet einen nicht überdachten Weg hinunter. »Sieh mal, unser eigener Wunschbrunnen, und er funktioniert immer noch! Die ganze Zeit war er hier unten versteckt. Onkel Gav sagt, dass unser Grandpa ihn gebaut hat!«

Sonnet verzog das Gesicht bei dem Wort »Grandpa« und schaute in den dunklen Brunnen hinunter.

Gav trat von hinten an sie heran, außer Puste und diesen seltsamen männlichen Geruch verströmend, an den die Mädchen sich immer noch gewöhnen mussten. »Also, jetzt bekomm nicht gleich einen Anfall, Sonnet«, sagte er. »Er ist künstlich. Reicht nicht sehr tief.«

»Bin ich so leicht zu durchschauen?«

Er klopfte ihr auf den Rücken. »Du machst dir zu viele Sorgen, Liebes.«

Fable zog sie bereits weiter zu einem anderen Weg. »Und es kommt sogar noch besser. Sieh nur, was ich außerdem gefunden habe!«

Unter dem gesprenkelten Schatten eines Frangipanibaums, wo Blüten auf der roten Erde verstreut lagen, präsentierte Fable einen Kreis aus Flusssteinen, die um den Baumstamm herum angelegt waren. Jeder Stein war einzigartig; manche fein säuberlich poliert, andere grob geformt von der Natur selbst.

»Das ist ein Feenkreis!«

Sonnet bückte sich, um die Steine zu begutachten. Es waren ein Dutzend oder mehr, bewusst in gleichmäßigen Abständen arrangiert. »Du bist doch zu alt, um noch an

Feen zu glauben, Fabes«, sagte sie geistesabwesend, während sie mit einem Finger über einen kaum noch entzifferbaren Namen glitt, der, zusammen mit einem Datum, in einen der Steine gehauen war.

Fable schnaubte. »Ich bitte dich. Ich sage ja nur, stell es dir vor! Das könnte unser Feengarten sein. Plummy wird ihn lieben. Sie kann Mamas Babypuppen hierherbringen, und ich werde Schilder und Kieswege anlegen und die Steine so anmalen, dass sie wie Häuser aussehen.«

Sonnet spürte Gavs Schatten in dem Moment über die Steine fallen, in dem sie begriff, was genau sie da betrachtete. Sie hielt einen Moment inne, von einem flauen Gefühl erfasst. »Ich glaube nicht, dass das hier ein Spielbereich ist, oder, Gav?«

Etwas wie eine Erinnerung flackerte in seinen Augen auf. Seine Miene wurde ernst. »Sie waren … etwas, das Olive verloren hat, als wir hier lebten.«

Fable sah ihren Onkel verwirrt an. »Sie erinnert sich nicht, dass sie sie hier zurückgelassen hat?«

Gav verzog das Gesicht.

»Aber es sind so viele«, meinte Sonnet verblüfft.

»Ja. Es waren … so viele.« Gav zuckte mit den Schultern. »Hört zu, ihr Mädchen könnt mit diesem Garten anstellen, was immer ihr wollt. Er gehört jetzt euch. Ich habe diesen Ort viel zu lange vernachlässigt. Ihr solltet nur darauf achten, ihn von jetzt an immer schön zurückzuschneiden.«

Sonnet stand auf, klopfte sich Erde von ihrer Caprihose. »Fable, das hier sind Olives Steine. Ich will nicht, dass du diesen Kreis störst, und ich will auf gar keinen Fall, dass du hier irgendetwas bemalst.«

Im Cottage stieß Sonnet auf Olive und Plum, in stiller Zweisamkeit vereint. Olive saß auf der Couch, festgenagelt von dem schlafenden Mädchen und umgeben von Enid-Blyton-Büchern. Eine Hand strich langsam über glänzende kastanienbraune Locken, während Olive aus dem Fenster starrte. Der unangenehme Schmerz, der sich bei dem Anblick in ihrem Herzen regte, ließ Sonnet innehalten.

Unaussprechliche Fragen quälten sie. *Wie konntest du das nur ertragen, Olive, wie Mama so unbekümmert ein Kind nach dem anderen bekam? War das der Grund, weshalb du tatenlos zugesehen hast, wie deine eigene Schwester aus der Stadt verjagt wurde? Wann hast du dich endlich aus deinem Bett ständiger Fehlgeburten erhoben, um dir einzugestehen, dass dein sturer Gott nie die Absicht hatte, deine Gebete zu erhören?*

Olive wandte sich Sonnet zu, und der offene Schmerz, der in ihrem Blick lag, eine Sekunde bevor sich die würdevolle Fassade wieder darüber verschloss, verriet Sonnet mehr, als sie je hätte wissen wollen.

Olive begann, Plum sanft von ihrem Schoß zu schieben. »Entschuldige«, flüsterte Olive und lehnte sich verlegen wieder zurück. »Anders wollte sie einfach keinen Mittagsschlaf halten. Sie hat sich geweigert, im Bett zu bleiben, wollte, dass ich ihr diese ganzen Bücher vorlese, und als sie endlich eingeschlafen war, habe ich es nicht gewagt, sie zu bewegen.«

»Sie schläft nicht gern allein. Du hast das Richtige getan.«

Beschämt von Olives Erleichterung, begann Sonnet, in der Küche herumzuhantieren. Der Küchentisch war voll von feinem Porzellan.

Sonnet wandte sich verblüfft um. »Ist das deine Sammlung?«

»Nein, es hat deiner Großmutter gehört. Ich dachte, vielleicht hast du Interesse daran. Sie hat Shelley-Porzellan gesammelt. Ich mache mir nicht viel aus Geschirr und so. Aber Essie hat darum gebettelt, seit sie ein kleines Mädchen war. Sie hat gern heimlich in Mutters Schränken herumgestöbert, ihre Lieblingsteile herausgenommen und diese aufwendigen Teegesellschaften für die Figuren aus ihren Büchern aufgebaut. Jedes Mal hatte sie eine gewaltige Tracht Prügel dafür kassiert – aber das hat sie nie abgehalten. Sie hat dieses Porzellan mehr geliebt, als es unsere Mutter je getan hat. Als Mutter schließlich starb, hat sie die ganze Sammlung mir vermacht. Dabei *wusste* sie, dass sie mir noch nie gefallen hat. Ihre Entscheidung hat mich immer traurig gestimmt. Ich habe das Porzellan hier aufbewahrt, wo es auf Essie gewartet hat.«

Sonnet drehte eine feine Teetasse in ihren Händen. »Ich bin sicher, Mama würde sich freuen zu wissen, dass ihre eigenen Töchter es jetzt bekommen.« Sonnet wandte den Blick ab.

Mit ihren nächsten Worten verblüffte sie sich selbst. »Und hör zu, was dein Angebot vor einer Weile angeht: dir bei ein paar Änderungen im Laden zu helfen? Ich würde es zumindest versuchen wollen.« Sie machte sich daran, Teller übereinanderzustapeln, während sie hastig in einem leichten, unverfänglichen Ton fortfuhr: »Und wenn du in der Zwischenzeit für mich auf Plum aufpassen willst, kann ich vielleicht versuchen, mich um deinen Laden zu kümmern. Könnte für mich eine Möglichkeit sein, ein paar der einheimischen Damen kennenzulernen …«

# Kapitel 8

*

## Weihnachten kommt nach Noah Valley

Der warme Winter ging in einen glühend heißen, trockenen Frühling über. Gelbe und rosa Tabebuias erblühten farbenprächtig über dem bräunlichen, ausgedörrten Gras, und die Luft war diesig vom Rauch der Gegenfeuer. Während die Sonne immer unbarmherziger schien, ließ die Hitze an der Schule von Noah Valley allmählich nach. Kalte, berechnende Gleichgültigkeit trat an ihre Stelle, nachdem sich die Unbeugsamkeit von Fables stiller Selbstbeherrschung letztendlich als unbefriedigend erwiesen hatte. Sie war noch immer eine Einzelgängerin an der Schule, aber, was wichtiger war, sie wurde jetzt in Ruhe gelassen. Fable klammerte sich an diesen kleinen Sieg.

Die Schultage fielen in ihren zwangsläufigen Rhythmus, in dem sich sogar das Gefühl von Entfremdung allmählich eintönig anfühlte. Aber die Wochenenden hielten ausgleichende Freuden bereit. Fernab von der Schule und den allgegenwärtigen Blicken ihrer älteren Schwester – die jetzt samstags und an zwei Tagen unter der Woche bei Emerson's Mode und Stoffe aushalf – fand Fable ihr Glück in den Tiefen des Waldes.

Der Hain der Grünen Frau war zu ihrem heimlichen Versteck geworden, und auch wenn sie den Sirenenruf kein einziges Mal mehr vernommen hatte, seit sie Mamas Asche dort verstreut hatten, fühlte sie sich zu diesem überirdischen Wäldchen unwiderstehlich hingezogen. Sie konnte noch nicht die Prosa oder den Pinselstrich aufbringen, um einzufangen, wie sie sich in ihrem heiligen Hain fühlte. Trotzdem marschierte sie jeden Tag unbeirrt dorthin, ihr Skizzenbuch und ihre Bleistifte unter den Arm geklemmt.

Die Kreativität würde sie finden und wieder durch sie fließen. Sie musste nur warten.

Als Fable Marco Lagorio zum ersten Mal an der Zuckerrohrbrücke begegnete, auf ihrem Weg nach Hause vom Hain der Grünen Frau, scheute sie vor seiner Einladung, sich der Glade-Gang wieder anzuschließen, zurück, obwohl sie sich nichts mehr wünschte. Auch wenn es erst Frühling war, war es in den Tropen schon jetzt so heiß wie in jedem Sommer, den sie je zuvor gekannt hatte. Sie sehnte sich nach der erfrischenden Abkühlung des Wasserfalls und verfluchte Adrianas Namen.

Im Laufe der nächsten Wochen erreichte Marco immer wieder zeitgleich mit Fable die Zuckerrohrbrücke; der glückliche Zufall ließ auf Absicht und Planung schließen. Jedes Mal schlug sie seine Einladung aufs Neue aus.

An dem Samstag, an dem Fable schließlich einknickte, hielt sie sich dicht hinter Marco, während sie sich dem Glade näherten und die Angst in ihrer Brust rumorte. Als sie weiter vorn Adrianas durchdringende Stimme hörte, blieb sie stehen, außerstande, ihren Weg fortzusetzen. Marco bedeutete ihr lächelnd weiterzugehen.

Fable hatte in dieses hoffnungsvolle, offene Gesicht geblickt und Dankbarkeit verspürt, beunruhigenderweise begleitet von einem flauen Gefühl. Ein Gefühl, als ob sie bald bereuen würde, je einen Fuß in das Glade gesetzt zu haben.

Bei ihrer Ankunft verdrehten Adriana und Christy die Augen so weit, dass sie ihnen fast aus dem Kopf quollen, und legten einen betont beleidigten Abgang aus dem Glade hin. Kate tat das Verhalten der beiden mit einem knappen Wink ab. Die verbliebenen Jungen, unbeirrt von den weiblichen Machenschaften, akzeptierten Fables Anwesenheit, ohne mit der Wimper zu zucken.

Am nächsten Wochenende näherte sie sich dem Glade mit fast so etwas wie Selbstbewusstsein. Adriana und Christy straften sie eine geschlagene Stunde mit Schweigen, bevor sie sich schließlich angewidert zurückzogen.

Am dritten Samstag machten sie keine Anstalten, sich überhaupt blicken zu lassen, stellten aber sicher, dass sie eine Botschaft übermittelten, mit großem Getue ausgerichtet von Eamon, in der sie all ihre Gründe erläuterten, weshalb sie an diesem Tag nicht erschienen. Hauptsächlich: Sie hatten Besseres zu tun, mit besseren Freunden, und Fable solle von künftigen Besuchen Abstand nehmen, damit sie *ihr* Glade bei ihrer Rückkehr Fable-frei genießen könnten.

Fable fasste das als Ermunterung auf, und als Marco am darauffolgenden Wochenende allein ins Glade geschlurft kam, überzeugt, dass seine erdbeerblonde Freundin ihn vergessen hatte, sah er Fable bereits dort mit den Hardy-Kindern, wie sie von der Baumhausplattform durch die Luft segelten.

Der Sommer kochte. Fable hatte in ihrem ganzen Leben noch nie eine solche Hitze erlebt: eine drückende Schwüle, die ihr jeden Atemzug aus der Lunge saugte. Wie eine klebrige Pythonhaut, die sich nicht abstreifen ließ.

Die berüchtigte tropische Hitze, vor der man sie lange gewarnt hatte, war schließlich gekommen.

»Das ist ja heißer als die Hölle!«, hörte man Sonnet ständig sagen, während sie versuchte, den mythischen Ort zu finden, an dem ein einziger Standventilator ein ganzes Haus kühlen könnte. »Wo bleibt denn der verdammte Monsun?«, tobte Sonnet, während die Sonne jeden Tag feuerrot unterging. Olive und Gav hatten geschworen, die stickige, noch immer ansteigende Hitze würde bald einer monatelangen Regenzeit weichen.

Für Sonnet, die unter der Hitze weitaus mehr litt als alle anderen, war es eine versprochene Verschnaufpause, die ihr verweigert wurde. Sie wollte, dass die Regenzeit endlich ihr Versprechen einlöste. Für Fable, die den Regen einfach liebte, war die Vorstellung eines fast ständigen Niederschlags verlockend. Sie fand Sonnet schwerer zu ertragen als die Schwüle. Es war dieser ganze Druck, den Sonnet sich selbst auferlegte, um in ihrem ersten Jahr ohne Mama das »perfekte« Weihnachten auf die Beine zu stellen. Fable ging Sonnet jeden Tag aus dem Weg und flüchtete gleich nach dem Frühstück – nicht eine Minute zu früh – in den summenden Schatten des Regenwalds.

Als Weihnachten bedrohlich näher rückte und die Luft so dick wurde, dass sie fast flüssig war, waren alle Augen zum Himmel gerichtet. Die Goldregenbäume, die das Cottage umgaben, entfalteten sich jetzt zu ihrer vollen Blüte; traubenartige Büschel puren Sonnenscheins tropften von den Zweigen und bedeckten den Garten wie einen Teppich.

An Heiligabend stürzte Fable zur Tür hinaus, sobald Sonnet begann, sich wegen der Besorgung eines Last-Minute-Geschenks für Olive verrückt zu machen, nachdem die launische Nähmaschine ihren Satz Geschirrtücher gefressen hatte.

Ausgeschlossen, dass sie Sonnets zunehmend schlechte Laune an einem Tag ertragen könnte, der sich schon jetzt als einer der heißesten des Sommers ankündigte. Fable schwitzte seit dem Morgengrauen. Ihre Haut sehnte sich nach dem Glade-Wasserfall. Die ganze Gang würde an diesem Morgen da sein – bis auf Adriana und Kohorten, die auf Fables hartnäckige Anwesenheit mit der Erklärung reagiert hatten, sie seien zu *kultiviert*, um weiterhin am Glade herumzuhängen. Und außerdem gab es jetzt die Jungen vom Internat St. Ronan's, über die Ferien zu Hause, denen man im öffentlichen Schwimmbad von Noah Valley nachstellen konnte.

Man stelle sich daher Fables Verwirrung an diesem Morgen vor, als sie Adriana, Christy, Megan und Isabella beim Glade vorfand, wo sie genauso herumalberten wie jede andere unkultivierte Dreizehnjährige auch. Als sie die Felsentreppe hinunterstieg, sah Fable all die bekannten Gesichter, zu ihrer Verwunderung aber auch mehrere neue Teenager.

Sie warf ihr Handtuch auf den Felsvorsprung und nahm

die Eindringlinge unter ihren Wimpern hervor rasch in Augenschein. Eamon sprang mit ein paar Jungen seines Alters von der Klippe – St.-Ronan's-Jungen, schlussfolgerte Fable, was Adrianas lebhafte Anwesenheit an diesem Morgen erklärte.

Auf der anderen Seite des Glade hingegen, an die moosbewachsene Klippenwand gelehnt, stand ein älterer Junge, deutlich größer als der Rest. Ein junger Mann, verglichen mit den anderen.

Er stand still da, die Arme vor der Brust verschränkt, und betrachtete das Klippenspringen, als würde er es beaufsichtigen. Er war kräftig gebaut, mit goldblonden Haaren und einem breiten, gut aussehenden Profil, dichten Brauen und vollen, ernsten Lippen. Als er ihren Blick spürte, wandte er sich um.

Himmelblaue Augen, so blau wie ein Odysseusfalter, landeten auf ihr – und alle Luft wich aus Fable. Grillenzirpen erfüllte ihre Ohren, Gelächter und Geplatsche verhallte.

Ihre Blicke verharrten über das Wasser hinweg aufeinander.

Unter einer gefurchten Stirn war seine starre Miene nachdenklich. Fable hatte das Gefühl zu taumeln, war außerstande zu atmen oder zu denken.

»Raff! Sieh mir zu!«, ertönte ein Ruf vom Keine-Angst-Felsen. Er wandte den Blick ab, und Fable ließ sich auf die Knie sinken, erfüllt von Erleichterung und einem neuen, seltsamen Gefühl von Bestürzung. Sie fummelte an ihrem Handtuch herum, ordnete ihre Gedanken.

Das also war Rafferty Hull, für seine Sommerferien von

der Universität endlich nach Hause gekommen. Raff: legendärer Baumhausdesigner und Wasserfall-Kajakfahrer und Bergsteiger und Klippenspringer, ständig erwähnt von den Jüngeren bei ihren tollkühnen Heldentaten. Der berühmte Bruder, von dem Adriana auf eine selbstgefällige, besitzergreifende Art sprach, war endlich aufgetaucht.

Seine Gestalt brannte sich in den Rand ihres Gesichtsfelds.

Marco bespritzte sie vom Wasser aus. »Kommst du rein, Fabes?«

Sie zuckte zusammen, ertappt bei etwas, das sie nicht recht verstand. Sie sah hinüber zu Adriana und ihrer Truppe, die in ihrer bunten scheinbar neuen Badekleidung herumtollten – mit strahlendem Lächeln und hübschen Brüsten –, und zögerte. Ihr eigener graugrüner Badeanzug war schäbig und fusselig, ihre schmale Brust noch kaum entwickelt. Fable schälte sich widerstrebend aus ihrem Trägerkleid, glühend vor Scham. Für einen Moment dachte sie an Plummy, die sie vor ihrer behelfsmäßigen Weihnachts-Topfpalme beim Cottage zurückgelassen hatte, und wünschte verzweifelt, sie wäre jetzt dort.

Marco rief ihr wieder zu, und Fable entschied, dass das Wasser eine bessere Deckung bot als dieser exponierte Felsvorsprung. Sie hechtete mit einem langen Sprung ins Wasser, tauchte erst wieder auf, als sie hinter dem Wasserfall war. Sicher verborgen hinter dem Vorhang, stemmte sie sich auf das breite Felsplateau hoch und lauschte über den Wasserfall hinweg auf Raffs Stimme. Sie konnte seine Gestalt durch den silbrigen Schleier gerade noch erkennen.

Seine Stimme, zum ersten Mal gehört, als er die Felsenspringer ermahnte, auf die Kinder zu achten, die unter ihnen schwammen, war sanft und maßvoll. Sie würde zum Keine-Angst-Felsen hochklettern, nur um sie noch einmal zu hören.

Aber was sollte sie nur gegen diese quälende Atemlosigkeit tun? Wie konnte sie wieder zu sich selbst finden, wenn sie sich noch nie so fremd in ihrer eigenen Haut gefühlt hatte? Doch wenn es ihr schon tagtäglich gelang, Adrianas Verachtung und Eamons Arroganz mit gespielter Gleichgültigkeit zu begegnen – würde sie auch über den blauäugigen Blick ihres Bruders hinwegsehen können.

Es war Nachmittag, als Fable schließlich vom Glade nach Hause schlenderte. Die Hulls hatten sich zu einem späten Lunch in ihr Haus zurückgezogen und den Rest der Gang mitgenommen. An der Zuckerrohrbrücke schloss Adrianas Einladung Fable – und nur sie allein – absichtlich aus, womit sie sich Raffs brüderliche Zurechtweisung einhandelte. Adriana korrigierte ihre Einladung pflichtschuldig, aber Raffs Aufmerksamkeit als Objekt des Mitleids auf sich zu lenken, würde den Zweck absolut nicht erfüllen.

Fable sah an Adrianas geheuchelter Liebenswürdigkeit glatt vorbei, ignorierte Kates ironisches Grinsen, Jessicas Steifheit und Eamons Feixen, um Raffs sanftes Lächeln aufzufangen.

»Ich gehe mir lieber die Haare waschen«, meinte sie schulterzuckend.

Und dann überquerte Fable mit beschwingten Schritten

die Brücke zum Hamilton-Grundstück, während Kates Kichern noch immer in ihren Ohren hallte und neugierige Blicke ein Loch in ihren Rücken brannten.

Sonnet, auf der Suche nach Fable, damit sie ihr bei den Weihnachtsvorbereitungen half, fand ihre Schwester im Garten; das Gesicht dem Himmel entgegengewandt und die Arme ausgestreckt, um die Goldregenblüten aufzufangen, die wie gelber Regen auf einer schwülen Brise davongetragen wurde. Die Bäume waren erfüllt vom Summen einheimischer Bienen, als würde die Schöpfung selbst Weihnachtslieder anstimmen.

*Joie de vivre*, seufzte Sonnet, gefolgt von einer plötzlichen, unerwarteten Erkenntnis: *Das hier sind die letzten Momente der Mädchenjahre.*

# Kapitel 9

*

## Überredung

*Weihnachten 1955*

Ihr erstes tropisches Weihnachten war, selbst nach Sonnets strengen Maßstäben, ein voller Erfolg. Die Sonne brannte; ihre einzige Weihnachtsschallplatte dudelte in einer Endlosschleife auf dem alten Grammofon aus dem Dielenschrank; und jeder der Weihnachtsstrümpfe, die Sonnet in Mamas Namen mit viel Überlegung und Kreativität gefüllt hatte, war von ihren jüngeren Schwestern begeistert in Empfang genommen worden.

Selbst Sonnets Beitrag zum Weihnachtsessen war, wie sich herausstellte, rundum gelungen. Mit Stolz erfüllt hatte sie die Mädchen nach Heartwood hochgescheucht, die Arme beladen mit Geschenken, die in braunes Packpapier gewickelt waren, und warmen Glasschüsseln, gefüllt mit Lammbraten, Gemüse und Karamellklößen.

Während der Tag in einen glühend heißen Nachmittag überging, versammelte sich der neue Hamilton-Emerson-Clan im Wohnzimmer, mit vollen Bäuchen, um Geschenke auszutauschen. Sonnet verbiss sich ein Grinsen, als Olive und Gav sich, zusammen mit ihren Geschenken, einen Nasenkuss gaben. Es war alles so *konventionell.*

Der Mateus Rosé, gnädigerweise zum Essen gereicht von ihrer Tante und ihrem Onkel, obwohl sie doch beide dem Alkohol abgeschworen hatten, hatte Sonnets Schultern gelockert. Sie aalte sich in dem wohligen Gefühl, das sich mit dem zweiten Glas einstellte. Vor einem Jahr, allein in ihrer winzigen Wohnung in Canberra, hätten sie sich ein solches Weihnachten niemals vorstellen können.

In ihrem mit Geschenkpapier übersäten Schoß hielt Sonnet eine Hardcover-Ausgabe von Jane Austens *Überredung*, die Olive ihr vor einer Weile überreicht hatte. Als sie Sonnets schockierte Miene sah, hatte Olive hastig erklärt: »Das war das Lieblingsbuch deiner Mutter.«

»Ja, ich weiß. Ich wollte es nie lesen. Aber das hier ist eine wunderschöne Ausgabe, vielen Dank.«

»Ich habe versucht, für dich ein ganz besonderes Buch zu besorgen. Ich selbst habe für Romane ja nicht viel übrig, aber Alfred meinte, das hier sei genau das Richtige für dich.«

»Wer?« Sonnet sah scharf auf.

»Alfred Shearer, der Besitzer von Shearer's Bücher in der Main Street, gegenüber dem Raintree Park.«

Sonnet versuchte erfolglos, sich den Laden vor Augen zu führen. »Und woher glaubt Alfred Shearer, meinen Lesegeschmack zu kennen?«

»Nicht deinen. Esthers. Alfred kannte deine lesebesessene Mutter wohl besser als jeder sonst hier. Er ist seit Jahren die einzige Verbindung der Stadt zu Literatur. Hat diesen Buchladen, seit ich mich erinnern kann, und er war jahrzehntelang der Schulbibliothekar.«

»Es wundert mich, dass er sich noch erinnert, was sie vor zwanzig Jahren ausgeliehen hat.«

Olive schien ihre nächsten Worte sorgfältig abzuwägen, und Sonnet spürte, wie ihre Wut bei ihrem typischen Eiertanz bereits im Vorfeld anschwoll.

»Alfred hat große Stücke auf deine Mutter gehalten. Ich denke, er würde sich sehr freuen, wenn du einmal in seinem Laden vorbeischaust. Ihr würdet vermutlich beide von einer Unterhaltung profitieren.«

Sonnet klappte das Buch entschieden zu. »Ich werde sicher mal in diesen Buchladen gehen – irgendwann.«

Obwohl Sonnet danach jedes weitere Gespräch über Alfred Shearer im Keim erstickt hatte, ließ er sie in Gedanken nicht mehr los. Sie hatte unbeteiligt zugesehen, wie die Mädchen ihre restlichen Geschenke auspackten. Nur Fables entzücktes Aufstöhnen – ein in der Tat seltenes Geräusch – riss Sonnet jetzt in die Wirklichkeit zurück. Fable hatte einen umfangreichen Kasten mit Wasserfarben geschenkt bekommen, der jeden nur erdenklichen Farbton enthielt. Olive strahlte in Fables Umarmung.

Sonnet lächelte ebenfalls. Sie war überglücklich gewesen, als sie beobachtet hatte, wie Fable an Heiligabend unter einer Festung aus Decken begraben, erhellt vom Schein einer Taschenlampe, nach Monaten der Mutlosigkeit endlich wieder zeichnete. Als sich Sonnet viel später noch einmal in ihr Zimmer schlich, um den Weihnachtsstrumpf aufzuhängen, schlief Fable bereits, das Skizzenbuch an ihr Herz gedrückt. Sonnet hielt einen Moment inne, um Fable über die Stirn zu streichen, getröstet von der Tatsache, dass sie im Schlaf noch immer wie ein kleines Mädchen aussah. Und sie blieb noch einen Moment länger, versuchte, das Bild unter ihren gespreizten Fingern zu erkennen. Ganz sanft schob sie Fables Hand zur Seite, bewunderte die blauen Augen darunter. Die komplexe Detailarbeit war atemberaubend. Falls es überhaupt möglich war, hatte sich Fables Talent in der Zwischenzeit nur noch weiterentwickelt.

Olive löste sich von Fable, um auf den Wasserfarbkasten zu klopfen. »Vielleicht kannst du heute Abend ein paar davon ausprobieren und das Feuerwerk für uns malen!«

»Was denn für ein Feuerwerk?«, fragte Fable mit weit aufgerissenen Augen.

»Die Hulls veranstalten zu Weihnachten eine Feuerwerksshow. Du wirst es von unserer Terrasse aus sehen können.«

Plum krabbelte an Olives Hüfte hoch. »Ich will Feuerwerk, Tante Ov! Feuerwerk, Tante Ov!«

Olive lachte und schloss Plum in die Arme. »Mein liebes Mädchen, du musst warten, bis es dunkel ist, um das Feuerwerk zu sehen.«

»Klingt ein bisschen übertrieben für Weihnachten«, warf Sonnet ein.

»Das ist eine Hull-Tradition – jedes Jahr, seit ihre Kinder klein waren. Weihnachten ist auf Summerlinn ein Riesenereignis, erst recht jetzt, wo ihr ältester Junge in Brisbane lebt. Rafferty kommt zu Weihnachten immer nach Hause.«

»Und daher heißen sie ihn mit einem Feuerwerk willkommen – ganz die bescheidene Durchschnittsfamilie?«

»Oh, da liegst du nicht weit daneben – Delia redet von Januar bis November von nichts anderem als ihrem Goldjungen. Es wundert mich, dass sie noch gar nicht im Laden war, um dir von ihm die Ohren vollzusäuseln.«

»Ha! Delia hat keinen Fuß in Emerson's gesetzt, seit ich dort für dich arbeite.«

»Sie wird sich damit abfinden. Unsere Delia ist eine Quilterin, das heißt, wenn sie nicht jedes Mal nach Cairns fahren will, wenn sie Stoffe braucht, wird sie wiederkommen.«

»Und zu Kreuze kriechen?«

»Um anzugeben!«, lachte Olive. »Delia würde jeden Groll hinunterschlucken, wenn sie uns dafür ihren perfekten Jungen unter die Nase reiben könnte. Aber wer will es ihr verdenken. Er ist ein feiner, gut aussehender Bursche. Jedes Mädchen in Noah war irgendwann einmal hinter Rafferty her. Er hat einfach alles – gutes Aussehen, gepflegte Manieren, ganz zu schweigen von dem Anwesen, das er eines Tages von seinem Vater erben wird. Muss der begehrteste Junggeselle im ganzen Tal sein.«

»Klingt nach einer guten Partie für dich, junge Sonnet«, warf Gav ein.

»Ganz recht!«, ergänzte Olive. »Und er ist auch ungefähr in deinem Alter, vielleicht ein Jahr jünger. Natürlich würde Delia das niemals zulassen. Keine Frau ist gut genug für ihren Rafferty.«

»Was für ein Jammer, wo er doch nach *so* einem guten Fang klingt, mit einer solchen Schwiegermutter.«

»O nein, er ist ein lieber Junge. Nicht aus dem Hull-Holz geschnitzt.«

»Hat früher in meinem Laden für mich gearbeitet, als er jünger war«, sagte Gav. »Jeden Samstagvormittag, fleißig – sehr zu William Hulls Verdruss. Wollte nicht, dass irgendeiner seiner Söhne in einem Laden arbeitet, wenn er mal das Geschäft der Familie übernehmen soll.«

»Er ist ein Erbe wider Willen«, ergänzte Olive. »Eines Tages wird dieses ganze erstklassige Farmland an ihn fallen, aber er zeigt absolut kein Interesse daran. William war entsetzt, als Rafferty sich zu diesem Architekturstudium entschieden hat. Zeitverschwendung für einen künftigen Zuckerrohrbauern.«

»Gott bewahre, dass irgendein Bauerntrampel nach Höherem strebt«, schnaubte Sonnet. »Wie peinlich für die verdammten Hulls!«

Olive zuckte zusammen, als Sonnet das Fluchwort in Hörweite der jüngeren Mädchen herausrutschte. »Du liebe Güte, Sonnet!«

Sonnet warf einen Blick auf ihre Schwestern. Plum war damit beschäftigt, ihr neues Puzzle auszupacken, und schenkte ihr keine Beachtung. Aber Fable saß ganz in der Nähe, unnatürlich still, und schlug die Augen nieder. Sonnet legte die Stirn in Falten.

»Na ja, Rafferty ist eben Mamas Liebling«, meinte Olive. »Egal wie sehr er sich dagegen sträubt, dieses Erbe anzutreten, er wird immer ihr Goldjunge bleiben.«

»Oder vielleicht«, fügte Sonnet hinzu, »wird er ja den Klauen dieser Stadt und seiner Drachenmutter entkommen und etwas aus sich machen.«

Sonnet sah stirnrunzelnd zurück zu Fable. Wahrscheinlich war es besser, sie achteten darauf, vor Fabes nicht zu viel über Adrianas Familie zu sprechen. Die bloße Erwähnung der Hulls schien sie zum Schweigen zu bringen. »Jedenfalls, wen kümmern denn schon die Hulls? Olive, ich habe etwas für dich, und es tut mir leid, dass es nicht viel ist, aber …«

Unter den mit Epiphyten behangenen Zweigen der Regenbäume saß eine angespannte Gestalt, eine ordentliche marineblaue Bluse in ihre Caprihose gesteckt, die Perlen ihrer Mutter an Ohrläppchen und Schlüsselbein. Freya lehnte neben ihr an dem massiven Baumstamm. Sonnets Blick war auf den Buchladen gegenüber dem Raintree Park geheftet, in dem jener Alfred Shearer residierte, den sie erst noch kennenlernen sollte.

In ihren Händen hielt sie *Überredung*, das Buch, das sie in einer einzigen langen Nacht von Anfang bis Ende gelesen hatte. Wer hätte gedacht, dass sie einen Austen-Roman tatsächlich *genießen* könnte – sie, die nicht *eine* romantische Ader in ihrem Körper hatte!

Sonnet hatte den Roman nach Weihnachten eine ganze Woche lang ignoriert; Alfreds angebliches Beharren, dass *Überredung* genau das Richtige für sie sei, hatte sie erst recht abgestoßen. Aber in mancher Hinsicht konnte Sonnet zugeben, dass sie sich getäuscht hatte. Diesen einen Satz – »Tatsachen oder Meinungen, die durch so viele Hände gegangen und von dem einen durch Torheit, von dem anderen durch Unwissenheit verdreht worden sind, können kaum noch viel Wahrheit enthalten« – zu entdecken, hatte sie überzeugt: Alfred Shearer war ein Mann, dessen Bekanntschaft zu schließen sich lohnte. Und so war sie nun hier im Begriff, eine weitere Person kennenzulernen, die ihr ihre eigene Geschichte erzählen würde, mit allen Enthüllungen, die damit einhergingen.

Wohin sie auch kam, überall musste Sonnet noch mehr Versionen von Esther Hamilton abwehren: im Lebensmittelladen, hinter dem Lieferwagen des Bäckers, auf Heartwood, wenn Soundso auf ein Schwätzchen über dies und das vorbeischaute, und über der Ladentheke in Emerson's Mode und Stoffe, wo die Frauen offenbar entschlossen waren, mehr als nur Nähte wieder aufzureißen. Sonnets Einstellung als Teilzeitassistentin hatte das Geschäft kräftig angekurbelt; einheimische Damen kamen, um Augen und Münder aufzureißen. Im Allgemeinen wurde sie mit marktschreierischem Mitleid, geheuchelter Intimität und reichlich Ausschmückungen in die Erinnerungen an Esther Hamilton eingeweiht; und Sonnet musste jedes Quäntchen ihrer Willenskraft zusammennehmen, um ihre Lippen geschlossen zu halten.

Dann war da die grausame Offenheit der älteren Leute auf der Straße, die den Mund aufmachten, bevor sie nachdachten. Oh, die Dinge, die sie sagten … »Du hast Esthers grauenhaft rote Mähne!« Oder: »Du siehst dem armen Archer so ähnlich – ich sage dir, die Nummer, die deine Mutter mit dieser Familie abgezogen hat …« Und: »Ich kann sehen, dass Esther ihre Schönheit für sich behalten hat – sie war schon immer ein egoistisches Ding.«

Es war pure Schadenfreude. Noch nie zuvor hatte Sonnet ein Wort in ihre Sammlung aufgenommen, das passender für diese Stadt und diese Leute, war. Sonnet wurde untypisch gut darin, ihre Zunge im Zaum zu halten. Ein solches Märtyrertum lag ihr zwar nicht und fühlte sich, offen gestanden, entsetzlich an, aber Olive hatte versprochen: Wenn sie durchhielt, würden die Leute die Hamilton-Geschichte bald leid sein. Solange Sonnet ihnen kein Öl gab, das sie ins Feuer gießen konnten.

Den ersten dicken Regenplatscher, der auf ihrem Buch landete, ignorierte Sonnet geflissentlich. Den zweiten und dritten nahm sie mehr geistesabwesend zur Kenntnis. Die nachfolgenden Tropfen wischte sie hastig fort. Und dann riss der Himmel mit einem Donnerschlag auf. Über ihr rollte der Regenbaum seine Blätter ein.

Mit einem Aufschrei stürzte Sonnet auf den Buchladen zu; das Buch unter ihre Bluse gesteckt, das Fahrrad scheppernd an ihrer Seite. Auf einer Regenbö fegte sie in den Buchladen. Eine Glocke bimmelte, als sie die Tür zuknallte und sich atemlos mit dem Rücken dagegenpresste.

Langsam gewöhnten sich ihre Augen an das Halbdunkel in dem chaotischen Laden. Hohe, dunkle Regale säumten jede Wand, schwer beladen. Selbst auf den Leitern, die an ihnen lehnten, türmten sich die Bücher. Ein moderiger, schaler Geruch hüllte sie ein.

Über eine Wendeltreppe weiter hinten schleppte sich ein älterer Mann hinunter.

»O Mädchen, riechst du das! Du hast den ersten Geruch des Regens, der auf trockene Erde trifft, mit dir hereingebracht. Könnte mein Lieblingsgeruch auf der Welt sein! ›Petrichor‹ nennen ihn die Mineralogen, was heißt …«

Auf der untersten Stufe hielt er inne, und seine Stimme brach ab. Sonnet schüttelte Wasser von ihren Armen. Langsam, schweigend jetzt, schlurfte er auf sie zu, die Arme ausgestreckt. Sie versteifte sich. Als er nur noch wenige Schritte vor ihr war, blieb er stehen.

»Esthers Mädchen.«

Seine Augen füllten sich mit Feuchtigkeit, ob von Tränen oder schlichtem Augenschleim, konnte sie nicht sagen.

»Sonnet«, ergänzte sie. Tränen brannten in ihren eigenen Augen.

»Sonnet.« Er streckte die Hände aus, und sie legte ihre hinein. Einen langen, zitternden Moment betrachtete er das flammend rot gelockte Mädchen vor sich.

»Oh, es ist so schön, dich anzusehen«, sagte Alfred. »Ich habe zwanzig Jahre lang darauf gewartet, dich kennenzulernen. Habe auf diese Tür gestarrt und gehofft, dass deine Mutter eines Tages wieder durch sie eintreten würde, mit dir im Schlepptau.«

»Ja, ich wollte zu Ihnen, weil …«

Er wartete.

»Weil ich … ein Buch brauche. Ihr Vorschlag, *Überredung*, hat mir gut gefallen. Und ich denke, Sie könnten mir vielleicht helfen, etwas Neues zu finden.«

Alfred lächelte. Falls er enttäuscht war, dass sie sich einer Verschleierungsgeschichte bediente, war er jedenfalls zu höflich, um es sich anmerken zu lassen.

»Ich würde mich geehrt fühlen, dir behilflich zu sein. Komm, ich mache dir ein Tässchen Tee, und dann kannst du mir sagen, was du suchst.«

Sonnets Gesicht glühte, als die Tür des Buchladens hinter ihr zufiel. Dieser alte Mann hatte mit grenzenloser Geduld dagesessen und sich freundlich nickend ihr ausgedachtes Geschwafel über die Regenwaldbäume und Vögel, über die sie etwas erfahren wollte, angehört und nicht ein einziges Mal nach ihren wahren Motiven gefragt. Während sie ihre Tasse hielt, getröstet von dem Geruch nach alten Büchern und sintflutartigem Regen, hatte sich Sonnet so friedlich gefühlt wie schon seit Jahren nicht mehr. Und doch war sie Alfreds Blick ausgewichen und hatte ihren eigenen stattdessen auf seine sanftgraue Strickweste geheftet. Sie hatte dagesessen, egoistisch Alfreds Gastfreundschaft genossen und ihn im Stillen beschworen, von ihrer Mutter zu sprechen, ohne den Mumm aufzubringen, auch nur eine einzige Frage zu stellen.

Sonnet wuchtete die Bände über Regenwaldflora und -fauna in ihren Korb und stieß sich seufzend von der Bordsteinkante ab.

»Du feiges Huhn!«, fauchte sie, während ihre Reifen über die regennasse Straße spritzten. »Sonnet Arden Hamilton, du wirst gleich morgen wieder dorthin gehen, und du wirst Alfred in die Augen sehen und ihn bitten, dir *alles* zu erzählen, woran er sich über Mama erinnert.«

Ihre Hoffnung auf eine erlösende Rückkehr zu Shearer's Bücher am nächsten Tag wurde jedoch von einem Regentief vereitelt, das sich über das Tal senkte. Die Regenzeit war endlich gekommen.

»Schick's runter, Hughie!«, rief Gav, fröhlich wie ein kleiner Junge, seine beiden wettergegerbten Hände über die Veranda ausgestreckt, um die lange ersehnte Schuldigkeit des Sommers entgegenzunehmen.

»Wer?«, fragte Sonnet.

»Hughie!«, brüllte Gav, eine Faust triumphierend zum Himmel gereckt.

»Du wirst bald lernen, wie man mit Hughie redet!«, bemerkte Olive mit einem liebevollen Blick auf Gav. Er trat auf sie zu und gab Olive einen Kuss in den Nacken.

Sonnet verzog das Gesicht. Diese verschwörerische Intimität der beiden ging ihr ein bisschen auf die Nerven. Wie verrückt war es eigentlich, seit zig Jahrzehnten mit ein und derselben Person verheiratet zu sein?

*Treuherzig,* zitierte Sonnet, *übergroße Zuneigung für die eigene Ehefrau bekundend.*

Es regnete vierzehn Tage lang – auch wenn es kein Regen war, wie ihn die Hamilton-Mädchen je gekannt hatten: tosende Wände aus dichtem Weiß, die alles verschleierten. Der Serpentine Creek war ein aufgeblähter, alles verschlingender Strom, der den schmalen Verbindungsweg in die Stadt kappte und sie von der Außenwelt abschnitt. Das offene Feld, das das Cottage umgab, wurde zu einem wogenden braunen Fluss, der Trümmerteile so groß wie Telefonmasten vor sich herschob.

»Sieht aus, als ob wir jetzt ein Wassergrundstück haben«, meinte Sonnet lachend zu Gav. Der Humor konnte über das ängstliche Rumoren in ihrer Magengegend nicht hinwegtäuschen.

Gav spürte ihre Angst. »Hör auf, dich verrückt zu machen, Liebes. Du sitzt an der Jahrhundert-Flutmarke. Dieses Cottage steht hier seit Generationen sicher und geschützt.«

Sonnet war nicht wirklich beruhigt. Die Unterwelt kroch über Noah. Mehltau blühte an der Decke; Algen wucherten in Farnkübeln; Moskitos schwärmten hervor; längst tot geglaubte Gerüche stiegen aus feuchten Stoffen auf; rote Teufelskralle wuchs aus der Erde empor; und dunkler Schimmel bildete sich an allem, selbst an einer Person, sollte sie lange genug sitzen bleiben.

Sonnets Miene hellte sich bei jedem Regenbogen auf, der sich zu zeigen begann, nur um prompt wieder zu verzweifeln, sobald eine neue donnernde Welle durch das Tal peitschte.

»Das hört ja *nie* auf!«, rief sie fassungslos.

»Du wirst dich dran gewöhnen. Für Neuankömmlinge ist es immer ein Schock, auf einmal aus der Zivilisation geschwemmt zu werden.«

Sonnet sackte am Tisch zusammen.

»Bevor du dichs versiehst«, fügte Olive hinzu, »wirst du die Regenfälle lieben. Es ist gut, einmal Zwangsurlaub zu haben, für eine Weile die Füße hochzulegen.«

Von Olive kommend, mit ihrer unerschütterlichen Arbeitsmoral, waren diese Worte eine Offenbarung.

»Wie wär's, wenn du dich in ein paar dieser Bücher vertiefst, die du dir von Alfreds Laden mitgebracht hast?«

Sonnet schnaubte spöttisch, wies mit einem Daumen über ihre Schulter auf das Mädchen, das zusammengerollt auf dem Rattansofa kauerte, ein Skizzenbuch neben einem schweren Band aufgeschlagen, während murmelnde Lippen auf einem langen, erdbeerblonden Zopf kauten.

»Fabes hat sie in Beschlag genommen. Sie ist ganz versessen auf diese langweiligen Regenwaldbücher. Und so, wie sie immer verträumt am Fenster steht, glaube ich, sie ist völlig vernarrt in den verdammten Regenwald!«

Olive bemerkte den vernichtenden bernsteinfarbenen Blick, der auf Sonnets Hinterkopf gerichtet war, und grinste. »Dann solltest du Alfred das nächste Mal vielleicht nach etwas fragen, das *dich* interessiert?«

Nun wurde Olive von einem wütenden Hamilton-Blick getroffen – doch dieses Mal kam er von Sonnet selbst.

# Kapitel 10

*

## Shearers Erzählung

*Januar 1956*

Eine Woche verstrich in abgeschiedenem Groll. Der erste Hinweis darauf, dass die Fluten zurückgegangen waren, war die Tatsache, dass Fable zur Cottagetür hinausstürmte, ein Handtuch um den Hals geschlungen und ihre Sandalen so hastig übergestreift, dass sie nicht einmal zugeschnallt waren.

Sonnet schickte ihr einen Seufzer hinterher, machte sich aber selbst ebenso hastig auf die Suche nach Plummys Rucksack. Zum Glück war heute Olive damit dran, auf sie aufzupassen.

Sonnets Vormittag bei Emerson's Mode und Stoffe zog sich in die Länge. Um Punkt zwölf Uhr mittags schloss sie ab und eilte hinunter zu Shearer's Bücher. Alfreds GESCHLOSSEN-Schild war kein Hindernis für eine Frau auf einer Mission.

Als sie zum Bimmeln der Türglocke eintrat, sah Alfred mit einem solch hoffnungsvollen Lächeln von seiner Zeitung und seiner duftenden Steak-Nieren-Pastete auf, dass sie am liebsten losschluchzen wollte.

Dann hatte er also ebenfalls gewartet.

»Ich will wissen«, platzte sie ohne Vorrede heraus, »warum Sie der einzige Mensch auf der Welt sind, den je irgendjemand als einen ›Verbündeten‹ meiner Mutter bezeichnet hat. Warum *Sie* ihr Freund waren, wenn sie doch sonst keine Freunde hatte.«

Alfred wickelte seine Pastete langsam wieder in die Papiertüte. »Ich habe lange darauf gewartet, diese Geschichte zu erzählen. Komm mit nach oben, dann werden wir bei einem Tässchen Tee ein bisschen plaudern …«

Sie stiegen die Wendeltreppe hinauf in das chaotische, wohlriechende Herz der Behausung eines alten Mannes. Alfreds kleine Wohnung über dem Laden ging auf den Raintree Park und die grünen Berge dahinter hinaus, so klar konturiert wie Pappausschnitte. Die Aussicht und der heiße Tee besänftigten das letzte bisschen Anspannung. Sonnet ließ sich in den dick gepolsterten Sessel sinken. Alfred tätschelte ihr die Schulter, als er mit seiner eigenen Teetasse kam, um sich neben sie zu setzen.

»Keine Sorge, Sonnet. Das Schlimmste wirst du von den Wichtigtuern in der Gegend hier bereits gehört haben.«

Aber sie konnte ihn nicht ansehen, während er seine Geschichte erzählte. Sonnet wählte einen Regenbaum, den größten, aus, und richtete ihren Blick ausschließlich auf ihn.

»Ich kannte Esther, seit sie als Mädchen in der Jugendabteilung meiner Bibliothek tätig war – sie war jahrelang meine Bibliotheksassistentin –, und ich habe unsere Gespräche während der Mittagspause sehr geschätzt. Wenn sie nicht in der Bibliothek war, kam sie gern in meinen Buchladen. Ich nannte die Ecke hinten unter der Treppe ›Esthers Ecke‹. Sie war immer hungrig nach Geschichten, als ob das Leben einfach nicht genug für sie zu bieten hätte. Und wenn der Buchladen und die Bibliothek geschlossen waren, dann hatte Esther einen geheimen Wasserfall, irgendwo oben hinter dem Moria Falls, ich kann es dir nicht genau sagen, wo sie sich mit ihren ganzen Geschichten und Träumen versteckt hat.

Esther lebte für ihre Bücher, oder vielleicht lebte sie auch *in* ihnen – ich habe seitdem oft gedacht, dass das vielleicht der Grund war, weshalb sich Esther so sehr von ihren Altersgenossen abgehoben hat, sich nach jemandem gesehnt hat, der es an Intellekt und Fantasie mit ihr aufnehmen konnte, und mit diesem leidenschaftlichen Herzen, das sie hatte! Und in Noah gab es so jemanden nicht.

Im Laufe der Jahre habe ich zugesehen, wie Esther zu einer schönen jungen Frau heranwuchs, mit einem brillanten Geist. Oh, sie konnte *schreiben*! Ich glaube, niemand hat je daran gezweifelt, dass Esther das aus sich machen würde, was sie geschworen hatte. Sie hatte eine solch entschlossene Art an sich, wollte immer mehr, als dieses Tal ihr geben konnte. Aber manchmal hatte ich den Eindruck, dass Esther Angst vor der Heftigkeit ihrer eigenen Wünsche hatte. Die Vorstellung, dass das Leben ihren Erwartungen letztendlich vielleicht nicht gerecht werden könnte, schien ihr unerträglich.«

Er brach seufzend ab.

»Und dann kommt Archer Brennan daher. Und wer könnte es Esther verdenken? *Alle* haben ihn geliebt. Ein solch gut aussehender Mann, und ein ehrgeiziger und charismatischer Lehrer, mit künstlerischen Talenten. Archer war Maler, und ein äußerst begabter. Nur ein Neuankömmling in Noah, und doch brachte er es im Handumdrehen zum stellvertretenden Schulleiter, heiratete die Stadtschönheit, und sie bekamen in rascher Folge zwei Söhne. Er war ein wundervoller Vater, vor allem in Anbetracht des gesundheitlichen Zustands des kleinen Edmund.«

*Wundervoller Vater* schwebte in der Luft, schwerer als die Schwüle, die sie umgab. Als er ihren höhnischen Blick bemerkte, fuhr Alfred rasch fort.

»Archer besaß eine Leidenschaft für Kunst und Literatur, wie sie diese Stadt, und diese winzige Schule, noch nie gesehen hatte. Glaub mir, ich war der Schulbibliothekar und der einzige Buchhändler, ich wusste es! Es gab hier keine sonderlich große Nachfrage nach Büchern. Ich habe gesehen, wie Archer versucht hat, die Leselust der Leute mit seiner eigenen Leidenschaft zu wecken – ein hoffnungsloses Unterfangen in diesem Zuckerrohr-Provinznest. Er war zu ernst. Die Leute wollten keinen Shakespeare; sie wollten der Schulbank so schnell wie möglich entfliehen und zu ihrem Land zurückkehren – oder an einen Job mit einem festen Gehalt kommen. Und letztendlich den Kopf über Wasser halten, wenn die Fluten steigen.

Das erste Mal wurde Archer in ihrem Abschlussjahr auf Esther aufmerksam. Na ja, wir hoffen, dass es nicht schon vorher war. Aber sie war eben schon immer eine frühreife Schönheit.« Alfred räusperte sich. »Er sah ein Versprechen in Esther glänzen, das er kaum fassen konnte, das er nicht auf sich beruhen lassen wollte. Er hätte diesen Dingen, die sie in ihm entfacht hat, verdammt noch mal aus dem Weg gehen sollen! Aber Archer sah sich selbst gern als ihren Förderer – den, der sie von dem Kleinstadtleben befreien, sie auf die Weltbühne bringen würde. Er tat sein Bestes, um ihr den Weg für das Kunststudium zu ebnen, von dem sie träumte. Sie hatte verschiedene Hochschulstipendien ins Auge gefasst, bevor sie von der Schule verwiesen wurde. Verstehst du? Er hat dieses ganze Potenzial *zerstört* mit seinem Versuch, es zu besitzen.«

Sonnet stellte ihre Teetasse scheppernd auf der Untertasse ab, damit sie nicht die Zähne in das Porzellan schlug.

Alfred seufzte. »Hör zu, ich kann aber auch nicht lügen und behaupten, dass *sie* das Richtige getan hat. Denn das hat sie ganz sicher nicht – er war verheiratet, er hatte diesen armen Jungen. Aber sie war zu naiv, um sich über die Konsequenzen im Klaren zu sein. Er war weltgewandt, er war ihr Schulleiter, er hätte es besser wissen müssen!«

Alfreds Teetasse kam zitternd neben ihrer zu ruhen.

»Ich hätte es unterbinden sollen – irgendwie! Diese ganze Zeit, die er mit Esther verbracht hat, im Lernanbau meiner Bibliothek versteckt, wo die beiden buchstäblich meine Bücher zwischen sich in Brand gesetzt haben. Dass keiner von uns es je gesehen hat, bevor es passiert ist, das ist der Teil, der mich immer verwirrt hat. Und dann die schreckliche Art, wie sie auf dieser Schulbühne ertappt wurden, *in flagranti* …« Er brach ab.

Der Raintree Park war für Sonnet zu einem lodernden grünen Klecks verschwommen.

»Ich war der einzige Bursche in der Stadt, der sagte, es sei nicht Esthers Schuld, es sei *seine* Verantwortung. Sie war vielleicht achtzehn, aber sie war trotzdem immer noch ein *Mädchen.* Ich habe mir viel Ärger damit eingehandelt, bis heute, dass ich das gesagt habe. Und das war das Schlimmste daran. Sie war so viel größer als diese Stadt, und doch haben sie sie kleingemacht, indem sie sie mit Schande überzogen haben. Und die Tatsache, dass sie ihr ihren Schulabschluss verweigert haben, hat dieses Mädchen ihre Chance auf ein Studium gekostet.«

»Und dann kam ich daher und habe ihr jede Chance verbaut, die sie vielleicht noch hatte. Ich will ja nicht unhöflich sein, aber den Rest dieser Geschichte habe ich bereits gehört.«

Alfred schüttelte den Kopf, fuhr mit ernster Stimme fort. »Sonnet, du darfst dir keine Vorwürfe machen. Du bist erst später gekommen. Esther und Archer haben sich ihre Suppe selbst eingebrockt, und nichts davon ist deine Schuld. Aber deine Mutter wollte dich mehr als irgendetwas sonst auf der Welt. Das ist der Teil der Geschichte, den du nicht kennst: wie sie alles aufgegeben hat – ihr Zuhause und ihren Ruf, Familienvermögen und Sicherheit, ihre ganzen Träume von einem Studium –, um dich zu behalten.«

»Ich weiß genau, was sie aufgegeben hat. Es waren die gleichen Dinge, auf die wir verzichten mussten.«

»Sie hatte keine andere Wahl! Sie haben ihr keine gelassen. Sonnet, ich habe Essie hier bei mir zu Hause einen Monat lang Zuflucht gewährt. Ich war ihr letzter Zwischenstopp auf dem Weg aus der Stadt und die einzige Tür, die ihr noch offen stand, nachdem dein Großvater sie hinausgeworfen hatte in der Hoffnung, sie damit zur Vernunft zu bringen. Natürlich, ich habe sie nur aufgenommen, weil ich selbst verliebt in sie war – das haben zumindest die Klatschmäuler der Stadt behauptet.«

»Und, waren Sie das?« Es schien keinen Grund zu geben, die Frage nicht zu stellen.

»Sie war die Tochter, die ich nie haben konnte. Aber nein, ein Mann wie ich wäre nie zu so einer Gefahr für Esther geworden.«

Alfred sah hinunter auf seine Teetasse, wich Sonnets Blick aus. Sonnet starrte auf seine gealterten Gesichtszüge, bis er schließlich aufsah. Ihre Augen waren sanft, verständnisvoll, und seine wurden wieder feucht.

Seine Stimme stockte ein klein wenig, als er fortfuhr. »Ich nahm an, ich sah mich selbst in Esther – so verstoßen von ihrer Familie. Ich hätte alles für sie getan. Aber das Mindeste, was ich ihr anbieten konnte, war Schutz vor den Mistgabeln, während sie ihre Flucht plante. Ich habe ihr gegeben, was ich konnte, so viel Geld, wie sie bereit war anzunehmen, und Verbindungen – alte Freunde von mir in Sydney, brave Leute, die sie bei sich aufgenommen und ihr Kost und Logis gewährt haben, bis sie bereit war, ihr Kind zur Welt zu bringen. Sie gebar dich in einem winzigen Hinterzimmer in ihrem Haus, sicher versteckt vor dem gierigen Zugriff des Staates. Und als sie bereit war, haben sie ihr geholfen, in ihr erstes eigenes Zuhause zu ziehen.«

»Sie muss schreckliche Angst gehabt haben.«

»O *ja*. Du hättest ihr kleines Gesicht sehen sollen! Sie hat sich in der gleichen Lebensphase in die Welt gestürzt, in der Frauen sich früher für ihr Wochenbett in ihr Schlafzimmer zurückgezogen haben. Diese Art Mut findet man nicht sehr oft. Und sie hat es getan, um dich zu behalten und zu beschützen.«

»Mich *wovor* zu beschützen?«

»Wenn sie geblieben wäre, Sonnet, wenn sie deinen Großeltern ihren Willen gelassen hätte, dann hätten die Ärzte dich aus dem Mutterleib gezerrt und zur Adoption freigegeben, bevor sie auch nur einen Blick auf dich erhaschen konnte. Aller Wahrscheinlichkeit nach hätten sie sie zuerst bewusstlos gemacht. Du hättest deine richtige Mutter nie wiedergesehen. Die Regierung wandte schon lange heimlich die Praxis an, Babys ›ungeeigneten‹ Müttern wegzunehmen. Sie hatten bereits seit Jahren Kinder ihren Aborigines-Müttern entrissen. Und dann haben sie auch die weißen unehelichen Babys ins Auge gefasst. Das war aus Sicht dieser Gutmenschen sinnvoll: den ehrlosen unverheirateten Müttern ihre Kinder zu stehlen, um ihre Adoptionsquoten für angesehene verheiratete Paare zu erfüllen. Es gab bereits Bewerber für Esthers Baby.«

Sonnet schauderte.

»Und deshalb ist sie weggelaufen. Zu meiner Tür hinaus an diesem nassen Septembermorgen, hochschwanger, entschlossen, dich zu retten. Und ich habe sie nie wiedergesehen.« Er hielt inne, sammelte sich.

»Am Anfang hat sie mich wissen lassen, dass sie in Sicherheit war und du auch; später schickte sie mir dann kostbare kleine Nachrichten auf Postkarten – auch wenn sie nach dem ersten Jahr immer seltener wurden und schließlich gar nicht mehr kamen. Meine Freunde hielten mich auf dem Laufenden darüber, wie es ihr ging, solange sie in ihrem Bezirk blieb. Aber als Esther schließlich weiterzog, kappte sie auch diese Verbindungen. Sie war fertig mit uns. Hin und wieder zierte eine Ansichtskarte meinen Briefkasten, und ich konnte auch ein paar Briefe von deiner Tante an sie weiterleiten. Aber wir wussten so gut wie nichts darüber, was aus unserer Essie geworden war.«

Sonnet atmete aus. »Und das ist, was ich Ihnen schulde. Die Wahrheit darüber, was Mama als Nächstes getan hat.«

»Nein, Sonnet. So gern ich auch etwas über Esthers Leben nach Noah erfahren würde, wäre ich damit doch nicht besser als jeder Wichtigtuer auf der Straße.«

»Aber Sie müssen doch Fragen haben? Ich bin sicher, Mama hätte nichts dagegen – Sie haben ihr schließlich bei ihrer Flucht geholfen. Was hätte sie denn getan, und wo wäre ich jetzt, ohne Sie?«

Alfred lächelte. »Eines wollte ich tatsächlich immer gern wissen: Hat Esther weiterhin geschrieben? Ich hatte immer gehofft, eines Tages ihren Namen groß auf einem Roman prangen zu sehen. Ich habe mir vorgestellt, einen neuen Karton mit Büchern auszupacken, und da würde sie sein: Esther Hamilton, veröffentlicht.«

Sonnet grübelte darüber nach, wünschte, sie hätte bessere Neuigkeiten. »Ich nehme an, sie hat noch immer geschrieben, aber nur, wenn das Leben … leicht für sie war. Und das war nicht oft der Fall. Sie schien endlose Phasen der Verzweiflung zu durchleben. Wissen Sie, Mama nannte uns ihre

›Geschichtenmädchen‹; sie hat uns nach ihrer Liebe zum Schreiben benannt, und doch haben wir sie genau dieses Ziel gekostet. Welche Frau hat schon Zeit zum Schreiben, wenn sie im Alleingang drei Kinder großziehen und sich mit Fabrikarbeit und Nähjobs über Wasser halten muss, obwohl sie vor Kummer kaum den Kopf vom Kissen heben kann? Sie musste den Stift niederlegen und stattdessen hart anpacken.«

Alfreds Augen wurden wieder feucht. »Es tut mir leid zu hören, dass diese Stürme sie noch immer verfolgt haben. Arme Essie, ohne irgendjemanden, der ihr Halt gab, mit all diesen geballten Emotionen, die sie ganz allein ertragen musste.«

»Ich habe mich oft gefragt, wie viel glücklicher sie ohne uns vielleicht gewesen wäre.«

»Oh, sie hätte es niemals überlebt, dich zu verlieren, Sonnet. Sie hat viel aufgegeben für das, was sie am meisten wollte: Liebe. Du warst das Beste, was ihr in ihrem Leben passiert ist.«

Sonnet konnte nicht so tun, als würde sie dem zustimmen. »Aber das heißt nicht viel, oder?«

Sie verfielen in tiefes Schweigen. Dann schüttelte sich Alfred, als wollte er es abwerfen. »Und du, schreibst du selbst, Sonnet?«

»Nicht einen Satz. Ich bekomme allmählich das Gefühl, dass ich bei ein paar eindrucksvollen Talenten zu kurz gekommen bin. Tochter eines Künstlers-Schrägstrich-Literaturliebhabers und seines Schützlings, die seine Geliebte wurde. Und hier bin ich, mein ganz gewöhnliches Ich, alles andere als eine Künstlerin.«

Sonnet wandte den Blick ab und sah wieder zu den Bergen hinaus, voller Angst, sonst Enttäuschung auf Alfreds Miene zu begegnen. »Aber ich lese ausgesprochen gern. Mama hat mich ihre *Logophile* genannt, weil ich Stunden in einem Wörterbuch blättern konnte.« Oh, was für ein eitles Geschwätz! Nie zuvor hatte sie sich die Talente ihrer Mutter so sehr gewünscht. »Ich sammele einfach gern Wörter«, korrigierte sie sich lahm.

Aber Alfred nickte eifrig. »Ah ja«, sagte er, »du bist eine *Lexikonophilistin.*«

Sonnet wollte grinsen wie ein Idiot. »Aber Mamas Kreativität lebt in meiner jüngeren Schwester weiter. Fable kann traumhaft schreiben, dabei ist sie gerade mal dreizehn. Und Sie sollten erst ihre Aquarelle sehen!«

»Sie malt?«

»Ja. Sie ist erstaunlich begabt für ihr Alter. Und das sage ich mit der ganzen Voreingenommenheit einer stolzen Schwester, die entschlossen ist, dafür zu sorgen, dass Fable etwas aus sich macht.«

Alfred betrachtete Sonnet eine lange Minute. Falls er noch eine weitere Frage hatte, blieb sie unausgesprochen. Stattdessen streckte er eine Hand aus, um mit ihrer Teetasse anzustoßen. »Ich möchte dir für den heutigen Tag danken, Sonnet. Ich weiß, du hast viel um die Ohren, Mädchen, aber du kannst jederzeit hierherkommen und dir alles nehmen, was du willst.«

# Kapitel 11

*

## Moria Falls

*Ende Januar 1956*

Es war der vorletzte Tag der Sommerferien, bevor die Schulglocke für die Schüler von Noah Valley wieder läuten würde, und Sonnet war in heller Aufregung darüber, dass Fable auf die Highschool kommen würde. Fable selbst ging das Getue ziemlich auf die Nerven. Die weiterführende Schule zu besuchen, hieß nicht viel mehr, als zum Unterricht zur gegenüberliegenden Seite des Innenhofs zu gehen, mit einer Aufwertung ihrer Schuluniform von Trägerkleid zu Bluse und Rock. Ein großer Schritt war es nur für die Jungen, die auf das exklusive St.-Ronan's-Internat geschickt wurden.

Und trotzdem musste Sonnet so einen Mordswirbel veranstalten. Fable hatte den Verdacht, dass das Verhalten ihrer Schwester eher auf einer unausgesprochenen Ängstlichkeit beruhte, dass sie außerdem Plum zum Gemeindekindergarten schicken würde. Sonnet war übertrieben anhänglich. Es war schließlich nicht so, dass sie Plums richtige Mutter war – also sollte sie sich lieber zusammenreißen! Aber wer war Fable, um Sonnet darauf hinzuweisen?

Die Vorbereitungen hatten an diesem Tag einen fieberhaften Höhepunkt erreicht, und Sonnet hatte es selbst übernommen, ihre abgelegten Schuluniformen für Fable umzuändern und an die blauen Röcke ein paar Zentimeter anzunähen.

Ans Haus gekettet kauerte Fable auf dem Fenstersitz und war ärgerlich. Irgendetwas an diesen Rockverlängerungen berührte einen wunden Punkt, von dem sie gar nicht gewusst hatte, dass sie ihn besaß. Warum sollte *Sonnet* darüber entscheiden dürfen, wie lang ihre Röcke sein sollten? All die anderen Mädchen würden in ihren brandneuen, modisch geschnittenen Röcken herumstolzieren, und hier war Fables Nichtmutter und steckte sie in nonnenlange Röcke mit offensichtlichen Saumstreifen.

Als ob sie noch mehr Zielscheiben auf ihrem Rücken bräuchte!

Beim Anblick von Marco, der über das Feld aufs Cottage zukam, richtete sich Fable atemlos auf. Vielleicht gab es doch eine Möglichkeit, von hier wegzukommen! Sie riskierte einen Blick auf Sonnet, die ernsthaft dabei war, für Plummy die Kerne aus den Litschis zu schneiden, womit sie den ganzen seidigen Genuss, mit dem man sich diese Köstlichkeiten auf der Zunge zergehen ließ, verdarb. Fable seufzte. Bei genauerem Nachdenken würde Sonnet heute zweifellos auch Fables Vergnügungen mit einem scharfen Messer zu Leibe rücken.

Sie stürzte von ihrem Fenstersitz, als Marco durch die Tür spähte. Ihr Gruß, untypisch lebhaft, ließ sein Gesicht purpurrot anlaufen.

Sonnet kam und stellte sich hinter Fable, die Hände in die Hüften gestemmt.

»Entschuldigen Sie, Miss Hamilton, kann Fable zu einer Flussschlauchfahrt mit der Gang mitkommen?«

Fable wandte sich mit großen Augen zu ihrer Schwester um in der Annahme, dass ein »Bitte« angebracht war, aber nicht gewillt, es laut auszusprechen.

»Nein. Tut mir leid. Wir sind dabei, alles für die Schule vorzubereiten, ich kann sie nicht entbehren.«

»Aber das ist unsere Sommerabschlusstradition. Raff Hull nimmt morgen den Zug zurück nach Brisbane zur Uni, und er fährt uns immer den Fluss aufwärts zu einer Schlauchfahrt, bevor er abreist. Wenn der Fluss nach den Regenfällen viel Wasser führt, können wir uns das ganze Stück vom Moria Falls am oberen Ende der Schlucht mit den Reifen treiben lassen. Es dauert nur ein paar Stunden, und Fable kann danach von der Brücke zu Fuß nach Hause laufen. Raff und Kate kommen beide mit, und sie sind wie Erwachsene. Adriana hat mich geschickt, damit ich sie hole …«

Sonnet, die bereits den Kopf schüttelte, hielt inne. »Wer, hast du gesagt?«

»Adriana. Sie will, dass Fable mitkommt. Alle sind schon bei den Hulls und warten auf uns.«

Sonnet prustete ungläubig. »Na ja, wundert euch nicht, wenn sie schon gegangen sind, bis ihr dort ankommt.«

Der Sarkasmus entging Marco.

Sonnet kniff die Augen zusammen. »Und woher soll ich wissen, dass das sicher ist? Ihr fahrt mit den Schläuchen doch nicht über Wasserfälle, oder?«

»Wir paddeln vom Wasserfall flussabwärts zurück. Raff fährt uns mit seinem Truck hoch.«

Sonnets Blick durchbohrte ihn. Er sah Hilfe suchend zu Fable.

»Bitte, Sonnet«, sagte Fable.

Das triumphierende Aufblitzen in Sonnets Augen signalisierte Einverständnis – einen lang gezogenen Moment, bevor die Erlaubnis tatsächlich erteilt wurde.

»Hat sie?«, fragte Fable, während sie und Marco hastig eine Abkürzung über die Wiese nahmen. Um sie herum dampften die Berge.

»Hat wer was?«

»Adriana. Hat sie dich geschickt? Oder hast du das nur gesagt, um meine Schwester zu überzeugen?«

»Nö. Hat sie.«

»Hat jemand sie gezwungen?«

Marco lachte. »Das könnte man so sagen.«

»Aber wer?« Fable begann, sich hinter Marco zurückfallen zu lassen.

»Mrs Hull. Aber davor gab es ein Riesentheater deswegen.«

»Was meinst du damit?« Jetzt blieb Fable stehen, zwang Marco, zu ihr zurückzugehen.

»Ich will keine Familiendramen ausposaunen. Es war peinlich. Und ich will deine Gefühle nicht verletzen. Glaub's mir, letztendlich hat Adriana gesagt, dass du mitkommen sollst.«

Er begann weiterzugehen. Fable verschränkte die Arme vor der Brust.

Marco war leicht entnervt. »Okay, hör zu. Als wir uns heute bei den Hulls getroffen haben, habe ich gefragt, ob du auch mitkommst, und Adriana hat nur ein paar Bemerkungen darüber gemacht, dass du nicht zur Gang oder zu Noah gehörst, und dann … noch ein paar andere Dinge. Raff hat es gehört. Er hat Adriana vor allen anderen zur Schnecke gemacht, und er hatte auch ein paar Worte zu Mrs Hull zu sagen. Sie hatte sich, ehrlich gesagt, zuerst auf Adrianas Seite geschlagen, und sie sind ins Haus gegangen, um darüber zu diskutieren. Aber wir konnten fast alles hören. Jedenfalls hat Raff ein Machtwort gesprochen – hat gesagt, er würde heute niemanden die Schlucht hochfahren, wenn sie nicht einlenken würden. Hat ihnen gesagt, es wäre noch peinlicher, alle nach Hause zu schicken, als zuzugeben, dass sie im Unrecht waren, dich auszuschließen.«

Fable atmete entsetzt aus. »Das heißt, Adriana hat mich nur gebeten mitzukommen, damit die Schlauchfahrt nicht abgeblasen wird?«

»Du musst mitkommen – es ist dein erstes Mal. Vergiss Adriana. Diese Sache leitet sowieso Raff.«

Fable zögerte, aber nur einen Moment. Adriana konnte ihr gestohlen bleiben. Niemand würde sie heute davon abhalten, Raff Hull zu sehen.

Der Kreis von Teenagern, die unter den Mangobäumen Schutz vor der sengenden Sonne gesucht hatten, wurde still, als Marco und Fable sich näherten. Neben dem Truck, der im Leerlauf dastand, scharrten Zehen im Sand, Mädchen kicherten hinter vorgehaltener Hand, und mehrere Jungen flitzten davon, um beim Einladen der letzten Reifenschläuche zu helfen. Adriana marschierte prompt auf die Neuankömmlinge zu. Fable zuckte zusammen.

»Hi, Fable. Vielen Dank, dass du gekommen bist«, flötete Adriana zuckersüß, während ihre Augen eine andere Geschichte erzählten.

Fable verspürte einen perversen Drang zu lachen. »Danke, dass du mich gefragt hast«, erwiderte sie ebenso zuckersüß.

Der Truck tuckerte ungeduldig. Fables Augen hielten reflexartig nach Raff Ausschau. Er saß bereits auf dem Fahrersitz, den Rücken durchgedrückt. Als Fable auf die Ladefläche hochkletterte, tauchte Raffs Gesicht im Seitenspiegel auf.

Fable starrte zu ihm zurück, ein Kaninchen vor der Schlange. Er nickte ihr zu – eine Bewegung, so unmerklich, als hätte sie es sich vielleicht nur eingebildet. Fable erwiderte sie mit einer winzigen Verbeugung, und ihr Herz hämmerte vor Kühnheit, während sie sich mit einem Schlauch hinsetzte.

Dieselabgase stiegen auf und hüllten sie ein, während der Truck die steile, schmale Schluchtstraße zum Moria Falls hochrumpelte. Eingezwängt zwischen schwarzem Gummi und schwitzenden jungen Körpern, hielt Fable ihren Schlauch fest an sich gedrückt. Erst als sie allmählich einen Krampf in den Beinen bekam, spürte sie in ihren Muskeln die Anspannung der Fahrt, auf der sie bedenklich durchgerüttelt und -geschüttelt wurde. Sie schloss die Augen, presste die Stirn gegen den Schlauch und sah dem Tänzeln von gesprenkeltem Licht über ihren Augenlidern zu. Binnen Minuten übertönte das tiefe Rauschen von Wasserfällen das Rattern des Motors.

Die Straße führte auf einen Parkplatz, auf dem vereinzelte Wohnanhänger und Volkswagen standen. Fable staunte über die steile Klippenwand, die über ihnen aufragte. Der Moria Falls war ein genau senkrechter Wasserfall, fast fünfzig Meter hoch, umgeben von zerklüfteten, farnbewachsenen Felsen und Vorsprüngen. Er ergoss sich in eine große Lagune, in der sich bereits etliche Schwimmer tummelten. Feuchtigkeit stieg nebelartig von dem Wasserfall auf und zeichnete winzige Regenbogen in die Gischt. Rings um die Lagune gab es Picknicktische, von Hecken geschützte Gartenbereiche und ein längliches Teehaus, das sich rühmte, »seit 1920 Devonshire-Tee« zu servieren. Pfauen stolzierten majestätisch am plätschernden Rand des Wassers entlang.

»Hier gibt es Pfauen?«, fragte Fable. Aber niemand schenkte ihr Beachtung.

Die Teenager sprangen in einem Durcheinander aus Schläuchen und Gliedmaßen vom Truck. Arme wurden ausgestreckt, um den jüngeren Mädchen zu helfen, und Fable ergriff eine Hand und sprang in das Gedränge. Sie stolperte bei der Landung, und die helfende Hand glitt hinunter zu ihrem Gesäß, das in Badekleidung steckte, und griff fest zu. Fable schrie auf und befreite sich mit einem Satz. Eamon Hull entfernte sich feixend von ihr.

Fable zögerte, suchte nach irgendjemandem, mit dem sie ihre Empörung teilen konnte. Doch die Gruppe zog bereits los zu einer steinernen Treppe. Eamon, der sie anführte, war von Gelächter umgeben.

Sie musste es sich eingebildet haben.

*Das hat er nicht wirklich getan. Oder doch?*

Schläuche wurden feierlich zu Wasser gelassen und legten ab. Fable schlich sich an Kate Hardy heran. Als das älteste Mädchen unter ihnen – praktisch eine Erwachsene – würde sie auf Fables Ahnungslosigkeit doch sicher nicht mit Spott reagieren?

»Und nach dem hier kommen keine Wasserfälle mehr?«

Kate grinste. »Nein, der nächste ist unserer beim Glade, und wir gehen vorher an Land!«

»Was muss ich … tun? Ich habe noch nie eine Schlauchfahrt gemacht.«

»Das erklärt sich im Grunde von selbst. Hey, du springst einfach auf und lässt dich treiben! Paddle von Zweigen oder Felsen weg. Wenn du irgendwo hängen bleibst, warte, bis einer der älteren Teenager kommt und dich mit einem Hauruck befreit. Aber wenn du herunterfällst, halt den Schlauch gut fest, es nervt nämlich echt, wenn man versuchen muss, einen weggeschwommenen wieder einzufangen.«

Fable nickte und ging in die Hocke, machte sich bereit. Sie folgte Kate ins Wasser, und ihre Schläuche wurden rasch von der Strömung erfasst. Sie segelten alle durch die Lagune, eine kleine Flotte schwarzer Donuts. Die Böschungen wurden schmaler, lenkten sie in den Flusslauf. Schläuche rangelten um die besten Plätze.

Fable spürte ein Glücksgefühl in sich aufwallen, auch wenn sie nicht wagte, ihm freien Lauf zu lassen.

*Sieh mich an, Mama, ich mache eine Schlauchfahrt!*

Der Fluss strömte dahin, und die Armada begann sich zu zerstreuen. Fable hielt sich stur an Kate, die auf nichts achtete als ihre Zehen, die langsam im Wasser paddelten.

Überhängende Bäume schützten sie vor der Sonne, und Uferböschungen boten grenzenlose Wunder, die sich an jeder Biegung änderten: hier ein sandiges Ufer; dort überwuchert von Brettwurzeln; jetzt eine steile Klippe, von Farnen bewachsen. Schildkröten flohen von Baumstämmen, als sie sich näherten, und Aale ringelten sich unter ihnen. Eine schillernde Libelle landete auf Fables Reifen wie ein winziger, glitzernder Hubschrauber. Oh, sie könnte ein ganzes Buch mit der Bilderwelt des Serpentine Creek malen!

Vielleicht würde sie das eines Tages tun – für Mama.

Fable sah blinzelnd zu einem Baumstamm, der, einem Krokodil zum Verwechseln ähnlich, an der Böschung in der Sonne lag, und wartete darauf, dass er mit eleganter Leichtigkeit ins Wasser glitt. Gab es in dem Fluss Krokodile? Sie war nicht einmal auf die Idee gekommen, danach zu fragen – wie dumm von ihr! Sie zog die Beine an, ging in Gedanken Gavs Geschichten nach Sicherheitstipps für Wasserwege durch.

Richtig: Onkel Gav hatte gesagt, in Frischwasserflüssen seien kleine, harmlose Krokodile namens Frischis zu Hause. Nur in Meeresarmen gab es die riesigen Salzwasserkrokodile. Erstere würden sie allenfalls ein bisschen zwicken; Letztere würden sie, nachdem sie sich unter Wasser angepirscht hatten, schnappen, sie in einer gewaltigen Todesrolle zerfleischen und ihre verrottenden sterblichen Überreste dann unter Wasser lagern wie eine kalt gestellte Delikatesse. Im Serpentine Creek war keine der beiden Spezies zu Hause.

Kate ließ sich vor ihr treiben, und Fable streckte spontan die Arme nach einem nahe gelegenen Felsen aus. Sie hielt sich eine Minute fest und wartete, bis Kate außer Sichtweite geschaukelt war. Jetzt allein, ließ sich Fable etwas bequemer in ihren Schlauch sinken. Wie konnte es sein, dass sie hier, während sie sich vom Serpentine Creek treiben ließ, sich selbst mehr spürte, als sie es seit Jahren getan hatte? Ihr Herz war so leicht wie die Luft, auf der sie segelte. Sie schwebte.

Während sie müßig vor sich hin schaukelte, ging Fable der Gedanke durch den Kopf, dass sie gar nicht gefragt hatte, wo oder wie sie an Land gehen würden. Sie war jetzt schon seit einer Ewigkeit unterwegs, ohne einen anderen Schlauchfahrer gesichtet zu haben. Sie stellte sich vor, bis aufs Meer hinauszusegeln, auf dem Great Barrier Reef treibend, und dachte mit Vergnügen daran, wie das Sonnets Pläne für die Schulrückkehr vereiteln würde.

Fable spürte, dass sie sich Heartwood näherten, als sie Farmland zwischen der Wand des Waldes aufblitzen sah. Sie sackte enttäuscht zusammen, wollte nicht, dass ihre Reise endete.

Als wäre ein Gebet erhört worden, blieb Fable zum ersten Mal an diesem Tag hängen, mitten im Fluss gestrandet an einer Insel aus Felsen und Zweigen. Wasser plätscherte ungestüm zu beiden Seiten an ihr vorbei, aber sie steckte fest. Na und? Irgendwo hinter ihr waren noch andere Schlauchfahrer. Irgendwann würde schon einer kommen – sie konnte nichts tun als warten.

*Wie willst du mich jetzt dazu bringen, nach Hause zu kommen, Sonnet?*

Fable suhlte sich in ihrer Zwangslage. Sie riss die Arme in die Luft, reckte das Gesicht zu dem Baldachin über ihr und stieß einen Ruf lange unterdrückter Euphorie aus – hinweggerissen, selbst während sie an den Felsen feststeckte.

»Wie schön, dass du dich so amüsierst«, hörte sie auf einmal eine lachende Stimme.

Fable riss den Kopf herum.

Es war Raff, der auf sie zusegelte. Sein Schlauch stieß mit einem dumpfen Aufprall gegen ihren, und eine Hand schoss vor, um anzudocken.

»Entschuldigung!«, sagte sie und setzte sich aufrecht hin.

»Entschuldige dich doch nicht dafür, dass du Spaß hast. Ich kann es nicht ausstehen, wenn die Kinder, die ich hier hochbringe, zu cool sind, um den ganzen Tag auch nur einmal zu lächeln.«

Fable versuchte sich zu erinnern, wie oft sie gelächelt hatte.

»Gott, du bist hier ja richtig gestrandet«, sagte er und zog an ihrem Schlauch. »Wie hast du *das* denn angestellt?«

»Ich habe einen eurer richtig primitiven Schläuche abbekommen. Kein Lenkrad, keine Bremsen.«

Er lachte. Fable lehnte sich zurück, überwältigt von dieser Nähe, der Art, wie seine blond behaarten Arme die ihren fast berührten, während er sie losmachte. Von Nahem betrachtet sah Raff sogar noch besser aus – die Augen blauer, das Gesicht breiter, die Lippen voller, die Brauen dunkler. Vermutlich wäre es das Beste, wenn sie jetzt insgesamt aufhörte zu atmen.

Er hatte sie im Nu befreit. Nächstes Mal würde sie dafür sorgen müssen, dass sie besser feststeckte. Vielleicht eine Nadel mitbringen.

»So, bitte sehr!«, sagte er, während ihre Schläuche nebeneinander in einen Flussabschnitt mit mehreren Stromschnellen einfuhren. »Jetzt kannst du wieder weiterjodeln.«

Ein leuchtend blauer Eisvogel segelte im Tiefflug genau vor ihnen vorbei.

»Vielleicht sogar ein Lächeln zustande bringen«, sagte sie. Bernsteinfarbene Augen, weit aufgerissen und klar, verfingen sich in einem Netz aus gesprenkeltem Licht.

Er sah sie an, wie man vielleicht einen Welpen ansehen würde. Eine Sekunde lang dachte sie, er würde ihr vielleicht sogar durch die Haare fahren.

»Deine Brücke ist gleich da vorn. Soll ich warten?«

»Nein. Jetzt komme ich klar. Ich werde einfach laut losjodeln, wenn ich stecken bleibe …«

Sie lachten beide.

»Na dann!«, sagte er und glitt mit seinem Schlauch in einer halben Drehung davon. »Bis nächstes Jahr, Kleine!«

Fable sah Raffs Rücken nach, ohne zu blinzeln, während er in die Ferne davonsegelte. Ein harter Kloß schmerzte in ihrer Kehle. Ein ganzes langes Jahr, bis sie ihn wiedersehen würde – es könnte ebenso gut eine Ewigkeit sein. Und sie war für ihn eine *Kleine*.

Raff verschwand um die Biegung. Fable schloss die Augen und ließ die törichten Tränen heiß und dick über ihre Wangen kullern.

# Kapitel 12

✶

## Dem schlechten Spieler gleich

*Dezember 1956*

Sonnet war es unbegreiflich, wie sie bereits ihr zweites Weihnachten im Tal feiern konnten. Wo war die Zeit geblieben? Einfach verschwunden, zusammen mit ihren schönsten Hoffnungen und Träumen.

Es war Sonntagmorgen, was für Sonnet ein paar seltene Stunden Einsamkeit bedeutete, während die Mädchen mit ihrer Tante und ihrem Onkel in der Kirche waren. Sonnet saß auf der Schwelle des Cottage, schon jetzt durchgeschwitzt, und band sich ihre Strandschuhe zu, um laufen zu gehen.

Laufen, hatte Olive ihr kürzlich zu verstehen gegeben, war ein Männersport und hatte keinen Vorteil gegenüber der weitaus damenhafteren Option des Gehens. Sonnet hatte prompt einen zusätzlichen Vorteil erkannt: Olive zu schockieren.

Aber der heutige Lauf würde wehtun – es wurde einfach nicht leichter, sich in den Tropen zu bewegen. Die gesättigte Luft war eine dicke Decke, unter der sie sich in einem trägen

Dunst bewegte. Der Schweiß klebte ihren schweren Pferdeschwanz an ihren Nacken, legte sich wie ein Schnurrbart über ihre Lippen, sammelte sich zwischen ihren Brüsten und lief in gewaltigen Rinnsalen über Rücken und Arme und Beine. Im Sommer zuvor hatten alle geschworen, bis zum nächsten würde sie sich »akklimatisiert« haben, aber sie war in der gleichen kochenden Stimmung wie im vergangenen Sommer. Gav sagte, sie sei dem »Tropenwahn« verfallen. Sonnet nahm an, sie war einfach so geboren.

Sicher, die Tropen waren im Sommer atemberaubend: sattes Grün, wohin man auch blickte; grollende, sich auftürmende Kumulonimbus-Wolkenformationen; Mangobäume, mit prächtigen Weihnachtskugeln behängt; festliche Feuerbaumblüten, die auf dem Fluss dahinschwebten; Pfauensträucher, die rot, rosa und gelb wie Leuchtfeuer über dem Tal blinkten. Aber wer könnte irgendetwas davon genießen bei dem Wahnsinn, den diese Schwüle auslöste?

Aber heute, selbst wenn sie dabei spontan verbrennen sollte, würde Sonnet laufen gehen! Sie sah jeden Tag zu, wie Fable in den Regenwald davonstapfte, während sie selbst zurückblieb und im Cottage die Stellung hielt. Jetzt war Sonnet an der Reihe.

Sonnet begann zu laufen, ein Gefühl von Verdruss dicht auf ihren Fersen. Vor ihr war der Regenwald ein summender elektrischer Zaun.

1956 war für sie ein demütigendes Jahr gewesen. Die Vollzeit-Vormundschaft war so viel härter, als sie erwartet hatte. Nachdem sie die Pflichten der Kindererziehung und Haushaltsführung bereits in solch jungen Jahren übernommen hatte, war Sonnet davon ausgegangen, dass sie, besser als irgendjemand sonst, für den Job geeignet war.

*O süße Selbstüberschätzung!*

Und was war das Zeugnis ihrer Inkompetenz? Die Schwester mit dem verschlossenen Herzen und der aufreibenden Passivität – oder die mit mehr Problemen, als sie an beiden Händen abzählen konnte?

Die offensichtliche Antwort war Plum, die sich in die Hose machte, die in Albträumen schrie und immer wieder Phasen hatte, in denen sie völlig verstummte, ganz zu schweigen von diesem demütigenden Fiasko im Kindergarten zu Beginn des Jahres. Im Ernst, wer wird denn vom *Kindergarten* verwiesen?

In diesem Jahr war sie so kurz davor gewesen, sich bei diesem bekümmerten, störrischen Kind geschlagen zu geben. Es war nur das unausgesprochene Tauziehen mit Olive, das sie bei der Stange gehalten hatte. Sie konnte nicht leugnen, dass sich Plums Loyalitäten in letzter Zeit immer schneller zu Olive und Gav verlagerten. Anstelle des Kindergartens verbrachte sie nun mehrere Tage die Woche bei Olive und bettelte jeden Abend darum, auf Heartwood übernachten zu dürfen. Plum feste Tage bei Olive und Gav einzuräumen, war, so Sonnets Vermutung, das erste vieler widerwilliger Zugeständnisse gewesen. Olive hielt jetzt ständig ein Schlafzimmer für Plum bereit, ausgestattet mit jedem erdenklichen Luxus, den ihr Herz begehrte.

Die Tatsache, dass Olive genau das so unbedingt wollte, stimmte Sonnet nur noch ungnädiger.

Olive ihrerseits war ein Vorbild solch unerschütterlicher

Güte, dass Sonnet es kaum ertragen konnte. Zum Beispiel die Sache mit der Kirche. Olive hatte es sich vor Monaten in den Kopf gesetzt, dass Plummy mit ihnen zur Kirche gehen sollte, und sie hatte Sonnet seitdem beständig und beharrlich zermürbt. Sonnet war nicht grundsätzlich gegen die Idee; die Struktur und Routine des Programms der Sonntagsschule, das Olive beschrieb, klangen sogar so, als würden sie Plummy guttun. Sie hatte sich vielleicht aus dem Kindergarten herausgewunden, aber Olives Gott würde sie nicht entkommen können! Dennoch hatte Sonnet ihre Einwände deutlich klargestellt. Sie wollte nicht, dass auch nur eines der Mädchen irgendeiner Verurteilung ausgesetzt wurde! Die Hamilton-Mädchen hatten noch nie einen Fuß in eine Kirche gesetzt – wenn man es sich recht überlegte, könnten sie in Flammen aufgehen, wenn sie es versuchten.

Olive hatte still zugehört, aber dann verblüffend entschieden erwidert: »Ich würde nicht fragen, wenn ich nicht glauben würde, dass Plummy sich dort geliebt und akzeptiert fühlen würde. Es ist eine völlig andere Welt als vor zwanzig Jahren, und außerdem, war nicht ich es, die darauf bestanden hat, Plummy aus dem Kindergarten zu nehmen, als sie so unglücklich war?«

Sonnet hatte schließlich eingewilligt, mit einer Bedingung: »Deine Kirchengemeinschaft bekommt nur diese eine Chance. Wenn Plummy zu Hause vom Höllenfeuer redet, wenn jemand Mama erwähnt, wenn irgendjemand sie auch nur schief ansieht, sind wir fertig!«

Unerwarteterweise hatte auch Fable sich freiwillig zur Kirche gemeldet. Olive hatte lediglich eine Liste von Nachbarn heruntergerasselt, die hingingen, und Fable hatte die Gelegenheit beim Schopf gepackt. Sonnet konnte erkennen, warum – Fable, die sich noch immer danach sehnte dazuzugehören, wollte nicht das einzige Kind im Tal sein, das nicht zur Kirche ging. Und fairerweise musste man sagen, dass die Geborgenheit einer Gruppe wichtig für heranwachsende Mädchen sein konnte.

Am nächsten Sonntagmorgen brachte Sonnet Plum nach Heartwood, in einem absolut entzückenden rosa Seersuckerkleid und Mary-Jane-Lacklederschuhen – stolz, als wäre sie ihre eigene Tochter! Fable, Wunder über Wunder, hatte sich bereitwillig, hübsch und ausnahmsweise einmal pünktlich zurechtgemacht. Da wusste Sonnet, dass sie Fables Motive korrekt eingeschätzt hatte.

Und jeder Sieg über Fables Barrikaden, egal wie klein, war ein Grund zum Feiern. Als Fables Vormund zu fungieren, war aufreibend. Fable blieb allen ein Rätsel. Sie schwebte völlig ungebunden durch die Tage; wenn sie nicht durch den Wald stapfte, dann flüchtete sie sich in Tagträumereien und Gekritzel. Und je mehr Sonnet die Hände nach ihr ausstreckte, desto schneller und weiter entschlüpfte Fable. Vielleicht lag es einfach an ihrem Alter, vierzehn, und Sonnet selbst hatte schließlich nie eine normale Jugend gekannt, woher sollte sie es also wissen? Fable hatte jedes Recht, ihre Ängste auszuleben, vor allem in dieser Stadt und mit ihrem familiären Hintergrund.

Binnen einem Jahr war Fable zu einer schlaksigen jungen Dame herangewachsen, wenn auch nicht ganz so groß wie Sonnet. Der Beginn der Pubertät hatte Fables stille Gelassenheit nur noch verstärkt. Und mit Gelassenheit meinte Sonnet Selbstvergessenheit. Das Mädchen schien nicht einmal ansatzweise auf die Veränderungen ihres Körpers zu achten. Sonnet stürzte los und kaufte mehrere Sport-BHs für Fable, als ihre Entwicklung offensichtlich wurde. Sie nähte ihr auch weiter geschnittene Blusen. Fable hatte beides wortlos, vielleicht mit dem Anflug eines Lächelns, entgegengenommen – und dann in ihren Schubladen vergessen. Sonnet stand vor einem Rätsel. War das hier eine Rebellion? Ein Zeichen, dass Fable ihre Kindheit nicht hinter sich lassen wollte?

Sonnet hatte sich den Kopf darüber zermartert, wie sie das Thema Sexualität bei Fable ansprechen sollte. Sonnet erinnerte sich mit Schrecken an die allzu anschaulichen Erklärungen ihrer Mutter, ausgeschmückt mit Poesie und kichernden Geständnissen. Nein, ihre Mutter hatte den Bogen überspannt. Esther hatte Sonnet damit aufgezogen, die »puritanische Tochter eines Flittchens« zu sein, als Sonnet sich gegen solche Gespräche sträubte – aber das war nicht das Problem gewesen, überhaupt nicht. Sonnet wollte einfach eine Mutter, keine Freundin. Daher hatte Sonnet es bei Fable sachlich und nüchtern angehen wollen. Aber Fable hatte dichtgemacht, war sogar weggelaufen, kaum dass Sonnet das Gespräch begonnen hatte. Offenbar konnte Sonnet nicht einmal diese erste Hürde nehmen, weigerte sich aber strikt einzusehen, wie ungeeignet und unerfahren sie doch eigentlich war.

Olive widersprach ihrer Ansicht, dass es Rebellion, Verschlossenheit oder Trauer war. »Es geht ihr gut. Sie will einfach nicht darüber reden. Vielleicht trittst du zu energisch auf? Ich könnte mich mal mit ihr unterhalten.«

*Nur über meine Leiche*, dachte Sonnet.

Dennoch kam Olive eines Tages mit einem dicken gebundenen Buch nach Hause und drückte es Sonnet in die Hände: »*Essenzielle Fakten für junge Frauen*. Geschrieben von einem Arzt, mit vielen Diagrammen.«

Sonnet blätterte das Buch anfangs wohlwollend durch. Na ja, Olive hatte nicht wirklich geschwindelt. Das Buch war tatsächlich von einem Arzt verfasst, und es enthielt alle relevanten Fakten, mit wunderbar wissenschaftlichen Diagrammen. Und doch drehte sich Sonnet der Magen um bei den Anweisungen des Buchs zu weiblicher Sittsamkeit und seinen strengen Belehrungen über vorehelichen Sex und das »monströse Problem« von Babys, die außerhalb der Ehe geboren wurden. *Was für ein Schwachsinn!* Das Buch war von einer Kirche gesponsert worden – das hatte Olive vergessen zu erwähnen, oder?

Abgesehen von den Moralpredigten, bot das Buch tatsächlich solide medizinische Informationen, außerdem ein paar hilfreiche Hinweise zu Rendezvous und richtigem Benehmen, und vielleicht würde es den Zweck erfüllen müssen, bis Sonnet ein anderes auftreiben konnte – der Markt für Pubertätsbücher in Australien gab nicht viel her. Aber sie hatte nicht die Absicht, es weiterzugeben, bevor sie es nicht gründlich mit Anmerkungen versehen hatte.

Eines Abends setzte sich Sonnet mit einem Notizblock hin und tat genau das – stellte den Arzt in seinem eigenen Buch bloß. Während Sonnet ihr modernes Wissen zwischen den Seiten einfügte, stellte sie sich die Diskussionen vor, die ihre Bemühungen vielleicht letztendlich zwischen den Schwestern eröffnen würden. Sie könnten gemeinsam über die archaischen Ansichten des Doktors lästern! Sie würden vereint sein durch einen gemeinsamen Feind: Traditionalisten.

Fable jedoch schleuderte das Buch, und mit ihm Sonnets sämtliche angehäuften Weisheiten, prompt auf ihren Haufen mit »Dingen, die ich nie benutzen werde, weil Sonnet sie besorgt hat«. Und damit war alle Hoffnung auf Diskussion begraben. Ersatzmutter zu sein, war wirklich das Letzte!

Jetzt krümmte sich Sonnet vornüber, um Luft zu holen. Wenn sie in dem Tempo weiterlief, würde sie noch einen Herzinfarkt bekommen. Sie holte einmal tief Luft, sog den stechenden, moderigen Geruch des Regenwalds in sich auf, reckte ihr Gesicht in eine kühlende Brise. *Psithurismus,* sagte sie sich, *das Flüstern des Windes in den Bäumen.* Ein Lächeln, ein leichtes nur, legte sich auf ihr Gesicht. Wenigstens konnte sie sich auf ihre Fähigkeiten weiterhin verlassen.

Tatsächlich war der einzige Bereich von Sonnets Leben, der ihr sonst noch wichtig war, ihre Arbeit. Sie ging jetzt drei Tage die Woche Alfred in seinem Buchladen zur Hand, und sie liebte jede Minute davon. Sie hatte, meinte Alfred, »das Buchhändlergespür«. Sie half Olive noch immer einen ganzen Tag bei Emerson's Mode und Stoffe aus und überließ es für den Rest der Woche der verdammten Delia Hull, sich ihre Quiltstoffe zu besorgen, ohne sich dazu erniedrigen zu müssen, von *dieser* Hamilton bedient zu werden.

Nach allem, was man hörte, waren Sonnets Änderungen

die besten der Stadt. Ein paar Kundinnen hatten sogar vorgeschlagen, Sonnet solle ihre eigene Schneiderei eröffnen. Es war eine schöne Anerkennung und ein Ausgleich zu ihrem restlichen Leben, in dem sie fast ständig den Drang verspürte zu schreien.

Apropos, dafür war jetzt eigentlich ein guter Zeitpunkt. Und während ihre Lunge vom Laufen brannte, reckte Sonnet die Arme zum Himmel und erhob die Stimme zu einem gewaltigen Schrei.

# Kapitel 13

*

## Die Kathedrale

*Januar 1957*

Fable rutschte auf ihrem Platz auf dem Felsen hin und her, gestattete sich nur einen kurzen Blick auf den steinernen Treppeneingang zum Glade, bevor sie sich wieder ihrem Skizzenbuch zuwandte, der stakkatoartige Rhythmus des Bleistifts der einzige Hinweis auf ihren inneren Aufruhr.

Der Sonntagszug vor Weihnachten kam mit besonders kostbarer Fracht an Bord, auch wenn Fable bislang noch keinen Blick auf ihn hatte erhaschen können. Raffs Ankunft war von Adriana bis zum Himmel posaunt worden, und sie prahlte täglich mit den Brettspielen, die sie gespielt hatten, den Reitausflügen, die er mit ihnen unternommen hatte, den angesehenen Familien, die zum Dinner zu ihnen gekommen waren, und dem neuen Baumhaus, das er in einem Mangobaum errichtet hatte. Das Warten, das Fable zwölf Monate lang geduldig ertragen hatte, wurde jetzt wirklich quälend.

Jeden Nachmittag hatte sie beim Glade gelauert, ebenso jeden Sonntag in der Kirche, die Haare zu lockeren erdbeerblonden Wellen gebürstet, während ihr Blick immer wieder unwillkürlich zur Bank der Hulls in der ersten Reihe und seinem leeren Platz huschte. Adriana war entrüstet gewesen über Fables plötzliches Auftauchen in *ihrer* Kirche. Fable hatte fast damit gerechnet, dass Adriana sie den Mittelgang hinunterjagen, Beschwörungsformeln kreischen und sie mit Weihwasser bespritzen würde.

Aber selbst das hätte Fable nicht abgehalten. Adriana war die Schwester ihrer heimlichen Liebe – sie musste ständig im Auge behalten werden. Zu diesem Zweck würde Fable den ganzen Tag in Adrianas geltungsbedürftiger Gesellschaft am Glade sitzen und so tun, als würde sie nicht bemerken, dass jede Bewegung des Mädchens eine Herausforderung war, die gegen ihre größte aufstrebende Rivalin ausgesprochen wurde.

Fable hatte die achte Klasse mit ihrer zurückhaltenden Art erfolgreich durchlaufen, eine sorgfältig aufgebaute Illusion, in unmittelbarer Konkurrenz zu Adrianas Status. Auch wenn sie keine besonderen Freundschaften schloss, suchten Außenseiter und Aufsteiger auf der sozialen Leiter gleichermaßen Fables Nähe. Selbst Adriana begann, sie heimlich zu umkreisen. Dabei wäre doch ausgerechnet Adriana diejenige, die jeden Tropfen aus Fables unerklärlichem Selbstbewusstsein herauswringen könnte, wenn sie auch nur den Hauch einer Ahnung gehabt hätte.

Fable riskierte noch einen Blick nach oben und seufzte. Sie sah mit zusammengekniffenen Augen auf ihr Aquarell – einen Wasserfall, umgeben von nackten Regenwaldfeen, die Arme ausgestreckt in ekstatischer Verehrung. Es war ein wiederkehrendes Thema, eines, das die anderen Achtklässler empört hatte, als die attraktiven Nymphen von den Klassentrotteln herumgezeigt wurden. Sie hatten sich das Skizzenbuch gegenseitig zugeworfen und über die »dreckigen« Zeichnungen gejohlt, die sie gefunden hatten.

Fable verfluchte sich dafür, dass sie das Skizzenbuch an jenem Morgen in ihren Rucksack gestopft hatte mit der Absicht, nach der Schule zum Hain der Grünen Frau zu gehen. Es war schon schlimm genug, dass sie das Buch vor Sonnets neugierigen Blicken schützen musste, ganz zu schweigen von diesen Idioten. Ständig musste sie auf der Hut sein.

Die Anschuldigung, Fable würde »französische Postkarten« zeichnen – eine bloße Kritzelei für schlecht riechende Jungen –, war eine erdrückende Schande. Aber es war ausschließlich das spöttische Gelächter, das sie beschämt hatte. Fable konnte sich für ihre Kunst nicht mehr schämen als dafür, dass sie atmete. Sie war der kreativen Energie verpflichtet, die durch ihre Adern strömte. Sie musste so schöpferisch tätig sein, wie die Inspiration es verlangte.

Trotzdem, es hatte nichts geschadet anzufangen, ihre Feen einzukleiden.

Fable würde nie wieder so töricht sein, ihr Skizzenbuch mit zur Schule zu nehmen. Sie konnte von Glück reden, dass die Jungen so hingerissen von den Nacktbildern waren; den blauen Augen, die auf jeder zweiten Seite abgebildet waren, wurde kaum Beachtung geschenkt.

Aber wenn sie mit ihrem Verdacht richtiglag und Adriana und ihr Gefolge diejenigen gewesen waren, die das Skizzenbuch aus ihrem Rucksack gestohlen hatten, dann war Fables größte Angst womöglich wahr geworden. Die Vorstellung, dass Adriana diese Zeichnungen zu Gesicht bekommen hatte, löste Wellen von Angst in ihr aus – eine Schwester würde die Augen ihres Bruders mit Sicherheit erkennen.

Und doch wartete sie jetzt beim Glade, nur ein paar Schritte von Adriana entfernt, genau diesen Beweis ihrer Obsession in ihren tintenbefleckten Händen. Fable schauderte bei dem Gedanken an ihre eigene Kühnheit. Hin und wieder, wenn Adriana sie genug ärgerte, blätterte Fable zurück zu einer Zeichnung blauer Augen, selbstgefällig in einem heimlichen Siegesgefühl.

*Raff gehört dir nicht!*

An manchen Tagen wollte sie ihr Skizzenbuch am liebsten an Adrianas rabenschwarzen Hinterkopf schleudern. Zur Not würde es auch ein Flussstein tun.

Am darauffolgenden Samstag zog die Gang am Glade vorbei und weiter flussabwärts zu einer Stelle, die sie »die Kathedrale« nannten. Fable war nur deshalb mit von der Partie, weil Marco auf seinem Weg beim Hamilton-Cottage vorbeigeschaut hatte. Ehrlich gesagt war Fable nicht wirklich in Stimmung mitzukommen – sie hatte den ganzen Vormittag über Bauchschmerzen gehabt –, aber Marco hatte bei ihrer anfänglichen Weigerung einfach zu kläglich geblickt.

Die Kathedrale war nur durch einen etwa eine Meile langen Wanderweg durch dichte Vegetation zugänglich. Marco, der vorausstürmte, war unerschrocken, selbst als sich der Weg zu einem Trichter aus Dschungelgras verengte, das höher als ihre Köpfe war und in dem es von Insekten summte. Fable versuchte, nicht an riesige Pythons zu denken, und sie war froh, dass sie das Dickicht der Cashewbäume hinter sich gelassen hatten, die, wie Marco ausdrücklich hervorgehoben hatte, zur Erblindung führen konnten. Sie hatte ihn beim Wort genommen. In dieser Gegend Australiens konnte man nie genau sagen, was eine einheimische Legende war und was nicht; so viele überirdische Tiere und Pflanzen versuchten, die Uneingeweihten zu verstümmeln.

Erst gestern hatte Fable einen neuen Schatz für ihre umfassende Sammlung von Regenwaldflora gefunden: eine leuchtend blaue Frucht, so groß wie ihre Hand – und doch hatte Onkel Gav sie deswegen zurechtgewiesen! Kasuarpflaumen, hatte er sie belehrt, waren giftig für jeden bis auf die riesigen, flugunfähigen Kasuarvögel, deren Farbe und Namen sie trugen. Fable wurde von einer überheblich grinsenden Sonnet ins Bad geschleift, um sich die Hände zu waschen, und Plum folgte ihnen auf den Fersen, die Hände ausgestreckt, während sie flehentlich fragte, ob sie, Plum, auch eine giftige Pflaume sei?

Fable entschied, die nächste exotische Frucht, die sie fand, einfach für sich zu behalten.

Vor ihr erhob sich jetzt ein Banyanbaum majestätisch aus dem Baldachin, mit absurd weit gespannten Zweigen und Tentakeln, die wie ein dichter Vorhang rings um die breite, vielstämmige Höhle fielen.

Sie traten aus dem Gras in tiefen Schatten. Überall auf den Ästen, selbst in schwindelerregenden Höhen, lungerten Teenager wie Dschungelkatzen und warfen mit beleidigenden oder flirtenden Bemerkungen um sich. Zwei Hauptgruppen hatten sich herausgebildet, Allianzen, geschmiedet zwischen den heimgekehrten St.-Ronan's-Jungen und den Jugendlichen von Noah Valley.

Fable suchte die Kaugummi kauenden Reihen noch immer nach Adrianas dunklem Pferdeschwanz ab, als eine hochgewachsene Gestalt von einem Ast über ihnen sprang und neben ihnen landete.

»Hey, Marco«, sagte der junge Mann.

Er nickte Fable zu. Blonde Haare fielen ihm dabei in die Stirn, und sie spürte, wie sie rückwärts taumelte, obwohl sie sich nicht einen Zentimeter bewegt hatte.

Rafferty war hier.

Und die blauen Augen, mit denen sie sich, allein anhand kostbarer Erinnerungen, abgemüht hatte, waren plötzlich wieder lebendig und blinzelten sie an.

Sahen die anderen Teenager, wie sie glühte, während sie auf diesem hohen Ast saß? Würde sie den ganzen Baum in Flammen setzen, während sie für diesen Jungen brannte? Fable hatte hier oben Zuflucht vor ihrer eigenen Impulsivität gesucht, und jetzt fühlte sie sich wie ein nicht explodierter Feuerwerkskörper. Das Verlangen, die Hände auszustrecken und Raff zu berühren, hatte mit ihrer entsetzlichen Angst gerungen, er könnte auch nur einen Blick auf sie werfen. Das ganze Jahr hatte sie gewartet, sich den ganzen Monat darauf vorbereitet, ihn wiederzusehen, und dennoch stürzte Raff mit der Wirkung einer fallenden Bombe zurück in ihre Welt.

Jetzt sah sie ihn dort unten stehen: noch größer und besser aussehend, als sie ihn in Erinnerung hatte, die Arme vor der Brust verschränkt auf seine nachdenkliche Art, Marco zunickend, während sie miteinander plauderten, von Zeit zu Zeit ein sanftes Lächeln auf den Lippen, ohne sich der Macht dieses Lächelns bewusst zu sein.

Sie wischte sich ihre klebrigen Hände an ihrer Bluse ab und klammerte sich fester an ihren Ast.

Gehässiges Gelächter wurde laut, und Fables Bewusstsein schaltete sich automatisch ein, um die Bedrohung abzuschätzen. Sie spürte keine Stachel in ihrem Rücken, daher war es vermutlich nicht Eamon, der seine spöttischen Blicke gegen sie schleuderte. Etwas weiter weg sah sie Adriana, Jessica, Megan und Isabella auf den niedrigeren Ästen kauern, die Köpfe zusammengesteckt, alle Augen auf Fable gerichtet, während Gelächter hervorperlte …

»Geh und sag es ihr jetzt, damit wir dabei zusehen können. Es wird zum Schreien komisch sein.«

»Sag *du* es ihr doch.«

»Niemand soll es ihr sagen! Das Biest hat es verdient!«

»Das hat sie *wirklich*.«

Fable überprüfte ihre Garderobenauswahl für diesen Tag – ein Sommertop mit U-Boot-Ausschnitt, in weiße Shorts gesteckt, die von einem Gürtel zusammengehalten wurden; nichts, was eine Angriffsfläche bot – und ging ihr Verhalten seit ihrer Ankunft durch. Welche Sünde hatte sie *heute* begangen? Es musste die Art sein, wie sie Raff anstarrte. Sie durfte nicht wieder in seine Richtung sehen, und wenn es sie umbrachte.

Fable zwang sich, das Baum-Fangspiel zu verfolgen, das in dem höhlenartigen Schoß des Baums begann.

»Dieselben Regeln wie beim normalen Fangen«, sagte Vince Lagorio, »aber wenn du abgeschlagen wirst, musst du dich vom Baum fallen lassen. Der letzte Überlebende wählt aus, wer in die nächste Runde kommt.«

Die gute alte Kate forderte sie auf mitzuspielen, und Fable kletterte an ihrem Ast hinunter zu ihrer Erlösung. Aktivität würde eine gewisse Befreiung von ihrer hämmernden Angst bedeuten. Oder vielleicht würde ihr Herz tatsächlich stehen bleiben, womit sie sich immer noch besser fühlen würde als in diesem Moment.

Raff blieb auf dem Boden, während Marco für das Spiel hochkletterte und sich zu Fable gesellte. Es war kein Wunder, dass Adriana sich auf dem Ast mit den St.-Ronan's-Jungen positionierte. Sie beugte sich kokett über die Schulter des einen, der sich selbst als »Van the Man« bezeichnete. Was Fable allerdings Sorgen bereitete, war die Art, wie Adriana die Jungen um sich vereinte und flüsternd auf Fable zeigte. Johlender Spott machte die Runde. Fable hörte ihren Namen auf Eamons Lippen, dann wieherndes Gelächter.

Das Baum-Fangspiel begann. Teenager schwangen sich kreischend von Ast zu Ast; ein Baum erwachte mit bekleideten Primaten zum Leben. Fable wurde binnen wenigen Momenten von Van the Man erwischt und abgeschlagen – zu großem Gelächter von höheren Ästen. Sie rutschte von dem Baum; beschämt, als Erste auf dem Boden zu landen und Raff zu sehen, der sie mitleidig anlächelte. Fable rieb sich bedeutungsvoll die Handgelenke, als würde irgendeine seltsame Handgelenkserkrankung oder bestehende Verletzung erklären, weshalb sie abgeschlagen wurde. Diese kindische Pantomime war noch demütigender, als tatsächlich zu verlieren.

Auch bei den nächsten beiden Fangspielrunden war Fable jedes Mal die Erste, die auf dem Boden landete. Jeder konnte sehen, dass es die St.-Ronan's-Jungen gezielt auf Fable abgesehen hatten – zur allgemeinen Erheiterung. Bis sie zum dritten Mal als Erste abgeschlagen wurde, war Fable in Rage. Sie erwiderte Raffs teilnahmsvolles Lächeln mit einem finsteren Blick.

Er hob beide Hände. »Hey, ich bin die Schweiz!«

Fable wandte sich von ihm ab, kochend vor Wut. Es war trotzdem Raffs Schuld; wie er sich weigerte mitzuspielen, als wäre er irgendein Erwachsener, und wie er so einfach die Kontrolle über sie übernahm und sie hoffnungslos verliebt in ihn machte.

Bei der vierten Runde würde sie ihre Taktik ändern. Wenn sie ihre Gegner nicht ausmanövrieren konnte, dann würde sie sie austricksen. Sie wünschte, sie würde kein Weiß an einem Tag tragen, an dem Tarnung von entscheidender Bedeutung war, während sie still und leise am Rand der Kathedrale verschwand. Hinter sich hörte sie Raff leise rufen: »Fable, du hast …« Sie verschloss ihre Ohren.

*Jetzt pass gut auf, Schweiz.*

Sie schlängelte sich in den Unterbauch der Kathedrale, wo Hängewurzeln sie umschlossen wie die Tentakel einer prähistorischen Qualle. Licht drang nur schwach in das stechend riechende Miasma aufgedunsener Fruchtbarkeit.

Fable entschwand tiefer in die lichtlose, triefende Unterwelt. Hier war etwas, worin sie sich als Meisterin erkannte: verborgene Welten. Sie grinste, als sie hörte, wie die erste Person – *nicht* sie – mit einem entsetzten Aufschrei auf dem Boden landete, und Raffs gedämpfte Stimme, die etwas erwiderte. Mehr Teenager ließ sich in rascher Folge fallen. Sie überlebte nicht nur, sie war noch gar nicht gesichtet worden. Sie musste nur noch ein paar Augenblicke länger hier ausharren.

*Steck dir dein mitleidiges Lächeln sonst wohin, Rafferty Hull!*

Von oben hörte sie Adriana und Van the Man krähen: »Vier Siege in Folge – neuer Rekord!«

Fable erkannte ihr Stichwort, um als die wahre Siegerin in Erscheinung zu treten. Hey, und was ist mit *meiner* Wenigkeit, würde sie fragen. Adriana würde sich fauchend geschlagen geben, während Fable den Blick auf Raffs strahlendes, nach oben gewandtes Gesicht richtete.

»Hier komme ich, ihr Idioten«, flüsterte sie, ohne sich auch nur einen Zentimeter zu bewegen.

Die Dunkelheit hielt sie fest. Ihr Atem wurde weicher und fließender. Traumverlorene Momente verstrichen, gemessen von dem langsamen, metronomischen Tröpfeln von Regentropfen in ihrer Gruft.

Fable spürte, dass sie jetzt allein in dem Baum war, vergessen in einem ungehört erfolgten allgemeinen Aufbruch. Die Angst war nur ein winziges Flackern, leicht ausgelöscht. Sie verschwendete keinen Gedanken daran.

Irgendwann später nahm Fable schläfrig ein klebriges Gefühl in ihrer Unterwäsche wahr, fast als hätte sie sich in die

Hose gemacht. Sie wollte eben in ihre Shorts greifen, als sie innehielt. Von einem unsichtbaren Beobachtungspunkt aus warteten vermutlich zwanzig Augenpaare darauf, Fable mit den Händen zwischen ihren Beinen zu ertappen.

Fable rutschte von ihrem erhöhten Platz, zog sich tiefer in den Baum zurück. Sie steckte zwei Finger unter den Saum ihrer Shorts und glitt damit über die Stelle. Selbst in dem Halbdunkel konnte sie einen klebrigen dunklen Klecks an ihren Fingern erkennen. Sie schnupperte zögernd daran, zuckte vor dem metallischen Geruch zurück. Reflexartig wischte sie ihn an ihren Schenkeln ab, bevor sie sich mit einem entsetzten Atemzug erinnerte, dass ihre Shorts weiß waren. Sie rieb ihre Finger verzweifelt an den Hängewurzeln um sie herum, bis sie schließlich nach Erde und irgendetwas Altersloserem rochen.

Verständnis tauchte aus dem verschwommenen Dunkel an die Oberfläche.

Sie kämpfte sich zwischen den Schoßfalten der Kathedrale hindurch zurück, um einen Strahl von gefiltertem Licht zu erhaschen. Sie schnellte herum, und da sah sie es: ein riesiger roter Schmierfleck, genau auf dem Gesäß ihrer weißen Shorts. Den ganzen Vormittag über hatte sie geblutet, vor aller Augen – sogar Raffs!

*Fable, du hast …*

… Blut überall auf dir.

Sie könnte einfach sterben. Gleich hier, gleich jetzt. Der Schmerz in ihrem Unterleib umklammerte sie wie eine Reptilienklaue, während sich die Nässe in ihrer Hose weiter ausbreitete.

Jenseits ihrer Zuflucht hörte Fable Stimmen, die ihren Namen riefen. Dann war sie bei dem allgemeinen Exodus also doch nicht vergessen worden. Fable stemmte sich gegen einen Baumstamm und dagegen, entdeckt zu werden. Sie würde hier still ausharren, sich bis zum Abend verstecken und dann schnell nach Hause laufen. Sie stellte sich vor, wie sie durch den dunklen Wald stolperte, genau gegen einen Stechbaum, sich in den lauernden Stacheln eines Mauritiusdorns verhedderte, blind von einem Cashewbaum wurde, in ein Nest von Wildschweinen – oder den aufgesperrten Rachen eines Python – purzelte.

Sie hörte eine säuselnde Stimme, ganz in der Nähe. In ihrer Verzweiflung stellte sie sich vor, dass es die Grüne Frau war, wieder einmal gekommen, um sie aus ihrer Not zu erretten.

»Fa-ble«, flötete die Silhouette vor dem Licht. Fable erkannte die Gestalt als Kate, und sie begriff, dass sie genau wusste, wo Fable sich versteckte. An den Baum gepresst, sah Fable zu, wie sich das ältere Mädchen sanft in die Dunkelheit vorschob.

»Bist du da, Süße?«

*O verdammt.*

»Ich bin hier.«

Kate blinzelte, während sich ihre Augen an die Dunkelheit gewöhnten. »Geht es dir gut?«

»Ich … bin nur ein bisschen auf Erkundung.«

»O schön.«

Das war, was Fable an Kate, verglichen mit ihrer Cousine Adriana – mit den meisten Leuten im Grunde –, am meisten mochte: wie sie einfach fröhlich neben anderen dahintänzelte wie ein Blatt in einem Strom.

»Bist du bereit, nach Hause zu gehen? Raffy und ich wollen jetzt los, falls du mit uns mitkommen willst.«

»*Rafferty* ist dort draußen?«

»Er war der Einzige, der gesehen hat, wohin du gegangen bist. Alle dachten, du hättest dich schmollend nach Hause verzogen, weil du verloren hast. Die anderen sind zum Lunch nach Summerlinn, willst du mitkommen?«

Fables Gedanken drehten sich panisch im Kreis: Sie würde – bluttriefend – so schnell aus dem Baum davonstürzen, dass er keine Zeit haben würde, um irgendetwas zu sehen; nein, sie würde hierbleiben und verlangen, dass sie ohne sie gingen. *Augenblick*, was, wenn sie hinter ihnen hertrottete und jedes Mal, wenn sie sich zu ihr umwandten, »Seht mich bloß nicht an!« bellte?

Aber Kate hatte Fable bereits kameradschaftlich beim Arm genommen und führte sie aus ihrer Zuflucht.

Blinzelnd traten sie in grellgrünes Licht hinaus. Fable hielt sich eine Hand vor die Augen, um sie vor eintausend aufblitzenden Taschenlampen zu schützen, die allein auf sie gerichtet waren.

Und doch: kein hämisches Gelächter mehr, nur Kates Geplapper und eine leere Lichtung. Für eine Sekunde oder zwei hoffte Fable, dass Raff bereits gegangen war.

Aber nein, da stand er, wartete bei dem grasigen Dschungel und scharrte mit einem Fuß auf dem Boden. Er blickte auf, und Fable sah pure Besorgnis. Kate sagte kein Wort, ließ Fables Arm nicht los, aber in dem Blick, den die beiden älteren Leute tauschten, lag irgendetwas Unausgesprochenes, das sich ausdrücklich auf Fable bezog.

Raff nickte, wandte sich rasch ab, um nach Hause zu gehen. »Also dann, bis später, Katy. Fable.«

Fable zitterte, bis sein Rücken außer Sichtweite verschwunden war, dankbar für den weichen Arm, der sie untergehakt hatte, und für Kates fröhliches Geplapper, das auf dem ganzen Weg nach Hause nicht verstummte.

# Kapitel 14

*

## Hinter dem zugezogenen Vorhang

*Januar 1957*

Sonnet fuhr mit einem Ruck stöhnend aus dem Schlaf hoch. Sie schauderte, wartete darauf, dass die Angst eine zusammenhängende Form annahm. Die Dunkelheit hinter den Spitzenvorhängen, die am Fenster flatterten, verriet ihr, dass es mitten in der Nacht war. Sintflutartiger Regen prasselte auf das Cottage nieder. Ein Chor erfüllte das Dachzimmer mit einem ekstatischen, anschwellenden Froschgesang. Es war, als wäre sie in ein Auditorium getreten, ein tosendes Fußballstadion, eine heilige Kathedrale. Tiefe, schmerzliche Traurigkeit erfasste sie.

*Irgendetwas ist verschwunden!*

Sie tastete im Bett nach Plums zusammengerollter Gestalt, bevor sie sich mit einer Mischung aus Erleichterung und Enttäuschung erinnerte, dass sie ihre regelmäßige Wochenendnacht bei Olive und Gav verbrachte.

*Fable!*

Sonnet schwang sich aus dem Bett, stürzte auf die Treppe zu. In den vergangenen eineinhalb Jahren hatte sie gelernt, sich vor diesem nächtlichen Aufwachen zu fürchten, voller Angst festzustellen, dass Fable wieder in die Wildnis verschwunden war. Nicht einmal die Riegel an der Haustür, die Gav installiert hatte, hatten sie beruhigen können. Sie wusste, dass es letztendlich keinen wirklichen Mechanismus gab, um dafür zu sorgen, dass ihre Schwester eingesperrt oder sicher behütet, geschweige denn glücklich war. Und in letzter Zeit schien Fable sich noch mehr zurückzuziehen. Seit Tagen hatte sie kaum ein Wort gesprochen. Es war genau die Art »Fable-Stimmung«, die Sonnet am meisten Angst machte.

Was, wenn sie wieder losgezogen war, um Geistern nachzujagen?

Sonnet stürzte in Fables Schlafzimmer. Die Verandatüren waren einen breiten Spalt geöffnet, Vorhänge bauschten sich in dem peitschenden Regen. Sonnet schauderte, stolperte über ihre eigenen Füße. Eine entsetzliche Sekunde lang konnte sie Fables Gestalt im Dunkeln nicht sehen. Ihre Hände tasteten in panischen Kreisen zwischen dem Bettzeug. Schließlich fanden ihre Finger einen Fußknöchel, und Sonnet konnte wieder atmen. Sie zog die Bettdecke über dünne Gliedmaßen hoch, strich sanft Strähnen von Fables Stirn.

Die Vorhänge flatterten und blähten sich. Fable murmelte irgendetwas und rollte sich von der eindringenden Feuchtigkeit weg. Sonnet wandte ihre Aufmerksamkeit dem offenen Fenster zu, kniete sich auf den Fenstersitz, um an der Scheibe zu rütteln. Die hölzerne Sitzfläche wackelte und hob sich unter ihren Knien. Sie sprang herunter in der Befürchtung, sie könnte sie beschädigt haben, und erkannte, dass es ein abnehmbarer Deckel war. Wie hatte sie das bei ihren manischen Putzaktionen übersehen können?

Fable war es offensichtlich nicht entgangen. In dem Fenstersitz entdeckte Sonnet heimliche Artefakte – Regenwaldsamen, schillernde smaragdgrüne Federn, zwei Hälften eines Sternachats und einen Haufen Wäsche, der darübergestopft war. Fable hatte sich den Fenstersitz als Wäschekorb zu eigen gemacht.

Sonnet schauderte bei dem ranzigen Geruch der schmutzigen Kleider. Genau das, was sie brauchte – *noch* mehr Wäsche, wenn die Leine im Freien nicht benutzt werden konnte und die Kleidung, die überall drinnen aufgehängt wurde, in der ständigen Feuchtigkeit der Regenzeit einfach nicht trocknen wollte. Sie zerrte den Haufen heraus, ließ den Deckel des Fenstersitzes mit einem lauten Scheppern wieder zufallen. Wenn Fable jetzt aufwachte, dann gab es eindeutig ein paar Dinge, die Sonnet zu solch stinkenden, schmutzigen Angewohnheiten zu sagen hatte!

Sie würde sofort mit dem Einweichen anfangen. Die Angst hatte ihren Griff nicht gelockert, und ihre Hände brauchten Beschäftigung. Aga-Kröten huschten davon, während sie die morsche Hintertreppe zu dem Außenwaschplatz hinunterstieg.

Sie ließ heißes Wasser in einen Eimer laufen und griff nach den Seifenflocken, dann hielt sie unvermittelt inne. Im Licht der baumelnden Glühbirne war sie sich sicher, dass ein paar von Fables Kleidungsstücken blutbefleckt waren. Sie blinzelte, schnupperte und wich schockiert zurück.

*Überall* auf diesen Kleidern war Blut, der Geruch von schalem Menstruationsblut vertraut und abstoßend zugleich. Fable hatte ihre erste Periode bekommen und kein Wort gesagt! In dieses geheime Versteck waren Kleider und Bettwäsche von mindestens einer Woche gestopft.

Sonnet wollte Fable am liebsten aus dem Schlaf rütteln und sie vor Aufregung an sich drücken. Aber ihre Schwester war diesem bedeutenden Ereignis bereits mit Angst und Scham begegnet, und mit diesem Wissen kamen die Tränen. Fable hatte keine Mutter, die sie liebevoll ins Frausein einführte, und die falsche Mutter, die sie hatte, war offenkundig eine Enttäuschung. Eine Woche lang hatte sie sich durch ihre erste Periode gekämpft, ohne Hygieneartikel, ohne Trost. Weiß Gott, was sie benutzt hatte, um zu versuchen, den Blutfluss aufzuhalten. So wie sie Fable kannte, vermutlich zusammengeknotete Feigenblätter.

Die Vorstellung hätte Sonnet zum Lachen bringen sollen, aber stattdessen kullerten ihr weiter die Tränen über die Wangen. Jetzt verstand sie, warum Fable sich tagelang geweigert hatte, das Haus zu verlassen, warum sie Einladungen zur Kirche und, was noch beunruhigender war, zu Treffen beim Fluss ausgeschlagen hatte, mit einer Wehmut, die in Sonnets Erinnerung jetzt eher tragisch als – wie zu dem Zeitpunkt – verwirrend war. Fable hatte nicht eine einzige echte Freundin auf der Welt. Und selbst als ihr Leid Sonnet offen ins Gesicht gestarrt hatte, war sie blind dafür gewesen.

Jetzt beugte sich Sonnet über den Waschtrog, und ihre Tränen vermischten sich mit den Regentropfen des Gewitters.

Eine lange Zeit verstrich, bis sie das Gesicht vom Altar ihrer Reue hob. Sie stapfte die Treppe hoch zum Dachzimmer, brennend vor Entschlossenheit. Ab jetzt würde sie ein besserer Mutterersatz sein! Ein neues Kapitel aufschlagen. Gleich morgen früh würde sie zu Hadleys Laden sausen und dem armen Mädchen ein paar Binden kaufen. Aber ausnahmsweise würde sie ihr keinen Vortrag halten; sie würde Fable einfach wissen lassen, dass sie für sie da war. Dass sie *immer* für sie da sein würde. Von jetzt an würde sie freundlicher und geduldiger sein; weniger aufdringlich, aber trotzdem in Reichweite für den Fall, dass sie gebraucht wurde. Sie würde aufhören, sie zu bedrängen, aber weiterhin Fragen stellen. Sie würde einfach … besser in allem sein!

Aber als Sonnet wieder ins Bett schlüpfte, hatte die Angst, die sich um ihr Herz gelegt hatte, noch immer nicht nachgelassen. Während Ziele und Entschlüsse normalerweise ihre Sorgen beschwichtigten, linderten sie diesmal nichts. Sie warf sich unter klebrigem Bettzeug unruhig hin und her, außerstande, den erdrückenden Kummer abzuschütteln.

*Threnodie*, hauchte sie, ohne zu wissen, warum.

Stunden verstrichen. Der Regen nahm zu, ließ nach und kehrte dann donnernd wieder; und in der ganzen Zeit wälzte sich Sonnet hin und her, verängstigt und gequält.

Fable schlief noch, als Sonnet nach Heartwood hocheilte, um Plum zu holen. Sie drückte ihre Schwester fest an sich und atmete tief aus. Plum sträubte sich gegen die Umklammerung, während Sonnets Augen sich in Olives bohrten.

»War hier alles in Ordnung gestern Nacht?«

»Absolut! Sie ist einmal aufgewacht und zu uns ins Bett geklettert. Aber dann hat sie bis zum Morgen durchgeschlafen.«

»Überhaupt nichts Ungewöhnliches?«

»Überhaupt nichts!« Nach einer Pause: »Geht es *dir* denn gut?«

»Ich habe gestern Nacht nicht gut geschlafen, ich bin übermüdet und gereizt. Kann ich mir heute Vormittag den Holden ausleihen, um ein paar Lebensmittel einzukaufen?«

»Du weißt doch, dass du ihn dir jederzeit nehmen kannst. Mir wird wohl nie einleuchten, warum du dich über diese ganzen Hügel mit dem Fahrrad abmühst!«

Plum plapperte auf dem ganzen Weg zu Hadleys Lebensmittelladen fröhlich vor sich hin, und Sonnet, zitternd vor übertriebener Wachsamkeit, lauschte auf Warnhinweise. Plum sprudelte förmlich über vor wichtigen Neuigkeiten: Sie hatte zwei Schälchen Eiscreme, mit Milopulver bestreut, gegessen, mehrere Runden Schwarzer Peter gegen Tante Ov gewonnen und einen gutmütigen Gav aus dem Bett geworfen, als sie in den frühen Morgenstunden ihren regelmäßigen Pilgerweg von ihrem Bett zu seinem und Olives antrat.

*Siehst du? Es geht allen gut.*

*Nein, irgendetwas stimmt nicht.*

In Hadleys Laden schlenderten sie durch die Gänge, stritten scherzhaft darüber, was sie in ihren Einkaufskorb legen sollten und was nicht. Plum würde nichts als Süßigkeiten essen, wenn Sonnet sie – und Olive – nicht genau im Auge behielt.

Schließlich kamen sie zu Jeannie Hadley an den Kassentresen, mit einem Berg von Sanitärartikeln, einschließlich sechs verschiedener Arten Monatsbinden. Sonnet wusste, dass sie übertrieb, aber sobald sie einmal angefangen hatte, den Korb zu füllen, gab es kein Halten mehr. Jeannie beäugte den Korb listig, richtete ihre Fragen aber an Plum, die in den Rockfalten ihrer Schwester Zuflucht gesucht hatte. Es war eine Taktik, die Sonnet inzwischen nur zu gut kannte: Sprich die kleinste Hamilton an in der Hoffnung, ihr ein paar Informationen über das hochnäsige älteste Hamilton-Mädchen zu entlocken. Sonnet wusste, dass sie einschüchternd auf andere wirkte – es war die Art, wie sie die Leute mit ihren grünen Augen fixierte, sie regelrecht herausforderte, sie zu verurteilen oder ihr noch eine ihrer verdammten Anekdoten zu erzählen. So gewann man zwar keine Freunde, aber man fühlte sich mächtig.

Während Sonnet unter Jeannies bohrendem Blick mit den Zähnen knirschte, horchte ihr Bewusstsein bei der lautstarken Stimme einer Frau auf, die ein paar Gänge weiter zu vernehmen war. Diese Stimme würde sie überall erkennen, aber nur für den Fall, dass nicht, lief ihr auch noch ein Schauder über den Rücken. Sie warf einen Blick hinter sich und sah einen elegant frisierten dunklen Haarknoten, der neben den Cornflakes wippte: die verdammte Delia Hull, die ein Schwätzchen hielt.

Irgendwie fühlte es sich richtig an, eine spezielle Nemesis in dieser Stadt zu haben, auf die sie ihren eher allgemeinen Verdruss über die gehässigen Untertöne richten konnte, die sie in der Main Street auf Schritt und Tritt verfolgten. Delia war wie geschaffen für die Rolle und schien eifrig bemüht, sie auszufüllen. Als sie Sonnet erblickte, musterte sie sie wie ein Geschwür, das aufgestochen werden musste. Ihr Gesichtsausdruck wurde erwidert.

Als Präsidentin des Landfrauenvereins, Vorsitzende der Frauengemeinschaft der Kirche, Organisatorin des Patchworkclubs und Matriarchin der einflussreichsten Gründerfamilie in Noah Valley genoss Delia die Loyalität der meisten Einwohner. Sie waren ihr regelrecht hörig. Zweifellos frohlockte sie angesichts von Sonnets selbst auferlegtem Ausschluss von verschiedenen gesellschaftlichen Kreisen – vermutlich heftete sie ihn sich sogar selbst an die Fahne! In den achtzehn Monaten seit ihrer inzwischen berüchtigten Auseinandersetzung auf Summerlinn hatte sich Delia nicht ein einziges Mal dazu herabgelassen, Sonnet anzusprechen, obwohl sie oft genug auf der Main Street einen Bogen umeinander machten. Delia mied Emerson's Mode und Stoffe absichtlich an Sonnets Arbeitstag und setzte nie einen hochhackig beschuhten Fuß in Shearer's Bücher.

Der nukleare Winter, nahm Sonnet an, war gekommen, um zu bleiben.

Im Moment machte Delia keine Anstalten, die Stimme zu dämpfen. Vielmehr hatte Sonnet das untrügliche Gefühl, dass Delia über fünf Gänge hinweg genau *sie* ansprach und gar nicht Mrs Hickey und Mrs Johnstone. Sie wartete darauf, ihren – oder Fables – Namen zu hören, aber sie war verblüfft, stattdessen Alfred Shearers zu vernehmen. Ihre Hand hielt auf den Binden inne, die sie aus ihrem Korb holen wollte, während ihr Herz ein paar Takte zu viel heraushämmerte.

»Tot?!«, kam ein empörter Aufschrei.

»Mausetot! Heute Morgen von seiner Putzfrau, Glenda Harrison, gefunden. Sie putzt ja jetzt schon seit Jahren Alfreds Laden. Nicht dass man es sehen könnte, nach dem Zustand dieses chaotischen Buchladens zu urteilen. Dieser Staub, du lieber Himmel, sie kehrt ihn wahrscheinlich nur von einer Ecke in die andere. Nun ja, wie auch immer, da saß er, als sie sich hereinließ: mit dem Gesicht auf seiner Schreibtischplatte. Ganz plötzlich gestorben, während er über seiner Korrespondenz saß. Muss ja ein ziemlich schockierendes Schreiben gewesen sein …«

»Oh, das kann ich mir denken!«

Die Gruppe kicherte.

Delias Stimme schwoll noch eine Oktave an. »Ich glaube, das können wir alle. Der arme Mann, dass er es auf diese Weise erfahren musste …«

Die Frauen gluckten übereinstimmend.

»Wie auch immer, Derrick Windsor war heute Morgen dort oben, so haben wir es erfahren. Vielleicht war es Alfreds Herz, er hatte ja schon immer Probleme damit, aber man munkelt auch, dass er sich einen zweiten Anfall von Denguefieber eingefangen hat. Es ist tödlich, wenn man noch einmal gebissen wird, wisst ihr.«

»War wohl nicht nur ein Moskito, von dem er zweimal gebissen wurde …«

Sonnets Korb fiel zu Boden, und schon im nächsten Moment war sie mit Plum aus dem Laden gestürzt, ließ die verwirrte Jeannie Hadley mit einem Jahresvorrat an Monatsbinden hinter der heftig schwingenden Tür zurück.

Sonnet stürmte die Main Street hinunter, während Plums Beine um ihre Schenkel baumelten und ihr Herz in ihren Ohren hämmerte.

*Das ist nicht wahr, ist nicht wahr, ist nicht wahr!*

Am Geländer brach sie zusammen, schnappte erfolglos nach Luft. Plum rutschte an ihrem Bein hinunter und stand dann in dem blendenden weißen Licht wimmernd da.

Langsam hob Sonnet den Blick zur Ladenfront. Sie betete darum, Alfreds Gesicht durchs Schaufenster äugen zu sehen, bevor er sie auf ein Tässchen hereinbat – bereit, Delia Hulls dreckige Worte Lügen zu strafen.

Aber der Laden war dunkel und abgeschlossen, die Rollläden heruntergelassen, wie es Alfred nie zu tun pflegte. Eine handgeschriebene Notiz klebte an der Innenseite des Fensters der Ladentür …

*Auf Anordnung von Senior Constable Windsor*
*bis auf Weiteres geschlossen.*

Sonnet sank auf die Knie, ihre Hände glitten an der verschlossenen Tür hinunter, und ihr Kopf sackte gegen das Holz. Ihr einziger Freund im Tal, und der einzige Verbündete ihrer Mutter, hatte sie verlassen.

Sonnet war an diesem schwülen Morgen mit einer wortlosen Wildheit zur Cottagetür hereingestürmt, die dafür sorgte, dass sich Fable prompt in ihr neuestes Versteck flüchtete. Sonnet hatte kürzlich Vorhänge für das vordere Erkerfenster genäht. Die Vorhänge, wenn sie zugezogen waren, verwandelten den Fenstersitz in eine weitere heimliche Zuflucht für Fable. Im schrägen Nachmittagslicht warf das alte Kristallwindspiel auf der Veranda magische Regenbogen durch den Alkoven. Fable liebte es, den winzigen Bogen über die Seite zu folgen, während sie las und zeichnete, dankenswerterweise verborgen vor Sonnet.

Heute hatte Fable einen Stapel Lieblingsbücher zu ihrer Fensternische gebracht. Sie lagen unberührt da, während sie versuchte, die Klarheit nach einem Wolkenbruch einzufangen, die sie so bewunderte.

Sonnet war für eine Stunde nach oben gepoltert und dann in die Küche zurückgekehrt, um Töpfe aus einem hinteren Schrank zu zerren und in einem Waschbecken voller Spülwasser damit herumzuscheppern. Fable hatte die Vorhänge ganz langsam fest zugezogen in der Hoffnung, dass Sonnet sie nicht atmen oder denken hören konnte. Auch Plum war heute Morgen seltsam mürrisch und quengelte nicht einmal nach Essen.

Fable warf einen verstohlenen Blick durch die Vorhänge. Schmerz strömte aus den verquollenen Augen ihrer Schwester. Sie zuckte zusammen, ließ den Vorhang zurückfallen und konzentrierte sich stattdessen auf den Pinsel in ihrer Hand.

Ein Aufblitzen von Farbe ließ Fable aufsehen: Olive, die mit einer großen Papiertüte in der Hand den Hügel hinunterstürmte. Fable verzog das Gesicht. Gut möglich, dass es bei Olive und Sonnet heute Morgen bereits zu einer ihrer berüchtigten Pattsituationen gekommen war, was bedeutete, dass ihre Tante gleich mit einem »Eine Sache noch habe ich dir zu sagen, Sonnet!« ins Cottage rauschen würde.

Diese Eine-Sache-noch-Aktionen endeten, jedes Mal

zwangsläufig mit fünfzig Sachen, die Sonnet ihrerseits zu sagen hatte.

Die Gartenpforte quietschte. Fable steckte ihr Notizbuch unter ihr Gesäß und flüchtete sich in ihren neuesten Georgette-Heyer-Liebesroman.

Olive stürmte ins Cottage, ohne auch nur anzuklopfen, und stürzte durchs Zimmer auf Sonnet zu, als würde sie, seltsamerweise, heute keinen Widerstand erwarten.

»Oh, Sonnet, es tut mir *so* leid.«

Fables Mund sackte entsetzt nach unten, als sie hörte, wie ihre unbezwingbare Schwester in ein kehliges Wimmern ausbrach.

»Er ist gegangen! Einfach … gegangen!«

Sonnets heftiges Schluchzen sorgte dafür, dass sich Tränen schmerzlich gegen Fables fest zusammengekniffene Augen pressten. Ihre Brust schnürte sich zu. Dieses Geräusch! Es war, als würde sie Mama erneut verlieren. Jede Träne, die sie noch zu vergießen hatte, und noch mehr.

»Alfred war ein guter Mann, Sonnet. Einer der besten.«

Nach einem quälend langen Moment ergriff Sonnet das Wort. »Er ist gegangen, und jetzt habe ich meine Chance verpasst, ihn je richtig kennenzulernen. Nie hab ich ihn nach seinem eigenen Leben gefragt. Ich war so egoistisch, wollte immer nur die Geschichten über Mama hören – immer und immer wieder dieselben. Alles, was ich je gekannt hatte, war Mamas Gebrochenheit und Enttäuschung, und Alfred hat mir die junge Esther Hamilton zurückgegeben; die, die voller Elan und Ehrgeiz war. Ich konnte gar nicht genug davon bekommen …«

Noch ein herzzerreißendes Schluchzen.

Olives Stimme war tröstlich. »Und du hast Alfred gegeben, was er sich am Ende seiner Tage gewünscht hat: eine Tochter, eine gute Freundin. Wir sind froh, dass er lange genug bei uns war, um dich endlich kennenzulernen. Ich habe mir immer vorgestellt, wie dieser liebe Mann auf Esthers Rückkehr gewartet hat. Und stattdessen warst du es, die in Alfreds Laden hereingeschneit ist.«

Sonnets Schluchzen begann aufs Neue. Fable massierte sich mit dem Bleistift die Stelle zwischen ihren Augen, um die Kopfschmerzen zu vertreiben, die plötzlich eingesetzt hatten. Sie wollte nichts von alldem hören. Es gab kein Entkommen davor, außer sich tief in sich selbst zurückzuziehen.

Das Rascheln von Olives Papiertüte holte Fable in die Wirklichkeit zurück. Olive war unübertrefflich, wenn es um Süßigkeiten und andere Leckereien ging. Hoffentlich dachte Olive, dass sie alle als Entschädigung für das Hinscheiden des alten Mr Shearer reichlich Zucker verdient hatten.

»Es tut mir so leid, dass du es so erfahren musstest«, sagte Olive jetzt. »Delia muss in ihrem Element gewesen sein, als sie ihre entsetzliche Neuigkeit hinausposaunt hat. Jean hat mir erzählt, wie du deine Einkäufe auf ihrem Kassentresen liegen gelassen hast und einfach aus dem Laden gestürmt bist. Muss ja schrecklich gewesen sein, nach dem, was sie erzählt hat. Ich kann mir nur vorstellen, wie schockiert du warst. Zur falschen Zeit am falschen Ort!«

»Ich möchte wetten, diese Frau hat mir aufgelauert.«

»Jean ist in meinen Laden gekommen, selbst völlig aufgelöst und schrecklich besorgt um dich. Hat gesagt, dein

Verlust tut ihr sehr leid und dass deine Einkäufe heute auf sie gehen. Also, hier sind sie.«

»Das ist ja sehr großzügig von Jean, aber ich werde sie trotzdem bezahlen.«

»Unsinn. Sie hat darauf bestanden. Und ich tue es auch.«

»Aber du hättest damit doch nicht sofort hierherkommen müssen.«

»Ich habe diese ganzen Binden gesehen und gedacht, du brauchst sie bestimmt dringend, besser sperre ich den Laden zu und bringe sie gleich vorbei!«

Sonnet lachte. »Du bist eine Heldin, aber sie sind nicht für mich.« Sie dämpfte ihre Stimme – allerdings nicht genug. »Um genau zu sein, hat Fable ihre erste Periode bekommen. Aber sie hat nicht um Hilfe gebeten, sondern alles vollgeblutet. Ihr Zimmer sah aus wie ein Schlachthaus!«

»Oh, das arme Mädchen. Brauchst du Einweichmittel? Ich habe jede Menge. Wie wär's, wenn du mir einen Haufen Schmutzwäsche zum Waschen mitgibst?«

»Nein, ich komme schon klar. Das ist nicht dein Job. Aber ich wünschte, sie wäre damit zu mir gekommen.«

»Vielleicht, wenn ich mit ihr rede …«

»Nein, ich werde mich auf meine Art darum kümmern.«

»Sonnet, du brauchst mehr Hilfe, als du dir erbittest. Oh, jetzt geh nicht gleich an die Decke, du hattest für heute schon genug Sorgen. Lass uns ihr Bett abziehen, und dann nehme ich die Wäsche zum Einweichen mit nach Heartwood. Meine Wäscheleine ist größer als deine.«

»Das kann ich dir nicht zumuten.«

»Ich habe mich um meinen Vater gekümmert, als er im

Sterben lag – meinst du, ich bin in meinem Alter zimperlich? Komm schon, schnell! Dann haben wir es erledigt, bevor sie nach Hause kommt.«

Das Knarren ihrer entschlossenen Schritte zum Wintergarten übertönte das leise Klicken der Cottagetür. Das zierliche Mädchen, das über das Feld zum Fluss hinunterhuschte, ihr Tagebuch an die Brust gedrückt, blieb unbemerkt. Die panische Flucht war erst zu Ende, als sie ihren Hain des Trosts erreicht hatte.

»O Mama, Mama, Mama!«, schluchzte sie.

Die Grüne Frau öffnete uralte Kleiderfalten und nahm sie auf.

# Kapitel 15

*

## Paragon

*Januar 1957*

Im Paragon Café, das sich seines Mittagsansturms erfreute, wimmelte es von Teenagern, die die letzten Tage der Sommerferien hier verbrachten. Der Milchshake-Schäumer blubberte in einer Endlosschleife; Deckenventilatoren surrten mit Höchstgeschwindigkeit; Spielautomaten schepperten mit der Jukebox um die Wette.

Sonnet arrangierte ihr Eiersalat-Sandwich um und seufzte. Sie bereute es, mit ihrem Lunch nicht in den Schatten des Raintree Park gegangen zu sein, aber sie hatte weder den Anblick von Alfreds Laden noch die Legion schwarzer Kakadus ertragen können, die sich gespenstisch auf der Main Street niedergelassen hatten, zwei oder drei Vögel auf jedem Laternenpfahl, wo sie saßen und ihre dunklen Hauben aufstellten. Alle Vögel, aber vor allem schwarze, lösten ein unheimliches Grauen in Sonnet aus.

Sie hatte sich zum ersten Mal seit vierzehn Tagen aus dem Haus gewagt, und das auch nur, weil sie Olive einen Tag im Laden schuldete. Sonnet würde mit Sicherheit nicht zulassen, dass Olive unter den Folgen ihres Selbstmitleids zu leiden hatte. Das Leben ging weiter, und sie hatte kein Recht, um Alfred wie um einen Vater oder Großvater zu trauern, wenn er keines von beidem gewesen war.

Noch eine Welle von Teenagern schwappte durch die Art-déco-Türen herein, und Sonnet rutschte tiefer in ihre Nische, wünschte, sie wäre sicher geschützt hinter den heruntergelassenen Rollläden einer Ladenfront. Einer dieser Lagorio-Zwillinge, der auf einen Spielautomaten einhämmerte, rief dem hochgewachsenen jungen Mann, der hereinkam, einen Gruß zu, und Sonnet schielte verstohlen in die Richtung, als sie Rafferty Hulls Namen heraushörte.

Sie hatte Rafferty immer nur aus der Ferne gesehen, wenn er die Main Street oder die Zuckerrohrfelder auf dem Weg zu anderen Farmen überquerte. Das hier war ihre erste Gelegenheit, sein angeblich gutes Aussehen von Nahem abzuschätzen – und, so wie Gav von ihm sprach, auch den strahlenden Heiligenschein, der seinen verdammten Kopf umgeben musste!

Gut aussehend war er tatsächlich – auf eine offensichtliche Art, und *offensichtlich* wusste er es auch; die gleiche hochgewachsene, hochnäsige Haltung wie Delia.

*Definitiv nicht mein Typ!*

Sonnet schalt sich prompt dafür, dass sie sich dazu herabgelassen hatte, ihre Maßstäbe an ihn anzulegen. Aber es war die Art, wie Rafferty sich gab, die ihr so prompt gegen den Strich ging – ein starkes, stilles Selbstbewusstsein, das von der idyllischen Kindheit eines Jungen zeugte, der von allen, die ihn kannten, geliebt wurde.

*Wie muss es sich für dich angefühlt haben, als Liebling einer ganzen Gemeinde aufzuwachsen, ohne auch nur einen Moment an deiner von Gott verliehenen Herrlichkeit zu zweifeln?*

Sein Leben war genau das Gegenteil von dem, das sie gekannt hatte. Sie konnte ihn auf Anhieb nicht leiden, nicht ein bisschen. Ein Hull war ein Hull.

Überall im Café rangelten Teenager um seine Aufmerksamkeit. *Für wen hielt er sich eigentlich – für den König von Noah Valley?* Als sein Blick neugierig über ihre einsame Nische glitt, schlug Sonnet die Zähne in ihr Sandwich. Auf einmal befürchtete sie, Mr Allseits-beliebt könnte herüberkommen und sich vorstellen. Noch nie zuvor hatte sie ein Sandwich mit so viel Konzentration und Widerwillen hinuntergeschlungen.

Als Minuten später ein Schatten über sie fiel, hob Sonnet den Kopf, schon jetzt aufgebracht, in der Erwartung, sich dem schmierigen Lächeln und der einnehmend ausgestreckten Hand eines Politikers gegenüberzusehen. Aber es war ein stämmiger und weitaus älterer Mann, der grinsend an ihrem Tisch stand.

»Sonnet Hamilton!«, rief er. »Es ist wahrlich nicht leicht, Sie zu finden.« Er rutschte ihr gegenüber in die Nische, stellte seine Mahlzeit und seinen Milchshake auf dem Tisch ab. »Harry Payne!«, verkündete er, während er herzhaft in seinen mit Spargel beladenen Toast biss. »Rechtsanwalt.«

Sonnet hob rasch ihre Teetasse, um dahinter ihre Fassung wiederzugewinnen. »Ich nehme an, Sie müssen der Harry sein, der ständig bei meiner Tante und meinem Onkel angerufen hat?«

»Der bin ich, ganz recht. Ihr Mädchen habt in dem alten Hamilton-Cottage noch immer kein Telefon?«

»Wir haben keinen Bedarf dafür. Und ich habe Ihre Anrufe nicht erwidert, Harry, weil ich andere Sorgen hatte.«

»Nun ja, ich bin froh, dass wir uns so über den Weg gelaufen sind. Ich hatte vor, diese Woche zur Farm hinauszufahren, um Sie ausfindig zu machen, doch nun haben Sie mir den Weg erspart.«

Sonnet legte die Stirn in Falten. »Wie kann ich Ihnen helfen, Harry?«

»Nein, um genau zu sein, bin *ich* im Begriff, *Ihnen* zu helfen, Miss Hamilton!«, erklärte er, während er mit tiefer Befriedigung an seinem Milchshake schlürfte. »Lassen Sie uns zu Mittag essen, und dann müssen Sie mit mir zurück zu meinem Büro kommen. Wir haben ein Testament zu lesen, junge Dame …«

»Alfred hat dir alles vermacht?!«, rief Olive in die Nachmittagshitze ihres Obstgartens. »Den ganzen Laden und seine Wohnung darüber?« Eine Gartenschere wurde wild durch die Luft gefuchtelt, während sie sprach. Sonnet folgte ihrer Bewegung, außerstande, Olive in die Augen zu sehen.

»Alles.« Es war eher ein Atemstoß als eine Bestätigung. Sie ließ sich vor Olives halb zurückgeschnittenem Sternfruchtbaum auf die Erde sinken.

Olive kniete sich neben ihr auf den Boden, warf ihre Gartenhandschuhe beiseite. »Du liebe Güte, Sonnet. Du liebe Güte!«

Beide Frauen wandten sich um, um Plums Kreischen zu

folgen, die mit Mamas Zuckerrohr-Kinderwagen, der mit Porzellanpuppen beladen war, zwischen den exotischen Obstbäumen herumkurvte.

Nach einer Weile bemerkte Sonnet mit gedämpfter Stimme: »Das heißt, ich besitze jetzt einen Buchladen.«

»O ja, das tust du.«

»Aber er hat nie auch nur ein Wort darüber verloren, dass er ihn mir vermachen würde. Die ganze Stadt wird denken, dass ich mich nur deswegen mit ihm angefreundet habe.« Sonnet lachte bitter auf. »Noch schlimmer: Vermutlich werden sie sagen, dass ich ihn dafür vergiftet habe!«

»Unsinn!«, gluckste Olive. »Na ja, ein paar von ihnen werden das vielleicht *denken*. Aber du weißt doch, wie es in den Köpfen der Leute hier aussieht.«

»Aber warum hat er ihn mir überhaupt vermacht? Er muss doch eine Familie haben, die das Testament anfechten wird?«

Olive dachte darüber nach. »Nein, ich glaube nicht, dass Alfred in letzter Zeit noch irgendjemanden hatte. Die Sache ist für dich geritzt. Ehrlich gesagt denke ich, er muss mächtig erleichtert gewesen sein, endlich jemanden gefunden zu haben, dem er seinen geliebten Laden vermachen konnte.«

»Aber ich habe doch nicht deswegen die ganze Zeit bei ihm ausgeholfen.«

»Natürlich nicht.«

»Ich wollte nur ihrem Andenken nahe sein und seiner Bewunderung für sie. Ich habe mir das hier nicht erarbeitet.«

»Jetzt fang bloß nicht an zu denken, dass du irgendetwas nicht verdient hast. Ich möchte wetten, in den letzten zwanzig Jahren hatte er den Namen deiner Mutter auf seinem Testament stehen in der Hoffnung, sie würde irgendwann nach Hause kommen.«

Sonnet stellte sich Mama vor, wie sie in einem geschäftigen Buchladen herumwuselte; sah sich selbst, wie sie in ihrer Schuluniform zur Tür hereinstürmte, eine süß lächelnde Fable im Schlepptau.

Tränen brannten in ihren Augen. Sie hustete heftig und stemmte sich vom Boden hoch.

Olive stand neben ihr auf, wischte sich die Knie ab. »Ich wollte dir ja eigentlich ein paar von meinen Karambolen anbieten, Sonnet, aber ich glaube, das Leben hat dir heute einen weitaus süßeren Goldstern überreicht.«

Sonnet schüttelte den Kopf. »Ein Buchladen *und* ein Cottage, die mir beide binnen zwei Jahren vermacht werden!«

»Ich muss schon sagen, irgendjemand dort oben kümmert sich um euch Hamilton-Mädchen!«

»Um genau zu sein, kam dieser warme Regen beide Male von unter der Erde …«

# Kapitel 16

*

## Was jetzt geschah, ein Vorspiel ist

*Oktober 1957*

Das Klopfen ließ Sonnet ebenso heftig erzittern wie Alfreds alte Ladentür. Sie schlich aus seinem Arbeitszimmer zum oberen Ende der Treppe, den Blick auf die geschlossenen Rollläden der Schaufenster geheftet. Mittagslicht sickerte zwischen den Ritzen hindurch und fiel als ein schwacher Schimmer über das stille Erdgeschoss. Farbe blitzte auf der Türschwelle auf, und das Klopfen ertönte wieder.

Sonnet stieg ein paar Stufen hinunter, bevor sie zögernd innehielt. Sie hatte nicht das Bedürfnis, irgendeinen Stadtbewohner zu sehen, und erst recht nicht, noch mehr von ihrem höllischen Geschwafel zu hören! Es war ihr freier Tag von Emerson's Mode und Stoffe, Plum und Fable waren in der Schule, und der Laden war ihr einziger privater Rückzugsort, an dem sie so tun konnte, als wäre sie nicht ein verwaister Vormund mit einem kleinen Geschäft, das ihr aufgedrückt worden war.

Außerdem sollte niemand wissen, dass Sonnet hier drinnen war; sie schlich sich immer zur Hintertür herein. Und das inzwischen verblasste BIS AUF WEITERES GESCHLOSSEN-Schild an der Ladentür genügte im Allgemeinen, um Wichtigtuer fernzuhalten.

Eine Stimme drang durch den Spalt an der Tür. »Klopfklopf! Ich weiß, dass du da drin bist, Sonnet! Ich brauche nur eine Sekunde! Hu-hu!«

Sonnet stieg knurrend die Treppe hinunter. Sie kämpfte mit dem Riegelschloss und riss die Tür auf, mit mürrischer Miene. Wenn die wartende Frau mittleren Alters, vage vertraut auf diese Art, die Kleinstädten zu eigen war, beleidigt war, ließ sie es sich jedenfalls nicht anmerken.

»Oh, na endlich, da bist du ja. Ich bin Marg Johnstone, Neds Frau, freut mich, dich kennenzulernen. Kann ich für ein Minütchen hereinkommen?«

Sonnet trat zur Seite, zermarterte sich das Gehirn nach einem Ned Johnstone. Nach fast zwei Jahren hatte sie immer noch Schwierigkeiten damit, alle hochwichtigen Persönlichkeiten des Kleinstadtlebens richtig einzuordnen.

Margs Blick glitt über das chaotische Halbdunkel. Sonnet verschränkte die Arme vor der Brust.

»Wie kann ich Ihnen behilflich sein, Mrs Johnstone?«

»Ich sehe, dass du immerhin keine Bücher als Feuerholz verbrennst. Weiß der Himmel, was du die ganze Zeit hier drin getrieben hast. Manche haben schon befürchtet, du könntest Alfreds kostbaren Laden ausgeräumt haben.«

Sonnet biss die Zähne zusammen, dachte an Olives Honig-Analogie. Aber sie tat sich schwer damit. Diese Frau war mit Sicherheit eine Landfrauenverein-Schrägstrich-Quiltclub-Freundin von Delia. Vermutlich geschickt, um zu spionieren, denn Delia trieb es bestimmt in den Wahnsinn, Sonnet hinter den geschlossenen Rollläden nicht im Auge behalten zu können. Na ja, jetzt würde sie den ganzen Klatsch zu hören bekommen: Alfreds Buchladen war ein einziges Chaos, und Sonnet hatte sich monatelang dort verkrochen und alles um sie herum verkommen lassen.

»Was genau suchen Sie?«

Nachdem sie mit dem Erdgeschoss fertig war, steuerte Marg auf das obere Stockwerk zu. Sonnet dachte an das heimliche Pandämonium von Alfreds Büro und drückte die Schultern durch.

»Hör zu«, sagte Marg, »ich weiß genau, was ich suche: einen großen Karton, schwer, rot beschriftet, adressiert zu Händen des Landfrauenvereins. Ich bin die Vizepräsidentin, weißt du. Ist dir so etwas zufällig begegnet?«

Sonnet wollte am liebsten vor Margs durchdringendem Blick davonlaufen. Sie war wie ein Zahnarzt, der nach einem Nerv bohrte. »Nein«, antwortete sie und stemmte die Hände in die Hüften. Ein seltsam geladenes Schweigen folgte.

»Hast du nicht«, überlegte Marg. »Verstehe. Na ja, vermutlich ist es am besten, wenn ich kurz hochgehe und mich in seinem Büro für dich umsehe.«

»Nein danke!«, stieß Sonnet hervor. »Ich weiß, wo alles ist!«

»Nicht alles, nach dem Zustand hier zu urteilen.«

»Wenn Sie irgendetwas Bestimmtes haben wollen, bin ich Ihnen gern behilflich.«

Marg starrte auf Sonnets roten Haarknoten, die Räder, die sich in ihrem Gehirn drehten, nun fast sichtbar.

Sonnet hielt ihre Empörung nur mühsam im Zaum.

Schließlich ergriff Marg das Wort. »Kurz bevor Alfred das Zeitliche gesegnet hat, habe ich eine Buchbestellung aufgegeben. Ein paar gebundene Klassiker für meinen Sohn, Dane. Hast du Dane kennengelernt? Angehender Klassenbester im St. Ronan's. Siebzehn, und die Welt liegt ihm zu Füßen!«

Sonnet lächelte angespannt. »Wunderbar, wir haben unsere Klassiker hier drüben …«

»Nein, Alfred hat sie eigens für unseren Dane bestellt. Erste Güte, Goldschnitt und alles. Hast du irgendwelche Bücher in einem solchen Karton gesehen?«

Da war er wieder, Margs bohrender Blick. Sonnets Fäuste ballten sich an ihren Seiten. »Ich habe es Ihnen doch schon gesagt, nein. Aber ich bin sicher, ich habe irgendetwas, worüber Dane sich freuen wird.«

»Ich hätte gerne meinen Karton, bevor irgendetwas weggeworfen wird.«

»Mrs Johnstone, ich habe nicht die Absicht, Bücher wegzuwerfen.« *Aber ich könnte sie Ihnen an den Kopf schleudern.*

»Lass mich nur kurz rein. Ich erkenne den Karton, wenn ich ihn sehe. Und dann können wir ihn gemeinsam durchgehen.«

Sonnet kam Margs Schritt zur Treppe zuvor und versperrte ihr entschieden den Weg.

Marg kam nicht weiter. »Na schön, dann kann ich ja hier warten, während du nachsiehst. Ich komme nur einmal die Woche von der Farm in die Stadt, weißt du.«

»Einmal die Woche? Perfekt. Dann habe ich ja jede Menge Zeit, um meine Bestellungen durchzugehen. Ich bringe Sie zur Tür.«

Marg ließ sich bis zu dem alten Tresen begleiten. Dort blieb sie stehen und sah Sonnet scharf in die Augen. »Ich will dir nur helfen.«

»Ich komme schon klar, danke.«

Margs Blick glitt über Sonnets Gesicht und Haare, bevor er zur oberen Etage huschte. »Das sagst du jetzt, Sonnet«, meinte sie bedeutungsvoll. »Aber ruf mich an, wenn du bereit bist, Hilfe anzunehmen.«

»Diese Schlange von einer Frau!«, rief Sonnet, während sie wütend auf und ab lief. »Wovon zum Teufel hat sie denn da eigentlich gefaselt?«

»Du wetzt meinen Teppich ab«, bemerkte Olive hinter ihrem Tresen.

»Es tut mir leid, aber diese Frau! Beschuldigt mich, Bücher zu verbrennen und mich in Alfreds Laden zu verschanzen! Von was für einem Karton hat sie denn geredet, und warum sollte ich ihre Hilfe wollen? Mit Sicherheit hat sie gar keine Bücher bestellt. Das war nur eine dicke, fette Lüge, ein raffinierter Trick, um ihre neugierige Nase in meine Angelegenheiten zu stecken und anschließend ihren ganzen Freundinnen Bericht zu erstatten. Sie ist genauso unausstehlich wie Delia Hull. Wie hältst du es in dieser Stadt bloß aus mit diesen ganzen grässlichen Weibern?«

»Oh, Marg ist für sich allein gar nicht so schlimm, aber wenn sich die Damen vom Landfrauenverein irgendeine fixe

Idee in den Kopf gesetzt haben, nimmt sie ihre Rolle als Vizepräsidentin sehr ernst.«

»Aber genau darum geht es doch! Was in aller Welt hat mein Laden denn mit dem Landfrauenverein oder Marg Johnstone zu tun?!«

Olive verbiss sich ein Lächeln. »*Dein* Laden also?«

Sonnet holte zur nächsten Runde aus. »Es *ist* mein Laden, und sie werden sich daran gewöhnen müssen! Ich hüte nicht einen Laden für einen toten Mann. Ich bin jetzt die Besitzerin, und sie sollten besser anfangen, mich auch so zu behandeln!«

Olive kam hinter dem Tresen hervor, um sie zu umarmen. Sonnet wich rasch zurück, wartete aber mit angehaltenem Atem auf Olives Reaktion.

»Gav und ich hatten ja gehofft, dass es so kommt. Ich kann dir gar nicht sagen, wie sehr ich mich freue, das endlich zu hören. Es gab alle möglichen Mutmaßungen in der Stadt darüber, was du wohl vorhast. Sogar ein paar Andeutungen, du würdest den Leuten den Buchladen vorenthalten wollen. Zugegeben, in letzter Zeit wurde er von den meisten sträflich vernachlässigt, aber plötzlich sind sich alle einig darüber, dass er unverzichtbar für die Main Street ist.«

Sonnet atmete heftig aus.

»Ich hatte es bis jetzt nicht erwähnt, weil ich wusste, dass du Zeit zum Trauern gebraucht hast, und um über die Verantwortung nachzudenken, die dir übertragen wurde. Aber ich kann sehen, dass du jetzt bereit dafür bist.«

»Verdammt, und ob ich das bin! Alfred hat mir den

Buchladen vermacht, weil ich ihn genauso sehr geliebt habe wie er und weil er wusste, dass es mir gelingen würde, in seinem Sinne zu modernisieren.«

»Du wirst diesen alten Laden zu neuem Leben erwecken und es ihnen allen zeigen!«

Sonnet räusperte sich und grinste dann. »Zuerst muss ich ein paar Kartons verbrennen, aber dann geht es los …«

Sonnet knallte die Heckklappe von Gavs Ford-Coupé zu und gab ihrem Onkel das Zeichen, mit einer weiteren Ladung Bücher – die auf Heartwood eingelagert werden sollten – wegzufahren. Wenn die Einheimischen schon vorher besorgt waren, Sonnet könnte Alfreds Laden ausräumen, dann waren sie mittlerweile überzeugt davon.

Wochenlang hatten sie zugesehen, wie Sonnet den alten Laden leerte, ohne irgendeine Ahnung von ihren Plänen zu haben. Die Emersons hatten sich ebenso bedeckt gehalten wie Sonnet selbst. Die mit Zeitungspapier verkleideten Schaufenster zeugten vielleicht eher von Paranoia als von Privatsphäre. Aber Sonnet würde niemanden einen Blick hineinwerfen lassen!

Eine komplette Rundumerneuerung war im Gange. Weitaus mehr, als sie allein hätte bewerkstelligen können. Gav hatte sie mit all seinem Fachwissen und seiner jahrelangen Erfahrung so sehr unterstützt, wie sie es sich nie zu wünschen gewagt hätte. Er hatte sogar ein paar Maler und Zimmerleute aus Innisfail geholt – Handwerker, die gern bereit waren, dann zu kommen und zu gehen, wenn es nötig war, ohne gleich alles brühwarm den Neugierigen zu erzählen, die sich in letzter Zeit ständig in der Nähe des Ladens herumdrückten.

Wenn Sonnets Name endlich in der Main Street hing und ihren Besitzanspruch kundtat, dann – und erst dann – würden die Einheimischen wieder in ihr Reich eingeladen werden.

# Kapitel 17

*

## Launen

*Herbst 1958*

Winter war Fables zweiter Vorname, aber auch die Jahreszeit, die sie am wenigsten mochte – schiffbrüchig, wie sie war, verloren zwischen Raffs Abreise und seiner Heimkehr. Und der Winter, in dem sie fünfzehndreiviertel war, schien nicht enden zu wollen. Der Sommer, in dem sie fünfzehn war, war voller Raff-Sichtungen und sogar, bemerkenswerterweise, flüchtiger Begegnungen gewesen. Letztere waren das Einzige, das ihr jetzt durch die Monate half, in denen Adriana genüsslich jede Menge Klatsch und Tratsch über Raff verbreitete. Hätte Adriana gewusst, wie sehr sich Fable nach irgendeiner Nachricht von Raffs Abenteuern fernab an der Uni verzehrte oder wie sehr ihre hämische Berichterstattung über Raffs neueste modelschöne, collegeschlaue Freundin Fable schmerzte, sie hätte nicht mehr Macht ausüben können. Adriana den ganzen Herbst, Winter und Frühling hindurch nur für die Freuden des Sommers ertragen zu müssen, war hart.

Ein Seufzer entfuhr Fable. Sie schlug sich reflexartig mit

einer Hand auf den Mund, aber weit und breit war niemand wach – diese herrliche frühmorgendliche Stunde gehörte nur ihr allein. Der Orchard Hill, hier mit Blick auf Heartwood, war ihr Lieblingsort, um zuzusehen, wie das morgendliche Licht das Tal mit Gold überzog. Es war kein perfekter Aussichtspunkt. Eingeschlossen in ihrem tiefen Talkessel, konnte sich Fable die kräftige, dramatische Farbe der Morgendämmerung an der Küste nur anhand des überbordenden Crescendos, das die Bergketten säumte, vorstellen. Vielleicht würde sie dieser begrenzten Horizonte eines Tages überdrüssig sein, würde es leid sein, in diesem kleinen Vorzimmer des Landlebens festzustecken. Aber hier und jetzt, auf dem Orchard Hill, fühlte sich Fable als Zauberin, die den Tag heraufbeschwor. Magie bebte in jedem Atom. Die Zukunft war eine grüne Knospe, vollkommen und vollständig, bereits eingerollt in ihr.

Das hier war Fables morgendliche Pilgerschaft: heimlich durch ihr Erkerfenster entfliehen, durch die jetzt abschließbaren Türen ihres Wintergartens.

Nachdem Sonnet ihre erste Menstruation so erniedrigend vor aller Welt ausposaunt hatte, hatte sich Fable unter vier Augen an Gav gewandt und ihn um Schlösser an ihren Türen gebeten – worum er sich gekümmert hatte, ohne Fragen zu stellen und ohne Sonnet zu konsultieren. Manchmal, wenn sie besonders verärgert über ihre Schwester war, gab sich Fable genüsslich einem Rachetagtraum von dem Moment hin, in dem Sonnet an der Tür rüttelte und versuchte, in ihren Wintergarten zu schleichen, nur um auf unnachgiebigen physischen Widerstand zu stoßen.

Fable ließ ihre Tür ständig abgeschlossen.

An manchen Morgen schlüpfte Fable mit nackten Füßen aus ihrem Fenster, schlängelte sich zwischen den riesigen goldenen Spinnennetzen hindurch, die über Nacht im Garten gebaut worden waren, und schlich auf Zehenspitzen an den Feentaschentüchern der Trichterspinnen vorbei. Zu anderen Zeiten schleppte sie Wasserfarben, Bleistifte und Notizbücher mit. Sie beherrschte es noch nicht, die Sonnenaufgänge im Tal in Wort oder Bild einzufangen, und sie verzweifelte an ihren beschränkten Fähigkeiten, die ihr träumendes Herz immer wieder im Stich ließen.

Bislang war es ihr jeden Morgen gelungen, noch vor dem Frühstück durch ihr Fenster wieder ins Cottage zu schlüpfen, ohne Standpauke ihrer herrischen Schwester. Aber Fables Nackenhaare sträubten sich allein schon bei dem Gedanken, dass Sonnet sie wegen ihrer Geheimnistuerei kritisieren könnte, während die ganze Stadt wusste, dass Sonnet sich jetzt schon seit über einem Jahr im Buchladen des alten Mr Shearer verkroch.

Was Sonnet dort hinter den mit Zeitungspapier verkleideten Schaufenstern trieb, darüber konnte man nur spekulieren, und Fable hörte die Leute viele Mutmaßungen anstellen: Sie grapschte in seiner Unterwäscheschublade herum, schnupperte vielleicht an seinem Kissen, verbrannte Bücher, spionierte vorbeikommenden Stadtbewohnern hinterher oder spielte irgendein imaginäres Spiel als Besitzerin eines Buchladens; bediente Fantasiekunden und kicherte zusammen mit dem Geist von Alfred Shearer.

Fable schnaubte verächtlich. Zum Glück war Sonnets

Ladenrenovierung so gut wie abgeschlossen, sodass er nicht mehr allzu lange Anlass für noch mehr Spott bot. Die Zielscheibe auf Fables Rücken war schon groß genug, auch ohne dass Sonnet ein Spektakel veranstaltete. Nach der großen Enthüllung um den Laden im nächsten Monat könnten sie dieses ganze seltsame Kapitel endlich hinter sich lassen.

Fable nahm die Zuckerrohrblüte, die sie vor einer Weile geborgen hatte, in die Hand. Sie hielt sie blinzelnd vor den Sonnenaufgang, sodass das Licht durch den silbrig-violetten Staubwedel schimmerte. *Infloreszenz*: der Name der Blumenfee, an der sie im Moment arbeitete, auch wenn ihre sonnendurchfluteten Zuckerrohrröcke auf Fables Skizzen völlig falsch aussahen. Sie brauchte mehr Zeit zum Üben.

Wenn sie Sonnet heute am Spätnachmittag entkommen konnte, dann würde sie wieder hierherkommen, ausgerüstet mit ihrem Skizzenbuch. Die goldene Stunde, während die Sonne sich den westlichen Bergketten entgegenneigte und das Tal mit Licht überzog, war Fables zweitliebste. Den Sonnenuntergang genoss man am besten am Fluss: Sonnenlicht glitzerte auf dem Wasser, selbst während die Dunkelheit vom Talboden zu hoch aufragenden Gipfeln hinaufkroch, bis sie ganze Berge verschluckte. »Dunkelheitsaufgang«, hatte Sonnet es genannt, und auch wenn es Fable Überwindung kostete, dieses Wort zu benutzen, hatte Sonnet doch recht.

Es war weitaus schwieriger, für einen Sonnenuntergang aus dem Cottage zu schlüpfen. Dann war Sonnet immer völlig durch den Wind – sie scheuchte ihre Schwestern ins Bad, versuchte, Plums Gequengel vor dem Abendessen auf eine übertriebene und zugleich ineffektive Art zu beschwichtigen, packte mit einer Hand Lunchpakete und bügelte mit der anderen Schuluniformen, während sie mit dem Fuß in Kochtöpfen rührte. Sonnets erhöhter Stresspegel führte dazu, dass Fables eigenes Herz schneller schlug, ihr Atem abgehackter ging. Sonnet nannte es die »Hexenzeit«, was sich, so Fables Vermutung, darauf bezog, dass Sonnet sich selbst in eine unerträgliche Hexe verwandelte. Die Abende waren ruhiger, wenn der Glückspilz Plum zum Übernachten nach Heartwood geflüchtet war. Wenn Fable doch nur dieselbe Freiheit gewährt würde!

Fables Strategie hatte eine Zeit lang darin bestanden, sich zur Abendessenszeit an den Fluss zu verziehen – bis ihre Tante dem einen Riegel vorgeschoben hatte mit einem typischen Olive-Vortrag darüber, dass Sonnets Job schon schwer genug sei und wie sehr ihr Fables Unterstützung helfen würde. Bla, bla, bla. Fable konnte nicht erkennen, wieso es für Sonnet auch nur den geringsten Unterschied machte, wenn sie beiläufig Messer und Gabeln auf den Tisch warf – aber sie hatte ihre Streifzüge bei Sonnenuntergang dennoch eingeschränkt.

Na ja, größtenteils …

Eine Ausnahme hatte sie für sich gemacht, als Raff das letzte Mal auf Heimaturlaub war, nach der zufälligen Entdeckung, dass sie nicht die Einzige war, die gerne allein im Regenwald herumstreifte. Kurz vor der Abenddämmerung konnte man Raff sehen, wie er lautlos in seinem Kajak den Fluss hinunterglitt, die Arme selbstbewusst am Paddel. Oder man begegnete ihm auf seinem Weg zurück nach Hause, das Kajak mit seinen kräftigen, sonnengebräunten

Armen hochhaltend, während er den schmalen Weg entlangging. Und obwohl ihre Miene dabei jedes Mal erstarrte und alle Worte in einen idiotischen Strudel hinuntergezogen wurden, bedeutete es ihr alles, einfach nur mit großen Augen zu Raff hochzusehen, während er mit einem kumpelhaften Gruß vorüberging.

Eines Nachmittags war Zephyr ihr zum Fluss gefolgt, und Raffs Grinsen, als der Hund mit einem altvertrauten Bellen auf ihn zusprang, war Elixier für ihr Herz. Als er Zephyrs gelbbraunes Fell sanft streichelte, war es ihre Haut, die vor Freude kribbelte; ihre Haare, die sich aufstellten. Von diesem Nachmittag an achtete sie darauf, jeden Tag nach Zeph zu pfeifen, wenn sie zu ihren Streifzügen aufbrach. Dass Olive und Gav bald täglich das Loblied ihrer Nichte als zuverlässige Hundeausführerin sangen, weckte nicht eine Sekunde Schuldgefühle in Fable.

Falls Raff es seltsam fand, dass Fable stets genau zum Zeitpunkt seiner einsamen Kajakfahrt ebenfalls am Fluss war, ließ er es sich jedenfalls nicht anmerken. In den Fantasien, die in ihrem Kopf abliefen, verlangsamte er sogar das Tempo, um sicherzustellen, dass sie sich begegneten.

An Raffs letztem Tag in Noah für ein weiteres langes Jahr war ein Wunder geschehen. Er war auf der Zuckerrohrbrücke zur Seite getreten, um Fable Platz zu machen, und hatte ihr einen Schatz überreicht: einen einzelnen, abgefallenen Flügel eines Odysseusfalters, den er auf einem Stein glitzernd gefunden hatte.

»Hast du dafür irgendeine Verwendung in deinem Skizzenbuch, Kleine?«

Fable nahm den schillernden blauen Flügel in ihren hohlen Händen entgegen, mit der Ehrfurcht von jemandem, der die heilige Kommunion empfing. Und als sie zu Raff hochsah, fand sie schließlich ihre Worte. »Das heißt, du reißt Insekten immer noch die Flügel aus …«

Er lachte, seine sonst so ernsten Lippen auf einer Seite ironisch hochgezogen, noch lange nachdem sie vorübergegangen war.

Tagelang streichelte Fable diesen zarten Flügel wie einen Glücksbringer, der imstande war, Raff wieder nach Hause zu bringen oder die endlosen Schulmonate, die vor ihr lagen, schneller verstreichen zu lassen. Schließlich war der Flügel in ihren Händen zerfallen; türkisblauer Glitzer rieselte durch ihre Finger. In einer plötzlichen Laune verstrich sie den letzten schimmernden Glanz auf ihrer Stirn, hinter der sie sein Bild bewahrte.

Sonnet hatte ihn, wie zu erwarten, mit einem stinkenden Geschirrtuch kurzerhand abgewischt.

Und so war Fable jetzt zu langem Warten verurteilt. Wie lange? Noch fünf trockene Monate!

Fable seufzte wieder, pustete hart gegen das Zuckerrohrbüschel und zerstreute die schimmernden Staubkörnchen im goldenen Licht.

# Kapitel 18

*

## Sonnet's Bücher

*September 1958*

Die Main Street an einem Sonntagmorgen war in ehrfürchtige, schläfrige Stille gehüllt, bis auf den Lobgesang, der aus der Kirche durch den Raintree Park hallte, sich über die langen Reihen von Autos, die in der Hitze schmorten, erhob, an den respektvoll geschlossenen Ladenfronten vorbeibrandete und alles dämpfte.

Sonnet fühlte sich wie die einzige Heidin in der Stadt. Und so froh sie auch war, frei von dem scheinheiligen Aberglauben zu sein, der alle anderen zur Kirche trieb, war da doch ein unbestimmbares Gefühl von … Ausgeschlossensein. Die selbstzufriedene Seelenruhe, mit der die Kirchgänger zurückkamen, ärgerte sie erst recht.

Während Olive und Gav mit den Mädchen den Gottesdienst besuchten, war Sonnet in den Buchladen geschlüpft, um die letzten Vorbereitungen für ihre große Eröffnung am nächsten Tag zu treffen, weit über ein Jahr nach Alfreds Tod. Eine respektvolle Trauerphase, wie Sonnet es gern sah, auch wenn es in Wahrheit Feigheit gewesen war, und die Überzeugung, seinem Andenken nicht gerecht zu werden.

Sonnenschein strömte durchs Erkerfenster – in dem jetzt eine Auswahl von Satirebüchern, ihrem Lieblingsgenre, ausgestellt war – und warf ein schmeichelhaftes Licht über die harte Arbeit der vergangenen Monate: Regale und Verkaufstresen weiß gestrichen und glänzend; Holzböden und Bücherleiter frisch poliert; Wände neu tapeziert; dunkle Rollläden ersetzt durch leichte Musselinvorhänge; und, was am wichtigsten war, jedes Buch bis auf den letzten Zentimeter abgestaubt und ordentlich wieder an seinen Platz gestellt. Es war eine mühselige Herzensarbeit gewesen, jedes einzelne von Alfreds Büchern nach Heartwood und wieder zurück zu befördern, ohne auch nur ein einziges zu beschädigen oder falsch einzuräumen. Ihr modernisierter Verkaufstresen war jetzt schlicht und ordentlich. Die antike Registrierkasse hatte bleiben dürfen; die alten Glöckchen und Klingeln waren eine Erinnerung an die vielen glücklichen Stunden, die sie unter Alfreds Anleitung hier gearbeitet hatte. Gav hatte an ihren Verkaufstresen ein erhöhtes Brett angebaut, das sie ihre »Geschichten-Bar« getauft hatte. Auf der Bar warteten bunt zusammengewürfelte antike Teetassen, Teller und Teekannen, alle aus Großmutter Lois' Sammlung, um jedem Käufer einen Devonshire-Tee servieren zu können. Ihr handgemalter Werbeständer draußen auf dem Gehsteig versprach genau das.

Über allem thronte ein unerwartetes Geschenk von Gav: ein majestätischer Kristallkronleuchter. Er hatte ihn ihr, von Staub und Spinnweben überzogen, gebracht wie ein schüchterner Junge, der eine selbst gepflückte Blume überreicht.

»Meinst du, du könntest dafür vielleicht Verwendung finden? Er hat ursprünglich deiner Urgroßmutter gehört und in dem Schuppen auf Heartwood zwischen Traktoren und Fräsen bislang ein trauriges Dasein gefristet.«

»Machst du Witze?«, rief Sonnet und schlang ihm die Arme um den Hals. »Ich liebe ihn!«

Der Kronleuchter war, wie der Buchladen selbst, prächtig herausgeputzt worden. Im Nachmittagslicht warf er strahlende, kristallartige Regenbogen durch den Laden.

Der letzte Schliff an ihrem Buchladen war das handgemalte Schild, das sie gestern Abend aufgehängt hatte und das jetzt auf der Main Street zum ersten Mal von der Morgensonne angestrahlt wurde. Sie hatte den Schriftzug und die grafische Illustration ausschließlich Fable anvertraut, und jedes Mal, wenn Sonnet auf das sorgfältig angefertigte Kunstwerk ihrer Schwester starrte, drückte sie die Schultern durch. Das Schild verkörperte alles, was dieser Laden Sonnet bedeutete: ein Bild von ihrem gelben Fahrrad, mit einem Stapel ihrer Lieblingsbücher in seinem Korb (*Überredung* ganz obenauf) und ihr Name in Fables eleganter Kalligrafie – Sonnet's Bücher.

Und da kam auch schon die Künstlerin selbst vom Raintree Park herüber, Olive an ihrer Seite, während Plum aufgeregt vor ihnen her hüpfte – alle gespannt, Fables und Sonnets Schild hier endlich hängen zu sehen.

»Es ist einfach wunderschön geworden!«, stellte Olive fest. »Gute Arbeit, Fable.«

Fable begutachtete das Schild, den Kopf auf die Seite gelegt. »Aber die Perspektive stimmt nicht ganz, seht ihr, wie die …«

»Unsinn«, widersprach Sonnet. »Olive, ich musste es Fable aus ihren farbbekleckerten Fingern reißen. Sie hätte noch ein ganzes Jahr damit verbringen können und wäre noch immer nicht bereit gewesen, es mir zu geben. Du bist einfach eine Perfektionistin, Fabes.«

Fable strafte sie mit einem vernichtenden Blick. »Wenn ich eine Perfektionistin wäre, dann wäre es perfekt, oder?« Sie stolzierte in den Laden.

»Autsch«, sagte Sonnet und griff sich an die Brust. »Mit dem verletzenden Ton kann ich leben; es ist dieses ständige Augenrollen, das mir den Rest gibt.«

Olive lächelte. »Ich wünschte, du wüsstest, wie sehr Fable eurer Mutter ähnelt. Dieses Augenrollen und dazu dieser stolzierende Gang, das ist einfach genau wie bei Essie. Aber vergiss nicht, sie hat Angst, dass ihre Kunst beurteilt wird.«

Sonnet räusperte sich. »Früher oder später muss sie anfangen, sie zu zeigen. Ich werde sie dazu antreiben, etwas aus ihrem Talent zu machen, so wie Mama es mit ihrem Schreiben hätte tun sollen!«

Sie suchte in Olives Augen nach Zustimmung, aber Olive starrte auf Sonnets Kleid, streckte eine Hand aus, um den Stoff zu betasten.

»Trägst du etwa eines der Kleider meiner Mutter?«

»Kann schon sein.«

»Ich wusste doch, dass ich dieses blaue Rosenmuster kenne.«

»Ich habe einen ganzen Schrank voller alter Kleider in meinem Schlafzimmer gefunden. Sie sind ... süß, aber hoffnungslos altmodisch, und sie stinken nach Mottenkugeln. Dachte, ich könnte sie verwenden, mit ein paar kleinen Änderungen hier und da ...« Sonnet brach ab, von plötzlichen Schuldgefühlen gebremst. »Du hast doch hoffentlich nichts dagegen?«

»Etwas dagegen?! Ich bin entzückt! Diese alten Kleider hätten sich nie träumen lassen, je wieder das Tageslicht zu sehen. Ich kann gar nicht glauben, wie du es geschafft hast, dass sie an deiner Figur so gut sitzen. Mutter war fünfzehn Zentimeter kleiner als du und drei Kleidergrößen über deiner!«

O ja, Sonnet kannte Lois Hamiltons Maße inzwischen auswendig, nach den vielen Stunden, die sie sich über die geblümten Säcke ihrer Großmutter gebeugt und sie zu Teekleidern mit Tellerröcken und Taille umgearbeitet hatte. Die Kleider aus den Dreißigerjahren, die so offensichtlich ihrer Mutter gehört hatten, waren eine angenehme Überraschung zwischen den eher schäbigen geblümten Teilen gewesen. Diese Kleider hatte Sonnet jedoch unberührt gelassen, nicht gewillt, das zartgliedrige Gespenst von Esther Hamilton wieder zum Leben zu erwecken.

»Glaub mir«, sagte Sonnet, »bei dem hier mussten eine ganze Menge Änderungen vorgenommen werden.« Sie wirbelte herum, und der Rosengarten bauschte sich.

Der Schnitt betonte Sonnets straffe, schlanke Gestalt, die im Allgemeinen in weiten Hosen und Blusen versank, und ihre Haare waren, untypischerweise, nicht zusammengesteckt. Der Gesamteffekt war verwirrend: entblößte Verletzlichkeit, vielleicht sogar der Wunsch, schön gefunden zu werden.

»Du bist ein solch cleveres Mädchen«, bemerkte Olive. »Ich vermisse dich in meinem Laden, jetzt, wo du deinen eigenen gegründet hast. Du hast einen jugendlichen Schwung hineingebracht, den ich nicht nachmachen kann.«

»Schmeichlerin. Du weißt doch, dass ich dir gern bei Änderungen helfe, du musst nur fragen. Ich werde hier womöglich sowieso nur Däumchen drehen, wenn keine Kunden kommen …«

Anfangs schien sich Sonnets Prophezeiung auf unheimliche Weise zu erfüllen. Nach ihrer Eröffnung sah sie drei quälende Tage lang keinen einzigen Kunden.

*Ausgerechnet dann, wenn du willst, dass die ganzen einheimischen Wichtigtuer sich bei dir wichtigmachen, lassen sie dich im Stich!*

Es war eine abgekartete Sache. Diese verdammten Ziegen vom Landfrauenverein verteilten vermutlich an der nächsten Ecke verleumderische Pamphlete über Sonnets Laden, ihre Rache für Marg Johnstones angeblich verloren gegangenen Karton.

Sonnet erläuterte ihre Theorie von einer Verschwörung der Einheimischen Gav gegenüber, als er zu seiner Teepause vorbeischaute, die mittlerweile zur alltäglichen Routine geworden war – und die sich meist über lange Stunden hinzog, in denen über der Geschichten-Bar Seemannsgarn gesponnen wurde.

»Fühlst du dich etwa immer noch auf den Schlips getreten?«, fragte Gav über einen riesigen, mit Marmelade und Schlagsahne beladenen Scone hinweg.

»Was hast du denn sonst für eine Erklärung? Bist du sicher, dass du auf dem Weg hierher nicht einen Haufen verschnupfter Frauen gesehen hast, die Buchliebhaber verscheuchen?«

»Die einzige verschnupfte Frau, der ich heute auf dieser Straße begegnet bin, bist du.«

Er duckte sich weg, als sie mit einem Geschirrtuch nach ihm schlug.

»Aber weißt du was, das hier sind die verdammt besten Scones, die ich je gegessen habe. Wenn es mit dem Buchladen nicht klappt, Süße, dann fang an, stattdessen diese Dinger zu verkaufen. Mit dem berühmten alten Teehaus oben beim Moria Falls könntest du es auf jeden Fall aufnehmen.«

Nur Gav konnte es sich erlauben, Sonnet Hamilton »Süße« zu nennen.

»Jetzt mach aber mal halblang. Diese Scones hast du vermutlich schon hundertmal gegessen. Ich habe das Rezept aus Großmutter Lois' altem Kochbuch stibitzt.«

»Dann muss es deine Marmelade sein.«

»Das Marmeladenrezept, ebenfalls von Lois, verwendet Davidson-Pflaumen aus dem Obstgarten deiner Ehefrau.«

»Dann verfügt eben Alfreds Herd über irgendwelche Zauberkräfte. Nach meiner Erinnerung waren Lois' Scones steinhart und ihre Marmelade bitter ...«

Sonnet wandte sich ab, verbarg ein Lächeln zwischen fest zusammengepressten Lippen. Vor Gav hatte sie noch nie einen Mann wirklich gekannt. Er kam der Vaterfigur, die sie nie gehabt hatte, am nächsten. Der Gedanke ließ sie jedes Mal abrupt innehalten. Wie hätte das Leben sein können, wenn sie den einen, leichtfertig fruchtbaren Hamilton-Schoß zugunsten des anderen Hamilton-Schoßes übersprungen hätte, der sich so sehr nach einem Baby gesehnt hatte.

Sonnet verscheuchte den verräterischen Gedanken und drehte ihr Schild wieder auf GEÖFFNET um.

»Zieh besser Leine, Gav. Ich kann den Laden nicht für dich allein geschlossen halten. Dort draußen warten die Kunden darauf, mir die Tür einzurennen.«

Gav stemmte sich mit einem widerstrebenden Ächzen von seinem Hocker. »Na ja, falls du dir ein Lächeln anbringen lassen willst, ich kenne einen Typen in der Straße, der verkauft Eisenwaren …«

»Ach, jetzt geh schon!«, sagte Sonnet und lächelte ihm nach.

Gav, ihr einziger Stammkunde. Und wenn schon. Gavs Geschichten über Noah waren ihr jederzeit lieber als einhundert Großeinkäufer.

Am fünften Tag, mitten am Vormittag, läutete auf einmal die Ladenglocke. Sonnet, die oben auf Alfreds Bürosofa ein Nickerchen gehalten hatte, sprang schuldbewusst auf.

*Eine schöne neue Ladeninhaberin bist du, die nicht mal die Augen offen halten kann!*

Sie hatte nicht vorgehabt einzuschlafen, als sie vor einer Weile widerstrebend begonnen hatte, Alfreds Büro-Schrägstrich-Lagerraum zu sichten. Aber allein schon zu sehen, welches Chaos sich über Jahrzehnte hinweg angesammelt hatte, war ermüdend gewesen. Eines Tages plante Sonnet auch Alfreds Büro zu entrümpeln. Aber der Staub, und ihr Gefühl, etwas Unangemessenes zu tun, mussten sich erst noch eine Weile legen.

Als sie unten eine Stimme hörte, zwängte sich Sonnet aus dem Arbeitszimmer, verschlafen und nervös. Sie stürmte, zwei Stufen auf einmal nehmend, die Treppe hinunter, während sie mit einer Hand über ihr zerknittertes Kleid strich.

Die dunkelhaarige junge Frau, die an der Schaufensterauslage herumlungerte, wandte sich mit einem warmen Grinsen um. Sonnet suchte Mund- und Augenwinkel nach Hinweisen auf ihren Mittagsschlaf ab.

»Hallo!«, säuselte die Frau. »Entschuldigung, ich wollte Sie nicht aus dem Bett scheuchen!«

»Das haben Sie doch gar nicht!«, rief Sonnet verblüfft. »Ich habe nur ein paar Dinge sortiert. Ich meine, ich habe geschlafen, aber ich war nicht im Bett …«

Ihre Besucherin schüttelte sich vor Lachen. »Schon gut«, meinte sie. »Ich sage es nicht weiter. Bin selbst schon schlafend von der Arbeit nach Hause geritten und praktisch gleich von meinem Pferd ins Bett gefallen. Mein Name ist übrigens Kate Hardy.«

Sonnets Interesse flackerte auf bei der Erwähnung des Nachnamens. Sie versuchte, den Hardy-Clan gedanklich einzuordnen, während sie Kates ausgestreckte Hand ergriff.

»Sonnet.«

»Also, das sind alles Ihre Bücher, ja?«, sagte Kate, die Augenbrauen ironisch hochgezogen.

»Ja … das sind meine Bücher.«

»Das ist ja schade, ich wollte nämlich gern eines haben, aber wenn das alles *Ihre* Bücher sind …«

Sonnet zuckte hilflos mit den Schultern. »Es tut mir leid, ich kann Ihnen nicht ganz folgen.«

Kate lachte wieder, und Sonnets Wangen verkrampften sich.

»Das neue Schild draußen … Sonnet's Bücher?«

Sonnet nickte stirnrunzelnd.

»Okay, Entschuldigung. Ich werde aufhören, Sie aufzuziehen. Fangen wir noch mal von vorn an. Hi, ich bin Kate. Ich leite das Wanderreiten für Touristen oben beim Moria Falls. Pferde sind mein Ding, Humor offenbar nicht.«

»Hi, Kate. Ich bin Sonnet.«

»Also, das sind alles Ihre Bücher, ja?«, wiederholte Kate hastig, bevor sie schallend losprustete.

Allmählich erschöpft zog sich Sonnet hinter den Verkaufstresen zurück. »Kann ich Ihnen bei irgendetwas Bestimmtem behilflich sein?« Sie hasste sich selbst für die kühle Professionalität in ihrem Ton.

Kate schlenderte umher, glitt mit den Händen über Buchrücken. »Ich sag's Ihnen ganz ehrlich, eine ernsthafte Leserin bin ich nicht. Es sei denn, wir reden von Liebesromanen; die verschlinge ich. Aber als ich das letzte Mal nachgesehen habe, hatten Sie nicht viel neues Zeug da. Um genau zu sein, hat der alte Mr Shearer mich immer gnadenlos damit aufgezogen, dass ich seine ganze Sammlung von ›seichtem Quatsch‹, wie er es nannte, gelesen habe.«

Sonnet hielt sich an einer konstruktiven Aufgabe fest. »Was für ein Glück für Sie, dass die Liebesromanabteilung erheblich erweitert wurde, seit ich den Laden von Alfred übernommen habe.« Sie marschierte auf eine tadellos geordnete Reihe zu. »Ich weiß, er hatte keine sehr hohe Meinung von eher leichter Frauenliteratur, aber ich möchte Bücher für jeden Geschmack hier haben. Das hier ist schließlich ein *moderner* Laden.«

Kate folgte ihr grinsend.

»Ich kann auch ein paar Empfehlungen geben, falls Sie sich an etwas Gewagterem versuchen wollen?« Sonnet dämpfte ihre Stimme zu einem verschwörerischen Murmeln. »Haben Sie je von *Amber* von Kathleen Winsor gehört?«

Kate beugte sich vor, schüttelte den Kopf.

Sonnet reichte ihr ein klobiges, gebundenes Buch. »Dieser Roman war in Australien wegen seiner ›Sexbesessenheit‹ verboten – von Männern, die glauben, sie wüssten es besser als die weibliche Leserschaft. Die Zensoren verurteilten ihn als obszön. Erst dieses Jahr wurde er wieder von der Liste verbotener Importe gestrichen.«

*»Sexbesessenheit«,* hauchte Kate. Sie drehte den Roman zweimal um, studierte die schöne Frau auf der Umschlagillustration.

»Um genau zu sein«, ergänzte Sonnet in einem, wie sie hoffte, professionellen Ton, »ist es ein historischer Liebesroman.«

Kate blätterte die Seiten zweifelnd durch. »Er ist ganz schön dick …«

Sonnet lachte. »Da haben Sie recht, über neunhundert

Seiten. Aber wenn Sie mal etwas anderes ausprobieren wollen …?«

»Genau!«, rief Kate. »Okay, gut, ich werde dieses unanständige Buch kaufen.«

Hurra! Sonnets erster offizieller Verkauf als Buchladeninhaberin. Und doch wand sie sich auf dem ganzen Weg zum Tresen. Es war weitaus nervenaufreibender gewesen als erwartet. Was, wenn sie die Unerschrockenheit und Aufgeschlossenheit ihrer Kundin falsch eingeschätzt hatte? Spätestens morgen würden die Sittenwächter der Stadt an ihre Tür hämmern!

Kate sah sich im Laden um, und ihr Blick fiel auf den prächtigen Kronleuchter. »Ich für meinen Teil bin begeistert, was Sie aus Mr Shearers alter Bude gemacht haben. Wirkt überhaupt nicht protzig auf mich.«

»Wie bitte?« Sonnets Hand hielt über der Kasse inne.

»Sie haben ihn von dem alten Muff befreit, und ich finde, das ist in Ordnung. Haben den Laden nicht ruiniert, soweit ich sehen kann.«

»*Ruiniert?*«

»Ein paar Leute, ich will keine Namen nennen, sind der Ansicht, dass Sie es mit der Renovierung etwas übertrieben haben, wissen Sie.«

»Ich glaube, ich kann mir schon denken, wer.«

»Na ja, ich an Ihrer Stelle würde mir nicht zu sehr den Kopf darüber zerbrechen, was Tante Delia sagt.«

»Glauben Sie mir, nichts läge mir ferner.«

»Außerdem, woher hätten Sie denn wissen sollen, dass es Daintree-Seideneiche war, die Sie da überstrichen haben?

›Entweihung‹ ist ein abscheuliches Wort dafür – es ist ja nicht so, dass Sie sein Grab geschändet haben. Es ist jetzt *Ihr* Laden.«

Sonnet drückte eine Schillingmünze tief in ihre Handfläche. »Sie mögen den neuen Anstrich wohl nicht, Kate?«

»Doch, ich mag ihn. Aber manche Leute sagen, dass es einer Sünde gleichkäme, altes Regenwaldholz zu überstreichen.«

»Zum Glück ist das hier ein Buchladen, keine Kirche.«

»Sie kennen doch dieses Kaff; die Leute veranstalten ein Riesentheater, wenn irgendjemand etwas verändert. Sie können keinen Zaunpfosten verlegen, ohne dass jemand Sie beschuldigt, das historische Erbe zu zerstören!«

»Komisch, denn Sie sind die Einzige, die einen Fuß in diesen Laden gesetzt hat, seit ich ihn wiedereröffnet habe. Es klingt so, als ob diese Leute ihre Nasen an meine Scheibe gepresst haben, nur um etwas zu finden, das sie verurteilen können.«

»Mit dieser Annahme liegen Sie sicher nicht ganz falsch.«

Sonnet knallte die Kassenschublade zu. »Verstehe. Wollen Sie eine Tüte?«

»Ja, bitte, ich reite nach Hause.«

Sonnet schob eine Papiertüte über den Tresen. »Danke für Ihren Besuch.«

»Das da draußen ist übrigens meine Misty, sehen Sie sie?« Kate wies mit einem Nicken zu der weißen Stute, die an einem Pfosten im Raintree Park angebunden war. »Ich wollte sie hier vorn parken, aber Ihr Fahrrad nimmt immer den Pferdepfosten in Beschlag.«

»Tut mir leid«, sagte Sonnet ohne eine Spur von Bedauern. »Ich hatte keine Ahnung, dass ein Buchladen eine Pferdeparkbucht benötigt. Setzen Sie es doch gern auf die Liste von Dingen, die ich ruiniert habe. Schönen Tag noch!«

Kate machte keine Anstalten zu gehen. »Das war jetzt alles etwas steif, oder?«

Sonnet betrachtete Kate einen verblüfften Moment lang. Sie schob Gleichgültigkeit und Sarkasmus beiseite und entschied sich stattdessen für Aufrichtigkeit. »Ich weiß nicht recht, was ich von Ihnen halten soll.«

»Ich kann sehen, dass Sie mich nicht mögen. Nicht die beste Voraussetzung für künftige Buchempfehlungen.«

»Es ist nicht so, dass ich Sie nicht mag.«

»Aber Sie haben mir keinen Devonshire-Tee angeboten, obwohl Ihr Schild mir einen versprochen hat, und Sie reden in diesem hochnäsigen Ton mit mir. Sie behandeln mich so, als wäre ich eine Spionin für den Landfrauenverein!«

»Und, sind Sie das?«

»Niemals! Hören Sie, ich liebe meine Tante Delia, aber offen gestanden hält diese alte Weiberclique den Ort seit Jahrzehnten im eisernen Griff. Es ist an der Zeit, dass wir jemand Neues in der Stadt haben, der ein bisschen frischen Wind hineinbringt.«

»Es ist nur ein Buchladen.«

»Wenn in der Teestube des Landfrauenvereins darüber geschwatzt wird, hört sich das nicht so an. Sie kommen hier in die Stadt marschiert mit Ihrem großzügigen Eimer Farbe, ändern altbekannte Geschäftsnamen, hängen protzige Kristallleuchter auf und, was das Schlimmste ist, bieten Ihren kostenlosen Tee in unmittelbarer Nähe zur altehrwürdigen Konkurrenz an. Offenbar müssen Sie ein bisschen von Ihrem hohen Ross heruntergeholt werden.«

Sonnet ließ sich gegen den Tresen fallen. »Das heißt, ich habe mein Herzblut in einen Laden gesteckt, der mit einem Embargo belegt ist.«

»Kopf hoch! Ich habe nicht gesagt, dass es für immer so bleiben wird. Aber Sie brauchen Hilfe, um in Noah zu verbreiten, wie fabelhaft Ihr Tee ist. Also, wie wär's mit einem Tässchen aufs Haus für mich, um ihn zu testen?«

Sonnet schnaubte. »Sagen Sie bloß, nach diesem ganzen Vortrag wollen Sie mich auch noch um kostenlose Scones anschnorren.«

»Ich würde sie nicht *kostenlos* nennen. Ich habe schließlich meinen sauer verdienten Lohn für diesen zweifelhaften Roman hier hingeblättert. Und wissen Sie überhaupt, wie viele belämmerte Touristen ich durch die Wildnis von Noah schleifen musste, um mir Ihr unanständiges Buch leisten zu können, ohne irgendeine Garantie, dass es meine Glut entfachen wird?«

Sonnet stand der Mund offen.

»Also, her damit!« Kate nahm einen Barhocker in Beschlag. »Mit Milch und drei Stück Zucker, und sparen Sie nicht an der Marmelade oder Schlagsahne!«

Sonnet würde ihren sperrangelweit geöffneten Mund von Hand zuklappen müssen. Neugierig geworden griff sie nach dem Wasserkocher.

Wer war diese junge Frau?

# Kapitel 19

*

## Iris

*Dezember 1958*

*Was für ein Geschenk Ihnen der alte Mr Shearer bereitet hatte*, dachte Fable tagtäglich. Sonnet war so besessen von ihrem Laden, dass ihre andere Besessenheit – Fables Freiheit zu beschneiden – etwas nachgelassen hatte. Und der Buchladen hätte zu keiner besseren Zeit kommen können; der Sommer, in dem sie sechzehn war, erwies sich als Fables bislang bester.

Sie schwamm auf einer ungeahnten Welle der Popularität, getragen von ihrem kürzlichen Aufstieg an die Spitze der heimlichen Highschool-Rangliste von Noah Valley; ihr Name und die damit verbundenen Tugenden jetzt mit wasserfestem Marker an die Wand der Jungentoilette gekritzelt. Eine Tatsache, die Adriana für die anderen Mädchen verifiziert hatte, indem sie sich in der Mittagspause in das gegnerische Terrain vorgewagt hatte, um die legendären Aufstellungen zu begutachten.

Die Idee für diese Mutprobe war von Christy gekommen, und Adriana hatte sich prompt darauf eingelassen. Niemand wollte in letzter Zeit als Feigling gelten, vor allem nicht im Vergleich zu der legendären Fable Hamilton.

Ihre kürzlich entwickelten »Titten« waren vielleicht der körperliche Blickfang, der Fable zu ihrem Platz über den Urinalen erhoben hatte, aber es war ihre Unergründlichkeit, die ihr eine noch größere Anziehungskraft verlieh.

Eigentlich war Fable Hamilton so still und eine solche Einzelgängerin, dass sie keiner weiteren Beachtung würdig war – und doch waren alle Augen auf sie gerichtet. Wo andere Mädchen keinen Fuß hinsetzen wollten, marschierte Fable munter drauflos. An keine Clique gebunden, unternahm sie Streifzüge, wohin und wann es ihr gefiel, unter anderem, schockierenderweise, mit den einheimischen Farmjungen. Aber sie war nicht gewillt, mit irgendeinem von ihnen fest zu gehen, wozu tat sie das alles also? Fable passte nicht in die gängigsten Schubladen – Wildfang oder leichte Beute –, und wie sonst sollten sie ein Mädchen einordnen, das noch nie ein Rendezvous gehabt hatte und dennoch den Großteil ihrer Zeit damit verbrachte, sich mit Jungen herumzutreiben?

Die Jungen selbst waren größtenteils eingeschüchtert von Fable und täuschten kumpelhafte Gleichgültigkeit vor, obwohl sie die Ursache von mehr fehlenden Taschentuchpackungen in den Häusern von Noah Valley war als irgendein anderes Mädchen in der Stadt mit einem »anständigen Vorbau«.

In den Frühjahrsferien kursierte eine Geschichte, der zufolge Fable nachts mit den Lagorio-Zwillingen unterwegs gewesen war, auf den Zuckerrohrzügen gefahren und von

Brückenübergängen gesprungen war, allein wegen des Nervenkitzels! Am ersten Tag nach den Ferien wurde das Gerücht zur Legende – bestätigt von Vince Lagorio, nachdem Marco sich geweigert hatte, irgendetwas preiszugeben.

Niemand konnte sich erinnern, dass irgendein anderes Noah-Mädchen so etwas je getan hatte.

Das war das Problem mit Fable Hamilton. Sie war einfach nicht … normal. Sie schien praktisch keine Bedrohung zu sein. Trotzdem waren die meisten Mädchen entschlossen, Fable dafür zu hassen, dass sie sich jeder Schablone so erfolgreich entzog – und für ihre auffällige erdbeerblonde Schönheit.

Wenn sie ehrlich war, fand Fable diesen ganzen Wirbel um irgendwelche Zugfahrten und das Springen in Flüsse ziemlich gefährlich. Irgendeine Mutter würde es irgendwann zwangsläufig Sonnet oder Olive gegenüber auf der Straße erwähnen, und dann konnte alles passieren. Es war sogar eine Geschichte im Umlauf, der zufolge sie mit den Ravelli-Kindern auf »Wildschweinjagd« gewesen war. Absoluter Unsinn. Fable würde nie sehen wollen, wie ein Wildschwein abgeschlachtet wurde! Sie war in jener Vollmondnacht nur deshalb aus dem Fenster geklettert – wobei sie unter der Bettdecke eine Kissenattrappe zurückließ, die ihren Wintergarten bewachte –, um beim Glade Mondregenbogen zu beobachten. Es war nicht ihre Schuld, dass die Wildschweinhunde der Ravellis stattdessen *sie* gejagt hatten.

Fable versuchte absolut nicht, Aufmerksamkeit auf sich zu ziehen. Aber sich mit den Jungen herumzutreiben, verschaffte ihr Zugang zu der ganzen Wildnis von Noah Valley.

Wenn sie den einheimischen Mädchen hinterherdackeln würde – von denen sie ohnehin keines eingeladen hatte –, dann würde sie im Schwimmbad von Noah Valley herumlungern in der Hoffnung, einer der Rettungsschwimmer würde sie in einem Neckholder-Badeanzug bemerken. Dabei besaß sie nicht einmal einen!

Fable konnte den ganzen Tag mit den Jungen verbringen oder ihnen eine Woche lang aus dem Weg gehen, und keiner von ihnen schien ihr irgendetwas davon übel zu nehmen. Sie erwarteten keinen Klatsch und keine gezwungene Fröhlichkeit; sie schnappten sich einfach ihre Handtücher oder Angelschnüre und zogen los. Das war genau nach Fables Geschmack.

Bis jetzt war jeder Tag in diesem Sommer ein neues Abenteuer. Und das Beste kam erst noch; Raff Hull würde bald zu Hause sein, und dann würde sich die Glade-Gang neu formieren.

Fable hatte sich für seine Ankunft perfekt positioniert.

Die Weihnachtswoche brachte die Neuigkeit von Raffs Heimkehr, dicht gefolgt von einem Tropensturm, der vom Korallenmeer heranrollte: Zyklon Iris. Der Leiter des Postamts hatte den roten Warnwimpel aufgehängt und Sonnet damit, wie zu erwarten, in das reinste Nervenbündel verwandelt.

Sonnet schleifte die Mädchen mit zum Lebensmittelladen, um sich mit Zyklonnotvorräten einzudecken – genau wie alle anderen in Noah auch. In Hadleys Laden war die Hölle los! Fable schlich überwältigt durch die überfüllten

Gänge, vorbei an leer geräumten Regalen und kaum zu beherrschender Aufregung. Mit nur wenigen Stunden Vorlaufzeit war die ganze Stadt im Hamsterkaufrausch!

Nachdem sie Sonnet und Plum in dem Wahnsinnsgedränge verloren hatte, flüchtete Fable in Richtung Ausgang. Aber davor musste sie sich zwischen den ganzen Klatschmäulern hindurchquetschen, die die schmale Ladentür blockierten. Heiße Angst kroch ihren Nacken hoch.

*Lasst. Mich. Hier. Raus!*

Als sie sah, dass die Tür von außen aufgehalten wurde, erkannte Fable ihre Chance. Sie holte einmal tief Luft, zog den Kopf ein und stürzte sich in den Strom von Stadtbewohnern, kämpfte sich mit den Schultern zu dem Rechteck aus Licht vor. Schwüle Luft und strahlender Sonnenschein schlugen ihr ins Gesicht, als Fable aufsah, um sich bei dem Gentleman zu bedanken – der bereits lächelnd zu ihr hinuntersah.

»Tachchen …«, platzte es über ihre verräterischen Lippen, obwohl sie diesen breiten umgangssprachlichen Ausdruck in ihrem ganzen Leben noch nie benutzt hatte.

»… Kumpel«, führte Raff die Floskel mit einem belustigten Unterton zu Ende.

»Schön zu sehen, dass du dich hier vor Ort endlich nützlich machst«, bemerkte Fable.

Er lachte, aber die Menge trug sie bereits hinaus, bevor er zu einer Retourkutsche ausholen konnte. Erst als Fable neben dem Holden an der Bordsteinkante zum Stehen kam, konnte sie sich endlich, mit hämmerndem Herzen, umdrehen, um noch einen Blick auf ihn zu erhaschen.

Er war noch immer da, hielt die Tür auf, während jemand ihn in ein Gespräch verwickelt hatte.

*Rafferty, Rafferty, Rafferty, Rafferty.*

Ihre Augen sahen sich fünf berauschende Minuten an ihm satt. Dreimal sah er genau in ihre Richtung. Die ersten beiden Male glitt sein Blick mit lächelnder Vertrautheit über sie hinweg, aber beim dritten Mal blieb er an ihr hängen; verweilte viel, viel länger, bevor er sich langsam und vorsichtig abwandte.

Es war eine Reaktion, die Fable von den erwachsenen Männern, die ihr auf der Straße begegneten, inzwischen gut erkannte, auch wenn sie diesen Blick noch nie so deutlich verstanden hatte.

Hitze – nicht vom Hochsommer – brachte ihr Gesicht zum Glühen.

Fable war nicht mehr dieselbe, die sie einmal gewesen war.

Zu Hause bellte ein Drillsergeant Befehle zur Zyklonvorbereitung: Badewanne mit Wasser füllen! Matratzen von den Betten für den Schutzraum! Alle Fenster abkleben! Kerzen vorbereiten! Erste-Hilfe-Kasten überprüfen! Konservendosen stapeln! Rucksäcke packen, falls wir vor der steigenden Flut fliehen müssen! Garten von möglichen Projektilen befreien!

Wem Sonnet ihre Fähigkeit zur Zyklonvorbereitung zu beweisen versuchte, war offensichtlich. Vor einer Weile hatte Plum unter Tränen dagegen protestiert, dass sie für die Dauer des Sturms von Tante Ov und Onkel Gav weggezerrt wurde. Olive hatte sich der Rechtsprechung ihrer Nichte mit steifem Kinn gebeugt.

Fable presste die Stirn an ein Fenster, das kreuz und quer mit Klebeband abgedeckt war. Das Wetter verschlechterte sich rasch – der strahlende, glühend heiße Tag schwelte nach einem kurzen Regenschauer jetzt in einer unheimlichen, unruhigen Glut. Sich verdunkelnde Wolken wurden von dem nahenden Unwetter an den Rand der Leinwand geschoben. Sturmböen peitschten Palmwedel durch die Luft wie Schleifenbänder. Die dunkle Dschungelwand wogte und bäumte sich auf – ein wildes Tier, das Gefahr witterte.

Geschützt von den steilen Bergen, die rings um das Tal Wache standen, schien es kaum möglich, dass der Sturm sie hier finden würde. Und doch zeigte ihre handgemalte Tracking-Karte, die bei jeder neuen Notstandsmeldung im Radio akribisch aktualisiert wurde, dass Iris immer näher heranrollte, Noah Valley als Beute auf einem offenen Feld eingezeichnet.

Eine angespannte Stimme kam aus dem Radio. Fable hörte, ohne sich umzudrehen, die Hinweise des Wetterdienstes, der alle drei Stunden die neueste Position des Zyklons vermeldete. »Somit sind wir zumindest gewarnt«, sagte die Stimme ernst. »Das wird heftig.«

Fable stellte sich vor, wie die tiefe Schlucht am oberen Ende des Tals vor gespannter Erwartung bebte. Die Regenfälle würden die Schlucht mit Wasser füllen, den Fluss überfluten und sich schließlich unaufhaltsam auf ihr Cottage zubewegen. Sie schauderte vor Vorfreude.

Sonnet war mit der Errichtung eines behelfsmäßigen

Schutzbunkers beschäftigt – sie zerrte den Esstisch ins Bad und polsterte den Boden darunter mit Matratzen und Kissen aus. Der Gedanke, die ganze Nacht mit Sonnet in einer solch beengten Unterkunft ausharren zu müssen, war unerträglich. Fable hatte sich ihr eigenes Nest in der Klauenfußwanne gebaut, aber Sonnet, dieses herrische Biest, wollte nichts davon wissen. Es schien sie nicht einmal zu *kümmern*, dass Fable lieber sterben würde, als sich zwischen dem Klo und, noch schlimmer, Sonnet einzuzwängen.

Ein Regenschwall, vom Sturm gegen die Fensterscheibe gepeitscht, sorgte dafür, dass Fable ihr Gesicht noch fester an das Glas presste. Denn dort draußen, den Hügel hinunter, mit einer Erregung, wie man sie selten gesehen hatte, stürmte Zyklon Olive. Bis Fable die Tür geöffnet hatte, war Olive jedoch bereits wieder die Ruhe in Person, mit einem Benehmen, wie es sich für eine feine Dame auf einem friedlichen Spaziergang geziemte. Nur das angespannte Beben ihres Kinns deutete auf etwas anderes hin. Fable verbiss sich ein Lächeln.

»Oh, Sonnet, Olive ist hier!«

Plum stürzte den Flur hinunter, um ihre Tante zu begrüßen. Sonnet tauchte einen Moment zu spät auf, die Stirn gefurcht, Handtücher unter einen Arm geklemmt.

»Ich wollte nur nach euch sehen«, rief Olive fröhlich, Plum bereits besitzergreifend an ihre Seite gedrückt. »Mich vergewissern, ob ihr nicht bei irgendetwas Hilfe braucht.«

»Alles in Ordnung. Ich hab's gleich.«

»Irgendetwas kann ich doch bestimmt tun. Ist doch ein Riesending für euch, es mit eurem ersten Zyklon *ganz allein* aufzunehmen! Und ihr habt hier nicht einmal Schrägseile oder zusätzliche Nägel im Dach. Meinst du wirklich nicht, ihr würdet euch auf Heartwood sicherer fühlen?«

»Du und Gav, ihr habt mir lange genug eingehämmert, wie ich mich auf den Zyklon vorbereiten soll, wir kommen bestimmt klar. Und überhaupt, Gav hat gesagt, dieses Cottage hätte schon mehr als genug Stürme überstanden – ›ein abgebrühter Überlebenskünstler‹ waren seine Worte.«

»Ja, das hat Gav allerdings gesagt.« Olive vergrub einen Kuss in Plums Locken. »Der böse Onkel Gav, so ein Schwätzer. Irgendwelche Probleme damit, das alte Kristallwindspiel auf der Veranda abzunehmen?«, fragte Olive und wies mit einem Nicken auf das misstönende Scheppern.

Sonnet setzte sich in Bewegung, aber Olive stürzte bereits zur Tür, Plum sicher an ihrer Hand.

»Noch nicht!«, rief Sonnet, während sie Olive auf dem Fuß folgte. »Das steht als Nächstes auf meiner Liste.«

Die Glöckchen schlingerten und bimmelten in einer neuen Böe.

»Wir hätten dieses alte Ding schon vor Jahren abnehmen sollen«, meinte Olive kopfschüttelnd. »Es wird direkt durchs Fenster geschossen kommen, und wenn du erst einmal ein Fenster verloren hast, hat das ganze Haus ein Riesenproblem.«

»Ja, ich nehme es gleich ab«, sagte Sonnet, die Hände nach Plum ausgestreckt.

»Ich will bei Tante Olive bleiben!«, rief Plum und schlang die Arme um Olives Taille.

»Sie kann mit zu mir kommen. Eine Sorge weniger für dich heute Nacht.«

Aber Sonnet war an diesem stürmischen Abend darauf aus, ihr Hoheitsgebiet zu verteidigen. »Komm schon, Plum, wir müssen dein Puppenversteck fertig bauen.« Sie stemmte die Hände ihrer Schwester mit sanftem Zwang von Olive los und zog sie mit sich davon.

Olives Miene spiegelte Plums bekümmerte wider.

»Du wirst Probleme damit haben, dieses Windspiel abzunehmen. Ich will nicht, dass du da draußen unsicher auf einem Stuhl herumwackelst.«

»Danke, dass du nach uns gesehen hast! Alles im Griff hier!«

Die Fliegentür fiel quietschend zu.

Kaum war Olive außer Sicht, öffneten die Wolken krachend ihre Schleusen.

Sonnets Sieg währte eine ganze halbe Stunde. Während sich eine verfrühte Dunkelheit über das windgepeitschte Tal senkte, kam Gav in Gummistiefeln auf die Veranda gestapft.

»Na, dann wollen wir uns mal um dieses verdammte Windspiel kümmern.«

Sonnet verharrte zögernd an der Tür, während Plum in die regennasse Umarmung ihres Onkels watschelte.

Das Windspiel war im Nu abgenommen und in einem Schrank verstaut. Diesmal jedoch verweigerte sich Plum Sonnets ausgestreckten Händen. »Nein! Ich will zu Tante Olive gehen!«

»O Plum, Schatz, natürlich kannst du das. Tante Olive hat mir extra einen Regenmantel für dich mitgegeben.« Gav holte einen karierten Mackintosh mit Kapuze hervor. Sonnet musste ihm zugutehalten, dass der Blick, den er ihr zuwarf, beschämt war.

Als Nächstes sah Gav erwartungsvoll in Fables Richtung. Sonnet zuckte zusammen und zog sich zurück, ohne Fable anzusehen.

»Kommst du mit?«, fragte Gav, während seine großen Hände mit Plums kleinem Gürtel kämpften.

Fable lauschte auf das Geräusch von Sonnet, die im Cottage gegen Wände trat – etwas, das sie in Anbetracht der Umstände durchaus nachvollziehen konnte –, und stellte sich vor, gemütlich in den Schoß von Heartwood gekuschelt zu sein, verhätschelt von ihrer Tante, und sich mehr wie ein Kind zu fühlen, als sie es unter den wachsamen Blicken ihrer Schwester je könnte.

Von drinnen ließ ein kreischendes Geräusch von Klebeband Fable zusammenzucken.

Sie seufzte. »Danke, Onkel Gav, aber ich denke, ich warte es vielleicht lieber hier ab.«

Gav zwinkerte ihr zu und stemmte sich hoch. »Und hör auf Sonnet, ja? Sie hat einen klugen Kopf auf den Schultern.«

In der Zurückgezogenheit ihres Zimmers schlug Fable ihr Kunsttagebuch auf einer leeren Seite auf. Sie strich das Papier glatt, betrachtete ihren Bleistiftstummel. Wie sollte sie Iris nun zeichnen, die ihren bösen Blick auf ihr einsames Cottage gerichtet hatte?

Binnen einer Stunde war der Strom ausgefallen. Die Lichter flackerten und erloschen; eine Armee von Standventilatoren kam surrend zum Stillstand. Die plötzliche schwüle Stille inmitten des Tumults war erstickend. Sonnet tauchte in einem flackernden Lichtschein an Fables Seite auf. Sie stellte eine Kerze auf Fables Fensterbrett und beugte sich vor, um die Zeichnung zu inspizieren, die prompt von einer empörten Hand verdeckt wurde. Ein plötzlicher Krach im Garten ließ beide Schwestern in die Dunkelheit spähen, aber nur ihre Spiegelbilder – ehrfurchtsvoll, dem Blick der anderen ausweichend – waren zu erkennen.

»Dort draußen ist die Hölle los«, sagte Sonnet, deutlich zu laut. »Wenn das alles vorbei ist, wartet eine Riesenaufräumaktion auf uns.«

Wie übermäßig erfreut Sonnet von dieser Aussicht zu sein schien! Im Vergleich dazu fühlte sich Fables eigenes Entzücken über den Sturm kindisch an. Fable zuckte mit den Schultern und rückte die Kerze so zurecht, dass Sonnet in Schatten gehüllt wurde.

Eine weitere Notstandsmeldung im Radio brachte die Schwestern am Küchentisch zusammen. Fable verfolgte die Hinweiskoordinaten. »Aber es sieht so aus, als ob er mehr nach Südwesten abdreht – er wird uns nicht mit voller Wucht treffen.«

Sonnet riss ihr die Seite aus der Hand und studierte sie selbst. Ihre gemeinsame Enttäuschung war spürbar.

»Bei diesen Dingern kann man nie wissen«, meinte Sonnet. »Wir sollten uns trotzdem im Bad einbunkern, nur für alle Fälle.«

Fable folgte ihr seufzend.

Im Bad setzte sich Fable in die Klauenfußwanne, ignorierte den übertrieben ausgepolsterten Bereich unter Sonnets Esstisch. Sie zog den Duschvorhang zu, um eine Trennwand zu bilden.

Der Regen prasselte in Wellen auf das Cottage ein. In ihrem feuchtwarmen Epizentrum bildete sich eine dicke, glänzende Schweißschicht auf Fables Haut. Sie schälte sich aus ein paar Kleidungsstücken, band sich die Haare zu einem Knoten hoch und lehnte sich wieder in der Wanne zurück. Sonnet warf Fable um den Vorhang herum ein Kissen zu.

»Weißt du, wie wir das hier nennen sollten, anstatt Bunker?«, fragte Sonnet.

Fable ahnte, dass ihre Schwester keine Ruhe geben würde, bis sie sich ihr fügte. Sie zog den Vorhang beiseite, die Augenbrauen ungeduldig gefurcht.

*»Sturmon«,* erklärte Sonnet in einem theatralischen Ton. »Wie in: Sturmkokon.«

Der Vorhang schloss sich nicht schnell genug, um Fables Augenrollen zu verbergen, aber er schaffte es immerhin, die lautlose Bewegung ihrer Lippen zu verschleiern, mit der sie Sonnets Wort für sich selbst ausprobierte.

Nach langem Schweigen ergriff Sonnet wieder das Wort. »Danke, Fabes.«

Hinter dem Vorhang versteifte sich Fable. Sie wünschte, sie hätte sich schlafend gestellt.

»Was immer uns sonst noch im Leben widerfährt, Fabes, wer immer versucht, uns auseinanderzubringen, wir halten zusammen. Wir sind Mamas Töchter. Wir sind Schwestern …« Sonnets Stimme brach und verstummte.

Fable spürte, wie dieser gewaltige Schmerz wieder aufbrach. Sie taumelte am Rande dieses riesigen Canyons, spürte, wie die Ränder um ihre Füße herum bröckelten. Mit einem gequälten Atemzug rollte sie sich herum, um sich ihrer schillernden Porzellansilhouette zuzuwenden.

Noch bevor ihr überhaupt die Tränen kommen konnten, war sie wütend auf Sonnet. Wegen allem – dem Sturm, dem Gezwungensein, zwischen Tante und Schwester zu wählen, der Intimität dieser Abgeschiedenheit; sogar wegen Zyklon Iris selbst, der sich jetzt nur noch wie ein schwacher Abklatsch schwesterlicher Manipulation anfühlte.

In diesem Geist pulsierenden Grolls zog der letzte Rest des Sturms über sie hinweg.

Der frühe Morgen holte zwei besorgt blickende Mädchen ans vordere Fenster, wo sie durch den Schleier schweren Regens in Augenschein nahmen, was der Zyklon angerichtet hatte. Kein schwerwiegender Schaden, aber dennoch bot das Tal ein Bild der Verwüstung. Bäume standen entblößt da. Erdrutsche und Wasserfälle entsprangen kahl gefegten Gipfeln. Der Fluss war über die Ufer getreten und durch die Flutebenen getobt, nur wenige Meter vom Cottage entfernt. Im Dunkel der Nacht, und in seliger Ahnungslosigkeit der Schwestern, war er entsetzlich nahe gekommen; Welse lagen gestrandet im Gebüsch des Cottage.

»Malcolm hat unser Cottage genau über der Flutlinie gebaut«, sagte Sonnet bewundernd.

Noch drei Tage regnete es in Strömen.

»In diesem Tal will man lieber keine *Ombrophobie* haben«,

meinte Sonnet mit einem Blick auf Fable, in Erwartung eines Augenrollens zur Antwort.

Der Strom blieb hartnäckig aus. Jeden Tag kam Gav auf die Veranda gestapft, schüttelte Blätter und Regen ab und brachte gegrillte Mahlzeiten von Olive. Plum blieb außer Sichtweite, an der Seite ihrer Tante. Die Verwendung von Kerzen und Taschenlampen hatte den romantischen Reiz des Neuen bald eingebüßt, und die schwüle Hitze laugte die Schwestern aus.

Stunde um Stunde wartete Fable auf den Rückzug der Schlange. *Eine Flut, der man zusieht, weicht nie,* dachte sie düster, während sich die Scheiben von ihrer zischelnden Ungeduld beschlugen.

# Kapitel 20

*

## Vinelands

Am vierten Tag sahen sie, als sie aufwachten, dass sich der Fluss, sein Durst gestillt, zum Waldrand zurückzog. Heller Nebel wogte und wirbelte von den Berghängen. Bäume tröpfelten und glitzerten.

Um Mittag hämmerte der Türklopfer. Fable schlitterte eilig hin, um zu öffnen, froh, dass Sonnet oben im Haupthaus war, um Plum wieder zu sich zu holen.

Auf der Türschwelle wartete nicht, wie Fable erwartet hatte, Marco, sondern sein Bruder Vince zusammen mit Eamon Hull. Hinter ihnen, über den Lattenzaun gelehnt, lungerte ein Haufen St.-Ronan's-Jungen herum. Fable nahm sie nur am Rande ihres Blickfelds wahr, überwältigt von dem Gedanken, dass Raff unter ihnen sein könnte.

»Kommst du mit, den Wasserfall bei Flut ansehen?«, fragte Eamon in dem erhabenen Ton, den Fable immer so arrogant fand. »Die ganze Gang geht hin.«

Fable nickte zustimmend und schnappte sich ihren Rucksack. Sie kritzelte eine Nachricht für Sonnet und stürzte zur Tür hinaus.

Zwei der St.-Ronan's-Jungen tauschten kichernde Bemerkungen, als sie zu der Gruppe stieß, und Fable senkte den Kopf, um sich ihre Enttäuschung nicht anmerken zu lassen. Raff war nicht bei ihnen. Selbst wenn ihr Blick auf den Boden gerichtet war, hätte sie seine großen Füße überall erkannt.

Egal, sie gingen nach Summerlinn – und wie ein Fährtenleser auf der Spur heftete Fable den Blick auf Eamons Rücken. Wohin Eamon ging, da war Raff sicher nicht weit. Vielleicht wartete er im Truck, hielt im Rückspiegel Ausschau nach ihr.

Die Flut war gerade so weit zurückgegangen, dass sie den Fluss überqueren konnten. Die Brücke schien auf der Oberfläche des Wassers zu schweben, das darunter strudelte. Fable ging mit bleiernen Füßen hinüber – nur ein falscher Schritt, und sie würde fortgerissen werden.

Auf Summerlinn wartete jedoch kein Truck, und auch kein Raff. Nur ein Kastenwagen, der, wie Derek Parker stolz behauptete, ihm gehörte. Fable zögerte nur einen Moment. Offensichtlich war der Truck, mit Raff am Steuer, bereits losgefahren. Sie musste in der zweiten Gruppe sein. Egal, wichtig war nur, dass man sich an sie erinnert hatte, und das auf Eamons ausdrückliche Einladung hin.

Sie kletterten in den Kastenwagen, und Fable rümpfte die Nase über den strengen Jungsgeruch in dem beengten Raum. Sie fragte sich, ob beim Wasserfall vielleicht ein Schlauch auf sie wartete. Sie hätte einen dieser Jungen fragen können, aber sie scheute den einleitenden Small Talk. Hauptsache, sie war mit an Bord und auf dem Weg zu Raff: Das hier war nur ein Mittel zum Zweck.

Sie wandte den Blick von dem unbekannten Spiegelbild des Fahrers ab.

Kurz bevor sie losfuhren, verließ Vince Lagorio, eine Ausrede murmelnd, unvermittelt das Fahrzeug und versprach, später zu ihnen zu stoßen. Das wiehernde Gelächter, das seinem Abgang folgte, sorgte dafür, dass Fable ihren Rucksack fester umklammerte. Sie wünschte, Marco hätte heute auf sie gewartet, und sie fühlte sich irgendwie mulmig, aus dem Gleichgewicht geworfen.

Das raue Gelächter hielt noch immer an, während sie sich die Schluchtstraße hochschlängelten. Niemand nahm Fable direkt zur Kenntnis, und doch wurde sie das Gefühl nicht los, dass sie sich ihrer Gegenwart deutlich bewusst waren.

In Rufweite des Moria Falls schwenkte der Kastenwagen unvermittelt nach rechts in eine schmale Straße ab. Fable versuchte angestrengt, etwas zu erkennen. Der Wagen rumpelte über Furchen und Wurzeln, und der Baldachin der Bäume verdunkelte sich zunehmend. Der Dschungel wurde dichter – Blätter schlugen gegen die Seiten und die Windschutzscheibe des Wagens –, ausgeschlossen, dass der Truck vor ihnen diesen Weg hätte nehmen können. Die ahnungsvolle Stille ließ Fable vermuten, dass ihre Mitfahrer von diesem Umweg bereits wussten.

Schließlich bog der Wagen auf eine dicht umwucherte Lichtung am Rand der Klippe ein. Die Hecktüren wurden zum Spritzen von Regentropfen und dem Rauschen des angeschwollenen Flusses aufgerissen. Die Härchen an Fables Armen und Beinen stellten sich prompt auf. Es war ein Ungetüm, das vorbeidonnerte.

Zu ihrer Linken erhoben sich die verfallenen Ruinen eines Art-déco-Herrenhauses im Würgegriff der Schlingpflanzen, die sich wie dichte Girlanden über die Lichtung rankten. Der gewaltige schwarze Schlund des prächtigen Eingangs war von Moos und Vegetation überwuchert, dunkel von Moder. Der Geruch von Fäulnis lag überall in der Luft; ekelerregend schwer. Die vordere Terrasse, auf der früher vielleicht einmal Gartenpartys und mondbeschienene Regenwaldbälle ausgerichtet worden waren, erstreckte sich in zerbrochenen steinernen Relikten bis zum Rand der Klippe.

Fable stolperte über eine kriechende Schlingpflanze. »Was ist das hier für ein Ort?«

Ihre Frage verhallte unbeantwortet. Bierflaschen klirrten, und Zigaretten wurden angesteckt.

»Wo sind wir?«

»Vinelands«, sagte einer der St.-Ronan's-Jungen im Vorbeigehen, eine lange Seilrolle in den Händen.

Fable schlenderte die Terrasse hinunter zum Klippenrand, fand eine Lücke in dem dichten Vorhang aus Schlingpflanzen. Sie hielt sich an der bröckelnden Balustrade fest und spähte hinunter in die braune Flut. Ihr Herz überschlug sich. Das Staunen, mit dem sie eine solche Kraft, solch schwindelerregende Tiefen, normalerweise begrüßt hätte, blieb an diesem Tag aus. Fable versuchte es aufzubringen, aber der Schmerz in ihrer Magengegend wurde nur noch heftiger.

Sie schlenderte zurück auf die Lichtung. Weggeworfene Bierflaschendeckel fielen wie Pennys zu Boden. Gelächter und ein süßlicher, erdiger Geruch drifteten aus dem düsteren Inneren des Herrenhauses.

Fable musterte die auf der Lichtung verstreuten Jungen mit sorgfältig ausdrucksloser Miene. Sie bemerkte einen Kreis aus umgedrehten Milchkisten, die ein improvisiertes Lagerfeuer umgaben. Abfälle lagen, halb versunken, im Schlamm. Initialen und Zeichnungen derb ineinander verschlungener Strichmännchen waren in die dicksten Ranken gehauen.

Jetzt ging Fable ein Licht auf. Das hier war eine Party. Sie hatte gehört, wie mit solchen Zusammenkünften im Wald geprahlt wurde, aber sie hatte sich nie vorgestellt, cool genug zu sein, um eingeladen zu werden, schon gar nicht von einem Hull. Allmählich stieg in Fable das Gefühl auf, dass sie womöglich sogar der heutige Ehrengast war.

Wenn Raff erst hörte, wie beliebt sie wurde! Sie hatte immer gedacht, der direkteste Weg, um Raffs Aufmerksamkeit zu erlangen, würde über Adriana führen, aber zum Liebling bei Eamon und seinen Kumpeln aufzusteigen, war vielleicht eine etwas spektakulärere Art, um sich Raffs Beachtung zu verdienen.

Hier war ihre Chance, ihm zu zeigen, dass sie kein Kind mehr war.

Ihre Hand griff bereits nach der Flasche, die ihr hingehalten wurde, als ihr das Wichtigste einfiel: Raff war vermutlich selbst auf dem Weg zu der Party. Und verdammt, sie sollte sich besser wie ein erwachsenes Mädchen benehmen, wenn er auftauchte!

Beim ersten Schluck des hefig-säuerlichen Alkohols musste sie husten und sich schütteln. Das Gelächter aus der Runde beleidigte sie. Sie war Fable Hamilton, sie war vor allen anderen Mädchen nach Vinelands eingeladen worden, und sie konnte mit Sicherheit genauso gut Bier trinken wie jeder dieser Jungen.

Der nächste Schluck glitt rasch – unter Aufbringung aller Willenskraft – ihre Kehle hinunter, und ein warmes Glühen begann, das beklemmende Gefühl in ihrem Magen zu überlagern.

Die Erde brach immer wieder unter ihren Füßen weg – dummer Planet! Fable nahm an, dass sie betrunken war. Es war ein Gefühl, wie wenn man sich wild im Kreis drehte, um schwindelig zu werden, als hätte sie einen Teil von sich selbst verlegt, und obwohl sie sich suchend umsah, konnte sie sich nicht erinnern, was sie eigentlich wollte. Ihre Worte blieben an ihrer Zunge hängen wie Wolle an scharfen Kanten. Oder sie sprudelten hervor wie sinnloses Gesabber. Sie wollte über sich selbst lachen, über jeden Moment ihres bisherigen Lebens. Es war alles so ernst gewesen, oder? Wenn sie die Welt doch nur schon früher aus diesem schrägen, benommenen Blickwinkel gesehen hätte!

Fable taumelte auf die Ruinen zu, auf der Suche nach Eamons orangefarbenem Hemd; das Leuchtfeuer, das ihr den Weg nach Hause wies. Solange sie dieses orangefarbene Hemd ausfindig machen konnte, würde sie der Wirklichkeit – und ihrem einzigen Ziel – nicht entgleiten. Sie stand schwankend vor dem dunklen Eingang und spähte hinein.

Winzige bewegliche Lichter funkelten drinnen, wie Augen; leises Gelächter drang heraus.

Fable taumelte von der Schwelle zurück, mit einem plötzlichen beunruhigenden Gefühl von Gefahr. Sie rutschte auf den Wurzeln, die über den Boden krochen, fast aus, spürte, wie ihr Herz unregelmäßig schlug. Sie entdeckte Eamon drüben auf der verfallenen Terrasse, in einer Gruppe von Jungen, und stolperte darauf zu, mit der erschwerenden Langsamkeit eines Traums, inzwischen überzeugt, dass irgendetwas hinter ihr war, sie verfolgte.

Fable stürzte sich genau in die Gruppe. Ihr Arm landete auf Eamons orangefarbenem Hemd – Sicherheit – und zog ihn kraftvoll an sich.

»Hey, Baby! Auf geht's!«, rief Dane Johnstone.

Eamon richtete sie beide auf. Benommen registrierte sie seine Abscheu, bevor er sich abwandte, seine Bierflasche erhoben. Sie spürte, wie jemand sie ins Gesäß kniff, einen Finger in ihren Shorts verhakte. Sie schnellte herum, um den Übeltäter zu erwischen, während Danes Hyänenlachen ihn bereits verriet. Noch ein Bier wurde ihr in die Hand gedrückt, während jetzt eine andere Hand über ihr Gesäß glitt.

Fable nahm einen kräftigen Schluck.

Die Jungen standen am Rand der Klippe, mit gedämpftem Draufgängertum. Der Legende nach konnte man sich an einer langen Schlingpflanze bis hinüber ans andere Ufer schwingen. Niemand konnte abschätzen, welche Schlingpflanze lang genug sein würde, und niemand wollte sich freiwillig melden, um es auszuprobieren.

»Aber bei Flut?«, fragte Fable.

»Nein, Mann«, sagte einer der St.-Ronan's-Jungen. Nicht der, der ständig seinen Schritt an ihrem Rücken rieb. »Das ist eine Todesfalle. Wenn du eine zu kurze Schlingpflanze auswählst, baumelst du in der Mitte, und dann, sobald deinen Armen die Kraft ausgeht, wirst du weggerissen.«

»Raff Hull hat es einmal geschafft, in der Flut 49«, warf Dane ein. »Hat aber noch einmal fünf Stunden gebraucht, um von der anderen Seite zu Fuß nach Hause zu laufen. Zurück gibt's keine Schlingpflanzen.«

Eamon räusperte sich. »Hat einen ganzen Tag bei der Zuckerrohrernte versäumt! War von Insekten zerstochen, von der Sonne verbrannt, von Mauritiusdorn zerkratzt, als er nach Hause kam, und als ob das alles nicht genug gewesen wäre, hat ihm Pas Gürtel auch noch ein paar Striemen verpasst.«

Der Schritt presste sich wieder an Fables Rücken. Sie spürte ihn benommen, wie aus weiter Ferne, gebannt von dem Bild, wie Raff, nur mit einem Lendenschurz bekleidet, über den Fluss segelte und von Baum zu Baum, bis ins Tal hinunter. Ein koboldhaftes Kichern wurde laut.

»Ich will sehen, wie du das tust, Eamon!«, sagte Fable und stieß ihn in die Seite.

Er wich zurück. »Ich bin doch nicht blöd.«

»Komm schon! Dein Bruder hat es doch auch getan!« Sie konnte Raffs Namen in dieser Runde nicht laut aussprechen, nicht einmal mit diesem neu gewonnenen Mut, der durch ihre Adern strömte. »Wenn du es tust, werde ich es auch tun.«

Die Gruppe brach in anzügliches Gelächter aus. »Na los, Hull, bring sie dazu, es zu tun.«

Eamon warf seine Flasche über die Balustrade. Sie sahen zu, wie sie im Mahlstrom verschwand.

»Ihr könnt mich mal«, sagte er und wandte sich mit einer solch verächtlichen Miene zu Fable um, dass sie beinahe rückwärts taumelte.

Ohne Vorwarnung wurde sie auf die steinerne Balustrade gehievt. Fable schrie, versuchte sich zu befreien, aber zu viele Hände drückten sie fest. Stürmische Beifallsrufe brachen los.

Fable griff nach den Schlingpflanzen, suchte mit den Füßen Halt auf dem bemoosten Stein. Sie war eingeengt und zugleich der Flut ausgesetzt.

Irgendjemand kniff sie erneut.

Um sie herum rangelten die Jungen um die besten Plätze, und in dem allgemeinen Tumult stolperte Fable, und ein Stein brach unter ihren Füßen weg. Sie klammerte sich fester an die Schlingpflanzen, versuchte, ihren Schwindel und den Spott der Jungen abzuschütteln.

*Aber Raff hat es getan.*

Mit diesem Gedanken traten tollkühne Nesseln an die Stelle der Angst. »Lasst mich los!«, brüllte sie und hängte sich mit ihrem ganzen Körper an eine einzige Schlingpflanze. Sie testete ihre Stärke – einmal, zweimal –, während sie an der langen, herabhängenden Ranke hochsah.

Die Jungen fanden, ihre Nummer sei ein Riesenwitz. Höhnisches Gelächter erschallte.

»Das verdammte Mädchen denkt, sie kann das.«

»Ich bin kein Feigling, so wie ihr alle«, rief sie.

Sie hielten sie noch immer fest; grapschende Tentakel verankerten sie mit dem sicheren Halt. Sie steckte zwischen Baum und Flut.

Ein wütendes Knurren entfuhr Fable jetzt. »Lasst mich los!«

Der Witz wurde allmählich alt, das Gelächter hohl. Ein Paar Arme ließ sie los, gefolgt von noch einem, und dann noch einem. Das Gelächter erstarb schließlich völlig.

Fable zog an der Schlingpflanze, ließ sie für einen Moment ihr Gewicht von der Balustrade heben. Die Ranke hielt, und Fable spürte prompt, wie sie sich dem Fluss entgegenneigte. Ein vereinzelter spöttischer Ruf ertönte aus ihrem Publikum.

Sie baumelte noch nicht – die Schlingpflanze war weiterhin von den sie bedrängenden Jungen mit der Balustrade verbunden.

»Lasst mich los!«

Die Jungen kicherten nervös, und dann ließen sie, einer nach dem anderen, die Schlingpflanze los.

»O Mann! Ich glaub's nicht. Ich will damit nichts zu tun haben«, sagte Eamon und verschwand auf die Lichtung.

Aber Fable war befreit. Und ohne irgendeinen anderen bewussten Gedanken schwang sie sich über den brodelnden Abgrund.

Einen wilden Moment lang fiel sie einfach nur.

Der Wind rauschte, der Wald kreischte – oder war sie das? –, die Flut toste und schwoll an, um sie sich zu holen, und dann hatte sich die Schlingpflanze zu ihrer vollen Länge gespannt. Fable wurde rasch wieder zurück zum Rand der Klippe gerissen.

Sie landete mit einem Rums auf einer Felsnase weiter unten, völlig verdutzt. Irgendjemand weiter oben rief ihr zu oder *nach* ihr oder irgendetwas *über* sie. Die Schlingpflanze entglitt ihr, segelte davon und hing schließlich über dem reißenden Fluss in der Schwebe. Die Klippe fiel steil unter ihr ab, drohte sie dem Wasser auszuliefern.

Fable sackte in sich zusammen. Sie war im Begriff, sich zu übergeben – oh, na toll, sie hatte es bereits getan.

Stimmen holten sie aus ihrem drohenden Kollaps zurück, und sie rappelte sich noch einmal taumelnd hoch, die Fingernägel tief in die Erde gegraben, während sie zurück zur Balustrade kletterte. Ihre Gliedmaßen kratzten über Stein, während sie sich darüberstemmte. Das Gesicht, das sie ihren Zuschauern entgegenreckte, war kreidebleich, von Schlamm und Mageninhalt besudelt, und triumphierend.

Fable hob siegesbewusst die Arme – und strauchelte.

Ein aufmunternder Ruf wurde laut.

»Du bist ja verrückt!«, sagte Dane.

Zwei fremde Gesichter, erwachsene Männer, waren aus dem Halbdunkel des Herrenhauses aufgetaucht, standen jetzt da und betrachteten die Gruppe. Eamon war nirgends zu sehen.

Ein lauwarmes Bier wurde ihr in die Hand gedrückt.

Fable war allein mit den St.-Ronan's-Jungen, und wieder spürte sie diese Hände auf sich.

Der taumelnde, losgelöste Zustand schien mit einem Mal verflogen, und die Welt, die sich mit dem Ende des Tages verdüsterte, nahm unversehens wieder verschwommene Konturen an. Fable wurde sich langsam bewusst, dass sie auf einer Milchkiste saß, vor einem gelöschten Lagerfeuer, schwere Arme auf ihren Schultern, von beiden Seiten, und Hände, die auf ihrem Oberschenkel ruhten.

Sie hatte Angst.

Wie war sie von den Schlingpflanzen hierhergekommen, und wie lange saß sie schon hier? Wann hatte sie sich mit diesen ganzen Händen einverstanden erklärt, und wie sollte sie sich jetzt von ihnen befreien?

Dicke Regentropfen auf ihrem Gesicht und ihren Schultern brachten sie zu irgendeiner Art Bewusstsein zurück – sie war durchnässt, und sie sehnte sich danach, ihre Bluse, die an ihr klebte, von ihrem Körper zu reißen. Ihr Instinkt befahl ihr jedoch, keine Aufmerksamkeit auf sich zu ziehen, zu keinem Kommentar herauszufordern.

Sie hielt wieder ein Bier in der Hand, halb geleert, dem Gewicht nach zu urteilen. Wie viele waren es jetzt schon gewesen? Und warum hatte sie das untrügliche Gefühl, dass die Jungen, die sie umringten, während sie am laufenden Band vulgäre Witze vom Stapel ließen, mit kaum verhohlener Ungeduld darauf warteten, dass Fable ausgerechnet *dieses* Bier leerte?

Es war, weil sie sich zu irgendetwas bereit erklärt hatte, oder? Nur dass sie sich jetzt nicht mehr erinnern konnte, wozu genau, und dass ihr bei diesem Herumtasten nach der Antwort schlecht und kalt wurde.

Raues Lachen kam von den Ruinen, auf einer Wolke beißenden Rauchs, und Fable erinnerte sich.

Man hatte sie aufgefordert, sich zu den Jungen im Herrenhaus zu gesellen, das Marihuana auszuprobieren, das sie alle geraucht hatten, während sie immer wieder für eine

Weile ins Haus verschwanden. Das Beharren der Jungen hatte verspielt geklungen, als sie sich dazu bereit erklärte. Aber jetzt erkannte sie intuitiv die ernüchternde Wahrheit: Sie durfte diese dunkle Höhle unter keinen Umständen betreten.

Fable fröstelte, hielt sich die Flasche an die Lippen, als würde sie einen Schluck trinken. Die Flüssigkeit drang für einen Moment in ihren Mund ein, bevor sie prompt in die Flasche zurückfloss. Ihre Augen suchten die dichte Wand der Vegetation, unergründlich in der anbrechenden Dunkelheit, nach Eamons orangefarbenem Hemd ab.

Jeden Augenblick müsste Eamon zurückkommen. Er war schon so lange verschwunden, aber die Jungen sagten immer wieder lachend, Eamon sei nur auf der Suche nach dem Badezimmer. Vielleicht war er zu den Toiletten beim Moria Falls gegangen? Selbst Eamon Hull würde eine Glade-Gang-Freundin nicht einfach im Stich lassen.

In der Zwischenzeit würde sie dieses Bier mit vorsichtigen, winzigen Schlucken trinken, die besitzergreifenden Arme über sich ergehen lassen, bis Eamon wiederkam. Und dann konnte sie endlich nach Hause.

# Kapitel 21

*

## Verbirg dich, Sternenlicht

So betäubt, wie ihre Sinne waren, und so bleiern, wie ihre Gedanken sich anfühlten, bemerkte Fable den Neuankömmling beim Glade nicht sofort. Er kam zu Fuß über die zugewucherte Straße und stand dann einen langen Moment da und sah zu ihnen hinunter.

Es war einer der Jungen, der den Eindringling als Erster bemerkte.

»Heeeey! Da ist Raff!«

»Raaaaaff. Maaaaann!«

»Leute«, sagte Raff. »Das ist ja mal ein nettes Treffen, das ihr hier veranstaltet.«

Er stand in selbstbewusster, wenn auch ernster Lässigkeit da – Hände in den Hosentaschen, Stirn gefurcht. Jungen erhoben sich, um ihn zu begrüßen, die Hände ausgestreckt, um seine zu schütteln – und bekamen eine Abfuhr; Raffs Hände blieben in seinen Hosentaschen. Die Jungen an ihrer Seite hingegen rührten sich nicht vom Fleck, ihre Arme jetzt unerträglich schwer auf ihr.

Raff trat nicht weiter auf die Lichtung vor, ihre Anwesenheit schien ihm gleichgültig zu sein. Sie wollte aufstehen und irgendetwas sagen, *egal was*, aber der Mut, mit dem sie sich eben noch über eine überflutete Schlucht geschwungen hatte, ließ Fable jetzt, in Raffs Gegenwart, im Stich.

»Willst du 'n Bier, Raff?«

»Nein danke.«

»Komm schon, nur eins! Und eine Zigarette.«

»Hab den Truck oben an der Straße stehen, kann nicht bleiben.«

»Ach komm schon, Raaaaaaff. Jetzt mach dich doch mal locker.«

»Nicht für mich, Dane. Ich fahr gleich weiter.«

Angst sorgte dafür, dass Fable unter diesen schweren Armen zusammenschrumpfte. Würde Raff sich jetzt ebenso schnell, wie er aufgetaucht war, abwenden und sie mit ihnen allein lassen?

Gelächter kam von den Ruinen, und Raffs Blick schoss zum Herrenhaus. Er trat näher. »Wer ist sonst noch hier?«

Dane listete die Jungen anhand ihrer flegelhaften Spitznamen auf. Raffs Stirn glättete sich nicht. »Das ist nicht deine übliche Gang, oder, Fable?«

Endlich hatte er sie angesprochen, aber sein Blick glitt ausschließlich über die Jungen. Fable schüttelte den Kopf, und ein Kloß bildete sich in ihrer Kehle.

»Egal«, kam die großspurige Antwort eines der Jungen. »Wir sind hier jetzt alle dicke Freunde.«

»Ja, Fable hat einen Riesenspaß mit uns«, ergänzte Johnny Fletcher von der Milchkiste neben ihrer. »Sie hat sich an den Schlingpflanzen geschwungen, genau über den Fluss!«

»Sie hat dir sogar deinen Titel abgenommen«, prahlte der

Besitzer eines der schweren Arme. »Und *sie* hat es auch wieder zurück geschafft.«

»Mutiges Mädchen«, bemerkte Raff, den Blick noch immer nicht auf Fable gerichtet.

Dane machte ein Geräusch wie ein Primat. »Nein, kein Mädchen – falls du weißt, was ich meine?« Bier schwappte, als er Brüste andeutete. »*Kokosnüsse*! Stimmt's, Leute?«

Gelächter wurde rings um die Feuerstelle laut.

Nur Raff blieb ernst. »Und wer von euch ist heute Abend zurück der Fahrer?«

»Wir werden Strohhalme ziehen.«

»Das nehme ich nicht an, Johnstone«, sagte Raff, dessen Geduld allmählich ein Ende zu haben schien. Er trat näher an die Feuerstelle. »Ich werde Fable jetzt anbieten, sie nach Hause zu fahren. Und auch allen anderen, die glauben, es könnte Zeit sein zu gehen … wo ich schließlich den Truck dahabe.«

»Fable will bei uns bleiben«, sagte Dane und verstärkte seinen feuchten Griff um Fables Bein. »Es ist ihr erstes Mal auf Vinelands.«

»Ja, sie ist hier, um Spaß zu haben.«

Irgendjemand stöhnte, und die Gruppe prustete los.

Raff richtete sich zu seiner vollen Größe auf, mit einem Blick, der einen Baum fällen könnte. »Es wird langsam dunkel, und Fables Leute werden nach ihr suchen.«

Einer der Männer war aus dem Halbdunkel des Herrenhauses aufgetaucht. »Sei kein verdammter Spielverderber, Hull«, sagte er. Eine Zigarette hing schlaff von seinen Lippen.

Fable warf einen atemlosen Blick auf Raff.

Raffs ernste Lippen zuckten. »Diese Kinder sind ein bisschen zu jung, um dich mit ihnen abzugeben, oder, Furse?«

Der Mann, der Furse genannt wurde, drückte seine Zigarette unter seinem Schuh aus und lehnte sich lässig gegen den Stein, trägen Widerstand in jeder Kontur seines Körpers. »Fable hat Spaß. Lass sie in Ruhe.«

Die Stimme des anderen Mannes hallte aus dem dunklen Inneren des Hauses. »Fahr nach Hause, Hull.«

Raffs Miene blieb emotionslos, aber auf sein stilles Beharren hin flackerte schließlich Mut in Fable auf. Sie begann sich zu befreien. Die Arme klammerten sich noch immer an sie, selbst während sie sich von ihnen löste.

»Ich will mit nach Hause fahren.«

Raffs Blick wanderte zu Fable, dann nickte er nachdrücklich. Er bedeutete ihr mit einer Armbewegung, ihm zu folgen. Ein empörter Aufschrei umgab Fable, als sie sich den Weg freikämpfte und nach ihr greifenden Händen auswich. Sie stolperte über eine große Wurzel genau in Raffs Arme.

»Also dann, wir hauen ab, Leute«, sagte er und führte Fable von dem Feuerkreis weg, eine Hand fest an ihrem Ellenbogen.

Die Lichtung war in hellem Aufruhr, während Fable und Raff den Weg hoch verschwanden. Sein Griff war unnachgiebig. Alle Gedanken verschwanden aus Fables Kopf angesichts seiner Nähe, angesichts der Angst, die sie fest im Griff hatte. Raff ging mit schnellen Schritten, suchte mit seiner Taschenlampe die Finsternis vor ihnen ab. Fable musste fast rennen, um mit ihm Schritt zu halten.

Sie hatte geglaubt, am Lagerfeuer allmählich wieder nüchtern zu werden, aber jetzt, wo sie in Bewegung war, spürte sie, wie sich die Welt unter ihr drehte.

»Warte kurz, ich muss …« Fable krümmte sich vornüber, um sich zu übergeben.

Raff wartete, den Blick über ihren Kopf hinweg auf den dunklen Weg und die Ruinen dahinter gerichtet.

Fable wischte sich den Mund ab und streckte die Hände wieder nach Raff aus. Das Mitgefühl in seiner Miene versteckte er gekonnt hinter Schroffheit.

»Du bist zu jung, um zu trinken, Fable Hamilton.«

Sie versuchte, mit den Augen zu rollen, aber dabei drehte sich ihr nur wieder der Kopf, und sie wandte sich ab, um sich noch einmal heftig zu übergeben. Als sie taumelnd wieder hochkam, sah sie genau in Raffs ernste Miene.

»Fable, du hast da etwas an deinen Waden.«

Sie schnellte herum, um zu sehen, was, aber sie schaffte nur eine schlingernde halbe Drehung. »Was denn?!«

»Ach nichts, vergiss es«, sagte er und ging weiter.

»Bitte! Was ist da?«

Ihr flehender Ton ließ ihn innehalten. »Halt still.« Er zog ein Stück Stoff aus seiner Hosentasche, bückte sich und wischte damit sanft an ihrer Wade hoch. Bei seiner Berührung geriet Fable heftig ins Taumeln. Sie streckte eine Hand nach seiner Schulter aus, um sich abzustützen, aber Raff hatte sich bereits wieder aufgerichtet.

Er hielt ein tintenschwarzes Etwas, glänzend und geschwollen, zu ihrer Begutachtung hoch.

»Nur ein Blutegel«, sagte er. Er klang erleichterter, als sie sich fühlte. »Was für ein Festmahl für ihn! Such dich zu Hause ab, ob da noch mehr sind.«

In seiner Hand lag ein weißes Taschentuch, das mit einem blauen R bestickt – und mit ihrem Blut besudelt – war. Fable starrte es an. Wie wenig mädchenhaft, das hübsche Taschentuch eines Mannes so vollzubluten.

»Heraus mit dir, verdammter Blutegel«, sagte sie mit einem matten Lächeln.

Ein schiefes Grinsen umspielte seine Lippen. Er drückte ihr das Taschentuch in die Hand. »Also dann, Lady Macbeth, bringen wir dich nach Hause.«

Sie eilten weiter. Als sie sich der Straße näherten, erinnerte sich Fable auf einmal an Eamon.

»Warte! Dein Bruder fehlt noch!«

»Eamon ist nicht dort.«

»Doch, das ist er! Er hat mich hierhergebracht. Du kannst ihn doch nicht einfach zurücklassen …«

»Er ist nicht dort. Gehen wir!«

Fable stolperte hinter Raff her, verwirrt von seinem Ton. Augenblicke später kam der Truck in Sicht. Ein gekrümmter Schatten im Führerhaus entfernte sich vom Fenster, als sie sich näherten. Raff hämmerte gegen die Tür.

»Setz dich nach hinten!«

Die Tür ging auf, und Eamon schwang sich herunter. Selbst in dem schwachen Schimmer, der von den Lichtkreisen der Scheinwerfer kam, selbst durch den Schleier ihrer Trunkenheit, sah Fable die dunkle Prellung, die eine Seite von Eamons Gesicht verfärbte. Er funkelte Fable im Vorbeigehen finster an.

Sie kletterte ins Führerhaus, um Worte verlegen. Diese Situation war zu kompliziert für sie, um im Moment daraus schlau zu werden. Im Augenblick wollte sie nur ihren Kopf gegen die Scheibe lehnen, wenigstens für eine kleine Weile.

Raff beugte sich über Fable, stopfte eine zusammengeknüllte Jacke zwischen ihren Kopf und die Tür. Der Truck erwachte rumpelnd zum Leben, und Fable schloss die Augen. Raffs eisernes Schweigen und die ruckelnde Bewegung auf ihrer Fahrt bergab wiegten sie in den Schlaf.

Fable regte sich erst, als der Motor auf Summerlinn zum Stillstand kam. Eamon sprang aus dem Truck und verschwand in den dunklen Nieselregen.

Raff wandte sich zu Fable um. »Warte kurz, ich bin gleich wieder da.«

Er überquerte den gepflegten Rasen und sprang die Eingangsstufen hoch. Gestalten warteten, umrahmt von dem Licht, das aus dem Inneren des Hauses drang: Mrs Hull und noch eine andere Person, die Fable durch das regennasse Fenster und in ihrem benebelten Zustand nicht gleich erkannte. Aber es konnte eigentlich nur Adriana sein, die auf den neuesten Klatsch wartete, um ihn methodisch wie ein Lauffeuer in der gesamten Schule zu verbreiten. Dasselbe Gerücht, das Mrs Hull in einem gedämpften, aber nicht weniger flammenden Ton überall auf der Main Street streuen würde.

Raff beratschlagte sich mit den beiden, mit ausladenden Armbewegungen, zeigte mehrmals in ihre Richtung. Die kleinere Gestalt wandte sich um und äugte zu ihr herüber.

Ja, Adriana. In einer theatralischen Zurschaustellung von Mitleid begann Adriana, vor dem Truck langsam ihren dunkel umrahmten Kopf zu schütteln. Ihre Lippen bewegten sich in einem stillen Tadel: »Fable, Fable, Fable …«

Die lautlos geformten Worte trafen Fable mit der Wucht eines Schreis.

Raffs Stimme war jetzt selbst über die Entfernung und den Regen hinweg zu hören. Er war wütend. Auf Fable, offensichtlich: die Unannehmlichkeit, sie nach Hause bringen zu müssen, ganz zu schweigen von der skandalösen Situation, in der er sie angetroffen hatte, umgeben von grapschenden Jungen, an der Schwelle zu irgendetwas Unumkehrbarem.

Aber *was*? Fable konnte sich auf das alles keinen Reim machen. Sie wusste nur, dass sie Adrianas Verachtung und Raffs Zorn nicht einen Moment länger ertragen konnte.

Sie schlüpfte aus dem Führerhaus und flüchtete zum Wald.

Die aufgeblähte Schlange rollte sich unter Fables Füßen, während sie unsicher über die Brücke ging, um nach Hause zu gelangen. Wie oft musste sie diese Flut heute noch überqueren?

Genau in der Mitte der Brücke rutschte sie auf einer Schwelle aus, und einen beängstigenden Moment lang spürte sie, wie sich der Fluss auftat, um sie zu verschlingen. In letzter Sekunde gelang es ihr, sich zu fangen, und sie kicherte über den Schreck. Sie stellte beide Füße fest auf den Boden, reckte Gesicht und Arme zu den wenigen Sternen, die an dem wolkenverhangenen Himmel funkelten, und nahm die Kraft, die gegen die Brücke brandete, in ihren Körper auf.

Raff kam keuchend auf die Brücke mit einer Heimlichkeit, die irgendwie beruhigend war.

»Fable …?«

»Ich muss nicht von dir gerettet werden, Rafferty Hull!«

»Natürlich nicht.«

»Ich muss nach Hause!«

Sie schnellte herum, um weiterzugehen, nur um prompt wieder heftig zu schwanken. Neben sich hörte sie einen scharfen Atemzug.

Sobald sie ihr Gleichgewicht wiedergefunden hatte, sprach er in einem langsamen, beschwichtigenden Ton. »Ich kenne diese Brücke besser als du – lass dir von mir wenigstens auf die andere Seite helfen.« Er trat vorsichtig auf sie zu, schob sie mit den Händen sanft vorwärts.

»Ich brauche dich oder deinen bescheuerten Bruder nicht.«

»*Niemand* braucht meinen bescheuerten Bruder.«

Raff war ihr jetzt so nahe, dass sie sein Grinsen eher spürte als sah. Ihr Drang, das Lächeln zu erwidern, kam unerwartet. Verärgert blieb sie mit beiden Beinen fest stehen.

»Komm schon, ein paar Schritte noch, dann hast du's geschafft.«

»Du behandelst mich ständig wie ein Kind!«

Jetzt blieb Raff stehen. »Nein, nicht wie ein Kind. Wie einen Neuankömmling in Noah Valley – und das bist du.«

»Du meinst, eine Außenseiterin! Oder, noch schlimmer, eine Hamilton!«

»Der Name Hamilton ist so alt wie die Hügel und wie wir Hulls. Aber ich bin hier aufgewachsen, und du nicht. Es gibt ein paar Dinge, die man nur weiß, wenn man hier schon sehr lange lebt – Dinge, in die dich offenbar niemand einweihen will.«

»Mit anderen Worten, ich tue nur so, als ob ich hierhergehöre.«

»Mit anderen Worten, wenn niemand sonst hier auf dich aufpasst, werde ich es tun.«

Seine Worte trafen sie. »Ich brauche keinen Babysitter! Niemand hat dich gebeten, mich nach Hause zu schleifen. Um genau zu sein, hatte ich Spaß, bis du aufgetaucht bist.«

»Oh, na klar, es ist alles Spaß und Spiel, bis jemand tot an einer Schlingpflanze hängt.«

»Was soll das denn jetzt heißen? Ist das die Art Einmischung, mit der sich Adriana jedes Mal herumschlagen muss, wenn sie mit ihrem Spielverderber von einem Bruder loszieht?«

Seine Stirn furchte sich bei ihren Worten.

Fable drängte an ihm vorbei. Als sie die letzte Schwelle überquerte, spielte sie mit dem Gedanken, ohne ein weiteres Wort einfach loszulaufen, bis sie zu Hause war – und es dann Sonnet zu überlassen, das zu tun, was sie mit den Hulls am besten konnte, sollte er es wagen, ihr nachzusetzen. Aber der Alkohol in ihrem Blut war ein Mutmacher, wie sie ihn noch nie zuvor gekannt hatte. Fable schnellte herum, Empörung auf der Zunge.

Sein Zorn jedoch bremste ihre Worte, bevor sie ihr über die Lippen platzen konnten.

»Adriana würde niemals nach Vinelands gehen, weil sie weiß, was Vinelands ist. Was du nicht weißt, weil sich niemand darum geschert hat, es dir zu sagen. Und diese Jungen haben heute speziell dich dorthin mitgenommen, ohne irgendetwas zu sagen, weil sie all ihre schmutzigen Hoffnungen auf deinen Ruf gesetzt hatten.«

»Was denn für einen Ruf?!«

»Du bist die Tochter von Esther Hamilton. In dieser Stadt kursieren Geschichten, wahr oder falsch, über Generationen hinweg. Du bezwingst einen Berg, mit dem es andere Mädchen, vor allem meine Schwester, nie aufnehmen mussten. Und lass dir von mir sagen, jeder einzelne dieser Jungen, die heute Abend dort waren, hat darauf gewettet, dass du ebenso ... ›leicht zu haben‹ bist, wie es die Legenden der Stadt von deiner Mutter behaupten.«

Fables Unterlippe gehorchte ihr nicht mehr.

»Hast du überhaupt eine Ahnung, was sie dort heute Abend eigentlich mit dir vorhatten?«

»Ich bin mitgegangen, weil Eamon mich eingeladen hat! Und auch Vince ... Aber sie sind beide verschwunden!«

»Eamon wird dich nie wieder einladen, irgendwo mit hinzugehen; und Vince auch nicht, nachdem ich ihn mir vorgeknöpft habe.«

Fable hielt den Kopf hoch erhoben. »Würdest du es mir bitte einfach sagen?«, fragte sie leise.

Raff strich sich eine Handvoll Haar aus der Stirn und wandte den Blick ab. Er seufzte, aber er begann zu sprechen – mit schnellen, förmlichen Sätzen.

»Die Vinelands-Ruinen sind der Ort der ... sexuellen

Initiation für die St.-Ronan's-Jungen. Jeden Sommer gibt es Mädchen, die sie dorthin bringen. Oder vielleicht dorthin locken. Sie machen sie betrunken. Und dann reichen sie sie untereinander herum. Wie Tiere. Wer kann am weitesten gehen? Wie oft kannst du drankommen? Sie sagen immer, dass die Mädchen bereit dazu sind. Aber sie nehmen nur die … verletzlichen mit. Es ist ein betrunkenes Machogehabe. Noch Jahre später prahlen sie untereinander damit. Es ist eine Tradition der Oberschüler. Im Allgemeinen tauchen dort auch ein paar Typen vom Alumniclub auf, lassen ihre eigenen erniedrigenden Rituale wieder aufleben. Jedes Jahr haben sie dort ein Mädchen, manchmal auch zwei auf einmal.« Er fuhr fort, ersparte ihr nichts. »In dem Jahr, in dem ich meinen Abschluss gemacht habe, gab es ein hübsches Mädchen, sie ging mit nach Vinelands. Freiwillig, haben die Jungen geschworen. Das Mädchen sagte, sie hätten einfach ein bisschen Spaß gehabt. Es war ein … bedeutendes Jahr. Nichts davon ist es wert, wiederholt zu werden. Und nur weil sie aus der Stadt geflohen ist, ist dem Sergeant nichts zu Ohren gekommen. Aber das tut es ohnehin nie! Von Vinelands wird immer nur als einer albernen Kinderei gesprochen. Jeder bekommt, worum er gebeten hat, vor allem die Mädchen. Aber nur ein paar Monate später kam dieses arme Mädchen zurück, um sich auf Vinelands zu erhängen. An den Schlingpflanzen, an denen du dich heute geschwungen hast.«

Fable würgte, schmeckte Galle.

»Ich hasse es, derjenige zu sein, der dir das sagt. Meine Schwester hätte das tun sollen oder deine. Aber jetzt weißt du es. Du kannst tun, was immer du willst, aber in Zukunft werden sie nie wieder den Vorteil haben, mehr zu wissen als du.«

Fable versuchte, den Kopf zu schütteln, aber er war zu schwer für sie.

»Als ich meinen gottverlassenen Bruder heute Nachmittag gefunden habe, wie er die Schluchtstraße hinuntergestolpert ist, sternhagelvoll, und gesagt hat, *du* seist auf Vinelands …« Sein Kiefer zuckte. »Ich konnte dich nicht einfach dort allein lassen, oder?«

Er schien zu glauben, dass sie darauf etwas erwidern könnte.

»Fable?«

Ihre Gedanken waren ein langsamer Aufruhr in einer sich drehenden Welt. Sie beugte sich vornüber und würgte ein paarmal. Er trat auf sie zu, um ihr zu helfen, dann hielt er abrupt inne.

Allmählich durchdrang Verständnis den Nebel in Fables Kopf. Raff hatte erwartet, sie in der schlimmsten vorstellbaren Zwangslage anzutreffen, und doch war er gekommen, um sie zu holen. Was war Fable für Raff je anderes gewesen als die bemitleidenswerte Freundin seiner Schwester? Was kümmerte es ihn, was sie mit anderen Jungen zu tun beschloss, wie viele von ihnen es gab oder wo sie es tat?

Und doch war er gekommen, um sie zu holen.

Es war zu viel, um es zu verarbeiten. Mit einem kehligen Aufschrei wandte sich Fable ab und sprintete auf das vom Regen verschwommene Schimmern des Cottage zu. Hinter sich hörte sie – oder glaubte zu hören –, wie Raff ihr nachrief: »Pass auf dich auf, Fable.«

Fable fiel ins Cottage wie ein Kieselstein in einen Teich, ohne Aufhebens oder Beachtung. Es gab keine Inquisition, die sie empfing, nicht einmal die Notwendigkeit, Nüchternheit vorzutäuschen. Sonnet war nicht zu Hause. Stattdessen lag nur eine leicht defensiv klingende Notiz auf dem Küchentisch, eine Antwort auf Fables Nachricht von heute Mittag: Sonnet würde bis spätabends im Buchladen sein, um sich um die Sturmschäden zu kümmern, es müsse erledigt werden, Fable solle sich zum Abendessen die Reste aufwärmen und sich keine Sorgen um Plum machen, die *noch immer* auf Heartwood sei. Sie könne auch selbst den Hügel hinauflaufen, wenn sie Gesellschaft wolle.

Die Worte verschwammen vor ihren Augen, während Erleichterung und Entsetzen in ihr miteinander wetteiferten. Es gab niemanden auf der Welt, den Fable lieber sehen oder umarmen wollte, von dem sie lieber getröstet werden wollte als ihre große Schwester, aber zum Glück war sie nicht zu Hause. Augenblicke später taumelte Fable den langen, wirbelnden Strudel hinunter in das dankbare Vergessen des Schlafes.

# Kapitel 22

*

## Echidna

*Frühjahr 1959*

Sonnets Buchhändlerroutine lief in der Regel folgendermaßen ab: Um acht Uhr morgens segelte sie auf Freya die Main Street hinunter, während ein paar rote Strähnen bereits aus ihrem Haarknoten entwichen, kochte sich sofort eine Kanne Tee, packte in aller Ruhe Bestellungen aus, gefolgt von Staubwischen, Umräumen und einem frischen Schwung Scones aus dem Ofen. Um Punkt neun drehte sie ihr Schild auf GEÖFFNET um und stellte draußen den Geschichten-Bar-Werbeständer auf, dann kamen nach und nach die ersten Kunden, bis Sonnet um fünfzehn Uhr das Schild auf GESCHLOSSEN drehte und stolz die Straße hochmarschierte, um ihre Bank- und Postgeschäfte und ihre Einkäufe zu erledigen. Auf ihrem Weg lächelten und nickten vertraute Gesichter ihr zu, und weniger Leute als je zuvor erwähnten Esther Hamilton. Was Sonnet glauben ließ, dass es vielleicht doch einen Platz in der Main Street – und in Noah Valley – für ein Hamilton-Mädchen gab. Dennoch würde Sonnet nie zugeben, dass Olive recht gehabt hatte.

Jetzt, passend zum ersten Jahrestag ihrer Inhaberschaft, waren das hier stille, erfüllende Momente, und Sonnet fragte sich, ob sie zum ersten Mal, seit sie Noah Valley betreten hatte, zufrieden, vielleicht sogar glücklich war.

Sie hatte jetzt ein Geschäft und eine beste Freundin.

Sonnet gab zu, dass sie unter Kate Hardys Einfluss auf unerwartete Weise sanfter geworden war. Zuallererst hatte sie auf Plums immer häufigere Anwesenheit auf Heartwood mit weniger zerschlagenen Tellern zur kathartischen Befreiung reagiert, als sie vielleicht erwartet hatte. Kates Rat – »Lass Olive die Tage unter der Woche, dann kannst du die Wochenenden genießen. Qualität, nicht Quantität, Son« – hatte sich letztendlich als richtig erwiesen. Sonnet hätte Qualität *und* Quantität vorgezogen, aber Plummy schien dieses Arrangement zu lieben.

Kate war Balsam für Sonnets Seele. Und um vier Uhr an jedem Donnerstagnachmittag läutete sie außerdem die Gin-Tonic-Stunde ein. Sonnet holte ihre größten Teetassen hervor, um ihre Drinks darin zu verbergen, und kredenzte einen Stapel Liebesromane, während Kate den neuesten Kleinstadttratsch mit ihr teilte. Es war eine kindische Ablenkung, und Sonnet wusste, dass sie damit nicht besser war als ihre schlimmsten Feinde im Ort. Aber das war ihr egal! Ihr gackerndes Geplauder bereicherte Sonnets Leben mehr, als es eine ständig klingelnde Kasse je hätte tun können.

Nicht dass Sonnet ihren Traum von einem blühenden Geschäft aufgegeben hatte. Mit der Zeit würde sie ihr Talent als Buchhändlerin schon noch unter Beweis stellen, und ihr treuer Leserstamm wurde mit Geduld und Gelassenheit aufgebaut, mit einer Tasse Tee und der entsprechenden Buchempfehlung.

Die Geschichten-Bar erwies sich als ihre größte Zugnummer. Sonnet hatte sich nie für eine große Zuhörerin gehalten, aber in der gemütlichen Stille ihres Ladens plauderten die Leute eindeutig gern. Ihre Stammkunden boten Erzählungen über den Tresen hinweg ebenso feil, wie Sonnet ihrerseits Geschichten verkaufte. Und da sie oft lange allein mit ihnen blieb, ohne dass weitere Kunden störten, hatte Sonnet viel Zeit, um zuzuhören. Es war erstaunlich, was man alles über eine Person erfahren konnte, wenn man sie über sich selbst anstatt über andere reden ließ; wenn ihr Drang, sich von ihrer besten Seite zu zeigen, weniger verlockend war als die Sehnsucht, gesehen und gehört zu werden.

Auf diese Weise hatte Sonnet unverbesserliche Alltagsheldinnen, Hypochonder, unveröffentlichte Autoren, eifrige Vogelbeobachter (schmutzige Angewohnheit), kaum lesekundige Literaturliebhaber, geläuterte Ladendiebe (hoffte sie), Geschiedene, Veteranen, Sammelwütige, Glücksspieler, Eigenbrötler, Verlierer und selbst gelegentliche Säufer kennengelernt, die donnerstagnachmittags bei ihr herumhingen.

Ihre Geschichten-Bar war zu einer Art Beichtstuhl geworden, auch wenn Sonnet ihn lieber als Zuflucht für Bibliophile ansah. Sie hatte Leute, die gern lasen, immer am liebsten gemocht – aber allmählich öffnete sie ihr Herz auch für gute Erzähler. Und wie sich herausstellte, hatte jeder eine Geschichte auf Lager.

Anfangs hatte sich der Schritt von der Schneiderin zur Buchhändlerin wie ein Riesensprung angefühlt, aber inzwischen hatte Sonnet erkannt, wie ähnlich sich die beiden Tätigkeiten waren.

Geschichten kleideten eben die Seele.

Der Geruch von Melasse lag in der Frühlingsluft, als Sonnet die Main Street hoch zum Postamt marschierte. Sie eilte immer zügig am Canecutter's Hotel vorbei – dem zentralen Pub, umgangssprachlich als Cutters bekannt –, ihr geblümtes Kleid energisch flatternd, den Kopf tief gesenkt. Das männliche Gelächter, das auf einer Welle von Bierhefe und Zigarettenrauch dort hinausschwappte, öffnete eine Grube von Einsamkeit in ihrer Magengegend, die sie weder erklären noch stillen konnte. Noch schlimmer waren das derbe Lachen und die anzüglichen Rufe. Sonnet war empört von ihrer Dreistigkeit, auch wenn sie ihnen niemals die Befriedigung verschaffen würde, sie das wissen zu lassen. Und obwohl sie ihre Aufmerksamkeit verabscheute, weigerte sie sich strikt, auf die andere Seite der Main Street zu wechseln, um ihnen aus dem Weg zu gehen. Nie im Leben würde sie sich so einfach geschlagen geben.

Sonnet kam an der von Feigenbäumen gesäumten Veranda des Pubs vorbei, machte sich auf den Gestank und das Gejohle gefasst, den Blick nach oben auf die frisch gegossenen Farne gerichtet, die leicht auf ihre Schultern tropften.

So abgelenkt, bemerkte sie den Mann, der Feigenblätter zusammenfegte, erst im letzten Moment. Sie bremste mit einem fast hörbaren Kreischen ab, wich aus, prallte gegen einen hölzernen Pfosten und landete auf ihrem Hintern.

Er war im Nu an ihrer Seite. »Alles in Ordnung, Schätzchen?« Sein Eau de Cologne war ein absoluter Frontalangriff.

Sonnet strich ihr Kleid glatt sowie ihren Stolz und richtete sich hastig wieder zu ihrer vollen Größe auf. »Alles gut. Hab Sie gar nicht gesehen.«

»Aber ich habe *Sie* schon lange kommen sehen, Sonnet.«

Ihr Blick schoss hoch zu seinem Gesicht. Bevor sie ihn rasch abwandte, registrierte sie ein dunkles, attraktives Äußeres und ein träges, verschlagenes Lächeln.

Irgendetwas kribbelte in ihrem Magen. »Schönen Tag noch«, sagte sie und stürzte weiter.

»Jetzt wird er das sein«, rief er ihr ein paar Schritte später nach. »Ich werde morgen hier auf Sie warten, um Ihren roten Teppich zu fegen …«

Sonnet wandte sich um und funkelte ihn an, wie er so dastand, auf den Besen gestützt, unbekümmert, die Augenbrauen hochgezogen.

Sie stemmte die Hände in die Hüften. »Na ja, diese Nummer werde ich nicht wiederholen.«

Sein Lächeln breitete sich wie eine träge Welle aus. »Nein, wir können schließlich nicht zulassen, dass Sie hier mit dem Hintern in der Luft hängen, oder?«

Sonnet würgte an einer Retourkutsche, schnellte herum, um weiterzugehen. Ihr Gesicht glühte auf dem ganzen Weg zur Bank, blieb heiß, während sie ihre Geschäfte beim Postamt erledigte, und brannte buchstäblich auf dem gesamten Heimweg. Erst als sie wieder sicher in ihrem Laden war, fiel der Groschen.

Er hatte sie mit ihrem Namen angesprochen, ohne dass sie sich vorgestellt hatte.

Er hielt Wort, war am nächsten Tag wieder da und fegte die Veranda, freche Sprüche auf den Lippen, und danach für den Rest der Woche jeden Tag. Die Ecke vom Cutters war noch nie so sauber gewesen.

Am vierten Tag hatte er ihr seinen Namen aufgedrängt: Brenton Furse, Hotelbesitzer. Der Pubwirt persönlich belästigte sie. Sie hatte ihn für irgendeine Art Hausmeister gehalten, aber es machte keinen Unterschied; seine Flirtversuche schüchterten sie auch nicht mehr ein als die gaffenden Blicke und unanständigen Rufe aus dem Cutters, die nur noch zugenommen hatten, jetzt, wo er ein solches Spektakel aus ihrem Vorbeikommen veranstaltete.

»Können Sie Ihren Pöbel nicht unter Kontrolle bringen?«, fragte Sonnet nach einer besonders lauten Salve anzüglicher Pfiffe und schmutziger Kommentare.

»Jungs, hey«, meinte er schulterzuckend. »Wir können nicht anders, als Schönheit zu bewundern, wenn wir sie sehen!«

Es war wohl kaum »Schönheit«, der sie angeblich Anerkennung zollten, diese dreckigen alten Männer! Noch nie zuvor, in all den Jahren, die Sonnet nun schon laufen ging, hatte ihr Herz so hart gehämmert, wie es das tat, wenn sie jeden Nachmittag um die Ecke des Cutters bog und sich ihre scharfzüngigen Retourkutschen auf Brenton Furses Avancen zurechtlegte. Sie fühlte sich wie ein Schulmädchen, auch wenn es anders war als jede Anziehung, die sie je zuvor genossen oder erwidert hatte. Wenn Sonnet zu ihrem täglichen Besorgungsgang aufbrach, war sie jedes Mal nervös, er könnte auf sie warten – und ebenso nervös, er könnte es *nicht* tun.

Und da war noch etwas anderes – ein tief sitzendes Gefühl, unergründlich. Sie hatte keine erlebte Erfahrung damit, nur die nostalgische Erinnerung an den Rat ihrer Mutter …

»Hör auf deinen Bauch«, hatte Mama in ihrem letzten Highschooljahr zu ihr gesagt. »Dort sitzt deine Intuition und wird dir immer sagen, was du wissen musst. Vertrau nicht deinem Herzen, zerbrich dir nicht den Kopf darüber; dein *Bauch* weiß es am besten.«

Sonnet konnte sich nicht denken, warum sie ausgerechnet diesen Rat im Kopf behalten hatte, angesichts ihrer Neigung als Jugendliche, jedes Wort ihrer Mutter über Beziehungen als reuevolles Gemurmel einer Frau abzutun, die unzählige Male mit dem Versuch gescheitert war, einen Mann zu halten. Aber trotzdem, er war hängen geblieben. Nicht dass Mamas Lehren in diesem Moment irgendeinen Sinn ergaben. Eine Echidna kauerte in ihrem Bauch, mit Stacheln bewehrt, und wie sollte sie das nur interpretieren?

Am nächsten Freitag stolzierte Sonnet die Main Street entlang auf den Mann zu, der dort in der Hoffnung wartete, ihr buchstäblich den Kopf zu verdrehen – nur um stattdessen von einer aufblitzenden Bewegung in einem Ford Mainline abgelenkt zu werden, der vor dem Cutters am Straßenrand parkte. Sonnet schwenkte ab und spähte durch heruntergekurbelte Fenster hinein. Zwei schweißgebadete Kinder saßen auf der Rückbank: ein Junge in Plums Alter in einer schmuddeligen Schuluniform und ein Mädchen, vielleicht ein Jahr jünger.

»Hey!«, rief Sonnet und klopfte an den Wagen.

Beide Gesichter wandten sich gleichgültig zu ihr um. Sonnet lehnte sich in das Fenster. »Wartet ihr zwei auf eure Eltern? Meint ihr, sie werden noch lange wegbleiben?«

Der Junge zuckte mit den Schultern.

»Wie heißt du denn, junger Mann?«

»Jim.«

»Und deine Schwester?«

»Jackie.«

»Hört zu, ich habe jetzt ein paar Dinge zu erledigen. Aber ich sehe später noch einmal nach euch, okay?«

Ihr Interesse an ihrem nachmittäglichen Tête-à-Tête mit Brenton Furse war verflogen, und so überquerte sie die Straße und entfernte sich vom Pub, die Stirn in Falten gelegt.

Sonnets Rückweg verzögerte sich durch eine lange Schlange im Lebensmittelladen, zwanzig Fragen von Smithy über den Tresen im Zeitungsladen hinweg und Einheimische, die auf der Straße mit ihr ein Pläuschchen halten wollten. Bis sie die Main Street wieder hinuntereilte, hatte sie die beiden Kinder vergessen. Zu ihrem großen Entsetzen sah sie den Ford noch immer dort stehen; blonde Köpfe wippten auf der Rückbank, und die Nachmittagssonne brannte auf sie herunter.

Sie zögerte. Wenn sie den Kopf gesenkt hielt und einfach

weiterging, würde sie in einer Minute, vielleicht sogar noch schneller, wieder in ihrem Laden sein.

*Halt dich da raus.*

Aber natürlich konnte sie das nicht tun. Sie überquerte die Straße, tauchte mit einer Hand in ihr Einkaufsnetz, um das Bananenbrot, auf das sie sich den ganzen Tag gefreut hatte, und den seltenen Luxus einer Flasche Limonade auszugraben.

Die Kinder traten gegen die Sitze, Schweiß lief ihnen über den Rücken. Erschöpfte Augen huschten Sonnet entgegen.

»Ihr seid ja immer noch hier?«

Jim zuckte mit den Schultern.

»Das nervt. Aber jetzt dauert es bestimmt nicht mehr lange. Habt ihr zwei Hunger? Ich habe noch ein Bananenbrot, wollt ihr ein Stück?«

Der Junge schnellte vor, um das Brot und die Limonade, tropfend von Kondensation, entgegenzunehmen.

Als Sonnet sich vor dem Fenster wieder aufrichtete, sah sie Brenton an einem Laternenpfahl in der Nähe lungern. Kein Besen in Sicht.

»Wissen Sie irgendetwas über diese Kinder, die in dem Wagen hier allein gelassen wurden? Sie heißen Jackie und Jim.«

»Ja, das müssten Joe Taylors Kinder sein, schätze ich.«

»Ein Stammgast von Ihnen, nehme ich an?«, fragte sie, etwas vorlauter als beabsichtigt.

Brentons Grinsen war wieder da, einfach so. Je unhöflicher sie war, desto schneller lächelte er. Sonnet wurde nicht daraus schlau.

»Ganz recht«, antwortete er. »Joe ist einer meiner besten Kunden. Nach einem harten Tag braucht ein Mann eine Erfrischung.«

»Lässt er seine Kinder oft unbeaufsichtigt hier draußen?«

Brenton lachte. »Er bringt sie mit Sicherheit nicht mit in meinen Pub. Kinder haben da keinen Zutritt.«

»Nein, wohl kaum, wenn man bedenkt, dass ihr Pubwirte nicht einmal Frauen an eure Tresen lasst.«

»Für eine schöne Frau wie Sie werde ich jederzeit heimlich eine Hintertür öffnen.«

Sonnet lief rot an. »Sie sollten Joe Taylor besser erinnern, dass er kleine Kinder hat, die hier draußen in einem heißen Wagen schmoren. Wenn er dort drinnen das nächste kalte Bier für sich bestellt …« Sie umrundete ihn rasch.

»Für *Sie* tue ich sogar noch mehr, Sonnet!«, rief er ihr nach. »Ich werde diesen Kindern auch ein kaltes, großes Glas Gerstensaft bringen lassen!«

Sonnet ignorierte seine Worte, konnte jedoch nicht verhindern, dass sich ihre zitternde Hand an ihre glühende Wange legte.

Es verwirrte Sonnet, dass sie es nicht über sich bringen konnte, Brenton Kate gegenüber auch nur zu erwähnen. Stattdessen schnitt sie das empörende Thema von Jackie und Jim Taylor an, die sie mittlerweile an fast jedem Nachmittag in dem Ford schmoren sah. Sie hatte angefangen, auf ihren täglichen Besorgungsgang einen Korb mit Büchern und Scones für die beiden mitzunehmen.

»Diese Kinder werden tagein, tagaus dort draußen geparkt. Das ist eine vorsätzliche Unterlassung der Aufsichtspflicht!«

»Glaub mir«, sagte Kate, »ein Nachmittag in einem ruhigen Wagen ist vermutlich die bessere Option für Joseph Taylors Kinder. Joe ist Tabakfarmer außerhalb von Noah, und seine kleinen Bälger haben kein leichtes Leben. Er ist ein erbärmlicher alter Bursche. Ich würde sagen, Joe bringt sie mit in die Stadt, um ihnen allen eine Verschnaufpause zu gönnen.«

»Das heißt, du weißt schon länger, dass seine Kinder dort draußen sind?«, fragte Sonnet, außerstande, die Wut aus ihrer Stimme herauszuhalten.

Kate zuckte mit den Schultern. »Den meisten Leuten ist es wahrscheinlich aufgefallen. Aber es sind nicht die ersten Kinder, die vor der örtlichen Kneipe in einem Wagen sitzen, und es werden mit Sicherheit nicht die letzten sein.«

Sonnet schnaubte. »Warum gibt denn niemand dem Constable einen Hinweis? Ihr könnte doch nicht einfach alle wegsehen, wenn sich ein verdammter Betrunkener mit seinen Kindern auf der Rückbank hinters Lenkrad setzt?«

»Um genau zu sein, glaube ich nicht, dass er …« Kate brach ab, schlug eine andere Taktik ein. »Warum kümmert dich das eigentlich so sehr?«

Ein verstörendes Bild tauchte in Sonnets Kopf auf: ein winziger Hillman Minx, um einen Strommast gewickelt, ein unvorstellbares Blutbad darin; zwei regendurchnässte Polizisten, die aneinandergekauert im Türrahmen der Wohnung standen und die kalte Nacht dahinter aussperrten; die trauernde, wie ein Fötus zusammengerollte Gestalt eines winzigen Mädchens, das sich ans Kopfkissen seiner Mutter klammerte.

Nein. Auf dieses Thema wollte sie sich jetzt nicht einlassen, nicht einmal im Beisein von Kate. *Vor allem* nicht bei Kate.

»Das tut es einfach! Und Brenton Furse hat vielleicht Nerven, diesem Mann ein Bier nach dem anderen auszuschenken, wohl wissend, dass seine Kinder dort draußen allein in der Hitze schmoren und er am Ende des Tages sturzbesoffen davonfahren wird.«

Ihr Gesicht war glühend rot aufgeflammt, als ihr sein Name über die Lippen kam. Der Effekt entging Kate nicht.

»Brenton Furse, sagst du?«

»Glaube, so heißt er. Der Pubwirt. Dunkelhaariger Mann?«

Eine Zunge war, deutlich sichtbar, in Kates linker Wange vorgeschnellt. »Hmm. Bin mir nicht ganz sicher, ob das Brenton Furse ist. Was hat er denn für eine Augenfarbe, was meinst du?«

»Weiß nicht genau. Irgendwie grau, glaube ich.«

»Na, dann haben wir das ja geklärt, oder?«

Sonnets Blick zuckte unter Kates Musterung.

»Sonnet und Brenton Furse!«

»Sonnet und niemand!«

Kate kniff die Augen zusammen. »Brenton ist ein guter Fang, erst recht, seit er dieses Jahr den Pub geerbt hat. Er ist ein alter St.-Ronan's-Junge, hat die Schule im selben Jahr abgeschlossen wie Raffy und ich. Er sieht gut aus, das muss ich dir lassen. Brenton war schon immer ein echter Mädchenschwarm. Extrem gut bestückt – denkt er. Kann von mir selbst nicht behaupten, dass ich mich um ihn gerissen hätte … aber du wirst *das* Stadtgespräch sein, wenn du ihn an Land ziehst, Son.«

»Kate, wenn du inzwischen irgendetwas über mich gelernt hast, dann dürftest du wissen, dass ich alles andere als scharf darauf bin, das Gespräch dieses Höllenlochs zu werden!«

Doch schon bald darauf wurde Sonnets Name in der ganzen Stadt in einem Atemzug mit Brentons genannt: in Hadleys Laden, über die Netze im Damentennisclub hinweg, aus den Pubfenstern heraus, wenn sie vorüberging, in der Teestube des Landfrauenvereins – und schließlich sogar eines Sonntags am Esstisch auf Heartwood.

»Nun, Sonnet, ich habe gehört, du sollst in letzter Zeit schwer mit dem Trinken angefangen haben«, bemerkte Olive. »In Noah erzählt man sich, dass sie dich dieser Tage kaum vom Cutters fernhalten können.«

Gav setzte noch eins drauf: »Hör zu, Süße, du wirst alle anderen Mädchen in der Stadt ausstechen müssen, falls du vorhast, die Frau des Pubwirts zu werden.«

»Warum sollte ich? Was für ein Riesenunsinn!«

Olive und Gav tauschten einen langen Blick. Sonnets Stuhl quietschte über die Terrasse, als sie davonstürzte. Es gab keine zwei Leute auf der Welt, mit denen sie weniger über Brenton Furse diskutieren wollte als Olive und Gav – mit ihrem nachsichtigen Lächeln und ihren warnenden Blicken.

Brenton tauchte am Freitagnachmittag in ihrem Laden auf. Das stachelige Geschöpf in ihrem Bauch, aus seinem Schlummer erwacht, rollte sich gereizt.

Sein Blick glitt über ihren Körper. Ihre Hände flogen an ihre Hüften.

»Dachte, ich schaue besser vorbei und sehe nach ein paar Habseligkeiten, um die Sie einen meiner Stammgäste erleichtert haben.« Seine Stimme war wichtigtuerisch, aber sein Grinsen sinnlich.

Sonnet wich vor ihm zurück. Wie konnte er es wagen? Es dauerte ein paar quälende Sekunden, bis sie begriff, dass er die zwei Kinder meinte, die in »Esthers Ecke« unter der Treppe mit Plum friedlich Bilderbücher ausmalten.

»Ich denke, Sie werden feststellen, dass diese *Habseligkeiten* mir wie streunende Tiere hierhergefolgt sind.« Sie warf einen Blick auf Jim und Jackie, um sich zu vergewissern, dass sie dem Gespräch nicht folgten. Nur Plums Augen waren auf die beiden geheftet.

»Auf mich wirkte das anders«, erwiderte Brenton. »Ich habe die Entführung mit eigenen Augen gesehen.«

Sonnet furchte die Stirn. Sie hatte niemanden bemerkt, als sie wie gewohnt am Ford vorbeigeschlendert war. »Na ja, wenn Sie mir nachspioniert haben«, sagte sie, wobei sie ihre Stimme etwas dämpfte, »dann haben Sie ja sicher beobachten können, dass die beiden aus freien Stücken aus dem Fenster geklettert und mit hierhergekommen sind.«

»Und Sie bringen sie in absehbarer Zeit wieder?«

»Es besteht kein Grund, dass diese Kinder in absehbarer Zeit in diesen stinkenden heißen Wagen zurückkehren. Ich möchte wetten, besagter Eigentümer hat noch nicht einmal bemerkt, dass sie nicht mehr da sind. Ich werde sie nach Ladenschluss zur Tür hinausscheuchen, und sie werden wieder zurück in ihren Käfig schlüpfen, ohne dass es irgendjemand mitbekommt.«

»Wann haben Sie denn Ladenschluss?«, fragte er und trat einen Schritt näher.

»Fünf Uhr, wie es auf dem Schild steht.«

»Das ist gut zu wissen. Dann schaue ich bei Ladenschluss hier vorbei und lade Sie zum Essen ein.«

»*Sie* laden mich zum Essen ein?!« Ihre Miene musste ihre Empörung verraten haben, denn sein Grinsen wurde breiter.

»Ja, ich führe Sie zum Essen aus. Das heißt, sobald Sie diese Kinder zurückgebracht haben. Das Rendezvous ist nur etwas für Große.«

»Es tut mir leid, aber heute Abend habe ich keine Zeit. Meine Schwester Plum ist bei mir.«

»Lassen Sie sie bei den Emersons.«

Sonnet drückte die Schultern durch. »Nein, das kann ich nicht.«

»Oh, ich bitte Sie, jetzt zieren Sie sich doch nicht so.«

»Nein, ich kann meine Tante und meinen Onkel nicht damit überfallen. Sie haben Plum schon morgen.«

»Na schön, dann eben am Samstag.«

Sonnet lachte, womit sie sich selbst verblüffte. »Na schön.«

»Na schön?«

»Ja. Sie können mich morgen Abend zum Essen ausführen.«

»Braves Mädchen!«, sagte er, als wäre sie ein störrisches Kind. »Ich hole Sie um sieben auf Heartwood ab.«

Er wartete ihre Zustimmung nicht ab, sondern verschwand blitzschnell und quietschfidel aus dem Laden.

Plum tauchte an ihrer Seite auf, legte eine pummelige, sommersprossige Hand in ihre. »Wer war das denn?«

»Nur ein Freund«, log Sonnet. Es gab vieles, was Brenton Furse vielleicht war, aber ein Freund war er bislang nicht.

»Ich mag ihn nicht«, sagte Plum.

Sonnet schnaubte. »O Plummy, du kennst ihn doch gar nicht.«

»Ich mag ihn nicht«, beharrte Plum.

»Du musst ihn ja nicht mögen.« Sie zerzauste magentafarbene Locken. *Ich bin mir ja selbst nicht sicher, was ich für ihn empfinde.*

# Kapitel 23

✶

## Der Pubwirt

Was sie jetzt spürte, während sie darauf wartete, dass ein langer Strahl von Scheinwerfern in einem Bogen die Auffahrt nach Heartwood hinaufglitt, war, offen gestanden, *Schockstarre*. Und Angst war etwas, das Sonnet nicht gut zu Gesicht stand. Sie tupfte vor dem Badezimmerspiegel erfolglos an ihrem Gesicht herum, überprüfte es noch einmal auf Schweißflecken.

»Gott, ein Schwitzkasten ist nichts dagegen!«, sagte sie zu ihrem Spiegelbild und verzog das Gesicht.

Sie warf einen letzten Blick auf ihr Erscheinungsbild: auf das Puder, das mit jeder Sekunde, die verstrich, weiter von ihrer Haut rutschte, wohl wissend, dass es auf einem Gesicht wie ihrem nichts verloren hatte; auf das Chiffon-Cocktailkleid, das heute Abend zwei ganze Gürtellöcher enger als sonst zugeschnallt war; auf die Perlen ihrer Mutter, die über ihrem herzförmigen Ausschnitt ruhten; und, mit den größten Bedenken, auf die Haare, die Fable ihr locker zusammengesteckt hatte, bevor sie aus dem Cottage geflohen war.

Sie wünschte, sie hätte eine Hose angezogen. Im Moment

konnte sie sich nicht einmal erinnern, warum sie überhaupt angefangen hatte, diese albernen Kleider zu tragen.

Das Getrappel von Plums Füßen, die den Flur hochkamen, setzte ihrer Angstspirale ein Ende.

»Er ist da! Er ist *da*!«

Sonnet holte einmal tief Luft, schnappte sich die Kordelzug-Handtasche, die sie eigens für den Anlass genäht hatte, und riss die Badezimmertür mit einem, wie sie hoffte, selbstbewussten Lächeln auf.

»Also, wo würdest du gern essen gehen?«, fragte Brenton, während der Wagen durch den Regenwald in Richtung Stadt schoss. Die Gerüche von Eau de Cologne, Rasiercreme und Wageninnenpolitur vermischten sich zu einem warmen, männlichen Dunst. »Was immer du willst. Ich lege dir die Welt zu Füßen!«

»Ehrlich gesagt …«, begann Sonnet, während sie den Rock über ihre Knie presste, im hitzigen Bewusstsein seiner Seitenblicke – und der Reaktion ihres Körpers.

Er lachte. »Ehrlich gesagt gibt es in Noah nur zwei Ausgehmöglichkeiten: Gino's Restaurant oder das griechische Café! Keine Ahnung, was wir in dieser Stadt überhaupt essen würden, wenn die ganzen Kanaken nicht bei uns einfallen würden.«

»Mir ist beides recht«, antwortete Sonnet mit einem angespannten Unterton.

»Beides recht … Na dann, ich glaube, da steht uns ein aufregender Abend bevor, Sonnet.«

Die Echidna in ihrem Bauch fuhr die Krallen aus. Sonnet

wandte sich ab, um ihr Spiegelbild im Wagenfenster zu überprüfen. In den letzten Sekunden bevor sie Brenton, der einen Strauß Nelken in der Hand hielt, begrüßt hatte, hatte Sonnet sich die Haare zu einem Knoten hochgesteckt – es sah weitaus chaotischer aus, als ihr lieb war.

Sonnet wandte ihre Aufmerksamkeit, nicht ohne Anstrengung, wieder ihrem Begleiter zu.

Er war dabei, einen diskreten silbernen Flachmann wieder zuzuschrauben. Als er ihren Blick bemerkte, bot er ihn ihr an: »Rum?«

Sie wollte ablehnen – und spürte bereits, wie ihr der Flachmann trotzdem in die Hand gedrückt wurde. Sie sollte sagen, dass sie keinen Rum mochte – weder den Geruch noch die Wirkung und vor allem nicht den Geschmack davon –, aber Nervosität war eben Nervosität.

Sie nahm einen winzigen Schluck.

»Hoch die Tassen – und nicht den Hintern!«, sagte er.

Sonnet hüstelte gedämpft und gab ihm den Flachmann wieder.

»Aber weißt du was«, meinte Brenton, »wir könnten das Restaurant auch auslassen, und ich zeige dir stattdessen meinen Pub. Wir schleichen uns nach oben, ich besorge uns einen Happen zu essen, und wir suchen uns eine stille Ecke, um uns ein bisschen besser kennenzulernen.«

»Du willst an einem Samstagabend mit einer Frau durch deinen Pub gehen? Das wird den Buschfunk mit Sicherheit heiß laufen lassen!«

Brenton führte sich den Flachmann wieder an die Lippen. »Wird nicht passieren. Aber ich muss schon sagen,

Sonnet, gegen ein nettes kleines Gerücht über dich und mich hätte ich gar nichts einzuwenden …«

Sonnet brachte ein unverbindliches Schulterzucken zustande. »Wie wär's, wenn wir Gino's Restaurant und diese berühmten Spaghetti Bolognese ausprobieren, von denen alle reden?«

Brenton lachte. »Schon verstanden. Muss das Herz eines Mädchens zuerst mit einem netten Dinner erobern.«

»Mit einem grässlichen Dinner wirst du es sicher nicht erobern.«

Ihr gemeinsames Lachen war besänftigend. Sonnet atmete langsam aus und ließ sich in ihren Sitz zurücksinken.

*Seht mich an*, wollte Sonnet einem unsichtbaren Publikum am liebsten zurufen. *Ich habe ein Rendezvous. Ich habe ein Rendezvous!*

Sie hoffte, dass niemand sonst sehen konnte, dass es das erste Mal war, dass Sonnet Hamilton sich an einer so grundlegenden Alltagssituation versuchte. Im altjüngferlichen Alter von vierundzwanzig. Sie wusste gerade genug, um so zu tun, als ob. Wie sie es Brenton gestatten musste, sie durch das belebte Restaurant zu führen, ihren Stuhl zurückzuschieben, für sie zu bestellen und ihr ein Glas Wein einzuschenken. Es bestand kein Zweifel, dass *er* alle Schritte beherrschte.

Sonnet machte sich hier keine Illusionen. Ihr Tisch, nur unzureichend versteckt hinter einer Rhapispalme, war im ganzen Restaurant das zentrale Gesprächsthema. Von den vertrauten Gesichtern an benachbarten Tischen, die einander angrinsten, bis zu dem kameradschaftlichen Scheppern und Zischeln zwischen Mr und Mrs Rossi in der Küche war Sonnets und Brentons Rendezvous die heißeste Neuigkeit des Abends. Jedes Mal, wenn Mrs Rossi grinsend durch die Küchentür rauschte, wurde Sonnet aufs Neue daran erinnert, dass das hier nicht so sehr ein Rendezvous, sondern vielmehr ein Statement war.

Sonnet fühlte sich ungefähr so wie der Goldfisch, der am Tresen des Restaurants in seinem Glas herumschwamm – ohne irgendeine Möglichkeit, sich zu verstecken, während sie sich bis zum Verrücktwerden nur höflich im Kreis drehen konnte. Keine Spur mehr von dem empörenden Flirten, das im Allgemeinen ihre Abwehr aus dem Konzept brachte. Brenton war der perfekte Gentleman – aalglatt und so grundanständig, dass es regelrecht zum Gähnen war. Der lässig grinsende Mann, der sie vorhin mit einem ungenierten Schielen auf ihre Brüste abgeholt hatte, war von diesem ritterlichen Begleiter ersetzt worden, dem alle Leute um sie herum Anerkennung zollten.

Nachdem sie sich durch die Mahlzeit gequält hatten, schlenderten sie hinaus in die warme Oktoberbrise, die erfüllt war von dem Duft unzähliger erblühender Regenwaldbäume.

Sonnet nahm den Arm, den Brenton ihr bot, und ließ sich von ihm, zwangsläufig, zu seinem Pub führen. Er hatte sich ein Bein ausgerissen, um die scheue Sonnet Hamilton aus ihrem Schneckenhaus zu locken, hatte das Dinner-Rendezvous lehrbuchmäßig absolviert, und jetzt schien er es darauf anzulegen, sich in seinem eigenen Reich mit ihr blicken zu lassen. Und warum auch nicht? Sonnet wusste nicht, ob es an den zahlreichen Gläsern Wein lag, die ihr hingestellt worden waren, oder einfach nur an der Erleichterung, dem unbeholfenen Small Talk entkommen zu sein, aber sie fühlte sich ungewohnt großzügig.

»Zu mir?«, fragte Brenton mit einer schwungvollen Verbeugung und zeigte zu der offenen Tür, aus der Licht und laute Musik drangen. »Für eine kurze Führung durch mein feines Etablissement«, ergänzte er, als er bemerkte, wie sie zweifelnd die Lippen verzog.

»Eine Führung?«

»Nur eine ganz kurze«, versprach er. »Ich zeige dir meins, und dann zeigst du mir deins.«

Sonnet lachte, blieb aber wie angewurzelt stehen. Brentons selbstbewusst erwartungsvolle Miene schwankte kurz. Hinter ihm: das Scheppern und Kullern des Billardtischs, Klirren von Gläsern.

»Gibt es hier einen Personaleingang?«

»Sich heimlich hinten hineinschleichen – ich mag deinen Stil!«

Sie gingen an den anzüglichen Kommentaren, die schon jetzt durch die offenen Fenster drangen, vorbei zu einer Hintertreppe.

»Nach dir, M'Lady.«

Sonnet stieg die Treppe so lässig hoch, wie sie es in Anbetracht der Umstände, nämlich der anerkennenden Pfiffe des Mannes hinter ihr, vermochte.

»Du hast vielleicht Beine! Muss an dem vielen Reiten liegen.«

»Sie sind kein besonders professioneller Fremdenführer, oder, Mr Furse?«

»Hey, was für ein Fremdenführer wäre ich denn, wenn ich die einheimischen Attraktionen nicht hervorheben würde?«

»Ich reite aber nicht. Ich laufe.«

»Solange du nicht vor mir davonläufst, ist mir egal, was du tust, um so gut auszusehen.«

»Ich habe dich nicht um Erlaubnis gebeten.«

»Also, das hier sind meine Räumlichkeiten«, sagte Brenton und wies mit einer ausladenden Geste in einen langen Korridor mit nummerierten Zimmern. Gemälde von Noah Valley hingen schief in metallenen Zierrahmen, und Seidenblumen baumelten von staubigen Wandleuchtern. Der Geruch von Alkohol und Zigaretten war hier überwältigend und wetteiferte mit dem von ungewaschener Wäsche und tropischem Schimmel. Ein hohler Schmerz, ausgelöst von dem Geruchscocktail, regte sich in ihrer Kehle.

Sonnet ignorierte die Gästezimmertür, die er zu ihrer Begutachtung aufgerissen hatte, und blieb stehen, um eines der Ölgemälde zu betrachten. Es war eine vertraute Ansicht einer Bananenplantage nahe der Schule, mit einem stattlichen alten Queensland-Haus auf einer Anhöhe, die ganze Szene in lange, goldene Sonnenstrahlen getaucht.

*»Krepuskular«,* hauchte sie.

»Was?«

»Ach nichts. Ich sage nur, wie hübsch das ist.«

»Nicht übel für Pubkunst, meinst du?«

»Wer hat die alle gemalt?«

»Ein Künstler«, antwortete er und wies mit einem aufmunternden Nicken in das offene Zimmer.

Sie wandte sich wieder zu dem Gemälde um, ignorierte sowohl sein Beharren als auch ihren protestierenden Bauch. »Seinen Namen würde ich wirklich gern kennen. Ich will irgendetwas Einheimisches in meinem Laden aufhängen.«

»Tut mir leid, kann ich dir nicht sagen. Sie waren schon hier. Aber ich werde mich umhören.«

»Vielleicht steht auf der Rückseite ein Name?«, überlegte sie, außerstande, sich vom Anblick des Bildes loszureißen.

»Ich hab noch ein besonders Großes hier drinnen«, sagte Brenton.

Sonnet verkniff sich eine derbe Retourkutsche und folgte ihm.

Es war keine versteckte Anspielung gewesen. Das riesige Gemälde über dem Bett war atemberaubend: ein glänzender Wasserfall in vollem Fluss, mit winzigen Regenbogen, die vor dem Vorhang tänzelten.

»Das muss der Moria Falls sein«, sagte sie, während sie näher trat.

»Gefällt es dir?«

»Es ist wunderschön. Warum in aller Welt versteckst du es in einem … Gästezimmer?« Sie hatte es fast abwertend gesagt, und sie schalt sich prompt dafür, dass sie automatisch etwas auszusetzen hatte.

Sonnet sah hinunter auf das Bett, über das sie sich gebeugt hatte. »Verstehe: ein Trick, um ahnungslose junge Frauen in dieses Zimmer zu locken. Und wie planst du, mich als Nächstes in das hier zu kriegen?«

Ihre unverblümte Art schien ihn zu überrumpeln. Er betrachtete Sonnet einen trägen Moment. »Mit noch einem Drink?«

Sonnet lachte schallend los, und dann brach sie prompt ab, als sich auf seiner Miene kein Humor abzeichnete.

»Ein Drink wäre schön, Brenton.«

»Ich laufe rasch hinunter zu meiner Bar. Bleib genau hier.«

Er verschwand, nicht unähnlich einem kleinen Jungen, der loslief, um sein Lieblingsspielzeug zu holen und damit zu prahlen. Sie blinzelte kritisch auf ihr mattes Spiegelbild im Glas des Gemäldes. Ihr Haarknoten war ein einziges Chaos. Erfolglos versuchte sie, das ungezähmte Rot zu bändigen.

»Was für ein Schlamassel!« Und damit meinte sie nicht die Frisur. Sie hielt sich die Hände an die Wangen und stieß einen langen Atemzug aus, um sich zu beruhigen.

*Es ist meine Entscheidung, ich bin eine erwachsene Frau, ich habe mein eigenes Verhütungsmittel dabei, und ich fühle mich zu ihm hingezogen. Das heißt, wenn ich heute Abend Sex haben will, dann kann ich es tun.*

Sie setzte sich aufs Bett, um zu warten.

Sonnet hielt ihr leeres Drinkglas in der Hand und unterdrückte den Drang zu gähnen, während Brenton ihren Hals bearbeitete. Dieser letzte, mit einem kräftigen Schuss versetzte Drink hatte jedes Verlangen gedämpft, das sie an diesem Abend gehegt hatte. Bei Brenton hingegen hatte der Absacker offenbar Wunder bewirkt. Er keuchte jetzt vor betrunkener Begeisterung, jede Spur von Trägheit verflogen. Nach den Ausdünstungen aus dem Mund, der sich in der Nähe ihres Ohrs abmühte, zu urteilen, hatte er sich zur Stärkung wohl etliche Schnäpse und mehrere Zigaretten mit seinen Kumpeln unten genehmigt.

Sie seufzte, um ein Gähnen zu überspielen, das ihr entfuhr, und Brenton wich grinsend zurück. »Gefällt dir das, ja? O Baby, davon kannst du noch mehr haben …«

Er drückte sie nach hinten, und sie fügte sich mit einem unbeholfenen Plumps, der nicht dazu beitrug, das aufkeimende Gefühl von Sinnlosigkeit zu verdrängen.

Seine Hände begannen, beharrlich ihre Kleiderschichten zu begrapschen, und sie korrigierte ihr Ziel für diesen Abend: *Solange ich angezogen bleibe, ist das hier nur Fummeln. Er hat sich nicht einmal die Mühe gemacht, mich auf den Mund zu küssen …*

Sie näherte ihre Lippen versuchsweise seinen und wurde mit einem Kuss belohnt, der, auch wenn er noch immer absolut keine Glut in ihr entfachen konnte, ein winziges erregendes Kribbeln über ihr Rückgrat jagte. Sie wand sich, versuchte sich zu befreien, und Brenton nutzte den Moment, um sich schwer zwischen ihre Beine zu pressen. Seine Jeans schürfte leicht über ihre nackten Beine, während sich seine Hüften rhythmisch an ihrem Becken bewegten. Brenton war bereits im Galopp, keuchte heiß an ihrer Kehle, während sie selbst noch immer nicht in Fahrt gekommen war. Sie drehte den Kopf zur Seite, und zwei Hände kamen prompt hoch, um ihre Brüste zu begrapschen.

»Ihr Hamilton-Mädels habt tolle Titten«, sagte er und

zerrte unsanft an ihrem Kleid, sodass ein feiner Knopf über das Bett sprang.

Vielleicht war es allein dieser Satz.

Vielleicht war es das panische Rumoren ihrer kleinen Bauch-Echidna in ihrer Zwangslage. Oder vielleicht war es einfach nur der Verlust dieses feinen Knopfs. Wie auch immer, mit einem Mal wurde Sonnet sehr, sehr still.

Sie riss die Augen auf – lange genug, um den vorsintflutlichen Blick eines riesigen blauen Vogels, der auf sie gerichtet war, zu bemerken.

Sonnet wand sich unter Brenton, um das Bild besser betrachten zu können. Es war ein Dinosaurier in leuchtend grellen Farben, ein Nahporträt: großer grauer Helm, zwei Löcher, in einen sichelförmigen Schnabel gebohrt, und ein blutroter Hautlappen, der von einem kobaltblauen Gesicht hing. Bernsteinfarbene Augen fixierten sie mit einem solch starren, vorwurfsvollen Blick, dass Sonnet aufstöhnte.

Brenton fummelte unsanft an ihren aneinandergepressten Lenden, schob Kleiderschichten beiseite.

»Was ist das denn?«, schrie sie.

»Ja, das bin ich, Baby.«

Sie verrenkte sich entnervt um ihn herum. »Nein, dieses Bild, dieses … Vogelding. Sieh mal!«

»Das ist ein verdammtes Kasuargemälde.«

*Kasuar.*

Das Wort weckte prompt Erinnerungen an Gavs gruselige Geschichten nach dem Abendessen von temperamentvollen, flugunfähigen Regenwaldvögeln – größer als Menschen, mit Krallen wie Säbel, die eine Halsschlagader mit einem einzigen Tritt durchtrennen konnten. Ebenso scheu wie gefährlich.

*Wer war einem Kasuar so nahe gekommen, dass er ein solch wundervolles Bild davon malen konnte?*

Der Schock von kaltem Jeansstoff auf ihrer Haut war elektrisierend. Sonnet kam zu sich.

»Brenton – nein, warte!«

Er grunzte, begann, sich aus seinem Hosenschlitz zu befreien.

»Augenblick!«

Er presste sich knurrend wieder an sie, befreite sich vollständig.

Für einen Sekundenbruchteil hörte Sonnet ihre eigene Stimme, die aus einer gönnerhaften Höhe kommentierte: *Als ob du ein Heftpflaster abreißt. Ganz schnell, dann ist es vorbei.*

Aber sie war kein Heftpflaster, und heute Abend würde nichts abgerissen werden. Sie kämpfte gegen das erdrückende Gewicht an.

»Gott, du hast es gern ein bisschen grob«, sagte er und brachte sich in Position.

»Brenton, hör auf!« Es war ein Schluchzen.

Er war taub gegenüber ihrem Flehen. Sein geschwollenes Fleisch presste sich fest zwischen ihre Beine. Sonnet hatte eine kurze Vision von einem Besenstiel, einem Schwert.

»Nein!«

Er drängte noch härter auf Einlass. Sie spürte das erste ringförmige Brennen seines Eindringens.

»Runter von mir, du Dreckskerl!«

Jetzt trommelte sie auf ihn ein, aber er war ein gefällter Baum auf ihr, unverrückbar.

*»Hör auf!«*

Er fiel mit einem Jaulen von ihr ab, gebremst nur von Fingernägeln, die scharf über seinen Hals kratzten.

»Was zum Teufel?«

Seine schockierte Abscheu verwandelte ihr Entsetzen prompt in Scham. »Es tut mir leid!«, rief sie und kroch von ihm weg – suchte ihr Kleid, ihre Unterwäsche, sich selbst zusammen.

Jetzt keuchten sie sich aus entgegengesetzten Ecken des Zimmers an.

Er presste eine Hand auf eine scharlachrote Kratzspur an seinem Hals. »Was ist denn los mit dir?«

»Ich habe dir gesagt, du sollst aufhören!«

»In einem Moment willst du es, und im nächsten zerfetzt du mir die Haut wie eine streunende Katze.«

»Ich wollte aufhören!«

»Du hast mich doch erst scharf gemacht! Komm schon her …«

»Ich will dich nicht, Brenton.«

Seine Lippen verzogen sich. »Du weißt nicht, was du willst. Mich so anzumachen! Was tust du denn dann hier oben, wenn du so frigide bist?«

»Du wolltest mir dein Pub zeigen! Kannst du nicht mit einer Frau allein sein, ohne über sie herzufallen?«

»Du wusstest doch, wofür wir hergekommen sind.«

Sonnet erhob sich zitternd, reckte das Kinn. »Ich finde allein nach Hause.«

»Du bist doch sowieso eine Lesbe, mit dieser alten Hardy-Jungfer. Alle wissen es.«

Sonnet nahm ihr leeres Glas und hielt es hoch in die Luft, mit zitternden Fingern, bis er zu grinsen begann.

Sie ließ los.

Brenton zuckte zusammen, als das Glas auf seinem Holzboden zersprang.

»Nutzlose Kuh«, schrie er. »Du hast es nicht einmal verdient, aus Mitleid gevögelt zu werden.«

Sonnet stellte einen hochhackig beschuhten Fuß auf den letzten zerrinnenden Würfel auf dem Boden und zertrat ihn. »Komm mir nie wieder zu nahe, Brenton Furse.«

Die Tür knallte hinter ihr zu, während Sonnet auf das Treppenhaus zustürzte.

Der Hinterausgang war jetzt verschlossen und verriegelt. Fassungslose Wut brannte in Sonnets Kehle über einen Mann, der sie ins Bett locken wollte, ihr aber den Fluchtweg versperrte, nur um ganz sicher zu sein.

Das Gejohle, das ausbrach, als sie die Haupttreppe des Pubs hinunterging, um ihre Freiheit wiederzuerlangen, war nur die Bestätigung, dass jeder in der Stadt wusste, dass Brenton Furse oben mit Sonnet Hamilton im Bett gewesen war.

Auf der letzten Stufe hielt sie inne, während sie sich fragte, ob er, verdammt noch mal, Tickets verkauft hatte. Die dicht gedrängte Menge und die vulgären, anzüglichen Rufe waren ein Kampfgetümmel, das sie nicht durchbrechen zu können glaubte.

*Zieh einfach den Kopf ein und lauf, was das Zeug hält, Dummkopf!*

Dann hörte sie noch eine andere, sanftere Stimme …

*Halt den Kopf hoch erhoben, mein Sonny-Mädchen.*

Die Stimme ihrer Mutter, der Spruch ihrer Mutter – das erste Mal seit Jahren, dass sie ihn hörte.

Und genau im richtigen Moment.

Sonnet reckte das Kinn, heftete den Blick auf die Tür und stürmte vorwärts. Sie war ein Bulldozer, der durch eine blökende Viehherde raste, auf ihr Zuhause zu.

# Kapitel 24

*

## Von Perlen und Säuen

Das Gesicht, das durch die Cottagetür spähte, war angespannt vor Sorge. Sonnet schlurfte den sonnenbeschienenen Flur hoch, mit brennenden Augen, ihre Nerven kribbelnd von dem hastigen Klopfen. Nur Olive, die die Mädchen nach der Kirche zurückbrachte.

*Atme.*

Sonnet konnte hören, wie Plum auf der Veranda auf und ab hüpfte, voller Ungeduld, ihr Kunstwerk aus der Sonntagsschule vorzuzeigen. Sie schob den doppelten Riegel zurück.

»Guten Morgen, Schlafmütze!«, rief Olive, während sie Sonnets Gesicht musterte. Wie ungewöhnlich, ausgerechnet Sonnet um Mittag noch immer im Nachthemd anzutreffen.

»Geht es dir gut?«, fragte Olive, während sie die Mädchen ins Cottage scheuchte.

Im ersten Moment glaubte Sonnet, Olive könne noch den Geruch der Angst wahrnehmen, der ihr nach ihrem langen Lauf nach Hause in den frühen Morgenstunden in einem verdammten Cocktailkleid noch immer anhaftete. Aber das war unmöglich. Sonnet hatte diesen Mann, und ihre Demütigung, gründlich von ihrem Körper geschrubbt.

Nein, wahrscheinlich wollte Olive, dass Sonnet das Gerücht bestätigte, von dem sie in den Kirchenbänken heute Morgen bereits gehört hatte.

Sonnets Ton war angespannt. »Es geht mir gut.«

»Sicher?«

»Warum?«

»Ich habe mir Sorgen gemacht, als du gestern Abend nicht nach Hause gekommen bist.«

»Natürlich bin ich nach Hause gekommen. Ich bin schließlich hier, oder?«

»Ich habe nicht gehört, dass Brenton dich zurückgebracht hat. Ich war … beunruhigt.«

»Das hat er auch nicht.« Sonnet nahm eine Buntstiftzeichnung des Gartens Eden, die Plum ihr hinhielt, mit einem gehauchten *Wow* entgegen. »Ich bin allein nach Hause gegangen.«

Olive stand der Mund offen. »Er hat dich mitten in der Nacht allein nach Hause gehen lassen? Das hat für eine junge Frau wie dich doch den Ärger herausgefordert, Sonnet!«

»Keine Frau *fordert den Ärger heraus*«, erwiderte Sonnet kühl und wandte sich ab, um Plums Paradies an die Tür der Speisekammer zu heften.

»Aber dir hätte alles Mögliche zustoßen können!«

*Wie zum Beispiel vergewaltigt zu werden? Das wäre nur passiert, wenn ich geblieben wäre.*

Plum jammerte, dass Sonnet ihr Bild geknickt hatte, sie hatte die Schlange verdeckt, sie hatte es ruiniert! Sonnet riss die Hände hoch und überließ es ihr, das Bild anders aufzuhängen.

Olive studierte Sonnet. »Und es geht dir wirklich gut?«

Sonnets Drang zu schreien war unerwartet. »Du *siehst* doch, dass es mir gut geht! Es sei denn, du hast von dieser verdammten Kanzel und deinen Klatschmäulern beim Frühstückstee etwas anderes gehört.«

Sie bereute ihren Ton prompt. Ihr Gewissen meldete sich.

Olive stellte einen mit Alufolie abgedeckten Teller auf den Küchentisch. »Nur etwas zum Mittagessen, das ich für dich aufgehoben habe. Ich bin froh, dass es dir gut geht. Dann lasse ich dich jetzt in Ruhe.«

Sonnet zuckte kühl mit den Schultern, hasste sich selbst dafür. »Nein danke, ich habe keinen Hunger.«

Als Olive am nächsten Morgen wieder auftauchte, mit dieser nervenden Angewohnheit, einen Fuß an ihrer Wade zu reiben, konnte Sonnet ihre Gereiztheit nur schwer verbergen, auch wenn sie wusste, dass ihre eigenen Schuldgefühle erheblichen Anteil daran hatten. Noch ein Streit mit Olive war genau das, was sie an einem Montagmorgen, an dem sie versuchte, zwei störrische Schwestern durch ihr Frühstück und in ihre Schuluniformen zu scheuchen, nicht gebrauchen konnte.

Plum, die sich an Olives Taille klammerte, wurde ungewohnt schroff losgeeist. »Plummy, ich muss mit Sonnet reden. Fable, Liebes, am besten läufst du auch schon mal vor zum Bus.«

Fables Augenrollen, während sie eine quengelige Plum aus dem Cottage zog, spiegelte Sonnets eigene Gefühle exakt wider.

»Was soll die Geheimnistuerei?«, fragte Sonnet, während sie an ihrem Toast knabberte.

»O Sonnet«, rief Olive, die Stirn vor Schmerz in Falten gelegt. »Es tut mir so leid! Ich habe mich getäuscht!«

Eine säuerliche Welle stieg in Sonnets Kehle hoch. Es schien ihr unmöglich, ihren Bissen hinunterzuschlucken.

»Ich habe diese Stadt falsch eingeschätzt. Ich habe dir versprochen, der Wirbel um euch Mädchen würde sich legen. Ich habe gesagt, du müsstest nur geduldig sein und sie würden euch als eigenständige Menschen akzeptieren.«

»Ich weiß, was du damals gesagt hast – was sagst du *jetzt*?!«

»Es geht um deinen Laden …«

Sonnet sprang auf. »Was haben sie mit meinem Laden gemacht?!«

»Dein wunderschönes Schild. Jemand hat es … mit etwas … Grässlichem … verschandelt!«

*»Was?!«*

Olive schüttelte den Kopf, wich vor Sonnet zurück. »Ich *kann* es nicht wiederholen! Ich *werde* es nicht wiederholen! Gav ist bereits vor Ort. Er war heute schon früh in der Stadt, hat es vor fast allen anderen gesehen. Lass dein Fahrrad stehen, komm mit mir mit.«

Vor dem Buchladen balancierte Gav oben auf einer Leiter, Sonnets Schild hatte er bereits mit einer Plane abgedeckt, unterstützt von Gavs Assistent David. Beide Männer nickten den Frauen kurz zu, als Sonnet aus dem Wagen sprang, sagten aber nichts.

Nur der griesgrämige Edward Fletcher, der jeden Morgen in aller Frühe seinen Blue Terrier auf der Main Street ausführte und sich um jedermanns Geschäfte, nur nicht das seines Hundes, kümmerte, gab einen Kommentar ab.

»Ah«, rief er, als Sonnet auftauchte. »Da ist ja die berüchtigte ›Dame‹. Rührst hier bei uns allen möglichen Ärger auf, was? Genau wie deine Mutter.«

Sonnet stolperte über die Bordsteinkante, blind vor explodierender Wut.

Edward wandte sich wieder zu dem Schild um und beachtete Sonnet nicht weiter. »So, jetzt habt ihr's gleich, Jungs. Hebt es links an und dort drüben aus den Haken.«

Sonnet schnellte zu dem Mann herum. »Ich habe einige der verräterischen Hinterlassenschaften Ihres Hundes dort oben auf der Straße gesehen, Mr Fletcher. Gehen Sie und kümmern Sie sich um Ihren eigenen Dreck!«

Schließlich war das Schild abgehängt und wurde auf den Schultern der Männer, mit dem düsteren, steifen Gehabe von Sargträgern, in den Laden getragen. David eilte zurück zu Emerson's Eisenwaren, wich Sonnets Blick aus, während er sich entfernte.

Die Ladentür schloss sich bimmelnd. Sonnet schnellte zu den Emersons herum.

*»Zeigt es mir!«*

Gav verzog das Gesicht und bückte sich, um die Plane zur Seite zu schieben. Es war eine abscheuliche Wiederholung von Fables großer Enthüllung: ihr fantasievolles Kunstwerk verwüstet von wilden, kreuz und quer verlaufenden Pinselstrichen in roter Farbe. Der einzige Teil des

Schilds, der unversehrt geblieben war, war Sonnets Name, der um eine schmutzige Verunglimpfung ergänzt worden war:

*Sonnet lutscht alten Männern den Schwanz umsonst!*
*HAMILTON-HUREN!*

Sonnet taumelte von dem Schild zurück. *»Dieser Dreckskerl!«*, brüllte sie und schleuderte einen Stapel Bücher von der Geschichten-Bar.

Gav trat rasch hinzu, um es wieder abzudecken.

»Nein!«, rief Sonnet. »Wag es bloß nicht! Wenn die ganze Stadt von diesem Schild redet, dann hat es keinen Sinn, mich jetzt noch beschützen zu wollen.«

»So viele haben es nicht gesehen«, meinte Gav beschwichtigend. »Ich war einer der Ersten heute Morgen, und ich habe es abgedeckt, so schnell ich konnte.«

»Und doch braucht es nur ein *einziges* Großmaul in dieser Stadt, oder? Sie werden jahrelang von nichts anderem reden! Noch eine Stadtlegende, bei der sich alle einig sein werden, dass sie sie niemals vergessen wollen!« Sonnet schleuderte zur Bekräftigung noch einen Stapel Bücher auf den Boden. Olive stürzte nach oben, Schluchzer unterdrückend.

Dann dachte Sonnet an Lowes Schulbus, der in diesem Augenblick in die Stadt rumpelte, im Begriff, zwei Mädchen in einem wütenden Ameisennest bissiger Gerüchte abzuliefern. Ihr Blut kochte. Fable durfte nie, aber auch *nie* sehen, wie das Kunstwerk, das sie so mühevoll angefertigt hatte, so grausam verunstaltet worden war.

»Besorg mir etwas Farbe, Gav.«

»Wie viel und welcher Farbton?«

»Egal, besorg sie mir einfach! Bitte.«

»Bin schon unterwegs!«

Ein paar Minuten später kam Olive die Treppe herunter, ihre Augen getrocknet, ein Glas Wasser in der Hand, in dem sich ein Aspirin auflöste, verblüfft, ihre Nichte vor dem Schild knien zu sehen, wo sie Buchstaben in die Luft malte.

»Können wir es jetzt bitte wieder abdecken? Hast du noch nicht genug gesehen?«

»Nie im Leben, Olive! Der Laden bleibt heute geschlossen, damit ich dieses verdammte Schild übermalen kann.«

»Und was wird aus Fables entzückendem Werk?«

»Ich bin vielleicht nicht so geschickt wie Fable, aber ich war nicht schlecht in Kunst – jedenfalls gut genug, um ein paar Buchstaben aneinanderzureihen. Die Ästhetik kümmert mich nicht mehr. Jetzt geht es um Inhaberschaft und Stolz.«

Und Krieg.

Olive nickte, während sie mit einem Fuß an ihrer Wade rieb. »Wie kann ich dir helfen?«

»Tee, Olive. Jede Menge Tee.«

Es war eine schweißtreibende Arbeit, die viele Farbschichten erforderte, um die scharlachroten Buchstaben zu überdecken. Erst als ihr Schild wiederhergerichtet war, konnte Sonnet endlich durchatmen.

Sie arbeitete bis spät in die Nacht, während ein schweigsamer Gav die Fortschritte beharrlich überwachte und Kate sie später mit ihrem respektlosen Humor aufmunterte. Kate war nach ihrem Arbeitstag unaufgefordert vorbeigekommen – sie war still hereingeschlüpft, hatte sich neben Sonnet gekniet und es übernommen, die hartnäckig feuchten Stellen mit dem Föhn zu trocknen, ohne dass sie darum gebeten werden musste.

Aber Kates Gegenwart, so besänftigend sie auch war, bestätigte nur Sonnets Befürchtungen. Diese hasserfüllten Worte konnten niemals, weder durch Zeit noch durch Farbe, ausgelöscht werden und waren tatsächlich bereits, wie übel riechende Sumpfgewässer, in jedes Zuhause in Noah gesickert.

Als der Föhn schließlich mit einem Knall rauchend den Geist aufgab, lehnte sich Kate auf den Fersen zurück, um nachzudenken. »Stock und Stein brechen mein Gebein, doch Worte bringen keine Pein. So sagt man doch. Mir war ja schon immer klar, dass diese Redensart Schwachsinn ist, aber das hier ist ja wohl der beste Beweis dafür.«

Vor ihrem geistigen Auge sah Sonnet Fables Gesicht, von purer Verzweiflung erschüttert. Ihr wurde schwer ums Herz.

Sie hatte Olive nach Hause geschickt, damit sie sich um die Mädchen kümmerte, mit der strikten Anweisung, jede Diskussion über das Schild zurückzustellen, bis Sonnet selbst mit ihnen sprechen konnte. Sie hatte für später eine lange und ausführliche Tirade ins Auge gefasst. Die Verschandelung des Schilds bot eine perfekte Veranschaulichung für zwei junge Mädchen, die lernen mussten, wie die Welt im Allgemeinen und Noah Valley im Besonderen Frauen behandelte. Olives Vorschlag, die Sache – den Mädchen zuliebe – so schnell wie möglich unter den Teppich zu kehren, war energisch abgeschmettert worden.

»Die halbe Stadt ist bereits unter Teppichen begraben! Es ist mein Schild, und meine Geschichte, die ich zu erzählen habe!«

Olives Entsetzen wich rasch ihrem Unwillen, einen Aufstand, geschweige denn eine Szene, zu machen.

Schließlich war das Schild fertig. Sonnet stand zwischen Gav und Kate, den Kopf kritisch auf die Seite gelegt, während sie das Endergebnis begutachtete.

»Das wird's ihnen zeigen!«, meinte Gav.

»Aber warum *Hamilton's* Bücher?«, fragte Kate. »So schlecht war mein ›Sonnet's Bücher‹-Witz nun auch wieder nicht!«

Sonnet kniete sich hin, um eine verdächtige nasse Stelle zu betupfen. »Ich nehme unseren rechtmäßigen Platz in dieser Straße wieder ein. Also, hängen wir es auf!«

Während sie um Mitternacht in Gavs SUV nach Hause rumpelten, wandten sich Sonnets Gedanken entschlossen der bevorstehenden Wiedereröffnung ihres Ladens zu. Olive hatte beharrlich erklärt, sie solle sich ein paar Tage freinehmen, um die Dinge ›abkühlen‹ zu lassen, aber Sonnet konnte es schon jetzt kaum erwarten, wieder loszulegen.

Sie *wollte* ihr Gesicht morgen in der Stadt zeigen, und sie würde es mit hoch erhobenem Haupt tun!

*Ich habe dich verstanden, Mama.*

Am nächsten Tag schlich Sonnet mit kaum gemäßigter Wut zwischen ihren Bücherregalen umher, die Fäuste tief in den Taschen ihrer getreuen alten Caprihose vergraben. Ihre Moralpredigt beim Frühstück über Frauenfeindlichkeit war nicht ganz so eindrucksvoll verlaufen wie geplant. Erstens einmal fehlte Plum, die von Olive offenbar weggezaubert worden war. Und Fable, auf deren Nutzen der Vortrag in erster Linie abzielte, hatte dichtgemacht, sobald Sonnet angefangen hatte, von all den Ungerechtigkeiten zu reden, denen man als Frau ausgesetzt war. Sie hatte nicht eine Träne wegen der Entweihung ihres Schilds vergossen – obwohl Sonnet diesen Punkt besonders deutlich hervorgehoben hatte.

Heute blieb die Geschichten-Bar geschlossen. Die wenigen treuen Kunden, die vorbeikamen, wurden ohne viele Worte aus dem Laden geleitet. Sie würde ihr neues Schild vor niemandem – Freund oder Feind – rechtfertigen, und die verblüfften Kommentare, die zwangsläufig kamen, prallten einfach an Sonnet ab. Sie hatte heute ein Ziel, und nur dieses eine: ihren üblichen Besorgungsgang um drei Uhr die Main Street hoch zu erledigen.

Sie würde es ihnen zeigen. Sonnet Hamilton würde sich nicht einschüchtern lassen, und sie war noch längst nicht besiegt!

Als die festgesetzte Stunde nahte, brach Sonnet auf, begleitet vom schlagenden Rhythmus einer Basstrommel. Es fühlte sich an wie eine Marschkapelle. Und natürlich, das laute Gejohle, das beim Anblick der herannahenden Sonnet aus dem Cutters schallte, passte auch eher zu einer Parade als zu einer einzelnen Frau, die, streng gekleidet und mit grimmiger Miene, lediglich ihre Schritte über einen Gehsteig lenkte.

*Diese Nichtsnutze*, dachte Sonnet, während ihr die vertraute Welle von Alkohol und Anzüglichkeiten entgegenschwappte, *haben wirklich nichts Besseres zu tun, als sich jeden verdammten Tag ihre Leber zu ruinieren!*

Sonnet hatte sich gefragt, ob Brenton so pervers sein könnte, sich auf ihrem gewohnheitsmäßigen Weg blicken zu lassen. Sie war erleichtert festzustellen, dass seine Veranda mit Blättern übersät war und ein Besen träge an der Wand lehnte. Ihre Kehle schnürte sich zu einem Keuchen zu, als sie an der offenen Tür vorbeikam und von einer Welle grober Beleidigungen überspült wurde. Sie spannte den Kiefer an, heftete den Blick auf das Paragon Café vor ihr und marschierte die letzten Meter auf ihren Sieg zu.

Wer konnte schon sagen, welcher vulgäre Ausruf ihre stählerne Fassade letztendlich durchdrang? Vielleicht war es der darüber, dass »Sonnet verschrumpelte Schwänze lutscht«?

Sie blieb schlingernd stehen. »Steck dir deinen nutzlosen Honigtopf sonst wohin, Olive!«, zischte sie und stürmte so verächtlich auf die Pubtür zu, dass selbst die ausgelassenen Säufer am Eingang überrumpelt waren. Sie marschierte genau ins Cutters, weißglühend vor Wut.

Brenton stand hinter der Bar, und allein schon der Anblick, wie er, ungeachtet seines Grinsens, sichtlich blass wurde, war jeden Schritt in seine Höhle wert.

Er stellte ein Glas ab, warf sich ein rot kariertes Geschirrtuch über die Schulter und beugte sich erwartungsvoll vor. Sonnets versengender Blick huschte über ihn hinweg, während sie herumschnellte, um sich an den Pöbel zu wenden.

Ihr Ton war glühend heiß, wie Asphalt an einem Sommertag. »Wer ist der Feigling, der gesetzwidrig mein Ladenschild verschandelt hat?«

Die anzüglichen Rufe und die wissenden Blicke, die getauscht wurden, boten keine Antwort.

Sonnet räusperte sich. »Wie ich bereits sagte – *Feigling*! Sich im Dunkeln mit einem Pinsel anschleichen, so tun, als wäre man mutig. Aber tatsächlich bist du nur ein ängstliches widerliches Wiesel!«

Individuelle Gesichter verschwammen zu einem amorphen Klecks aus hervorquellenden Augen und offen stehenden Mündern.

»Du willst versuchen, Schande über meine Familie zu bringen? Es wird dir nicht gelingen, irgendeine von uns zu beleidigen!«

Brenton grinste und schwieg.

Sonnet hatte das brennende Bedürfnis, noch ein Glas zu zertrümmern, diesmal nicht auf dem Boden, sondern genau in seinem Gesicht.

Sie war hier fertig.

Sonnet marschierte aus dem Cutters, glühend vor Zorn.

Sie blieb erst stehen, als sie drei Blocks weit gelaufen war, zitternd unter dem Vordach einer verbarrikadierten Ladenfront. Ihre Finger, auf ihre Augen gepresst, schafften es mehrere Minuten nicht, den Tränenfluss zu stoppen.

Eine Stimme an ihrer Seite ließ sie zusammenzucken.

»Hat dein Vater dir nicht beigebracht, deine Perlen nicht vor Säue zu werfen?«

Sonnet schnellte herum und starrte auf die zerzauste, stämmige Gestalt eines Mannes in mittleren Jahren. Er roch nach Tabak.

»Ich hatte nie einen Vater.«

»Dann werde ich es dir sagen. Wirf deine Perlen nicht vor die Säue.«

Sonnet war völlig ausgelaugt. Die ganze Stadt konnte sich von ihr aus zum Teufel scheren, angefangen mit diesem Kerl.

Er legte die Stirn in Falten. »Versteh mich nicht falsch. Ich sehe dich hier jeden Tag stur vorbeilaufen und denke mir: Dieses Mädchen hat Mumm, wie ihn diese Stadt noch nicht gesehen hat! Genau wie deine entzückende kleine Mum. Aber sie sind es nicht wert! Du musst dir das nicht anhören, geh am besten auf der anderen Straßenseite weiter. Und wirf ihnen nicht noch mehr von deinen Perlen hin.«

*Ich bin doch kein Schmuck!*

»Und hör zu, ich will mich bei dir für die Bücher bedanken, die du meinen Kindern ständig mit nach Hause gibst. Sie lieben diese Bücher über alles. Schlafen mit ihren kleinen Köpfen darauf, blättern die Seiten um, bis sie fast auseinanderfallen. Ich sage ihnen immer, sie müssen sie zurückgeben. Es ist nur, sie hatten noch nie irgendwelche Bücher.«

»Ach, *Sie* sind Joe Taylor.« Sie hatte sich alle möglichen empörten Standpauken für den Mann zurechtgelegt, und jetzt waren diese tadelnden Worte verflogen, ersetzt nur durch eine Art matte Dankbarkeit dafür, dass er an dieser freundlosen Straßenecke bei ihr war.

»Es tut mir leid, wenn die Kinder dir dort unten zur Last gefallen sind«, fuhr er fort. »Schleif sie einfach jederzeit zurück, wenn sie dich stören.«

»Mir ist es lieber, wenn Jim und Jackie in meinem Laden sind, statt dass sie in Ihrem geparkten Wagen in der Hitze schmoren, Mr Taylor.« Sie war unerwartet sanft, dabei hatte sie doch immer vorgehabt, ihn zusammenzustauchen.

»Sie kommen einfach gern mit ihrem Dad in die Stadt.«

Sonnet furchte die Stirn. »Ich kann mir nicht vorstellen, dass irgendein Kind Lust hat, den ganzen Nachmittag in einem Wagen allein gelassen und anschließend noch von einem Betrunkenen nach Hause gefahren zu werden.«

In seiner Antwort lag keine Verletztheit. »Damit hab ich schon vor Jahren aufgehört. Rühr jetzt keinen Tropfen mehr an. Aber es gibt nicht viele Orte, wo ein alter Farmer wie ich hingehen kann, um ein bisschen Trost in der Gesellschaft anderer Burschen zu finden. Ich sitze einfach gern da und halte ein Schwätzchen.«

Jetzt knickte Sonnet ein. »Na ja, Ihre Kinder sind in meinem Laden immer willkommen. Meine Schwester Plum freut sich jeden Tag darauf, sie zu sehen. Und die Bücher gebe ich ihnen gern.«

Joe nickte, und etwas wie ein Lächeln umspielte einen seiner Mundwinkel. »Es war keiner von den Burschen da drinnen.«

»Wer war was nicht?«

»Dein entzückendes Schild. Es war ein Haufen junger Kerle an dem Abend neulich. Der Johnstone-Junge, ein Logan, dieser Hull-Bursche. Zugedröhnt mit irgendwas, und dann stellen sie in der Stadt allen möglichen Unfug an. Aber nimm es dir nicht zu sehr zu Herzen. Denk immer an deine Perlen.«

*Natürlich war es ein Hull! Womöglich hatte Delia Hull höchstpersönlich die Farbe gekauft!*

Drei Tage später stand ein großer Pappkarton auf der Eingangsstufe ihres Ladens. Eine Nachricht klebte darauf:

*Wünschte, unser Rendezvous wäre besser verlaufen.*
*Vielleicht können wir ja eines Tages noch einen Versuch wagen. Die hier sind für dich. Komm auf einen Schwatz vorbei, du weißt ja, wo du mich findest.*
*Brenton*

In dem Karton, achtlos in Zeitungspapier gewickelt, steckten über ein Dutzend gerahmter Gemälde aus Brentons Hotel. Sonnet ließ sich verwirrt auf die Stufe sinken, ging die Gemälde langsam durch. Ihr erster Instinkt war es, ihn mit weiterer Zurückweisung zu verletzen – auf den Bildern herumzutrampeln und sie postwendend auf seiner Eingangsstufe abzuladen.

*Wenn er glaubt, er kann es mit diesen Gemälden bei mir wiedergutmachen, und erst recht, sich bei mir wieder einschmeicheln, dann ist er ja noch dümmer, als ich dachte!*

Das letzte Gemälde auf dem Boden des Kartons war allerdings ihr Kasuar. Und es *war* ihr Kasuar. Dieser urzeitliche Blick hatte sie in ihren Träumen verfolgt, während sie sich Nacht um Nacht unruhig hin und her wälzte. Er starrte sie aus dem dunkler werdenden Regenwald an, wenn sie in der Abenddämmerung nach Hause radelte. In Nebel gehüllt, schlich er im Morgengrauen vor dem Cottage herum, während sie am Frühstückstisch herumwuselte.

Sie hob das Gemälde aus dem Karton, um diesen musternden Blick mit einem ebenso kühnen ihrerseits zu erwidern. Das Gefühl zu kennen oder erkannt zu werden, von einer Vorahnung und zu wissen, dass es existierte, überkam sie ebenso deutlich wie beim ersten Mal. Nur dass es jetzt keinen Blutsauger gab, den sie von ihrem Nacken loskratzen musste. Sie betrachtete das Gemälde lange Zeit schweigend, glitt mit den Augen über die Pinselstriche, außerstande, dem starren Blick des Geschöpfs auszuweichen.

Schließlich stemmte sie sich hoch und trug den Kasuar in ihren Laden. Sie nahm einen Hammer, einen Nagel entschlossen zwischen ihre Lippen gepresst, und fand eine Stelle an der Wand gegenüber ihrem Verkaufstresen und der Geschichten-Bar. Der Kasuar war im Nu aufgehängt. Vor ihren weißen Wänden und Regalen, unter der Pracht des Kronleuchters, hatten das schwarze Schimmern und das Kobaltblau des Vogels etwas Unheimliches an sich. Sein Blick, der einem durch den Raum folgte, würde den Stammkunden zweifellos Gesprächsstoff bieten.

Sonnet glühte vor Verlegenheit, während sie den Karton mit Gemälden auf den Gepäckträger ihres Fahrrads schnallte. Es fühlte sich an, als würde sie stehlen; noch schlimmer: als würde sie den Hungerlohn einer Hure annehmen.

Der Kasuar gehörte ihr, da war sie sich ganz sicher, aber was war mit den anderen Bildern? Vermutlich würde sie sie einfach ganz hinten in den Kleiderschrank in ihrem Schlafzimmer stopfen, der schon jetzt mit den mottenzerfressenen Kleidern ihrer Mutter gefüllt war.

So beladen, kam sie auf der Fahrt nach Hause nur langsam und schwer voran. Bei jedem Schlingern und Schlenkern spielte Sonnet mit dem Gedanken kehrtzumachen, um die Gemälde Brenton wieder vor die Tür zu knallen.

Es war fast eine Erleichterung, am nächsten Morgen festzustellen, dass der Karton leer war. Als hätte sie die Gemälde nur in ihren Träumen zum Leben erweckt und stattdessen einen leeren Karton nach Hause gekarrt. Sie starrte verständnislos darauf.

Das Zuknallen der Badezimmertür brachte Sonnet zur Besinnung. *Dieses diebische kleine Biest!* Wer sonst hätte ihren Karton plündern können, wenn nicht Fable Hamilton?

Sonnet schnappte sich ihren nicht ganz so geheimen Zweitschlüssel zu Fables Schlafzimmer vom Kühlschrank und marschierte zum Wintergarten.

So empörend es auch war, die Gemälde im dreisten Besitz ihrer jüngeren Schwester zu finden, war da doch auch ein Gefühl, als ob der Anblick, der sich ihr bot, seine Berechtigung hatte. Denn Fable hatte nicht nur jedes einzelne Gemälde aus dem Karton entwendet – sie hatte sie bereits an jedem nur verfügbaren Platz an ihrer Wand aufgehängt. Das hier war kein bloßes Stibitzen; es war eine ganz offensichtliche Inbesitznahme.

Der Wintergarten war zu einem Noah Valley geweihten Kunsttempel geworden: nebelumwobene Berge, edle Regenbäume, eine blutrote Schlingpflanze, die sich an steinernen

Ruinen emporrankte, ein Eisvogelpaar, eine geheime Wasserfallgrotte, ein feuriger Regenbogen, der sich über das Tal spannte, glitzernde Zuckerrohrbüschel und, an einem Ehrenplatz über dem Fenstersitz, der Moria Falls.

Sonnets Empörung schwand. Sie wusste keinen anderen Menschen, der diese Kunstwerke so würdigen und wertschätzen könnte, wie es Fable tat. Sie sollten in einer Kunstgalerie ausgestellt sein oder zum Verkauf angeboten werden. Aber vielleicht lag in alledem ja auch eine Art ausgleichende Gerechtigkeit. Wenn Fable durch die Verschandelung ihres Schilds irgendetwas verloren hatte, dann hatte sie im Gegenzug unendlich viel mehr gewonnen. Sonnet schloss die Tür zu Fables Reliquienschrein mit einem leisen Klicken.

# Kapitel 25

✶

## Die Schmetterlingswiese

*November 1960*

Fable lag in dem üppigen Dickicht ihres Gartens auf dem Bauch, in ein Skizzenbuch vertieft – selbstvergessen gegenüber dem frühlingshaften Sonnenschein über ihr und den barfüßigen Besuchern, die sich der Pforte näherten, Handtücher um die Schultern geschlungen.

Um sie herum blühten die Pentas und Ixora, die sie als Ableger aus Gärten überall im Tal stibitzt hatte. Ihre gesammelten Blumen gediehen wie Unkraut und lockten ihre beiden Lieblingsschmetterlinge in den Garten: den peridotfarbenen Ritterfalter und den himmelblauen Odysseusfalter. Zwischen den Blumen verborgen ruhte Fables Feengarten; oder vielmehr, Olives winzige Grabsteine.

Fable hasste es, wie seltsam Sonnet jedes Mal wurde, wenn die Gräber erwähnt wurden. Selbst nach all den Jahren behaupteten die Erwachsenen noch immer, es wären Feenhäuser. Daher hatte Fable sie trotzig zu Feenhäusern gemacht, hatte Olives Flusssteine in ihre Zeichnungen von farnbewachsenen Tälern und Wasserfällen eingeflochten.

Lange Zeit hatte sie sich mit diesem Thema abgemüht, hatte es ihren Wassernymphen früherer Jahre nachgestaltet.

In den vergangenen zwei Jahren, während Fables Garten zu herrlichem, fruchtbarem Leben erwacht war, waren auch ihre Kunsttagebücher gediehen. Zwischen den Seiten lebte eine Schar Feengestalten, Schmetterlingsflügel um fantasievolle Figuren geschlungen, in Kleidern, die aus Regenwaldblumen oder -früchten gesponnen waren.

Heute ergänzte sie die schillernden peridotfarbenen Flügel einer Fee, die an einer Paradiesvogelblume umhertollte. *Absinth*, so hatte sie diese hier, ihre Lieblingsheldin, genannt. Sie hatte sich zu Beginn des Tages fest vorgenommen, sich nicht von einer erneuten Darstellung blauer Augen ablenken zu lassen.

Zwei junge Männer lehnten über dem Zaun, um Fable zu beobachten. Ihr Gesicht war hinter einem langen rötlich goldenen Vorhang verborgen, während sie die Füße aneinanderschlug. Das fröhliche Geplauder der beiden verstummte.

Der erste junge Mann betrachtete seine gute Freundin lächelnd, wie man es vielleicht bei einem entzückenden Kleinkind tun würde. Der verspielte Drang, Fables Haar zu zerzausen, war jedoch zu einer fernen Erinnerung verblasst. Marco berührte Fable heutzutage nie, es sei denn aus Versehen, und dabei stockte ihm jedes Mal fast das Herz vor Angst, sie könnte es für Absicht halten, unvereinbar mit seiner treu platonischen Gegenwart. In ihm lauerte immer die Befürchtung, sie könnte sich von ihm zurückziehen, wie sie es von jedem anderen männlichen Mitglied der alten Glade-Gang getan hatte.

Seit diesem Wirbel wegen des Buchladenschilds ihrer Schwester – nein, schon früher, seit jener hastig im Keim erstickten Kontroverse wegen Vinelands – hatte sich Fable völlig von ihrer Gruppe abgeschottet.

Marco wusste genug über Fables Beinaheerfahrung auf Vinelands, um sich denken zu können, warum. Aber das auch nur, weil er an dem Abend zu Hause gewesen war, an dem Raff bei den Lagorios aufgetaucht war und Vince wegen seiner Beteiligung daran gründlich zusammengestaucht hatte. Wenn er das nicht zufällig mit angehört hätte, dann hätte Marco noch immer keinen blassen Schimmer, warum Fable der Gang so kalt und so rasch den Rücken gekehrt hatte. Schließlich hatten die Hulls das ganze Thema aus eigennützigen Gründen mit einem Schweigegelübde belegt. Marco hatte Fable nie bedrängt, sich zu erklären, auch wenn Fable vorsichtig, und nur ein einziges Mal, so viel gesagt hatte: »Die Jungs haben sich verändert.«

Und natürlich hatten sie sich verändert. Auch wenn Marco, nicht geneigt, Fable zu widersprechen, vielleicht gern darauf hingewiesen hätte, dass die Mädchen sich zuerst verändert hatten, und das, abgesehen von wenigen Ausnahmen, nicht zum Besseren. Vorbei war die leichte Kameradschaft der Glade-Gang-Tage. Heutzutage war es unmöglich, ein Mädchen zu finden, das den Kopf nicht voll hatte mit Beziehungskriegen, Filmstar-Obsessionen und Trends, die sich so schnell änderten, dass ein Typ ein Schleudertrauma davontragen konnte. Marco bevorzugte Mädchen ohne das ganze künstliche Getue. Um genau zu sein, bevorzugte Marco überhaupt keine Mädchen.

Fable war seine einzige Ausnahme. Er war nicht dumm; er konnte sehen, dass Fable auch ihre Allüren an den Tag legte – wie zum Beispiel dieses ganze Make-up, das sie in letzter Zeit trug. Er wünschte, sie würde es nicht tun, denn das ruinierte ihre ganze natürliche Ausstrahlung. Aber wenigstens zeigte Fable kaum Interesse an diesem unbegreiflichen weiblichen Dreiklang aus Klatsch, Mode und Flirten und war immun gegen die wildromantischen Ausschweifungen ihrer Altersgenossen. Wenn sich alle anderen Oberschüler nach dem Freitagabendfilm im Royale im Raintree Park trafen, mit heimlich hierhergeschmuggelten Flaschen, um sich zu betrinken, war Fable nie unter ihnen.

Marco war insgeheim froh, dass seine Freundin die beliebten Cliquen mied – obwohl sie auch Marcos Gesellschaft ausschließlich rund um die Farmen duldete.

In der Schule oder auf der Straße zog sich Fable lieber zurück. Sie verbrachte ihre Mittagspausen in der Schule mit dem bunt zusammengewürfelten Haufen von Außenseitern und Eigenbrötlern, die sich locker in der Nähe des Kunstgebäudes trafen. Fable verbrachte viel Zeit mit Sally Hobson, einer Aborigines-Künstlerin, deren traditionelle Techniken in einem solch starken Kontrast zu Fables fantasievollen Aquarellen standen. Marco nahm an, dass Fable froh war, jemanden gefunden zu haben, dessen Liebe und Kenntnis des Regenwalds ihre eigene sogar noch übertraf. In einer Art Umkehr ihrer Allianz mit Marco beschränkte sich Fables Beziehung zu Sally hauptsächlich auf den Schulhof und die lauten Sitznischen im Paragon. Außerhalb des Unterrichts gingen sie zu sehr unterschiedlichen Gegenden von Noah Valley.

Irgendwie, obwohl sie sich mit den gesellschaftlich Geächteten umgab, konnte Fable der Aura der Kleinstadtberühmtheit nicht entkommen. Alle Augen, Ohren und Münder waren ständig auf sie gerichtet.

Für die Jungen drehte sich offenbar alles um ihre langen Haare und großen Brüste. Die anhaltende Besessenheit der Mädchen von Fable war schwerer zu verstehen. Wenn sie sich heimlich hinter dem Toilettenblock trafen, um zu rauchen, war Fable ihr Thema Nummer eins. Hassten sie einfach alles an ihr, wie sie gern behaupteten, oder beneideten sie sie in Wirklichkeit um ihre Ausstrahlung? Andere Jugendliche waren sich nicht sicher, wie sie Fable einordnen oder bewerten sollten. Sie benahm sich wie ein Wildfang, kleidete sich, als hätte sie einen Secondhandshop geplündert, zeichnete seltsame Bilder, hatte diese verrückte Hure von einer Mutter, hing mit den größten Losern herum – und stellte sie doch alle in den Schatten. Fable Hamilton war das hassenswerteste Geschöpf von allen – ein unangreifbares Mädchen, das glaubte, sie sei zu gut für alle anderen.

Jetzt pfiff Marco unmelodisch über den Zaun und grinste, als der erdbeerblonde Kopf sich leicht hob und ein Arm hochschoss, einen Finger erhoben.

Marco sprach beiseite. »Das heißt, sie …«

»Braucht noch eine Minute, schon verstanden. Störe nie eine Künstlerin bei der Arbeit.«

Fable erhob sich, strich Gras von ihrem Sommerkleid,

kickte Bleistifte zu einem Haufen zusammen. Dann wandte sie sich mit einem warmen Lächeln zu Marco um.

Als sie sah, dass er nicht allein war, schwand ihr Lächeln jedoch.

Marco verfluchte sich. Er hatte gedacht, er würde einen von Fables wenigen noch verbliebenen Verbündeten aus den alten Glade-Gang-Tagen mitbringen, aber das war offenbar nicht der Fall, nach dieser panischen Miene in ihrem Gesicht zu urteilen. Er hätte wissen müssen, dass er besser keinen Hull hier anschleppte!

Eine lange Sekunde dachte er, sie würde vielleicht sogar weglaufen. Aber dann kam sie doch auf sie beide zu, und Marco atmete aus, vor Erleichterung und Bewunderung zugleich.

Fable Hamilton, eben achtzehn geworden, war eine wahre Augenweide: Haare, die im Sonnenlicht leuchteten; mintgrünes Sommerkleid, ein Relikt vergangener Jahre, zu eng an dem üppigen Brustumfang und den weiblichen Hüften, und diese großen Augen, weit aufgerissen auf sie beide gerichtet.

»Hey, Fabes! Was machst du?«

Fable lächelte Marco an, aber es war sein Begleiter, den sie ansprach.

»Hallo, Rafferty.«

»Fable.«

Sie schienen sich einfach nur anzustarren. Es dauerte viel zu lange. Marco schrumpfte in sich zusammen, während er sich fragte, ob Fable Raff vielleicht dafür maßregeln würde, dass er es gewagt hatte, einen Fuß auf ihr Land zu setzen. Bei Hulls oder Hamiltons konnte man nie wissen.

Stattdessen sagte sie: »Du bist spät nach Hause gekommen.« Eine ganz leichte Furche zeigte sich zwischen ihren Brauen.

»Früh, um genau zu sein. Ich bin für Adrianas Abschlussfeier hier.«

»*Unsere* Abschlussfeier!«, warf Marco ein. »Wird aber auch Zeit. Diese letzte Schulwoche wird sich eeeewig hinziehen. Kann das nächste Wochenende kaum noch erwarten! Wir werden die größte Party feiern, die diese Stadt je gesehen hat, was, Fabes?«

Fable ignorierte ihn. »Bleibst du bis Weihnachten?«

»Nein, ich muss vorher nach Hause.«

*»Nach Hause?«*

»Zurück zu meiner Arbeit. Ich bin jetzt bei einer Firma in London.«

»Du bist ein richtiger Londoner geworden?«

»Das würde ich nicht sagen, noch nicht. Die meiste Zeit fühle ich mich immer noch wie ein Tourist. Aber ich bin dankbar für die Expat-Gemeinde in London; das hält das Heimweh in Schach.«

»Das heißt, du vermisst Noah doch.«

»Noah wird immer mein Zuhause sein. Aber ich müsste lügen, wollte ich behaupten, dass ich das Leben als Zuckerrohrbauer vermisse. Trotzdem, mein alter Herr ruft mir ständig in Erinnerung, dass er nur darauf wartet, dass ich in seine Fußstapfen trete und meinen ›rechtmäßigen Platz‹ auf Summerlinn einnehme.«

»Und, wirst du das tun?«

»Nein.«

»Überhaupt nicht?«

Raffs Antwort war fast ein Seufzen. »Ich bin aus meinen Kindheitsträumen endgültig herausgewachsen, so naiv auf dieses Tal begrenzt, wie sie waren. Das wirkliche Leben und die besten Chancen warten draußen in der großen weiten Welt auf uns. Das werdet ihr zwei auch noch früh genug feststellen.«

Fable ignorierte die Bemerkung. »Es gibt nichts, wofür es sich zurückzukommen lohnt?«

Raff lächelte. »Da ich keine anderen kleinen Schwestern habe, die ihren Abschluss machen ... vermutlich nicht.«

Fable begann, mit einem vereinzelten Blatt in ihren Haaren zu spielen, und einer ihrer Mundwinkel zuckte.

Marco, beunruhigt von Fables untypischer Kühnheit, schaltete sich ein. »Wie lange ist das jetzt eigentlich schon her, dass du das letzte Mal zu Hause warst, zwei Jahre? Du wirst Noah kaum wiedererkennen, so viele neue Läden auf der Main, es heißt sogar, dass bald ein Kaufhaus eröffnen soll! Das John Belden's wurde letztendlich aufgeteilt, und im Paragon haben sie ein brandneues Team.«

Raff lachte. »Ich werde mich noch zurechtfinden, nehme ich an. Die meisten Dinge im guten alten Noah ändern sich ziemlich langsam.«

Fable schnaubte. »Ja, wir sind hier schließlich nur ein rückständiges Provinznest.«

Raff wollte eben schon etwas erwidern, aber dann überlegte er es sich offenbar anders. Fable begann, ihre Zeichenutensilien einzusammeln, kehrte ihnen entschlossen den Rücken.

Marco folgte Fable durch die Pforte. »Willst du mit zum Fluss kommen, um der alten Zeiten willen?«

»Nein danke«, sagte sie – zu schnell.

»Sicher?«

»*Ganz* sicher.«

Marco plapperte munter drauflos. »Ich habe Raff von deinen Bildern erzählt, du solltest ihm das vom Glade zeigen!«

Der Blick, den Fable ihm zuwarf, war ungläubig. Marco wusste zu gut, wie viel ihr ihre Privatsphäre bedeutete, um so etwas aus Vergesslichkeit vorzuschlagen.

»Sie ist viel zu schüchtern«, sagte Marco zu Raff. »Ich sage ihr ständig, sie soll ihr Zeug zu einer Galerie bringen. Die Leute würden sich darum reißen.«

Inzwischen packte Fable ihre Sachen in panischer Hast zusammen. Vielleicht war es tatsächlich ihre Bescheidenheit, die Marco letztendlich dazu brachte, die Grenze zu überschreiten. Er schnappte sich ihr Kunsttagebuch und schlug es für Raff auf.

»Im Ernst, die *musst* du sehen. Sie ist umwerfend!«

Marco blätterte Seiten um, während Fable auf die beiden zustürzte. Raff wich vom Zaun zurück mit erhobenen Händen. »Keine Werkvorschau ohne Zustimmung der Künstlerin!«

Marcos hastiges Blättern hielt mit einem triumphierenden Aufschrei inne. Er hielt das Buch über den Zaun, genau vor Raffs Gesicht.

»Erkennst du das da?!«

Fable blieb abrupt stehen, zu spät, um einzugreifen.

»Zweifellos«, bemerkte Raff nach einer entsetzlich langen Pause.

»Gib es mir«, zischte Fable mit zusammengebissenen Zähnen.

Raff schob das Kunsttagebuch, noch immer in Marcos Händen, wieder zu Fable hin.

Fable drückte sich das Bild ihres von Feen erfüllten Glade an die Brust und funkelte Marco wütend an.

Aber Marco war bereits zu weit gegangen, um Reue zu empfinden. »Niemand wird wissen, wie gut sie ist, solange sie so tut, als ob sie nur vor sich hin pinselt. Sie muss damit an die Öffentlichkeit gehen …«

Raff schnitt ihm das Wort ab. »Warst du vom Faerie Falls inspiriert?«

»Was ist denn der Faerie Falls?«

»Du hast ihn noch nicht gesehen? Im Ernst, das ist einfach genau wie auf deinen Zeichnungen.«

»Ist es in der Nähe?«

Raff wies mit einem Nicken auf Marco. »Ja, lass dich von diesem Burschen hier für einen Tag dorthin bringen. Es gibt keinen Weg, das heißt, du brauchst einen Führer. Man erreicht ihn vom oberen Ende des Moria Falls, ein ziemlicher Aufstieg.«

»Ich weiß nicht, wie man dorthin kommt, Fabes«, murmelte Marco. »Hätte keine Ahnung.«

Raff grinste. »Ihr jungen Burschen verbringt heutzutage zu viel Zeit damit, am Wochenende im Schwimmbad herumzulungern, ihr lasst die alten Talgeheimnisse in Vergessenheit geraten.«

»Klingt eher so, als ob die alte Garde die Talgeheimnisse für sich behält«, gab Marco zurück.

Fable wandte sich an Raff, die Augen weit aufgerissen, golden und glänzend.

»Würdest *du* mit mir hingehen und ihn mir zeigen?«, fragte sie.

Für einen Moment, nicht länger als eine Sekunde, huschte ein Ausdruck über Raffs Gesicht, den Marco dort noch nie zuvor gesehen hatte. Fast augenblicklich wurde er von freundlicher Zustimmung überdeckt.

»Na klar, die Zeit kann ich mir vermutlich nehmen. Stellt ihr zwei die Truppe zusammen. Ich bringe euch hin, damit ihr es euch ansehen könnt.«

Von Fable kam kein Zögern. »Morgen!«

»Da kann ich nicht, Fabes!«, rief Marco. »Ich arbeite den ganzen Tag im Perroti's.«

»Kannst du deine Schicht nicht tauschen?«, fragte sie, ohne in seine Richtung zu sehen.

»Ich werd's versuchen«, meinte er kläglich.

»Um wie viel Uhr willst du los?«, fragte sie Raff.

Raff sah zwischen den beiden jüngeren Leuten hin und her. »Solange mein alter Herr mich nicht auf Summerlinn für irgendetwas einspannt, können wir um acht aufbrechen. Ich werde den Truck bereithaben. Es ist ein langer, steiler Aufstieg. Bringt Essen, Wasser und so weiter mit.«

»Geht klar«, sagte Fable und klopfte Marco auf die Schulter. »Dann sehen wir uns morgen früh in aller Frische.«

»Ich werde versuchen, Vince zu überreden, dass er für mich einspringt«, sagte Marco, ohne damit zu rechnen.

»Okay, mach das!«, flötete Fable und flitzte bereits davon.

Marco trat gegen eine Zaunlatte. Die Lust, mit Raff Hull schwimmen zu gehen, war ihm gründlich vergangen.

# Kapitel 26

✶

## Faerie Falls

Falls sie in dieser Nacht überhaupt ein Auge zutat, bekam Fable jedenfalls nichts davon mit; jede Faser ihres Wesens erwartete angespannt, in qualvoller Ungeduld, die Morgendämmerung. Unzählige Male stürzte sie aus dem Bett ans Fenster, um sich zu vergewissern, dass die Sonne nicht, wie sie befürchtete, vergessen hatte aufzugehen.

Würde es nie wieder Morgen werden? Und wenn doch, würde sie dann feststellen, dass Raffs Erscheinen nicht mehr als ein Wunschtraum gewesen war, entstanden aus der schmerzlich langen Zeit, die sie nach seiner längst überfälligen Heimkehr Ausschau gehalten hatte? Nur der ohrenbetäubende Regen auf das Cottagedach vermochte es, ihre Ängste ein wenig zu beschwichtigen. Es war vielleicht einen Monat zu früh, aber Raff Hull war hier.

Und wieder einmal hatte er den Regen mitgebracht.

Bis die Morgendämmerung mit einem gedämpften Schimmer durchs Erkerfenster hereindrang, war Fable bereits an ihrer Kommode: Sie massierte ihre unreinen Wangen mit der Salbe, die sie aus Olives Badezimmerschränkchen entwendet hatte; sie versuchte verzweifelt, ihre Akne abzudecken – doch das übliche ruhige Geschick ihrer Künstlerhand ließ sie im Stich; zittrig in ihrer Eile stieß sie kostbare Make-up-Tiegel von der Kommode. Es nützte alles nichts; sie richtete nur Chaos an!

Sie nahm sich einen Waschlappen, wischte sich das Gesicht wieder ab und betrachtete ihr Spiegelbild kritisch. Ihre Makel lagen bloß, aber ihre ungeschminkten Augen glänzten vor Hoffnung und Staunen; diese violetten Schatten und bernsteinfarbenen Tümpel strahlender, als sie sie je zuvor gesehen hatte. Und das würde heute genügen müssen.

Sie erhob sich vom Tisch.

Nachdem sie dreizehn Kleidungsstücke bereits in der Hand und wieder verworfen hatte, entschied sie sich für einen Neckholder-Overall mit ihrem brandneuen, hochtaillierten Bikini darunter, etwas, das sie bislang nicht zu tragen gewagt hatte, so freizügig wie er war.

Um Viertel vor acht stürzte Fable mit wippendem Pferdeschwanz zur Tür hinaus. Sie hatte eine hastige Notiz für Sonnet hinterlassen, ohne zu erwähnen, in wessen Gesellschaft sie den Tag verbringen würde. In ihren Rucksack hatte sie noch wahllos etwas Obst gestopft, aber nicht einen Bissen hinunterkriegen können.

Das Tal lag strahlend schön da nach dem ersten Frühlingsgewitter, in Nebel gehüllt und von einer weißen Leinwand überspannt, unter der weiße Kakadus kreischend herabstießen.

Ihr Herz hämmerte wild, während sie die Brücke zum Haus der Hulls überquerte – und zu dem Traum, den sie schon so lange so innig und töricht hegte: Rafferty.

Sie heftete den Blick auf den Truck, der, wie versprochen, unter den Mangobäumen im Leerlauf stand. Der Atem wurde ihr abgeschnürt, als sie sich erinnerte, wann sie Summerlinn das letzte Mal betreten hatte. Blinzelnd hielt sie nach Raffs blondem Schopf auf dem Fahrersitz Ausschau.

Kein Grund, sich zu zwicken, denn da war er – und wartete bereits.

Fable war nur noch ein paar Schritte vom Truck entfernt, als sich vor ihren ungläubigen Augen die Ladefläche des Trucks mit Teenagern füllte – Adrianas dunkler Schopf sprang ihr sofort ins Auge.

Eine eisige Hand legte sich um ihr Herz und drückte fest zu.

Für den aufmerksamen Beobachter – und jene blauen Augen beobachteten auf jeden Fall ihr Herannahen – schlenderte Fable seelenruhig auf den Truck zu, ohne eine Spur von Bestürzung. Sie entbot einen beiläufigen Gruß und schwang sich an Bord, unterließ es, den Fahrer selbst oder seinen Beifahrer, Eamon, anzusprechen.

Raff lehnte sich aus dem Fenster. »Warten wir noch auf Marco?«

»Kommt nicht!«, säuselte Fable und zwängte sich so lässig, als würde sie zur Rushhour in einen Zug schlüpfen, neben ihren Mitfahrern auf die Ladefläche.

Zur Antwort erwachte der Truck rumpelnd zum Leben.

»Oh, seht mal, wer von seinem Freund versetzt wurde!«, spottete eine Stimme in ihrer Nähe, gefolgt von allgemeinem Gekicher.

Es war Christy Logan. Natürlich war sie es. Fables jämmerliche Enttäuschung wäre nicht vollkommen gewesen, wenn Christy heute nicht mit von der Partie wäre.

Fable wusste, dass sie besser gar nicht darauf eingehen sollte. Und doch fragte sie zuckersüß: »Und wo ist dein Freund?«

Christy, erst kürzlich tief gedemütigt durch den Verlust des schwer erkämpften und noch schwerer zu haltenden Van the Man an eine jüngere, hübschere, weniger verklemmte Version ihrer selbst, unternahm keinen Versuch, ihre Abscheu im Zaum zu halten. »Wenigstens laufe ich nicht herum und lutsche Kanakenschwänze.«

Dass Christy zu weit gegangen war, zeigte sich an dem hohlen Gelächter der Gruppe.

Adriana, die grundsätzlich nur selten das Wort an Fable richtete, schaltete sich rasch ein, um das Gleichgewicht zu Christys Gunsten wiederherzustellen. »Was machst du überhaupt hier, Hamilton? Niemand hat dich eingeladen!«

Jetzt legten sie alle zusammen los. Isabella, Jessica, Megan, wieder Christy …

»Und was hast du da eigentlich an? Wir können in diesem Overall alles sehen.«

»Du versuchst doch ständig verzweifelt, dich in den Mittelpunkt zu drängen. Muss bei euch in der Familie liegen.«

»Kein Wunder, dass du dir normalerweise so viel Make-up ins Gesicht klatschst, wenn du *dieses* Gesicht verbergen musst.«

»Passt auf, der Vesuv bricht aus!«

Mit ihrer Gehässigkeit zeigten die Mädchen nur ihr wahres Gesicht, dachte Fable bei sich und lehnte sich auf der ratternden Ladefläche zurück. Eine Salzpflaume aus ihrem Rucksack verschaffte Erleichterung von den spöttischen Mienen. Sie würde den ganzen Tag Salzpflaumen kauen, wenn es sein musste.

Unter ihren Wimpern hervor musterte Fable jetzt ihre anderen Mitfahrer – zwei neue Jungen von St. Ronan's, dazu Adrianas neuester Schwarm, Co-Schülersprecher Greg Hadley. Die Ziele der Gruppe waren klar. Flucht vor dem Elend der Sonntagmorgengottesdienste und der leblosen Main Street, um Schmuggelware zu konsumieren: Alkohol und ein *Playboy*-Magazin, um das sich Jungen und Mädchen gleichermaßen drängen würden – die Jungen mit unzweideutigen Vergleichen mit ihren Mitschülerinnen; die Mädchen mit beleidigtem Prusten und prüfenden Blicken.

Es dauerte nicht lange, bis atemlose Stimmen tiefere Motive offenbarten. Mehrere glühende Bewunderinnen von Raff Hull waren heute mit von der Partie und wetteiferten um die Aufmerksamkeit von Noahs begehrtestem Junggesellen. Adriana, im Allgemeinen fanatisch besitzergreifend, wenn es um ihren Bruder ging, war sich seltsamerweise sicher, dass Raff nicht nur in mindestens zwei ihrer Freundinnen verliebt war, sondern auch schon immer einen bestimmten Typ gehabt hatte: grünäugige Brünette mit Isabellas exakten Maßen. Er hätte sie buchstäblich *angefleht*, ihre Freundinnen heute mitzubringen, obwohl sie *Besseres zu tun* hatten.

Die Mädchen gackerten in einer Tour.

Was nahm Raff Hull nicht alles auf sich, nur um es zu vermeiden, mit ihr allein zu sein. Fable hatte den Ton des heutigen Abenteuers völlig falsch aufgefasst – *sie* war das

Anhängsel. Na ja, sie hatte immer noch die Option, sich kopfüber aus dem Truck und von dieser zum Scheitern verurteilten Mission in die schwindelerregenden Tiefen der Schlucht zu stürzen.

Doch bevor sie das in die Tat umsetzen musste, erhob sich zum Glück der Moria Falls tosend vor ihnen aus dem Wald. Fable sprang auf den Parkplatz, spannte Rucksackriemen und Nerven gleichermaßen an, gab sich gleichgültig gegenüber Eamon, der heimlich ihre Brüste streifte, als er sich an ihr vorbeizwängte, und bildete die Nachhut.

Ein Chor von Gelächter brach in der versammelten Gruppe aus, als einer der Jungen tat, als würde er mit einem Fuß nach einem Buschhuhn treten, und es kreischend davonhuschte.

Die Wandergruppe, angeführt von Raff, wurde von einer nicht ausgeschilderten schmalen Lücke in der Waldwand verschluckt. Hätte Fable den Blick nicht fest auf diesen langen, breiten Rücken geheftet – umringt von seinem Gefolge kichernder Bewunderinnen, während sein Stellvertreter Eamon hinter ihnen herdackelte –, sie hätte den Weg vielleicht übersehen. Sie ließ sich zurückfallen, spielte mit dem Gedanken, in ihrem durchsichtigen Overall und mit ihrer unzureichend abgedeckten Haut kehrtzumachen und zu flüchten. Es gab niemanden, der sie vermissen würde. Nur die Sorge, in Raffs Augen kindisch auszusehen, trieb sie weiter an.

Die Belohnung folgte prompt: der kalte, kräftige Geruch des Mantels des Regenwalds, sein vertrauter, sie umhüllender Trost. Sie atmete tief durch.

Der Weg, mit tiefem Schlamm bedeckt, stieg unvermittelt an, und Fable grinste über das laut werdende Gezeter der Mädchen, die vorneweg gingen. Das stille Brennen ihrer Schenkel war ein hämisches Vergnügen. Nachdem sie jahrelang mit den Jungen auf Berge geklettert war, war das hier etwas, worin Fable gut war. Wenn Raff endlich entscheiden sollte, einen Blick zurückzuwerfen, würde er garantiert nur ein einziges Mädchen sehen, das heute hierhergehörte.

*Kreischt weiter, Dummköpfe!*

Sie stiegen auf einem Ziegenpfad neben dem Moria Falls hoch. Das Rauschen war eine gewaltige, die Brust durchdringende Gegenwart. Fable wollte die Arme weit ausstrecken und sich davon umschließen lassen. Eine Lücke in der dichten Vegetation bot einen kurzen Ausblick, und Fables Herz hämmerte sowohl von dem Vergnügen der Anstrengung als auch von den schwindelerregenden Höhen, die sie über dem steil abfallenden Moria Falls erreichten. Die Höhenlage ihrer Expedition war allen klar geworden dank des großen Steins, den Eamon, schlauköpfig wie immer, gelockert und über die Klippenwand gestoßen hatte. Das Geräusch war das eines abgehenden Erdrutsches. Die Jubelrufe und Schulterklopfer der Jungen beflügelten nur das prickelnde Gefühl von Angst, das die Gruppe erfasste.

Eine Panikattacke, vorgetäuscht oder auch nicht, befiel Isabella, und die Angst wurde zu einem spürbaren Band, das sich durch die ganze Gruppe zog. Raff sagte irgendetwas, um ihre Panik zu beschwichtigen, aber seine Worte waren für Fable, die das Schlusslicht bildete, nicht zu verstehen.

Jetzt tief in dem Wolkenwald wich die Andeutung eines

Weges einem steil ansteigenden, von Wurzeln überwucherten Haufen von Gesteinsbrocken. Sie kamen nur langsam voran – es war, als würden sie einen riesigen Berg hingeworfener Murmeln hochklettern. Es war eine schweißtreibende, schmutzige und dennoch befriedigende Herausforderung.

Das dachte Fable zumindest. Rundum fähige Wanderer hatten sich irgendwie in eine keuchende Truppe verwandelt, die nach und nach Schuhe, Sonnenbrillen – und ihre Kraft – verlor. Mädchen bestanden darauf, über Felsen gehoben zu werden – wie zu erwarten, von niemand Geringerem als ihrem gut aussehenden, unerschrockenen Anführer, auch wenn Eamon rasch zu Hilfe eilte, eine Hand unter ein straffes Gesäß oder auch drei geschoben. Das Getue weiblicher Hilflosigkeit brachte Fable zur Weißglut.

Isabella folgte Raff so dicht auf den Fersen, dass sie fast huckepack getragen wurde. Fable fragte sich, ob sie sich als Nächstes vielleicht tatsächlich bewusstlos in seine Arme fallen lassen würde. Und wenn ja, ob eine schallende Ohrfeige sie vielleicht wieder zur Besinnung bringen würde.

Der Schmerz in Fables zusammengebissenen Zähnen nahm zu.

Sie hatten eine natürliche Ausbuchtung erreicht, aus Stein und steiler Klippenwand geformt, überdacht vom Baldachin des Waldes. Hier wurde ihr Weg von einer tiefen Felsspalte unterbrochen, so schwarz, dass sie fast bodenlos zu sein schien.

Jetzt gab es kein Vorankommen mehr, außer über die Kluft.

Wie zu erwarten, erklärte sich Isabella nur nach etlichen

schmeichelnden Bitten und dem Versprechen, dass männliche Arme sie hinübergeleiten würden, dazu bereit, ihren Weg fortzusetzen. Was brauchte sie sonst noch, dachte Fable wutschnaubend, einen Heiratsantrag auf der anderen Seite?

Sie ergriff die Hand ihres Retters und schwang sich in einem schreienden Spektakel über den Abgrund.

Fable wünschte, sie würden alle in die Felsspalte stürzen, schnurstracks in den Hades, auf dem ganzen verdammten Weg hinunter, angeführt von Rafferty Hull! Nicht gewillt, mit anzusehen, wie Raff die Hand jedes kreischenden Mädchens hielt, hob Fable den Blick zu dem riesigen Vogelnestfarn in den Zweigen über ihr. Ein Kronleuchter der Natur, dachte sie und begann, von einem Feenballsaal zu fantasieren.

Die plötzlich eintretende Stille verriet Fable, dass sie auf einmal an der Reihe war. Auf der anderen Seite der Kluft war Raff – der sie zum ersten Mal an diesem Morgen direkt ansah. Eine starke Hand war bereits geduldig ausgestreckt. Hinter ihm war jedes Gesicht erwartungsvoll auf Fable gerichtet.

Raff forschte in ihrem Blick, fand in Fables Augen Ablehnung und eine Warnung zugleich. Fast unmerklich, aber die Botschaft kam an. Er wich ein paar Schritte zurück. Raffs Miene verriet ein gehöriges Maß an Besorgnis, und sie jagte einen ängstlichen Schauer in Fables Magengegend.

Ohne sich Zeit zum Nachdenken zu geben oder, genauer gesagt, überhaupt darüber nachzudenken, holte Fable einmal tief Luft und sprang über den Abgrund.

Sie landete sicher hinter der Kluft, kam aber ins Straucheln, als sie auf dem rutschigen Stein Halt suchte. Raffs Hand schoss vor, um sie aufzufangen, während ihre eigene bereits hochschnellte, um jede Hilfe abzuwehren. Ihre Hände trafen sich zu einer festen Umklammerung, die ebenso rasch gelöst wurde, wie sie entstanden war.

»Jetzt haben wir's gleich geschafft«, durchschnitt Raffs Stimme das Gemurmel. Mädchenhaftes Gekicher wurde rings um Raff am vorderen Ende der Schlange wieder laut, und sie setzten ihren Weg fort.

Erst jetzt fiel Fables Herzschlag in einen trotzigen Galopp. Ihre Hand brannte und bebte. Sie musste ihre ganze Willenskraft zusammennehmen, um scheinbar seelenruhig weiterzulaufen.

Bald stiegen sie einen grob gehauenen Pfad zwischen riesigen Fächerpalmen hoch bis zu einem Feenwasserfall …

Jede Felsoberfläche war mit leuchtend grünem Moos und winzigen, winkenden Farnen geschmückt. Ein langer, schmaler Wasserstrahl ergoss sich in ein verborgenes Grottenbecken, und kleine Rinnsale schossen aus dem Gestein hervor, um sich in einer tiefen Lagune zu vereinen. Über dem Wasserfall waren Bäume mit silbrigen Epiphyten bekränzt, die sich wie Seetang in einer Strömung kräuselten. Das diffuse Licht hier beschwor geradezu einhundert Feen beim Spiel herauf: tänzelnd in winzigen Regenbogen; funkelnd zwischen moosgrünen Wasserläufen; aufblitzend in sonnenbeschienenen Flecken, die von verschlungenen Wurzeln umrahmt waren. Die Schönheit durchzuckte Fable wie ein physischer Schmerz. Sie war verzaubert.

Jugendliche schwärmten aus auf den Schauplatz, erschütterten die Stille. Fable blieb zurück, außerstande, selbst dort einzufallen. Verbitterung wallte in ihr auf über die Ungerechtigkeit, zusehen zu müssen, wie dieses magische Reich von einer wilden Horde zertrampelt wurde.

Ihr verdrießliches Zögern musste ihren Wanderführer enttäuscht haben, denn er tauchte leise an ihrer Seite auf.

»Es gefällt dir nicht?«

Fable wandte sich mit einem ungläubigen Blick zu ihm um. »Es gefällt mir *zu* gut.«

Seine Erleichterung, so offensichtlich, stieß den Dolchgriff schmerzlichen Staunens noch tiefer hinein.

»Es ist genau wie auf deinen Gemälden, stimmt's?«

»Wie ich es mir erträumt habe.«

Er lächelte.

»Danke – dafür.«

»Gern geschehen.«

»Ich wünschte nur, ich müsste es mit niemandem sonst teilen …« Eine schrille Balgerei brach aus, als Eamon eines der Mädchen unter die Gischt zerrte. »Hoffentlich werden sie alle ertrinken, dann habe ich den Ort für mich allein.«

Raff lachte. »Na ja, wenigstens weiß ich, dass du aufrichtig bist.«

Sie lächelten beide, standen nicht wirklich getrennt, aber auch nicht zusammen da. Eine erwartungsvolle Stille schwebte über ihnen wie ein Netz.

Raff wies mit einem aufmunternden Nicken auf den Rucksack, den sie umklammert hielt, die gebundene Kante ihres Lieblingskunsttagebuchs deutlich sichtbar an seiner

Öffnung. Fable schüttelte den Kopf, zog den Rucksack fester zu, um das Schlagen des Herzens ihres Kunsttagebuchs, seine Sehnsucht nach Befreiung, zu verbergen. Nichts auf der Welt könnte sie dazu bringen, ihr Buch hier und heute, vor diesen Geiern aufzuschlagen. Nicht einmal Raff Hull.

Kreischende Schreie von der nahen Lagune ließen sie beide herumschnellen. Eamon hatte eine Stinkmorchel gefunden – einen ekelerregend phallisch geformten Pilz mit einem hauchzarten weißen Netz, das sich wie Samen von seinem Kopf ergoss. Wie zu erwarten, rief Eamon den Mädchen hinterher, den Phallus an seine vorgestreckten Lenden gehalten.

»Wer will Pilze?«

»Hau ab, das stinkt!«, kreischte Megan.

Als er an Fable vorbeikam, wurden die vulgären Rufe noch lauter, und die Stinkmorchel stieß nach ihren Shorts.

»Lass gut sein, Eamon«, sagte Raff in einem leisen, bedrohlichen Ton.

Eamon blieb stehen. Seine Augen huschten zwischen Raff und Fable hin und her, verengten sich schließlich. »Oh, na klar«, murmelte er, »wir dürfen schließlich *Fayyyyble* nicht beleidigen, oder?« Er stieß mit einer theatralischen, ekelhaften Geste ein letztes Mal mit der Stinkmorchel nach Fable, bevor er vor der Miene seines Bruders zu dem höher gelegenen Wasserfall flüchtete.

Fable wich Raffs Miene ebenfalls aus.

Auf Adrianas Anweisung hin versammelten sich die Mädchen zu einem Gruppenfoto: Arme umeinandergelegt, Haare perfekt drapiert, Beine ganz leicht angewinkelt. Christy und

Adriana, vorn und in der Mitte dieser lockeren Pyramide, starrten sie in die Kamera, beide den Kopf auf die Seite gelegt, mit einem aggressiv selbstbewussten Lächeln. Eamon, der sich gefährlich weit über einen Felsvorsprung gebeugt hatte, fuchtelte ihnen mit seiner Stinkmorchel zu. Ein gellender Jubelruf wurde laut, und die Kamera klickte.

Dass Fable so ganz nebenbei von »den Mädchen« ausgeschlossen wurde, ließ sie zusammenschrumpfen. Sie spielte mit einem losen Faden an ihrem Rucksack. Es war eine Sache, jeden Tag damit leben zu müssen, die Einzelgängerin von der anderen Seite des Flusses zu sein, aber eine völlig andere Demütigung, dass es Raff so vorgeführt wurde.

Raff neigte den Kopf zu Fable. »Weißt du, tatsächlich verdankt der Wasserfall seinen Namen den Glühwürmchen, die man nachts hier leuchten sehen kann. Sie sehen genauso aus wie Feen. Oder zumindest so, wie ich mir Feen immer vorgestellt habe.«

»Du machst Witze.«

»Absolut nicht. Als Junge habe ich mich nachts oft hier hochgeschlichen und versucht, sie in einem Glas zu fangen. Es war einer meiner Lieblingsorte in ganz Noah. Ich wollte mit eigenen Augen sehen, ob sie wirklich Feen waren.«

»Und, ist es dir je gelungen?«

»Nein, bedauerlicherweise hatte ich …«

Seine Antwort wurde von Isabella unterbrochen, die sich zwischen sie beide schob. Sie drückte ihm eine Flasche Sonnencreme in die Hände. »Würdest du mich bitte eincremen, Raff?«

Fable schluckte ihre Abscheu hinunter.

»Ich bin sicher, eines der Mädchen kann dir dabei helfen«, sagte er und gab ihr die Flasche wieder.

»Komm, lass mich«, sagte Fable und griff mit einem engelsgleichen Lächeln nach der Creme.

Isabella riss sie hastig wieder an sich. »Als ob ich das zulassen würde!«, zischte sie.

Das langsam gehauchte Wort, mit dem Isabella sich abwandte – *H-u-r-e* –, setzte Fables Gesicht in Flammen. Sie konnte die plötzliche Anspannung in Raffs Kiefer eher spüren als sehen.

»Na ja«, meinte sie, während sie ihre Fassung wiedergewann, »wenn du Angebote dieser Art routinemäßig ablehnst, ist es kein Wunder, dass es dir nicht gelungen ist, irgendeine hübsche Fee zu fangen.«

»Ein Jammer, wirklich.«

Sie tauschten ein ironisches Lächeln, das noch eine ganze Weile anhielt, nachdem sie beide den Blick abgewandt hatten.

»Glühwürmchen glühen, aber Wasserfälle fallen«, murmelte Fable, hauptsächlich zu sich selbst, aber Raff legte den Kopf auf die Seite, um sie besser hören zu können. Obwohl er ihr nicht einen Zentimeter näher gekommen war, verringerte sich der Abstand zwischen ihnen zu einer intimen Nähe.

Stille breitete sich zwischen ihnen aus, voll und weich.

Fable klopfte auf ihren Rucksack, während sie sich fragte, wovor ihr mehr graute – dem Moment, in dem Raff sich entfernte, oder dem Ende des Tages, ohne dass sie einen Moment Zeit gehabt hatte, um zu zeichnen.

Schließlich erhob sich Raff widerstrebend. »Hey, weißt du was, ich hatte eigentlich vor, euch jetzt weiterzuscheuchen – aber du solltest hierbleiben und zusehen, dass du ein paar Zeichnungen zustande bringst.«

Er ließ sie allein.

Mit dem Versprechen auf einen anderen Aussichtspunkt, eine Stunde entfernt, mit einem Panoramablick über die Schlucht, zauberte Raff die Gruppe fort. Sie folgten ihm ohne einen Blick zurück auf Fable. Inmitten des ganzen Gezeters, um in Raffs Nähe zu sein oder ihn zu übertrumpfen, war sie vergessen worden.

Erst als das letzte wiehernde Lachen verhallt war, atmete Fable aus und lockerte den Griff um ihr Kunsttagebuch. Sie war allein. Raffs Geschenk von Faerie Falls gehörte ihr endlich voll und ganz.

Ein Schauder überwältigenden Glücks durchlief sie, während sie die Felsen hochstieg und ihren Rucksack aufzog.

Fable arbeitete fieberhaft: Seiten wurden hektisch umgeblättert, Hände pulsierten vor Dringlichkeit, um möglichst viele Details festzuhalten. Sie hatte ungefähr zwei Stunden Zeit, bis Raff und seine Groupies wiederkommen würden, und sie hielt nicht einen Moment inne. Fable war quasi allein in einem Süßwarenladen und schlug sich den Bauch voll, bis sie fast platzte.

Zur Stunde der erwarteten Rückkehr der Gruppe zog sich Fable tief in die sonnenbeschienene Grotte zurück und sah zu, wie die schlanke Kaskade blendendes Licht herumwirbelte, während sie sich in die Lagune neben ihr ergoss.

Sie ließ sich erschöpft zurücksinken, das Kunsttagebuch aufgeschlagen auf ihrem Schoß. Ihr Sehvermögen und ihre Atemzüge wurden schwächer, fielen in einen Zustand träger Benommenheit.

Sie glitt ins Träumen.

Es war dieses bezaubernde Bild eines ruhenden Mädchens, in das Raff eine halbe Stunde später stolperte. Er kehrte vor den anderen zurück, und als er den Wasserfall menschenleer vorfand, nahm er an, dass Fable den Berg bereits wieder hinuntergestiegen war. Er streifte sein schweißdurchnässtes Hemd ab und beugte sich unter den Wasserstrahl, um sich abzukühlen, als er zu seiner Verblüffung Fable entdeckte, die in der Grotte darunter schlummerte; Licht tänzelte auf ihren erdbeerblonden Locken, und die Seiten ihres Kunsttagebuchs schimmerten blendend.

Raff zuckte zurück, versuchte, sein Gleichgewicht zu korrigieren, und purzelte stattdessen nach vorn in die Feenlagune.

Fable wachte davon auf, dass Rafferty Hull leibhaftig durch die Luft auf sie zutaumelte, wie in einem absolut fantastischen Traum. Der Wasserspritzer, der von ihm hochschoss, war erfrischend real.

Als Raff wieder an die Oberfläche tauchte, sagte Fable das Erste, was ihr durch den Kopf schoss. »Sieh mal an, wer da kopfüber ins Wasser gefallen ist.«

Ein Lachen breitete sich auf Raffs ganzem Gesicht aus.

Die letzten Spuren eines Traums verflüchtigten sich, während Fable zusah, wie Raff sich aus dem Wasser auf den Felsvorsprung hochstemmte. Dieser Mann mit dem entblößten Oberkörper, der sich die Haare aus der Stirn strich, war eindeutig aus Fleisch und Blut.

»O Gott, dein Buch!«, rief er. »Deine ganzen Zeichnungen!«

Fable starrte benommen auf die Linien aufgeweichter Farbe, die über ihre Seite sickerten.

»Komm«, sagte er. »Lass es uns zum Trocknen in die Sonne legen.«

Sie kletterte hinter Raff aus der Grotte.

Er wandte sich zu ihr um, mit hängenden Schultern. »Ich habe es ruiniert.«

Sie hätte entsetzt sein sollen über die Zerstörung ihrer eifrigen Arbeit dieses Tages, ganz zu schweigen von den vielen Monaten davor, aber alles, was sie wahrnahm, war die aufwallende Hitze, tief in ihrem Bauch, beim Anblick von Raff, durchnässt und ohne Hemd, der ihr Buch in seinen großen Händen hielt.

Ihre Verletzlichkeit war ein pochender Bluterguss, der in verräterischen Farben über ihre Miene sickerte. Raff trat wortlos vor und legte ihr das Kunsttagebuch wieder in die Hände.

Fable senkte den Blick, löste Seiten voneinander. Der Großteil davon war tatsächlich ruiniert – Zeichnungen flossen ineinander, bluteten von der Seite.

Nichts davon bedeutete so viel wie seine nahe Gegenwart in diesem Moment. Sie hätte jedes Kunsttagebuch, das sie besaß, in den Wasserfall geworfen, nur um diese atmende Nähe noch länger aufrechtzuerhalten.

»Schon gut«, sagte sie. »Es ist nur ein grobes Skizzenbuch. Mein bestes hätte ich wohl kaum mit hierhergenommen, oder?«

Sein Atemstoß bewies, dass es eine der süßesten Notlügen war, die sie je erzählt hatte.

»Siehst du«, sagte sie, während sie durchweichte Seiten umblätterte. »Nichts von Bedeutung.«

»Da wage ich zu widersprechen, Fable«, sagte er. »Du bist … begabt.«

Ein Schmerz stieg in ihrer Kehle hoch. Sie zuckte mit den Schultern.

Es war Raffs neugierige Miene, die ihren Blick auf das aufgeschlagene Kunsttagebuch lenkte. Ein Donnerschlag schien sie zu durchzucken. Ein körperloses Augenpaar, fein in Grafit wiedergegeben, hatte Raffs Interesse geweckt.

Es war sein eigenes.

Wenn sich in diesem Augenblick ein längst erloschener Vulkan unter dieser Schlucht aus steinernem Wunder und Feenwasserfällen aufgetan hätte, um Fable mit einem einzigen riesigen, rülpsenden Magmaschluck zu verschlingen, hätte sie sich vielleicht ein klein wenig besser gefühlt, als sie es jetzt tat.

Raff studierte die Zeichnung, furchte die Stirn, legte den Kopf auf die Seite.

Bemerkte er, wie ihre Hände vor abgrundtiefem Entsetzen zitterten?

Fast fünf Jahre lang hatte sie Raffs Augen wie eine Besessene gezeichnet. Dieses Motiv hatte sie mehr gefesselt als irgendein anderes. Falls sie überhaupt ein Talent hatte, *irgendeines*, dann war es in diesen Augen auf den Punkt gebracht.

Sie war sich sicher, dass sie über einem Abgrund schwebte. *Er musste es erkennen!*

Und doch sah sie in seiner Miene nicht die aufkeimende Abscheu, die sie am meisten befürchtete, sondern offene Bewunderung. Mit der Arglosigkeit eines Kindes platzte sie mit der Lüge aller Lügen heraus: »Das sind meine.«

Raff sah auf, um ihre Augen zu betrachten. Fables Herzschlag hatte die Kontrolle über ihren Körper übernommen. Sie schlotterte.

»Die Farbe fehlt noch«, piepste sie.

»Na dann, lass mich mal sehen. Bernsteinfarben – nein, eher ein schimmerndes Karamell – und auch Violetttöne. Du hast absolut ungewöhnliche Augen, Fable. Sie erinnern mich …«

Er brach ab.

Fable senkte die Wimpern, um ihre Augen zu verbergen. Sie klappte das Kunsttagebuch entschlossen zu.

Sein Satz, als er ihn schließlich zu Ende führte, war fast – aber nur fast – eine beiläufige Nachbemerkung. »Deine Augen haben die gleiche Farbe wie das Wasser im Glade. Du könntest dieses Bild ›Fable vom Glade‹ nennen.«

Dann entfernte er sich, um sich auf die Suche nach seinem Hemd zu machen, und ließ Fable stehen, wo sie war, unkontrolliert zitternd, ungeachtet der warmen Strahlen auf ihren Schultern, des Sonnenscheins in ihrem Herzen.

Zum ersten Mal in ihrem Leben war Fable dankbar für den Anblick von Adriana und ihren Freundinnen, die auf die Lichtung marschierten, nach Zigarettenrauch stinkend und lautstark jammernd über die von Wolken beeinträchtigte Aussicht, den fehlenden Proviant, die uralte Aborigines-Felsenkunst, vor der Raff sie nicht posieren lassen wollte, und das Tempo, in dem ihr nicht länger getreuer Wanderführer ihnen vorausgeeilt war.

# Kapitel 27

*

## Frangipanikrönung

*Ende November 1960*

Auf Heartwood waren vier Gesichter gebannt auf den langen Flur gerichtet und warteten auf den großen Auftritt der Highschoolabsolventin, die jeden Moment in ihrem Kleid für den Abschlussball die Treppe herunterkommen würde.

»Wir sind bereit für dich!«, säuselte Olive.

»Wir wollen nicht zu spät kommen«, ergänzte Sonnet. »Es wird die Hölle sein, bei der Schule einen Parkplatz zu finden.«

»Sonny«, winselte Plum. »Wofür braucht sie denn so lange?«

Gav sagte nichts, als würde der förmliche Anzug, der seine stämmige Gestalt einzwängte, sogar seinen Humor unterdrücken.

Sonnet war seltsam gerührt gewesen, als Gav darauf bestanden hatte, einen Anzug zu tragen – etwas, das, wie Olive erklärte, in den dreißig Jahren, die sie jetzt schon verheiratet waren, noch nie vorgekommen war. Auch zum Sonntagsgottesdienst trug er keinen.

Auch Olive sah wirklich nicht schlecht aus, dachte Sonnet, während sie ihre Tante in ihrem maßgeschneiderten Kleid musterte.

Es war ein historischer Moment für sie alle: die erste Hamilton, die die zwölfte Klasse an der Schule von Noah Valley abschloss! Sonnet verspürte insgeheim einen Anflug von Zuneigung für Olive. Es war eine unwahrscheinliche, konfliktgeladene Partnerschaft gewesen, aber gemeinsam hatten sie und Olive dieses aufreibende, begabte Mädchen durch ihre Highschooljahre gebracht. Sie hatten Fable zu ihrem Abschluss und, wie Sonnet es sah, auf ihr Sprungbrett aus den erdrückenden Grenzen von Noah Valley verholfen.

Das zögernde Knarren der Badezimmertür warf eine erwartungsvolle Stille über die Tischrunde. Ein paar Sekunden Vorfreude folgten, bevor Fable, den Blick gesenkt, in den Flur trat.

*Oh, sie ist eine Braut*, war Sonnets erster Gedanke. Und das hätte sie wirklich sein können. In ihrem zarten weißen Kleid, das sich von zarten Spaghettiträgern über einen herzförmigen Ausschnitt und perfekt geschwungene Hüften ergoss, um sich zu ihren Füßen sanft zu bauschen, war sie der Inbegriff einer anmutigen Braut. Sie trug weder Krönchen noch Schleier, sondern stattdessen einen schlichten, glänzenden geflochtenen Haarkranz, dreifach zusammengesteckt mit weißen Frangipaniblüten. Erdbeerblonde Locken fielen wallend bis unter ihre Brüste.

Während sie auf sie zuschwebte, ließen die Wandleuchter jeden Kristall am Oberteil ihres Kleids funkeln und verwandelten ihre Haare in gesponnenes Gold. Sonnet berichtigte sich: nein, keine Braut – eine Feenkönigin auf dem Weg zu ihrer Krönung.

Es war Gav, der als Erster Worte fand: »Du kleine *Schönheit.*«

Olive war sprachlos, und Sonnet fragte sich, warum sie sich in diesem Moment nicht selbst beglückwünschte. Dieses Kleid war schließlich Olives Idee gewesen.

Als vor ein paar Wochen die Einladungen zum Abschlussball gekommen waren, hatte Fable unbedingt eines von Mamas nach Mottenkugeln riechenden Kleidern aus dem Kleiderschrank im Cottage tragen wollen. Sonnet hatte sich prompt einverstanden erklärt, froh, sowohl Geld zu sparen als auch mit den Änderungen an Fables Kleid selbst einen kleinen Beitrag zu leisten. Aber als sie Olive von der Idee erzählte, hatte sich diese entschieden dagegen ausgesprochen.

Das grüne Kleid, das Fable mit solch verträumter Ehrfurcht ausgewählt hatte, sei unpassend, hatte Olive erklärt. Zu erwachsen, keine modische Farbe, unpraktisch, um bei der Abschlusszeremonie die Stufen zur Bühne hochzusteigen oder bei der Party danach wild zu feiern, ganz zu schweigen von dem feinen Kristallperlenbesatz, der eine Änderung schwierig, wenn auch nicht unmöglich für eine Schneiderin von Sonnets Geschick, machen würde.

Sonnet hatte kein Wort davon wirklich geglaubt. Man musste kein Genie sein, um sich auszurechnen, dass Olives wortgewaltige Ablehnung weniger mit Mode und praktischen Aspekten zu tun hatte als mit einer gewissen Gefühlsduselei bezüglich dieses speziellen Kleids. Fables Bestürzung und Sonnets Verdacht wurden beschwichtigt von der Geschwindigkeit, mit der Olive sich darauf stürzte, ein brandneues Kleid für Fable bei ihrem Lieblingslieferanten zu bestellen, und sich auch prompt dazu bereit erklärte, es selbst zu bezahlen. Sonnets anfängliche Skepsis bezüglich der ausgewählten Farbe – oder vielmehr des Mangels derselben – wurde von Olives Beharren im Keim erstickt, kein anderes Mädchen in der Stadt sei zu Emerson's gekommen, um irgendetwas Weißes zu bestellen, alle anderen würden lange Spitzenärmel tragen, und dieses schlichte Kleid sei stattdessen eine nostalgische Anspielung auf die Noah-Bälle von einst, die in einem prächtigen Herrenhaus am Fluss namens Vinelands ausgerichtet worden waren.

Als sie jetzt Olives nachdenklich verkniffene Miene bemerkte, spürte Sonnet intuitiv, dass das weiße Kleid nicht ganz das Bild jungfräulicher Unschuld erzeugt hatte, das sie sich vorgestellt hatte. Im Gegenteil, das Mädchen, das jetzt vor ihnen stand, war absolut begehrenswert. Das weiße Kleid verbarg nichts von ihrer Figur, betonte nur ihre herrliche Haarfarbe, und die eingeflochtenen Frangipaniblüten mit ihren duftenden gelben Herzen beschworen sinnliche, weit entlegene Inseln herauf.

Fable sah genau so aus, als ob sie zu gut für diese verdammte Stadt wäre und nicht mehr viel länger hier feststecken würde! Sonnet billigte es von ganzem Herzen.

Laut jedoch sagte sie: »Gut siehst du aus. Also dann, auf geht's!«

»Wartet!«, rief Olive. »Ich will ein Foto mit unserem lieben Mädchen machen.«

Erst später, als sie in ihrer Sitzreihe in der Schulaula Platz nahmen, wurde Sonnet schlagartig bewusst, wo genau sie waren.

Sie wandte sich in stummer Bestürzung zu Olive um, eben noch rechtzeitig, um zu sehen, wie Olive ein verräterisches Aspirin aus ihrer Handtasche schluckte.

Dann stimmte es also! Das hier war die berüchtigte Schulaula, in der die Hamiltons ihres Stolzes, ihres guten Rufs und all ihrer Hoffnungen für ihre begabte jüngere Tochter beraubt worden waren. Das hier war der Ort, an dem die Büchse der Pandora geöffnet worden war und alles Übel begonnen hatte.

Sonnets panischer Blick kam auf den schweren Vorhängen zu ruhen, die noch immer vor die Bühne gezogen waren. Hatten diese Vorhänge die letzten sechsundzwanzig Jahre dort gehangen? In welcher Reihe hatten Lois und Malcolm Hamilton gesessen, als die Verfehlungen ihrer Tochter aufgedeckt wurden, und alle es sogar *sehen* konnten?

*Auf der Schulbühne, in flagranti*, glaubte Sonnet jetzt nicht in ferner Erinnerung von Alfreds Lippen, sondern wie das Zischeln einer Viper an ihrer Schulter zu hören. Sonnet schnellte vorwurfsvoll herum – und sah jede Menge zusammengesteckte, tuschelnde Köpfe, alle Augen auf den Hamilton-Emerson-Clan gerichtet. Sonnet senkte den Blick rasch zu dem Programm, das in ihren Händen flatterte. Ihr Magen flatterte noch schneller.

*Verdammt, ich könnte auf genau dieser Bühne gezeugt worden sein!*

Und wie viele Leute hier dachten wohl genau dasselbe,

während das Ebenbild von Esther Hamilton im Begriff war, an genau diesem Abend über diese Bühne zu schreiten.

Danach zu urteilen, wie Olive dem Blick ihrer Nichte geflissentlich auswich, dachte sie aller Wahrscheinlichkeit nach an nichts anderes. Arme Olive, ihr unerschütterlicher Glaube an die fundamentale Güte und Gnade der Einwohner von Noah hatte seit dem Vorfall mit dem Ladenschild einen schweren Dämpfer erlitten. Es tat Sonnet leid zu sehen, wie die bösen Geister Esther Hamiltons wieder in Olives fröhlich respektablem Leben herumspukten, aber dagegen konnte man nun mal nichts tun.

Noch immer ohne in Sonnets Richtung zu sehen, nahm Olive ein weiteres Aspirin aus der Tasche und drückte es ihr in die Hand. Gerührt zwang Sonnet sich dazu, sich wieder auf ihrem hölzernen Sitz zurückzulehnen, das Medikament in ihrem Schoß umklammernd, als wäre es die letzte Zyanidkapsel außerhalb der Gefangenschaft.

*Okay, durchatmen.*

Sie musste lediglich mit zusammengebissenen Zähnen ein paar zwangsläufig langatmige Ansprachen über sich ergehen lassen, bei Adrianas Abschlussrede eindeutig die Augen verdrehen, Fable über diese Bühne hinweg zujubeln, wenn sie ihr Zeugnis entgegennahm – und die Nägel in ihre Handflächen bohren, während im Publikum alle Münder offen standen –, und dann Fable auf den Weg zu ihrer Abschlussparty beim Moria Falls schicken.

Sie konnte das.

Die Hamilton-Mädchen schrieben hier und heute Abend Geschichte, sie wiederholten sie nicht.

Die Uhr war kurz davor, über der Abschlussparty Mitternacht zu schlagen, und Fable, nüchtern und niedergeschlagen, fühlte sich bereit, nach Hause zu gehen. Sie war diesen Haufen und das ganze anzügliche Grinsen leid! Sie schlug einen Bogen um noch eine Gruppe Feierwütiger in unterschiedlichen Stadien der Trunkenheit, schlüpfte durch die Türen des Teehauses und atmete in der milden Luft einmal tief durch.

Sie hatte überlebt. *Alles*: nicht nur fast sechs Jahre Schule und die Schande und den Ruf, der ihr bei jedem Schritt vorausgeeilt war, sondern auch die Angst davor, heute Abend vor der ganzen Stadt und, irgendwo dort draußen in diesem großen Publikum, einem Paar himmelblauer Augen auf diese Bühne hochzusteigen.

Aber es war vorbei. Sie würde nie wieder Zeit mit ihren Mitschülern verbringen müssen, mit zwei Ausnahmen: Sal, wenn sie von ihrem Job bei dem neu eröffneten Aborigines-Kulturzentrum oben im Norden vielleicht einmal zu Besuch nach Noah zurückkehrte; und der gute alte Marco, dessen Dad sie heute Abend mit zurück nach Heartwood nehmen würde. Aber bislang war von Mr Lagorio keine Spur zu sehen – der Parkplatz lag dunkel und verlassen da.

Und das gab Fable kostbare Zeit, um allein auf Erkundungstour zu gehen.

Auf einmal überschwänglich, entschwand Fable zwischen flackernden Fackeln hindurch in den von Hecken umsäumten Teegarten.

# Kapitel 28

*

## Brennende Fluten

Der Teegarten bot eine stille, schattige Zuflucht vor dem lauten Gelächter und der Musik. Das Rauschen des Wasserfalls lockte sie näher und näher, bis sie schließlich die steinernen Stufen zu dem klatschenden Wasser am Rand der Lagune hinunterstieg, wo eine Reihe Ruderboote träge unter dem strahlenden Vollmond schaukelten.

Sie bückte sich, um ihre absurd hohen High Heels abzustreifen, voller Sehnsucht, endlich die Zehen in den Sand zu graben, als auf einmal ein männlicher Gruß ertönte. Sie schrie auf, purzelte halb in das am nächsten liegende Boot und stützte sich im letzten Moment am Rand ab.

Es war Raff Hull, der auf dem Rücken ausgestreckt in dem Boot vor ihr lag, als würde er unter dem Sternenmeer mondbaden.

»Na, wenn das nicht Fable vom Glade ist«, sagte er.

»Du hast mich erschreckt.«

»Dann sind wir ja jetzt quitt.«

»Aber ich habe es wenigstens elegant aussehen lassen …«

»Ich musste ja auch tiefer fallen.«

Fable lachte – eine gewaltige Blase von Wärme, die freigesetzt wurde. »Was tust du überhaupt auf einer Highschoolparty?«

Er setzte sich gespielt verblüfft auf. »Oh, bin ich am falschen Ort? Ich dachte, das hier sei *meine* vergeudete Jugend.«

»Ganz sicher nicht – wo sind denn deine Groupies?«

Raff legte die Arme um imaginäre Mitfahrer, nickte, und Fable verdrehte die Augen.

»Um genau zu sein, hat meine Mutter mich geschickt, damit ich Adriana und ihre Freundinnen heute Abend nach Hause bringe.«

»Verstehe, das heißt, es *wird* Groupies geben. Aber die Party endet offiziell nicht vor ein Uhr, das heißt, es sieht so aus, als ob du noch eine Weile durchhalten musst.«

»Wie war deine Abschlusszeremonie?«

»Wie ein erfolgreicher Haftprüfungstermin nach vielen gescheiterten Fluchtversuchen.«

Jetzt war es an Raff zu lachen.

Fable hielt ihr zusammengerolltes Zeugnis hoch. »Aber wenigstens habe ich jetzt das hier. Es geht das Gerücht, dass es sich hierbei um die Schriftrolle der Macht handelt! Hast du mich heute Abend bei der Zeremonie gesehen?«

»Es ist heutzutage schwer, dich zu übersehen, Fable.«

Fable stemmte sich gegen den Schauder, der ihr über den Rücken lief, als diese vertraute Sanftheit in seinen Ton zurückkehrte.

Als sie nichts erwiderte, sagte er: »Und wie war deine Abschlussparty?«

»Erträglich, bis ich es irgendwann eben nicht mehr ertragen konnte. Wir haben die Paarbildungsphase erreicht. Ein Mauerblümchen kann jetzt nicht einmal mehr eine Ecke finden, um sich zu verkriechen, in der nicht irgendjemand knutscht.«

»Niemand, den ich kenne, hoffe ich.«

»Die beiden Schülersprecher haben vorhin tatsächlich versucht, die letzten Reste ihres Prestiges aneinanderzureiben.«

»Das klingt nicht nach meiner Schwester. Ich nehme an, du meinst die stellvertretenden Schülersprecher.«

»Ich sollte besser Ja sagen, wo ich schließlich weiß, dass du kein Problem damit hast, Mädchen aus kompromittierenden Situationen zu befreien.«

Er schwieg einen Moment. »Nur die, die überhaupt erst unwissentlich in diese Zwangslage gebracht wurden.« In seinem Ton lag keine Entschuldigung.

Nach einer langen Pause sagte sie fast unhörbar: »Ich habe mich nie bei dir bedankt. Es tut mir leid. Ich war zu jung, um es zu verstehen …«

»Ich habe nur auf dich aufgepasst, Fable.«

Er nannte sie nie bei ihrem Spitznamen. Von seinen Lippen kommend, fühlte sich ihr vollständiger Name wie eine Liebkosung an.

»Was tust du *wirklich* hier draußen?«, fragte sie mit gezwungener Leichtigkeit.

»Dasselbe wie du, nehme ich an – den mondbeschienenen Wasserfall genießen. Viel besser als das kann das Leben nicht werden.«

Sie wandten sich zusammen zum Wasserfall um. Nach

einer Minute des Schweigens rutschte Raff auf seinem Platz zur Seite. »Willst du dich setzen?«

»Kommt drauf an«, meinte Fable, die Hände in die Hüften gestemmt. »Wie viel kostet eine Gondelfahrt heutzutage?«

Raff lachte. »Die Seufzerbrücke ist viel zu teuer für Leute wie dich, aber einem Mädchen, das eben seinen Abschluss gemacht hat, kann ich einen Sonderpreis für eine Wasserfallrundfahrt anbieten.«

»Um dich auszuzahlen, hätte ich nur diese Schriftrolle der Macht«, sagte sie und hielt ihr Zeugnis hoch.

»Okay, aber wenn niemand diese Währung akzeptiert, bekommst du's mit mir zu tun.«

»Das Risiko gehe ich gern ein«, sagte sie und kletterte ohne Umschweife zu ihm ins Boot.

Raff sprang hinaus, um das Boot anzuschieben, und Fable strich die gebauschten Falten ihres Kleids glatt. Binnen wenigen Augenblicken trieben sie auf dem Wasser. Das leise Klatschen der Ruder entführte sie immer weiter von den Fackeln und dem Gelächter, hin zu dem donnernden Tosen des Wasserfalls, der mit voller Wucht in die Tiefe stürzte.

In Stille gewiegt warf Fable unter ihren Wimpern hervor einen Blick auf Raff: Er trug noch immer das gestärkte Hemd, das sie schon am frühen Abend an ihm gesehen hatte, die Krawatte längst abgelegt. Er hatte die Ärmel bis zu den Ellenbogen hochgekrempelt, und kräftige Muskeln spannten sich in seinen Ruderunterarmen. Er war ein völlig anderes Wesen als die Jungen, die sie an diesem Ufer zurückgelassen hatte. Sie saß mit einem *Mann* in diesem winzigen Ruderboot.

»Und, was hast du fürs nächste Jahr für Pläne?«, lenkte er Fable von dem warmen Pulsieren ab, das sich tief in ihrem Bauch regte.

»Willst du die Antwort, die ich gebe, um meiner mikromanagenden Schwester einen Riegel vorzuschieben, oder die Wahrheit?«

»Ich möchte wetten, die Wahrheit ist weitaus aufregender.«

»Ehrlich gesagt – ich werde jeden Tag in die Wildnis wandern, um zu malen, und ich werde nur zum Essen und Schlafen nach Hause kommen … und selbst dieser Teil ist fraglich.«

»Von einer aufstrebenden Künstlerin würde ich nichts Geringeres erwarten. Und falls die Frage gestattet ist, was genau erzählst du denn deiner Schwester?«

»Sie ist entschlossen, dass ich Noah Valley so schnell wie möglich verlasse, und sie ist bereit, mich notfalls an den Haaren von hier wegzuschleifen …«

»Wenn ihr das gelingt, dann sollten meine Leute sie anheuern, um mich zurückzuholen.«

»Daher habe ich ihr versichert, dass ich im Moment noch versuche, mich für das richtige College zu entscheiden, mir eine Auszeit nehme, nach der ganzen Büffelei. Ich bringe es nicht übers Herz, ihr zu sagen, dass ich neulich bei Smith's ein Vorstellungsgespräch für einen Job als Verkäuferin hatte.«

»Es heißt nicht umsonst, dass in Smith's Zeitungsladen

Neuigkeiten eine heiße Ware sind. Ich sag's ja nur ungern, aber sie wird es bereits wissen.«

»Ja, vermutlich war sie schon unten bei Smithy, um es ihm auszureden, mich einzustellen. Alles für das höhere Ziel, mich aus der Stadt zu jagen.«

»Wir sollten unsere Probleme tauschen, Fable.«

Sie lächelten sich an.

»Und was genau musst du in Noah Valley so unbedingt malen, dass du es nicht in der Gemütlichkeit und Freiheit eines Collegewohnheims tun kannst?«

Fable wies mit schräg gelegtem Kopf zu dem Wasserfall, dem sie sich näherten.

»Okay, ich verstehe, was du meinst«, sagte er lächelnd.

»Willst du die ganze Wahrheit wissen? Um genau zu sein, ist es deine Schuld, Raff.«

Sein Lächeln schwand für einen Sekundenbruchteil, aber nicht bevor sie es bemerkt hatte.

»Wieso das denn?«

Ihr schwirrte der Kopf vor möglichen Antworten – all den Arten, auf die jeder Schlag ihres Herzens seine Schuld war, und nur seine allein.

Stattdessen sagte sie: »Faerie Falls«, und ihr entging nicht, wie sich seine gefurchte Stirn bei ihrer Antwort entspannte. »Wenn du mir diesen verzauberten Ort nicht gezeigt hättest, dann hätte ich vielleicht den nächsten Zug fort von hier genommen, irgendwohin zu einem banalen, wenn auch absolut nützlichen Sekretärinnenkurs.«

»Das hiesige Wirtschaftskolleg wird sich dafür meinen Skalp holen.«

»Außerdem hast du mein Skizzenbuch ruiniert, daher muss ich jetzt noch einmal von vorn anfangen.«

»Okay, das gebe ich zu.«

»Aber es fügt sich alles so, wie es das sollte, denn als ich mein Vorstellungsgespräch bei Smith's hatte, habe ich dort ein brandneues Kunsttagebuch gefunden, ledergebunden, außerdem ein paar Utensilien – in einem Schreibwarenladen zu arbeiten, wird eindeutig ein paar Karrierevorteile haben, weißt du –, und jetzt werde ich mein eigenes Buch illustrieren.«

»Natürlich wirst du das.«

»Über Faerie Falls.«

»Ein ganzes Buch über Faerie Falls!«

»Nicht nur Faerie Falls – alle magischen Orte und Geschöpfe in diesem Tal. Das ist der Grund, weshalb ich nirgendwo anders leben kann. Wie eine meiner Lieblingsheldinnen einmal sagte: In Noah ›hat man jede Menge Raum für Fantasie‹.«

»Na ja, ich habe nie einen vergleichbaren Ort gefunden.«

»Erst vergangene Woche habe ich zum ersten Mal einen Wasserfallfrosch gesehen. Alle sagen, dass sie längst ausgestorben sind, und doch war er da, hatte sich unter dem Glade-Wasserfall versteckt. Du hättest seine Farben sehen sollen!«

»Niedlicher kleiner Bursche, stimmt's?«

Fable starrte Raff an, hin- und hergerissen zwischen einem Stirnrunzeln und einem Lachen. Nach einer Pause sagte sie: »Wenn ich einen Frosch küssen müsste, dann am liebsten diesen.«

Ein Anflug eines Lächelns umspielte seine Lippen.

»Ich bin fest entschlossen, ihm in meinem Buch gerecht zu werden.«

»Ein Buch über Feen und Frösche! Fiktion?« Er grinste.

»Als ich aufwuchs«, erwiderte sie völlig ernst, »habe ich mir mein Buch als eine Art illustrierten Führer zu Regenwaldfeen vorgestellt – eine Sammlung für Kinder. Aber es gelingt mir nicht mehr, die perfekten Feen meiner Kindheit zu malen. Ehrlich gesagt waren Feen nie perfekt.«

»Ach nein?«

»Nicht die echten. Wie könnten sie irgendetwas anderes als fehlerhaft und verletzlich sein, wie wir alle? So kam es mir zumindest neulich beim Faerie Falls vor. Weißt du, als ich damals anfing, meine Feen zu erschaffen, waren sie schon ihr … bloßes Selbst. Und dann, ich weiß nicht, habe ich an der Schule Ärger bekommen wegen meiner ›schmutzigen Bilder‹ …«

»Niemand versteht eine Künstlerin.«

»Niemand«, bestätigte sie. »Danach hatte ich das Gefühl, dass meine Feen nicht mehr gut genug waren. Ich nehme an, ich dachte, ich müsste sie bedecken, sie anständig aussehen lassen. ›Kleider machen Feen‹ … sozusagen. Aber ich glaube, ich muss sie wieder entkleiden. Sie müssen nicht tatsächlich nackt sein, auch wenn einige von ihnen es sein könnten, sondern ich meine: entblößt. Wirklich sie selbst …« Sie brach ab, Hitze schoss ihr ins Gesicht.

Die Ruder hielten inne. Raff lehnte sich zurück, mit unergründlicher Miene.

»Ich rede albernes Zeug«, sagte sie und spielte mit einer

Frangipaniblüte, um ihr Gesicht zu verbergen. Warum sprudelte sie heute Abend nur so über? Sie hatte ihre Idee noch nie laut ausgesprochen, nicht ein einziges Mal, und jetzt war sie ausgerechnet vor Rafferty Hull damit herausgeplatzt!

*Zeit, zurück zum Ufer zu schwimmen! Nein, aufs Flussbett zu sinken und zu sterben.*

»Es ist nur so eine Idee«, murmelte sie. »Vermutlich sollte ich wirklich fürs College packen, es ist schließlich nicht so, dass ich …«

»Fable«, unterbrach er sie, »ich hätte nie gedacht, dass ich jemals jemandem sagen würde, er solle keine weiterführende Ausbildung verfolgen, aber wenn ich dich so reden höre … Dieses Tal liegt dir eindeutig im Blut. Wenn Noah der Ort ist, an dem deine Inspiration lebt, dann musst du hierbleiben.«

Fable wandte den Blick ab. *Und was ist mit dir, was fließt in* deinen *Adern, Raff?*

»Schon komisch«, sagte er ohne einen Hauch von Humor, »früher habe ich dich immer gesehen, wie du mit deinem Skizzenbuch unter dem Arm am Fluss entlanggestapft bist, und ich habe mich gefragt, was du wohl darin hütest. Du hast mich an mich selbst erinnert, als ich ein Kind war; ich bin immer mit einem Notizbuch in der Hosentasche durch Noah gelaufen. Hab mich gern als Reporter gesehen, damals.«

»Ein Schreiberling?« Sie hatte nicht vorgehabt, belustigt zu klingen, aber Raff erwiderte ihr Lächeln.

»Ein absolut lächerlicher Traum für einen Farmjungen – vermutlich ein Glück, dass es nicht geklappt hat. Heutzutage ist das Einzige, was ich schreibe, Korrespondenz an Kunden. Sehr trocken, nicht so, wie es meine *Noah Valley Post* war. Ich habe festgehalten, was im Wald und auf den Farmen passiert ist. Aber ich war immer zu engagiert. Eine kleine Nervensäge, die sich eingemischt hat, wenn ich ehrlich bin. Irgendwann war ich der selbst ernannte Präsident von Noahs erster …«

»Freier Gesellschaft zum Schutz der Tiere des Tals«, führte Fable den Satz zu Ende.

Raff warf lachend den Kopf in den Nacken. »Ich kann nicht glauben, dass du davon weißt.«

»Ich habe mich schon immer für Geschichten über Noah Valleys berüchtigten Hühnerdieb interessiert.«

»Ich glaube, du verwechselst mich mit dem riesigen Amethystpython, der eine Zeit lang auf den hiesigen Farmen sein Unwesen getrieben hat. Aber niemand hat ihn je geschnappt.«

Fable lachte, während sie in sanft schaukelnder Kameradschaft dasaßen. Ein kleiner Schauer von Regentropfen rieselte herüber. Sie sahen gemeinsam zu dem spärlich bewölkten Himmel hoch. Fable streckte eine Hand aus, um einzelne Tropfen aufzufangen.

Seine nächsten Worte waren von Bedauern erfüllt. »Ich wünschte, ich hätte mehr Zeit hier, dann könnte ich dir die ganzen heimlichen Lieblingsorte meiner Kindheit zeigen. Damit hättest du für die nächsten Jahre genug Material, um Bücher zu produzieren.«

»Mondscheinarbeit als meine Muse?«

»Der erste Ort, den ich dir zeigen würde, wäre mein Hain aus Regenbogenbäumen.«

»Dein *was*?«

»Als ich viel jünger war, habe ich einen Hain aus Regenbogen-Eukalyptusbäumen auf den unteren Farmflächen gepflanzt, die, wie mein Vater mir immer versprochen hat, eines Tages mir gehören würden. Versprechen, die sich in den vergangenen Jahren als regelrechte Erpressung herausgestellt haben, wie ich vielleicht ergänzen möchte. Aber als Kind dachte ich, es gebe keinen Ort auf der Welt, an dem ich lieber leben möchte. Ich hatte mir ein Farmhaus unter meinen Regenbogenbäumen in den Kopf gesetzt. Das sind diese unglaublichen Bäume mit …«

»Bunter Rinde«, unterbrach ihn Fable, »in Schattierungen von Blau, Violett, Orange, Rotbraun und Grün. *Eucalyptus deglupta*, einheimisch in Neuguinea, um genau zu sein. Sie brauchen viel Regen, perfekt für Noah Valley.«

Raff schüttelte langsam, staunend den Kopf.

Sie fuhr rasch fort. »Ich habe darüber in einem Buch über den Regenwald gelesen, das der alte Mr Shearer mir gegeben hat. Es klang wie ein Mythos! Ich habe selbst welche gezeichnet, aber ohne sie in echt gesehen zu haben, also nicht sehr gut. Ich kann nicht glauben, dass es nur ein paar Meilen von meinem eigenen Zuhause entfernt welche gibt! Du hast mir etwas verheimlicht, Raff Hull.«

Ihr neckendes Lächeln bröckelte unter dem Ausmaß seiner Bewunderung. Sie wagte nicht zu sprechen.

»Na ja«, meinte er nach einer Pause, »die meiste Zeit sahen sie nach nichts Besonderem aus. Manchmal habe ich mich gefragt, ob ich einfach die falschen Bäume hatte. Ich musste jahrelang warten, bis sich die Farbe gezeigt hat.«

»Ich will sie sehen«, warf Fable ein, verblüfft von der Kühnheit ihrer eigenen Bitte.

»Eines Tages.«

»Wann?«

Raffs Blick huschte zur Seite. Als er sah, dass sie weit von ihrem Kurs abgetrieben waren, griff er wieder nach den Rudern.

»Es ist mir ja ein Rätsel«, murmelte Fable, »wie irgendjemand lieber in diesem dummen, smogverseuchten England leben will statt in einem Hain aus Regenbogenbäumen.«

Aber Raff war in ernste Gedanken abgeschweift.

Fable spielte mit dem Mondlicht, das sich auf einer Kristallperle ihres Kleids spiegelte. Ein Schluchzer stieg ihr ungebeten in der Kehle hoch.

Raff ergriff das Wort, als ihm eine Idee kam. »Aber Regenbogen*fische* kann ich dir zeigen!« Jetzt ruderte er ernsthaft. »Hier ganz in der Nähe gibt es eine Stelle, wo sich oft Regenbogenfische sammeln. Normalerweise sage ich es niemandem, weil sie beliebt für Heimaquarien sind. Aber für unsere einheimische Künstlerin …«

Sie hatten das gegenüberliegende Ufer erreicht, wo sich dicke Brettwurzeln in mondbeschienene Wellen schlängelten. Flammen glitzerten über der Lagune, ferne Klänge schwebten auf der milden Brise herüber.

Raff machte ihr Boot an einer dicken Wurzel fest. »Also, wenn du jetzt ganz still bist …«, sagte er, äugte über das Boot und winkte sie zu sich herüber.

Fable rutschte näher heran – so nah, dass ihre Knie jetzt zwischen seinen gespreizten Schenkeln waren.

Raff lehnte sich zurück, sodass sie sich vorbeugen konnte, genau über seinen Schoß, um in das mondbeschienene Wasser zu starren. Ihr eigenes Spiegelbild – ein undeutliches Gespenst – kräuselte sich vor ihr.

»Siehst du irgendetwas?«, fragte er leise.

Fable sah nichts. Sie spürte nur den Atem, der ihr Haar erzittern ließ, und das Hämmern ihres Herzens – das in dem hohen Klippenbecken, das sie umgab, bestimmt lauter als der Wasserfall widerhallte.

Eine einzelne Frangipaniblüte fiel aus ihrem Haar in das von Mondlicht durchflutete Wasser. Fable blickte ihr hilflos hinterher.

Raff griff nach der Blüte, und Fable lehnte sich zurück und sah zu, wie er das Wasser sanft von den Blütenblättern wischte. Es hätte ihre eigene Haut sein können, so glühend verfärbten sich ihre Wangen.

Er sah auf, die Blüte am ausgestreckten Arm haltend, als wollte er sie ihr wiedergeben. Im letzten Moment hob er sie noch etwas höher, an ihr linkes Ohr, und steckte sie sanft dahinter fest. Er glitt mit der Hand hinunter, nahm sanft eine Strähne aus schimmerndem Erdbeergold, ließ den Blick darauf ruhen. Als er wieder zu ihrem Gesicht hochsah, bemerkte er darin einen so tief veränderten Ausdruck, dass seine Hand innehielt.

Jede tumultartige Unterströmung war endlich offenbart.

Ihre Blicke verharrten aufeinander. Die von Sternen und Regentropfen übersäte Nacht wirbelte um Fable herum. Eine Fledermaus flatterte kreischend davon.

Raffs Hand glitt ohne Eile hoch und blieb dort ruhen, wo

ihr zartes Kinn an ihren Hals und ihr rosig-goldenes Haar angrenzte. Flammen tänzelten am Rande ihres Blickfelds; eine Melodie trällerte in weiter Ferne.

Ihre Blicke verharrten noch immer aufeinander.

Fable reckte sehnsüchtig den Hals. Raff senkte den Kopf, und Regentropfen funkelten wie Diamanten in seinem Haar, während dieses Gesicht mit den blauen Augen, das sie schon so lange liebte, sich ihr entgegenneigte.

Warme Lippen legten sich sanft auf ihre. Ihr Mund öffnete sich instinktiv, hieß Raffs Atem willkommen, während er seine andere Hand hochnahm, um ihr Gesicht zu umfassen. Fables Zunge wagte sich zitternd vor, und sein Mund presste sich auf ihren. Zwei kräftige Hände legten sich jetzt um ihr Gesicht.

*Endlich, endlich, endlich*, jubelte sie und nahm diesen ersten, ersehntesten Kuss ihres ganzen Lebens tief in sich auf.

Seine Hände lockerten den Griff um ihren Kiefer – ein leises, bedauerndes Stöhnen begann in seiner Kehle zu rumoren, selbst während sein Körper sich noch näher vorbeugte. Er unterbrach den Kuss, sein Atem abgehackt an ihrer Wange.

»Fable … Ich muss aufhören.«

»Aber ich liebe dich«, flüsterte sie seitlich an sein Gesicht.

Er versteifte sich, presste die Augen fest zusammen.

»Seit jenem ersten Mal … beim Glade … als ich dich gesehen habe …«

Er wich sanft zurück.

Fable verstummte.

Ihr Ankertau begann sich zu entrollen.

»Du bist genauso alt wie meine kleine Schwester«, sagte er mit belegter Stimme. »Ich bin viel zu alt für dich.«

»Ich bin *achtzehn*! Mein Geburtstag war im August.«

»Trotzdem, du bist immer noch ein Mädchen – das eine große Zukunft vor sich hat.«

Das Boot, losgelöst von seiner Verankerung, begann zu treiben.

»Dann warte auf mich. Warte, bis ich erwachsen bin.«

Seine Augen loderten vor Zärtlichkeit.

»An manchen Tagen«, fuhr sie fort, »fühlt es sich an, als ob ich nur für dich erwachsen werde, und es dauert einfach so lange.«

Er wandte den Blick ab, fuhr sich mit einer Hand durchs Haar. »Es tut mir leid, Fable. Ich kann nicht. Du, mehr als alle anderen, hast etwas Besseres verdient als …« Er brach ab, griff blind nach den Rudern.

»Raff …«

»Ich habe in London eine Frau kennengelernt«, sagte er unvermittelt, ohne zu ihr zurückzusehen.

Ein Nachgedanke.

»Warte auf mich«, sagte sie.

Er umklammerte die Ruder in seinem Schoß, mit weißen Knöcheln. »Ich habe … Beschützergefühle für dich, Fable. Schon immer, seit du an jenem Tag zum ersten Mal beim Glade aufgetaucht bist.«

Die Hoffnung, die bei diesen Worten in ihren Augen aufflackerte, schien verkehrterweise irgendetwas in ihm zu verhärten.

»Aber … wie für eine kleine Schwester.«

Sie schüttelte den Kopf, Tränen in den Augen.

Er fuhr fort: »Und mein Leben, mitsamt meiner Karriere, spielt sich jetzt in London ab. Während deines eben erst begonnen hat, *hier.*«

Als sie nichts erwiderte, ließ er die Ruder ins Wasser gleiten. »Ich werde dich jetzt zurückbringen, Fable. Du wirst das hier vergessen.«

»Nein, das werde ich nicht.« Sie starrte auf seinen zusammengepressten Kiefer.

Er begann zu rudern, sah über ihre Schulter zum Teehaus. »Ich werde nicht wieder nach Hause zurückkehren, um keine Erinnerungen in dir wachzurufen. Und du wirst feststellen, dass die kreative Welt dort draußen, jenseits von Noah, auf ein Talent genau wie dich wartet. Nichts in diesem Tal sollte dir je im Weg stehen – am allerwenigsten ich.«

Sie wollte wimmern und weinen und flehen. Aber sie wusste, dass keine Tochter von Esther Hamilton je um irgendeinen Mann betteln sollte.

Sie wandte sich ab, zog die Knie an und heftete den Blick aufs Ufer, kehrte ihm entschlossen den Rücken.

Jeder Ruderschlag brachte sie den Flammen näher – und entfernte sie weiter von dem Feuer. Kaltes, dunkles Entsetzen kroch in Fables Herz. Dieser Abend, der erste ihres befreiten Lebens, bedeutete das Ende jeder romantischen Träumerei, die sie über fünf Jahre lang gehegt hatte. Wenn sie dieses Ufer erreichte, würde der Traum von Rafferty Hull für immer ausgeträumt sein. Sie presste eine Faust in ihren stillen Schrei.

Vielleicht hatte sie immer geglaubt, pures Verlangen

allein würde genug sein, um jedes andere Hindernis auf dem Weg zu ihrem Traum zu überwinden. Aber jetzt wusste Fable: In Raffs Augen würde sie seiner nie würdig sein. Sie würde immer die Feindin seiner kleinen Schwester bleiben. Noch schlimmer: eine Hamilton.

Als sie sanft gegen die Felsen stießen, ging Fable in Aktion. Sie war im Nu aus dem Boot gesprungen, bevor er auch nur auf die Idee kommen konnte, ihr behilflich zu sein, geschweige denn, wieder mit ihr zu sprechen.

Sie war sechs Schritte am Ufer entlanggelaufen, als sie, getrieben von einem letzten hoffnungsvollen Impuls, zu ihm herumschnellte.

Sie starrten sich an.

»Warte auf mich, Raff.«

»Schreib dein Buch, Fable vom Glade.«

Sie funkelte ihn wütend an, und dann, in einem verbitterten weißen Wirbel, war sie verschwunden.

Der Mann, der allein in dem winzigen Boot zurückblieb, ließ den Kopf zwischen die Hände sinken.

# Kapitel 29

*

## Ungebunden

*März 1962*

Sonnet und ihr Kasuar hatten sich gegenseitig mit Blicken durchbohrt, als die Idee, nein der *Zwang*, sich ihrer bemächtigte. Später, als der manische Drang befriedigt war, sollte Sonnet sich fragen, ob der Kasuar *selbst* ihr die Idee eingepflanzt hatte.

Es schien gar nicht so weit hergeholt, dass dieser Kasuar so etwas tun würde. Wenn im Laden nicht viel los war, starrten er und Sonnet sich immer provozierend lange über die Geschichten-Bar hinweg an, bis Sonnets Augen tränten. Sie war überzeugt, dass er alles versucht hätte, um diesen Kampf ihrer Blicke zu gewinnen. Und diese spezielle Taktik hatte extrem gut geklappt …

Mit dem glasigen Blick von jemandem, der unter einem hypnotischen Bann steht, verließ Sonnet die Geschichten-Bar, drehte ihr WILLKOMMEN-Schild um, stieg die Treppe hoch und riss die Tür zu Alfred Shearers privatem Büro weit auf.

Es war alles noch immer genau so, wie er es vor fünf

Jahren zurückgelassen hatte. Riesige, halb ausgebombte Wolkenkratzer aus Büchern, Papieren, Kartons und Aktenordnern ragten in die abgestandene Luft – ein maßstabsgetreues Modell einer verfallenden Stadt. Seine Unordnung; sie: heimliche Sammlerin.

Sonnet ballte die Hände zu Fäusten und drückte fest zu: einmal, zweimal, ein drittes Mal. Erst als sie sie wieder öffnete, war sie endlich bereit, mit ihrer Ausgrabung zu beginnen.

Sie machte sich daran, den Raum völlig zu entrümpeln. Aber davor wurde jeder Karton mit Büchern, jedes Blatt Papier und jedes Bündel Unterlagen systematisch durchkämmt und entweder ihrem Laden unten oder dem Schuttcontainer, den sie angemietet hatte, bevor der Mut sie im Stich lassen konnte, zugewiesen. Dann wurden die dunklen Vorhänge hinausgeworfen, Alfreds schwere Möbel und Bilder an den örtlichen Antiquitätenhändler verkauft, die moderigen Teppiche endgültig zusammengerollt und sogar die Wände frisch gestrichen.

Die ganze Zeit über hielt sie sich selbst eine Strafpredigt: Sie hätte ihre morbide Gedenkstätte niemals so lange sich selbst überlassen dürfen! Es war so untypisch für sie, sich so an etwas zu klammern. Und wie war diesem entzückenden Mann je damit gedient gewesen, dass sie diesen Raum dazu benutzt hatte, um ihre Schuldgefühle wegzusperren?

Sonnet kehrte noch sieben weitere Tage nicht an ihren Verkaufstresen zurück. Hamilton's Bücher blieb fest geschlossen, bis auch das letzte sonnenbeschienene Staubkorn verjagt war und der Zauber sich gelegt hatte.

Alfreds Büro war gereinigt.

Jetzt betrachtete Sonnet lächelnd das Zimmer, das in dem Sonnenschein, der durch die vorhanglosen Fenster hereinflutete, weiß erstrahlte. Das Gefühl der Unwürdigkeit aus ihrem Leben gedrängt.

Aber was sollte sie mit den letzten drei Kartons anfangen, die noch immer in der Mitte ihres neuen, minimalistischen Büros standen? Ein Karton war randvoll mit Alfreds Lieblingsbüchern – sie brachte es nicht übers Herz, sie wegzuwerfen oder zu verkaufen. Sie würden nach Hause in ihr privates Bücherregal wandern.

Der zweite Karton war vollgestopft mit lokalen Erinnerungsstücken, die sie zusammengestellt hatte, überzeugt, dass sie für den Historischen Verein von Noah Valley von Interesse sein würden, der von der Teestube des Landfrauenvereins aus betrieben wurde. Diesen Karton wollte sie ihnen in einer Nacht-und-Nebel-Aktion, bei gedimmten Scheinwerfern, vor die Tür stellen.

Der letzte Karton blieb ein Rätsel. Bereits geöffnet, fehlte die ursprüngliche Empfängeranschrift. Stattdessen war Sonnets Name in Alfreds krakeliger Handschrift obenauf ergänzt worden: »Für Sonnet, von Vera.«

*Aber wer war Vera?*

Der Name sagte ihr nichts, und der Karton war nicht von einem ihrer Stammlieferanten gekommen. Kein vertrautes Verlagslogo zierte die Seite des Kartons. Nach dem Poststempel war er nur Tage vor Alfreds Tod abgeschickt worden. Alfred musste ihn zu irgendeinem Zeitpunkt noch selbst in Empfang genommen und geöffnet haben, war dann aber unerklärlicherweise nicht dazu gekommen, ihn zu erwähnen.

Der Karton enthielt ein seltsames Sammelsurium von Gegenständen: verblasste Eintrittskarten, schwarze Federn (ekelhaft!), ein Glas mit Erde, Füllfederhalter, silberne Haarspangen, eine Kegelschnecke, Stofffetzen, violette Kieselsteine, einen angelaufenen Brieföffner und einen Stapel alter Klassiker: Keats, Shakespeare, Wordsworth, Tennyson, Lord Byron, Elizabeth Barrett Browning, Coleridge, Blake, Shelley, Hardy – sogar ein oder zwei Austen.

Was in aller Welt hatte Alfred sich dabei gedacht, sich ausgerechnet diese Bücher anzuschaffen? Niemand in dieser Gegend las noch die Romantiker. Sonnet konnte sich nicht einmal erinnern, wann sie das letzte Mal eine Tüte mit verstaubter viktorianischer Literatur zu ihrer Ladentür hinausgewinkt hatte, geschweige denn zerlesenes, moderiges Zeug wie dieses.

Sie drehte eine schöne, mit einem grauen Buchrücken versehene Ausgabe von *Überredung* in ihren Händen, hielt sie sich vor die Stirn. Was hatte Alfred von ihr erwartet, dass sie mit dieser Bestellung tat? Na ja, sie hatte es mit ihrer schonungslosen, fröhlichen Entrümpelungsaktion nicht so weit gebracht, um jetzt lockerzulassen. Sie würde diesen Büchern eine Chance geben; einen ernsthaften Versuch unternehmen, sie zu verkaufen. Eine Klassikerauslage im Schaufenster könnte ein paar Literaturliebhaber anlocken. Vielleicht würde auch ein Sonderangebotstisch oder eine »Kauf eins, nimm zwei«-Aktion zum Erfolg führen.

Aber der Rest dieses Kartons?

*Tut mir leid, Vera.*

Ohne weiter darüber nachzudenken, kippte Sonnet den ganzen Krimskrams in einen Müllsack und zertrat den Karton dann mit den Füßen.

Dass Sonnet soeben die letzte Aufgabe erledigt hatte, die Alfred ihr je aufgetragen hatte, drang in diesem Moment nicht zu ihr durch.

Es war jetzt ihr Büro, und das war gut so.

Der Geist der Gnadenlosigkeit, der Sonnet dazu getrieben hatte, jahrealten physischen und emotionalen Ballast abzuwerfen, konnte offenbar noch keine Ruhe finden. Sie stürmte nach Hause, um noch mehr zu tun!

Ursprünglich hatte sie nur vorgehabt, das Bücherregal in ihrem Wohnzimmer neu zu ordnen – Platz für Alfreds Lieblingsbücher zu schaffen. Doch dann ging ihr der Gedanke durch den Kopf, dass sie eigentlich Plummys geliebte Blytons einpacken und nach Heartwood hochschleppen könnte, wo ihre jüngste Schwester sich mittlerweile fast ständig aufzuhalten schien. Wenn Olive Plum so sehr in Beschlag nehmen wollte, dann sollte sie auch den Kinderkram bekommen.

Während sie eingestaubte Kindheitsklassiker ausräumte, entschied Sonnet, ihre Wohnzimmerregale bei der Gelegenheit auch gleich von Fables sämtlichen L.M.-Montgomery-Büchern zu befreien. Diese ganzen Annes und Emilys und Pats waren noch nie Sonnets Geschmack gewesen; zu verträumt und versponnen. Mit fast zwanzig war Fable inzwischen bestimmt aus ihnen herausgewachsen. Ganz zu schweigen von den zuckersüßen Heyers, den melodramatischen Brontës. Sie alle mussten verschwinden!

»Wenn schon, denn schon!«, sagte sich Sonnet und krempelte die Ärmel hoch. Sie wollte die Redensart eben schon ihrer Mutter zuschreiben, als ihr bewusst wurde, dass Mama das niemals gesagt hätte.

»Schleichst du dich etwa in meine Gedanken, Olive?«, grinste Sonnet schuldbewusst, während sie Fables Tür mit einer Hüfte aufdrückte, einen hohen Bücherstapel balancierend.

Sie konnte heute ganz ungestört im Wintergarten herumstöbern. Samstags war Fables längste und arbeitsreichste Schicht im Zeitungsladen.

Nicht dass Fables und Sonnets Wege sich in letzter Zeit sonderlich oft kreuzten. Mit Sonnets Workaholic-Neigungen und Fables … Na ja, wer wusste schon, was genau sie in ihrer freien Zeit eigentlich trieb? Streifte durch den Wald, vergeudete ihre Talente.

Heutzutage waren Sonnet und Fable nicht mehr als Mitbewohnerinnen – von denen eine nicht gern kochte, putzte oder für sich selbst bezahlte, wenn es unbedingt gesagt werden musste. (Es musste.) Sie lebten so gut wie getrennt.

Es war nicht so, dass Sonnet sich keine Mühe gab. Sie deckte jeden Abend den Tisch für zwei, schepperte jeden Morgen einladend genug mit dem Frühstücksgeschirr. Aber Fable, die abends lange umherstreifte und morgens noch länger schlief, war unempfänglich für Seufzer, Anspielungen und passiv-aggressive Seitenhiebe. Zu Fables Verteidigung musste Sonnet zugeben, dass sie den passiven Teil erbärmlich schlecht beherrschte. All ihre Notizen flogen von Spiegeln, Tischen und Türen.

Selbst Olives sanfte Versuche scheiterten kläglich. Insgeheim war Sonnet froh darüber – man stelle sich die Alternative vor! Fable hatte mittlerweile aufgehört, mit den Emersons zur Kirche zu gehen, und sie mied das sonntägliche Familiendinner. Das Mädchen konnte nicht einmal wie ein normaler Mensch zur Haustür hereinkommen – sie bestand noch immer darauf, sich durch ihr Fenster hereinzuschleichen wie eine Fünfzehnjährige.

Angesichts dieser Umstände, wer könnte es Sonnet verdenken, dass sie hin und wieder in ihren Sachen herumschnüffeln musste? Es war nur zu Fables Bestem. Dank eines solchen Spionierens war Sonnet überzeugt, dass Fable keinen Hang zu Drogen hatte, nicht gequält von Mamas Schreibdämonen schien und keine Menagerie von Katzen beherbergte. Nicht einmal einen heimlichen Freund konnte sie ihr unterstellen, denn der einzige Junge, der hartnäckig nach Fable fragte, war ebenso anständig wie harmlos. So süß Marco als guter Freund auch war – wer konnte diesen Welpenblick schon auf Dauer ertragen?

Aber Fable war mit Sicherheit auch nicht dabei, sich aus diesem verdammten Tal herauszumalen.

Eine Zeit lang war Sonnet deswegen regelrecht aufgeregt gewesen. Sie hatte das wunderschöne, ledergebundene Kunsttagebuch entdeckt, das Fable in ihren ersten Wochen im Zeitungsladen gekauft hatte, hatte sogar zu hoffen gewagt, Fable hätte so etwas wie einen ernst zu nehmenden Plan im Kopf! Aber das Kunsttagebuch war verschwunden.

Nach dem ersten Jahr hatte Sonnet damit aufgehört, Fable überreden zu wollen, ihre kreativen Träume zu verfolgen – und versuchte nun, sie auf subtilere Weise zu überzeugen. Aber die Merkblätter für ein Kunststudium, die sie offen herumliegen ließ, wanderten prompt in den Papierkorb. Vorab vereinbarte Gespräche mit Olive über Fernlehrgänge oder eine entfernte Verwandte in Brisbane, die ein Zimmer übrig hatte, oder einen Job, der in einer Kunstgalerie in Cairns zu haben war: Alles wurde vom Tisch gefegt. Wenn Sonnet sie bedrängte, zog Fable sich zurück. So war es schon immer gewesen. Aber jetzt war nun mal der Moment, in dem Fable noch etwas aus ihrem Leben machen, der Düsterkeit und ländlichen Mentalität einer Kleinstadt entkommen konnte. Sie konnten es sich nicht leisten, dieses kindische Ringelspiel noch länger zu spielen! Und doch taten sie es weiterhin.

Sonnet bemerkte das lose Brett fast augenblicklich, nachdem sie Fables Fenstersitz ausgeräumt hatte. Es fiel ihr praktisch in die Hand – fast als wollte es entdeckt werden, als sehnte es sich danach, dass Fable nach all den Jahren endlich ertappt wurde.

Aus dem Geheimfach zog Sonnet etwas Schweres, in Kattun gewickeltes hervor. Der elfenbeinfarbene Stoff fiel zur Seite und gab ein gebundenes Buch preis, mit einem ledernen Band zugeschnürt. Sie erkannte es prompt als das Kunsttagebuch, das etwa ein Jahr zuvor für kurze Zeit in Erscheinung getreten war.

Dass Fable nicht wollte, dass es gefunden wurde, war fast

ebenso empörend wie die Erkenntnis, dass sie insbesondere nicht wollte, dass *Sonnet* es las. Es gab niemanden sonst, vor dem sie es in diesem Cottage verstecken musste.

*Dann muss es ja sehenswert sein!*

Drängende Hände lösten den Knoten und schlugen das Buch auf.

Auf dem Titelblatt, in einer von Ranken umschlungenen Schrift, stand:

*Faerie Falls*
*von Fable Hamilton*

Die Widmung auf der darauffolgenden Seite verwirrte sie: *»Es war und ist und wird immer sein – alles für dich.«*

*Mama? Sie musste Mama meinen.*

Jetzt vorsichtiger schlug Sonnet die erste Seite auf.

Über mehrere Seiten hinweg wusste sie kaum, was sie sah. Sie ließ sich aufs Bett sinken, blätterte es langsam durch. Als sie zum Ende kam, drehte Sonnet das Buch um und begann noch einmal von vorn, versuchte, ihrem Kopf irgendeine Art Verständnis einzuhämmern …

Fable war eine Illustratorin, eine Autorin, und dieses … *Buch* war ein Kunstwerk.

»Oh, Fabes«, hauchte Sonnet, »du brillantes Mädchen.«

Viele Minuten saß sie da und versuchte, sich darüber klar zu werden, was sie da ans Licht geholt hatte. Es war ein Buch, aber anders als jedes, das sie je zuvor gesehen oder verkauft hatte. Und Junge, was waren ihr in diesen letzten paar Jahren nicht alles für Bücher unter die Augen gekommen!

Fable hatte ein sinnliches, ergreifendes Märchen erschaffen. Eine Liebesgeschichte zwischen zwei Feen – Absinth und Odysseus –, die in dem verzauberten Regenwald spielte. Jede Fee war nach einer tropischen Blüte oder Beere oder einem tropischen Schmetterling gestaltet worden, auf die vertraute Art, zusammen mit vermenschlichten Tiergestalten – Wasserfallfröschen, Kurzkopfgleitbeutlern, Walddrachen, Regenbogenbienenfressern. Selbst Sonnets Kasuar war durch Fables Fantasie zum Leben erweckt worden.

Und doch war das hier keine Kinderwelt von märchenhafter Vollkommenheit. Fable hatte ein Skalpell an den Unterbauch der Feenwelt angesetzt, hatte sie vom Hals bis zur Hüfte aufgeschlitzt. Jede Seite dieses zerrissenen Märchens enthielt intime Bildvignetten, begleitet von einem sardonischen Kommentar. Sonnet stellte sich diese klugen Worte in wohlklingenden Tönen erzählt vor, und sie schauderte.

All die Scham und Verletzlichkeit des Feenlebens – nein des menschlichen Lebens – war als gewöhnliche, absolute Schönheit offenbart worden.

Es war erstaunlich, verwirrend. Das hier war May Gibbs ohne die Gummibaumblätter, um die Privatsphäre, und wahren Motive, der Figuren zu schützen. Cicely Mary Barker, überlagert von Pilzen und vögelnden Feen.

Ja, *vögelnd*.

Sonnet hatte nicht lange bei diesen Seiten verweilen können, bevor ein Schmerz in ihrer Leistengegend sie zwang weiterzublättern.

Wie hatte Fable irgendetwas von alledem verstehen können? Die unschuldige kleine Blume Fable!

Sonnet blätterte wieder weiter, suchte jetzt nach dem erotischsten Bild, während ihr Atem in erwartungsvollen, abgehackten Zügen ging.

Da war es, auf der letzten Seite. Absinth und Odysseus vollzogen endlich den Höhepunkt einer Liebesgeschichte, die sich flammend durch Fables Buch gezogen hatte: ein tosender Wasserfall, und auf dem Felsvorsprung darüber die peridotfarben geflügelte Absinth, den Kopf in Ekstase zurückgeworfen, sodass ihr Haar wie ein Seil in den Abgrund herabfiel, und Odysseus mit nacktem Oberkörper, der sich ernsthaft über ihr abmühte, himmelblaue Flügel über einem gewölbten Rücken gespannt. Darunter die kürzeste Bildunterschrift in dem ganzen Buch, nur eine einzige Zeile: *Komm nach Hause*.

Sonnet klappte das Buch wieder zu. Wie in aller Welt hatte Fable dieses Meisterwerk erschaffen können, ohne Sonnet auch nur den geringsten Hinweis darauf zu geben, dass sie an irgendetwas arbeitete?

Und was noch wichtiger war, was würde Sonnet mit diesem Buch tun?

»Was soll das heißen, was du damit *tun* wirst?«, fragte Kate über die Geschichten-Bar hinweg, außerstande, ihren Blick von dem Kunsttagebuch in ihren Händen loszureißen. »Du legst es natürlich wieder dorthin zurück, wo du es gefunden hast, was sonst?«

Als Sonnet nichts erwiderte, sah Kate auf und betonte: »Und ich meine, *natürlich*, Son. Du legst es wieder zurück, klar?«

Sonnet zuckte mit den Schultern, tupfte an verschüttetem Zucker.

»Sonny!«

Die Ladentür ging klappernd auf und ließ Hetty Warren herein. Kate knallte Fables Buch zu.

»Das ist ihr Tagebuch!«, zischte Kate mit zusammengebissenen Zähnen. »Was in aller Welt hast du dir denn gedacht? Du kannst nichts damit ›tun‹.«

Sonnet bot Hetty an, ihr behilflich zu sein, obwohl sie wusste, dass Hetty immer nur hereinkam, um sich die Titel zu notieren, die sie später in Cairns billiger kaufen wollte.

Sobald Hetty damit beschäftigt war, im hinteren Teil des Ladens ihre Bücherliste zu kritzeln, beugte sich Sonnet nah zu Kate vor. »Na ja, wenn ich es Fabes überlasse, wird es in ihrem geheimen Fenstersitz vor sich hin schmoren, bis die nächste Jahrhundertflut das ganze Cottage wegspült.«

Kate schüttelte den Kopf. »Es ist. Ihr. *Tagebuch!* Das ist doch irgendwie der ganze Sinn von Tagebüchern. Die meisten Leute verbrennen ihre Tagebücher oder werfen sie weg, lange bevor sie in Fables Alter sind. Ich habe meines in den Serpentine Creek segeln lassen, als ich vierzehn war.«

»Es ist kein *Tagebuch*, das sage ich dir doch. Erkennst du etwa irgendjemanden darin? Kannst du dir vorstellen, dass die süße, unschuldige Fable irgendetwas davon selbst gesehen hat?«

Kate hatte eine absolut seltsame Miene aufgesetzt.

»Es ist kein Tagebuch«, wiederholte Sonnet, lauter jetzt, ohne auf Kates verstörenden Blick zu achten. »Es ist eine Geschichte, ihr erstes Buch, und es muss veröffentlicht und geliebt und rezensiert werden, und es muss sie berühmt machen.«

»Veröffentlicht? Berühmt? Rezensiert?! Ich kann mir niemanden auf der Welt vorstellen, der weniger gern rezensiert werden würde als Fable.«

»Unsinn, niemand wird ein schlechtes Wort über *Faerie Falls* verlieren, nur darüber, wie wundervoll Fable ist, weil sie es erschaffen hat.«

»Würde mich, ehrlich gesagt, nicht wundern, wenn manche Leute es Schmuddelkram nennen«, meinte Kate. »Hast du dir Seite siebenundzwanzig angesehen? Das sind nicht zwei Zweige, die sich in diesem Hain von Bäumen ineinander verschlingen!« Sie tat, als würde sie sich Luft zufächeln. »Ich meine, du weißt, ich mag meine Liebesromane, aber das hier hat mich so *richtig* heiß gemacht!«

Sonnet räusperte sich. »Das ist Kunst. Da soll Nacktheit sein. Andernfalls wäre es ein Kinderbuch.«

»Eindeutig kein Kinderbuch … Es ist das Tagebuch eines jungen Mädchens.«

»Fable glaubt einfach nicht an sich«, sagte Sonnet. »Und sie würde niemals genug Mut aufbringen, um damit selbst an die Öffentlichkeit zu gehen. Sie ist so unerfahren und naiv …«

»Sonny!«, rief Kate, und dann hielt sie inne, als Hetty den Laden ohne einen Abschiedsgruß verließ.

»Da geht meine beste Kundin dahin«, jammerte Sonnet im Scherz.

Sie lachten, aber Kate hatte ihre Empörung nicht vergessen.

»Was genau hast du vor?«

»Noch nichts, ich denke noch nach …«

»Darüber, wie du ihr Tagebuch am schnellsten zurückbringen und vergessen kannst, dass du es je gesehen hast?«

»Darüber, dass Fable unbedingt raus muss aus Noah Valley, weil sie viel zu talentiert ist, um in diesem grässlichen Höllenloch festzustecken wie wir anderen alle.«

»Mir scheint, das Tal, das sie hier gemalt hat, ist alles andere als ein Höllenloch.«

»Und mir scheint, du bist eine Heuchlerin, angesichts der Tatsache, dass du selbst schon auf dem besten Weg hier heraus bist, Mrs *Willard.*«

»Ha! Aber ich bleibe trotzdem für den Rest meines Lebens eine Hardy.«

Sonnet begann, an ihrer Kasse herumzuhantieren, um ihren Ärger zu verbergen. Sie würde den Tag für immer verfluchen, an dem Brett Willard nach Noah Valley geritten war auf seinem … nein, Augenblick, ins Tal *gefahren* kam, um eine Reitwanderung zu unternehmen, und sich auf das Beste in Sonnets Leben gestürzt hatte. Rockhampton war zu weit weg, der Hochzeitstermin zu nah, und wenn Kate erst einmal an die Familie gebunden war, die sie sich so sehnlichst wünschte, dann würde Sonnet sie womöglich nie wiedersehen!

Kate entkam von hier, während Sonnet allmählich den Verdacht hatte, dass sie selbst es niemals tun würde. Jahrelang hatten sie darüber gewitzelt, wie sie als vertrocknete alte Jungfern enden würden.

Jetzt war Sonnet der Witz.

Kate, die wie immer ihre Gedanken gelesen hatte, fügte hinzu: »Son, verwechsle deine Ambitionen nicht mit ihren. Du musst sie nicht in die große weite Welt hinausschubsen, um selbst die Erlaubnis zu bekommen, diesen tollen Sprachenabschluss zu machen, den du dir wünschst.«

»Du meinst, hier geht es darum, dass ich stellvertretend durch meine Schwester leben will? Siehst du denn nicht, wie dumm es von Fable ist, dass sie ihre Talente unter einem Fenstersitz versteckt?«

Kate blieb unnachgiebig. »Ich sage dir doch ständig, wir werden in unserem Haus in Rocky ein Gästezimmer haben – du kannst dort wohnen, so lange du willst.«

Tränen traten ihr unerwartet in die Augen. Sonnet reckte das Kinn, griff nach dem Kunsttagebuch. »Ausgeschlossen, dass ich in das Liebesnest eines frischgebackenen Ehepaars einfallen werde. Vor allem nicht, wenn die Ehefrau so liebestoll ist wie du.«

»Apropos«, sagte Kate, »wie soll dein Geschäft eigentlich überleben, wenn dein ganzer einheimischer Markt für atemlose Romantik nächsten Monat mit Blechbüchsen an der Stoßstange diese Stadt verlässt?«

»Oh, du unterschätzt die sexuelle Langeweile und Frustration der Hausfrauen von Noah Valley. Aber das wirst du selbst ja noch früh genug herausfinden.«

Ihr gemeinsames Lachen beendete das Gespräch, wenn auch nicht die Pläne, die allmählich Gestalt annahmen.

# Kapitel 30

*

## Exposé

*Juli 1962*

Sonnet stand vor dem roten Briefkasten in der Main Street, das Paket bereit, die Schultern unter der Mittagssonne brutzelnd, und nahm all ihren Mut zusammen. Was konnte schon Schlimmes passieren?

Wahrscheinlich nur, dass ein Paket zurückgeschickt wurde, zusammen mit einer Absage, die sie in tausend Fetzen zerreißen würde. Fable müsste nie etwas davon erfahren.

Das Paket, das ein gefälschtes Anschreiben enthielt, lag schwer in ihren Händen, aber es hatte jetzt schon so viele Wochen noch schwerer auf ihrem Herzen gelegen.

Ohne irgendjemanden, um Ideen auszutauschen, jetzt, wo ihre beste Freundin nicht nur geheiratet hatte, sondern darüber hinaus auch noch Noah Valley entkommen war, blieb Sonnet mit dieser Entscheidung allein.

Na ja, bis auf die eigentliche Autorin, wenn man sich mit Details aufhalten wollte. Aber Fable hatte jede Beteiligung rundheraus abgelehnt. Sonnet hatte es mit jeder nur erdenklichen Taktik versucht, um Fable dazu zu bringen, die Existenz des Manuskripts zu gestehen oder zuzugeben, dass sie insgeheim von einer künstlerischen Laufbahn außerhalb der hügeligen Grenzen von Noah träumte. Aber Fable tat vor der ganzen Welt nach wie vor so, als würde das Kunsttagebuch nicht existieren und als hätte sie in ihrem ganzen Leben nicht eine verdammte Sache gemalt.

So viel war jetzt offensichtlich: Fable hatte ihr Buch entweder vergessen – oder aufgegeben.

Sonnet war sogar so weit gegangen, in Fables Fenstersitz eine Falle zu installieren, um herauszufinden, wie oft, wenn überhaupt, Fable das Kunsttagebuch ansah. Sie tat es nicht. Nicht ein *einziges* Mal in acht Wochen! Wie viele Beweise brauchte man noch dafür, dass hier künstlerische Träume einfach weggesperrt wurden?

Sonnet war zuversichtlich, dass sie diese Sache durchziehen konnte, ohne aufzufliegen.

Bevor sie das Paket an diesem Morgen gepackt hatte, hatte Sonnet eine letzte Exekutiventscheidung getroffen. Sie hatte die amourösesten Seiten aus dem Buch gerissen: das kopulierende Paar zwischen diesen unwahrscheinlichen Regenbogenbäumen; die Frangipanifee, die rittlings auf dem Mann in der belaubten Gondel saß, ihr Rücken gekrümmt, sein Kopf an ihr vergraben; außerdem diese letzte, peinlich erotische Seite. Sonnet war einfach nur eine scharfsinnige Lektorin. Sie mochte künstlerisch nicht sonderlich begabt sein, aber sie war eine Expertin für Kleinstadtgeister. Kein Grund, Noah in einen unnötigen Skandal zu verwickeln. Das Buch funktionierte ebenso gut *ohne* die Schmuddelbilder.

Sonnet strich das Klebeband noch einmal glatt und drehte das Paket, um ein letztes Mal die Adresse zu überprüfen: Margaret Mathers bei Golden Apple Press, Brisbane, Queensland. Ihr Kontakt war ein unabhängiger Verlag, der sich auf Romane mit einem Bezug zu Queensland und atmosphärische, naturbezogene Themen spezialisiert hatte. Sie waren derzeit, wenn auch still und leise, auf der Suche. Sonnet hatte den Tipp erst bekommen, nachdem sie jeden Verlagskontakt, den sie in den vergangenen Jahren geknüpft hatte, abgeklopft hatte. Sich die Kontaktdaten dieser Lektorin zu sichern, war harte Arbeit gewesen. Ausgeschlossen, dass Fable die Kühnheit besessen hätte, das selbst zu tun. Das hier würde Sonnets unverzichtbarer Beitrag zum Erfolg von *Faerie Falls* sein.

Ihre Gehsteigträumerei wurde vom Schaudern ihres sechsten Sinns unterbrochen, das Delia Hulls Gegenwart jedes Mal vorauseilte.

Sonnet warf durch ihre Sonnenbrille einen Seitenblick die Main Street hoch. Und natürlich, da war Delia, den Rücken stolz durchgedrückt wie eh und je, während sie mit ihrem Ehemann Dr. Herberts Praxis verließ. William Hull war eine gebeugte Gestalt an ihrer Seite, mit einem langsamen Gang, auf ihren dünnen Arm gestützt, während sie auf ihren glänzenden Chrysler Royal zuschlurften.

Sonnet wandte ihnen den Rücken zu, umklammerte ihr Paket fester.

*Manche von uns bleiben für immer in diesem Tal hier stecken und denken, sie sind die allmächtige Königin des Universums, aber andere werden verdammt noch mal hier herauskommen!*

Laut sagte sie: »Du bist zu gut für diese Stadt und für die ganzen Leute hier, Fabes.«

Mit diesen Worten schob sie das Paket durch den Schlitz des Briefkastens und ließ es aus ihrer zitternden Hand in die Finsternis darunter fallen.

Und dann flüchtete Sonnet vor den Hulls, die Hände geballt, um ihr Zittern zu unterdrücken.

*Sommer 1962*

Sonnets Buchladen knisterte an diesem schwülen Freitagnachmittag – dem letzten vor Weihnachten – vor Aufregung. Ihre ganze Familie war in Hamilton's Bücher versammelt, kauerte auf Hockern und Bänken und trieb sie ungeduldig an, während sie ihre Kasse abrechnete und die Konten in Ordnung brachte. Der Druck ihrer Begeisterung war zu viel – sie machte immer wieder Fehler und forderte die anderen streng dazu auf, still zu sein.

Heute Abend, sobald Sonnet fertig war, würden sie alle zu dem brandneuen Autokino in Cairns hochfahren, zu einem Weihnachts-Double-Feature. Sie hatten es seit Wochen geplant, und Sonnet wusste nicht, wer aufgeregter war. Plum, die Olives Worten zufolge seit einer Woche kein Auge zugetan hatte, während Visionen von »Pfautauben« durch ihren Kopf tänzelten, oder sie selbst, nachdem Fable sich tatsächlich zu einem Familienausflug bereit erklärt hatte. Aber das größte Kind an diesem Abend musste ihr großer Onkel sein. Sie sah zu, wie Gav auf seinem Barhocker herumzappelte, Münzen in Plums Ohren versteckte, Olive an die Schultern tippte, wenn sie nicht hinsah, und wollte am liebsten selbst lachen.

»Oh, mach dich lieber nützlich, Gav«, sagte sie. »Sieh zu, ob du meinen Poststapel für mich durchgehen kannst. Ich bin noch gar nicht dazu gekommen.«

»Okay, geht klar«, sagte er. »Na, dann wollen wir mal sehen … Also, das hier kann bis morgen warten, das hier auch, das hier kann eindeutig warten, hier ist noch etwas, das warten müssen wird …«

Sonnet knallte ihre Kasse zu, schnappte sich ihre Geldkassette und steuerte auf die Treppe zu.

»Und das hier wird auch warten müssen, nicht vor morgen zu öffnen … Oh, sieh mal, hier ist etwas für dich, Schönheit.«

»Für mich?«, fragte Fable verblüfft.

»Dein Name steht drauf, mein Mädchen.«

»Das ist ja seltsam. Darf ich?«

»Bitte sehr, aber vergiss nicht, dass es bis morgen warten muss.«

Fable lachte, während sie begann, den großen Umschlag aufzureißen. »Was könnte wichtiger sein als ein Weihnachtsfilm?«

Sonnet war auf der neunten Stufe und bereits an der Biegung der Treppe, als es ihr inmitten ihrer Belustigung mit einem Schlag klar wurde. Sie blieb schlingernd stehen, hielt sich mit einer Hand am Geländer fest. Es konnte sich nur um die Antwort der Lektorin handeln.

Im selben Augenblick hörte sie hinter sich Fables Stimme – deren Tonfall höher anstieg als die Treppe selbst. »Sonnet? Son? Sonny? *Was ist das hier?!*«

Stille senkte sich über die Gruppe.

Sonnet wandte sich langsam zu ihrer Schwester um.

Fables Blick jedoch war auf den dicken Stapel Papiere geheftet, ihre Lippen murmelten rasch, und ihr Zeigefinger glitt zitternd über die Seite.

»Fable, bitte«, sagte Sonnet, stürzte die Treppe hinunter, durchquerte den Raum und streckte die Hände nach den Papieren aus.

Fable ergriff wieder das Wort, jetzt nicht mehr ungläubig, sondern vielmehr angewidert. »*Nein!* Keinen Schritt weiter!« Sie riss eine Hand hoch, um Sonnet aufzuhalten. Fable huschte zur Seite, brachte ein Bücherregal zwischen sie beide. Fieberhaft überflog sie weiter die Seiten.

»Fabes, lass es mich erklären.«

»Halt einfach den Mund! Halt jetzt sofort den Mund!«

»Mädchen?« Olive trat zwischen sie beide, mit erschrockener Miene. »Sonnet? Fable! Was ist los?«

Sonnet konnte nur den Kopf schütteln. »Halt du dich da raus, Olive.«

»Halt dich aus *was* raus?«

Fable blätterte noch immer Seiten durch, formte lautlos Worte, während ihr Gesicht immer blasser wurde. Als sie aufsah, war ihre Miene von einer solch kalten und hässlichen Wut erfüllt, dass sowohl Sonnet als auch Olive zurückzuckten. Sonnet riss die Hände hoch, als wollte sie sich schützen.

»Ich wollte nicht, dass du es so erfährst, Fabes. Ich habe nur versucht …«

»Du bist eine *Diebin*!«

»... dir zu helfen.«

»Nein! Du hast dir *selbst* geholfen – indem du dich an meinen privaten Besitztümern vergriffen hast, für deinen eigenen Ruhm.«

»Nicht meinen Ruhm, *deinen*.«

»Ich will keinen Ruhm! Ich will meine Privatsphäre. Das ist alles, was ich je verlangt habe! Gib mir mein Buch wieder – du verlogenes, dich ständig einmischendes, kontrollsüchtiges *Biest*!«

»Hey!« Gav sprang auf. »Das reicht jetzt.«

Aber Fable war wutschnaubend zur Tür hinausgestürzt, bevor irgendjemand eingreifen konnte. Sie sahen zu, wie sie in vollem Tempo die Straße hinunterjagte, und dann wandte sich Olive bestürzt zu Sonnet um.

»Was hast du getan?!«

Schiere Erleichterung durchflutete Sonnet, als sie auf Heartwood aus der angespannten Stille des Holden stieg und auf das Cottage zustürmte. Bestimmt war Fable dort drin und kam bereits zur Besinnung. Sonnet würde ihr erklären, wie das alles etwas richtig Gutes war, ein Silberstreif am Horizont, ein goldener Topf am Ende eines Regenbogens.

»Komm sofort wieder und hol uns, wenn sie nicht da ist«, rief Olive ihr nach, während Gav eine schluchzende Plum ins Haus scheuchte. »Wir werden die ganze Nacht die Gegend abfahren, wenn es sein muss. Das arme, liebe Mädchen ...«

Das Cottage war hell erleuchtet, Türen und Fenster und

Schränke weit aufgerissen. Alles war durchwühlt worden. Von Fable keine Spur. In ihrem Zimmer herrschte ein einziges Chaos, als hätte sie überstürzt gepackt. In der Küche fehlte Essen.

Fable war abgehauen.

Sonnet ließ sich auf die Couch fallen, vergrub das Gesicht in einem Kissen und stieß einen alles erschütternden Schrei aus.

Morgen würde sie das klären. Fable musste sich nur erst ein bisschen abreagieren, dann würde sie schon zur Vernunft kommen.

Aber Fable blieb über fünf Tage weg, ohne zur Vernunft zu kommen. Olive war ein Häuflein Elend. Um ein Haar hätte sie Sergeant Windsor verständigt und zögerte nur, weil sie davor zurückschreckte, noch einen weiteren Skandal zu provozieren. Letztendlich war es der Haufen Schmutzwäsche, der auf Olives Schwelle hinter dem Haus zum Waschen hinterlassen wurde – wie das übel riechende Mitbringsel einer Katze –, der Olive überzeugt hatte, doch nicht die Kavallerie zu rufen.

Fable war außerdem zu ihrer Samstagvormittags- und Montagnachmittagsschicht in der Stadt erschienen. Smithy hielt sie auf dem Laufenden. Und damit war klar, dass Fable nicht vor ihrem ganzen Leben davongelaufen war – sondern nur vor Sonnet. Und früher oder später, sagte Sonnet zu einer verzweifelten Olive, würde Fable nichts mehr zu essen haben. »Es sei denn, sie hat gelernt, wie man sich in der Natur mit Nahrung versorgt?«, überlegte Sonnet, den Blick auf das Flussufer in der Ferne gerichtet. »Vielleicht lebt sie von Zuckerrohrsaft?«

Olive gluckste missbilligend über den scherzhaften Ton, den Sonnet bei der ganzen Geschichte anschlug.

»Oh, ich bitte dich!«, fauchte Sonnet. »Du musst doch zugeben, sie benimmt sich wie eine Siebenjährige, die ausbüxt. Sie ist jetzt erwachsen! Wenn sie nicht will, dass ihr Buch veröffentlicht wird, kann sie hierher zurückkommen und es sagen, anstatt dort draußen im Wald zu schmollen wie ein verdammtes Kind.«

*»Deine Sprache!«*

Es war Gav, der dem Ganzen schließlich ein Ende setzte. Er war Sonnets Schimpfen und Olives Stöhnen leid und zog eines Nachmittags los und brachte Fable nach Hause. Wie sich herausstellte, wusste er genau, wo er sie finden konnte. Und als Gavs riesige Silhouette bei ihrem bescheidenen Lager im Hain der Grünen Frau aufgetaucht war, schien Fable weder entsetzt noch verblüfft, ihn zu sehen. Was genau Gav zwischen den sich über den Boden schlängelnden Wurzeln dieses Baums zu ihr sagte, würde jedoch niemand je erfahren. Offenbar war es genau die richtige Kombination aus sanfter Empathie und gutem Zureden gewesen (eine Mischung, die Sonnet, wie sie zugeben musste, noch lange nicht perfektioniert hatte), die Fable dazu brachte, nicht nur in den Schoß der Familie zurückzukehren, sondern sich widerstrebend auch mit ihrer älteren Schwester zu versöhnen.

Mit stillem Stolz stand Fable vor Sonnet am Abendessenstisch auf Heartwood, um die Bedingungen ihrer Versöhnung zu unterbreiten.

Fable reckte das Kinn, wie Sonnet zugeben musste, mit einer majestätischen Sturheit, die sie ihrer Schwester immer einzuflößen versucht hatte, und begann wie folgt: »Ich kann deinen von Neid getriebenen Diebstahl nicht ungeschehen machen …«

Sonnet verbiss sich ein Lachen.

»… aber da du diesen Zug nun einmal in Bewegung gesetzt hast, werde ich die Zügel übernehmen, bevor du meine Träume entgleisen lässt.«

»Die Führung«, sagte Sonnet.

»Was?«

»Du mischst deine Metaphern durcheinander. Du hast mit Zügen angefangen, aber dann bist du zu Pferden übergegangen und danach wieder zurück zu den Zügen.«

Wut blitzte in Fables Augen auf.

Sonnet verstummte, lehnte sich zurück. Fables Hände stemmten sich an ihre Hüften. Sie richtete sich auf, im Begriff zurückzuschlagen.

»Wie mir«, zischte Fable, »deutlich klargemacht wurde, gehört dieses Buch, einschließlich des Buchvertrags selbst, mir und hat, um genau zu sein, *nie* dir gehört, Sonnet Hamilton. Das war nur erbärmliches Wunschdenken deinerseits.«

Sonnets Mund zuckte.

»Und deshalb solltest du diese ganze Heuchelei jetzt besser sein lassen und zu deinem Tagesjob zurückkehren. Ich bin die Autorin und Künstlerin. Das hier ist mein Buch und meine … Botschaft an Noah Valley.«

Schließlich ließ Sonnet das Lächeln frei, das sie zwischen ihren zusammengepressten Lippen festgehalten hatte – es breitete sich über ihr ganzes Gesicht aus. »Verdammt, *ja*, meine kleine Autorin!«

# Kapitel 31

✶

# Erleuchtet

*Ende März 1964*

»Abend aller Abende«, seufzte Fable, während sie dem hektischen Gewusel der Vorbereitungen für die Gartenparty vom Fenster ihres Wintergartens aus zusah. Heute würde sie als Autorin und Künstlerin in die Welt katapultiert werden! Na ja, in die kleine Sphäre von Noah Valley katapultiert – die einzige Welt, die ihr je etwas bedeutet hatte. Und morgen Nachmittag würde Fable für ein sechsmonatiges Abenteuer in den Sonntagszug steigen: zuerst eine landesweite Tournee mit Medieninterviews, Signierstunden in Buchhandlungen, Auftritten in Bibliotheken und auf Schriftstellerfestivals, gefolgt von einem dreimonatigen Arbeitsaufenthalt bei ihrem Verlag, eintausend Meilen weit entfernt in Brisbane, für ihr nächstes Buch.

*Nächstes* Buch, mit nur einundzwanzig!

Es war unfassbar – und doch wurde es direkt vor ihren Augen Wirklichkeit. Egal wie entschlossen sich Fable an die Vertrautheit von Noah und ihren unerwiderten romantischen Traum klammerte, die große Welle trug sie dennoch hinaus.

Und das alles dank Sonnet – oder durch ihr Verschulden, je nach Fables Stimmung. Sie sah zu, wie ihre ältere Schwester durch den Garten wuselte und ihre Schar von Helfern herumkommandierte – ihre neue Assistentin im Buchladen, Hayley, dann Olive und Gav, vergnügt wie immer, selbst die hochschwangere Kate, die ganz allein zwölf Stunden in den Norden hochgefahren war, um die Hamilton-Mädchen zu unterstützen –, während sie den Cottagegarten für Fables inoffizielle Buchvorstellung verwandelten. Oder vielmehr: ihre »Verzauberter-Garten-Soiree«.

Die offizielle Buchvorstellung ihres Verlags war eine Woche später geplant, im Botanischen Garten von Brisbane. Aber niemand, den Fable kannte oder mochte, würde daran teilnehmen – bis dahin würde sie völlig in den Händen ihrer neuen Verlegerin, Sarah Timmons, sein. Sarah selbst war bei der Party heute Abend anwesend. Sie war gestern eingetroffen, zusammen mit einem großen Karton mit Erstausgaben für Fable, um sie mit ihren Familienangehörigen und Freunden zu teilen, und für Sonnet, um sie stolz in ihrem Schaufenster zu präsentieren – die landesweit erste Buchhändlerin, die *Faerie Falls*, dank eines Sonderarrangements, vorrätig hatte.

Es war das Mindeste, was Fable für ihre Schwester-Schrägstrich-Agentin tun konnte. Schließlich war Fable nur deshalb an diesem absurden Punkt ihres jungen Lebens angelangt, weil ihre Schwester sich über all ihre Pläne – oder das Nichtvorhandensein derselben – hinweggesetzt hatte. Auf eine Weise, die Fable nie einer anderen lebenden Seele gegenüber kundgetan hatte, war *Faerie Falls* eher die Verwirklichung von Sonnets größten Träumen als ihrer eigenen. An manchen Tagen fühlte es sich an, als würde sie bei alledem nur zum Schein – ihrer Schwester zuliebe – mitspielen.

Und Sonnet war dort draußen wirklich in ihrem Element, wie sie alle anderen herumscheuchte, als wäre sie eine erfolgreiche Hollywoodregisseurin; wie sie lange Büfetttische aufbaute, alle Bäume mit Lichterketten schmückte, den Aufbau einer niedrigen Bühne beaufsichtigte, Plätze für die Jazzband, die aus Holz gehauene Bar und die Tanzfläche zuwies.

Heute Abend war Sonnets großer Abend. Fable konnte den hämischen Stolz in fast jedem ihrer Schritte sehen: *Seht nur, was aus Esther Hamiltons Tochter geworden ist!* Deshalb hatte Sonnet so lange und verbissen darum gekämpft, die Buchvorstellung in der Stadt auszurichten, genauer gesagt, im Versammlungssaal des Landfrauenvereins. Es war eine der vielen hitzigen Auseinandersetzungen zwischen den Schwestern gewesen, die Fable gewonnen hatte, indem sie einfach ihre Trumpfkarte zog: ihr Talent. Die Mutter von Sonnets Ersatzbuchbaby zu sein, hatte, wie sich herausstellte, einen jahrzehntelangen Machtkampf zweckdienlicher untergraben, als Fable es sich je hätte erhoffen können. Sonnets Hintergedanke dabei, warum sie sich so rasch fügte, lag auf der Hand: Was immer erforderlich ist, um Fable zu beschwichtigen, tu es; bring sie einfach dazu, aus dieser verdammten Stadt zu verschwinden und sich in das Leben zu stürzen, das ein Hamilton-Mädchen verdient hat! Berichtigung: das Sonnet sich wünschte.

Fable gewann die Schlacht um den Veranstaltungsort, aber das Recht auf die Einladungen hatte sie abgetreten – sie musste Sonnet etwas geben, worauf sie ihre Rache aufbauen konnte. Weiß Gott, wer heute Abend auftauchen würde oder was Sonnet bei ihrer Ansprache zu sagen gedachte. Fable würde es ihr durchaus zutrauen, ein Exemplar von *Faerie Falls* mit einem Triumphschrei in die Luft zu recken: »Steckt euch das in eure tratschenden Mäuler, ihr verdammten hoffnungslosen Schwätzer, die ihr in diesem gottverlassenen Nest feststeckt!«

Fable grinste. Es war egal, wen Sonnet eingeladen hatte oder auch nicht. Die wichtigsten Leute in Fables Leben würden hier sein.

*Alle bis auf einen.*

Prompt überkam sie wieder die verzehrende Sehnsucht. Sie verging nie, aber Fable hatte gelernt, sie so sorgfältig zu verbergen wie alles andere auch.

Fable schüttelte sich. *Nicht heute Abend, Herz.* Heute Abend würde sie von Leuten umgeben sein, die sie ablenken und trösten würden – auch wenn sie es nie erfahren würden: ihre ältere Schwester, die sich in ihrem Ruhm sonnte, ihre unermüdliche Tante, der Onkel, der sie mit väterlichem Stolz in Verlegenheit bringen würde, und die jüngere Schwester, der sie das erste signierte Exemplar versprochen hatte.

Draußen im Garten war Sonnet dabei, Gartenlaternen zu arrangieren – in langen Reihen auf den Tischen, von den gewölbten Zweigen hängend, die Bar säumend. Dieser bezaubernde Abend würde, höchst passenderweise, eine von Feenlichterketten erhellte Feier unter den Sternen sein, und Fable hatte nur noch ein paar Stunden Zeit, um sich selbst in eine Fee zu verwandeln!

Zuallererst musste sie in die Stadt fahren und das Kleid vor Ladenschluss bei der Schneiderin abholen.

Ihrer *Traum*schneiderin, dachte Fable lächelnd.

Die Tür von Emerson's Mode und Stoffe schloss sich bimmelnd hinter Fable. Auf der Eingangsstufe drückte sie sich die Tüte mit dem Kleid an die Brust und seufzte. Joanna Ellis, Olives neue Schneiderin, hatte mit den Änderungen an dem alten Kleid, das Fable aus dem moderigen Schrank in Sonnets Zimmer gezogen hatte, wundervolle Arbeit geleistet. Ein peridotfarbenes Kleid, genau wie sie sich ihre Grüne Frau vorstellte, und das bestimmt all die Jahre nur auf sie gewartet hatte.

Und wen kümmerte es schon, was Olive dazu zu sagen hatte?

Na ja, um genau zu sein, Fable kümmerte es. Deshalb hatte sie Joanna hinter Olives Rücken gebeten, die Änderungen in letzter Minute vorzunehmen. Joanna hatte Fable heute Nachmittag praktisch in dieses Kleid hineingenäht, so perfekt passte es. Und jetzt hatte Fable gerade noch genug Zeit, um nach Hause zu stürzen und sich um ihre Frisur und ihr Make-up zu kümmern – und dann konnte die wichtigste Party ihres bisherigen Lebens beginnen!

Die Tüte über die Arme gelegt, um das Kleid nicht zu zerknittern, tänzelte Fable die Straße hoch zu dem Holden. Es war die »Goldene Stunde«, und der herbstliche Sonnenschein flimmerte unter den Dachvorsprüngen der Geschäfte und flutete über ihr Blickfeld. Da ihre Hände unter ihrem Kleid gefangen waren, konnte Fable die Augen nicht abschirmen. Sie senkte den Kopf, um sie vor dem Licht zu schützen, und ging blind weiter.

Der Fußgänger, der aufrecht, mit schnellen Schritten, um die Ecke auf Fable zukam, war verschleiert von dem hellen Sonnenlicht. Er trat ihr genau in den Weg, bevor sie ausweichen konnte, und sie stießen abrupt zusammen: Fable mit einem Aufschrei, er mit einem benommenen Ruf.

»*Fable …*«

Ihr Kopf schnellte hoch, um das Gesicht zu mustern, das sich aus dem Licht herauskristallisierte. Ihre Hand, befreit von der Tüte mit dem Kleid, schoss zu spät hoch, um ihre schockierte Äußerung zu unterdrücken.

»Oh, *Raff!*« Die Emotion brach über die Ufer und überflutete ihre Augen.

»Ich habe dir wehgetan.«

»Nein«, antwortete sie, hart blinzelnd. »Ich habe nicht auf dich geachtet.«

Sie standen da, starrten einander forschend an, und der Moment zog sich in die Länge. In seinem Gesicht lag nichts von seiner üblichen Gutmütigkeit.

Sie wagte als Erste zu sprechen. »Warum bist du wieder in Noah?«

Er lachte freudlos auf. »Glaub mir, ich habe mich die ganzen drei Tage, die ich gebraucht habe, um nach Hause zu kommen, dasselbe gefragt.«

Sie furchte die Stirn.

»Mein Vater«, sagte er, und sein belegter Ton verriet ihr alles, was sie wissen musste.

»Es tut mir so leid.«

»Ja, er hat nur noch ein paar Wochen – wenn überhaupt. Prostatakrebs, hochgradig aggressiv.«

Fables Augen füllten sich wieder mit Tränen.

»Er und Mum haben es vor allen geheim gehalten, selbst vor uns Kindern. Ich nehme an, mein stoischer Vater dachte, es sei nur eine Frage der Einstellung, so wie alles andere auch. Und jetzt ist es zu spät für irgendetwas, und sie trommeln uns alle zu einem Abschied in letzter Minute zusammen. Ich bin nach Hause gekommen, um meinen alten Herrn sterben zu sehen …«

Fable ließ die Kleidertüte fallen, legte ihm eine Hand auf den Unterarm – einen Arm, der noch stärker von Muskeln durchzogen war, als sie ihn in Erinnerung hatte.

Sie starrten beide auf ihre Hand. Sie zog sie zurück, und Raffs Größe schien mit dem Seufzer, der folgte, etwas zu schrumpfen. Fable verspürte einen heftigen Drang, seinen Kopf an ihre Brust zu ziehen, ihm mit den Fingern durchs Haar zu fahren.

»Er hat entschieden, dass er nicht gehen kann, bevor er seine – und unsere – Angelegenheiten geregelt hat. Daher mussten wir uns heute Morgen alle zu einer vorgezogenen Testamentsverlesung um sein Sterbebett versammeln. Offenbar will er seine letzten Tage damit verbringen zuzusehen, wie sich seine Kinder um seinen Grundbesitz zanken. Es ist ein Schlag ins Gesicht.«

»*Du* streitest dich um den Grundbesitz?«

»Nein, *ich* nicht – denn er hat entschieden, mir als dem ältesten Sohn alles zu vermachen. All die Jahre habe ich mich gegen den alten Dreckskerl zur Wehr gesetzt, wollte das Ruder nicht von ihm übernehmen, und dann versucht er, mir die ganze Farm aufzuhalsen – indem er stirbt.«

Sie zuckte zusammen, aber ihr Blick war sanft.

»Es ist archaisch, Fable. Ich werde das nicht annehmen!«

»Natürlich nicht. Was sagen Adriana und Eamon?«

Raff fuhr sich mit einer Hand durch das Haar, das sie so gern berühren wollte. »Ich will gar nicht erst davon anfangen – es ist ein Albtraum! Niemand hört auf mich, wenn ich schwöre, dass ich ihnen die Farm nicht stehlen will, dass wir eine gerechte Lösung finden werden. Ich habe Mum angefleht, ein Machtwort zu sprechen, aber sie hatte bei alledem mehr die Hand im Spiel als irgendjemand sonst. Ich weiß, sie will mich wiederhaben, und vermutlich denken sie, dass das der Weg dazu ist, mich in Dads Schuhe zwingen, damit ich mich anschließend um sie alle kümmern muss …« Er brach ab, die Stirn tief gefurcht.

Fable zwang ihre Hand, seinen Unterarm nicht wieder zu berühren.

»Ich musste von dort verschwinden, habe es keine Minute länger ertragen. Bin die Straße hinuntergestürmt, ohne irgendeine Ahnung, wohin zum Teufel ich überhaupt will, und dann bin ich dir genau in die Arme gelaufen.«

»Hör dich an, wie du den ganzen Ruhm dafür einsteckst«, sagte Fable. »Um genau zu sein, war *ich* diejenige, die dir in die Arme gelaufen ist.«

Er lächelte, und seine Anspannung legte sich ein klein wenig. »Wie auch immer, ich bin froh darüber. Ich musste ein freundliches Gesicht sehen.«

Die Wärme seines Tons und seiner Miene sorgte dafür,

dass Fable sich versteifte. Es war *zu* warm; die leichte Vertrautheit eines Bruders. Das Letzte, woran Fable erinnert werden wollte, war, dass Raff Hull sie wie eine lästige kleine Schwester behandelt hatte, eine, die man beschützen – und zurückweisen – musste.

»Hör zu«, sagte sie, jetzt etwas kühler, »ich will ja nicht unhöflich sein angesichts deiner schlimmen Neuigkeiten, aber ich muss los. Ehrlich gesagt ist für heute Abend etwas Wichtiges geplant, und ich habe keine freie Minute mehr.«

»Deine Buchvorstellung!«, erinnerte er sich von selbst. »Ich habe deine Einladungen überall in der Stadt gesehen. Das ist eine großartige Leistung, Fable – auch wenn ich nicht behaupten kann, dass ich irgendetwas Geringeres von dir erwartet habe. Und *mir* tut es leid, hier bin ich und nehme deine Zeit mit meinem Hull-Drama in Anspruch, während du den aufregendsten Abend deines Lebens vor dir hast.«

»Nein, ich bin froh, dass du mir das mit deinem Dad erzählt hast. Würdest du bitte Adriana meine besten Grüße ausrichten?«

Die Heiserkeit war in seine Stimme zurückgekehrt. »Danke. Viel Glück heute Abend – du hast jeden Erfolg verdient.«

»Na dann«, murmelte sie und schob sich an ihm vorbei. »Wir sehen uns.«

»Mach's gut, Fable.«

Aber sie ging nur ein paar Schritte, bevor sie stehen blieb. Es war das *Mach's gut*, das sie dazu brachte, und die stechende Erinnerung an ihre Flucht über ein sturmgepeitschtes Feld vor dem Mann, der ihr dennoch gefolgt war.

Sie wandte sich wieder um und sah Raff genau dort, wo sie ihn zurückgelassen hatte, stehen und ihr nachblicken.

»Oh, hey, hör zu«, sagte sie so beiläufig wie möglich, während sie gegen schreienden Widerstand ankämpfte. »Vermutlich ist es ja das Letzte, wonach dir heute Abend der Sinn steht … aber hättest du vielleicht Lust, bei meiner Buchvorstellung vorbeizuschauen? Es ist nichts allzu Abgehobenes, keine Sorge. Aber ich würde dir gern ein Exemplar schenken.«

# Kapitel 32

*

## Der Garten der Lüste

Fable stand hinter der Eingangstür im Cottage und versuchte angestrengt, durch ihre zugeschnürte Kehle kleine Atemzüge zu tun. Vom Garten hallte Musik und Gelächter zu ihr herein, klirrende Gläser, hohe Absätze, die über steinerne Wege klapperten. Die Soiree war in vollem Gange, aber der Ehrengast selbst war noch nicht in Erscheinung getreten. Fable presste eine Hand an ihren Bauch, dann etwas höher an ihre flach atmende Brust. Sie sagte sich, dass es an ihrem grünen Kleid lag, das zu perfekt passte, sie wie ein Korsett einschnürte – auch wenn es sich im Laden nicht so angefühlt hatte.

Es war tatsächlich das Kleid ihrer Träume. Das schimmernde Peridot, mit Swarovski besetzt, schmiegte sich an jede geschmeidige Kurve – fiel von angeschnittenen Spitzenärmeln an schmalen Schultern über üppige Brüste, verschmälerte sich an einer winzigen Taille, wallte über anmutige Hüften, drückte sich eng an die kesse Form ihres Gesäßes und ergoss sich in langen, hauchzarten Falten bis zum Boden.

Sie war eine strahlende Feenflechte, die im Wald schimmerte.

Durch das Buntglas bemerkte Fable den flammend roten Haarschopf ihrer älteren Schwester, die auf der Eingangsstufe verharrte. Es war *ihre* Reaktion, die Fable in erster Linie sehen wollte. Fable holte einmal tief Luft, so gut es ging, schwang die Tür auf und trat in ihre glänzende Zukunft.

Ihr nächster Atemzug war ein Aufstöhnen. Der Garten war kein Garten mehr, sondern vielmehr ein Märchenwunderland: Jeder Zweig war mit funkelnden Lichtern verziert; Kerzen in Einmachgläsern säumten die verschlungenen Wege; Laternen waren überall auf den Tischen und der Tanzfläche und der Bar aufgestellt. Ihr Herz pochte angesichts all der Pracht.

Sonnets frohlockende Miene war das Erste, was Fable bewusst wahrnahm, als sie den Blick von dem erhellten Garten zu dem versammelten Kreis ihrer Liebsten lenkte. Plummy zog sie bereits am Arm, um ihr den beleuchteten Wunschbrunnen zu zeigen, und die Tanzfläche unter den Feensternen, und alles, schnell! Onkel Gav sah aus, als würde er sie am liebsten wild durch den Garten wirbeln. Aber Olive, nun, das war eine Miene, die Fable nicht erwartet hatte. Tränen strömten Olive über die Wangen, und das nicht allein vor Freude.

»Bist du wütend, Tante?«

Olive schüttelte den Kopf, drückte Fable fest an sich. »O du liebes Mädchen, du bist ihr genaues Ebenbild«, hauchte Olive ihr ins Ohr. »Das hier war ihr absolutes Lieblingskleid – ganz egal, was geschehen ist. Es ist nur richtig, dass du es an deinem großen Abend trägst.«

Sonnet ging dazwischen. »Komm schon, Olive. Heute

Abend wird niemand rührselig!« Sie zog Fable zu einer Umarmung an sich – oder zumindest, was Sonnet als Umarmung zu geben gewohnt war. »Es ist Zeit für dich, dort hinauszugehen und dich unter die Leute zu mischen!«

Sonnet drückte Fable ein Glas Sekt in die Hand und zog sie aus der intimen Familienumklammerung in einen größeren Kreis von Gratulanten: Kate, die sie mit Komplimenten überschüttete, Sarah Timmons, die sie den »Traum jeder Verlegerin« nannte, Smithy, der sich darüber beklagte, dass er im Begriff war, den größten Kassenmagnet seines Zeitungsladens zu verlieren, und Marco, der stolz strahlte.

Fable bemerkte den blutroten wilden Hibiskus, der sich in ihrem Sektglas drehte, eine benommene Sekunde bevor sie es sich an die Lippen führte. Sie wischte Olives Tränen von ihren Ohrläppchen, fand ihre Fassung wieder und ließ sich von der wuselnden Menge mitreißen.

»Jeder ist hier, um dich zu feiern, Fable Hamilton«, hörte sie Sonnet verkünden, während sie hinweggetragen wurde.

Nun, wie sich herausstellte, nicht *jeder*. Fable war von fast jedem vertrauten Gesicht von Noah Valley durch den Garten, über die Tanzfläche, hinüber zur Bar und neben den Karton mit Büchern – der seinen Ehrenplatz auf einem eigenen Tisch einnahm – gewirbelt worden.

Aber keine Hulls. Nicht ein einziger!

Irgendwie waren sie zu den Ansprachen gekommen, und Fable saß mit Pokermiene auf der Bühne, den Arm ihres Onkels schwer auf ihren Schultern, während ihr Buch vorgestellt wurde.

Sarah übernahm stolz die einführenden Worte – Fable fragte sich, wie sie es geschafft hatte, das an Sonnet vorbeizumogeln –, sprach in den höchsten Tönen von ihrer neuen »Lieblings«-Autorin und nötigte Fable, wenigstens für eine Verbeugung in die Mitte der Bühne zu kommen, nachdem sie schon vor einer Ansprache gekniffen hatte.

Olive hatte wortgewandt davon gesprochen, wie stolz sie und Gav seien, dass ihre Nichte endlich den Traum verwirklichte, den ihre talentierte Mutter immer gehegt hatte. Bei diesen Worten hatte Fable das Gesicht an der Schulter ihres Onkels vergraben. Sie spürte, wie auch sein Körper zitterte, und wagte nicht, ihn anzusehen. Es sah Olive nicht ähnlich, sich so unerschrocken vor so vielen Leuten aus der Stadt verletzlich zu zeigen, indem sie so etwas sagte. Wieder staunte Fable darüber, wie diese Ansprachen durch die Maschen von Sonnets Zensur geschlüpft waren. Was in aller Welt würde Sonnet dann in ihre Ansprache noch hinzufügen?

Das herauszufinden, wurde Fable jedoch durch einen jungen Mann verwehrt, der ungebeten auf die Bühne sprang und Olive das Mikrofon entwand, als sie es eben an Sonnet weiterreichen wollte, die sich bereits zu ihrer Rede anschickte.

»Ich kann diesen Abend nicht verstreichen lassen«, begann Marco in hochtrabenden Tönen, »ohne auch etwas zu sagen, das gesagt werden muss.«

Ein warnendes Kribbeln lief Fable übers Rückgrat.

»Fabes«, sagte er, »ich wusste immer, dass dieser Tag einmal kommen würde, seit ich im Kunstunterricht neben dir gesessen habe. Während ich meine albernen Strichmännchen gezeichnet habe, hast du dort absolute Meisterwerke geschaffen, und ich habe mir gesagt: Dieses Mädchen wird eines Tages berühmt werden!«

Fable warf einen Blick auf Sonnet, die am Rand der Bühne auf und ab hüpfte. Neben ihr: Sarah Timmons, eine elegant nachgemalte Augenbraue hochgezogen.

»Und seht nur, sie hat es geschafft!« Fable sah seine rot verquollenen Augen und seine schwankende Haltung. Heute Abend hatte er den Bogen eindeutig überspannt. Ihr Lächeln wechselte von höflich zu leidend. Sie spürte, wie sich ihr Onkel neben ihr ungeduldig regte.

»Nun, wenn ich heute Abend so forsch sein darf… ich habe auch ein paar Geschichten über unsere Fabes zu erzählen!«

Ein lauter Pfiff ertönte aus den hinteren Reihen der Menge, gefolgt von Gelächter.

Fable warf ihrem guten Freund einen verzweifelten, flehenden Blick zu. *Was führte er nur im Schilde?!*

Sonnet war eine Attentäterin, im Begriff, ihr Opfer zur Strecke zu bringen. Zum Glück für Marco war es Gav, der rasch dazwischenging, um sich das Mikrofon zu schnappen: »Okay, jetzt bin ich dran, junger Mann!« Und Olive, die Marco mit einer frisch geöffneten Flasche Bier, die sie ihm verführerisch hinhielt, von der Bühne lotste.

Gav, kein öffentlicher Redner, gelang es auf bewundernswerte Weise, die Aufmerksamkeit des Publikums mit spontanen Anekdoten auf sich zu ziehen. Bis Gavs Auftritt zu Ende war, hatte Fables flaues Gefühl bereits etwas nachgelassen.

Dankbar drückte sie Gavs Hand, als er an ihrer Seite wieder seinen Posten bezog.

Sonnet, letzte Rednerin und eine stolzere Schwester, als irgendjemand je gekannt hatte, sprach in aller Ausführlichkeit und solch überschwänglichen Tönen von Fable, dass Fable sich unwillkürlich fragte, wie viele Gläser Sekt ihre Schwester bereits getrunken hatte.

Wer hätte gedacht, dass Sonnet ein solch fürstliches Lob aufbringen könnte?

»Fable Winter«, erklärte Sonnet und erhob ihr Glas, »du bist zu mehr Magie imstande, als die meisten Leute sich je erträumen könnten. Und wie Mama mit Sicherheit zitiert hätte, wenn sie heute Abend hätte hier sein können: Du musst dich *immer* ›in blinder Unterwerfung pfadlosen Fluten‹ und ›ungeträumten Küsten‹ hingeben …« Sonnets Stimme brach bei den letzten Worten.

Fables Kehle schnürte sich ebenfalls zu.

Mit mühsam beherrschter Stimme verkündete Sonnet: »Also, auf Noah Valleys ganz eigene Erfolgsgeschichte!«

Die Menge wandte sich mit erhobenen Gläsern zu Fable um.

»Auf Fable!«

Fable ließ den Kopf auf die Brust sinken, und Onkel Gav drückte einen Kuss auf ihr Haar. Sie hob den Blick wieder, beschwor ihre Lippen, ruhig zu bleiben, während sie über die Menge hinweg zusah, wie eine hochgewachsene Gestalt durch die Gartenpforte trat, die blauen Augen bereits auf sie gerichtet.

Wein floss, Musik wogte auf und ab, die Tanzfläche drehte sich, Lichter funkelten; all ihre Sinne waren benommen von der unerträglichen Vorfreude des Wartens, bis er endlich zu ihr kommen würde. Seit Stunden kreiste er jetzt schon am Rande ihres Blickfelds, nicht einen Moment außerhalb ihres Bewusstseins, bewegte sich ganz langsam durch die pulsierende Menge. Jeder wollte heute Abend einen Teil von Rafferty Hull – er war jetzt eindeutig der Ehrengast. Gab es eigentlich irgendjemanden in Noah Valley, der Raff nicht wie einen Sohn, Cousin, ehemaligen Schüler oder Spielgefährten liebte, der nicht ein Jahrzehnt an Neuigkeiten mitzuteilen hatte? Fables Wangen schmerzten von der Röte, die sie unterdrückte, dem sanften Lächeln, das sie wahrte.

Als Raff zu ihrer Tante und ihrem Onkel kam, ließ ihre beherrschte Freude über das Wiedersehen der drei ihr Herz doppelt so schnell schlagen.

»Raffy, mein Junge!«, rief ihr Onkel und zog ihn zu einer Umarmung an sich, obwohl sein »Junge« ihn inzwischen um dreißig Zentimeter überragte. Olive streckte die Arme aus, um Raffs Gesicht mit beiden Händen zu umfassen, und murmelte irgendetwas Unverständliches – und Fable hätte jeden Cent ihres Buchvorschusses gegeben, um zu hören, was. Wann würde sie endlich an der Reihe sein?

Es wurde spät, die Menge lichtete sich, und die noch verbliebenen Gäste waren gesättigt und angeheitert vom Alkohol, der Musik und dem Essen. Es hatte durchaus Ähnlichkeit mit einem Hochzeitsempfang. Nur dass sie am Ende dieses Abends von einer Karriere und nicht ihrem Seelenverwandten fortgetragen werden würde.

So, wie Gav sie jetzt auf der Tanzfläche hielt und wie sich in seinen Augenwinkeln Fältchen bildeten, wenn er sie ansah, hätte er in jeder Hinsicht der Vater einer Braut sein können.

»Ich bin so stolz auf dich, Schönheit.«

»Das sagst du ständig, jetzt hör endlich auf damit!« Sie lachte und gab ihm einen ermahnenden Klaps.

»Das ist der Job eines Onkels.«

»Nein«, sagte sie, jetzt ernst, »es ist die Rolle eines Vaters, und du bist für mich, was einem Vater am nächsten kommt. Ich bin so froh, dass du mein Onkel-Dad bist.«

»O Schönheit …«

Gav zog sie zu einer innigen, bärenhaften Umarmung an sich, und sie spürte, dass er es tat, um nicht nur ihre, sondern vor allem seine eigenen Tränen zu verbergen. Als sie sich voneinander lösten, setzten die ersten Takte eines langsamen Walzers ein. Gav wischte sich unsanft die Augen an seinem Ärmel ab und streckte die Arme nach seiner Frau aus, die in der Nähe tanzte.

»Komm, mein Schatz«, sagte er, »dieser Song ist für dich und mich.«

Der Partnertausch fand so rasch statt, dass Fable keine Zeit hatte, ihre Gesichtszüge neu zu arrangieren. Die Miene, mit der sie zu ihrem neuen Partner hochsah, strahlte bereits vor purer Emotion.

*Rafferty.*

Ihre Füße sträubten sich bei dem Übergang, aber er fing

sie bereits in seinen Armen auf, zog sie sanft von ihrer Tante und ihrem Onkel fort.

»Du bist gekommen«, hauchte sie und neigte das Gesicht, um auf den Puls an seinem Hals zu starren, verzweifelt bemüht zu verhindern, dass sie am ganzen Körper zu zittern begann. Wenn er wüsste, wie sehr seine Berührung sie versengte, vielleicht würde er mit diesen großen Händen dann etwas behutsamer umgehen.

»Na ja, es war wirklich furchtbar nett von dir, diese riesige Noah-Valley-Willkommensparty für mich zu veranstalten.«

»Ja, du hast offenbar kein Problem damit, mir heute Abend die Show zu stehlen, habe ich recht?«

Eine vorsichtige Pause trat ein, bevor er antwortete. »Alle Augen sind heute Abend auf dich gerichtet, Fable.«

Sie tat einen winzigen Atemzug, ohne jede Zuversicht, dass danach noch einer folgen würde.

Raffs Arme um ihre Taille waren warm und selbstbewusst und brannten ein Loch durch ihre Körpermitte. Ihre eigenen Arme, um seinen Hals gelegt, begannen zu zittern.

Sie waren in ein Schweigen verfallen, das tief und vertraut war, und warteten. Jeder Herzschlag war ein verräterisches Hämmern, jeder Atemzug ein Sieg. Würde dieser Song ewig dauern, wenn sie ihn dazu beschwor? Nur die Angst davor, Raffs Arme zu verlassen, schürte den Mut in ihrer Brust. Sie sah auf, um das Wort an ihn zu richten.

Als sich ihre Blicke trafen, schwankte sie. Er hielt sie, stark und sicher. Die Lichterketten rings um Raffs Kopf konnten mit dem Strahlen auf seinem Gesicht kaum mithalten.

Er sprach sanft, seine Worte nur für sie allein bestimmt.

»Dann bist du jetzt also erwachsen geworden, Fable Hamilton.«

Ihr Blick huschte prompt zur Seite. Aber in seinem bedächtigen Ton hatte eine Frage gelegen. Und falls sie noch irgendwelche Zweifel hatte, drängte der beharrliche, sich verstärkende Griff um ihre Taille sie zu einer Antwort.

Sie hob wieder das Gesicht, nahm ihre ganze Hoffnung zusammen. Fable hatte die Frage nicht falsch verstanden. Sie war da, in seinen Augen, völlig unverschleiert.

Bevor ihre Kehle sich zuschnüren konnte, musste sie antworten. »Ja.«

Raffs Miene blieb nach außen hin unverändert, aber Fable spürte, wie sein Atem sich beschleunigte, seine Arme sich fester um sie legten.

Um ganz sicher zu sein, ergriff sie wieder das Wort. »Ich habe mich in meinem ganzen Leben noch nie so erwachsen gefühlt. Es tut mir nur leid, dass es vielleicht zu spät ist ...«

Auf Raffs Miene entfaltete sich der Ausdruck, den sie auf der ganzen Welt am meisten liebte: sein Lächeln. Eine heiße Welle schoss ihr in die Augen.

»Nicht zu spät«, begann Raff, »ich wollte ...«

»Oh, da bist du ja!«, ertönte auf einmal ein Ruf an ihrer Seite. Es war Marco – ein überschwänglicher, betrunkener Welpe. »Wer sagt, dass *was* zu spät ist?«

»Marco!«, begann Fable errötend.

Marco streckte erwartungsvoll die Hände nach ihr aus. »Nein, es ist nicht zu spät, Fabes. Ich nehme an, wir können noch die ganze Nacht und mindestens bis morgen Mittag durchtanzen! Sieh nur, wie viel Spaß alle haben!«

Marco schnappte sie sich, als Raffs Hände sanft von ihrer Taille glitten. Bevor sie sich auch nur entschuldigen konnte, wirbelte Marco sie bereits fort.

Und einfach so war der Tanz vorbei.

Der leere Garten, übersät mit Gläsern und Stühlen, schimmerte noch immer von nicht gelöschten Lichtern. Sonnet hatte die letzten Gäste nach Hause geschickt, die angeboten hatten, das Feenreich für sie abzubauen.

»Das kann bis morgen früh warten, geht jetzt nach Hause!«, rief sie. Sie wollte nur noch aus ihren High Heels schlüpfen und ins Bett fallen.

Und so gingen sie alle nach Hause, in den Händen ihre *Faerie Falls*-Exemplare, an der Gartenpforte persönlich überreicht von Fable – die am Ende der Party noch mehr strahlte als zu Beginn.

»Der Erfolg steht ihr«, sagte Olive zu Gav, während sie den Hügel nach Heartwood emporstiegen, ihren Arm bei ihm untergehakt, ihre Schuhe in seinen Händen. »Hast du sie je so glücklich gesehen?«

Sonnet stolperte die Treppe hoch und ins Bett, und da sie sich weitaus mehr Wein genehmigt hatte als geplant, sah sie einen schwindelerregenden Moment gebannt zu, wie sich der Deckenventilator über ihr drehte, bevor sie in einen traumlosen Schlummer sank.

Plum, die die Nacht auf der Cottagecouch verbrachte, nachdem sie den Fehler begangen hatte, nur für eine Sekunde die Augen zu schließen, während die Party um sie herumwirbelte, stolperte jetzt orientierungslos zum Bad. Durch das mattierte Glas blinzelnd, sah sie einen schmalen Schatten vorbeihuschen. Wieder am Wohnzimmerfenster, rieb sie sich die Augen, während sie beobachtete, wie sich Fable auf ihre nackten Zehenspitzen stellte, um eine Laterne von einem Zweig abzunehmen, und anschließend zur Gartenpforte hinausschlüpfte, ein Buch unter den Arm geklemmt.

Dann huschte die schlanke grüne Gestalt über das Feld – und die tänzelnde Flamme ihrer Laterne wurde kleiner und kleiner, bis sie vom Regenwald verschluckt wurde.

Im schimmernden Licht schlängelten sich die langen Brettwurzeln über den Boden wie unheimliche Tentakel. Die grüne Frau kniete sich hin, um ihr Buch ins Herz der tiefsten Furche zu legen.

»Das hier ist mein Buch, Mama«, sagte sie und beugte sich vor, um den Kopf abzustützen, als wollte sie alterslose Füße küssen, die in einem wogenden Waldgewand verborgen waren.

»Eine Zeit lang haben ein paar Seiten gefehlt. Aber jetzt sind sie alle hier. Ich will, dass du das ganze Buch hast. Du wirst es für mich aufbewahren.«

Tränen, verborgen hinter einem Vorhang aus rosigem Gold, benetzten den Boden, das Buch.

»Ich muss morgen fortgehen – nur für eine Weile. Aber ich verlasse dich nicht, versprochen. Pass gut auf mein Buch auf, Mama.«

Fable erhob sich schniefend, um sich zwischen den Wurzeln hinauszuschlängeln.

Das Licht der Laterne flackerte, als Fable über den Weg neben dem Fluss zurückschwebte. Nahe der Zuckerrohrbrücke sorgte ein heftiges Flattern von Flügeln in dem Baldachin über ihr dafür, dass ihr das Herz bis zum Himmel schlug.

Nur eine Fledermaus, verscheucht, wobei sie Fables ganzen Mut mitgenommen hatte.

Die Dunkelheit schien sich jetzt über ihren eigenen Lichtkreis zu senken, Gestalten sprangen hervor, und Schatten lauerten.

Einen Augenblick später hörte sie das Knacken von Zweigen auf dem Boden, gefolgt von einem gemurmelten Fluch. Fable verharrte reglos, spähte atemlos in das Halbdunkel des Flusses. Eine Laterne, die am gegenüberliegenden Ufer getragen wurde, kam schaukelnd in Sicht, bewegte sich parallel zu ihrem eigenen Weg. An der Brücke schwenkte das Licht in ihre Richtung und begann, die Gleise zu überqueren.

Fables Laterne zitterte wild, als sie sie vor ihr Gesicht hielt, um zu versuchen, die herannahende Gestalt zu erkennen.

»Hallo?!«, rief sie.

Näher, unerbittlich näher, kam das Licht.

»Ach, *du* bist es …«

# Kapitel 33

✶

## Wurzeln und Flügel

Sonnet erwachte mit einem Ruck auf dem lichtdurchfluteten Dachboden. Sie setzte sich taumelnd auf und fiel prompt wieder in ihr Kissen zurück, mit einer einzigen, hastig abgebrochenen Bewegung.

»Arrrrgh.« Ihr dröhnender Kopf, rumorender Magen, der üble Geruch ihrer Haut, das pelzige Gefühl auf ihren Zähnen.

Draußen im Garten: Gemurmel und leichtes Gelächter, raschelnde Müllsäcke, ein Besen, der über Gehwegplatten kratzte.

Sonnet tastete nach ihrer Armbanduhr, starrte ungläubig darauf.

*Eine Stunde nach Mittag?*

Sie stürzte ans Giebelfenster. Gav und Olive waren draußen, beseitigten das Chaos der Party in ihrem Garten, während sie selbst den Tag verschlief. *Müßiggängerin …*

Sie schlich die Treppe hinunter, eine faulig riechende Bucklige, um sich für eine gründliche Reinigungsprozedur ins Bad zu flüchten.

Eine frisch geschrubbte Sonnet, die sich trotzdem kein

bisschen besser fühlte, trat etwas später matt in den Sonnenschein.

»Hallo, Schlafmütze!«, trällerte Olive.

*Verdammte Abstinenzler*, dachte Sonnet.

»Wir haben hier schon mal angefangen, hoffe, wir haben dich nicht geweckt.«

»Lass gut sein, ich mache das schon.«

Olive musterte sie von Kopf bis Fuß, ein ironisches Grinsen im Gesicht.

Sonnet schnitt eine Grimasse, ließ sich auf einen Stuhl fallen. »Vielleicht doch nicht. Aber ich kann euch anfeuern.«

»Auf dem Herd stehen Eier mit Speck«, sagte Olive. »Vermutlich sind sie inzwischen kalt. Wärm sie einfach auf, um sie dir mit Fable zu teilen.«

*Fable! Ihre Abreise! Der Nachmittagszug!*

»Verdammter Mist«, sagte Sonnet und taumelte so schnell wieder hoch, dass sie ihr Gehirn rasseln spürte.

»Deine Sprache«, sagte Olive sanft und wandte sich wieder ihrem Tablett mit Gläsern zu, während Sonnet zu den Stufen stürzte, ihren Kopf mit beiden Händen umklammernd. »Und auf dem Kühlschrank liegt ein Aspirin!«

Sonnet hämmerte gegen die Tür zum Wintergarten. »Fable? *Fable!*«

»Bleib entspannt, Sonny«, hörte sie eine Stimme hinter sich.

Fable: aus dem Bad zurück, Haare in ein Handtuch gewickelt, Gesicht und Gliedmaßen rosig, Augen gerötet von Schlafmangel oder einem Übermaß an Dekadenz, oder könnte sie sogar … geweint haben?

Wie auch immer, sie sah genauso aus, wie Sonnet sich fühlte.

»Geht es dir gut?«, fragte sie, während Fable auf einer Wolke von Seifenduft vorbeischwebte.

»Natürlich. Warum sollte es das nicht?« Es war keine Frage, rhetorisch oder anders.

Sonnet zögerte einen Moment, außerstande, ihr Gefühl von Unbehagen zu begründen, und bohrte die Augen in den schlanken Rücken, der von ihr abgewandt war.

»Wir sind schon spät dran«, sagte sie. »Der Zug geht um drei. Ich brauche deine Koffer in einer halben Stunde vor dem Haus.«

»Ich fahre nicht«, sagte Fable leise.

Sonnet war weder verblüfft noch beunruhigt von Fables Vorstoß. Jetzt wurde ihr auch bewusst, warum: Sie hatte die ganze Zeit damit gerechnet.

»Unsinn! Du hast nur kalte Füße. Nichts steht zwischen dir und diesem Zug heute.«

»Ich meine es ernst, ich fahre nicht. Ich muss hierbleiben.«

»Unter gar keinen Umständen«, entgegnete Sonnet. »Und wenn ich dich an den Waggon festbinden und den Zug persönlich aus Noah führen muss, werde ich es tun.«

»Sonny, ich kann nicht fahren, ich …«

Ein Klopfen an der Haustür ließ beide Frauen zusammenzucken – Fable vielleicht sogar noch mehr. Eine männliche Stimme war draußen zu hören im Gespräch mit Olive und Gav.

»Nein, du musst dich fertig machen!«, sagte Sonnet

und stellte sich ihrer Schwester in den Weg, bevor sie halb nackt an die Tür gehen konnte. »Ich gehe schon. Zieh du dich an.«

»Marco«, sagte Sonnet und öffnete die Tür vor einem jungen Mann mit blutunterlaufenen Augen, der dennoch ein Grinsen im Gesicht trug.

»Morgen!«, murmelte er.

Sonnet erinnerte sich gequält an seine nicht abgesprochene, wenn auch zum Glück vereitelte Rede und versteifte sich. »Es tut mir leid, Marco, wir sind schon spät dran.«

»Dann will ich euch nicht im Weg stehen, ich bin nur hier, um mich von Fabes zu verabschieden. Habt ihr schon das Neueste von den Hulls gehört? Ich bin auf dem Weg hierher Raff in die Arme gelaufen, somit weiß ich es aus erster Hand.«

Fable tauchte aus dem Wintergarten auf, Kleidung übergeworfen, misstrauisch blinzelnd.

»*Was* gehört?«

»Eamon wird seit gestern Abend vermisst!«, antwortete Marco. »Er hat auf Summerlinn stark getrunken, ist gewalttätig geworden – ihr wisst ja, wie er sich aufführen kann – und dann in der Nähe des Flusses verschwunden. Er ist noch immer nicht nach Hause gekommen! Die Hulls machen sich alle völlig verrückt deswegen. Offenbar war Eamon außer sich wegen seines alten Herrn, William; sie haben Angst, er könnte weiß Gott was tun in dem Zustand, in dem er ist. Sie haben vor dem Mittagessen einen Suchtrupp zusammengestellt. Ich helfe bei der Suche, sobald ich dich verabschiedet habe.«

*Werden die Melodramen der Familie Hull in dieser Stadt denn nie aufhören? Was hält dich hier noch, Fable?!*

»Dann machst du dich besser gleich auf den Weg, Marco«, sagte Sonnet, ohne auch nur zu versuchen, nachbarliche Besorgnis vorzutäuschen. »Wir fahren jeden Moment los.«

Sonnet klatschte in die Hände. »Also dann, Fable! Wir haben dreißig Minuten, um dich für Brisbane fertig zu machen.«

Sie schlitterten um fünf vor drei in den Bahnhof. Sarahs verkniffene Miene im Rückspiegel – verwirrt entweder von dem Tempo, mit dem Sonnet vor dem Canecutter's Hotel an der Bordsteinkante vorgefahren war, um sie abzuholen, oder der Eile, mit der sie die engen Bergkurven nahm – entspannte sich erst, als in einer siegreichen Erklärung ihrer Ankunft der Kofferraum klappernd aufsprang und die Handbremse quietschte.

Fable war so undurchschaubar wie immer und sprach auf dem ganzen Weg zum Bahnhof kein Wort. Was Sonnet nur recht war; sie selbst hatte noch jede Menge Weisheiten von sich zu geben, bevor sie ihren Schützling in die große weite Welt entließ. Wie auch immer, Fable schien dankbar zu sein, sich hinter Sonnets Ausführungen verstecken zu können. Sonnet war nicht entgangen, wie Fables Hände immer wieder von ihren Wangen zu ihrem Herzen, ihrem Mund, ihrem Bauch wanderten – als wollten sie sie zusammenhalten.

Olive und Gav, die bereits verantwortungsbewusst am

Bahnhof warteten und inzwischen nicht nur die Zugtickets und Dinnerspeisekarten besorgt hatten, sondern auch den richtigen Waggon, ihre Sitzplätze und die nächste Toilette ausfindig gemacht hatten, hüllten sich bereits in ruhige, elterliche Abschiedsstimmung. Zwischen ihren Worten des Trosts und Zuspruchs drückte Fable sie zu einer Dreierumarmung an sich. Sonnet drängte sich nicht dazwischen, unterbrach sie nicht auf dem Weg zu ihrem Waggon und schob sich nicht an die Spitze der Gruppe. Sie war in der Hektik vergessen worden, und diesmal hatte sie nichts dagegen.

Sonnet konnte es schon jetzt spüren: das letzte Nachgeben in einer langen Serie von Zugeständnissen an die Kompetenz der beiden, die ihr das Stichwort gaben, in ihre wahre Rolle als Schwester zurückzutreten.

Sie hatte als Vormund und Ersatzmutter alles gegeben. Jetzt war Fable dieser verdammten Stadt entkommen. Für Sonnet gab es nichts mehr zu tun.

Und siehe da, Fable hatte die Rolle ihrer Schwester nicht einmal vermisst oder den Wandel zur Kenntnis genommen. Es waren Olive und Gav, die sie jetzt losschickten, die Leiter emporzusteigen, Plum, die durchs Fenster um Souvenirs bettelte, ihre Verlegerin, die es sich neben ihr als Platznachbarin und neue Reisegefährtin bequem machte.

Brennende Tränen stiegen Sonnet in die Augen, während sich die schmalen, silbrigen Waggons um die grüne Biegung schlängelten, eine Rauchwolke hinter sich zurücklassend. Es war Olive, die hinzutrat und ihre Schulter drückte, den Wasserfall auslöste. Es war Olives Schuld, ausschließlich.

»Vergiss nicht«, sagte Olive, während der letzte Waggon

von der Landschaft verschluckt wurde, »wir haben ihr Wurzeln gegeben, und jetzt findet sie ihre Flügel – oder zeichnet sie, was dasselbe ist.«

Sonnet lächelte trotz ihres Kummers und wich dann gekonnt vor Olives gefühlsduseliger Umarmung zurück.

Ihr Gehirn hämmerte gegen ihren Schädel. Sie wollte sich übergeben. Aber vor allem musste sie Kate sehen, und zwar schleunigst, und ein verdammt gutes Gespräch über das alles führen.

# Kapitel 34

*

## Verlorene Tochter

*Ende Oktober 1964*

Zum ersten Mal in ihrem Leben, über sieben wundervolle Monate lang, führte Sonnet das Leben einer unabhängigen Frau. Sie hatte erwartet, dass sie Fable über alles vermissen und sich in jeder Sekunde, in der sie außer Reichweite war, um sie ängstigen würde. Aber zu ihrer eigenen Verblüffung entspannte sich Sonnet. Freiheit hieß, das Cottage ganz für sich allein zu haben, und nur die Anforderungen ihrer eigenen Arbeit, die sie in Anspruch nahmen. Den Rockzipfel abzuschneiden, erwies sich als ebenso befreiend wie ein neuer Haarschnitt – noch eine erfrischende Erfahrung, die sie in letzter Zeit gemacht hatte.

Schulterlange Locken wippten jetzt offen und glänzend um ihr Gesicht. Die meisten Leute sagten, dass die Frisur ihr stand – auch wenn sie tatsächlich meinten, dass sie damit »sanfter« aussah –, und Sonnet war geneigt, ihnen zuzustimmen. Der Verlust ihres hochgesteckten Haarknotens fühlte sich an, als würden Jahre von ihr abfallen. Sonnet kam sich nicht mehr vor wie knapp dreißig, sondern mehr wie die freie und ungebundene junge Frau, die sie nie hatte sein können.

Sie wusste, dass die Leute in Noah sagten, Sonnet Hamilton würde »die Nase hoch tragen«, jetzt, wo ihre Schwester durch Australien tourte und sich »Autorin und Illustratorin« nannte – und der neue Großstadthaarschnitt, die neuen Möbel im Buchladen und der Schwung in ihrem Schritt seien der Beweis für ihre zunehmende Überheblichkeit. Ganz zu schweigen von dem skandalösen *Schöne neue Welt*-Thema in ihrer Schaufensterauslage!

Aber Sonnet kümmerte es diesmal nicht. Die Freiheit war Belohnung genug.

Als Fable nach dem Ende ihrer Lesereise von Brisbane aus auf Heartwood angerufen hatte, um zu bestätigen, dass sie noch sechs Monate in der Nähe ihrer Verlegerin bleiben würde, um bei mehreren Kinderbüchern mit ihr zusammenzuarbeiten, hätte Sonnet fast einen Luftsprung gemacht. Dabei beneidete sie ihre Schwester nicht einmal um ihren Auszug aus dem Tal. Obwohl sie jeden Grund dazu gehabt hätte. Fable, die in einer blühenden Stadt lebte, eine erfolgreiche junge Frau, die bereits richtig viel Geld verdiente und sich mit ihrer Kunst einen Namen machte, während Sonnet in einem tropischen Provinznest feststeckte – in früheren Jahren hätte das genügt, um sie zum Schreien zu bringen!

Aber Fables Triumph fühlte sich wie ihr eigener an. Fast im selben Moment, in dem Fable aus der Stadt gerauscht war, hatte Sonnet die Auswirkungen auf ihre eigene Gemütslage bemerkt. Sie hörte einfach auf, um sich zu schlagen. Es war wie die erwartungsvolle Stille zwischen dem lauten

Rumpeln eines Waschvorgangs und dem sanften Trockenschleudern. Auf einmal fand sie all die Kleinstadteigenheiten und -ungerechtigkeiten, über die sie sich früher vielleicht geärgert hätte, belanglos. Sie schien sich sogar von Dingen zu distanzieren, die ihr näher am Herzen lagen.

Zum Beispiel die Marco-Lagorio-Gerüchte, die nach der Buchvorstellung aufgekommen waren. Sonnet hatte den andauernden Klatsch und Tratsch auf der Straße über Marco und Fable mit untypischer Selbstbeherrschung über sich ergehen lassen. Sie hätte sich leicht voller Wut auf jeden Wichtigtuer stürzen können, um klarzustellen: *Sie sind nur Freunde! Es gab nie auch nur einen Funken Anziehung zwischen den beiden!* Stattdessen schüttelte sie nur den Kopf. Was spielte es schon für eine Rolle? Ausgeschlossen, dass Fable zu ihrer biederen alten Existenz nach Hause zurückkehren würde, nachdem sie das glamouröse Leben in der Großstadt kennengelernt hatte.

Marco schien es ebenfalls zu wissen. Er war nach Fables Abreise wochenlang immer wieder zum Cottage gekommen, um Neuigkeiten über seine gute Freundin zu erfahren. Sonnet hatte ihn sanft abgewimmelt – bis zu dem Tag, an dem er nach der Route von Fables Lesereise oder einer Adresse, um ihr zu schreiben, fragte. Ausgeschlossen, dass sie *irgendjemandem* in Noah gestatten würde, zu einer solch entscheidenden Zeit Kontakt zu Fable aufzunehmen. Von da an waren härtere Maßnahmen nötig gewesen.

Marco hatte Noah anschließend ebenfalls verlassen, offenbar, um sich Arbeit außerhalb einer Farm zu suchen. Anscheinend war er bis nach London gegangen, dem dicken

Luftpostbrief nach zu urteilen, der nicht lange danach beim Cottage eingetroffen war. Davon musste Fable nie etwas erfahren. Sonnet hatte ihn kurzerhand ungeöffnet in den Müll geworfen.

Und das war's: Kleinstadtgerücht im Keim erstickt, und die erfolgreiche, unabhängige Autorin ahnte nichts!

Das erstaunlichste Beispiel für Sonnets neu gewonnene Gelassenheit zeigte sich während der Hull-Familiendramen, die mit dem wochenlangen Verschwinden von Eamon Hull am Abend von Fables Buchvorstellung ihren Anfang genommen hatten. Sie hatten Freiwillige angeheuert, die die Dämme absuchten, in langen Reihen die Zuckerrohrfelder durchkämmten, sogar Taucher im Fluss, bevor er schließlich am Ende einer wilden Sauftour wieder in der Stadt aufschlug. Als aufgedunsene Wasserleiche hätte er, ehrlich gesagt, ein besseres Bild abgegeben.

Dann, zwei oder drei Wochen nach Fables Abreise, starb William Hull, und die ganze Stadt schien in eine Art depressive, wehmütige Anteilnahme zu verfallen, prompt gefolgt von opportunistischem Stochern nach einem Skandal.

Zuerst war da der große Leichenzug durch die Main Street, zu dessen Anlass für alle ein inoffizieller gesetzlicher Feiertag ausgerufen wurde, egal ob die Ladeninhaber sich darum scherten, der Hull-Beerdigung beizuwohnen, oder nicht. Seltsamerweise schien nicht einmal das Sonnet aus der Fassung zu bringen. Sie fuhr einfach nach Hause und gab sich den Freuden einer therapeutischen Putzaktion hin.

Danach organisierten die Wichtigtuerinnen vom Landfrauenverein einen Riesenrummel für die Hulls drüben auf Summerlinn. Olive und Gav bestanden darauf, dass der Emerson-Hamilton-Clan ebenfalls teilnehmen sollte. Davor drückte sich Sonnet erfolgreich (sie war sanfter geworden, nicht dumm), aber für den Rest des Tages hatte sie so ein beunruhigendes Gefühl von etwas Seltsamem wie … Schuld?

Dann waren da die ganzen süffisanten Spekulationen über den Konflikt bezüglich der Aufteilung des Summerlinn-Anwesens, die die Stadt zwei Monate lang ununterbrochen in Atem hielten. Normalerweise hätte sich Sonnet über die Zwietracht im Hause Hull hämisch gefreut, darüber, dass Delias perfekte Welt in Stücke gerissen wurde. Oder zumindest als die fehlbare Familie entlarvt wurde, die sie war. Stattdessen ging Sonnet an den Schwätzern in der Main Street und den Klatschmäulern in der Schlange bei der Bank einfach vorbei.

Eines Tages sah Sonnet Delia und ihren Goldjungen zufällig vor dem Lebensmittelladen. Delia stand nutzlos neben ihrem Wagen und starrte mit einer Miene, die man, wenn Sonnet es nicht besser gewusst hätte, als normale menschliche Verletzlichkeit hätte auslegen können, in die Ferne, während ihr Sohn für sie Tüten in den Wagen packte. Nachdem er den Kofferraum geschlossen hatte, trat Rafferty auf seine Mutter zu, um sie in die Arme zu schließen – und stand dann eine halbe Ewigkeit da und hielt sie, während Autos, aus denen Gesichter äugten, langsam vorbeifuhren. Es sah aus, als ob Delia weinte, vor Trauer regelrecht zitterte, und für einen Moment wollte Sonnet am liebsten die Straße überqueren und ihrer schlimmsten Feindin ihr Beileid aussprechen. Nur die Tatsache, dass der verdammte Mr Perfekt selbst, als er Sonnet bemerkte, so aussah, als würde er herüberkommen, um zu versuchen, mit *ihr* zu sprechen, sorgte dafür, dass sie sich rasch abwandte und so tat, als hätte sie Besseres zu tun, als mit einem Hull zu reden.

Sie war knapp einer Kugel ausgewichen.

Die Hulls rauften sich letztendlich ohnehin wieder zusammen. Rafferty ging nach der Ernte zurück ins Ausland, Eamons Verfehlungen waren schnell vergeben und vergessen, und Adriana hielt sich weiterhin für etwas Besseres als alle anderen. Delia war neulich auf der Post sogar wieder mit einem überheblichen, verächtlichen Grinsen an Sonnet vorbeigerauscht. Was für eine Erleichterung! Man stelle sich vor, Delia wüsste, wie nah sie einer *Annäherung* gekommen waren? Bei dem Tempo, in dem sich Sonnets Herz unter dem heilsamen Einfluss des Triumphs erweichte, könnte sie letztendlich womöglich sogar dem Landfrauenverein oder dem Quiltclub an Delias Seite beitreten!

Nein. Sonnet würde diesen Hulls nie verzeihen, wie sie Fable so bald nach Mamas Tod behandelt hatten. Sonnet hatte viele Gründe, diese ruhige neue Phase ihres Lebens zu genießen, aber einer der wichtigsten war, dass Fable die gehässigen Mitschüler mitsamt ihren Anfeindungen hinter sich gelassen hatte.

Niemals würde Sonnet den Anblick ihrer gebeugten erdbeerblonden Schwester vergessen, die niedergeschlagen den Hügel hinunter nach Hause stapfte – aber zum Glück würde sie ihn auch nie wieder ertragen müssen.

Bis sie es eines gewöhnlichen Oktobernachmittags doch tat.

Auf den ersten Blick und aus der Ferne dachte Sonnet, es sei eine Touristin, die sich auf dem Weg zum Moria Falls verlaufen hatte. Die junge Frau, die den Hügel hinunterstieg, war schwer mit Taschen beladen, ihr Gesicht von einer Baseballkappe verdeckt, während sie auf jeden ihrer Schritte zu achten schien.

Die Erkenntnis traf sie mit voller Wucht wie ein Baum, der bei einem Zyklon durchs Dach krachte. Sonnet musste sich an einer Wand abstützen, um nicht zusammenzubrechen. Das dort war ihre verlorene, beladene Schwester, die nach Hause humpelte.

Sonnet stürmte über die Wiese, um Fable zu begrüßen.

Sie waren in ihrem ganzen Leben noch nie so lange getrennt gewesen, und Sonnet stellte sich vor, dass sie sich vielleicht in einem tränenreichen Wiedersehen in die Arme fallen würden. Aber als sie sie kommen sah, blieb Fable stehen, hielt steif Abstand. Sonnet ihrerseits verspürte einen heftigen Drang, Fable eine Ohrfeige zu verpassen.

»Was tust du denn hier? Du hast doch noch sechs Monate in Brisbane! Wie zum Teufel bist du denn nach Hause gekommen? Was ist aus deinen neuen Aufträgen geworden?«

Fable schwang sich eine ihrer Taschen höher auf die Schulter und verzog das Gesicht. »Na ja, ich freue mich auch, dich zu sehen. Hast du was dagegen, wenn ich das hier im Haus abstelle, bevor wir mit der Inquisition beginnen?«

Sobald sie im Haus waren, setzte sich eine benommene

Sonnet ihrer von der Reise erschöpften Schwester gegenüber an den Tisch und sah zu, wie sie ein Glas eisgekühltes Wasser hinunterkippte. Sonnets Körper bebte vor Neugier.

*Würde Fable je den Mund aufmachen?*

Und sie sah fürchterlich aus. Wenn das Ende der Vormundschaft Sonnets Haare und Temperament gelockert hatte, dann hatte es bei Fable eindeutig den gegenteiligen Effekt erzielt. Ihre Mähne, schlaff und fettig, war unter dieser seltsamen Mütze fest zusammengerollt. Sie sah aschfahl und zerknautscht aus; die Blüte der Jugend einer erschöpften Anspannung gewichen, die nur ein anderer Erwachsener nachempfinden konnte. Ein Bad war das Erste, was Fable brauchte; sie musste sie aus dieser grässlichen Hose und dem Flanellhemd zerren, sie von oben bis unten mit Deodorant einsprühen …

»Würdest du bitte aufhören, mich so anzustarren?«

Sonnet würgte einen Seufzer hinunter. Wie rasch sie wieder zurückflutete, diese kaum gebändigte Wut auf Fables Verhalten ihr gegenüber. Na ja, diesmal würde sie nicht um Informationen betteln. Sie lehnte sich zurück und verschränkte die Arme vor der Brust.

»Mir gefällt deine Frisur«, sagte Fable.

»Danke.«

»Offenbar hast du hier im Cottage auch ein paar Dinge verändert.«

»Ja.« Sonnet weigerte sich, Small Talk zu machen. Sie weigerte sich einfach!

Fable begann wieder, mit nachdenklicher Miene einen Eiswürfel in ihrem geleerten Glas zu schwenken.

Sonnet verbiss es sich, ihr anzubieten, das Glas aufzufüllen.

»Ich hoffe, du hast mein Zimmer so gelassen, wie es war.«

An dieser Stelle war eine Retourkutsche unvermeidlich. »Oh, ist es jetzt wieder dein Zimmer? Davon hat der Concierge niemand etwas gesagt.«

Das Aufblitzen von Verletztheit – eine Rückenflosse, die rasch wieder abtauchte – entging Sonnet nicht. Fables Antwort klang jedoch weinerlich. »Ich wusste nicht, dass du eine persönliche Abschrift meines Reiseverlaufs brauchst.«

»Ein simpler Anruf hätte genügt.«

»Ich wollte nach Hause kommen, Sonny. Das ist alles. Ich *musste.*«

Sonnet schluckte den Kloß von Mitgefühl hinunter, der ungebeten in ihrer Kehle aufgestiegen war. »Zephyr ist tot«, platzte sie heraus. »Ein Schlangenbiss, nehmen wir an. Plum ist noch immer untröstlich.«

Fable starrte sie nur an – ob vor Unglauben oder Entsetzen, konnte Sonnet nicht sagen.

»Ich muss aufs Klo«, sagte Fable und stand abrupt auf.

Sonnet blieb grübelnd am Tisch sitzen, während sie hörte, wie die Toilette gespült wurde, der Wasserhahn quietschte, ein Duschvorhang zugezogen wurde und schließlich vertraute Schritte zum ersten Mal seit über sechs Monaten knarrend den Flur zum Wintergarten entlanggingen.

Sonnet richtete sich auf ihrem Stuhl auf.

*Gleich ging es los …*

Ein Türknauf, der gedreht wurde, dann ein Aufstöhnen: »Mein Gott! Was hast du mit meinem Zimmer gemacht?!«

»Fable ist zu Hause? Du machst Witze!«

»Schön wär's. Sie ist wieder da – und entschlossen, nicht wieder zurückzugehen.«

Olive kam hinter dem Verkaufstresen hervor und stellte sich vor Sonnet hin. Sie dämpfte ihre Stimme, damit die neugierigen Ohren drüben bei den groß geblümten Stoffen möglichst wenig mitbekamen.

»Aber wie ist sie denn überhaupt nach Hause gekommen?«

»Nach allem, was ich beim Frühstück aus ihr herausbekommen konnte, hat sie den Bus nach Cairns genommen und ist dann per Anhalter bei völlig Fremden in einem Kombi mitgefahren.«

»Fable ist getrampt? Das arme Mädchen. Geht es ihr gut?«

»Es geht ihr gut. Alles ist gut. Alles *wird* gut.«

Olive gluckste. »Ich glaub's nicht. Was ist mit ihrer Arbeit passiert?«

»Sie hatte ›Heimweh‹. Brisbane war offenbar nichts für sie …«

»Die Gute.«

»Sie ist alles andere als eine Gute!«, zischte Sonnet heftig. »Sie muss zurückgehen, und ich werde nicht ruhen, bis sie es tut!«

»O Sonnet. Du hast ihr doch nicht etwa schon jetzt die Hölle heißgemacht, oder?«

»Ich bin ja kein Unmensch. Den ersten Abend hatte sie frei. Aber ich mache heute früher Schluss, damit ich diese Sache gleich in Angriff nehmen kann. Ich werde dafür sorgen, dass sie ihre Sachen packt und mit dem nächsten Zug von hier verschwindet.«

»Wage es bloß nicht!«

»O doch, das werde ich.«

»Du bist schrecklich. Das lasse ich nicht zu.«

»Wenn Fable nicht herumkommandiert werden will, dann hätte sie nicht nach Hause kommen sollen.«

»Sie wäre nicht nach Hause gekommen, wenn sie sich hier nicht sicher fühlen würde.«

»Sicher wovor – dem Erwachsenendasein? Verantwortung? *Erfolg?*«

»Unsinn. Sie muss einen guten Grund gehabt haben, um still und leise nach Hause zu humpeln. Ich werde heute auch früher Schluss machen. Ich kann es kaum erwarten, unsere Fable endlich wieder an mich zu drücken.«

Na ja, Sonnet würde sie bei dem Versuch einfach abwürgen. Sie hatte ein paar strenge Vorträge zum Thema Durchhaltevermögen parat, und niemand würde sie davon abbringen, die zu halten, bevor die verdammte Olive triefend vor Liebenswürdigkeit und Willkommensgesten hereinschneite.

Sonnet war um drei zu Hause, konnte Fable aber weder im Cottage noch auf Heartwood finden. Eine rasche Inspektion des bereits wieder zugemüllten Wintergartens beflügelte nur Sonnets Zorn – es war, als wäre sie nie fort gewesen! Wenn Fable dachte, sie könnte einfach so einen Rückzieher machen, hatte sie sich gründlich getäuscht.

Sonnet steckte in einer Zeitschleife fest; sie musste ihren Fable-bedingten Frust abbauen, daher tat sie es auf die einzige Art, die sie kannte: Sie schlüpfte in ihre Strandschuhe und begann, den Weg am Fluss hinunterzulaufen.

Es war kurz vor *Dunkelheitsaufgang*, der Wald war in Schatten getaucht, und das ganze strahlende Gold des Frühlingstags glitt die Uferböschung hinunter, um den Fluss zu vergolden. Es fühlte sich an, als würde sie neben geschmolzener Lava laufen, die durch den saftigen Dschungel floss.

Sonnet lief in einem harten Tempo über Wurzeln und Steine, Schwellen und Furchen, härter als je zuvor, gebremst nur von der Revolte ihres Magens gegen ihre hämmernden Beine und einem stechenden Schmerz in der Seite; wie eine frisch wieder aufgerissene Wunde. Widerstrebend, keuchend blieb sie schließlich neben einem riesigen Quandongbaum stehen. Schweiß strömte aus ihren Poren, während sie mit unerschöpflicher Wut die Beeren unter ihren Füßen zertrat.

Das Rauschen eines nahen Wasserfalls versprach Erfrischung und lockte sie näher. Jemand schwamm bereits dort unten, begriff Sonnet zu spät, als sie auf die verrottende Plattform eines kleinen Baumhauses trat. Sie keuchte leise, während sie darauf wartete, dass der Schwimmer unter ihr auftauchte.

*Aha! Erwischt,* dachte Sonnet, als sich eine erdbeerblonde Mähne hinter der Gestalt ausbreitete, die durch die goldene Lagune schwamm. Sie hätte wissen müssen, dass Fable sich beim Fluss verstecken würde. Und was für ein glücklicher Zufall! Jetzt würde Sonnet Fable den Rückweg versperren, und sie würden die Sache hier ein für alle Mal ausdiskutieren. Sonnet zog sich in das Halbdunkel des Baumhauses zurück, um zu warten, während sich ihr Herzschlag allmählich verlangsamte.

*Du hast ja keine Ahnung, was dir bevorsteht, Fabes.*

Ihre Schwester war in Licht getaucht, der bernsteinfarbene Schimmer schien von den Tiefen unter ihr aufzusteigen. Noch immer von ihr abgewandt, stieg Fable aus der Lagune und wrang sich das Wasser aus den Haaren. Ihre weiße Bluse schwebte um ihre feenhafte Gestalt, und gebrochenes Licht umgab sie wie Flügel. Wie lang Fables Haare gewachsen waren – sie fielen ihr wallend über den Rücken, schienen sich in flüssiges Licht aufzulösen. Selbst Sonnets unromantisches Herz war unwillkürlich gerührt. Fable war eine im Wasser geborene Fee, wie aus ihrem Buch entstiegen.

Sonnet verspürte einen neidischen Stich – nicht auf Fables Schönheit, sondern auf ihr Talent. Sie wünschte, sie hätte das Geschick, eine solch liebliche Szene wie diese festzuhalten. Wie konnte irgendjemand ein solches Talent vergeuden? Sonnet würde nicht zulassen, dass Fable das tat!

Ihr Entschluss wurde von Fables Abtauchen unterbrochen. Mit einem einzigen schimmernden Schwimmzug durchquerte sie den Grund der Lagune in Sonnets Richtung. Sie stützte die Ellenbogen auf die Felskante und holte zitternd Luft. Sonnet tat es ihr gleich. Im nächsten Augenblick würde Fable hochsehen, ihre lauernde Schwester entdecken, und dann würden die Schimpftiraden von beiden Seiten beginnen …

Aber als sie aus dem Wasser stieg, hatte Fable den Blick noch immer gesenkt. Die Augen auf ihre eigene nasse Gestalt geheftet, deutlich umrissen und alles offenbarend: ihre vollen, schweren Brüste, und die hohe, hervortretende Wölbung ihres Bauchs. Sonnet stockte der Atem als sie begriff, warum Fable nach Hause zurückgekehrt war: Fable Hamilton erwartete ein Kind.

# DRITTER TEIL

*»Sie hoffte, mit der Zeit weise und vernünftig zu werden; aber leider, leider musste sie sich eingestehen, dass sie noch nicht weise war.«*

Jane Austen, *Überredung*

# Kapitel 35

*

## In anderen Umständen

Sonnet konnte sich nicht erinnern, wie sie zum Cottage zurückgekommen war. Ihre letzte bewusste Aktion, bevor sie jeden rationalen Gedanken aufgab, war es gewesen, sich zu verstecken. Sie hatte sich in dieses Baumhaus verkrochen und dort gewartet, bis Fable ihren eindeutig schwangeren Körper fertig abgetrocknet hatte und gegangen war. Und danach – wer konnte schon sagen, welchen Weg sie nach Hause genommen hatte?

Sie stieg die Stufen zum Cottage hoch wie eine Schlafwandlerin, mit immer noch offen stehendem Mund. Fable war bereits im Haus; die Dusche lief. Sonnet ließ sich auf die Couch sinken, schüttelte den Kopf, um den Albtraum zu vertreiben.

Es war Fables Summen, während sie duschte, das Sonnet schließlich aus ihrer Trance holte. Summen, als hätte sie keine Vorstellung von ihrer eigenen Zwangslage! Summen, als wäre sie ein Kind, nicht eine Frau, die ein uneheliches Kind erwartete!

Sonnet stürmte den Flur hoch, riss die Badezimmertür auf, ohne anzuklopfen.

Fable schrie auf, hielt sich den Duschvorhang an den Körper. »Was willst du denn hier? Verschwinde!«

Der Plastikvorhang, der an ihrem Körper klebte, bot keinen Schutz. Die dunklen Ringe um ihre Brustwarzen, das buschige Schamhaar und der geschwollene Bauch waren deutlich zu sehen.

»Mach die Tür zu!«

»Was zum Teufel, Fable!«

Fable stieg aus der Klauenfußwanne, um sich auf sie zu stürzen – wie die Fruchtbarkeitsstatue eines indigenen Stammes, die kampflustig zum Leben erwachte. Im ersten Moment dachte Sonnet, sie würde vielleicht ihr Gesicht in Stücke reißen. Aber es war die Tür, auf die sie es abgesehen hatte. Fable schrie einen unverständlichen Fluch und knallte sie zu. Sonnet leistete keinen Widerstand, als der Schlüssel vor ihrer Nase umgedreht wurde.

Von der anderen Seite der Tür kam ein Schluchzen.

Sonnet trommelte dagegen. »Wie konntest du nur so *verdammt dumm* sein, Fable? Was hast du dir dabei gedacht?!«

»Sonnet!«

Olive stürmte entgeistert zur Haustür herein, dicht gefolgt von Gav und Plum. »Was ist das denn für ein Geschrei? Lass sie in Ruhe!«

»Den Teufel werde ich tun!«, brüllte Sonnet und schnellte zu Olive herum. »Willst du wissen, was sie getan hat?«

»Sonnet Hamilton, reiß dich zusammen – auf der Stelle!« Es war ein Befehlston, wie ihn Olive ihr gegenüber noch nie angeschlagen hatte. »Du hast kein Recht dazu, sie ist eine erwachsene Person!«

Sonnet lachte; ein harsches Bellen. »Oh, sie ist jetzt mehr als nur *eine* Person!«

Die Schluchzer im Bad wurden lauter.

Olives grüne Augen funkelten, während sie sich als Puffer zwischen die Mädchen stellte. »Du vergreifst dich im Ton! Geh zur Seite!«

»Du kannst dich nicht für immer da drinnen einschließen, Fable!«, rief Sonnet über Olives Schulter. »Irgendwann wirst du herauskommen und es ihnen sagen müssen.«

Olive scheuchte sie zum Wohnzimmer. »Wie konntest du nur so grausam sein? Ich habe dir doch gesagt, das ist keine Art, mit dem Mädchen zu reden.«

»Sie ist kein Mädchen mehr«, gab Sonnet zurück. »Aber nur zu, halt mir weiter deine Vorträge. Du wirst schon sehen!«

Dann bemerkte sie Plums tränenverschmierte Wangen. »Ehrlich gesagt, wenn ich darüber nachdenke, Gav, du solltest Plummy besser zurück nach Heartwood bringen. Das hier ist im Moment nicht der richtige Ort für sie.«

Aber Gav hatte nur Ohren für seine Frau. »Was ist hier los, Olive?«

»Es ist nur ein Zwist unter Schwestern, Schatz. Einer, vor dem ich Sonnet zu warnen versucht habe …«

»Es ist weitaus mehr als ein kindischer Streit, aber du hörst ja nicht auf mich.«

»Um Himmels willen! Würdest du …«

Olives Ärger, Gavs Verwirrung, Plums verängstigtes Zittern, nichts von alledem war jetzt wichtig. Denn am Ende des Flurs ging die Badezimmertür knarrend auf.

Vier Köpfe schnellten herum, um zuzusehen, wie Fable

auftauchte, in ein grünes Handtuch gewickelt. Sie kam den Flur hinunter auf sie zu, ohne den Blick von ihren Füßen abzuwenden. Das Handtuch, in ihren Busen gesteckt, an den Schenkeln zu kurz, schaffte es trotzdem, die Wölbung ihres Bauchs von vorn zu verbergen. Gav räusperte sich verlegen und wandte sich zum Gehen.

Als sie nur noch ein paar Schritte entfernt war, blieb Fable stehen. Sie hob den Blick, und Sonnet verzog das Gesicht, als sie die Angst sah, die an ihrer Miene abzulesen war.

Fable drehte sich, stellte sich seitlich vor sie hin. Wo ihre gertenschlanke Taille hätte sein sollen, war die offensichtliche Wölbung einer fortgeschrittenen Schwangerschaft.

»Oh, mein liebes Mädchen …« Olive trat vor, um eine schluchzende Fable in ihre Arme zu schließen. »Mein liebes Mädchen.« Über Fables Kopf hinweg gab sie Gav ein Zeichen, der mit zwei raschen Schritten bei ihr war. Er schlang seine großen Arme um Frau und Nichte.

»Du bist in Sicherheit«, säuselte Olive. »Hier bist du in Sicherheit. Es wird alles gut werden.«

Die Haustür knallte zu, als Plum in den Garten verschwand.

»Schläft sie?«, fragte Sonnet und sah von ihrem nicht angerührten Teller auf, als sich Olive erschöpft auf ihren Platz am Heartwood-Tisch fallen ließ. Gav hatte ebenfalls kaum etwas gegessen.

»Ja. Endlich. Sie hat sich ausgeweint. Ich musste ihr den Rücken streicheln, bis sie eingeschlafen ist.«

»Wie ein Baby«, bemerkte Sonnet.

Gav gluckste und schob seinen Stuhl zurück, um sich an die Veranda zu stellen, mit dem Rücken zu den Frauen. Mondlicht fiel über die sprießenden Zuckerrohrfelder und die Bahngleise. Ein Hund jaulte in der Ferne. Riesige Dschungelfalter umschwirrten das Licht.

»Sonnet, du musst sanft mit ihr umgehen. Noch einen Tag wie heute werden wir nicht überstehen. Du musst jetzt einen Gang zurückschalten!«

Sonnet schnaubte.

Olive brach unerwartet in Tränen aus, ließ den Kopf auf den Tisch sinken. Gav trat rasch an ihre Seite, legte seine großen Hände in die Vertiefungen zwischen Olives Schulter und Hals und hielt sie fest.

Sonnet wandte den Blick ab, biss sich hart auf die Zunge.

»Es tut mir leid«, sagte Olive nach einem schmerzlich angespannten Moment. Sie lehnte sich zurück, wischte sich die Augen. »Ich will ja nicht melodramatisch sein. Aber sie ist Esther wie aus dem Gesicht geschnitten. Sogar ihre Haltung ist die gleiche!«

»Sie ist nicht Esther«, meinte Gav ernst.

»Nein, natürlich nicht«, gab Olive ihm recht. »Erstens einmal ist sie eine Erwachsene.«

»Wohl kaum«, warf Sonnet ein.

»Und es gibt heutzutage bessere Unterstützung für ledige Mütter«, fuhr Olive fort, ohne auf sie einzugehen. »Fable wird sich nicht mühsam durchschlagen müssen wie Essie. Und sie hat uns. Diesmal hat sie uns.«

»Und sie hat Wahlmöglichkeiten«, sagte Sonnet, den Blick direkt auf sie geheftet.

»Was soll *das* denn heißen?«

»Das heißt, rede nicht über ungelegte Eier.«

Olive kniff die Augen zusammen. »Im Angesicht Gottes ist jedes Leben einzigartig und kostbar.«

»Oh, ja, na klar«, erwiderte Sonnet. »Bis besagtes einzigartiges, kostbares Leben sich weigert, dem Drehbuch zu folgen. Dann bevorzugt Er wohl eher Feuer und Schwefel.«

Gav legte den Kopf auf die Seite und sah Sonnet fest in die Augen. »Es wird hier keine Vorwürfe gegen Fable geben.«

»Das heißt nicht, dass sie keine Wahlmöglichkeiten hat.«

»Du redest Unsinn«, sagte Olive. »Und du wirst kein zorniges Wort mehr an Fable verlieren. Nicht unter meinem Dach.«

»Hat sie denn irgendetwas zu dir gesagt?«, fragte Sonnet.

Olive presste die Lippen zusammen.

»Ich bitte dich, Olive. Sie verschweigt uns allen schon genug. Fang du nicht auch noch damit an!«

»Ich habe aus ihr nur herausbekommen, dass sie etwas über dem sechsten Monat ist.«

»Sechster Monat«, überlegte Sonnet, während sie rasch nachrechnete. »Dann kann es also nicht Marco Lagorio gewesen sein.«

»*Marco?* Die beiden sind doch nur Freunde! Wie kommst du denn auf die Idee?«

»Er ist der einzige Junge, der sich in Noah je mit ihr hat blicken hat, aber das kommt zeitlich nicht hin.«

»Wie auch immer, sie hat gesagt, dass es auf ihrer Lesereise passiert sei. Dass es … nichts zu bedeuten hatte.«

Gav stand abrupt vom Tisch auf. Die Frauen sahen zu,

wie er die Stufen hinunterpolterte und ins Zuckerrohr verschwand.

»Oje«, seufzte Olive. »Ich sollte ihm nachlaufen.«

»Warum? Weil er den Gedanken nicht ertragen kann, dass seine kostbare Fable Sex hatte? Darum geht es hier nicht, Olive. Das Problem ist, dass sie zu dumm war zu verhüten, und damit alles aufs Spiel gesetzt hat – all das, wofür sie so hart gekämpft, was sie sich so sehr *verdient* hat. Sie hat es vermasselt.«

Olive kaute auf ihrer Lippe, in Schweigen verfallen.

»Und was hat sie sonst noch erzählt?«

»Das war alles. Sie hat nicht viel gesagt. Ich meine, sie ist Fable. Ehrlich gesagt glaube ich, wirkt sie etwas traumatisiert. Ich bin besorgt, dieses Baby könnte die Folge von … Nötigung sein.«

»Vergewaltigung?!« Sonnets Fingernägel kratzten über den Tisch.

»Nein, nein! Das habe ich nicht gesagt.«

»Den Dreckskerl bringe ich um!«

Olive schüttelte missbilligend den Kopf. »Deine Sprache, bitte.«

Sonnet richtete sich auf. »Im Ernst. Das werde ich verdammt noch mal tun!«

»Sie will uns offensichtlich nicht sagen, wer der Vater ist, du kannst also aufhören, dich so theatralisch zu benehmen.«

»Ich werde es schon noch aus ihr herausbekommen!«

»Du wirst sie in Ruhe lassen.«

»Und es ist nur eines? Sie sieht aus, als würde sie Zwillinge erwarten.«

»Ja, sie hat wirklich einen Riesenbauch, oder? Na ja, über diesen Punkt wirst du dich aufregen – sie war bis jetzt bei keiner Schwangerenvorsorge!«

»Sie war noch nicht einmal bei einem Arzt?!«

»Nein. Offensichtlich ist sie im Zustand des Leugnens. Das meine ich damit, dass es traumatisch für sie ist. Ich nehme an, sie wollte es für immer geheim halten, vielleicht so tun, als ob es nicht wahr wäre.«

»Wenigstens ein Punkt, in dem sie vernünftig ist. Es macht schließlich keinen Sinn, irgendjemandem etwas zu sagen und ihre Karriere aufs Spiel zu setzen, wenn sie einfach …« Sonnet verbiss sich den Rest des Satzes.

»Wenn sie *was*?«, fragte Olive, ihr Gesicht so hart wie Stein.

»Ihre eigenen Entscheidungen trifft, das ist alles.«

»Nicht unter meinem Dach, Sonnet.«

»Ja, das haben wir bereits festgestellt.«

Auf einmal erinnerte sich Sonnet mit einem Schreck an Plums Verschwinden an diesem Nachmittag. »Und was ist mit Plum? Geht es ihr jetzt wieder gut?«

Olive seufzte. »Ich glaube schon. Bei Plum ist es schwer zu sagen, sie ist in letzter Zeit immer so emotional. Es war überwältigend für sie, Fable so zu sehen, und dass ihr zwei Mädchen euch wie von Sinnen angeschrien habt, war auch nicht hilfreich! Du musst wirklich deinen Ton mäßigen. Du weißt doch, wie sensibel sie im Moment ist.«

»Du solltest mit ihr so langsam über Sex und Babys reden.«

»Plum versteht bereits, wie Babys entstehen. Ich habe vor einer Weile mit ihr gesprochen.«

Sonnet musste unwillkürlich lächeln. »Im Ernst? Gut gemacht, Olive! Ich bin stolz auf dich.«

Olive brachte ebenfalls fast ein Lächeln zustande. »Ich versuche es, meine Liebe. Wir werden schon irgendwie eine Lösung finden. Wir sind hier ein Team, ich will, dass du das nicht vergisst.«

Ja, ein Team, dachte Sonnet. Und jedes Team braucht einen Kapitän …

# Kapitel 36

*

## Große Erwartungen

Die Sprechstundenhilfe des Arztes, Edna Parker, funkelte Sonnet um die Topf-Rhapispalmen herum finster an. Um genau zu sein, tat sie das fortwährend, seit Sonnet Dr. Herberts Praxis in der Main Street als erste Patientin des Tages betreten hatte. Zugegeben, Sonnet hatte praktisch »Medizinischer Notfall!« geschrien, als sie am Nachmittag zuvor wegen eines Termins angerufen, sich aber strikt geweigert hatte, der Sprechstundenhilfe selbst Details zu besagter medizinischer Angelegenheit zu nennen – eine Kardinalsünde an diesem Ort.

Offen gestanden, wenn Edna diesen tödlichen Blick noch viel länger aufrechterhielt, würde Sonnet vielleicht ohnehin zu irgendeinem anderen Arzt weiter oben im Norden fahren. Diese unleidliche alte Schachtel! Nur weil Sonnet sich noch immer an Dr. Herberts besänftigende, großväterliche Art erinnerte, als sie mit Plummy wegen ihrer Impfungen hierhergekommen war, blieb sie in diesem winzigen Wartezimmer sitzen …

Edna erhob sich schwerfällig, in aller Gemächlichkeit, und betrat Dr. Herberts Sprechzimmer. Sonnet konzentrierte sich auf ihre Hände, die sie im Schoß umklammert hielt, und ging ihre einstudierte Rede in Gedanken noch einmal durch.

*Freundin – schwanger – unverheiratet – Karriere – zu jung – Optionen?*

Edna tauchte wieder auf. »Der Arzt hat jetzt Zeit für Sie.«

Sonnet sprang auf, strich ihren Hosenanzug glatt und zog ihren Gürtel fester zu. Sie zwängte sich mit einem engelsgleichen Lächeln an der Sprechstundenhilfe vorbei, die die gesamte Türöffnung in Beschlag genommen hatte. Anstatt aufzutauen, verhärtete sich Ednas Miene nur noch mehr. Sonnet konnte nicht anders: Sie verdrehte die Augen und zog die Tür fest vor Ednas Nase zu.

»Danke, dass Sie sich so kurzfristig Zeit für mich nehmen, Dr. Herbert«, begann Sonnet, während sie sich zu dem riesigen hölzernen Schreibtisch umwandte.

Aber es waren nicht die schwarz umrandete Brille, das phlegmatische Hüsteln und der beträchtliche Bauchumfang von Dr. Herbert, die sie begrüßten. Der Mann, der sich erhob und mit ausgestreckter Hand hinter seinem Schreibtisch hervorkam, war viel zu jung, um ein *richtiger* Arzt zu sein. Braune Haare und Augen, groß und kräftig gebaut, Lachfalten, die seine Lippen wie gemeißelte Klammerzeichen umrahmten; das alles drang gegen das Sträuben ihres Verstandes zu ihr durch.

Sie hielt inne, ihre Bestürzung offensichtlich, und er ließ seine Hand höflich an seiner Seite sinken.

»Was haben Sie mit Dr. Herbert gemacht?!«

Er wandte sich erschrocken zu seinem Schreibtisch um,

tat, als würde er hektisch in seinen Unterlagen wühlen. »Also, wo habe ich ihn gleich wieder hingetan?«

Sonnet lachte schallend auf.

Sein Lächeln war aufrichtig und reichte bis zu seinen Augen, und jetzt erkannte Sonnet, dass er älter war, als es der erste Eindruck vermuten ließ. Die Lachfalten um seine Augen deuteten auf heitere Belustigung hin und auf ein Alter zwischen Mitte und Ende dreißig.

»Bitte nehmen Sie Platz, Miss Hamilton.«

Sonnet hockte sich auf die Kante des angebotenen Stuhls und sah sich beklommen im Raum um. »Ist er wirklich nicht hier?«

»Es tut mir leid, nein. Dr. Herbert hatte einen familiären medizinischen Notfall und musste bedauerlicherweise in aller Eile und auf unbestimmte Zeit weggehen.«

»Er ist erst kürzlich weg? Wie konnte das denn dem Stadtausrufer entgehen?«

Da waren wieder diese Lachfalten um seine Augen und Lippen. »Oh, ich kann Ihnen versichern, es spricht sich herum. Die halbe Stadt hat sich für diese Woche bereits unter fragwürdigen Vorwänden einen Termin geben lassen, nur um mich zu sehen.«

Sonnet grinste. *Arme Edna.*

»Ehrlich gesagt sind Sie meine erste Patientin. Ich bin Dr. Fairley – von Sydney hochgekommen. Ich musste einfach mal andere Bäume sehen, könnte man sagen.«

Diesmal ergriff Sonnet die ausgestreckte Hand. Hitze stieg in ihrem Nacken hoch, als ihre schmale Hand von seiner fest umfasst wurde.

»Ich glaube nicht«, bemerkte Sonnet, »dass es im ganzen Tal genügend Bäume gibt, die es rechtfertigen, eine kosmopolitische Großstadt für dieses Nest zu verlassen. Aber Totholz werden Sie hier mit Sicherheit viel finden.«

Dr. Fairley lehnte sich auf seinem Stuhl zurück. »Dann wage ich zu vermuten, dass Sie nicht für die hiesige Immobilienagentur oder Tourismusbehörde arbeiten?«

»Ha! Bäume weiß ich nur wegen der Bücher zu schätzen, die aus ihnen hergestellt werden. Ich bin Sonnet Hamilton, von Hamilton's Bücher.«

»Was für ein Shakespeare'scher Name.«

»Ja, der Dichter stand bei meiner Zeugung Pate. Sie werden vielleicht denken, ich sage das im übertragenen Sinn, aber ich meine es wortwörtlich. Doch das ist eine Geschichte über mich, die Sie noch früh genug hören werden.«

Seine Miene jedoch verriet gemäßigte Belustigung.

»Und Sie sind mit Ihrer Familie hierhergezogen?«, platzte sie heraus in einem verzweifelten Versuch, ihre letzten Worte zu überspielen.

»Nein, nur mit vielen exotischen Souvenirs, leider. Ich habe den Großteil meines Berufslebens in weit entlegenen Gegenden verbracht. Zuletzt war ich beim Royal Flying Doctor Service.«

»Dann werden Sie sich in Noah zu Tode langweilen. Hier gibt es absolut nichts Sehenswertes.«

Er zog die Kappe von seinem Füllfederhalter, auf einmal ganz geschäftsmäßig. »Und was kann ich heute für Sie tun, Miss Hamilton?«

Sie hatte sich oder vielmehr ihre Schwester völlig vergessen. Es kostete sie einige Mühe, sich einen Anschein von Besorgnis zu geben.

»Es gibt da … ein paar Probleme, und ich brauche ärztlichen Rat.«

Die Aufrichtigkeit in seinem Blick war furchtbar entmutigend. Sie sah hinunter zu dem Stift, den er in der Schwebe hielt, arbeitete ihre Geschichte hastig um. Sie hatte sich ein paar vage Unwahrheiten zurechtgelegt, um bei dem konservativen alten Dr. Herbert vorzufühlen. Aber zum Teufel damit, diesen Typen hier kannte sie nicht, und er kannte *sie* nicht. Wenn Sonnet Fable wirklich helfen wollte, dann musste sie feststellen, was für Optionen genau ihrer Schwester noch blieben …

»Wissen Sie, ich war so dumm, nicht zu verhüten. Und jetzt bin ich im sechsten Monat schwanger und würde einfach gern wissen, was ich für Wahlmöglichkeiten habe – in medizinischer Hinsicht.«

»Im sechsten Monat?«

Sonnets Bewusstsein flog zu dem Gürtel, der über ihrer Taille eng zugeschnürt war. »Ich weiß nicht genau, sechs … und vielleicht ein bisschen mehr.«

»Okay. Wann hatten Sie Ihre letzte monatliche Regel?« Er senkte den Stift zu ihrer Patientenakte.

»Vor sechs Monaten.«

Dr. Fairley sah auf, und Sonnet zog herausfordernd die Augenbrauen hoch. »Schreiben Sie das einfach auf. Sechs Monate.«

Er hielt inne. »Ich sehe hier keinen Nachweis von Terminen zur Schwangerenvorsorge, Miss Hamilton. Um genau zu sein, haben wir Sie, nach meinen Unterlagen, seit weit über einem Jahr nicht gesehen. Ist das hier Ihre übliche Hausarztpraxis?«

Sonnet zuckte mit den Schultern. »Na klar. Ich war nur im Zustand des Leugnens bezüglich der Schwangerschaft.«

»Sie werden hier zum ersten Mal damit vorstellig?«

»Und hoffentlich zum letzten, sobald Sie mir erläutert haben, was für Optionen uns bleiben.«

Er sah stirnrunzelnd auf die Akte, kritzelte eine rasche Notiz. Nach einigem Überlegen sah er zu Sonnet hoch. Seine braunen Augen ruhten mit nachdenklicher Wärme auf ihr. Sie widerstand dem Drang, sich an den Tisch zu klammern.

»Ist das Ihre erste Schwangerschaft?«

»Bedauerlicherweise.«

»Na schön. Also, wie wär's, wenn wir mit ein paar grundsätzlichen Untersuchungen bezüglich Ihrer Schwangerschaft und Ihres Wohlbefindens anfangen. Ich werde mich um einen Test kümmern ...«

»Nein danke!«, unterbrach Sonnet ihn rasch. »Ich bin nicht interessiert an irgendwelchen Tests. Ich will nur mehr darüber wissen, wie ich dieses Problem ... loswerden kann.«

Dr. Fairley lehnte sich auf seinem Stuhl zurück, legte die Finger senkrecht an die Lippen. Seine Augen blickten noch freundlicher. Sonnet wand sich unter seiner Musterung. Sie reckte das Kinn, erwiderte seinen Blick trotzig.

Als sie schon dachte, er würde nie wieder den Mund aufmachen, ergriff er schließlich das Wort: »Sie sagten, sechs Monate – richtig?«

»Und ein bisschen mehr.«

»Was heißt, dass Sie ungefähr in der sechsundzwanzigsten bis achtundzwanzigsten Schwangerschaftswoche sind.«

»Na klar. Was auch immer.«

»Miss Hamilton, kennen Sie sich aus mit fetaler Entwicklung?«

Also hielt er sie für eine Idiotin. Und Fable zuliebe würde sie jetzt einfach mitspielen müssen …

Sie drückte die Schultern durch. »Ich will nur sicherstellen, dass ich *all* meine Optionen abwägen kann.«

»Nun ja«, meinte er vorsichtig, den Blick fest auf sie gerichtet, »da wir weder das Gestationsalter festgestellt noch über Ihre mentale und physische Gesundheit gesprochen haben und ich daher nur nach den Informationen und Daten gehen kann, die Sie mir bis jetzt gegeben haben, muss ich sagen, dass es im Moment keine anderen Optionen gibt.«

*»Keine!«*

»Es gibt allerdings ein paar Wahlmöglichkeiten für nach der Geburt …«

»Das ist nicht fair! Er kommt ungestraft davon, und sie muss …« Sonnets Lippen pressten sich zu einer weißen Linie zusammen.

Der Arzt wartete, mit dieser aufreibend offenen Miene.

»Ich hatte mein ganzes Leben vor mir«, berichtigte sich Sonnet. »Das ist im Moment keine Option. Ich muss zurück nach Brisbane!«

»Brisbane?«

Sie war prompt aufgesprungen. »Ja, Brisbane! Ein einziger Ausrutscher sollte nicht meine ganzen Pläne ruinieren. Das ist verdammt lächerlich!« Sie schnappte sich ihre Tasche.

»Bitte, Miss Hamilton.« Er öffnete seine Schreibtischschublade und wühlte darin herum. »Ich habe hier eine Broschüre darüber …«

»Wie man das alles wegmacht?«, rief sie, die Hände in die Hüften gestemmt. Inzwischen war es ihr egal, wie überdeutlich ihre theatralische Geste ihre schlanke Wespentaille betonte.

Er richtete sich auf, seine dunklen Augen voller Mitgefühl. »Ich will Sie nur wissen lassen, dass Sie meine volle Unterstützung haben werden. Ich habe auch einen engen Kollegen in Cairns, den ich mit Ihrer Zustimmung gern …«

»Vergessen Sie's«, tobte sie. »Ich werde mich selbst darum kümmern. Hat mich gefreut, Sie kennenzulernen, Dr. Fairley.«

»Sonnet, würdest du bitte aufhören, mich so anzustarren!«

»Entschuldige. Ich denke nur nach.«

Sonnet lehnte sich auf ihrem Korbstuhl zurück, streckte sich mit vorgetäuschter Lässigkeit.

Obwohl ihr Blick darauf geheftet war, wie Fable eine gefrorene Mango aus dem Becher kratzte, den sie auf ihrem Bauch balancierte, war ihr Verstand sechs Meilen weit entfernt gewesen, genau dort, wo sie ihn an diesem Morgen verloren hatte: vor Dr. Fairleys Schreibtisch auf der Stuhlkante kauernd wie ein trotzköpfiges Kind im Büro des Schulleiters. Mit jeder Stunde, die verstrich, nahm ihre Beschämung zu.

Er hatte sie glatt durchschaut, sobald sie den Mund aufgemacht hatte! Jeder Arzt, der sein Geld wert war, hätte das getan. Was musste er von ihr denken?

Zu meiner Verteidigung, hörte Sonnet sich zu dem Arzt sagen, möchte ich ergänzen, dass es sich tatsächlich so anfühlt, als ob die Schwangerschaft meiner Schwester *mir* passiert. Sie ruiniert auf jeden Fall meine ganzen sorgfältig zurechtgelegten Pläne …

Sonnet richtete den Blick wieder auf Fable. In wenigen Tagen hatte ihr Bauchumfang obszön zugenommen. Es schien unvorstellbar, dass sie die Schwangerschaft auch nur an jenem ersten Abend hatte geheim halten können. Was die Frage aufwarf – wie hatte Fable sie sechs Monate lang vertuscht, während sie auf Reisen war und in fremden neuen Städten arbeitete?

Ausgeschlossen, dass sie Fable direkt fragen konnte. *Stell mir keine Fragen, dann erzähle ich dir keine Lügen*, schien das Gesetz zu sein, das jeden Umgang zwischen ihnen beherrschte – während Olive ständig in der Nähe schwebte und Sonnets Worte wie persönlich überwachte.

*Diese Glucke.*

Der spöttische Gedanke holte sie aus ihrer Grübelei zurück. »Also, ist das mit der gefrorenen Mango eine Art Schwangerschaftsverlangen oder so?«

Fable schien verblüfft von ihrem Interesse. »Ich habe Mangos schon immer geliebt.«

»Olive hat vergangenen Sommer eine ganze Kiste Mangos eingefroren, und du bist schon jetzt durch damit.«

Olive tauchte auf, räumte scheppernd Teller vom Tisch. »Alles in Ordnung hier draußen, Mädchen?«

Sonnet hatte nicht vor, das einer Antwort zu würdigen. Sie wartete mit einem angespannten Lächeln, bis Olive wieder verschwunden war und der Wasserhahn in der Küche quietschend aufgedreht wurde. Zögernd begann sie: »Du weißt aber schon, dass du immer noch Optionen hast – oder, Fabes?«

Ihre Schwester sagte nichts, fuhr sich mit der Zunge über die Zähne.

»Es ist dein Leben und deine Entscheidung.«

»Meine Entscheidung ist hier ziemlich eindeutig, oder?«

»Im Moment … anscheinend. Aber du kannst immer noch eine andere Wahl treffen – danach.«

»Das ist für mich ein und dasselbe.«

»Aber das muss es nicht sein. Du bist nicht durch ein einziges, einmaliges Ereignis in irgendeiner Weise verpflichtet oder gebunden. Dein Leben gehört immer noch dir. Ich will nur, dass du weißt, dass es okay ist, wenn du deinen Träumen den Vorrang vor der Biologie einräumst.«

»Genau das tue ich ja.«

»Nein, ich meine …«

»Ich weiß, was du meinst.«

Sonnet nahm einen neuen Anlauf. »Ich hoffe, du hast nicht alle Brücken hinter dir abgebrochen.«

»Alle bis auf eine.«

»Denn du musst deine künstlerischen Ambitionen nicht aufgeben.«

»Das tue ich ja auch gar nicht.«

»Aber … Brisbane?«

»Nein, ich bin nicht mehr in Brisbane.«

»Was soll das heißen – willst du nicht mehr schreiben und zeichnen?«

»Ein Baby und Arbeit schließen einander nicht aus, Sonnet – du und ich sollten das besser wissen als die meisten anderen Leute.«

»Im Gegenteil, wir haben immer im Schatten von Mamas zerbrochenen Träumen gelebt. Sie hat alles für uns aufgegeben.«

»Sie hat immer noch geschrieben.«

»Worte, die nie das Licht des Tages erblickt haben! Ihr Talent wurde vergeudet, während sie die teuren Kleider anderer Leute gebügelt und ausgebessert hat, ihre Krümel vom Tisch gewischt und ihr Gehirn in Fabriken bis zur Erschöpfung betäubt hat. Weißt du denn nicht mehr, wie hart sie bei ihren Aushilfsjobs arbeiten musste; wie abwesend sie war; wie sehr sie gelitten hat; wie oft wir alle Verzicht üben mussten, nur um zu überleben?«

»Das heißt, ihre künstlerischen Leistungen haben nichts bedeutet, weil sie nicht bezahlt wurden?«

»Nicht bezahlt, nicht gesehen und nie wertgeschätzt. Uns ist nicht eine einzige Sache geblieben, die sie geschrieben hat! Sie ist gestorben und all ihre Talente mit ihr.«

»Es waren trotzdem *ihre* Talente. Sie konnte Mutter und Künstlerin sein.«

»Wie kannst du ihr Märtyrertum und Elend nur so herunterspielen? Hör doch auf, dir etwas vorzumachen. Sie hat ihr Potenzial nicht ausgeschöpft. Sie konnte nicht mehr tun, als in einem dunklen Zimmer zwischen depressiven Schüben heimlich ein bisschen vor sich hin zu kritzeln. Die Mutterschaft hat sie ausgelaugt. Uneheliche Kinder zu haben, hat ihre Pläne ruiniert. *Männer* haben ihr Leben ruiniert.«

»Okay, sie hat ein paar Opfer gebracht – hat ein paar Dinge aufgegeben, um das zu haben, was sie sich am meisten gewünscht hat.«

»Wofür in aller Welt hat es sich denn gelohnt, den kreativen Erfolg aufzugeben, nach dem sie sich gesehnt hat?«

»Liebe. Eine Familie. Uns!«

»Unsinn. Man muss sich nicht für eins davon entscheiden. Sie hätte sich ihr Leben und ihre Karriere aufbauen und *dann* Liebe und Kinder haben können. Sie hätte niemals gezwungen sein sollen, das aufzugeben, was sie zu Esther Hamilton gemacht hat – die ganzen Ziele, die sie für sich *selbst* hatte. Das hat uns einfach nur zu einem Trostpreis gemacht. Ich kann nicht glauben, dass du rechtfertigst, was er getan hat, was sie alle ihr angetan haben! Warum solltest du den gleichen Fehler begehen wollen?«

»Ich begehe keinen Fehler …«

»Und ob du das tust! Indem du *seinen* Fehler für ihn erträgst, wer immer zum Teufel er ist. Er kommt ungeschoren davon, während du dein Leben und dein Glück opfern musst. Es ist nicht fair, genau wie es bei Mama nicht fair war!«

»Ich bin nicht Mama!«

Sonnet lehnte sich zurück, schwer atmend, im deutlichen Bewusstsein der gefährlichen unterschwelligen Emotion in den Zügen ihrer Schwester. Das hier war, wie bei jedem Konflikt, der Punkt, an dem Fable zwangsläufig Reißaus nehmen und sich verstecken würde.

Olive war in dem Moment auf die Veranda gestürmt, in dem sie beide sich in eine Sackgasse verrannt hatten. Sie sah mit abgrundtiefem Entsetzen zwischen den Schwestern hin und her.

*Jetzt sind wir schon einmal hier; dann können wir diesen Punkt eigentlich auch klarstellen, bevor Fables Sicherheitsdienst mich hinauseskortiert …*

»Du musst ein uneheliches Kind nicht behalten, du hast eine Wahl!«

»Das weiß ich, Sonnet – und ich entscheide mich für mein Baby.«

»Das ist keine streunende Katze, die man so einfach behält, weil man einsam ist!«

»Du wirst in dieser Sache nicht die Kontrolle übernehmen.«

»Es wird ein Bastard sein, genau wie wir es waren – warum solltest du das für das Kind wollen?«

»Sonnet!«, rief Olive.

Aber Sonnet schlug weiter um sich. »Hast du denn noch immer nicht genug von der Schande und dem Kampf und dem Elend? Dein Leben könnte endlich anders sein. Du kannst es besser haben!«

»Es reicht!«, Olive schrie jetzt und warf sich dazwischen. »Fable will ihr Kind behalten. Und es gibt nichts, absolut nichts, wofür sie sich schämen müsste.«

Sonnet schnellte zu Olive herum. Wut schoss jetzt unerwartet aus ihr hervor. »Du hast vielleicht Nerven, mir einen Vortrag über Schande zu halten! Deine Religion hat jahrhundertelang ›unanständige‹ Frauen in Schande ertränkt! Dein verdammter Vater hat seine eigene Tochter wegen ihrer Schande verstoßen! Deine Kirche hat sie exkommuniziert! Damals hattest du nichts zu Mamas Verteidigung zu sagen, oder?«

Olive brach mit einem kehligen Aufschrei auf einem Stuhl zusammen.

Fable schüttelte langsam und gequält den Kopf, die Hände um ihren Bauch gelegt. »Warum fällt es dir so schwer, das zu akzeptieren, Sonny? Merkst du nicht, dass du genau das Gleiche tust wie Großvater. Du willst auch, dass ich mein Baby aufgebe – nur dass du vorgibst, besorgt um meine ›Karriere‹ zu sein, um meine Fähigkeit, Geld zu verdienen, statt um meine Moral. Dabei ist es doch dasselbe – zu meinen, man dürfe es sich herausnehmen, den Wert einer Frau zu bestimmen. Du bist so was von scheinheilig.«

»Nein, ich will nur Freiheit für dich! Anders als der Rest der verdammten Gutmenschen in dieser Familie.«

»O Sonnet, hör schon auf!«, rief Olive. »Würdest du bitte einfach aufhören!«

Plum tauchte in ihrem Nachthemd an der Tür auf – mit loderndem Blick, den Mund weit aufgerissen. Der Tisch verfiel in angespanntes Schweigen.

Fable verharrte reglos.

»Warte einfach noch, Fable«, sagte Sonnet, etwas sanfter jetzt. »Warte ein paar Jahre, bis du Fuß gefasst hast, und binde dich *dann* an ein Kind! Warte einfach noch.«

»Ich *warte* ja!«, rief Fable, die Augen wild vor Schmerz. »Du hast ja keine Ahnung! Warten ist alles, was mir noch geblieben ist!«

Sonnet wandte sich an Olive. »Ich habe meinen Teil gesagt. Jetzt gehört sie ganz dir.«

Dieses Mal war es Sonnet, die als Erste vom Tisch flüchtete.

Sonnet stand hoch oben auf der Leiter, als die Ladentür bimmelnd aufging. »Bin gleich bei Ihnen!«, rief sie, während sie sich unsicher streckte, um ein Buch ins Regal zu stellen. Sie hätte die Leiter zuerst verschieben sollen – aber das tat sie nie, keine Zeit. Sie war jetzt nur noch mit einem Bein verankert – die Caprihose straff gespannt, die Reichweite ihres Arms eingeschränkt durch den engen Ärmel. Die Leiter schwankte, als sie sich ein letztes Mal knurrend vorbeugte.

»Guten Morgen, Miss Hamilton«, kam eine Stimme von unten, und die Leiter kippelte gefährlich. Bevor sie aufschreien konnte, hielt eine Hand unter ihr die Leiter am Boden fest.

Sonnet unterdrückte ein erleichtertes Ausatmen und wandte sich um, um sich bei ihrem Kunden zu bedanken.

Dr. Fairley sah zu ihr hoch, Belustigung in den Augen. »Nach meiner professionellen Einschätzung ist das keine körperliche Aktivität, die ich empfehlen würde, vor allem in Anbetracht der Umstände.«

»Wie überaus viktorianisch von Ihnen.«

»Warten Sie nur, bis ich Ihnen eine Blutegeltherapie für Ihre Kopfverletzung verschreibe, wenn Sie auf den Boden aufschlagen!«

Sie schwankte auf der Leiter mit unbewegter Miene.

»Aber«, fügte er hinzu, »nach meiner unprofessionellen Einschätzung, wenn Sie schon dort oben sind, würde es

Ihnen etwas ausmachen, das Exemplar von *Catch-22* von Joseph Heller für mich herauszuziehen?«

Sonnet reichte ihm das Buch hinunter. »Haben Sie es schon gelesen?«

»Um genau zu sein, ist es eines meiner neuen Lieblingsbücher. Und ich brauche jetzt ein gutes Buch oder auch drei – niemand hat mich gewarnt, dass es in Far North Queensland noch kein Fernsehen gibt.«

»Wir sorgen in Noah selbst für unsere Unterhaltung.« Sie kletterte die Leiter hinunter. »Aber ich habe gehört, das hält die Geburtenrate hoch.«

Jetzt stand sie ihm Auge in Auge gegenüber, und sie spürte, wie ein Hitzeschwall in ihren Magen schoss. Es kam selten vor, dass sie einem Mann auf gleicher Höhe begegnete, und noch seltener, dass sie sich klein fühlte, wie sie es in seiner Nähe tat.

»Was sonst noch würden Sie einem Fan von *Catch-22* empfehlen?«

»Lassen Sie mich nachdenken«, sagte Sonnet, obwohl sie überhaupt nicht darüber nachdenken musste. Es war eines ihrer Lieblingsbücher. »*Einer flog übers Kuckucksnest*?«

»Schon gelesen, und geliebt. Noch mehr?«

»*Schöne neue Welt*?«

»Brillantes Buch. Was als Nächstes?«

»*Lust und Laster*.«

»Habe ich vor ein paar Monaten ausgelesen. Absolut hervorragend.«

»Dann klingen Sie wie der perfekte Leser für *Glück für Jim*.«

Jetzt hatte sie ihn.

»Das war ich.«

Es galt nicht als gutes Benehmen für einen Buchhändler, einen Kunden wütend anzufunkeln, aber das hielt sie nicht davon ab. *Musste* er so belesen sein?

Während sie weiter nachgrübelte und die Regale absuchte, schlich sich ein ironischer Ton in seine Stimme. »Vielleicht eine Geschichte über jemanden in einer Zwickmühle, wie in *Catch-22?*«

Sonnet wandte sich mit zusammengekniffenen Augen zu ihm um. Blut hämmerte in ihren Ohren. »Wenn ich die Erlaubnis hätte, eine solche Geschichte auszuplaudern«, sagte sie langsam, »dann wäre es keine richtige Zwickmühle, oder?«

Fasste sie die Erleichterung in seinem Gesicht falsch auf?

»Jedenfalls«, fügte sie hinzu, »habe ich sie noch nicht.«

Er nickte, in völligem Verständnis.

Das Schweigen blähte sich zwischen ihnen auf.

Dr. Fairley ließ den Blick durch den Laden schweifen, nickte vor sich hin. »Sie haben es hier auch.«

»Was?«

»Dieses wehmütige, schmerzliche Gefühl, das einen in Buchhandlungen überkommt.«

Sonnet zog eine Augenbraue hoch.

»Nein, das ist etwas Gutes – eine Sehnsucht.«

»Sie meinen *Biblioepithumie.*«

»Es gibt ein Wort dafür?«

»Nein. Das habe ich mir selbst ausgedacht. Es soll ›heftiges Verlangen‹ oder ›Bedürfnis nach Büchern‹ bedeuten. Oder vielleicht … ›Bücherlust‹. Aber es ist eine meiner Lieblingskreationen. Sie können es sich gern ausborgen. Es sei denn, Ihre ganz eigene Art von Buchladen-Wehmut hat mit dem Anhäufen von Büchern zu tun, die nie gelesen werden – in dem Fall haben die Japaner bereits ein Wort dafür: *tsundoku.*«

»Sie kennen sich ja aus«, meinte er augenzwinkernd.

»Ich hatte das Glück, einen Wörter liebenden Mentor zu haben.« Sie nahm ihm das Buch aus den Händen und marschierte zur Kasse.

»Übrigens«, sagte er, »ich habe letzte Woche ein Erinnerungsschreiben an Ihre Privatadresse geschickt. Ist es angekommen?«

Der Kasuar über seiner Schulter sprang ihr ins Auge. Sonnet biss sich auf die Zunge, bevor sie sie herausstrecken konnte. »Ja, ich habe es bekommen. Sie sind sehr gründlich, vielen Dank.«

»Ich hoffe, es wird hilfreich sein. Wenn nicht für Sie, dann für jemand anders …«

Sonnet streckte eine Hand flach aus.

Er tastete nach seiner Brieftasche, zückte einen Geldschein. »Ehrlich gesagt musste ich in der Stadt fragen, wie man zum Buchladen kommt. Aber offenbar muss man für eine Wegbeschreibung zu Hamilton's Bücher zunächst eine Lektion in Lokalgeschichte über sich ergehen lassen.«

»Dann haben Sie ja nicht lange gebraucht, um über das Totholz in der Stadt zu stolpern.«

»Und soweit ich verstanden habe, haben Sie noch zwei jüngere Schwestern.«

Sonnet schüttelte eine Tüte auf, etwas kräftiger als nötig. »Sind Sie auf der Suche nach neuen Patienten, Doktor?«

»Sieht aus, als ob ich vor ein paar Minuten vielleicht eine Patientin verloren habe – vielleicht sollte ich die Fühler nach einer anderen ausstrecken.«

Sie reichte ihm sein Päckchen. »Wenn ich eine gewisse Person überreden kann, zum Arzt zu gehen, werden Sie der Erste sein, den ich anrufe, Dr. Fairley.«

Er lächelte und klemmte sich die Tüte unter den Arm, die Erleichterung in seiner Miene jetzt offensichtlich. »Nennen Sie mich Jake, bitte.«

*Jake Fairley.*

Sie nickte angespannt. »Danke für Ihren Besuch, und viel Vergnügen mit dem Buch.«

An der Tür wandte er sich noch einmal um, ein warmes Lächeln im Gesicht.

Anstatt es in glühender Missachtung ihres Entschlusses zu erwidern, hörte sie sich herausplatzen: »Jake! Dr. Fairley, meine ich. Würden Sie … Machen Sie zufällig auch Hausbesuche?«

Sonnet war dabei, nach dem Abendessen ihren Teller und ihre Gabel abzuspülen, als sie das Klopfen hörte. Auf der dunklen Veranda, einen tief stehenden, sinnlichen Mond hinter sich, stand Fable.

»Alles okay?«

»Ich wollte herunterkommen und mich bei dir bedanken.«

»Bei mir bedanken? Wofür denn?«

»Dr. Fairley ist heute Nachmittag nach Heartwood gekommen, um mich zu untersuchen.«

»Ah ja.«

»Er hat deinen Namen ziemlich oft erwähnt.«

Sonnet zuckte mit den Schultern. »Der Mann versucht, neue Patienten an Land zu ziehen; ich habe eine für ihn gefunden. Ich bin nur froh, dass du ihn nicht gleich wieder zur Tür hinausgeworfen hast. Wie ist es gelaufen?«

»Er hat gesagt, bis jetzt schreitet alles gut voran. Das Baby ist gesund, ich bin gesund. Aber es ist ein großes Baby ... könnte sogar früher kommen als zu meinem errechneten Termin.«

»Großartig.«

»Er überweist mich für die Geburt an die Hebammen oben im Cairns Base Hospital.«

»Ja, das dachte ich mir schon. Keine der Frauen hier bringt ihr Kind in Noah zur Welt.«

»Aber er wird meine ganzen Vorsorgeuntersuchungen durchführen, das heißt, ich muss nicht jedes Mal dorthin fahren. Mein Vorstellungstermin im Krankenhaus ist in zwei Tagen.«

»Sehr gut.«

»Ja ... Ich nehm's an ...« Fable betrachtete ihren Bauch, biss sich auf die Lippe. Sonnet starrte auf ihren erdbeerblonden Scheitel und wartete.

»Die Sache ist die«, sagte Fable, »ich will nicht allein dorthin fahren. Aber ich will auch nicht, dass Olive und Gav mich begleiten ...«

»Ja, ich mache das schon«, bot Sonnet mit ernster Miene an.

Fables Augen weiteten sich. »Bist du sicher?«

»Sei nicht albern, natürlich fahre ich dich.«

»Danke«, sagte Fable leise. »Ich werde mich besser fühlen, wenn du dabei bist. Ich weiß, du wirst mich zwingen, für mich selbst einzutreten. Selbst wenn du nicht meiner Meinung bist – du wirst mich zwingen, mich zu behaupten.«

Sonnet lachte von Herzen. »Entschuldige«, sagte sie, während sie sich mit einer Hand an den Mund fuhr, »aber das hört sich ziemlich witzig an.«

Fables Miene verriet nichts.

»Okay. Ja. Ich werde dich zwingen, dich zu behaupten – egal was irgendjemand sagt. Abgemacht?«

Fable nickte, machte aber keine Anstalten zu gehen.

Sonnets Hände glitten an ihre Hüften. »War sonst noch irgendwas?«

Fable trat zur Seite, und Sonnet sah den Haufen Taschen hinter ihr. »Willst du verreisen?«

Fable sah sie mit hochgezogenen Rehaugen an.

»Das kann nicht dein Ernst sein.«

Fables Augen weiteten sich noch mehr, und ihre Wimpern flatterten.

»Na ja«, knurrte Sonnet, »jetzt verstehe ich, wie du dich überhaupt erst in diese Zwangslage gebracht hast – mit diesem Blick. Aber das zieht bei mir nicht.«

Ein Lächeln huschte über Fables Gesicht.

»Na schön«, seufzte Sonnet. »Dann komm rein. Aber ich habe schon gegessen, das heißt, du kannst dir selbst was für euch zwei kochen …«

# Kapitel 37

*

## Guter Hoffnung

*Sommer 1964*

*Aber warum*, wollte Sonnet ihre Schwester am liebsten fragen, während sie vor sich hin summend im Wintergarten ihre Sachen auspackte. *Warum bist du lieber bei einer nörgelnden Schwester statt bei einer überbesorgten Olive?* Olive hätte Fable vermutlich jeden Abend die Füße gesalbt, wenn sie in Heartwood geblieben wäre.

Sie tänzelte unbeholfen um Fables Bauch herum, wenn sie sich in der beengten Küche oder dem Flur begegneten. Wie konnte Fable dieses winzige Cottage den weitläufigen Räumen auf *Heartwood* vorziehen?

Während Fable behutsam ein Nest für all ihre Farben und Pinsel, Kunsttagebücher und Skizzenbücher baute, fragte sich Sonnet insgeheim: *Und wo genau hast du vor, das verdammte Baby unterzubringen?*

*Wer ist er?*, schrie Sonnet lautlos jedes Mal Fables Rücken an, wenn sie in einem Anfall plötzlicher Traurigkeit und Ratlosigkeit ans Fenster trat und das Gesicht gegen die Scheibe presste.

*Wenn er dir wehgetan hat, ich schwöre, dann werde ich sein verdammtes Gesicht zertrümmern.*

Sie hatte noch nie so viele Fragen gehabt oder die Antworten so unbedingt aus Fable herausschütteln wollen. Doch sie fragte nichts. Was hätte es auch für einen Sinn? Gegen Fables verbarrikadiertes Herz würde sie niemals etwas ausrichten.

Sie fuhren nach Cairns, durch ausgedehnte Bananenplantagen und Zuckerrohrfelder, so weit das Auge reichte, und vorbei an der Zuckermühle, aus der weiße Rauchschwaden an einen Kumulushimmel aufstiegen wie aus einer Wolkenfabrik.

Sie stellte noch immer keine Fragen. Sie saß mit Fable im Wartebereich des Cairns Base, zwischen gedeihenden Bäuchen und verhätschelten Kleinkindern, und sie versuchte nicht einmal, ihre Schwester darauf vorzubereiten, wie sie sich verhalten oder was sie fragen sollte. Fables Name wurde aufgerufen, und Sonnet blieb entschlossen sitzen. Als ihre Schwester sich zweifelnd noch einmal zu ihr umdrehte, hauchte Sonnet: »Viel Glück!«, wandte sich dann wieder ihrer *New Idea*-Zeitschrift zu und blätterte mit gespielter Langeweile eine Seite um.

Danach fragte Sonnet nicht, wie der Termin gelaufen war, nur was Fable vielleicht gern zum Lunch hätte. Anschließend ging sie mit ihr ins Bolands-Kaufhaus shoppen; ein anonymes Reich, geschützt vor den Blicken von Noah Valley. Aber Fable sah in den Gängen mit Babysachen trotzdem immer wieder über ihre Schulter – und Sonnet tat, als würde sie es nicht bemerken. Sie trottete hinter Fable her und nickte mit ausdrucksloser Miene zu den Strampelanzügen und Rasseln, die sie auswählte. Sonnet schäumte innerlich hinter ihrem sanften Lächeln, während sie zusah, wie Fable Bündel ihres in Brisbane verdienten Geldes über die Kasse reichte. *Wie willst du es dir eigentlich leisten, in Noah ein Kind großzuziehen?*

Sonnet schwieg wieder auf der Fahrt nach Hause – jetzt nicht mehr in selbstbeherrschtem Groll, sondern vor Erschöpfung, die sie um ihrer Schwester willen empfand.

Sie fuhren wieder die Main Street hinunter, und Fable rutschte auf dem Beifahrersitz nach unten, zog sich ihre Baseballkappe tief ins Gesicht und Tüten über ihren Bauch. Sonnet umklammerte das Lenkrad fester. Was immer Fable für den Moment geplant hatte, in dem sie letztendlich zu Hause, und das auch noch schwanger, entdeckt wurde, es ging Sonnet nichts an, und sie würde sich mit Sicherheit nicht einmischen. Sie hörte Fables scharfen Atemzug beim Anblick von Delia Hull und Marg Johnstone, die vor ihnen die Straße überquerten, ihre elegant frisierten französischen Haarknoten einander zugeneigt. Sonnet ließ die Frauen und den Moment selbst vorübergehen, ohne auch nur einen einzigen bissigen Kommentar in Delias Richtung zu schleudern.

Sie fuhren nach Heartwood hinauf, als Fable auf einmal unerwartet das Wort ergriff.

»Weißt du, um genau zu sein, ist Dr. Fairley nicht der erste Arzt, bei dem ich war.«

Sonnet unterdrückte einen Aufschrei: *Ich weiß nichts – gar nichts!* Stattdessen sagte sie: »Okay …«

»Ich war einmal bei einem Arzt in Sydney. Wegen meiner Blutung.«

*Blutung?!*

»Ich wusste ziemlich schnell, dass ich schwanger war, weil meine Brüste einfach immer größer wurden. Außerdem habe ich mich ständig schlecht gefühlt und müde – *so* müde. Aber hauptsächlich waren es die Brüste.« Fable glitt mit den Händen staunend darüber. »Es war, als wäre ich wieder sechzehn, als ob mein Körper in eine zweite Pubertät geraten wäre.«

»Und dann bist du zum Arzt gegangen«, sagte Sonnet. Sie beugte sich vor, um ihre Haare im Rückspiegel glatt zu streichen, durchbohrte ihr eigenes Spiegelbild mit einem warnenden Blick.

»Nein, nicht sofort. Denn dann habe ich angefangen zu bluten, weißt du. Ich dachte, ich würde doch noch meine Periode bekommen. Aber sie war so stark! Ich schwöre, an einem Tag habe ich eine ganze Toilettenschüssel gefüllt.«

»O Fabes.«

»Aber es hat nicht wehgetan. Und ich hatte keine Krämpfe. Es hat nur … einfach nicht aufgehört. Ich habe jeden Tag geblutet. Tagelang, wochenlang, fast vier Monate lang! In jeder Stadt, in die wir kamen, an jeder Bundesstaatsgrenze, die wir überquert haben, habe ich geblutet. An manchen Tagen war es leuchtend rot, an anderen Tagen altes, bräunliches Blut. Ich dachte, nach diesen ganzen Blutungen könnte ich unmöglich immer noch schwanger sein. Aber in Sydney bin ich dann trotzdem zu einem Arzt gegangen, hauptsächlich wegen der Brüste. Sie wurden immer noch größer, trotz meiner Blutungen. Der Arzt war richtig abweisend, und er hat so schnell geredet und einfach über mich hinweg, als ob er mir gar nicht zuhören würde oder ich nicht wüsste, wovon ich rede. Es war alles so verwirrend. Aber er sagte, ich würde auf jeden Fall eine Fehlgeburt erleiden, es gebe kein Baby mehr, es würde bald aufhören. Daher bin ich zu meinem Zimmer zurückgekehrt, habe meine Binde gewechselt und gewartet.«

Das Plantagenhaus erhob sich majestätisch vor ihnen. Olives neuer schwarzer Staffordshire, Tess, kam auf den Holden zugestürmt. Olive selbst erschien auf der großen, ausladenden Veranda, rieb mit einem Fuß an ihrer Wade. Fable verfiel in Schweigen, während sie anfing, ihre Taschen einzusammeln.

»Ich helfe dir mit dem Zeug im Kofferraum«, sagte Sonnet.

Fable zuckte mit den Schultern, ihre Miene jetzt wieder unergründlich.

Sie standen zusammen an der Wäscheleine. Schweißperlen sickerten ihnen über den Rücken, während sie weiße Frotteetücher, Mullwindeln und gelbe Unterhemden aufhängten.

»Die Blutungen haben irgendwann aufgehört«, sagte Fable aus heiterem Himmel, »aber die Angst nicht. Selbst nachdem mein Bauchnabel hervorgetreten ist und ich angefangen habe, dieses fischartige Flattern – immer schneller – in mir zu spüren, war ich immer noch überzeugt, dass das alles jeden Moment vorbei sein würde. Mein Baby wuchs auf kargem, unfruchtbarem Boden, und jede Sekunde würde es einfach aus mir herausrutschen.«

Sonnet hatte zwei Wäscheklammern zwischen den Lippen – ein hilfreicher Knebel. Sie warf noch eine Windel über die Leine und hörte zu.

»Sobald das Baby anfing, sich zu bewegen, wurde meine Angst nur noch schlimmer. Es hat mich zum Weinen gebracht, und ich habe es angefleht, sich nicht so heftig zu bewegen. Alles, was ich denken konnte, war: Das arme kleine Ding versucht nur, sich festzuklammern, selbst während die Erde unter ihr wegbricht.«

»Was?«, fragte Sonnet um die Wäscheklammern herum.

Fables Hände glitten von ihrer Brust zu ihrem Schambein. »Ich bin einfach immer dicker geworden. Ihre Tritte wurden immer kräftiger. Sie kämpfte darum zu bleiben – auch wenn ich einfach nicht glauben konnte, dass ich sie behalten würde.«

Sonnet gluckste, und ihre Augen füllten sich mit Tränen.

»Aber ich musste ihr eine Chance geben, Sonny. Und die einzige, die ich für sie erkennen konnte, bestand darin, nach Hause zu kommen. Wenn ich sie nur in die Gewässer des Serpentine Creek bringen könnte, sagte ich mir, dann würde uns das zusammenschweißen. Dann könnte ich sie behalten.«

Sonnet streckte die Hände nach Fables bebenden Schultern aus.

»Ich wusste, du würdest wütend sein, Sonnet. Ich wusste, was für Hoffnungen du immer für mich hattest. Aber ich musste nach Hause kommen. Sie gehört auch hierher. Ich dachte, wenn ich sie retten könnte, dann wäre es das alles wert; die ganzen Vorwürfe, deine ganze Enttäuschung von mir. Ich musste nach Hause kommen.«

Sonnet hielt Fables Kopf an ihren Hals gedrückt, schloss die Augen über Tränen, die ebenso heiß waren wie die Sonne über ihnen.

»Nachdem ich sie in den Serpentine Creek gebracht hatte, fing ich an zu glauben, es könnte vielleicht alles gut werden. Siehst du, sie ist hier in Sicherheit. Sie wächst jetzt so kräftig heran – und im Fluss tritt sie fester und glücklicher als zu jeder anderen Zeit.«

»Vermutlich liegt es nur an dem kalten Wasser.«

»Nein. Sie ist eine Hamilton. Sie ist zu Hause.«

»Was hat Kate bekommen?«, fragte Fable, während sie zusah, wie Sonnet ihr nach einem Fußpeeling und einer Fußmassage die Zehennägel lackierte.

»Ein Mädchen.«

»Wie hat sie sie genannt?«

»Amber. Nach einem Buch, das ich ihr mal verkauft habe.« Was hatte Sonnet darüber gewitzelt.

»Und wie läuft es für sie?«

»Sie ist die ganze Nacht wach, sie bekommt kaum eine Minute, um zu duschen, und ihr nutzloser Ehemann will schon jetzt noch eines.«

»Hatten sie eine Taufe oder so? Mit den ganzen Hardys … und den Cousins und allen?«

»Ich habe nicht die geringste Ahnung, Fabes – warum rufst du sie nicht an und fragst sie selbst nach diesem ganzen Babyzeug?«

»Nein! Wag es bloß nicht, ihr von mir zu erzählen!«

»Es war nur so eine Idee. Du kennst doch Kate – sie würde nichts lieber tun, als dir die Ohren vollzuquatschen.«

Fable sah stirnrunzelnd auf ihre perlmuttfarbenen Zehen. »Diese Zehe da hast du verpfuscht.«

»Wer seine eigenen Füße nicht erreichen kann, sollte nicht die kritisieren, die es können.«

Sie standen zusammen an der Spüle und machten den Abwasch. Melamin-Babyschälchen und -löffel mischten sich unter das uralte Porzellangeschirr ihrer Großmutter.

»Verrat mir noch mal, warum du keine Fläschchen oder Schnuller wolltest?«, fragte Sonnet, während sie eine winzige Gabel in ihrem Geschirrtuch drehte.

»Weil ich stillen werde und ich das Baby nicht mit anderen Nippeln verwirren will.«

Vor Sonnets geistigem Auge blitzte ein Bild anderer Frauen auf, die ihrer Nichte ihre Nippel in den Mund drückten. »Babys können davon verwirrt werden?«

»Liest du eigentlich *irgendwelche* der Passagen, die ich für dich angestrichen habe?«

Sonnet sah zum Küchentisch – Geburts- und Babybücher türmten sich zu immer höheren Wolkenkratzern – und räusperte sich. »Es ist nur mein Job, die Bücher zu besorgen, oder?«

»Du bist die schlimmste Tante, die sie je hatte.«

»Immerhin weiß ich von ihr.«

Fable verblüffte Sonnet mit einem aufrichtigen Lachen. »Zur rechten Zeit am rechten Ort, das ist alles.«

»Siehst du, da haben wir's, Süße«, säuselte Sonnet und streckte eine Hand aus, um den Bauch zu tätscheln, der sich ihrem eigenen entgegenstreckte. »Tante Sonnet hat immer recht.«

Auf diese Weise, Tag für Tag, bröckelten allmählich die Mauern – und eine ganz neue Umzäunung wurde um die Schwestern hochgezogen, errichtet aus winzigen Stapeln mit Babykleidung und größeren mit frischer Bettwäsche, Koffern für einen Klinikaufenthalt neben der Tür, während die von Tag zu Tag wachsende Freundschaft ihre Tante und ihre jüngste Schwester verwirrte.

Sie schleppten zusammen Versandhandelspakete von Heartwood nach Hause. Sonnet trug das größte, das eine brandneue weiße Korbwiege enthielt. Davor hatten sie Olives Kinderbett, ein Hamilton-Familienerbstück, abwehren müssen. »Bleifarbe!«, war der Schuss, mit dem Sonnet die Schlacht letztendlich gewonnen hatte, während Fable an ihrem Ellenbogen entschuldigend nickte.

»Ich will nicht, dass du dir Sorgen darüber machst, was ich ausgebe, Son.«

»Das tue ich doch gar nicht. Du hast deinen Anteil von Mamas Geld. Und deine eigenen Ersparnisse. Außerdem bin ich sicher, du hast … noch andere Dinge in Planung.«

»Danke, dass du das sagst.« Fable blieb unvermittelt stehen.

Sonnet wandte sich zu ihr um, stemmte die Korbwiege hoch, ganz Ohr.

»Ich habe tatsächlich noch einiges vor. Es gibt Bücher, an

denen ich in naher Zukunft mitarbeiten werde, und ich verfolge noch immer meine Träume. Du musst wissen, dass ich von hier aus ebenso gut arbeiten kann wie im fernen Brisbane. Das hier ist nur wie … eine Zwischenstation.«

»Okay.«

»Okay?«

»Ja. Okay.«

Dr. Fairley, der wieder einmal nach Fable gesehen hatte, stapfte den Hügel zurück nach Heartwood hoch, seine Ledertasche unter einen Arm geklemmt. Sonnet sah ihm vom Erkerfenster aus nach, mit einem schweren, warmen Gefühl im Bauch. Jake unter ihrem eigenen Dach zu haben – hochgewachsen und braun und irgendwie nach grünen Äpfeln und Zink riechend –, hatte sich tröstlich angefühlt, intim. Sie hatte nicht gewollt, dass das leise Stimmengemurmel in Fables Schlafzimmer aufhörte oder die Schlafzimmertür aufging oder Jake sich je verabschieden würde.

»Meinst du, er wird es sicher nach Hause schaffen?«, kam Fables Stimme an ihrer Schulter. »Solltest du ihm nicht nachlaufen, nur um sicherzugehen?«

Der Sarkasmus trieb Sonnet prompt die Röte ins Gesicht.

»Sei nicht albern. Er ist dein *Arzt.*«

»So ein Pech, denn zufällig kenne ich diesen Blick.«

»Was für einen Blick?«

»Den in deinem Gesicht. Und ich habe es auch gefühlt.« Als Sonnet keine Antwort gab, zwickte Fable sie in die Taille. »Ehrlich gesagt mache ich mir langsam Sorgen, dass es bessere Ärzte in der Stadt gibt, du aber vielleicht einfach den bestaussehenden ausgewählt hast.«

»Als ob ich das tun würde!«, empörte sich Sonnet. »Wir hatten keine Wahl!«

»O Junge, und wie ich diesen Blick kenne …«

Jeden Abend saßen sie schweigend in der drückenden Hitze auf dem Sofa im Wohnzimmer, beide wieder mit den gleichen Haarknoten. Schweiß brach auf ihren anmutigen Hamilton-Hälsen aus, lief unter ihren Blusen hinunter und sammelte sich unter ihren Knien. Der Regenwald regte sich rastlos. Geckos gluckten geräuschvoll, während sie einander um die Wände jagten.

Sonnet tat, als würde sie eines von Fables Büchern lesen, aber tatsächlich beobachtete sie die Art, wie Fables Hand unablässig, unbewusst, ihr Baby streichelte.

Auf Fables Schoß, unterhalb der wichtigeren Arbeit ihres Bauchs, lag ein Skizzenbuch. Jedes Mal, wenn Fable ihren Stift in die Hand nahm, kehrte er zu derselben Stelle zurück – einem dunklen Punkt, der über die Seite floss.

Wie es ihre neue Gewohnheit war, begann Fable ohne Vorrede zu sprechen.

»Es ist nicht seine Schuld. Es ist meine.«

Sonnet versuchte angestrengt, die Lücken zu füllen, wagte sich blind vor: »Unsinn! Dazu gehören immer noch zwei.«

Fable seufzte und versuchte einen neuen Anlauf. »Nein. Das hier.« Sie wies mit einer Handbewegung durchs Cottage. »Dass ich hier bin, und dein Problem.«

»Du bist kein Problem, Fabes. Nicht für mich.«

»Du müsstest dich nicht damit herumschlagen, dass ich hier in dein leeres Nest einfalle, dich bitte, mir bei dieser Sache zu helfen, vor allem mit dieser ganzen Geheimnistuerei, wenn ich nicht so feige wäre.«

»Ehrlich gesagt bin ich nie einer mutigeren Person begegnet.«

Fable sackte über ihrem Bauch zusammen. »Das bin ich nicht, du hast keine Ahnung.«

Eine quälende Minute herrschte Schweigen.

Sonnet wägte ihre nächsten Worte vorsichtig ab. »Wenn er dir wehgetan hat … Wenn es das ist, was passiert ist … dann werde ich ihm seinen verdammten Hals umdrehen.«

»Nein. Er hat mir nicht wehgetan.«

Sonnet legte die Stirn in Falten.

Fable zog einen Schluchzer in ihrer Brust hoch. »Aber ich leide. Mehr, als ich je für möglich gehalten hätte.«

Sonnet presste ihren Mund an die Schläfe ihrer Schwester, rief den Kampfhund an seiner immer kürzer werdenden Leine zurück. *Wer*, bellte dieses wütende Biest, *wer, wer, wer?*

Als sie wieder einen Blick auf Fables Skizzenbuch warf, sah sie, dass es kein Punkt war, sondern ein Komma.

# Kapitel 38

*

## Hitzewelle

Der Hochsommer kam mit voller Wucht – glühend heiß. Die schlimmste Hitzewelle, die Noah seit Jahrzehnten erlebte, sagten alle auf der Straße, während sie nach Luft schnappten, die so schwül war, dass es sich anfühlte, als würde man in einer Sauna ertrinken. Es wird eine lange Regenzeit geben, versprachen sie einander. Wolken türmten sich hoch und schwarz über den Bergen, rumorten hilflos; Sonnenuntergänge zerflossen blutrot; Fledermäuse fielen tot vom Himmel; der Regenwald schrie nach dem, was ihm gebührte.

Der Regen fiel nicht.

»Unerträglich!«, erklärte Sonnet und ging zum dritten Mal an diesem Morgen duschen; neuer Schweiß sickerte aus ihren Poren, noch bevor das Wasser getrocknet war. Ihre Haare wurden nie trocken.

»Und warum schließt du ständig die Fenster, Fabes?«, wollte sie wissen und drückte die Scheibe auf, während sie verzweifelt um Luft rang. »Versuchst du etwa, uns bei lebendigem Leib zu braten?«

»Das war ich nicht, ich dachte, du hättest sie geschlossen«, entgegnete Fable, die mit nichts als einem Sarong um die Brust den Flur hochkam. Sie baute sich zwei Zentimeter vor dem Standventilator auf und stieß einen zitternden Seufzer aus. Sonnet sah gebannt zu, wie sich Fable ihre Haare langsam auf den Kopf hochwickelte; jede üppige Kurve als Silhouette abgezeichnet vor dem Licht vom Fenster.

»Regne, regne einfach, verdammter Hughie!«, beschwor Sonnet den Himmel. »*Du* bist hier die Fruchtbarkeitsgöttin!«, murmelte sie dann, während sie sich zu Fable umwandte. »Geh raus und führ einen Regentanz für uns auf!«

Gelbe Nektarvögel bauten sich ein Nest an dem Kristallwindspiel vor dem Erkerfenster, aus Gräsern und Spinnweben – mit langen roten Haarsträhnen dazwischen, die in den Bau geflochten waren. Eine Herkulesmotte, mit einer Flügelspannweite, die breiter als ein Buch war, hatte sich auf der Veranda niedergelassen. Jeden Abend flatterte sie hektisch vor der Eingangstür herum.

Sonnet befand sich im Belagerungszustand!

An Heiligabend lockten Explosionen Fable und Sonnet auf die Veranda. Sie saßen schweigend auf der Eingangsstufe und sahen den Feuerwerkskörpern zu, die über der dunklen Wand des Regenwalds aufleuchteten. Schillernde Weihnachtskäfer umschwirrten in einer metallischen Raserei das Verandalicht.

»Sieht aus, als ob die Gerüchte in der Stadt doch wahr sind«, bemerkte Sonnet, während sie einer kreischenden Rakete auf ihrer Bahn zum Himmel folgten und mit angehaltenem Atem auf den Knall warteten. »Dieser Hull-Junge, wie hieß er gleich wieder, muss über Weihnachten nach Hause gekommen sein.«

Ein Sternennebel leuchtete über ihnen auf.

Sonnet sah zu, wie die Funken stoben, in dem Bewusstsein, dass Fable nicht ausgeatmet hatte. Sie drehte sich zu ihrer Schwester um. Fable war unnatürlich still; ihre angespannte Pose im Widerspruch zu den sanften Kurven ihres Körpers.

Sonnet starrte stirnrunzelnd auf ihr zartes Profil. Nach einem angestrengten Schweigen, das nur von pfeifenden Explosionen durchbrochen wurde, sagte sie: »Es heißt, dass er seit seinem theatralischen Verschwinden in einer sehr exklusiven Entzugseinrichtung in Sydney untergebracht war. Das war ungefähr zur Zeit deiner Buchvorstellung. Erinnerst du dich?«

Fable schwieg.

»Wenn du mich fragst«, schniefte Sonnet, »haben die verdammten Hulls dieses ganze Drama inszeniert, nur um dich an deinem großen Tag auszustechen.«

Fables Blick war starr zum Himmel gerichtet.

Sonnet wandte sich wieder um, um der Explosion des nächsten Feuerwerkskörpers zuzusehen. Ihr Kopf schwirrte, schwirrte, schwirrte – und fand zu keinem Ende.

Es war der letzte Freitag des Jahres. Sonnet fuhr scheppernd durch das niedrige, hitzeversengte Zuckerrohr nach Hause, vorbei an alten Queensland-Häusern, die mit jeder Meile in immer größeren Abständen errichtet waren. Schweiß lief an ihrer geröteten Haut hinunter, und sie sehnte sich nach dem

Schatten des Waldes. Der Läufer, der von einem angrenzenden Feldweg zu ihr stieß und neben ihrem Fahrrad herzulaufen begann, tat dies mit solch strahlendem Stolz, dass sie unwillkürlich lachen musste.

»Und wohin bist du so eilig unterwegs?«

»Ich würde ja gern sagen, ich folge dir nach Hause, aber es sieht so aus, als ob ich als Erster ankommen werde.«

Jake setzte zu einem Sprint an. Sonnet stöhnte reumütig auf, trat hart in die Pedale, erst ihm hinterher und dann seinen langen Schritten voraus.

Sie hatte ihn überholt, aber nicht ausgebremst. Sie verlangsamte ihr Tempo, ließ ihn dicht hinter ihr folgen und beschleunigte jedes Mal wieder, wenn er zu sehr aufholte. Auf diese Weise erreichten sie schließlich den gewundenen Weg am Ufer des Flusses.

»Wieso kommst du überhaupt zu uns raus?«, fragte Sonnet, während sie sich etwas entspannte, froh zu sehen, dass er sich ihrem langsameren Tempo anpasste. »Du hast Fabes doch erst letzten Freitag gesehen.«

»Wir haben unsere Termine jetzt auf einmal wöchentlich erhöht.«

»Schon jetzt! Sie ist doch erst im achten Monat.«

»Fünfunddreißigste Woche, und das Baby hat sich fast vollständig gedreht.«

»Ist das etwas Schlechtes?«

»Es ist nicht ungewöhnlich für ein erstes Baby. Aber es ist auch nicht besonders angenehm.«

»Ja, sie läuft durch die Gegend, als ob jeden Moment eine Bowlingkugel zwischen ihren Beinen herauskullert.«

»Ich glaube, viele Frauen sind schockiert, wenn es nicht einfach herausrutscht. Offenbar fühlt es sich eher so an, als ob die Bowlingkugel bergauf gepresst werden muss.«

»Und sie vermutet außerdem, dass es ein großes Baby ist. Arme Fabes!«

»Sie ist hart im Nehmen, deine Schwester.«

»Ich weiß.«

»Diese Schwüle!«, rief er unvermittelt aus. »Wie schafft ihr es bloß, dabei irgendetwas zu erledigen? Eigentlich müssten wir rund um die Uhr Siesta halten.«

»Südstaatler!«, spottete Sonnet. Sie erhob sich aus dem Sattel und radelte vor ihm davon, in dem Bewusstsein, wie gut ihre langen Schenkel und durchtrainierten Gesäßmuskeln bei einem Sprint aussahen.

Als Jake sie einholte – schwer keuchend, die Augenbrauen lächelnd hochgezogen –, forderte er sie heraus. »Wie wär's diesmal ohne Vorsprung?«

»Abgemacht.«

Sonnet warf ihr Fahrrad hin, stemmte die Hände in die Hüften.

Einen Moment lang sahen sie sich abschätzend an. Sie reckte den Kopf leicht nach vorn, um das Startsignal zu geben – und dann schossen sie los. Sonnet lief auf dem schmalen Weg voran, mit der Absicht, die mittlere Bahn für sich in Beschlag zu nehmen. Sie nahm an, dass er zu sehr Gentleman sein würde, um an ihr vorbeizudrängen, und sie täuschte sich nicht. Aber er blieb ihr dicht auf den Fersen, keuchte schwer an ihrem Rücken, ließ sich mit seinen langen Beinen in einen fast perfekten Rhythmus mit ihren fallen.

»Auf meinen Laufstrecken gibt es keine Überholspuren!«, keuchte sie.

»Ich bin zufrieden hier hinten.«

Sie verlangsamte ihr Tempo erst, als sie einen umgestürzten Baum erreichten, der ihren Weg überspannte. Sie blieben beide stehen, keuchend in dem stechenden, moderigen Geruch der Regenwaldüberführung. Leuchtend orangefarbene Pilze wucherten zwischen ihren aufgestützten Händen. Sie müsste mit ihrer Hand nur über einen, vielleicht zwei von ihnen gleiten, und ihre Finger würden auf seinen ruhen.

Er wandte sich mit einem bewundernden Lächeln zu ihr um. »Du bist ziemlich schnell für …«

»Ein Mädchen?!«

Die Klammerzeichen um seine Lippen schöpften ihr Potenzial voll aus. »Nein, um genau zu sein, für eine Radfahrerin.«

Sie johlte auf – ein absolut unvorteilhaftes Lachen, aber sie hatte keine Zeit, das Geräusch zu ersticken, bevor sein eigenes wieherndes Gelächter ihres übertönte.

»Zurück zum Fahrrad …«, sagte sie, wobei ihr Blick verschlagen wurde.

Er schoss als Erster los, nahm den ganzen Weg für sich in Beschlag. Diesmal war sie es, die muskulöse Waden und seinen Hintern in vollem Tempo bewundern durfte.

Am nächsten Freitagnachmittag wartete er vor ihrem Laden – Strandschuhe geschnürt, Arzttornister geschultert, Schweiß bereits ein dunkler Halbkreis am Kragen seines Polohemds. Sie liefen in geselligem Schweigen los. Sonnet ergriff das Wort erst, als sie den Wald erreicht hatten, den grellen Strahlen der Sonne und Blicken der Stadtbewohner entkommen, endlich unter vier Augen.

»Was wird mit der Geburtsurkunde passieren? Ich meine, mit dem Feld, vor dem ›Vater‹ steht?«

Er sah sie seltsam an. »Das liegt ganz bei Fable.«

»Aber wenn sie keinen Namen für den Vater eintragen lassen will?«

Er zuckte mit den Schultern. »Das kommt vor.«

Sonnet seufzte unwillkürlich. »Das heißt, der arme Wurm wird nicht anders sein als wir Hamilton-Mädchen – noch ein Kind, das unter dem Fluch der unehelichen Geburt aufwächst.«

»Es gibt weitaus Schlimmeres, als nicht zu wissen, wer dein Vater ist, Sonnet. Zum Beispiel einen richtigen Dreckskerl als Vater zu haben.«

Sie hörte den Schmerz in seinem Keuchen und verlangsamte ihr Tempo. »Es tut mir leid, Jake.«

Er tat es mit einer Handbewegung ab, lief weiter, den Blick auf den Boden geheftet. »Das hat mich zu einem Beruf geführt, bei dem ich dachte, ich könnte gebrochene Knochen und Herzen möglicherweise wieder heilen.«

Sonnet blinzelte das geistige Bild seiner Hände auf ihren Knochen weg.

»Und ich hatte das Glück, die unerschütterliche Liebe einer alleinerziehenden Mutter genießen zu dürfen. Es geht nichts über diese Kraft, diese Hingabe.«

»Ja«, sagte sie, während sie sich so klar wie schon seit Jahren nicht mehr daran erinnerte.

Sie atmeten ein paar Minuten im gleichen Rhythmus.

»Wo ist sie jetzt – deine Mum?«

»Auf dem Friedhof«, sagte er und lächelte bereits, bevor sie verlegen werden konnte. »Zwei Jahre jetzt. Einer der Gründe, weshalb ich trauernd in die Wildnis von Far North Queensland gekommen bin.«

»Das heißt, wir sind beide Waisen.«

»Na ja, annähernd. Manche Männer haben keine zweite, dritte oder fünfzigste Chance verdient.«

»Manche Männer bekommen nicht einmal eine erste Chance.«

»Wünschst du dir denn, du hättest ihn gekannt?«

Sie rieb an einer Roststelle ihrer Lenkstange. »Erst seit ich nach Noah Valley gekommen bin, und auch nur, weil die Geschichten über ihn hier noch immer so lebendig sind. Ich bin es leid, immer auf die Erzählungen der anderen angewiesen zu sein. Selbst meine Mutter hat ihr Leben lang über ihn gelogen. Ich hätte gern meine eigenen Geschichten.«

»Hast du es je versucht?«

»Wie denn?«

»Du könntest Kontakt zu seiner Familie aufnehmen. Fragen stellen. Und die Antworten dann in deine eigene Geschichte einflechten.«

Sie sah ihn stirnrunzelnd an. »Ich dachte, du wärst Arzt, kein Seelenklempner.«

Am nächsten Freitag tauchte Jake nicht auf. Sonnet wartete schwitzend auf der Eingangsstufe vor ihrem Laden und sah zu seiner Wohnung über der Praxis hoch, bis sich Wolken purpurrot über dem Tal kräuselten und die Fledermauslegionen über ihr hinwegzogen.

»Dumme, verzweifelte Idiotin«, schalt sie sich und stemmte sich von der Stufe hoch. Natürlich war sie nicht versetzt worden. Er war der Arzt ihrer Schwester, nicht ihr Rendezvous.

Trotzdem litt sie auf dem ganzen Weg die Main Street hinunter.

Ein knisterndes Summen und eine düstere Schwüle drangen auf Sonnet ein, während sie wie eine Besessene am Flussufer entlangradelte. Schatten sprangen hervor, Zweige schlugen ihr ins Gesicht, Stöcke unter ihren Rädern schnappten nach ihren Knöcheln. Was gäbe sie nicht für ein Fahrradlicht! Sie reckte das Kinn noch entschlossener gegen die Feigheit, die in ihrer Brust hämmerte, und den Schmerz der Demütigung.

Eine dunkle Gestalt ragte vor ihr auf dem Weg auf. Sonnet kreischte auf und versuchte zu bremsen, flog über die Lenkstange und landete krachend zwischen Wurzeln und Steinen.

Sie lag benommen da, gefangen in einer Welt des Schmerzes. Langsam setzte sie sich halb auf, sah sich nach ihrem Peiniger um.

Da war er, verharrte noch immer stur auf dem Weg. Aber kein Mann, nein, schlimmer noch, eine Gestalt wie aus ihren Albträumen: ein hoch aufgeschossener Kasuar, sein vorsintflutliches Auge auf sie gerichtet.

*Kehre einem Kasuar nie den Rücken*, hörte sie Gav sagen. *Zieh dich langsam zurück. Renn nicht weg. Mach dich nicht größer, als du bist.*

Sonnet wimmerte, bewegungsunfähig vor Schmerz, während sie darauf wartete, dass der Vogel sie von einem Ohr zum anderen aufschlitzte. Er wartete ebenfalls, mit der kalten Anmut und Schönheit eines Raubtiers. Seinen behelmten Kopf auf die Seite gelegt, starrte er sie unter dichten Wimpern hervor unverwandt an, während sein roter Hautlappen an ihm herunterbaumelte.

Sonnet presste die Augen fest zusammen, rechnete jeden Moment mit dem Sprung – Krallen nach vorn ausgestreckt, ein scharlachrotes Lächeln, das ihren Hals aufriss.

Angst hämmerte gegen ihren Brustkorb. Ein Schrei sammelte sich in ihrer Kehle. Als sie die Augen blinzelnd wieder aufschlug, sah sie drei winzige, gestreifte Vögel zu seinen Füßen.

*Seine Babys.*

Die Küken huschten über den Weg, verschwanden zwischen den Bäumen. Sonnet neigte den Kopf zum Boden, verbarg ihre Augen vor diesem aufreibenden bernsteinfarbenen Blick.

*Bitte lass mich allein.*

*Lass mich allein.*

*Lass mich.*

*Lass es gut sein.*

Schließlich das laute Rascheln von gefallenen Blättern, als er sich mit schweren Schritten entfernte, und dann Stille.

Eine beklemmende Finsternis hatte sich gesenkt, als sie sich schließlich stöhnend hochrappelte und zu ihrem umgestürzten Fahrrad humpelte. Ihre Gliedmaßen waren überall aufgeschürft; wie schlimm, konnte sie nicht sagen. Ihr Fahrrad war beschädigt. Ihr Herz musste genau durch eine Rippe hämmern, nach dem Schmerz zu urteilen, den ihr jeder Atemzug bereitete. Das Schlimmste war die Demütigung, langsam den langen Weg zurück in die Stadt und zu ihrem Buchladen humpeln zu müssen. Sie wagte es nicht, in dieser sternenlosen Nacht dem Weg des Kasuars zu folgen.

Sonnet warf ihr Fahrrad kurzerhand auf die Eingangsstufe der Buchladens, taumelte durch die Tür und schaltete mit einem erstickten Schluchzer die Lichter wieder ein. Sie hatte noch nicht geweint, und sie würde auch jetzt nicht damit anfangen.

Sonnet stellte sich kühn vor ihren Kasuar hin, voller Schmerzen am ganzen Körper.

»Was *willst* du von mir?!«

Er starrte sie noch immer unverwandt an.

»Und wo ist mein Erste-Hilfe-Kasten, du verdammter nutzloser Vogel«, fluchte sie, während sie unter dem Tresen herumtastete.

Das Klopfen an der Tür ließ sie aufschreien. Es war ausgerechnet Jake. Sie spürte, wie der Schluchzer, der noch immer in ihrer Kehle feststeckte, zu entweichen drohte.

Auf seine mimische Bitte hin nickte sie zustimmend, und die Tür ging bimmelnd auf.

»Hab gesehen, dass bei dir noch Licht brennt. Ich war eben auf dem Weg zurück von Heartwood.«

»Du bist ohne mich hingefahren?«

Seine Stirn furchte sich. »Ich habe um die Mittagszeit eine Nachricht an deiner Tür für dich hinterlassen! Hast du sie nicht bekommen? Ich habe dir Bescheid geben, dass ich heute früher hinfahre.«

Sonnet kämpfte gegen den Drang an loszuheulen.

»Ich dachte, es wäre vielleicht besser, dich in Zukunft dort zu treffen. Es tut mir leid, Son.«

Sonnet zuckte mit den Schultern, fand endlich den Erste-Hilfe-Kasten.

Jake schien ihren Zustand im selben Moment zu bemerken, in dem sie den Kasten, auf dem der von einer Schlange umschlungene Stab prangte, hervorholte.

»Was ist denn mit dir passiert?«, rief er, prompt an ihrer Seite und hob sanft ihren Arm an.

»Nichts. Hab nur eine Bauchlandung über die Lenkstange hingelegt.«

»Gott, du bist ja überall aufgeschürft. Komm, setz dich.« Seine Hände legten sich um ihre Taille, hoben sie mühelos auf einen Barhocker. Sonnet kaute auf einem Mundwinkel, während er mit der Wundversorgung begann.

Der Mann, der zu ihren Füßen kniete, während er mit kühlem Sachverstand den Erste-Hilfe-Kasten öffnete: Das war der Tropfen, der das Fass zum Überlaufen brachte.

Sie brach zusammen.

Jake arbeitete schnell, unbeirrt, zwischen ihren von Schluchzern bebenden Schultern, um jede Wunde zu untersuchen, zu reinigen und zu verbinden. Er schlüpfte nie aus seiner professionellen Rolle – auch wenn Sonnet, wenn sie durch ihre Tränen etwas hätte sehen können, vielleicht bemerkt hätte, wie seine Hände zitterten, und wie er sie immer wieder an seine Chinohose presste, um sie zu beruhigen.

»So, bitte sehr«, sagte er und sah wieder auf. »Nichts Schlimmes passiert. In ein paar Tagen ist alles wieder gut.«

Ihr verschwommener Blick blieb auf eine Stelle über seinem Kopf geheftet: Blau und Rot und Schwarz und Bernstein, verzerrt von Tränen.

»Geht es dir gut, Son?«

»Alles bestens.«

»Ja, na klar.«

Sie sah den Mann an, der noch immer vor ihr auf den Fersen kauerte, den Kopf besorgt auf die Seite gelegt – das Gegenteil des gemalten Gesichts über ihm –, und lächelte liebevoll. Eine einzelne Schweißperle sickerte von ihrem Schlüsselbein zu ihrem Bauchnabel. Der Geruch von Büchern vermischte sich mit dem von Jod und männlichem Moschus.

Jake räusperte sich. »Ich hatte gehofft, wenn Fable entbunden hat, hoffentlich in nicht allzu ferner Zukunft, könntest du dir vielleicht einen anderen Hausarzt suchen.«

*»Was?«*

»Vielleicht einen in Cairns oder in Innisfail.«

»Warum?«

Er schien seine Worte sorgfältig abzuwägen, bevor er bereit war, sie über seine Lippen kommen zu lassen, und legte eine Hand an einen nicht einbandagierten Teil ihrer Wade. Funken sprangen über ihre Haut, setzten kleine Punkte an ihren Leisten, ihrem Bauch, ihrem Schoß in Brand.

»Sonnet Hamilton, mir würde sehr viel daran liegen, nicht dein Hausarzt zu sein, damit ich dich stattdessen küssen kann.«

»Scheint mir, dass ich eine furchtbar lange Fahrt in Kauf nehmen muss, nur für einen Kuss.«

»Ich küsse ziemlich gut.«

»Das solltest du besser auch.«

Er lächelte verschmitzt, bevor er den Laden verließ.

Wieder allein in ihrem Buchladen, jetzt mit einem ungestillten Durst in ihrem Innersten, stellte sich Sonnet wieder vor ihren Kasuar hin. So viele Stunden hatte sie ihn provozierend angestarrt, und doch hatte sie noch nie diesen dunklen Schatten im rechten Auge des Vogels bemerkt; genau in der Mitte der Iris. Er war ihr erst heute Abend aufgefallen, nachdem sie diesen Augen leibhaftig gegenübergestanden hatte.

Sie schnappte sich eine Leselupe von ihrem Schreibtisch und hielt sie über den bernsteinfarbenen Kreis. Der Schatten schimmerte wie eine Fata Morgana, schien zu tänzeln und zu flackern und zu springen, bevor sich schließlich ein kreisrunder Schriftzug herauskristallisierte.

Eine versteckte Signatur …

*Archer L. Brennan, 1935.*

Ihr Vater und das Jahr ihrer Geburt.

# Kapitel 39

*

## Die Schlange

*Januar 1965*

Plum wusste, woher Fable das Baby bekommen hatte. Plum hatte in jener Nacht die Lichter im Wald gesehen: zuerst nur das eine – über das Feld tänzelnd, sich leicht zwischen den Bäumen hindurchschlängelnd –, dann das zweite, ausschreitend, sich zu dem ersten gesellend. Sie waren wirbelnd zu einem einzigen Licht verschmolzen und dann verschwunden.

Am nächsten Tag war Fable mit dem Zug weggefahren, und niemand erwähnte irgendetwas von den Lichtern, die Plum gesehen hatte. Sie war erleichtert gewesen, um Fables willen.

Aber dann kam Fable wieder nach Hause, und die Hölle war losgebrochen. Denn Fable war schwanger, und sie war nicht verheiratet! Babys, die außerehelich geboren wurden, waren in der Gesellschaft ein »monströses Problem« – so hatte es in Olives Buch gestanden, dem, das sie Plummy vor ein paar Monaten überreicht hatte, als sie wissen wollte, woher die Babys kamen.

Plum hatte Fable über den Abendessenstisch hinweg angestarrt, hatte versucht, sich ihre Schwester in Verrenkungen vorzustellen, bei denen ein monströses Problem entstand, bis Fable mit einem Brötchen nach ihr geworfen und ihr gesagt hatte, sie solle ein Foto machen, das würde länger halten.

Seitdem hatte Plum zugesehen, wie Fable sehnsüchtig am Fenster saß, voller aufgestauter, brodelnder Gefühle, und sie hatte gewusst, dass Fable an den Wald und die Lichter dachte.

Plum fragte sich, ob Fable überhaupt wusste, in was für großen Schwierigkeiten sie jetzt steckte.

Als Fable ins Cottage zog, um bei Sonnet zu sein, in Wirklichkeit jedoch, wie Plum wusste, um den Fluss sehen zu können, war ihr ein entsetzlicher Gedanke durch den Kopf gegangen: Vielleicht würde Fable im Kindbett sterben, als Bestrafung für diese abscheuliche Sache, die sie mit sich hatte machen lassen. Frauen starben, ständig! Plum hatte es in Filmen gesehen, in Büchern gelesen. Folglich könnte eine Kindsgeburt auch Fable töten.

Es war an Plum, sie zu beschützen.

Seitdem hatte Plum auf das Cottage und auf Fable sorgfältig aufgepasst. Sie schloss und verriegelte die Cottagefenster jedes Mal, wenn sie offen standen, und dichtete die vordere Gartenpforte mit Schlingpflanzen ab. Sie stibitzte eine Schachtel Nägel von Onkel Gav und verstreute sie in einem perfekten Umkreis um den Cottagezaun. Dreimal täglich überprüfte Plum zwanghaft das Cottage – und dann noch einmal, nachdem sie zu Bett geschickt worden war. Sie ließ nicht eine einzige Kontrolle aus.

Was der Grund war, weshalb sie eines glühend heißen Morgens auf die Schlange stieß.

Als sie am Cottage vorbeiging, an der Flussseite, war sie da: ein schillernd glänzender Amethystpython, zusammengerollt unter der Taubenorchidee. Er war dicker als ein Männerarm, mit einem weit aufgesperrten, wartenden Rachen, groß genug für Plum selbst.

Als Plum auf die Veranda von Heartwood stürmte und Alarm schlug, war das Haus bereits in heller Aufregung. Ihre Rufe gingen in dem allgemeinen Tumult unter. Gav war dabei, Fenster zu vernageln, und Olive stand auf einer Leiter und nahm Hängefarne ab. Sonnet packte Konservendosen aus Tüten und stapelte sie zu hohen Türmen, während sie sich gedanklich wohl schon mit der nächsten Sache beschäftigte. Fable war nirgends zu sehen.

»Was ist denn los?«, fragte sie, verärgert über die Gleichgültigkeit der drei.

»Der rote Warnwimpel hängt vor dem Postamt. Die Regenzeit kommt endlich, angekündigt von einem Monsterzyklon.«

*Zyklon*. An jedem anderen Tag hätte allein schon dieses Wort genügt, um sie in abgrundtiefes Entsetzen zu stürzen. Aber heute hatte sie selbst noch schlimmere Neuigkeiten zu berichten.

»Onkel Gav, beim Cottage ist ein Riesenpython!«

»Ach ja?«

»Eine Schlange – eine grässliche, grässliche Schlange. Unten beim Cottage. Du musst kommen!«

»Und er ist im Haus, ja?«

Sonnet und Olive sahen nicht einmal auf.

*»Onkel Gav!«*

»Ist ja gut, Plummy. Gib mir eine Sekunde.«

Gav kämpfte sich durch das Gestrüpp, während Plum ihm von der Cottagepforte aus zuschrie, nicht noch näher heranzugehen.

»Willst du jetzt, dass ich ihn finde, oder nicht?«, fragte ihr Onkel, während er mit einer Heugabel einen üppigen weißen Blütenschauer sanft zur Seite schob.

»Das wird einen schönen Regen geben«, sagte er. »Die Taubenorchidee hat seit Jahrzehnten nicht mehr so geblüht.«

»Onkel Gav!«, schrie Plum und stampfte mit dem Fuß auf.

»Ah, da ist er ja. Gott, das ist wirklich der größte, den ich je gesehen habe. Könnte über sechs Meter lang sein, was für ein Prachtexemplar du da hast!«

»Er ist nicht *meiner*! Onkel Gav, *mach ihn weg*!«

»Nicht nötig. Er wird noch früh genug von selbst verschwinden, wenn er Schutz vor dem Sturm sucht.«

»Aber was, wenn er versucht, im Haus Schutz zu suchen? Würdest du ihn bitte wegmachen!«

Ihr Onkel stand einen Moment da und bewunderte den Python. Dann klopfte er an Fables Schlafzimmerwand, genau darüber. »Bist du da drinnen, Kleine? Hast du deinen Besucher hier draußen gesehen?«

Gav entfernte sich von der Orchidee, und ihre winzigen Blüten fielen wieder zu Boden. »Komm schon, wir haben auf Heartwood alle Hände voll zu tun. Und auch du, kleine

Miss, hast ein paar Aufgaben, die du in Angriff nehmen solltest. Gehen wir.«

Kurz bevor sich die Pforte quietschend hinter ihnen schloss, überlegte Gav: »Aber komisch ist es schon, dass diese Schlange ausgerechnet jetzt hier auftaucht.«

»Was meinst du damit?«

»Ach nichts. Es ist nur, es gab früher einmal ein Ammenmärchen, das sich die Leute hier in Noah erzählt haben, vor Jahren, darüber, dass große Pythons manchmal auf Anwesen auftauchen, genau rechtzeitig für die Milch der Mutter. Offenbar haben sie eine Vorliebe dafür. Oder vielleicht liegt es auch an dem Geruch einer Frau, die ein Baby im Bauch hat. Wie auch immer, die Frauen haben gesagt: Wenn dein kleines Baby einfach nicht gedeiht und nur Haut und Knochen ist und zu verkümmern droht, dann sieh am besten unter den Dachsparren nach, ob sich dort vielleicht eine große, gesund aussehende Schlange versteckt.«

»Aber wie würden sie denn an die Milch einer Mutter …« Plum brach ab. »Oh, verstehe.«

# Kapitel 40

*

## Flammen des Waldes

Stimmen im Garten, genau unter dem Fenster des Wintergartens, rissen Fable aus dem Schlaf. Sie rollte sich mit einem widerwilligen Stöhnen herum, stellte fest, dass sie klebrig von Schweiß war, mit einem starken Ausfluss in der Leistengegend. Sie wollte nicht aufstehen – jetzt nicht, nie wieder. Offenbar war sie machtlos gegen die abgrundtiefe Erschöpfung der letzten Tage. Ein stechend süßlicher Geruch, der das Bettzeug durchdrang, veranlasste Fable, zwischen ihren Schenkeln zu tasten: klebrige, blutdurchsetzte, gelbliche Masse blieb an ihren Fingern haften. *Showtime.*

Fable schlüpfte in das Einzige, was ihr noch passte: eines von Großmutter Lois' abscheulichen Blümchenkleidern. Ihr grünes Märchengewand schien sie vor tausend Jahren getragen zu haben, in einem völlig anderen Leben.

Einem, das sie jetzt heraufbeschwören musste.

Sie schlüpfte durch die Gartenpforte und weiter hinunter zum Flussufer; übersättigtes Grün vor einem bläulich schwarzen Himmel, der rasch näher rückte. Die Hitze war eine Wand, die sie zurückdrängte. Ihre Füße brannten auf dem Gras. Selbst das Atmen fiel ihr auf einmal schwer.

*Schnell jetzt, schnell!*

Fable sog kühle Luft in sich ein, als sich der Schatten des Waldes wohltuend über sie legte. Sie schlug den Weg zur Brücke ein, während sie auf das Rauschen des Flusses lauschte. Nie zuvor hatte sie den Serpentine Creek so ausgetrocknet gesehen.

Summerlinn, von der Brücke aus betrachtet, leuchtete strahlend hell – die letzte Bastion Sonnenschein, die dem Sturm trotzte.

»Komm«, flüsterte Fable. »Komm nach Hause.«

Sie strich das geblümte Monstrum über einer Wölbung glatt, die deutlich tiefer lag als noch am Abend zuvor. Sie starrte auf ihren Bauch, vorbei an den nach Mottenkugeln riechenden Blumen, ließ ihren Blick verschwimmen. Langsam löste sich der altmodische Stoff auf, zerschmolz zu peridotfarbenen Flechten, verwandelte sich wieder in eine schmale Taille und einen flachen Bauch, bauschte sich um ihre Füße, breitete sich mit schillernden Funken aus.

Als sie wieder aufsah, hatte sich ein sternenübersätes Netz aus Dunkelheit über die Brücke gesenkt. Eine Gestalt stand auf der Brücke im Lichtkreis einer Laterne und wartete.

Sie hob ihre eigene Lampe und äugte in die Richtung.

»Ach, *du* bist es!«, sagte sie und tat einen Schritt auf die erste Eisenbahnschwelle.

Raff blieb auf halbem Weg über die Brücke stehen. »Ist die Party vorbei?« Er hatte sein Exemplar von *Faerie Falls* in der Hand. »Ich wollte zurückkommen und dich sehen – ich habe eben dein Buch zu Ende gelesen.«

Sie tat noch einen Schritt.

»Es ist alles genau so, wie du es beschrieben hast.«

»Nicht alles, Raff. Ein paar Seiten wurden gestrichen. Verlegerische Entscheidung – ich sehe noch immer nicht den Sinn darin. Es waren meine besten.«

»Material für dein nächstes Buch?«

Sie trat noch eine Schwelle näher, kühner jetzt. »Ich hoffe es. Aber warum wolltest du mich sehen?« Ihr beschwingter Ton überspielte die Anspannung in ihrer Kehle.

Raff sprach mit ebenso zerbrechlicher Leichtigkeit. »Ich glaube, bei meinem Exemplar fehlt etwas.« Er stellte seine Laterne zu seinen Füßen ab und schlug die ersten Seiten von *Faerie Falls* auf. »Hier, auf deiner Widmungsseite – der mit dem Taschentuch als Dreingabe? Nette Geste übrigens. Aber bedauerlicherweise war mein Taschentuch bereits benutzt.«

Sie hatte mehrere Schwellen überquert, während er sprach. Nur zwei trennten sie jetzt noch.

Er hielt das Stück Stoff hoch. »Siehst du?« Selbst im Schimmer der Laterne war der Makel auf dem Taschentuch offensichtlich, das gestickte R längst aufgelöst.

»Du warst der Einzige, der ein Taschentuch bekommen hat, Raff.«

»Das habe ich mich schon gefragt.«

Fable trat auf die letzte Schwelle vor ihn hin. Sie bückte sich, um ihre Laterne auf der Brücke abzustellen. Sein Blick folgte jeder ihrer Bewegungen.

Als sie sich wieder aufrichtete, bebten ihr Kinn und ihre Stimme. »Aber du irrst dich. Es wurde nicht benutzt – nur geliebt.«

Ihre Worte schwebten in der sanften Brise der Nacht.

Raff rang mit den Worten. »Das heißt … die Widmung … war für …?«

Fable grübelte über ihre Antwort nach. Ihre Widmung war noch immer wahr – und doch wieder nicht. Jetzt verstand sie es. *Faerie Falls* war für Mama und Raff gleichermaßen geschrieben – und die alles entscheidende Kraft, die sich in genau diesem Moment zwischen sie beide schob.

»Ja«, antwortete sie schließlich, »für dich.«

»Aber ich dachte, es sei nur eine Schulmädchenschwärmerei«, meinte er kopfschüttelnd.

»Welchen Teil genau hast du damals beim Moria Falls nicht verstanden?«

»Jugendliche Leidenschaften sind stark, aber selten von Dauer. Du warst so alt wie meine kleine Schwester. Es war nicht das erste Mal, dass ich so etwas gesehen hatte.«

»Wann hast du es gesehen?«

Seine Augen blickten sanft. »Deine Zeichnung, oben beim Faerie Falls …«

Fable errötete, wich aber nicht zurück.

»Ich dachte, du würdest daraus herauswachsen«, fuhr er fort, »wenn ich dir auch nur eine halbe Chance geben würde.«

Sie schüttelte Tränen ab.

»Es tut mir leid, dass ich dir an dem Abend wehgetan habe, Fable. Das hat mich seitdem gequält.«

Sie hielt den Blick von ihm abgewandt, starrte auf das dunkle Schimmern des Wassers, das unter ihnen dahinströmte.

»Es fühlte sich wie das kleinere von zwei Übeln an. Jahrelang hatte ich dich auf ein … Podest gestellt. Ich habe versucht, auf dich aufzupassen. Ich konnte dich nicht ausnutzen oder zulassen, dass du von meiner Familie verletzt wirst.«

»Und doch warst du selbst es, der mich verletzt hat.«

Fable heftete den Blick auf seine Brust, die sich rasch hob und senkte. Ihr eigener Atem ging längst abgehackt.

»Du musst verstehen: Lange Zeit sah ich mich als einen erwachsenen Mann, der in ein Mädchen verliebt war.«

»Wie lange?«, nagelte sie ihn fest.

»Du hattest immer diese besondere … Haltung. Eine stille Kraft und Tiefe in dir, anders als alle anderen. Und dann, in dem Jahr, als Iris uns fast weggefegt hat, hat es mich erwischt. Aber du warst erst sechzehn, und damit war ich nicht besser als alle anderen. Daher habe ich versucht, mich von Noah fernzuhalten. Ich konnte dir das nicht antun.«

»Wegen der brüderlichen Beschützergefühle«, sagte sie. Da war der schmerzliche Stich, noch immer.

»Nein. Tief in meinem Herzen gibt es nichts Brüderliches – schon lange nicht mehr.«

Fable trat einen letzten Schritt vor, um sich auf seine Schwelle zu stellen. Sie zitterte in seiner Nähe und unter seinem abgehackten Atem.

»Es waren die Beschützergefühle eines Liebenden.«

Sie hob den Blick fast unmerklich. Raffs Hände wanderten zu ihren Ellenbogen. Er hielt sie einen langen, beruhigenden Moment, dann glitten sie an ihren nackten Armen hoch, unerträglich langsam, ließen eine Gänsehaut hinter sich zurück. Sie holte einmal tief Luft, ihre Lippen öffneten sich, und er hob ihr Kinn zu seinem.

»Fable vom Glade …«

Sie seufzte leise auf, und sein Mund senkte sich rasch auf ihren. Ihre Arme schlangen sich um seinen Hals, um ihn in Besitz zu nehmen, aber auch um zu verhindern, dass sie stürzte. Sein Kuss öffnete sie, drang in sie ein und ging noch tiefer.

Seine Lippen glitten über ihre Haut, zu ihrem Ohr. »Ich habe immer darauf gewartet, dass du erwachsen wirst.«

Sie wimmerte, und sein Mund versuchte, das Geräusch zu ersticken. Wasser rauschte unter ihren Füßen; der ewige Fluss, der den Weg des geringsten Widerstands suchte. Eine Hand vergrub sich in ihren langen Locken, die andere glitt an ihr Kreuz, zog sie fest an ihn. Quälende Hitze und Feuchtigkeit strömten in ihre Leistengegend. Sie stöhnte in seinen Mund, presste sich mit jeder üppigen Kurve noch fester an ihn. Er stöhnte seinerseits, hielt sie sicher gegen das Verlangen, das sie jetzt beide hinwegzufegen drohte.

Sie riss sich von ihm los. »Raff, wir müssen von der Brücke verschwinden.«

Sie gingen zusammen – halb tänzelnd, halb stolpernd – über die Eisenbahnschwellen. Als sie wieder festen Boden unter den Füßen hatten, schlang er die Arme erneut um sie. Ihre Brüste wölbten sich hoch, an ihn gepresst; ihre Hände glitten unter sein Hemd, um sich an seinen Rücken zu krallen, zogen ihn an sich. Seine Lippen brannten an ihrem Hals, ihrem Dekolleté. Sie riss den Kopf zurück. »Bitte, Raff, bitte …«

»Wo?«, keuchte er, während er ihr Gesicht mit beiden Händen umfasste.

»Wo sonst?«, erwiderte sie verzückt.

Ja, wo sonst könnte diese Nacht sie hinführen, wenn nicht zu ihrem sternenbeschienenen Wasserfall?

Raffs Laterne war bereits in der Höhle verborgen, verwandelte den Wasserfall in einen fließenden Strom aus Gold.

Er wartete im Wasser auf sie. Fable stand auf dem Felsvorsprung, während der Baldachin des Waldes in der sanften Brise wogte. Bald würden sich die ersten Schleifen der Morgendämmerung über der sternklaren Nacht kräuseln, und die Vögel würden zu singen beginnen. Sie würde es nicht nach Hause schaffen, bevor die Welt erwachte.

Sie starrten sich über das Glade hinweg an – über die Kathedrale, die Ruinen, Menschenmenge, Boot, Brücke –, flehten jetzt um das hier, und ihre Einwilligung. Mondschein und Laternenlicht schimmerten in langen, rosigen Wellen. Fable bückte sich, um die Laterne zu ihren Füßen abzustellen. Schatten tänzelten um das hohe Felsenbecken, als sie sich umdrehte, um ihren Reißverschluss zu öffnen. Ihr Kleid fiel zu Boden: ein seidiges Hinuntergleiten über eine schmerzerfüllte Rundung nach der anderen, zu einer schimmernden grünen Lache zu ihren Füßen.

Sein Verlangen war eine Flamme, die übers Wasser züngelte und ihre sich verhärtenden Brustwarzen streifte, um schließlich heiß in ihrem Bauch aufzulodern. Wortlos stieg sie aus ihrem Feenkreis und die steinernen Stufen in die Lagune hinunter.

Raff wartete im tiefen Wasser auf sie. Was war eine Minute mehr oder auch zwei?

Sie schwamm mit kräftigen Zügen auf ihn zu, und sie

umkreisten einander, Auge in Auge, keuchend, als wären sie durch das ganze Tal geschwommen, nur um einander zu finden. Hinter ihm ergoss sich der flammenerhellte Wasserfall in pechschwarze Finsternis. Sie konnten nicht hierbleiben und Wasser treten, nicht wenn das Gewicht ihres Verlangens sie beide hinunterzuziehen drohte.

Seite an Seite schwammen sie hinüber, um vor dem Wasserfall festen Boden unter den Füßen zu finden. Erst dort hielt er zögernd inne, wandte sich zu ihr um. Sie lächelte über die jungenhafte Schüchternheit, die die Rollen zwischen ihnen auf einmal umkehrte, die Jahre zwischen ihnen auslöschte.

»Ich werde sanft sein«, sagte er, »aber es könnte trotzdem …«

»Nichts könnte so schmerzen, wie das lange Warten war.«

Mit einer einzigen schwungvollen Bewegung zur Antwort nahm er sie in seine Arme – kühl und nass und voller Verlangen nach ihm. Sie spürte das Zittern seiner Arme, die sie hielten, und legte beschwichtigend eine Hand an seine nackte Brust, über seinem hämmernden Herzen. »Keine Sorge. Es wird so sein wie …«

»Nach Hause zu kommen«, führte er ihren Satz zu Ende und trat hindurch in die verborgene Kammer.

Der rauschende Vorhang aus Licht schloss sich hinter ihnen, und die Lichtung wurde still.

Der Wasserfall verschluckte das Lied des Waldes, das Geräusch der herabstoßenden Fledermäuse und triefenden Blätter und Raffs Aufstöhnen, als er Fable nahm.

Auf dem langen Weg nach Hause, ihr Kleid an den Hüften festgesteckt, ihre Hand in seine gelegt, schwiegen sie fast die ganze Zeit; jeder Schritt brachte sie ihrem Zuhause zu nahe. Fables Körper fühlte sich zart und weich an – eine Mango in vollster Sommerblüte. Sie warf immer wieder einen verstohlenen Blick auf Raff, in stiller, staunender Erinnerung an sein Gesicht, verzerrt von der Lust, in ihr zu sein. Also gab es *doch* einen Ausdruck, den sie noch mehr liebte als sein Lächeln.

»Ich komme mit zu dir nach Hause«, sagte Raff ohne Vorrede. »Ich sollte dabei sein, wenn du es deiner Familie sagst.«

Sie blieb erschrocken stehen. Besorgnis furchte sein Gesicht, als er das schiere Entsetzen in ihrem sah.

»Ich kann nicht, Raff. Ich will es noch niemandem sagen! Es ist einfach … zu früh, und Sonnet wird … Sie wird sagen … Bitte zwing mich nicht, das heute zu tun!«

Er zog sie in seine Arme. »Es ist dein Geheimnis, solange du es für dich behalten willst. Sag mir einfach Bescheid, wenn du bereit bist.«

Sie sog tief seinen Geruch ein. »Ich glaube, ich würde ihr die Neuigkeit lieber am Telefon beibringen, von Brisbane aus.«

Er lachte. »Kannst du mich wenigstens vorwarnen, bevor du es tust, damit ich mich darauf einstellen kann, dass Sonnet fuchsteufelswild auf unserer Türschwelle auftaucht?«

Sie wich zurück, forschte in seinem Gesicht. »Wirst du denn noch länger in Noah bleiben?«

»Ich habe noch immer Sonderurlaub, bis … Dad …«

Sie hob eine Hand und legte sie an seine Wange, und er hielt sie dort fest und schloss die Augen.

»Ich werde außerdem bei der Ernte mithelfen«, fuhr er mit rauer Stimme fort, »und wir werden das Testament und das alles regeln. Aber danach muss ich zurück nach London, zumindest für eine Weile. Ich bin mitten in ein paar großen Projekten. Und du wirst sowieso auf deiner Lesereise sein, und dann in Brisbane arbeiten.«

»Ich will nicht fahren! Ich bleibe hier bei dir! Ich pfeife auf Brisbane!«

»Aber ich nicht. Du reist heute ab. Ich werde nicht zulassen, dass du deinen Traum für mich aufgibst.«

»*Du* bist mein Traum, Raff.«

»Du fährst, Fable.«

Er führte ihre Hand an seine Lippen, sein Atem ein heißer Stein in ihrer hohlen Hand. Sie schauderte, als glitschige Hitze wieder zwischen ihre Beine strömte.

»Noch einmal?«, fragte sie hoffnungsvoll.

Er lachte. »Den ganzen Tag, wenn es nach mir ginge. Ich kann nicht genug von dir bekommen. Aber du musst zurück, bevor sie unseretwegen Alarm schlagen.«

Sie zog einen Schmollmund. Er wurde ernst. »Fable, du musst verstehen, ich werde nach Noah zurückkommen.«

»Aber – London?«

»Das selbst auferlegte Exil ist nicht mehr das Richtige für mich.«

»Was ist mit deiner Arbeit?«

»Ich werde vielleicht Mangobaumhäuser entwerfen müssen – zumindest bis wir uns zusammen etwas anderes überlegt haben.«

Sie verbarg das Gesicht an seiner Brust. Er strich ihr Strähnen aus der Stirn. »Aber du musst noch einmal warten. Kannst du das?«

Fable gab ihm keine Antwort.

»Nur noch ein einziges Mal, versprochen.«

Sie stürzte über das Feld zum Cottage, das im Licht der Vormittagssonne strahlend beige dalag. Himmelblaue Augen folgten ihr auf ihrem Weg nach Hause. Dreimal noch wandte sie sich zu der Gestalt im Wald um, nur um entschieden weitergewinkt zu werden. Ihr Wächter wandte sich erst ab, nachdem sie es durch ihr Fenster ins Haus geschafft und ihm vom Fensterbrett aus eine Kusshand zugeworfen hatte.

Fables Kleid fiel herab, eine blätterübersäte Lache neben ihrem Bett.

Dann würde sie eben warten …

Das Lampenlicht ging flackernd aus, die Sommerglut erlosch. Sterne zogen sich unter eine brodelnde dunkelgraue Decke zurück. Eine Träne fiel auf ihr Gesicht, kullerte von ihrer Stirn bis hinunter zu ihrem Kinn. Nein, keine Träne, sondern der erste Regentropfen; warm wie Blut, hart wie Stein.

Sie reckte das Gesicht nach oben. Der Himmel riss auf.

# Kapitel 41

✶

## Die Sintflut

Sonnet hielt eine Hand unter den Dachvorsprung der Veranda von Heartwood; Regen trommelte durch ihre Finger. Die weiß getünchte Welt draußen schloss sie völlig ein. Frösche sangen in Ekstase, das Dach erbebte unter dem hämmernden Ansturm, Pflanzen neigten sich in durstiger Ehrfurcht. Der Geruch war anders als alles andere – monatelange Sehnsucht, die aus der Erde aufstieg, um die Flut willkommen zu heißen, die von hoch oben hinuntergeschleudert wurde.

*Petrichor-Geruch*: ein hässlicher Name für die allerschönste Erlösung.

»Ich hätte vor Stunden rasch hinunterlaufen sollen«, jammerte Sonnet. »Jetzt werde ich ein Boot brauchen, um nach Hause zu kommen …«

»Du weißt, dass du hier oben bleiben kannst«, sagte Olive, über ein Kreuzworträtsel gebeugt.

»Ich bin in Versuchung.«

»Warum tust du's dann nicht?«

»Ich sollte gehen und Fable holen.«

»Sie wird schon kommen, wenn sie zu uns will. Es war

richtig von dir, ihr die Freiheit zu lassen, ihr eigenes Ding zu machen. Sie war noch nie so offen zu uns allen.«

»Ja, schon witzig, dass das geklappt hat. Vielleicht werde ich dein Angebot doch annehmen. Obwohl, wenn es so aussieht, als ob Ceres uns mit voller Wucht trifft, werde ich mich wohl doch lieber unten im Cottage mit ihr verkriechen.«

»Wie ihr wollt.«

Sonnet hörte die Verletztheit in ihrem Ton heraus. Sie sah zu, wie Olives Bleistift über die Seite huschte, und seufzte. »Olive, ich wollte mich bei dir entschuldigen.«

»Wofür denn?« Olive sah nicht auf, auch wenn der Bleistift über einer Zeile bebte.

»Ich war entsetzlich unhöflich an dem Nachmittag neulich. Ich habe Dinge gesagt, auf die ich nicht stolz bin.«

Sonnet konnte nicht sagen, ob Olives angespannte Kopfbewegung ein Nicken oder ein Kopfschütteln war.

»Es war nicht richtig oder fair von mir, deinen Glauben so zu attackieren. Du hast bei Mama deine Fehler gemacht, aber zu uns Mädchen warst du nichts als großzügig und liebevoll und mitfühlend – und ich muss gestehen, ich war dir gegenüber immer nur trotzig und abweisend.« Sonnets Blick bohrte sich in das ergraute Rotblond von Olives gesenktem Kopf.

»Ich glaube, ich war damals einfach so traurig und wütend wegen Mamas Tod, und dann habe ich auch noch die Wahrheit über meinen Vater herausgefunden und musste erfahren, wie sie hier behandelt wurde, nur um dann mitzubekommen, wie mit Fable umgegangen wurde – aber ich hätte es nicht an dir auslassen dürfen, Olive.«

Olive versuchte, die Worte abzutun, ihr Kinn angespannt. Nach all den Jahren kannte Sonnet diese typische Hamilton-Geste des Stolzes nur zu gut. Es war immer das Kinn gewesen. Sonnet war mehr Hamilton, als sie sich je vorgestellt hatte.

»Aber ich kann nicht sagen, ob ich irgendwie anders damit hätte umgehen können. Du warst immer ein solch starker Fels in der Brandung, daher habe ich mich auf dich gestützt. Aber ich wollte nicht, dass du es weißt, und ich wollte es erst recht nicht vor mir selbst zugeben. Es tut mir leid, Olive.«

Schließlich hob Olive den Kopf, den Bleistift unbeholfen umklammernd. Ihr Gesicht war eine klaffende Wunde. »O Sonnet. Ihr Mädchen wart meine zweite Chance – meine unverdiente, ungerechtfertigte Chance. Ihr seid die Töchter, die ich mir immer gewünscht habe …«

»In der Stadt ist der Strom auch ausgefallen. Und die Brücke aus Noah heraus ist soeben überflutet worden«, berichtete Gav und hängte den Hörer wieder ein. »Unsere Brücke in die Stadt wird als Nächstes dran sein.«

»Nach weniger als, was, zwölf Stunden Regen? Muss ein neuer Rekord sein, Schatz.«

Plum presste sich nah an sie, sah zwischen Tante und Onkel hin und her.

»Ja, wir werden in diesem Tal eine Woche lang von der Außenwelt abgeschnitten sein, wenn es noch lange so weitergeht. Der Wetterdienst sagt, es könnte über einhundert Zentimeter Regen geben.«

»Was ist mit dem Cottage?«, fragte Plum und umklammerte den Arm ihres Onkels.

»Keine Sorge, Plummy! Der alte Malcolm wusste schon, was er tat. Er hat im Jahr 1920 vor dem Cottage eine Grenze gezogen, und er hat dieser alten Schlange gesagt – bis hierher und nicht weiter.«

Aber Plum wusste es besser. Die Schlange war bereits dort. Plum brauchte die Respekt einflößende Sonnet, und sie brauchte sie schnell.

Sonnet hatte sich in das von Kerzen erhellte Badezimmer verkrochen und starrte auf ihr Spiegelbild, die Hände an die Wangen gelegt. Plum verharrte im Flur, schockiert von der Verletzlichkeit in der Miene ihrer Schwester, grotesk verzerrt von der dicken, glänzenden Schweißschicht und dem flackernden Licht.

»Sonny, *weinst* du?«

Bei ihrem ängstlichen Ton wandte ihre Schwester sich um, ohne Plum wirklich zu sehen. »Mir gehen nur ein paar Dinge durch den Kopf. Was gibt's?«

»Beim Cottage ist eine Schlange. Und ich will nicht, dass Fable und das Baby mit ihr allein dort unten sind.«

Sonnet seufzte entnervt auf.

Plum versuchte es noch einmal, entschlossener diesmal. »Ich will nicht, dass Fable allein im Cottage zurückgelassen wird … bei dem Zyklon. Ich will, dass wir sie jetzt holen!«

»Wir wissen doch noch nicht einmal, ob er uns überhaupt treffen wird, Plummy. Im Moment ist es nur richtig viel Regen. Fable wird schon hochkommen, wenn sie zu uns will.«

»Wir können sie doch nicht einfach dort lassen!«

Jetzt war Sonnet verärgert. »Sei nicht albern, wir lassen sie nirgends. Sie ist durchaus imstande, mit ein bisschen Regen klarzukommen. Wir werden später hinuntergehen.«

Plum stellte sich breitbeinig hin. »Wenn du sie nicht rettest, werde *ich* es tun!«

»Jetzt mach nicht so ein Drama.«

»Wir *müssen* zum Cottage!«

»Herrgott noch mal, hör dir doch den Regen an – willst du da jetzt etwa wirklich raus?«

»Biiitte!«

Sonnet stöhnte auf. »Na schön! Dann geh und frag Olive nach einer Taschenlampe. Und nach Schirmen. Und ein bisschen verdammten Verstand, wenn du schon dabei bist, Plum. Was für eine lächerliche Idee ...«

Sonnet fluchte leise, als eine Regenböe versuchte, sie vom Hügel zu fegen.

»Ich hätte einlenken und Gav gehen lassen sollen«, rief sie. »Kein Wunder, dass Fabes nicht hochkommen wollte – das ist *grauenhaft*, Plummy!«

Ihre Schwester gab keine Antwort, hielt den Blick auf das schwache Schimmern des Cottage unten am Hügel geheftet.

»Sieh mal!«, sagte Sonnet. »Sie sitzt dort gemütlich und zufrieden, liest vermutlich bei Kerzenlicht ein Buch. Du solltest Fable besser sagen, dass es deine Idee war herzukommen.«

Na ja, das stimmte nicht ganz. Sonnet hatte Plums Paranoia aus guten Gründen nachgegeben und deswegen auch auf Gavs Begleitschutz verzichtet. Nach ihrer Entdeckung gestern Abend war Sonnets Neugier ein Nest von Feuerameisen unter ihren Füßen.

Hatte Fable mehr gewusst als sie, als sie ihr Schlafzimmer in eine persönliche Ausstellung für Archer Brennan verwandelt hatte? Wie konnte sie nur?! Was immer Fable wusste, Sonnet würde es aus ihr herausgeschüttelt haben, bevor dieser Sturm vorbei war!

Beim Cottage lief Plum voraus, suchte den Garten vom Schutz der Veranda aus mit den Augen ab, nicht im Geringsten erleichtert darüber, dass sie Fable nicht fand. Sie schwappten auf einer nassen Regenböe ins Haus. Wohnzimmer und Küche waren leer, erfüllt nur von einem sintflutartigen Tosen. Eine einzelne Kerze brannte auf dem Küchentisch.

»Fa-abes!«, rief Sonnet, während sie ihren Regenmantel und die Stiefel von sich schleuderte. »Wir sind's nur.« Sie wackelte vor ihrer jüngsten Schwester mit den Augenbrauen. »Plum wollte unbedingt vorbeikommen und nach dir sehen.«

Der Strahl ihrer Taschenlampe glitt durch die Dunkelheit, fand das Wohnzimmer und den Wintergarten leer vor. Ein Wimmern, ganz leise nur, kam aus dem Badezimmer. Sonnet folgte ihrem Lichtstrahl zum Badezimmer, zu der Gestalt, die über das Waschbecken gekrümmt dastand, das Gesicht an den Wasserhahn gepresst, die Arme am Rand abgestützt.

»Fable?«

Ihre Schwester schüttelte den Kopf, ohne ihn zu heben. Noch ein winziges Wimmern entfuhr ihr – gefolgt von einem hastigen Atemzug. Plum kam und stellte sich neben Sonnet; der Strahl ihrer Taschenlampe verschmolz mit dem ersten und erhellte Fable jetzt deutlicher. Fable taumelte, klammerte sich ans Waschbecken, schwankte auf den Beinen. Ein letztes Wimmern kam – noch leiser diesmal –, und dann sackte sie schwer über dem Porzellan zusammen.

Sonnet trat einen Schritt vor, und Fable hob den Kopf. Die beiden Frauen starrten sich an: Sonnet entgeistert, Fable verängstigt.

Fable richtete sich auf, wandte die tief liegende Kugel ihres Bauchs ihren Schwestern zu, den Blick auf eine Stelle zwischen ihren Füßen geheftet. Sonnets Taschenlampe schwenkte eben noch rechtzeitig nach unten, um zu sehen, wie ein Schwall von Wasser auf den Boden spritzte. Fable stöhnte auf; eine Hand umklammerte das Waschbecken, als könnte sie fortgespült werden.

»Nein!«, rief Sonnet, als sie ihre Stimme wiederfand. »Das ist zu früh!«

»Warum machst du Pipi?«, flüsterte Plum.

»Das ist kein Pipi!«, rief Sonnet. »Das ist das Baby! Und es kommt jetzt! Oh, Fabes, was sollen wir nur tun? Wir kommen bei diesem Regen doch nicht aus Noah heraus!«

Fables Augen waren zwei weit aufgerissene, verzweifelte Kreise. Sonnets Hand flog an ihre Stirn, fuhr hart durch ihr Haar. »Der Zyklon! Was, wenn er uns jetzt trifft? Wir haben keinen Strom. Wir haben nicht einmal ein Telefon! *Warum zum Teufel haben wir kein Telefon?*«, schrie sie, ihre Stimme jetzt schrill vor Anspannung. Fables Augen spiegelten ihre Angst wider.

»Wir brauchen Dr. Fairley«, sagte Plum.

»Ja!«, rief Sonnet und schnellte zu ihrer Schwester herum. »Ja! Wir müssen Jake holen – bevor es zu spät ist! Plum, du musst nach Heartwood hochlaufen. Du musst *rennen*, und du musst Gav sagen, dass er den Ford nehmen soll, bevor unsere Brücke überspült wird, und Dr. Fairley holen soll!«

Plum schüttelte heftig den Kopf, und ihr Blick huschte zwischen ihren Schwestern hin und her. »Ich kann nicht!«

Sonnet packte Plum bei den Schultern. »Du musst mir helfen, Fables Baby zu retten. Deswegen sind wir hier, schon vergessen? Deinetwegen, Plummy. Du wusstest, dass irgendetwas nicht stimmt, und jetzt müssen wir es in Ordnung bringen. Na los, Plum!«

Plums Kopfbewegung änderte die Richtung, wurde zu einem unsicheren Nicken. Sie huschte aus dem Zimmer. »Okay, ich gehe!«

Fable wandte sich mit dem nächsten Schub wimmernd wieder zum Waschbecken um.

Olive stürmte ins Cottage, dicht gefolgt von Plum, die hinter ihr herstolperte, und stieß eine gequälte Frage aus: »Was kann ich tun?!« Sonnet, an Fables Rücken kniend, der über den Rand der Badewanne gebeugt war, sah auf.

Olive hielt den Blick fest auf Sonnet geheftet. Von ihren Händen baumelten zwei Müllsäcke mit Handtüchern und Laken und Kerzen. Eine Schachtel Aspirin steckte unter ihrem Arm.

»Sag mir einfach, dass du Gav schon losgeschickt hast, um Dr. Fairley zu holen!«

»Er fährt mit Vollgas!«

»Wird er es schaffen, bevor die Brücke überspült wird?«

»Ganz ehrlich, ich weiß es nicht. Es könnte knapp werden. Ich … Ich will einfach nicht, dass Gav auf der anderen Seite der Brücke feststeckt.«

Sonnet hörte, dass sie vor Angst zitterte. »Ich *musste* ihn schicken, Olive. Wir brauchen einen Arzt!«

»Ich weiß. Aber bist du sicher, dass es nicht von allein wieder abklingen wird?«

Sonnet wies mit einer Handbewegung auf das Fruchtwasser, das sich über die Fliesen ergossen hatte. »Wir sind schon über den Punkt hinaus, an dem es kein Zurück mehr gibt.«

Erst in diesem Moment gestattete sich Olive endlich, einen Blick auf die Gestalt ihrer Nichte in den Wehen zu werfen. Es war zu viel – ihr Gesicht bebte, eine Hand war an ihre Lippen gepresst. Sie wandte sich wieder zu Sonnet um. »Bitte gib mir etwas zu tun.«

»Licht. Wir brauchen Licht – überall!«

Obwohl Sonnet sich im Badezimmer verschanzt hatte, konnte sie Jakes Ankunft draußen spüren. Es war Wärme, die in ihre Magengrube strömte.

»Danke«, hauchte sie in die Stille. Ihre Hand zitterte an Fables schweißüberströmtem Rücken.

Sie erwartete halb, dass er hereinstürzen würde. Aber er betrat das Cottage mit einer entspannten Gelassenheit, die sie als tröstlich empfand, obwohl sie wütend darüber sein wollte.

»Na, das sieht ja ganz so aus, als ob hier jemand ein Baby

bekommt«, meinte er. Er füllte den Türrahmen mit seiner Größe aus und das Zimmer mit Zuversicht.

Fable, zwischen zwei Schüben zusammengesackt, sah stumm zu ihm hoch. Ihre Miene blieb unverändert – nur Sonnet bemerkte, wie sie erleichtert ausatmete.

Jakes Miene strahlte ruhige Professionalität aus. Aber seine Augen ruhten voller Mitgefühl auf Sonnet. Bei dem Blick fühlte sie sich wie eine Katze, die den Kopf neigen wollte, um gestreichelt zu werden.

»Du hast es geschafft«, sagte Sonnet. Ihre Stimme stockte.

»Und ich dachte, mein erster Zyklon würde die einzige Aufregung des heutigen Abends sein.« Er trat näher, kniete sich auf Fables anderer Seite hin, hatte jetzt nur noch Augen für sie. »Wie kommst du hier voran, Fable? Kannst du mir sagen, wie dicht aufeinander die Wehen folgen?«

Fable schüttelte den Kopf, krallte die Hände in den Rand der Badewanne und beugte sich vor, als wieder eine neue Wehe heranrollte.

Sonnet presste eine Hand hart in Fables Rücken, was ihr gutzutun schien, und sie warteten alle schweigend, bis der Schmerz nachließ.

»Ist die hier jetzt vorbei?«, fragte Jake und beugte sich vor, um Fables Blick aufzufangen. Fable nickte, und ihr Blick huschte zur Seite.

»Sie hat diese Schmerzen alle neunzig Sekunden, seit ich sie gefunden habe. Manchmal scheinen sie mit voller Wucht über sie hereinzubrechen, eine nach der anderen.«

Jake nickte. »Und wann haben die Wehen angefangen?«

Sonnet riss die Hände hoch. »Sie sagt nichts, Jake!«

»Das ist schon okay. Manche Frauen ziehen sich lieber still in sich selbst zurück. Sie verhalten sich bei der Geburt genauso wie im Leben.«

»Aber sie hat zu starke Schmerzen! Kannst du ihr nicht irgendetwas geben?«

Jake wandte sich direkt an seine Patientin. »Ich kann dir keine Medikamente geben, Fable. Es tut mir leid; ich bin für das hier heute Abend nicht ausgerüstet. Verstehst du das?«

Fable stieß einen leisen Schluchzer aus, krümmte sich noch weiter über die Badewanne.

»Aber wir werden es dir so leicht wie möglich machen. Als Erstes könnten wir es mit etwas warmem Wasser versuchen – ein Bad kann sehr wohltuend sein.«

Fable versteifte sich, atmete wieder hart. Sie packte Sonnets Hand und presste sie sich ins Kreuz.

Jake sah still zu. »Hast du Schmerzen im Rücken?«

»Ich glaube, die hat sie«, sagte Sonnet, während sie Fable kräftig massierte. »Das scheint das Einzige zu sein, das ihr hilft.«

»Okay, mach weiter damit. Es könnte ein Sternengucker-Baby sein.«

Als Fables Keuchen nachließ, beugte sich Jake nah zu ihr vor. »Fable, mit deinem Einverständnis würde ich gern nach der Lage des Babys sehen und wie weit du inzwischen bist. Ich werde zwischen deinen Wehen arbeiten müssen, sie folgen sehr dicht aufeinander. Wäre das okay für dich?«

Fable machte ein leises, gequältes Geräusch tief in der Kehle. Ein Kloß stieg in Sonnets auf.

Plum wich einen Schritt zurück, als Sonnet ihr die Tür vor der Nase zuschlug, das Badezimmer abriegelte.

Was taten sie dort drinnen mit Fable? Würde die Geburt ihre Schwester töten – oder vielleicht sogar das Baby?

Plum ging langsam ins Wohnzimmer, hielt einen Schluchzer in der Brust zurück. Olive schüttelte gerade den Kopf über einem störrischen Streichholz, während ihr Fuß die Wade durch bloße Reibung zu entfachen schien. Gav saß auf dem Sofa, den Kopf in die Hände gestützt. Der Notstandsbericht lief leise im Transistorradio.

»Onkel Gav? Was wird mit dem Baby passieren, wenn der Zyklon das Dach wegreißt?«

»Ich habe es dir doch schon gesagt, Kleine: Dieses Dach wird nicht weggerissen werden.«

Plum hasste den erschöpften Unterton in Gavs Stimme. Sie versuchte erfolglos, es nicht persönlich zu nehmen. »Aber was, wenn doch?«

»Fable ist im sichersten Zimmer des Hauses.«

»Was, wenn der Fluss uns holen kommt?«

»Er wird nicht über die Flutlinie treten. Das ist eine Jahrhundertmarke.«

»Aber was, wenn das jetzt das hundertste Jahr ist?«

Gav presste sich seine großen Hände an die Stirn.

»Und was ist mit dem Python? Ist er noch immer dort draußen?«

»Vermutlich hat er längst irgendwo Schutz gesucht.«

»Aber was, wenn er im Cottage Schutz gesucht hat? Warum sollte er irgendwo anders hin, wenn er hier hereinkommen kann?«

Plum stellte sich vor, wie sich die Schlange von den Dachsparren über Fable und dem Baby entrollte. »Kannst du nicht gehen und nachsehen? Nur um sicher zu sein, dass er nicht da ist?«

»Nicht besser, *wo* er ist?«, fragte Gav und atmete einmal tief aus. »Wenn ich nachsehe und er nicht im Garten ist, wie willst du dich denn dann besser fühlen? Dann wirst du denken, dass er unter dem Dach ist!«

»Kannst du nicht auch unter dem Dach nachsehen?«

Gav stemmte sich vom Sofa hoch. »Mein Gott, Plum! Du gibst wohl nie Ruhe!« Er stapfte in den Sturm hinaus, ohne noch einmal zurückzusehen.

»Er ist nur gestresst, Liebes, er meint es nicht so«, rief Olive aus der Küche, während sie ihr Streichholz endlich entfachte.

Plum duckte sich unter das brüchige Cottagedach – das sich bereits hob und offensichtlich einen Python verbarg – und lauschte auf den Fluss, der noch näher herankroch. Die Badezimmertür blieb fest verschlossen.

Dann kam Gav wieder, mit erneuerter Entschlossenheit. »Komm her«, sagte er und zog Plum zur Fensternische.

»Siehst du dieses Nektarvogelnest dort?«

»Das, das von dem Windspiel hängt?«

»Meinst du, sie würden jetzt hierbleiben, wenn eine verdammte Riesenschlange in der Nähe wäre? Oder wenn sie denken würden, wir könnten jeden Augenblick weggefegt werden? Ausgeschlossen!«

»Oh«, sagte Plum.

»Hör zu, das hier ist jetzt *dein* Job, Plummy: Ich will, dass du hier sitzen bleibst und aufpasst, dass dem Nest nichts passiert, okay?«

Plum presste die Nase ans Erkerfenster, um den winzigen Schnabel des Vogels zu sehen, der aus dem baumelnden Nest hervorschaute. Eine Böe brachte es wild zum Schwanken, an diesen hauchdünnen Grasschnüren aufgehängt.

»Onkel Gav, es wird weggeweht werden – die Schnur wird reißen!«

»Unsinn! Ausgeschlossen, dass sie hier ein Zuhause für ihre Babys bauen würde, wenn es nicht sicher wäre.«

»Du machst das richtig gut«, hörte Fable Dr. Fairley durch einen Nebel aus Schmerz und Erschöpfung sagen. »Du bist schon fast bis zur Hälfte geöffnet, und das Baby liegt auch tief unten. Das sind alles gute Neuigkeiten.«

*Nur bis zur Hälfte? Gott, das hier wird mich umbringen.*

Sie stieß einen lautlosen Schrei aus, vergrub das Gesicht in Sonnets Schoß.

Fable spürte die Blicke, die wieder über ihren Kopf hinweg getauscht wurden. Sie wusste, was sie dachten: Fable kann das nicht, und da niemand sonst es ihr abnehmen kann, ist sie höchstwahrscheinlich geliefert!

Sie würde im Kindbett sterben, in einem dampfigen Badezimmer voller angsterfüllter Blicke; die neueste, traurigste Hamilton-Tragödie.

Die Schlange presste sich wieder um ihren Bauch; ihr riesiger Rachen öffnete sich über ihrem Schoß. Sonnets Hand drückte verzweifelt gegen ihren Rücken, um sich aus ihrer Umklammerung zu befreien.

Wenn sie sterben musste, dann würde sie es still und leise tun.

Olive verharrte zögernd im Türrahmen. »Du musst doch erschöpft sein, Sonnet. Soll ich hier übernehmen, damit du eine Pause einlegen kannst?«

Sonnet sah um die Gestalt herum, die sich schwankend an sie klammerte. Sie könnte eine Pinkelpause gebrauchen. Es war die reinste Folter, mit einer so vollen Blase so nah an einer Toilette zu sein. Fable schüttelte heftig den Kopf an Sonnets Brust und krallte die Hände in sie.

»Ich glaube, das ist ein Nein«, meinte Sonnet augenzwinkernd.

»Ich brauche eine Aufgabe«, flehte Olive. »Und sag nicht, mehr Kerzen. Hier sieht es schon jetzt aus wie in einer Kathedrale.«

»Kannst du noch mal nach dem Zyklon sehen?«

»Schon geschehen. Ceres wurde leicht herabgestuft, soll immer noch nördlich von uns hereinkommen, sieht aus, als ob er gegen zwei Uhr das Festland erreichen wird.«

Keine solche Herabstufung fand im Badezimmer statt. Eine gemeinsame Frage lag schwer in der Luft. Was würde zuerst kommen – Zyklon oder Baby? Beide Frauen wandten sich zu dem Arzt um, der still am Fenster lehnte. Jake hob die Hände, um sie abzuwehren.

Sonnet sprach über Fables Kopf hinweg, wie man es vielleicht bei einem trotzigen Kind tun würde. »Sie macht *so* gute Fortschritte, ist jetzt über die Hälfte geöffnet, sie macht das *brillant.*«

Die Frau, von der die Rede war, stampfte mit den Füßen auf und trat in die Luft, während sie schnaubte wie ein Bulle.

Selbst Olive verstand das. Sie schlüpfte davon.

Fable lag nackt in einem herrlich heißen Bad – die Knie gespreizt, den Hintern den Dachsparren entgegengereckt, vor ihrer Schwester und deren Möchtegernfreund. Sie hatte das vage Gefühl, dass sie verlegen sein sollte, auch wenn diese Vorstellung aus einem völlig anderen Leben stammte. Diese Welt von Schmerz, der alles andere auslöschte, war das Einzige, was sie jetzt noch kannte.

»Sie kann nicht mehr lange so weitermachen, du musst etwas tun«, flehte Sonnet – ob an Dr. Fairley oder das Baby selbst gewandt, konnte Fable in ihrem benommenen, geschwächten Zustand nicht sagen. Sonnet kauerte neben ihrer Badewanne, die Hände fest um Fables zappelnde Finger gelegt.

Fable wimmerte beipflichtend. *Ja, tu etwas. Ertränk mich jetzt, bevor die nächste Wehe kommt.*

Dr. Fairley trat näher an sie heran. »Fable«, sagte er. »Ich will, dass du dir in Erinnerung rufst, dass das hier ein *guter* Schmerz ist …«

*»Im Ernst?«,* murmelte Sonnet, ihre Stimme triefend vor Verachtung.

»Hör zu«, sagte er und ließ sich auf die Knie sinken. »Die Gebärmutter ist ein Muskelorgan, das bei jeder Wehe hart arbeitet, um dein Baby weiter nach unten zu bringen. Und wenn ein Muskel immer und immer wieder arbeitet, tut es weh. Das heißt einfach, dass dein Körper seine Arbeit gut macht.«

»Okay, das ist schon besser«, meinte Sonnet anerkennend.

Der riesige Rachen dehnte sich weit, und der Python drückte wieder zu. Fable schlug mit ihren Händen, die in Sonnets gefangen waren, gegen das Porzellan, schnappte verzweifelt nach Luft.

Sonnets Stimme war eine Schlingpflanze, die ihr von der Sicherheit des Ufers aus zugeworfen wurde. »Fabes, stell dir einfach vor, du steigst jetzt auf einen Berg. Hörst du mich?«

Fable nickte, klammerte sich fest.

»Das ist nur ein Muskelbrennen, weil du immer höher und höher hinaufsteigst, bis ganz zum Gipfel. Du schönes Mädchen, du bist so stark, sieh nur, wie stark du bist.«

Fable hörte das Rauschen des Moria Falls, sah, auf dem steilen Weg vor ihr, einen einzelnen Wanderer, der kräftig ausschritt, knapp außerhalb ihrer Reichweite.

*Warte, Raff.*

Der Wind peitschte wie von Sinnen gegen das Cottage. Plum zuckte erschrocken vom Fenster zurück, als ein gewaltiger Krach im Garten ertönte.

»Wäschespinne«, sagte Gav, ohne von seinem *Reader's Digest* aufzusehen.

Plum wurde bewusst, dass sie eingenickt war, und sah wieder zu dem Nest. Der Schnabel hatte sich noch immer nicht bewegt – vielleicht weil die dämliche Mutter längst tot war und ihre Babys unter sich erstickt hatte.

Die Badezimmertür ging mit einem Knall auf, und Sonnet stürzte hinaus zum Wintergarten. Aus dem Badezimmer kam das Geräusch einer erschöpften Faust, die immer wieder gegen die Badewanne hämmerte.

Olive sprang hastig auf. »Sonnet?«

»Jake sagt, dass sie jetzt in die Pressphase kommt. Ich muss ihr Bett herrichten.«

»Sei nicht albern, ich mache das schon.«

Dr. Fairley wartete, bis Fable stöhnend das Ende ihrer Wehe erreicht hatte – auf den Knien aufgebäumt. »Fable«, sagte er besänftigend, »ich kann dein Baby in dieser Wanne nicht auffangen, sie ist zu schmal. Sonnet und ich werden dich in Handtücher wickeln und dir zurück zu deinem Bett helfen – okay?«

Sonnet trat vor, die Arme voller flauschiger Handtücher einladend ausgestreckt.

Fable schwankte den Flur hinunter, wobei sie zweimal innehielt, um sich stöhnend an der Wand abzustützen.

»Ich werde nur kurz nachsehen, ob du vollständig geöffnet bist«, sagte Dr. Fairley und streifte Handschuhe über, während Sonnet ihr aufs Bett half. »Und dann kannst du jede beliebige Position einnehmen, die sich bequem anfühlt …«

Sonnets Beinahefreund war der einzige Arzt weit und breit, was hatte sie also für eine Wahl? Aber trotzdem wollte Fable ihm in diesem Moment am liebsten die Zähne einschlagen.

»Okay«, sagte Dr. Fairley und zog sich zurück. »Bei der nächsten kannst du aufs Ganze gehen.«

Fable ging auf alle viere, stützte sich an dem schmiedeeisernen Kopfteil des Betts ab und reckte ihren Allerwertesten in die Luft.

»Fast da!«, rief Sonnet, während sich die Knöchel ihrer Schwester weiß verfärbten und das Stöhnen aufs Neue begann.

Fast *wo*? Fable steckte vor einer Kluft fest, die sie aus eigener Kraft nicht überschreiten konnte. Immer und immer wieder führte ihre Anstrengung sie zu dieser riesigen Felsspalte, und jedes Mal fiel sie erschöpft zurück.

Schweiß strömte aus ihrem Körper und durchnässte ihr Haar. Sie versuchte verzweifelt, zwischen ihren Wehen die Augen offen zu halten. Alles, was sie wollte, war, dass Raff in diesem Moment zur Tür hereinkam, sie so leicht wie eine Puppe hochraffte und sie von dem Schmerz und der Anstrengung forttrug. Sie wollte kein Baby mehr.

Noch eine Presswehe überwältigte sie. Fable heftete den Blick auf Raffs Gesicht auf der anderen Seite der Kluft – warum stand er einfach nur da und sah sie an? Warum streckte er nicht eine Hand nach ihrer aus?

*Rette mich, Raff!*

Sie brach wieder an den eisernen Schnörkeln zusammen, während die Welle nachließ. Wenn er nicht bald kam, würde sie sich einfach in dieses schwarze Loch stürzen.

»O Jake, ist sie … Geht es ihr gut?« Sonnets Stimme – leise, aus weiter Ferne.

»Mütterliche Erschöpfung«, antwortete er. »Es sind jetzt schon über zweieinhalb Stunden. Wenn wir im Krankenhaus wären …« Der Satz wurde nicht laut zu Ende geführt.

Die Blicke flogen schnell und wild über Fables benebelten Kopf hinweg.

Sie verstand sie trotzdem: *Fable Hamilton ist nicht fähig, eine Mutter zu sein – erschöpft von der Mutterschaft, schon bevor sie sie überhaupt erreicht hat.*

»Fable, was hältst du davon, wenn wir versuchen, dich auf die Seite zu legen, um dir eine Pause zu gönnen? Wir werden deine Beine für dich halten.«

Fable schüttelte den Kopf, verscheuchte die Hände der beiden. Sie biss die Zähne zusammen und presste wieder.

Sonnet riss ihren Blick von dem Unbehagen los, das sich allmählich auf Jakes Miene abzeichnete, und richtete ihn stattdessen auf das Gemälde darüber, einen dreistufigen Wasserfall. Das Bild verschwamm heiß vor ihren Augen. Sie blinzelte hart, zügelte ihren Atem.

»Braves Mädchen«, hörte sie Jake auf der anderen Seite des Betts sagen. »Das war eine große. Nächstes Mal presst du noch einmal genau so!«

Sonnet hielt den Blick auf den Wasserfall geheftet, wich der Verzweiflung in den Augen ihrer Schwester aus. Im schimmernden Kerzenlicht sprang ihr der Name ihres Vaters, ein Schnörkel in einem Wasserstrudel, entgegen. Auf Gemälden überall in diesem Zimmer nahmen seine Signaturen – in Ritzen und Wirbeln und Spalten verborgen – jetzt flackernd Konturen an.

Wie hatte sie das bislang übersehen können? Und wer zum Teufel verbarg seine Signatur? Was für ein anmaßender, verfluchter Mann er war. Wenn das hier vorbei war, würde sie auf jedes einzelne Gemälde im Wintergarten mit einer Axt losgehen.

»So ist's gut! Ja! Weiter so, weiter so, weiter so, weiter so – oh!«

Fable brach in Sonnets Armen zusammen. Raffs Hand fiel nutzlos an seiner Seite herunter, seine Augen sanft vor Mitleid; diese Kluft so weit wie ein Ozean zwischen ihnen.

Er wandte sich zum Gehen. Fable würde es niemals schaffen, und er wusste es auch. Er würde jetzt ohne sie weiterziehen.

Sonnet murmelte Dr. Fairley irgendetwas zu, schnell und flehend, bewegte die Lippen an Fables durchnässtem Kopf.

»Sie *kann* das«, hörte Fable ihn antworten. »Sie muss.«

Sonnet hielt ihrer Schwester den Strohhalm wieder an die Lippen, versuchte, nicht zu schreien, als Fable ihre Hand wegschlug. Hatte es in ihrem ganzen Leben je eine Zeit gegeben, zu der sie eines anderen Menschen Mühsal so unbedingt auf sich nehmen wollte?

Fable stöhnte auf, klammerte sich wieder an Sonnet, schüttelte heftiger den Kopf.

»Ja, du *kannst* das – du tust es genau jetzt!«, sagte Sonnet, während sie staunend zusah, wie sich der nasse Kopf ein letztes Mal auf die weit gedehnte Öffnung zwischen Fables Beinen zuschob. »Da ist es! Weiter so, weiter so, weiter so!«

Fable bäumte sich auf, und eine Hand schoss vor zu einer unsichtbaren Gestalt.

*»Raff!«*, schrie sie, *»Raff, bitte – warte!«*

Fables Arme gaben nach. Sie beugte sich vor und vergrub das Gesicht zitternd an Sonnets Brust.

Über Fables Kopf hinweg sah Sonnet, wie Jake zur Antwort eine Grimasse schnitt, während weißglühende, stille Wut ihre eigenen Züge verzerrte.

»Fable«, zischte Sonnet an ihrer Wange, »du bist die Tochter von Esther Hamilton. Du wartest auf *keinen* Mann. Du wartest *nicht eine Minute länger*! Hörst du mich? Kein Warten mehr! Nie wieder!«

Einen Moment lang, nichts; nur das zitternde Keuchen an ihrem Hals.

Dann ein winziges Nicken.

Tränen traten Sonnet in die Augen.

»Es ist Zeit«, sagte sie entschieden. »Hol dir dein Baby, Fable!«

»Plum! Was tust du denn da?«, rief Olive. Sie schob Plum zur Seite, um die Haustür gegen den Sturm zuzuknallen.

Plum packte ihre Tante am Arm. »Ich muss das Nest holen! Ich kann sie nicht dort draußen lassen. Es wird herunterfallen. Sie braucht unsere Hilfe …«

»Sie ist in Sicherheit«, sagte Olive und zog Plum an sich. »Es wird alles gut mit ihr.«

Eine Windböe fegte den Flur hoch, rüttelte an der Tür zum Wintergarten, ließ die Kerzen flackern.

Fable spürte, wie der Luftzug, in schimmerndes Grün gehüllt, ins Zimmer drang. Eine kühle Hand legte sich auf ihre Stirn. In ihrem Ohr hörte sie ein Flüstern.

*Ich bin hier, ich bin hier.*

»Mama«, seufzte Fable.

»Ja«, sagte Sonnet, »Mama will ihr Enkelkind kennenlernen. Zeig Mama dein Baby, Fable.«

Fable nahm ihre Kraft zusammen, bäumte sich wieder auf.

Neun Monate lang hatte Fable diese gewaltige Erlösung in sich bewahrt. Neun Monate lang hatte sie dieses pulsierende Geheimnis in ihrem tiefsten Inneren verborgen.

Es war Zeit, es loszulassen.

Jetzt schrie Fable auf.

Und mit einem kalten, flüssigen Schwall glitt ihr Baby in die Welt.

»Das ist das Baby«, hörte Sonnet sich staunend sagen, während das blasse, blutverschmierte Wesen Fable an die Brust gelegt wurde.

»Ein großes, gesundes Baby«, ergänzte Jake, während er das unergründliche Geschöpf kräftig mit einem Handtuch abrieb.

Ein blökender Schrei durchschnitt die aufgeladene Luft. Sonnet und Fable brachen in ein geteiltes Schluchzen aus.

Olive, Gav und Plum, gebannt von dem allerersten Geburtsschrei, hielten kollektiv den Atem an. Sekunden zogen sich ewig hin. Plum presste sich die Knöchel in die Augen.

Das lebhafte Schreien eines neugeborenen Babys erfüllte das Cottage. Olive und Gav wandten sich einander zu, schluchzten schon jetzt.

»Oh, dieses Geräusch – ich habe es nie gekannt!«, rief Olive.

»Mein Schatz«, sagte Gav und schloss sie in seine kräftigen Arme. »Jetzt kennst du es.«

Eine stille Morgendämmerung sickerte in die Welt, als Olive und Gav, dicht gefolgt von Plum, den Wintergarten betraten. Jake saß auf dem Fenstersitz, machte sich Notizen in dem grauen Licht, das eben begann, das Kerzengold zu dämpfen. Sonnet kauerte auf dem Bett, Fable an ihre Schulter zurückgelehnt. Das Gesicht der frischgebackenen Mutter war blass vor Erschöpfung, und strahlend vor Liebe. In ihren Armen, alle Augen darauf gerichtet, lag ein gewickeltes Baby; sein weit geöffneter Mund suchte begierig nach der Brustwarze.

»Unsere Fable«, rief Olive und trat vor. »Du hast Leben in ein Cottage gebracht, das immer nur den Tod gekannt hat.«

Sonnet zuckte zusammen.

Fable, die diesen Mund endlich an ihre Brust geführt hatte, sah auf. In ihrem benommenen Lächeln lag eine Erfüllung, die dort noch nie zuvor zu sehen gewesen war.

»Das hier«, sagte Fable, während sie über ein perlmuttartiges Ohr strich, »ist Rune.«

Und Sonnet ergänzte, mit dem Stolz einer Königin: »Rune, Sohn von Fable.«

Olives ganzes Gesicht strahlte vor Freude. »Ein Junge?! Wir hatten seit drei Generationen keinen Hamilton-Jungen!«

Plum schlurfte zum Bett, den Blick auf ihren Neffen geheftet. Das Zimmer verfiel in Schweigen, als sie sich nah vorbeugte, um das nuckelnde Baby zu betrachten. Als sie zurückwich, tat sie es mit Erleichterung. »Ich mag ihn.«

»Puh«, sagte Sonnet, und das Zimmer brach in Gelächter aus.

Nur Plum lachte nicht. Sie sprach mit ernster Stimme, an Fable gewandt. »Er ist blau.«

»Nein, er ist rosa und gesund«, schaltete Sonnet sich ein.

Plum seufzte. Fable legte geduldig den Kopf auf die Seite.

»Rune hat blaue Augen«, sagte Plum noch einmal.

Fables Wimpern wischten Tränen zurück. »Ja, Plummy, ja, das hat er.«

# Kapitel 42

*

## Lass mich Zählen, wie

»Seht euch bloß diese ganzen Schäden an«, stöhnte Sonnet von der Veranda aus. Sie sah auf ein Tal hinaus, das zerzaust und zerrupft nach einer wilden Nacht dalag. Der Garten bot ein Bild der Verwüstung. Der Boden war mit Zweigen übersät, Zaunlatten waren kreuz und quer verstreut; die Feengartensteine lagen entblößt da, dunkel von Moos.

»Sei froh, dass es uns nicht richtig erwischt hat, Süße«, sagte Gav, während er hinter Olive den Hügel hochstapfte. »Wir sehen uns oben, Doc!«

»Gott, das war knapp, was?«, meinte Jake, während er zusah, wie der Fluss neben dem Cottage wogte und gegen die Gartenpforte klatschte.

Sonnet lächelte. »Das habe ich früher in der Regenzeit auch immer gedacht. Aber nach und nach habe ich widerstrebend gelernt, dem Mann zu vertrauen, der uns hier untergebracht hat.« Sie folgte Jake die Stufen hinunter, blieb auf der untersten stehen, während er seine Stiefel zuschnürte. »Danke«, sagte sie, ihre Stimme voller Emotion. »Für alles, Jake. Du warst unglaublich.«

»Nein«, erwiderte er, richtete sich zu seiner vollen Größe

auf und trat nah an sie heran. »Ich habe nur meine Arbeit getan. *Fable* war unglaublich – das zu schaffen, unter diesen Umständen, nach mehr als vier Stunden Pressen. Sie ist eine starke Frau.«

»Und sie hat es ganz allein geschafft.«

»Sie war nicht allein. Sie hatte eine verdammt tolle Schwester hinter sich, auf jedem Stück des Weges.«

Ihr Herz stolperte einen Moment über sich selbst. Sie war sich sicher, wenn sie gestern Nacht ihr Dach über dem Kopf verloren hätte oder es bei irgendeinem künftigen Sturm tun sollte, dann würde Jake Fairley es eigenhändig zu ihr zurückbringen. Sie spielte mit dem zerzausten Haarknoten in ihrem Nacken, schüttelte ihre roten Locken frei.

»Also, ich werde mich jetzt oben bei den Emersons frisch machen«, sagte er. »Ein paar Anrufe tätigen und eine Runde schlafen. Und dann werde ich sehen, ob ich heute im Laufe des Tages über den Fluss zurück nach Hause kann. Gav hat mir gesagt, dass die Wasserpegel bald sinken werden; sie haben den roten Warnwimpel schon eingeholt. Aber ich will, dass du dich auch ein bisschen ausruhst. Ärztliche Anweisung!«

Sonnet dachte an die Plazenta, die noch vergraben werden musste, das Bad, das desinfiziert, die Böden, die gewischt, die Wäsche, die gewaschen werden musste. »Auf jeden Fall«, log sie. »Wann kommst du wieder?« Offenbar konnte sie sich nicht erinnern, wie man eine neutrale Miene aufsetzte.

»Ich werde in ein paar Tagen für Fables nachgeburtliche Untersuchung vorbeikommen. Außerdem schicke ich jeden Tag meine Krankenschwester hierher, um zu sehen, wie

Fable mit dem Stillen zurechtkommt und ob bei ihr alles gut verheilt.«

»Ich will nicht, dass irgendein geschwätziges altes Klatschmaul hier aufkreuzt!«

»Rachael ist ein Profi, und sie wird ihre Arbeit mit strengster Vertraulichkeit durchführen.«

»Aber Rune ist doch gesund, oder? Auch wenn er zu früh gekommen ist?«

Jake wählte seine Worte vorsichtig. »Bei seiner Größe, ohne irgendwelche Käseschmiere, und so aufgeweckt, wie dieser Junge ist, denke ich, wir haben uns bei dem Termin vielleicht ein bisschen verrechnet.«

»Ja … verrechnet«, sagte Sonnet und malte dazu Anführungszeichen in die Luft.

»Ruh dich aus. Keine Hetzjagd auf potenzielle Väter!«

»Hetzjagd? Ich werde diesen verdammten Hull *erwürgen*.«

»Versuch einfach, es nicht zu tun. Die nächste Justizvollzugsanstalt ist zu weit weg, und ich würde dich mindestens zweimal täglich besuchen wollen.«

Sonnet wusste nichts zu erwidern. Sie wischte sich Schweißperlen von der Oberlippe, wobei ihre Hand leicht zitterte. Jakes Miene verriet übergroße Bewunderung.

Wärme durchflutete ihren Bauch. Sonnet stieg von der letzten Stufe und in eine Umarmung, die bereits auf sie wartete. Jakes Nähe war wie ein zusätzliches Paar Lungenflügel. Selbst in dieser engen Umklammerung, selbst während sie die Nase an seinem Hals vergraben hatte, konnte sie besser atmen. Warum war ihr bis jetzt noch nie aufgefallen, wie schwer es war, allein zu atmen?

*Ich kann es kaum erwarten, dich zu feuern*, dachte Sonnet mit erstickter Sehnsucht.

Plum war zum Schlafen auf dem Fenstersitz zurückgelassen worden – ihre Füße schauten eben noch unter dem Vorhang hervor.

*Armes Ding, der Rolle als Nesthäkchen beraubt.*

Sonnet streckte eine Hand aus, um ihr eine leuchtend magentafarbene Locke hinters Ohr zu stecken, und staunte darüber, wie entzückend Plummy herangewachsen war – oder vielmehr immer geblieben war.

*Siehst du sie, Mama?*

Manchmal, wenn sie Plum so betrachtete, war Sonnet überzeugt, dass sie Mama einen Blick auf ihr Baby gewährte.

Sonnet zuckte zusammen, als Plum die Augen aufschlug und die erste Röte des Tages sich auf ihren Wangen abzeichnete.

»Entschuldige, ich wollte dich nicht wecken!«, sagte Sonnet. Sie wollte sich eben schon zurückziehen, als sie das von Tränen fleckige Gesicht ihrer Schwester bemerkte. »Plum, geht es dir gut?«

Plum wies zum Fenster. »Onkel Gav hat mir gesagt, dass ich auf die Nektarvögel aufpassen soll, um sicherzustellen, dass ihnen nichts passiert.«

Sonnet sah angewidert auf das Nest, das vor dem Fenster hing, offensichtlich leer. »Oh, okay. Na ja, versuch einfach, es nicht persönlich zu nehmen. So ist eben das Leben in den Tropen.«

*Ein dreckiger Vogel weniger, um den man sich sorgen muss.*

»Nein, sieh mal!«

Sonnet wand sich vor Ekel, als ein Vogel mit einer gelb gefiederten Brust ins Nest flatterte, Futter in seinem schmalen Schnabel. Winzige Küken tauchten auf, voller Ungeduld, das Futter in Empfang zu nehmen.

»Das ist ihr Dad«, sagte Plum. »Das Nest und die ganzen Küken haben den Zyklon überlebt, und sie haben eine Mum *und* einen Dad.«

»Und du bist aufgewühlt, weil Rune keinen Vogelvater hat?«

Plum verdrehte die Augen. »Ich bitte dich. Ich bin doch kein Baby mehr.«

*Okay. Dann sind wir jetzt wieder an dem Punkt angelangt.*

»Nein, das bist du nicht. Aber ich weiß nur, was du mir sagst.«

»Ich bin traurig, weil ich … monströs bin.«

Sonnet ließ sich auf den Platz neben ihr fallen. *»Was?!«*

»Ach nichts, egal«, sagte Plum und wandte sich ab.

»Als ob mir das egal sein könnte! Was in aller Welt hat dich denn auf die Idee gebracht?«

Plum brütete einen langen Moment schweigend. Als sie schließlich sprach, tat sie es mit trauriger, erschöpfter Entschlossenheit.

»Ich habe herausgefunden, dass ich das ›monströse Problem‹ bin, das durch vorehelichen Sex entsteht.«

»Sei nicht albern!«

»Es stimmt. Ich meine, das ist die Zusammenfassung, ich habe es in einem wissenschaftlichen Buch gelesen.«

Sonnets Wut ließ sie von ihrem Platz hochschnellen. »Was

zum Teufel! Was denn für ein Buch?« Erst als sie Plums verzerrte Miene sah, wurde ihr bewusst, wie hart sie sie am Arm gepackt hatte.

»Was für ein Buch war das, Plummy?«, fragte sie noch einmal, mit wenig überzeugender Leichtigkeit.

»Das, das Olive mir gegeben hat.«

»Doch nicht etwa dieses verdammte *Essenzielle Fakten für junge Frauen*-Buch!«

Plum blinzelte, erinnerte sich an den Titel. »Ich glaube schon, der Umschlag war braun.«

»Dieses dämliche Buch hat Olive schon vor Jahren Fable in die Hand drücken wollen. Ich habe es absichtlich überall mit Anmerkungen versehen, um die Propaganda dieses sogenannten Arztes zu entlarven. Hast du meine Notizen nicht gesehen?«

Plum schüttelte langsam den Kopf.

Sonnet biss die Zähne zusammen. Verdammte Olive! »Fable hat dieses Buch nicht einmal angefasst. Es wurde von einer Kirche gesponsert, vor ein paar Jahren, und dort wäre es wohl besser auch geblieben – in der Vergangenheit. Du brauchst etwas Modernes. Bücher, die *von* Frauen *für* Frauen geschrieben wurden. Warum hast du nicht *mich* gefragt?«

Plums Schweigen war irgendwie vernichtend.

Sonnet wand sich beschämt. »Es tut mir leid, Plummy – ich war in Gedanken so mit dem Baby beschäftigt, dass ich gar nicht an dich gedacht habe. Und jetzt habe ich dich im Stich gelassen, genau wie ich Fable vor Jahren im Stich gelassen habe.«

Plum zuckte mit den Schultern. »Ich glaube nicht, dass

dieses Buch gelogen hat – auch wenn es vor Jahren geschrieben wurde. Es ist immerhin von einem Arzt.«

»Plum, Arzt oder nicht, dieses Buch ist eine religiöse Kampfschrift. Aber wir glauben dieses Zeug nicht mehr.«

Plum kaute auf der Innenseite ihrer Wange, sah zu, wie die Nektarvogelmutter kam, den Schnabel voller Futter. »Du denkst wirklich nicht, dass ich ein *monströses Problem* bin?«

»Plum, du bist die geliebte Tochter von Esther Hamilton, der bemerkenswertesten Frau, die diese Stadt je gesehen hat.«

»Nicht wirklich.«

»Doch, wirklich! Sie war geistreich und tapfer und clever, und schön von innen und außen – genau wie du. Und Mama wusste, dass du kein monströses Problem warst, Plum. Sie wollte dich mehr als alles andere auf der Welt. Sie lag stundenlang einfach nur da und streichelte dein kleines Gesicht; sie konnte sich nicht von deinem Anblick losreißen. Sie hat es geliebt, ihren kleinen Finger genau dort in dein Grübchen zu legen, und sie hat es ›den perfekten Punkt‹ genannt.«

Sonnet beobachtete, wie Plums Mundwinkel zuckend zu ihrem Grübchen wanderte. Ihre Stimme wurde belegt. »Ist das der Grund, weshalb du in letzter Zeit so traurig scheinst – weil dieses Buch dir Angst macht?«

Plum schüttelte langsam den Kopf. »Nein, es ist nicht nur dieses Buch. Ich habe ständig Angst, vor allem. Ich wache morgens mit einem rumorenden Magen auf, und abends kann ich stundenlang nicht einschlafen – als ob mein Gehirn kaputt sei. Als Fable schwanger nach Hause kam, war ich mir einfach so sicher, dass ihr irgendetwas Schlimmes passieren würde, dass sie bestraft werden würde für ihren … vorehelichen Sex.«

»O Plummy! Man wird nicht zur Bestrafung schwanger. Ich dachte, Olive hätte dir erklärt, wie Babys entstehen?«

»Ich weiß, woher Fable ihr Baby hat!«, rief Plum gekränkt. »Ich habe sogar gesehen, wie sie an dem Abend in den Wald gegangen ist …«

*Er hat sie in den Wald gezerrt?! Ich werde ihn umbringen!*

Plum wich zurück, als sie Sonnets Miene sah. Zögernd fuhr sie fort. »Ich habe verstanden, wie sie schwanger geworden ist. Aber alle anderen haben auch so ein Theater deswegen gemacht. Ich war überzeugt, dass Fable im Kindbett sterben würde, wenn ich nicht auf sie aufpasse … Ich weiß, es klingt so dumm, wenn ich es laut ausspreche.«

Plum sackte in sich zusammen. Sonnet grübelte über diese Information nach.

»Plum«, sagte sie sanft, »warst *du* das, die ständig die Cottagefenster geschlossen hat?«

»Ja.«

»Und die Pforte mit Schlingpflanzen zugebunden hat?«

»Ja.«

»Und diese grässlichen Reißnägel überall in meinem Garten verstreut hat?«

»Nein.«

Sonnet lachte schallend auf. Plum errötete.

»Und waren das alles Dinge, um Fable zu beschützen? Oder um deine eigenen Ängste zu beschwichtigen?«

Plum nickte leise.

Sonnet wägte ihre nächsten Worte sorgfältig ab. »Du verstehst aber schon, dass das alles irrationale Ängste sind ... oder?«

»Für mich sind sie nicht irrational.«

»Nein, und genau das ist das Problem. Bevor du geboren wurdest, hat sich Mama ständig über ihre ›Nerven‹ beklagt. Und manchmal schlugen ihre ›Nerven‹ in eine solch erdrückende Traurigkeit um, dass sie einen ganzen Monat lang nicht aus ihrem Zimmer gekommen ist. Ich werde nicht zulassen, dass dir das passiert, Plum. Ich denke, wir sollten zu einem Arzt gehen.«

Plum schüttelte den Kopf, schien so klein wie schon seit Jahren nicht mehr.

»Ich rede von einem speziellen Arzt, der sich mit Nerven auskennt.«

»Du meinst einen Psychologen.«

»Du bist genau vor meinen Augen aufgewachsen, Plum. Du bist nicht mehr unser Baby; du bist eine junge Frau. Und ich weiß, du siehst dich selbst als ein verängstigtes, seltsames Kind, aber zufällig weiß ich auch, dass du mutig und widerstandsfähig bist.«

Plum zuckte zusammen, und ihre Stirn furchte sich.

»O ja, das bist du, Plum Hamilton. Du hast Mama verloren, als du noch so klein warst, und du musstest jeden Tag deiner Kindheit ohne sie leben. Ich habe es schon als erwachsene Frau kaum ertragen können, sie zu verlieren! Ich staune jeden Tag darüber, wie viel du überstanden hast und wie stark du bist.«

Sonnet streckte einen Arm aus, um ihn um ihre Schwester

zu legen, und wurde mit einem entspannten Seufzer belohnt. »Hast du denn keine Freundinnen, mit denen du über so was sprechen kannst?«

Plum begann zu schluchzen. »Die anderen Mädchen wollen nicht mit mir reden.«

»Na ja, das ist etwas, das du in dieser Stadt mit mir und Fable gemeinsam hast. Aber du würdest dich wundern, wie ein bester Freund eines Tages einfach zur Tür hereinspazieren kann, aus heiterem Himmel.«

»Ich hatte immer nur einen einzigen besten Freund – Jimmy.«

»Jim Taylor?«

»Ja. Nur dass ich ihn, als meine ganzen Ängste so groß und seltsam wurden, weggestoßen habe. Ich dachte, das wäre besser, als ihn sehen zu lassen, wie seltsam ich bin. Und jetzt hält er mir nicht einmal mehr einen Platz im Bus frei und sieht mich überhaupt nicht an. Vermutlich hasst er mich.«

»Das bezweifle ich! Aber wenn er dein bester Freund ist, ich möchte wetten, dann leidet er auch. Verdammt, Plum. Du hattest diese ganzen Sorgen und niemanden, mit dem du darüber reden konntest. Es tut mir so leid. Hör zu, ich sage dir, was wir tun werden. Sobald wir wieder in die Stadt können, werde ich dir ein paar gute Bücher darüber besorgen, wie es ist, ein Teenager zu sein. Und dann werden wir wegen deiner Ängste zu einem Arzt gehen.«

»Nicht Dr. Fairley!«

»Nein, ich werde Dr. Fairley so bald wie möglich entlassen.«

Fables Zimmer roch in letzter Zeit nach Ahornsirup und Brathuhn – und einer nicht unangenehmen Ausdünstung von Körperflüssigkeiten. Oder vielleicht war Sonnets Geruchssinn einfach überwältigt von den köstlichen Mahlzeiten, die tagtäglich angeliefert wurden. Olive kam abends nie ohne ein Gericht oder auch drei zu ihnen herunter, ihre Bezahlung dafür, dass sie ihre Sehnsucht nach Rune stillen und ihn halten durfte. Auch die Krankenschwester – die stämmige, nüchterne Rachael, die Sonnet auf Anhieb gemocht hatte – kam mit selbst gekochten Mahlzeiten, die Dr. Fairley ihnen schickte. (Dass der Mann zusätzlich zu allem anderen auch noch so gut kochen konnte, war zum Verrücktwerden.)

Olive sah zu, wie Fable Rune zum fünften Mal in dieser Stunde stillte, und sprach mit dem Zittern, das jetzt ständig in ihrer Stimme zu liegen schien. »Du siehst deiner Mutter einfach so ähnlich, Fable; manchmal sitze ich hier und stelle mir vor, diesen Moment mit ihr zu teilen. Es ist ein solcher Segen für mich – das hier durch dich erleben zu dürfen. Wie es vielleicht hätte sein können, wenn ich nur deinen Mut gehabt hätte, Sonnet.«

*»Meinen?«*

»Ja, du bist die große Schwester, von der ich wünschte, ich wäre sie für Essie gewesen.«

»Das ist ja nett von dir«, bemerkte Fable augenzwinkernd, »aber ist dir auch klar, dass Sonnet es nur auf meinen gut aussehenden Arzt abgesehen hat?«

Sonnet wandte sich mit ernster Miene zu Olive um. »Wie? Hattet ihr damals denn keine gut aussehenden Ärzte?«

»Wir hatten Dr. Herbert, Liebes.«

Alle drei Frauen lachten schallend auf. Rune schniefte und sah blinzelnd auf die Brust.

»O nein, weckt ihn nicht auf!«, sagte Fable und wiegte ihn sanft.

In der Stille, die sich über die drei senkte, schweifte Sonnets Blick wieder zu dem Wasserfall über dem Bett. Ohne Vorrede und mit Sicherheit ohne Vorbereitung fragte sie: »Fabes, hast du schon immer gewusst, wessen Gemälde das waren?«

Fable benötigte keine weitere Erklärung. »Aber ja, natürlich.«

Sonnet studierte ihre Schwester. »Was die Frage aufwirft, warum in aller Welt wolltest du sie haben?«

»Warum nicht? Offen gestanden ist sein Talent absolut inspirierend.«

»Weil er Abschaum ist und ihr Leben ruiniert hat!«

»Oh, er ist nicht perfekt, aber mit seinen Verfehlungen hat er ihr trotzdem gegeben, was sie sich am meisten gewünscht hat.«

Sonnet schnaubte verächtlich. »Was ihr Leben ruiniert hat. Hör zu, ich werde mich hier nicht wieder im Kreis drehen.« Sie wandte sich vorwurfsvoll an Olive. »Hast du auch gewusst, dass das Archer Brennans Gemälde sind? Dass ich *sein* verdammtes Kunstwerk an einem Ehrenplatz in meinem Laden hängen habe?«

»Na ja, nein … Aber ich verstehe gar nicht, warum du deswegen so gekränkt bist. Er ist dein Vater. Wenn es irgendjemand verdient hat, diese Gemälde von ihm zu bekommen, dann du …«

»Aber ich habe sie nicht bekommen!«, schnitt Sonnet ihr das Wort ab. »Sie wurden in den Hinterzimmern eines Pubs versteckt. Hätten sie nicht wenigstens in einer Galerie hängen sollen?«

Olive grübelte darüber nach. »Archer hat seine Werke nie irgendwo in der Stadt ausgestellt, das heißt, er muss sie gemalt haben, nachdem er … das Unterrichten aufgegeben und Noah Valley verlassen hatte.«

»Und wie sind sie dann nach Noah zurückgekommen? Und warum zum Pub?«

»Gute Frage. Ich weiß es nicht.«

»Könntest du nicht die Klatschmäuler in der Stadt danach fragen?«, schlug Sonnet vor, bemüht, ihre Ungeduld im Zaum zu halten.

»Warum gehst du nicht zu Brenton und fragst ihn?«

»Ich will nie wieder auch nur in die Nähe dieses verdammten Schurken!«

*»Deine Sprache!«*, sagte Olive mit einem Nicken in Fables Richtung.

»Achte gar nicht auf Fabes, sie hat schon ihre eigene Erfahrung mit Schurken gemacht.«

Ein seltsames Lächeln umspielte Fables Lippen. »Nein, das habe ich nicht.«

Sonnet fixierte sie mit einem vielsagenden Blick. »Ach nein? Dir fällt niemand ein, der es besser hätte wissen müssen, aber trotzdem seinen guten Ruf und jahrelange Freundschaft dazu verwendet hat, ein verwundbares Mädchen auszunutzen, und dann abgehauen ist, um sich nicht den Konsequenzen stellen zu müssen?«

Fables ernste Miene stand Sonnets in nichts nach. »Nein. Ich habe keine Erfahrungen mit so jemandem gemacht.«

Olive war bereits aufgestanden. »Na schön, Sonnet, das reicht jetzt! Komm, ich helfe dir, diese Kleider zusammenzulegen. Gönnen wir Fable ein bisschen Ruhe.«

An der Tür wandte sich Sonnet noch einmal zu Fable um, aber sie stellte fest, dass sie bereits entlassen war.

Fable hatte nur noch Augen für ihren kleinen Jungen.

Fable wusste nicht, wie sich ihr nächstes Buch verkaufen würde angesichts der Tatsache, dass sie achtzig Seiten nur mit Runes Vollkommenheit füllen würde. Andererseits verstand sie aber auch noch immer nicht, wie sie ein Buch voller Feenbilder mit bissigen Bildunterschriften hatte verkaufen können. Wenn man darüber nachdachte, wer würde *nicht* ein Buch haben wollen, das sich ausschließlich um Rafferty Hulls Sohn drehte?

*Raffs Sohn.*

Wenn sie sich nicht täglich erinnern würde, wie Raffs Lippen unaufhaltsam an der Innenseite ihres Schenkels hochgeglitten waren, wie seine Zunge an ihrem Zentrum geleckt hatte, wie er dann zärtlich in sie eingedrungen war und sich in ihr bewegt hatte, so völlig anders als die Wucht seines Höhepunkts, dann hätte sie glauben können, sie hätte Rune zum Leben erträumt.

Denn er war Raff, in einer milchig-trunkenen Miniaturausgabe.

Genau wie sie damals in all ihren Skizzenbüchern die Augen seines Vaters festgehalten hatte, waren ihre Seiten jetzt prall gefüllt mit Details von Runes geliebtem Gesicht: seinen winzigen, elfenartigen Ohren (die, wie es schien, das Einzige waren, was er von ihr hatte), aschblondem Haar (Raffs), winzigen Grübchen in den Wangen (so sehr Raffs), dem sanft ernsten Ausdruck, mit dem er der Welt begegnete (wer musste es ausbuchstabieren?) und diesen blauen, blauen, blauen Augen. Ihr Lieblingsmotiv war wiederholt, ersetzt worden.

Sonnet hatte versucht, sie herumzukommandieren, indem sie sie vor die Wahl zwischen Mutterschaft und Kreativität stellte. Aber es gab keine Wahl. Die kreativen Säfte, die Fable nutzte, um neues Leben und neue Kunst hervorzubringen, waren ein und dieselben: Es floss alles aus ihrem träumenden Herzen. Sie war noch immer dabei zu lernen, wie sie stillen und dabei einhändig zeichnen konnte, aber jedes Mal, wenn ihre Milch einschoss und schmerzhaft in ihrer Brust zwickte, und während diese Stillhormone träge durch ihr Blut flossen, spürte Fable, wie ihre kreativen Kräfte aufwallten.

Viele Jahre lang hatte Fable geglaubt, ihre Inspiration entströme ihrer Liebe zu Raff und ihrer Sehnsucht nach Mama. Aber erst als sie die Mädchenjahre hinter sich gelassen hatte, hatte Fable erkannt: Jede Art von Liebe diente der Kreativität, und nie war es umgekehrt gewesen.

Sie glitt mit einem Finger über die winzige, nach oben gereckte Nase, die jetzt an ihrer Brustwarze schnupperte, während eine kleine Hand ihre Brust umklammerte, und seufzte. Wenn sie vorhersehen oder sich hätte vorstellen können, wie zufrieden sie als Mutter – trotz des Verlusts ihrer Leidenschaft und ihres Lebensunterhalts – sein würde, dann hätte sie sich vielleicht nicht ganz so viele Sorgen gemacht. Sie war von einzigartiger Liebe umfangen worden.

Fable hatte jetzt mehr von Raff, als sie sich je erhofft hatte. Sie hatte sein Leben mit ihrem verwoben, auf eine Art, die nie wieder ungeschehen gemacht oder zurückgenommen werden konnte.

Die einzige Richtung war vorwärts, das konnte sie jetzt sehen. Rune würde kräftig und klug und über alles geliebt heranwachsen, mit oder ohne Vater. Sie würde immer Runes Mutter sein, und sei es gegen Tod und Teufel. Und sie hatte schon jetzt beiden ins Auge gesehen.

Aber Raff hatte es verdient, die Wahrheit zu erfahren – seine Wahl zu treffen, so wie sie ihre getroffen hatte. Andererseits hatte Fable noch immer ihren stillen Stolz. Sie würde Raff nicht unter Druck setzen oder ihn zu irgendwelchen Verpflichtungen zwingen oder ihn gegen seinen Willen nach Hause nach Noah schleifen. Sie musste nicht *gerettet* werden. Sie war mehr wert als das. Wenn er sie – sie *beide* – aufrichtig wollte, dann musste er es jetzt beweisen.

Fable fasste einen Plan.

# Kapitel 43

*

## Katharsis

*Herbst 1965*

Sonnet hob den Kopf von Olives Tisch, um den schwarzen Kaffee entgegenzunehmen.

»Sechs Wochen alte Babys neeeeerven.«

Olive lächelte mitfühlend.

»Ich meine, er ist ja durchaus liebenswert, wenn er eine Brust im Mund hat. Aber die restliche Zeit? Ich weiß nicht, wie sie das aushält! Er scheint kein Auge zuzutun, wenn er es sollte – sie ist die ganze Nacht mit ihm den Flur auf und ab gelaufen. Dieses Weinen – mein Gott, ich bin erschöpft!«

»Ich wünschte, Fable würde sich von uns helfen lassen.«

»Das wird sie schon noch! Komm um drei Uhr morgens zu uns herunter, dann wird sie ihn dir liebend gern in die Arme drücken. Und dann wird sie dir überallhin nachlaufen und davon schwärmen, wie wunderschön er ist, und dir sagen, dass du vorsichtig sein sollst – anstatt zu schlafen, wie sie es sollte.«

Sonnet kippte ihren Kaffee hinunter, und Olive stand

prompt auf, um ihr nachzuschenken. Als sie mit einer frisch gefüllten Tasse wiederkam, sagte Olive: »Übrigens habe ich mich wegen der Bilder für dich umgehört.«

Sonnet griff rasch nach der Tasse. »Im Ernst?«

»Ja, wie sich herausgestellt hat, waren die Gemälde ein Geschenk an Noah Valley, vor fast einem Jahrzehnt, kurz nach Archers Tod. Sie wurden dem Landfrauenverein für ihren Versammlungssaal geschickt. Sie hätten sie aber auch ausstellen und verkaufen können.«

»Von wem kamen die Gemälde denn?«

»Von Archers Ehefrau, nach seinem Tod.«

»Und wie sind sie dann in den Pub gekommen?«

»Das war eine Entscheidung der damaligen Präsidentin des Landfrauenvereins.«

»Diese verdammte Delia Hull!« Sonnet verdrehte über Olives Miene die Augen. »Meine Sprache, schon verstanden.«

»Delia und«, ergänzte Olive, »andere Mitglieder des Landfrauenvereins haben, angesichts von Archer Brennans umstrittener Vergangenheit in Noah Valley und im Hinblick auf kürzliche Neuankömmlinge im Tal, die Exekutiventscheidung getroffen, die Gemälde nicht öffentlich auszustellen. Es wurde einfach als zu schockierend erachtet und offenbar eine ›Ehre‹, die er nicht verdient hatte. Daher wurden sie einem kürzlich weitervererbten Baudenkmal von historischer Bedeutung gespendet.«

»Dem Pub.«

»Kurz gesagt, ja.«

Sonnet grübelte einen Moment darüber nach. »Aber warum haben sie mir nicht wenigstens gesagt, dass sie die

Kunstwerke meines Vaters hatten? Warum haben sie das in aller Eile vertuscht?«

Olive rührte ihren Tee um und sah zum Fluss hinaus. »Die Antwort ist so tief oder seicht, wie du willst. Vermutlich würden sie sagen, weil du keine Brennan bist, weil deine Vaterschaft nie akzeptiert wurde, er dich nie anerkannt hat, du nicht in seinem Testament erwähnt wurdest, die Gemälde eine Spende an die Öffentlichkeit waren und so weiter.«

»Das alles haben sie tatsächlich gesagt, habe ich recht?!«

Olive seufzte. »Ja, Marg hat ein paar Andeutungen in der Richtung gemacht, als ich bei ihr war. Aber, Sonnet, die Wahrheit ist persönlicher, glaube ich. Letztendlich war es Delia Hulls Entscheidung, und offenbar hat sie sie aufgrund ihrer persönlichen Gefühle getroffen.«

»Diese Giftschlange!«

Olive schniefte. »Ob es dir gefällt oder nicht, Delia Hull stand den Brennans zu ihrer Zeit sehr nahe.«

»Was?!«

»Das weißt du doch alles längst. Wir haben nach deinem Streit mit Delia darüber gesprochen.«

»Ich habe das meiste davon verdrängt.« (Das hatte sie nicht.)

»Delia und William waren eng befreundet mit den Brennans. Die Hulls und die Brennans waren damals die charmantesten und beliebtesten jungen Paare in der Stadt.«

»Delia war nie jung; sie wurde mit Sicherheit schon als alte Hexe geboren!«

»Weit gefehlt. Delia galt lange Zeit als die schönste junge Frau in der Stadt – sie war im Jahr 1930 Miss Noah Valley!

Sie und William waren aufgeschlossen und modern; ein wirklich schillerndes junges Paar.«

Sonnet machte ein würgendes Geräusch.

»Delia Hardy ist mit Vera Logan zusammen aufgewachsen; sie haben um die Krone der Stadtschönheit konkurriert, Jahre bevor Archer in der Stadt aufschlug und Vera zur Braut nahm. Delia hat wenig später geheiratet. Sie waren Brautjungfern füreinander. Delia hat Vera bei der Geburt ihrer Jungen und diesen entsetzlichen Diagnosen zur Seite gestanden. Man hat Vera und Delia überall in der Stadt zusammen gesehen – sie waren unzertrennlich. Als der Skandal mit deiner Mutter losbrach, was meinst du wohl, an wessen Schulter Vera sich da ausgeweint hat?«

»Satans.«

»Sonnet, also wirklich. Wenn du nicht ernst sein kannst …«

»Das heißt, Delia war in das Leben meines Vaters mehr involviert, als ich bislang wusste. Kein Wunder, dass sie meine Mutter bis aufs Blut gehasst hat – und es noch immer tut. Ich verstehe nur nicht, warum du mir das nicht schon vor Jahren erklärt hast!«

»Zu all den Zeiten, zu denen du gewillt warst, es zu hören, meinst du wohl.«

»War das etwa Sarkasmus, Olive?« Sonnet dachte einen Moment nach. »Du meinst also, Delia wollte Archer und seinen Nachwuchs einfach bestrafen, indem sie sich geweigert hat, die Kunstwerke der Öffentlichkeit zugänglich zu machen?«

»Anzunehmen. Auch wenn mir schleierhaft ist, wieso

Vera dachte, irgendjemand in Noah würde die Bilder hier haben wollen. Manchmal habe ich mich gefragt, ob sie in ihren späten Jahren einen Sinneswandel hatte, ihm vielleicht sogar verziehen hat. Das muss sie wohl, wenn sie so lange verheiratet geblieben sind. Aber das ist etwas, das du Delia selbst fragen solltest.«

»Woher sollte Delia davon wissen?«

»Sie und Vera sind immer Freundinnen geblieben, durch dick und dünn.«

»Ist sie noch am Leben?«

»Soweit ich weiß. Mit diesen armen Jungen.«

Sonnets nächste Frage ging in Staunen unter. »Na, wen haben wir denn da?!«

Eine elegant gekleidete Fable, ein Bündel in ihren Armen, kam die Stufen hoch.

»Wohin gehst du denn?«, platzte Sonnet heraus.

Fable sah nur Olive an, klimperte über ihren ordentlich kajalumrandeten Augen mit den Wimpern. »Ich will heute Morgen mit dir zur Kirche.«

»Sei nicht albern!«, rief Sonnet und sprang auf.

Fables Blick blieb unbeirrt. »Ich muss aus dem Haus, Tante Olive. Es ist Zeit. Und ich würde auch gern ein paar alte Gesichter wiedersehen.«

»Ausgeschlossen«, erklärte Sonnet. »Du leidest unter Schlafentzug, du kannst nicht klar denken.«

»Wir nehmen dich sehr gern mit«, sagte Olive mit seliger Miene.

»Olive, du willst sie doch nicht in die Höhle des Löwen laufen lassen! Man wird sie bei lebendigem Leib auffressen!«

»Du liebe Güte, das ist eine Kirche! Nicht das Kolosseum.«

»Fable, tu dir das nicht an. Es gibt weitaus einfachere Möglichkeiten, die Geburt eines Babys bekannt zu geben. Du musst dich nicht so ungeschützt den Klatschmäulern dieser Stadt ausliefern.«

»Niemand wird ein böses Wort zu Fable sagen«, widersprach Olive.

»Nicht ins Gesicht, nein.«

»Sonnet, die Kirche ist dafür da, die Vaterlosen und Freundlosen mit offenen Armen aufzunehmen. Sie wird nichts als Liebe und Unterstützung erfahren. Keine Verurteilung.«

»Und ob sie sie verurteilen werden, sie können doch gar nicht anders. Fable, tu dir das nicht an! Ich fahre dich selbst in die Stadt, und du kannst dir im Paragon einen Milchshake kaufen. Fang mit etwas Einfachem an. Nicht mit der … *Kirche.*«

»Danke, Olive«, sagte Fable, ohne Sonnets durchdringenden Blick zu erwidern.

*Delia Hull wird nur einen Blick auf dieses Baby werfen und wissen, dass es ihr Enkelkind ist! Er ist ihrem Sohn wie aus dem Gesicht geschnitten!*

Sonnet kniff die Augen zusammen. Und das war *genau* ihr Plan, oder? Das Seelenheil, das Fable wollte, sollte überhaupt nicht von der Kanzel kommen …

Fable hing in entnervtem Schweigen auf der Rückbank, während sie von der Kirche nach Hause fuhren. Ihre Tante und ihr Onkel füllten die Stille mit Geplapper aus, einen fast übermütigen Glanz in den Augen.

Na ja, schön für die beiden. Das flaue Gefühl, das Olives und Gavs Hochstimmung in ihr auslöste, war ein kleiner Preis, den sie für den heutigen Tag zu bezahlen hatte. Jetzt hatte sie ihre öffentliche Erklärung abgegeben: Fable würde sich nicht länger voller Scham verstecken. Fable Hamilton würde in Noah hingehen, wo immer sie wollte, mit hoch erhobenem Kopf.

*Kein Verstecken mehr, nichts zu verbergen.*

Sie hatte gründlich unterschätzt, wie anstrengend es sein würde, ein solches Statement abzugeben. Aus heiterem Himmel einfach so aufzutauchen; der lange Weg den Mittelgang hinunter, flankiert von Olive und Gav, all die vertrauten Gesichter, die herumschnellten, um sie anzugaffen, ihre Begrüßungen schrill und überkompensierend. Adriana war da, vorn in der Mitte, mit Augen, die so vernichtend blickten wie immer, auch wenn ihr Gruß betont gleichgültig gewesen war.

Fable rutschte erschöpft aus dem Wagen.

Sonnet war bereits drei Stufen hinuntergesprungen und stürzte auf sie zu. »Was ist passiert? Was haben sie gesagt? Geht es dir gut?«

Vor ihrem geistigen Auge sah Fable wieder Delias Gesicht hinter der Frühstückstheke, als Fable mit hämmerndem Herzen in der Warteschlange an ihr vorbeigezogen war, um den angebotenen Tee und Biskuitkuchen entgegenzunehmen. Delia hatte Fable angesehen, als würde sie einen riesigen frischen Hundehaufen in ihren Händen tragen und sie bitten, daran zu riechen.

Sonnets Augen bohrten sich in ihre. Fable las die Frage darin: *Hat Raffertys Mutter ihren eigenen Enkel erkannt?* Sie hatte noch nie irgendetwas vor ihrer Schwester verbergen können.

Sonnets Augenbrauen waren inzwischen fast bis zu ihrem Haaransatz hochgewandert. Fable zuckte mit den Schultern. *Nein, Delia hat nur das Flittchen gesehen, für das sie mich schon immer gehalten hat, genau wie meine Mutter vor mir.*

Sonnet streckte die Arme nach Rune aus. »Komm her, schöner Junge; Tante Sonny hat dich mehr als alles andere vermisst.«

In Sonnet brodelte es noch den gesamten Nachmittag über. Als die Dämmerung sich senkte, hatte sie genug. So abrupt wie eine Zeitschaltuhr, die losging, stürmte Sonnet zur Cottagetür hinaus.

»Ich gehe zu ihr!«

Fable sah mit abgrundtiefem Entsetzen von ihrem Stapel mit Windeln auf. »Das kannst du nicht machen!« Sie stürmte die Stufen hinunter und über den Gartenweg Sonnet hinterher und klammerte sich an der Pforte fest, als ihre Schwester einfach weitermarschierte.

*»O Gott ... «*, flüsterte Fable.

Sonnet fühlte sich nicht unähnlich dem Zorn Gottes, als sie auf der Seite der Hulls wieder auftauchte und zum ersten Mal seit fast einem Jahrzehnt wieder auf Summerlinn zustürmte.

Sowohl das stattliche Farmhaus als auch die Frau selbst, die auf das misstönende Klopfen hin gemächlich an die Tür kam, hatten ihren stolzen Glanz eingebüßt. Vielleicht lag es einfach an dem Abstand, auf den Sonnet Delia Hull all die Jahre gehalten hatte, verbunden mit der dramatischen Macht des Gedächtnisses. Denn die Frau, die jetzt vor ihr stand – so schlank wie eh und je, tadellos gekleidet und elegant frisiert –, hatte weder die Krallen noch die Schuppen, an die sie sich erinnerte. Graue Fäden zogen sich tief durch ihre dunkle Schönheit, und Traurigkeit hatte ihren strahlend blauen Blick eingetrübt.

Ihre Miene hingegen war in jeder Hinsicht so eisig, wie Sonnet sie in Erinnerung hatte.

Ohne einen Gruß zischte Delia: »Ich habe nicht ein verdammtes Wort über sie zu irgendjemandem gesagt!«

»Ich habe Ihnen gar nichts vorgeworfen …«

»O doch! Dass du hier auftauchst, ist Anschuldigung genug. Ich habe deinen Vortrag schon einmal gehört, und ich habe nicht das Bedürfnis, ihn erneut über mich ergehen zu lassen.«

»Kann ich nicht einfach eine Nachbarin besuchen?«

Delia kniff die Lippen hart zusammen. »Du hast es nicht für nötig gehalten, einen Fuß auf mein Grundstück zu setzen, als wir William verloren haben.«

Eins zu null für Delia.

»Und mein aufrichtiges Beileid zu Ihrem Verlust, Delia.«

»Mrs Hull.«

»Mrs Hull, es ist ein tragischer Verlust, und unsere Gedanken waren bei Ihnen.«

»Eine schlichte Karte hätte genügt.«

Sonnet reckte das Kinn. Das hier verlief nicht nach Plan.

»Mrs Hull, ich bin heute nicht gekommen, um mit Ihnen über meine Schwester zu reden …« *Erst recht nicht über Ihren Enkel.*

»Ich bin nicht im Geringsten an dem interessiert, was deine Schwester tut. Ich bezweifle, dass es *überhaupt jemanden* interessiert, was Fable Hamilton mit ihrem Leben anstellt.«

Na ja, das war eine neue Taktik.

»Das freut mich zu hören. Was für eine nette Abwechslung für ein Hamilton-Mädchen in Noah Valley.«

»Hamilton-Mädchen würden gut daran tun, weniger Zeit damit zu verbringen, sich über die Meinungen anderer Leute den Kopf zu zerbrechen und zu verlangen, dass alle anderen ihre erbärmlichen Lebensentscheidungen gutheißen.«

Sonnet klappte den Mund zu. »Sie haben sich überhaupt nicht verändert, oder?«

»Ich habe genug gehört«, fauchte Delia und schlug Sonnet die Fliegentür vor der Nase zu.

»Delia, warten Sie. Ich bin nicht gekommen, um mich zu streiten.« Erst jetzt wurde ihr die Wahrheit dieser Worte bewusst. »Ich brauche Informationen – über meinen Vater.«

Die Fliegentür blieb geschlossen. »Warum in aller Welt sollte ich irgendwelche Informationen für dich haben?«

»Ich hoffe, dass Sie mir das sagen werden. Es geht um die Gemälde, wissen Sie.«

Die Tür ging quietschend auf. Ein Lichtstrahl fiel in verblüffte blaue Augen. Sonnet dachte an den Jungen, der sie geerbt hatte, der gleich hinter dem Schleier des Flusses schlummerte.

»Was denn für Gemälde?«

Sonnet lächelte. »Ja, ganz recht, die, deren Existenz Sie und die anderen Mitglieder des Landfrauenvereins zu leugnen versucht haben.«

»Wenn ich mich recht erinnere, haben wir Gemälde eines einheimischen Künstlers erhalten. Ein Geschenk meiner Freundin. Allerdings wurden sie als unangemessen für eine öffentliche Ausstellung erachtet, angesichts der umstrittenen Vergangenheit des Künstlers in unserer schönen Stadt.«

»Und daher haben Sie sie einfach *irgendjemandem* gegeben – anstatt der Tochter, die sie vielleicht zu schätzen gewusst hätte.«

»Du hast ja offenbar trotzdem eine Möglichkeit gefunden, sie in die Finger zu bekommen.«

Die Worte waren ein Schlag in die Magengrube. Sonnet erinnerte sich an die Anschuldigung in triefendem Rot auf dem Schild ihres Buchladens. Dachten alle in der Stadt, dass Sonnet herumhurte, um zu bekommen, was sie wollte?

Mit zusammengebissenen Zähnen knirschte sie: »Ja, es ist mir gelungen, diese Ungerechtigkeit wiedergutzumachen.«

»Wie kommst du überhaupt auf die Idee, dass du auf irgendetwas von ihm Anspruch hast? Du bist ein nicht anerkanntes, außereheliches Kind.«

»Und warum hat dann seine Ehefrau – Vera, richtig? –, warum hat sie die Bilder überhaupt erst nach Noah Valley geschickt?«

»Warum fragst du Vera nicht selbst? Falls du dich trauen solltest, der Frau gegenüberzutreten, deren Leben du ruiniert hast.«

Sonnet grinste spöttisch. »Halten Sie mich tatsächlich für so dreist?«

Delia grinste ebenso höhnisch zurück. »Ihr Mädchen hattet jahrelang Zeit, um bei Vera für Wiedergutmachung zu sorgen. Aber für mich ist offensichtlich, dass es euch dafür an der moralischen Überzeugung mangelt.«

»Ich kenne sie gar nicht, wie zum Teufel hätte ich denn für Wiedergutmachung sorgen sollen?!«

»Ein schlichtes Dankeschön für die Hinterlassenschaften deiner Mutter wäre das Mindeste, was du hättest tun können in Anbetracht der Umstände.«

»Die *was* meiner Mutter?« Ein panisches Gefühl ergriff von Sonnet Besitz.

Sie kannte die Antwort bereits.

»Der Karton mit den Habseligkeiten deiner Mutter, der dir vor vielen Jahren übergeben wurde, von einer Frau, die selbstlos genug war, um die verwerfliche Kommunikation zwischen den beiden und ihre dreckigen Erinnerungsstücke zu sichten und sie seiner Bastardtochter zukommen zu lassen. Sie hätte das alles vernichten können! Ich hätte ein Freudenfeuer aus alledem gemacht – ihren ganzen gehässigen Lügen, jedem letzten Haar oder Zehennagel, den er je verloren hat –, und ich hätte zugesehen, wie es *verbrennt.*«

Delia zitterte. Sonnet bebte.

Vor ihrem geistigen Auge las sie: *Für Sonnet, von Vera.* Sie sah den Pappkarton, bereits geöffnet, gefüllt mit alten Büchern und nutzlosem Krimskrams. Sie erinnerte sich, wie diese Gegenstände in einem Müllsack gelandet waren; die Bücher hatte sie verkauft oder vermodern lassen.

Sie streckte eine Hand nach dem Türrahmen aus, die andere legte sie auf ihren rebellierenden Magen. Delia wich einen Schritt zurück, schwer atmend.

Sonnet sprach mit gequälter Stimme. »Das waren Mamas Sachen? Ich habe sie alle in den Müll geworfen! Ich dachte, das war nur alter Krempel. Ich habe entrümpelt!«

Delias Antwort, als sie kam, war mitleidlos. »Dort gehören sie auch hin – in den Müll. Vera hätte das von Anfang an damit tun sollen!«

»Aber Alfred hat ihren Karton erhalten, nicht ich, und er ist gestorben, ohne es mir zu sagen!«

Delia sah sie mit zusammengekniffenen Augen an. »Du hast Esthers Briefe nicht gelesen?«

»*Was denn für Briefe?!*« Sonnet war kurz davor zu schreien. Ob an Alfred oder Delia gewandt, wusste sie selbst kaum.

»Sei nicht so hysterisch und schrei nicht so. Wenn du nicht dem liederlichen Leben deiner Mutter nachgehangen hast, was hast du denn dann fast ein Jahr lang in diesem verschlossenen Buchladen getrieben?«

»Ich habe entrümpelt und getrauert! Ich hatte das Gefühl, diesen Laden nicht verdient zu haben. Und ich wusste nicht, ob irgendjemand überhaupt wollte, dass ich wiedereröffne. Alle hatten sich nach Alfreds Tod noch mehr von mir abgewandt!«

»Also, das ist ja eine glatte Lüge. Marg ist persönlich vorbeigekommen, um zu sehen, wie du vorankommst und ob du Hilfe bräuchtest. Der Landfrauenverein hätte dir sofort zur Seite gestanden, wenn du nicht so stolz und selbstgerecht gewesen wärst!«

Sonnet musterte die Frau, die vor ihr stand, als die Erkenntnis sie wie ein Blitz traf.

»Sie!«, schrie sie und ballte die Fäuste. »Sie haben die Briefe meiner Mutter gelesen, habe ich recht?« Ihre Stimme brach.

Delia war ungerührt. »Und ob ich das habe. Der Tod ist das Ende allen Besitzes. Ich hatte ebenso das Recht, sie zu lesen, wie jeder andere auch. Deine Mutter und dein Vater dachten, sie hätten uns allen Sand in die Augen gestreut! Aber jedes Geheimnis kommt irgendwann ans Licht. Ich wünschte nur, sie wären rechtzeitig aufgeflogen, um in diesem irdischen Leben dafür zu büßen. Wenn du eine Lüge lebst, wirst du irgendwann selbst zu einer Lüge. Deine Mutter hat dich zu der gemacht, die du bist.«

Ein leises, tödliches Lächeln umspielte Sonnets Lippen. »Sie haben ja keine Ahnung, wie recht Sie haben. *Jedes* Geheimnis kommt irgendwann ans Licht. Passen Sie bloß auf, dass Ihre Welt nicht auch eines Tages unter Ihnen wegbricht.«

Delia zog die Fliegentür zu, beendete das Gespräch kurzerhand. »Das ist sie bereits«, sagte sie und wandte sich kalt ab. »Was habe ich denn noch zu verlieren?«

»Sie würden sich wundern!«, rief Sonnet ihr nach.

Sonnet stürmte durch die Reihe von Mangobäumen, als sie Adriana Hull über die Wiese kommen sah, eine Jutetasche in den Armen. Wie eine Furie stürzte sie sich auf Sonnet.

»Was tust du denn hier?!«

»Mit deiner Mutter reden, über Geheimnisse und Lügen«, erwiderte Sonnet triumphierend.

Adriana warf ihre Haare über die Schulter. »Und ich hoffe, sie hat dich zum Teufel gejagt. Du hast meiner Mutter nichts mehr zu sagen – weder jetzt noch in Zukunft.«

Sonnets Augen funkelten, während sie das verdaute. Ah, dann war sie also von selbst darauf gekommen. *Gut gemacht, Fabes, du hättest dir genauso gut ein Schild auf den Rücken hängen können.*

Adriana dämpfte ihre Stimme zu einem gehässigen Flüstern. »Meine Mutter hat mehr als genug durchgemacht. Der Todestag meines Vaters jährt sich bald. Wir versuchen auf Summerlinn verzweifelt, den Kopf über Wasser zu halten. Ich werde nicht zulassen, dass sie noch weiter verletzt wird!«

Sonnet gluckste. »Es ist schwer, einen Elternteil zu verlieren, stimmt's? Ein Glück, dass du nicht auch noch eine ganze Stadt gegen dich hast, so wie wir. Ich würde nur ungern sehen, dass sich Noah je gegen die Hulls wendet.«

Adriana blickte fast zufrieden. »Dann sind wir uns ja einig.«

Sonnet lachte harsch auf. »Glaub mir, das hier ist nur vorübergehend! Wenn in dieser Stadt je auch nur ein falsches Wort gegen eine Hamilton die Runde macht, dann …«

»Genug! Ich habe verstanden.« Adriana hob ihre Jutetasche an.

»Das freut mich zu hören.«

Adriana verdrehte die Augen. »Mein Bruder ist ein Idiot.«

»Nein«, entgegnete Sonnet. »Meine Schwester ist einer.«

# VIERTER TEIL

*»Man hatte ihr in ihrer Jugend Lebensklugheit aufgezwungen; was romantische Liebe bedeutet, begriff sie erst, als sie älter wurde – die natürliche Entwicklung eines unnatürlichen Anfangs.«*

Jane Austen, *Überredung*

# Kapitel 44

*

## Paarmond

*Mai 1965*

Die Hamilton-Mädchen fuhren die Main Street hoch stadtauswärts, die Fenster ihres roten Morris Minor geöffnet für die goldene Brise eines frühwinterlichen Nachmittags. Es hätte eine Konfettiparade sein können, mit diesen Zuckerfestival-Plakaten, die an allen Laternenpfählen und Ladenfronten flatterten. Eine hochgewachsene Gestalt auf dem Fußgängerüberweg, ein eingewickeltes Paragon-Sandwich in der Hand, winkte sie hinüber zum Bürgersteig.

Sonnet ignorierte den leisen, anzüglichen Pfiff von der Rückbank, als sie ihren Wagen, Moxie, an die Bordsteinkante lenkte.

Dr. Fairley kam mit einem breiten Grinsen auf sie zu und lehnte sich über das Fahrerfenster zu ihnen herein. »Hallo, Hamiltons!«

Plum, auf dem Beifahrersitz, errötete. Fable, auf der Rückbank über eine Korbwiege gebeugt, winkte zum Gruß mit Runes pummeligem Arm.

»Also, das ist der neue fahrbare Untersatz, ja?«

»Jedenfalls für mich neu«, sagte Sonnet und klopfte aufs Armaturenbrett. »Wenn Fable ein Baby bekommt, kann ich ja wohl wenigstens einen Wagen haben. Diese Anschaffung war zudem weniger schmerzlich.«

»Rot steht dir. Hast du den alten Ryan beim Preis letztendlich noch heruntergehandelt?«

»Und ob!«, sagte Sonnet. »Ich habe dir doch gesagt, dass ich das tun würde. Nicht einen Dollar mehr, als ich bezahlen wollte. Jetzt sind wir nicht mehr auf Olives Wagen angewiesen, um Fabes und Rune herumzukutschieren. Um genau zu sein, sind wir in diesem Moment auf dem Weg nach Cairns, zu unserem ersten Termin bei der Psychologin. Danke für die Überweisung.«

»Gern geschehen.« Jake beugte sich zu Plum hinüber. »Ich glaube, du wirst Carolyn mögen. Sie hat einen tollen Ansatz bei Jugendlichen – und viel Erfahrung mit der Behandlung von Ängsten.«

Plum nickte angespannt.

»Und weißt du was!«, rief Sonnet aufgeregt. »Wir haben jetzt endlich ein Telefon bekommen!«

»Du machst Witze. Hat der Fortschritt auch in eurem Cottage Einzug gehalten?«

»Es hat sich auf jeden Fall ziemlich fortschrittlich angefühlt, den Anschluss zu bekommen. Willst du unsere Nummer? Ist bestimmt besser, als so vor aller Augen mit uns zu reden.« Und das war wortwörtlich gemeint. Gebannte Blicke beobachteten die Szene von allen Seiten.

»Ich wollte noch nie eine Telefonnummer so sehr wie eure!«, sagte Jake und griff nach einem Stift.

Fable schnaubte spöttisch auf der Rückbank, und Sonnet warf einen finsteren Blick in den Rückspiegel, wobei sie den unschuldigen kleinen Jungen bewusst ignorierte.

Jake streckte seine freie Hand aus. »Würdest du bitte? Ich werde sie in mein Adressbuch übertragen, sobald ich zurück in der Praxis bin.«

Sonnet ergriff die ausgestreckte Hand, legte sie sanft auf die Wagentür, während sie die Kappe von dem Stift zog. Sie bemerkte ein Zittern, während sie mit dem Stift auf seine sonnengebräunte Haut schrieb, und konnte nicht sagen, ob es von seiner oder ihrer Hand kam.

»Solltest du nicht besser auch deine Adresse aufschreiben?«, meldete sich Fable hilfreich zu Wort. »Nur für den Fall, dass er dir schreiben muss?«

Sonnet steckte die Kappe eine Spur zu schnell wieder auf den Stift. Jake ließ seine Hand, wo sie war – fast, *fast* Sonnets Haut streifend. Er sah an ihr vorbei zu Fable. »Auch wenn du meine Lieblingspatientin in Noah warst – es würde dir nicht schaden, dir heute in Cairns einen anderen Arzt zu suchen, oder?«

Sonnet starrte stur geradeaus durch die Windschutzscheibe, das Lenkrad mit beiden Händen umklammernd.

»Für meine Schwester würde ich alles tun, Doc!«

»Ich auch«, erwiderte Jake, trat vom Wagen zurück und klopfte einmal kurz mit den Knöcheln aufs Dach.

Plum kicherte. Der Wagen schoss davon.

Ein paar Blocks weiter fand Sonnet ihre Rache. »Sieh mal, Plum! Da ist Jim Taylor. Wieso ist der denn nicht in der Schule?«

Plum folgte ihm bereits mit den Augen. »Mittwochs schwänzt er immer.«

Fable und Sonnet tauschten einen verwirrten Blick.

Sonnet hupte und winkte, und Jim blieb stehen und starrte sie an. Plum rutschte auf ihrem Platz nach unten, ihr Gesicht flehend zu Sonnet umgewandt.

»Oh, sieh mal, er winkt mir zu!«, rief Sonnet fröhlich. »Was für ein netter Junge, er freut sich so für mich, dass ich einen neuen Wagen habe. Vielleicht halte ich kurz an, damit er ihn sich genauer ansehen kann.«

Plums empörte Schreie wurden von Fables aufmunternden Rufen übertönt. Der Wagen kam neben Jim zum Stehen. Sonnet beugte sich über Plum.

»Hey, Jim! Gefällt dir mein neuer Wagen?«

Jimmy schlenderte herüber, den Blick fest auf den Beifahrersitz geheftet. »Ziemlich cool.«

»Er ist *richtig* cool!«, sagte Sonnet. »Tut mir leid, dass ich nicht bleiben und ihn dir zeigen kann, ich muss mit Moxie jetzt eine Runde auf dem offenen Highway drehen. Aber hey, wir werden diesen Sonntag beim Zuckerfestival sein, falls du ihn dir genauer ansehen willst. Du findest uns am Emerson-Hamilton-Tisch.«

»Wäre das okay für dich, Novella?«, fragte Jimmy, ohne Sonnet anzusehen.

Plum nickte, bevor sie ihr glühendes Gesicht der eindringlichen Begutachtung ihrer Nagelhaut zuwandte.

»Ich hasse dich«, sagte Plum, als der Wagen wieder losschoss.

»Gern geschehen«, erwiderte Sonnet, den Blick auf den

Rückspiegel geheftet. »Wow, sieh mal, Jim ist so hingerissen von meinem Wagen – er steht einfach da und sieht mir nach, wie ich wegfahre.«

»Sieht er traurig aus oder sauer oder …«

»Begeistert, Plum. Er sieht einfach nur begeistert aus.« Sonnet drückte das Gaspedal durch, als sie die Main Street verließen, von Übermut erfasst.

»Okay … Dann müssen wir jetzt nur noch für Fable eine Begleitung für Sonntag finden.«

Fable lachte. »Ich habe schon eine – den bestaussehenden Jungen der Stadt, und er gehört mir ganz allein!«

Sonnet machte am Freitagnachmittag früher Schluss – sie hatte den ganzen Tag keinen Kunden zu Gesicht bekommen, da sich die ganze Stadt auf das Zuckerfestival vorbereitete. Selbst jetzt, als sie ihre Ladentür abschloss, konnte sie Einheimische sehen, die im Raintree Park mit dem Aufbau beschäftigt waren: die langen Holztische, Obst- und Gemüsestände, Käfige mit Lebendvieh, Fahrgeschäfte für Kinder auf einem winzigen Rummelplatz.

Sonnet grinste, als sie den Bürgermeister und Olives Pfarrer an der Pforte über die dunklen Wolken debattieren sah, die rasch heraufzogen – Vorboten eines für die Jahreszeit ungewöhnlichen Regens. Schon jetzt rollten die Regenbäume ihre Blätter ein.

*Hoffentlich gibt das eine ordentliche Dusche!*

Offen gestanden würde sie dieses Zuckerfestival gern sausen lassen – so wie jedes Jahr, seit sie hierhergezogen waren. Sonnet hatte immer die Ausrede benutzt, dass das Festival die Fortsetzung des Sonntagsgottesdienstes war, und da sie diesen nicht besuchte, wäre es unhöflich, nur für das kostenlose Essen aufzukreuzen – und auch ziemlich dumm, denn genauso gut hätte sie sich öffentlich steinigen lassen können.

Doch dieses Jahr war sie wild entschlossen, gute Miene zum bösen Spiel zu machen. Wenn Fable mutig genug war, um mit ihrem umwerfend süßen Sohn in den Armen in der Öffentlichkeit zu erscheinen, während seine ahnungslose Großmutter in der Nähe herumstolzierte, dann war es das Mindeste, was Sonnet tun konnte, ihr den Rücken zu stärken.

Aber sie würde als alleinstehende Frau auftauchen! Jake konnte sie gern weiterhin dreimal pro Abend anrufen, ihre neue Telefonleitung stundenlang in Beschlag nehmen – sie würde nicht einknicken! Es würde schon genug Furore geben, auch ohne dass sie zusätzliches Öl ins Feuer goss. Jake würde selbst einen verdammten Tisch für sich finden müssen.

Sonnet sah die Straße hoch zur Praxis des Arztes. Ein Licht brannte einladend in der Wohnung über Jakes Räumlichkeiten. Er musste ebenfalls früher Schluss gemacht haben. Vermutlich setzte er sich in diesem Moment hin, um sie anzurufen.

Diesmal verschwendete Sonnet keine Mühe damit, ein Lächeln zu unterdrücken. Alles an diesem Mann brachte sie zum Strahlen. Sie leuchtete in seiner Gegenwart, schwitzte mehr, als sie selbst je für möglich gehalten hätte; konnte wegen der Feuergrube in ihrem Magen keinen Bissen hinunterbekommen.

*Ist es das, was du gemeint hast, Mama?*

Sonnets Fuß klopfte in einem erregten Rhythmus gegen die Balustrade, während sie über den zwei Blocks langen Sprint zu Jakes Wohnung nachdachte. So nah und doch so unvorstellbar fern.

Ein paar Regentropfen kullerten über ihre Nase. Sie streckte eine Hand aus, um sie aufzufangen, kehrte dem Raintree Park und dem Tumult, der unter den Bäumen ausbrach, den Rücken. Sie klimperte mit den Wagenschlüsseln in ihrer Hand. Wahrscheinlich war es besser zuzusehen, dass sie nach Hause kam, bevor die Schuldgefühle sie noch überwältigten und sie ihre Hilfe anbot.

Jakes Licht brannte sich ihr auf dem ganzen Weg nach Hause in den Rücken.

Es goss in Strömen, als Sonnet Moxie auf Heartwood parkte. Sie schaute kurz bei Olive und Gav herein, bevor sie zu Fuß zum Cottage hinuntersprintete.

Fable hatte das ganze Haus geputzt und sogar ein Abendessen gekocht. Die Reste gerannen unappetitlich auf Sonnets Teller. *Fable sollte sich besser darauf beschränken, Milch zu produzieren*, dachte Sonnet. Ihr Fuß trommelte in einem nervösen Rhythmus gegen das Tischbein.

Fable selbst legte sich ein zappeliges Baby in einer Endlosschleife immer wieder von der Brust an die Schulter und zurück. »Was hat er denn?«, fragte Sonnet und steckte ihre Gabel senkrecht in einen nicht angerührten Berg mit Essen.

»Ich weiß nicht«, gestand Fable. »Er war den ganzen Nachmittag unruhig. Ich frage mich, ob es die Zähne sind?«

»Zähne! Er ist doch erst drei Monate alt.«

»Er ist ein weit entwickeltes Baby.«

Sonnet schnaubte spöttisch und machte sich auf die Suche nach Sherry. Sherry würde eindeutig helfen, ihre Nerven zu beruhigen; Pech für Rune, dass es für ihn kein solches Heilmittel gab. Sie schenkte sich ein Glas fast bis zum Überlaufen ein, ignorierte Fables hochgezogene Augenbraue. Der Sherry hätte genauso gut Essig sein können. Sie schob ihn seufzend zur Seite, wo er ihrem Teller Gesellschaft leistete.

Regen trommelte auf das Blechdach.

»Jetzt sag schon«, stachelte Fable sie auf.

»Sag schon *was*?«

»›Redet wahr und lacht des Teufels.‹«

»Sei nicht albern.«

Fable zuckte mit den Schultern. »Ich kann mir unterhaltsamere Arten vorstellen, deinen Freitagabend zu verbringen, als darauf zu warten, dass das Telefon klingelt.«

»Ja, man sieht ja, wozu das geführt hat«, sagte Sonnet betont, während Rune zu wimmern begann.

»Wovor hast du so viel Angst?«, fragte Fable und stand auf, um ihr Kind zu wiegen.

»Geschlechtskrankheiten, Babys mit großen Köpfen, Mistgabeln, einem in aller Eile aufgestellten Pranger in der Main Street ...« Sie lachten beide schallend auf.

Fable wurde ernst. »Du bist so scheinheilig, Sonny.«

Sonnet versuchte, sich beleidigt zu geben, aber stattdessen spürte sie, dass sie traurig wurde.

»Du tust, als wärst du die stärkste Frau in ganz Noah, die

darauf pfeift, was irgendjemand sagt, die niemanden sonst braucht, aber das ist alles nur Fassade. Du schimpfst über die Vorurteile und ungefragten Meinungen der Leute in diesem Tal, dabei bist du selbst dein größter Kritiker. Du drängst uns, unseren Herzen zu folgen – ich meine, du hast im wahrsten Sinne des Wortes meine Träume für mich eingefangen –, und doch hältst du deine eigenen unter Verschluss. Als ob du glaubst, sie nicht verdient zu haben. Du hast uns so viele Jahre lang bemuttert, dass du womöglich deine eigene Jugend verpasst hast. Es ist Zeit, dass du das nachholst! Ich bin jetzt selbst Mutter. Und Olive und Gav werden bald auf dich zukommen mit der Bitte, Plum offiziell zu adoptieren …«

»Sie werden *was*?« Der Tisch schwankte; ihr Glas neigte sich gefährlich.

»Sie lebt jetzt schon seit Jahren dort oben! Olive ist im Grunde genommen ihre Mutter. Es ist nur der nächste logische Schritt. Und sieh dich an, dir stellen sich trotzdem prompt die Nackenhaare auf. Du musst nicht mehr der perfekte Vormund sein, Sonny, oder *irgendjemand* Perfektes. Jetzt kannst du einfach … loslassen. Was hält dich zurück? Worauf wartest du? Wen *kümmert* es denn wirklich noch, was sie denken?«

»Mich!«, rief Sonnet, inzwischen aufgesprungen. »Mich kümmert es!«

»Genau.«

Sie starrten sich über den Tisch hinweg an. Sonnets Gesicht war verkrampft von der Anstrengung, ein Wimmern zu unterdrücken.

Fable nickte, mit einem liebevollen Blick. »Also, Sonny: ›*Schraub deinen Mut nur bis zum Punkt des Halts!*‹«

Mamas Spruch, von den Lippen ihrer Schwester.

In ihrem Zimmer starrte Sonnet auf das Dach des Cottage, während der Regen darauf eintrommelte. Ihre Beine traten gegen die Bettdecke und gegeneinander. Sie konnte nicht schlafen wegen des hartnäckigen Schimmerns eines erhellten Fensters, das sich noch immer in ihren Rücken brannte.

Knurrend sprang sie aus dem Bett. Sie presste die Nase ans Giebelfenster, hielt nach dem unwahrscheinlichen Anblick von Moxie Ausschau, der mit blinkenden Scheinwerfern hupend durch den Regen den Hügel hinunterkommen würde wie ein treu ergebenes Ross. Unten hörte sie, wie Runes schrilles Wimmern erneut losging und Fable wieder von vorn »Somewhere Over the Rainbow« zu singen begann.

*Genug!*

Sonnet schlüpfte in Bluse und Hose, dann stürmte sie, zwei Stufen auf einmal nehmend, die Treppe hinunter, ohne auf die zu achten, die bereits aufgewacht waren. Am Küchentisch kritzelte sie mit unsicherer Hand eine Nachricht und lehnte sie gegen den Zucker.

Die getreue alte Freya wartete bereits auf der Veranda. Lautlos rollte Sonnet auf ihrem Fahrrad in den Regen hinaus. Sie hielt nicht einmal inne, um die Pforte zu schließen.

Sie radelte durch Regenwald und Zuckerrohr und das verträumte Tal, zitternd vor Vorfreude und von den nassen

Kleidern, die an ihrem Körper klebten. Regenwasser lief ihr in die Augen und den Mund und an ihrer keuchenden Brust hinunter.

»›*Schraub deinen Mut nur bis zum Punkt des Halts!*‹«, wiederholte sie mit zusammengebissenen Zähnen.

Sie klapperte die Main Street hoch, verlangsamte das Tempo nur, um dem von der Straßenlaterne erhellten Kasuar, der sie durch ihr Schaufenster finster anstarrte, den Mittelfinger zu zeigen.

In der Hausarztpraxis von Noah Valley brannte kein Licht. Sonnet warf ihr Fahrrad scheppernd an die Bordsteinkante. Im Dunkeln stolperte sie über die Speichen und fluchte laut, als ein Schmerz durch ihren Knöchel schoss.

Das Treppenhaus zu Jakes Wohnung befand sich hinter einer geschlossenen Tür. Sonnet stemmte sich dagegen, nahm Kraft und Nerven zusammen – beides, wie es schien, vergeblich.

*Schraub. Mut. Punkt des Halts.*

*Alles klar.*

Aber wenn die Tür jetzt abgesperrt war, müsste sie dann kehrtmachen und wieder nach Hause fahren?

Nein – heute Abend würde sie sich von einer bloßen Tür nicht aufhalten lassen. Mit einer einzigen kraftvollen Bewegung drehte sie den Knauf und warf sich gegen das Holz. Die Tür gab nach innen nach, und Sonnet purzelte über sich selbst und auf den Boden des schwarzen Treppenhauses.

Sie war eben dabei, sich wieder hochzurappeln, als ein breites Dreieck aus Licht von der obersten Treppenstufe fiel.

Jake trat heraus, ohne Hemd, mit besorgt gefurchter Miene. »Son! Was ist los? Ist etwas mit dem Baby?«

Sonnet richtete sich keuchend auf. »Nein, Rune geht es gut. Es ist etwas mit *mir.*«

Seine Stirn furchte sich noch tiefer. Er war drei Stufen hinuntergestiegen, bevor sie fortfahren konnte. »Es geht mir gut«, sagte sie und hob eine Hand. »Es ist nichts wirklich Schlimmes. Es sei denn, man zählt Schlaflosigkeit dazu.«

Jetzt blieb er stehen, den Kopf auf die Seite gelegt.

Sonnets eigener Kopf, der zu ihm hochsah, fühlte sich auf einmal unvorstellbar schwer an.

*Punkt des Halts.*

Ihre Worte klangen leicht. »Dr. Fairley, was würden Sie einer zynischen, fast dreißig Jahre alten Jungfrau mit Kontrollproblemen, einem falschen Gefühl von Unabhängigkeit und einem erklärten Misstrauen gegenüber Männern, einer Frau, die der Romantik vor Jahren abgeschworen hat, verschreiben?«

Er nickte nachdenklich. »Ms Hamilton, als Arzt muss ich hier leider passen.«

Sie holte scharf Luft.

»Allerdings«, fuhr er fort, während gestreifte Linien in seinen Augen tänzelten, »als der Mann, der bis über beide Ohren in dich verliebt ist, fallen mir schon jetzt ein paar Möglichkeiten ein, das Problem zu beheben.«

Sonnet stieg auf die Stufe unter seiner hoch. »Nur ein paar?«

»Wenn ich auf meine Lehrbücher zurückgreifen muss, um noch mehr zu finden, dann werde ich das tun!« Er streckte die Arme aus, um ihre Schultern zu umfassen. »Du bist ja bis auf die Knochen durchnässt! Ist dir nicht kalt? Komm her.« Er zog sie an seine Brust und rieb ihre Arme.

»Wärme mich«, flüsterte sie, ihre Stimme gedämpft an ihm.

»Son, das werde ich. Mehr als das.«

Fable lächelte den ganzen Samstag, und sie strahlte jedes Mal übers ganze Gesicht, wenn ihr Blick auf die Nachricht fiel, die an der Zuckerdose lehnte. Sie musste sie nicht lesen. Sie grinste sogar, während Runes weinerliches Gequengel unvermindert anhielt und noch immer nicht eine Spur von Weiß zwischen seinem rosa Zahnfleisch zu sehen war.

Das Nieseln ließ am späten Samstagnachmittag nach, das Nörgeln des Babys hingegen nicht. Am Tag des Zuckerfestivals stand Fable mit geröteten Augen auf, um die Morgendämmerung zu begrüßen. Sie schlüpfte in ein altes Lieblingssommerkleid – wobei sie die Luft anhielt, bis sie den vorderen Knopf über Brüsten, die prall von Milch waren, geschlossen hatte. Sie betrachtete sich kritisch im Spiegel. Rune veränderte ihren Körper noch immer, Monate nachdem er ihn verlassen hatte – die Anforderungen seines gesunden Appetits verhalfen ihr wieder zu mädchenhafter Schlankheit, wenn auch mit einer neuen Weichheit an Bauch und Hüften, während die Linea nigra, die von ihrem Bauchnabel zu ihrem erdbeerblonden Hügel verlief, allmählich verblasste. Fables Haar reichte ihr jetzt fast bis zur Taille, die Spitzen waren gesplisst, und es verlor rasch die glänzende Fülle der Schwangerschaft – vielleicht sollte sie sich den gleichen wippenden, schulterlangen Bob wie Sonnet zulegen? Ihre Erschöpfung zeigte sich als eine ständige bläuliche Verfärbung unter ihren Augen, aber ihre Haut war noch nie so rein gewesen, ihre Züge noch nie so entspannt. Fable erkannte außerdem die neue Offenheit ihres Gesichts; die Reife, die sie gewonnen hatte. Aber sie war auch so blass wie noch nie zuvor in ihrem Leben. Was sie brauchte, war Sonne auf ihrer Haut, und *das* war etwas, das sie jetzt für sich tun konnte.

Sie wickelte sich eine ihrer Stoffschlingen um den Körper und schnappte sich den mürrischen Jungen von dem Bett, das sie sich teilten. Sonnet hatte Fable aus Olives bedruckten Vintagestoffen einen Stapel Babytragetücher genäht – eines für jeden Tag der Woche. Bei dem Tempo, in dem Rune seine Milch wieder hochwürgte, brauchte sie allerdings für jede Stunde des Tages ein neues.

Rune glitt mit einem wimmernden Seufzer in die Schlinge, und Fable war wieder einmal dankbar für ihre brillante Schwester. Wer brauchte schon einen Daddy, wenn er eine Tante wie Sonny hatte?

»Lass uns ein bisschen spazieren gehen, mein kleiner Runey«, säuselte sie, die Schuhe auf der Verandastufe ignorierend. »Wohin wollen wir heute? Sollen wir wieder zum Oma-Baum?«

Rune quengelte.

»Nein, mit einer solchen Laune werden wir Oma nicht besuchen! Wie wär's, wenn wir zu Daddys Bäumen gehen?«

Noch mehr Gewinsel.

»Na, da muss wohl jemand ordentlich gewiegt werden.«

Fable hüpfte den Hügel hoch, während ihr Körper instinktiv in seinen besänftigenden Rhythmus fand. Bis sie die Kuppe des Orchard Hill erreicht hatten, war Rune eingeschlummert. Die Sonne schob sich eben über die Berge.

Die Wasseräpfel standen in voller Blüte, und ein nasser, leuchtend rosa Teppich umgab jeden Baum. Regenbogenpapageien trällerten und zwitscherten geräuschvoll in den Zweigen, lösten, während sie sich an dem Nektar gütlich taten, einen kräftigen Schneeschauer aus.

»O Rune, sieh nur, was du verpasst!«, seufzte Fable, während sie durch den Apfelhain schwebte. Sie reckte das Gesicht zu den Blüten und lachte, als sich die rosigen Blätter in ihren Haaren verfingen und auf Runes Wange und seiner winzigen Faust landeten, die sich an ihr ballte.

Sie ließ sich auf den Boden sinken, lehnte sich gegen die papierartige Rinde eines Wasserapfelbaums, schlug die Beine in dem Blütenstaub übereinander und ließ ihn durch ihre Finger gleiten. Ihr Blick wurde glasig; eine neue Fee kam bereits tänzelnd in Sicht.

Ja, sie würde hier warten, bis Rune aufwachte, und dann würde sie ihm die tanzenden Vögel zeigen und zusehen, wie sein Lachen hochperlte.

*Was für ein Leben ich dir schenken werde, Rune Hamilton!*

Sonnenschein wärmte ihr Gesicht und ihre Gliedmaßen, während sie über den rosig-silbrigen Ozean aus Zuckerrohr hinausstarrte. Wie oft hatte sie von genau diesem Hügel aus den Sonnenaufgang heraufbeschworen? Wie oft hatte sie in verträumtem Staunen hier gesessen und sich gewünscht, es wäre endlich Sommer, und Ra…

Fable sprang mit einem Ruck von dem Baumstamm hoch,

riss die Hände hoch, um ihre Augen vor der Sonne zu schützen.

Da! Genau da, über den langen Weg zwischen den Zuckerrohrfeldern, kam eine Gestalt; eine hochgewachsene, ausschreitende Gestalt, einen großen Seesack über die Schulter geschlungen.

*Wer könnte das um diese Stunde an einem Sonntag sein?*

Aber ihr Herz war ihr weit voraus, jagte bereits jauchzend über die Felder auf ihn zu. Fable stürzte aus dem rosa Schatten hervor, ihrem Herzen hinterher. Sie stürmte den Hügel hinunter, hielt nur inne, als ihr bewusst wurde, dass Rune sich regte. Sie drückte seinen Kopf an ihr pochendes Herz, verlangsamte ihr Tempo.

*Sieh auf, sieh auf, sieh auf!*

Der Mann hob den Kopf, fuhr sich mit einem Arm über die Stirn. Beim ersten Anblick der Frau, die auf halbem Weg den Hügel hinunter war, blieb er stehen.

Fünfzig Meter trennten sie.

Er ließ seinen Seesack fallen, und seine Schultern sackten unter einem Seufzer sichtlich, selbst auf diese Entfernung, zusammen.

Tränen brannten in Fables Augen. Nur das Gewicht von Runes zusammengerolltem Körper verhinderte, dass sie in vollem Tempo losstürmte. Zuckerrohr ragte jetzt zu beiden Seiten von ihr empor. Der Geruch von Melasse stieg auf, und lange geliebte Gesichtszüge begannen, sich aus dem Schleier aus Entfernung und Tränen herauszubilden.

Als sie nur noch sechs Schritte voneinander trennten, blieb sie stehen. Licht schimmerte in ihren Haaren und in ihrem Herzen. Sein sanfter Blick glitt über ihr ganzes Selbst, suchte nach jeder gebrochenen Stelle und freudigen Anspannung. Sie lächelte oder versuchte zu lächeln. Aber es war ein Wimmern, das ihr schließlich über die Lippen platzte – und im nächsten Augenblick war er bei ihr, ließ sich in der regenfeuchten Erde auf die Knie fallen, um ihr die Arme um die Taille zu schlingen.

Fable hielt sich unter der Wucht seiner Umarmung mühsam aufrecht, fuhr ihm mit den Händen durchs Haar. Sie hielt sein Gesicht an ihren Bauch gedrückt, in dem erst vor so kurzer Zeit noch sein Sohn gelegen hatte. Über Raffs Kopf begann Rune zu zappeln und zu quengeln.

»Schscht«, murmelte Fable.

Es war nicht ihr Sohn, der weinte, sondern sein Vater. Stille Schluchzer ließen seine Schultern erbeben und trieben jetzt auch ihr heiße Tränen in die Augen.

»Es ist ja gut«, murmelte sie, »es geht mir gut.«

Er sah auf, und in seinen Augen sah sie das Lodern der Zärtlichkeit, das in einem ganzen Jahr nicht nachgelassen hatte.

»Verzeih mir, Fable.«

»Verzeih *mir*, Raff.« Sie zog ihn hoch, führte seine Lippen an ihre, schmeckte Salz.

»Wenn ich das gewusst hätte«, sagte er und löste sich von ihr, um seine Stirn an ihre zu legen. »Fable, ich liebe dich. Ich hätte dich nie, aber auch nie verlassen.«

»Aber genau darum geht es doch! Ich hatte schreckliche Angst, du würdest denken, dass ich nur versucht habe, dich in die Falle zu locken.«

»Mich in die Falle zu locken? Ich hätte niemals geglaubt …«

»Ach nein? Wir waren nur eine einzige Nacht zusammen, und dann bin ich prompt schwanger und versuche, dich mit einem Baby an mich zu binden. Noahs begehrtester Junggeselle, endlich am Haken!«

»So etwas hätte ich niemals gedacht. Ich wäre sofort gekommen, um für dich da zu sein.«

»Aber ich habe dir nicht die Gelegenheit dazu gegeben. Ich bin weggelaufen, wie ich es immer tue …«

»Du hattest deine Lesereise, deine Arbeit in Brisbane. Ich habe dir gesagt, dass du gehen sollst!«

»Nein, ich habe mich versteckt. Das ist meine Art, mit den Dingen umzugehen.«

»Als ich gar nichts von dir gehört habe, habe ich versucht, dich anzurufen, über deinen Verlag in Brisbane.«

»Ich weiß, aber ich konnte mit dir nicht reden über … das hier. Ich hatte zu viel zu verlieren, und ich habe einfach nur versucht, an ihm festzuhalten.«

»Ich dachte, du seist es leid zu warten. Daher habe ich dir diesen Brief geschrieben, sobald ich in London war.«

»Einen Brief?« Ihr Gesicht war aschfahl.

»Als keine Reaktion darauf kam, dachte ich, deine Antwort sei ziemlich eindeutig. Und ich wollte dich nicht länger belästigen.«

»Belästigen? Ich dachte, du hättest mich ein für alle Mal verlassen.«

Er hob ihr Gesicht zu seinem. »Ich werde dich nie wieder verlassen.«

Seine Hände glitten von seinem Hals zu dem Baby, das an ihrer Brust grummelte. Jetzt würde immer dieser Junge zwischen ihnen sein. »Raff, bevor du weitreichende Versprechungen wie diese machst, musst du zuerst jemanden kennenlernen.«

Sein Gesicht verzerrte sich vor Schmerz.

»Das hier ist dein Sohn – sein Name ist Rune William Hamilton.«

Erst jetzt senkte Raff den Blick zu dem winzigen Geschöpf an ihrer Brust. Er hob die Hand zu dem kleinen Kopf, ließ sie dann wieder sinken. »Es tut mir so leid, dass ich dir das angetan habe.«

»Leid? Wegen Rune? Du kannst bereuen, was immer du bereuen musst, aber niemals Rune.«

»Es tut mir leid, dass du das alles allein durchstehen musstest.«

»Das musste ich nicht. Ich hatte meine ganze Familie. Und dann hatte ich Rune.«

»Und jetzt hast du mich – wenn du mich immer noch willst?«

Fable sah den Zweifel in seinen Augen, und sie spürte aufs Neue die Umkehr ihrer Rollen. Sie war ihm entwachsen.

»Ich habe dich immer gewollt, Raff.«

Seine Hände legten sich um ihr Gesicht.

»Ich will ein Leben hier in Noah«, erklärte sie mit Nachdruck.

»Ein Zuhause unter unseren Regenbogen-Gummibäumen?«

»Aber ich werde nicht länger dein spezielles Wohlfahrtsprojekt sein. Ich kann selbst für mich eintreten.«

»Weniger beschützen – okay.«

»Und auch keine Podeste mehr.«

»Was ist mit Wasserfällen?« Er lächelte ironisch.

Fable versuchte, eine ernste Miene aufzusetzen. »Und ich werde niemals meine Kreativität oder meinen Hamilton-Namen aufgeben.«

»Darum werde ich dich nicht bitten.«

»Und ich will noch viel mehr Babys wie Rune machen.«

Raff nickte ernst. »Wir werden jeden Tag üben.«

Rune begann zu grummeln, suchte nach der Brustwarze. »Ich muss ihn füttern«, sagte Fable und wand sich aus seinen Armen.

»Und wie soll das gehen?«, fragte er und sah sich um.

Fable öffnete mit einer raschen Bewegung einen Knopf an ihrem Kleid, legte eine pralle Brust frei. Rune saugte sich begierig daran fest.

»Okay«, lachte Raff und errötete, »einfach so.«

Sie betrachteten Rune gemeinsam.

»Du bist unglaublich, Fable«, sagte er mit belegter Stimme. »Alles, was du tust …« Raff streckte eine Hand aus, um die flaumige Wange seines Sohns zu streicheln.

»Fühlt sich an wie Rosenblütenblätter, wenn du sie küsst«, murmelte sie, ihr Blick träge von Oxytocin.

»Ich kann mich sehr gut erinnern«, sagte er.

Fable lachte. »Nein, seine *Wange*.«

»Na ja, ich habe vor, alles zu küssen, noch einmal ganz von vorn.«

Ihr Schoß pulsierte. »Wann hast du es erfahren?«, fragte sie und riss ihre Aufmerksamkeit von diesem lüsternen Pochen los.

»Vor etwas über einer Woche. Ich habe gleich den nächsten Flug genommen.«

»Aber was ist mit deiner Arbeit?«

»Ich habe gekündigt. In letzter Zeit bin ich dort nur noch auf der Stelle getreten, habe auf irgendeine Ausrede gewartet, die es mir erlaubt, nach Hause zu kommen. Dann hat mir ein kleines Vögelchen eine Nachricht zugezwitschert, hat mich *unmissverständlich* hierher zurückbeordert, um die Dinge richtigzustellen. Es gab vielleicht, vielleicht auch nicht, Morddrohungen.«

»Meine Schwester«, knurrte Fable.

»Nein«, sagte er. »Meine.«

»Adriana!«

»Ja. Adriana ist, wie sich herausgestellt hat, ein richtiger Geheimdetektiv. Hat behauptet, sie hätte dich mit einem Baby gesehen, das nur von mir sein könnte. Hat gesagt, sie hätte schon seit Jahren gewusst, dass ich in dich verliebt war. Und dass sie schon *immer* gewusst hätte, dass du in mich verliebt warst.«

»Ich glaub's nicht – Adriana hasst mich!«

»Nein«, erwiderte er mit Nachdruck. »Sie hat sich immer nur von dir bedroht gefühlt. Wie sich herausgestellt hat, war sie die Einzige in Noah, die genau wusste, warum ich darauf bestanden habe, mich so viele Jahre von Noah fernzuhalten.«

Fable streckte eine Hand aus, um sein Gesicht zu berühren. »Wenn ich dir doch nur gestattet hätte, an jenem Morgen mit zurück zum Cottage zu kommen, wenn ich meiner Familie von Anfang an von dir erzählt hätte – das hätte uns beiden ein Jahr voller Kummer ersparen können.«

Raff rieb die feinen Stoppeln seines Kiefers an ihrer Hand. »Ehrlich gesagt war ich an jenem Morgen auf dem Weg zurück zu dir, mit der fadenscheinigen Ausrede, auf der Suche nach Eamon zu sein. Ich konnte dich nicht gehen lassen, ohne mir vorher eine Möglichkeit zu sichern, dich in Brisbane zu kontaktieren.«

Er seufzte. »Aber dann bin ich auf dem Weg Marco in die Arme gelaufen, und mir wurde bewusst, wie egoistisch es wäre, dich vor deiner Familie so in Verlegenheit zu bringen. Ich hatte dich gebeten, auf mich zu warten – aber in dem Moment wurde mir klar, dass *ich* auf dich warten würde.«

»Ich wollte die Chance auf ein Leben mit dir um nichts in der Welt verpassen. Sogar meine Lesereise wollte ich absagen. Ich habe versucht zu bleiben! Aber alle haben gesagt, ich müsse gehen, selbst du, Raff!«

»Und so schwer dieses Jahr ohne dich auch war, bin ich trotzdem froh, dass ich nicht zwischen dir und deiner Arbeit gestanden habe.«

»Ich habe versucht, die Zeit zu genießen«, sagte sie, wobei ihr Kinn leicht bebte. »Aber ich hatte Heimweh, und mir war so schlecht wegen Rune, und ständig hatte ich Angst, ihn zu verlieren. Ich wollte dich, aber nach einer Weile wollte ich mein Baby noch mehr. Ich musste dich irgendwie aus dem Kopf verbannen.«

Raff strich ihr eine lange Haarsträhne aus dem Gesicht,

und rosa Blütenstaub rieselte durch seine Finger. »Aber du bist immer in meinem geblieben.«

»Ich habe nicht gesagt, dass es mir gelungen ist. Diese eine Nacht hat mich … verzehrt.«

Sie tauschten ein hitziges Lächeln.

»Abwesenheit«, murmelte Fable, »lässt mehr als nur das Herz schneller schlagen.«

»Du hast ja keine Ahnung.« Jetzt schwebten seine Lippen genau über ihren.

»Ich sollte Rune für ein Nickerchen ablegen, damit du es mir zeigen kannst«, hauchte sie.

»Ist es dafür nicht … zu früh? Ich will dir nicht wehtun.«

»Zu früh? Wenn du jetzt mit zurück zum Cottage kommst, werde ich dir genau zeigen, wie lange du gebraucht hast, Rafferty Hull.« Sie sah auf den Seesack zu seinen Füßen. »Augenblick – bist du etwa eben erst angekommen?«

»Mein Weg hat mich direkt zu dir geführt.«

»Du warst noch nicht einmal zu Hause bei deiner Familie?«

»Sie steht genau vor mir.«

Und dann küsste er sie.

# Kapitel 45

✶

## Esther spricht

Sonnet wachte zum Klang von Kirchenglocken auf und rollte sich herum, um dem Mann, der neben ihr auf dem Bauch lag, zuzulächeln. Er schlug ein Auge auf, eine Augenbraue schelmisch hochgezogen. Sonnet glitt mit einer Hand an seinem nackten Rücken hinunter, ließ sie an einer straffen Gesäßbacke ruhen. Eine Gänsehaut kribbelte über ihren Körper, und sie schauderte angesichts des Verlangens, das schon jetzt in seinen braunen Augen aufloderte.

»*Kallipygisch*«, murmelte Sonnet. »*Mit einem wohlgeformten Hintern ausgestattet.*«

Jake drehte den Kopf, um seine Lippen von der Matratze zu befreien. »Heirate mich, Sonnet.«

*Ja.*

»Sei nicht albern. Wir Hamilton-Frauen heiraten nicht, wir treiben Unzucht.«

»Wenn jemand für Unzucht gemacht ist, dann du. Sieht aus, als ob Unzucht dein neues Lieblingshobby sei.«

»Das ist es. Ein besseres Training als Laufen. Aber das sagt ja der Richtige! Du übst keine Nachsicht mit Anfängerinnen, stimmt's?«

»Nicht wenn sie so wettbewerbsorientiert sind wie du.«

»Es ist nicht meine Schuld, dass ich schneller ans Ziel komme als du.«

»Nein, es ist meine.«

»Du zeigst einfach gern, wie gut du dich mit dem weiblichen Körper auskennst!«

»Nein, ich zeige gern meine Anerkennung für den schönsten Körper, den ich je gesehen habe.«

»Aber ich habe eine Beschwerde bezüglich deines Umgangs am Krankenbett. Um genau zu sein, eher bezüglich deines Umgangs am Fensterbrett bei offenen Vorhängen …«

»Ach, das waren Beschwerden, die du da geäußert hast?«

»Wie hätte ich mich in dieser Position denn angemessen beschweren sollen?«

»Willst du deinem restlichen Kummer dann vielleicht jetzt Luft machen?«, fragte Jake und glitt sanft über sie. »Ich bin ganz Ohr.«

»Das ist nicht dein Ohr, Jake …«

*Ja, ja, ja.*

Als Sonnet aus Jakes Dusche zurückkam, sah sie ihre Hose und Bluse vom Freitagabend ausgebreitet auf seinem Bett liegen – gewaschen, getrocknet und gebügelt. Sie musste lachen. »Daran könnte ich mich gewöhnen!«

»Das will ich doch hoffen«, sagte Jake, der noch immer sein eigenes Hemd bügelte.

»Wirst du jeden Morgen zu meinem Cottage kommen und dich um meine Wäsche kümmern?«

Fältchen bildeten sich in seinen Augenwinkeln. »Wenn

du den Wäscheservice willst, wirst du bei mir einziehen müssen.«

*Ja.*

»Mit dem Arzt der Stadt in wilder Ehe zusammenleben? So könnte ich Fable ihren schlechten Ruf streitig machen.«

»Wir könnten damit anfangen, indem wir heute zusammen zum Sonntagsgottesdienst erscheinen.«

Sonnet machte ein würgendes Geräusch. »Ich würde niemals auch nur einen Fuß in diese Kirche setzen! Ein Haufen verdammter Scheinheiliger, die zusammenhocken, um die Steinigung vorzubereiten.«

»Aber genau darum geht es doch, oder?«, meinte Jake. »Wir sind alle ein Bündel von Widersprüchen, in einer unvollkommenen Welt, mit unseren Steinen, die wir werfen können.«

»Ja, aber die meisten Heiden hier draußen schleudern keine Felsbrocken hinter irgendeinem selbstgerechten Schild hervor.«

»Sprichst du aus Erfahrung?«

Vor ihrem geistigen Auge sah Sonnet wieder ein rot kariertes Geschirrtuch, das in einem lauten Pubgedränge über eine Schulter geworfen wurde. »Nein«, erwiderte sie mit zusammengebissenen Zähnen, »Frauen werden mit Schande und Vorwürfen überhäuft, wohin sie auch gehen. Sie werden verdammt, egal was sie tun.«

»Für meine Mutter galt das auf jeden Fall. Frommes Mitglied einer konservativen Kirche, und als sie schließlich meinem Vater entkam, war *sie* es, die exkommuniziert wurde. Sein sexueller, emotionaler und körperlicher Missbrauch zählte weniger als ihre Weigerung, sich alledem stillschweigend zu unterwerfen, ohne ein gefürchtetes Aufhebens zu machen. Es war leichter für die Kirche, das Opfer gehen zu lassen als den Täter.«

Sonnet schüttelte angewidert den Kopf.

»Aber der Empfang, der ihr außerhalb der Kirche bereitet wurde, war nicht viel besser. Sie war eine alleinerziehende Mutter, die im Alleingang das Gefüge der Gesellschaft zerstörte, ein Bastardkind großzog, sich womöglich prostituierte, eine Frau, der man nicht zutraute, die Miete zu bezahlen, und der man erst recht keinen Kredit gewähren konnte, die darüber hinaus noch Sozialleistungen kassierte, die sie nicht verdient hatte.«

»Damit rennst du bei mir offene Türen ein, Jake. Und was meinst du wohl, wie viele dieser Einstellungen auf die Religion zurückzuführen sind?«

»Oder wie viel von unserer angeborenen menschlichen Natur Religionen und Gesellschaften unterwandert?«

»Du meinst, Unterdrückung ist angeboren?«

»Ich meine, menschliche Grausamkeit und Machtgelüste durchdringen jede Institution, selbst wenn sie die edelsten Absichten hatten.«

Sonnet, die anfangs genickt hatte, legte jetzt den Kopf auf die Seite. »Sag mir nicht, dass du gläubig bist?«

»Nein, ich liebe es nur, in Erinnerungen zu schwelgen.« Das Bügeleisen zischte, wie ein Echo. »Ich meine, ich habe sehr liebevolle Erinnerungen an den Gott meiner Kindheit und wie er, nach meinem kindlichen Vertrauen, für Ma und mich alles gut machen würde. Aber Ma musste sich selbst retten, und ich habe es seitdem nicht geschafft, ihn zu finden.«

»Aber du suchst.«

»Ich war wütend auf den Gott, an den zu glauben mir viele Jahre lang sinnlos erschien, bis mir irgendwann der Gedanke durch den Kopf ging, dass es vielleicht trotzdem okay war, ihn zu vermissen, und womöglich waren meine berufsbedingten Pilgerreisen, von Asien bis nach Afrika, mein Versuch einer Aussöhnung. Wenn ich Gott in einer Wüste nicht finden konnte, werde ich das in einer Kirche vermutlich auch nicht. Aber das hält mich nicht unbedingt davon ab … es zu versuchen.«

Sonnet starrte Jake an. Sie fragte sich, wie sie ihren Kasuar – ihren Feuervogel – erklären sollte und wie sehr sie ihn fürchtete, verachtete und verehrte.

»Und, hast du schon irgendetwas gefunden?«, fragte sie, nicht ganz so beiläufig, wie sie es beabsichtigt hatte.

»Ja.« Er schenkte ihr einen Blick unendlicher Wärme. »Das Geschenk unseres hartnäckigen menschlichen Bedürfnisses und Verlangens nach dem anderen, trotz unserer unverbesserlichen Schwächen und der fast sicheren Garantie, einander zu enttäuschen, im Stich zu lassen und zu verletzen.«

Ein harter, schmerzlicher Kloß stieg in Sonnets Kehle auf. Schweigend sah sie zu, wie seine Hand geschickt über den karierten Stoff glitt.

»Das heißt, wir können uns keine Kirchenbank teilen«, meinte Jake etwas fröhlicher jetzt. Er nahm sein Hemd schwungvoll vom Bügelbrett. »Aber wollen wir zusammen zum Zuckerfestival gehen?«

»Ha! Da werde ich heute garantiert nicht am Arm eines Mannes erscheinen! Es ist schon schlimm genug, dass ich meinen verräterischen fahrbaren Untersatz das ganze Wochenende vor deiner Wohnung geparkt habe.«

Jake schlüpfte in sein Hemd, ohne etwas zu sagen. Sonnets Hände sehnten sich schon jetzt danach, es ihm wieder auszuziehen. Er knöpfte es zu und sah auf. »Ganz ehrlich, Son? Ich werde sicher nicht versuchen, dich zu überreden. Ich habe mich in eine Frau verliebt, die ihren eigenen Kopf hat und ihr eigenes Leben führt. Das ist für mich verdammt sexy. Ich werde deine Unabhängigkeit nicht untergraben.«

»Nicht einmal mit ein *klein wenig* Überredung?«

Jake kam herüber, um ihre Bluse zuzuknöpfen, hielt am obersten Knopf inne. »Nein. Ich will das Leben, das du dir hier für dich geschaffen hast, mit dir teilen, nicht verlangen, dass du es noch einmal von vorn nach meinen Vorstellungen aufbaust.«

»Es gibt ein paar Teile meiner Existenz«, sagte sie langsam, »die eher einem Belagerungswall ähneln als einem Leben.«

Er begann, etwas zu erwidern, aber ihre Hände legten sich über seine, und ihre grünen Augen funkelten. »Und diese Mauern könnten auf jeden Fall eingerissen werden.«

»Jetzt klingt es, als ob du versuchst, *mich* zu überreden.«

»Komm, lass es mich dir zeigen ...«

»Ich mag es, wenn du mich überredest«, sagte Jake, während sie ihre zerknitterten Kleider zusammensuchten.

»Und wer hätte gedacht«, begann Sonnet, »dass ich so

gut darin bin, jemanden zu über…« Sie brach ab, grau im Gesicht.

»Son?«

»Überredung.«

»Ja …«

»Nein, *Überredung*! Das Lieblingsbuch meiner Mutter!«

»Oh, der Austen-Klassiker. Na ja, ich glaube nicht, dass Jane je das damit gemeint hat.«

Sonnet sprang auf. »Verdammt, ich habe es ja! Ich habe noch immer *ihr* Exemplar von *Überredung*!« Sie hatte keine Zeit, es genauer zu erklären, durfte keinen Moment verlieren. Und erst recht nicht damit verschwenden, ihre Bluse wieder zuzuknöpfen.

»Wir sehen uns beim Festival«, rief sie und stürmte, zwei Stufen auf einmal nehmend, an dem verblüfften Jake vorbei und die Treppe hinunter. Sie stürzte auf eine Straße hinaus, die belebter war, als sie sie je zuvor gesehen hatte. Autos standen Stoßstange an Stoßstange am Straßenrand; die Gehsteige waren überflutet von Einheimischen, die mit Decken und Körben bepackt auf dem Weg zum Park waren.

Sonnet bückte sich auf eine absolut unvorteilhafte Weise, um ihr Fahrrad aufzuheben, als Marg und Ned Johnstone am Straßenrand aus ihrem Wagen stiegen. Marg schüttelte missbilligend den Kopf und schickte Ned zum Kofferraum, um ihre Sachen zu holen. Sonnet folgte Margs Blick von Jakes Wohnung zu ihrer offen klaffenden Bluse, unter der ihr Spitzen-BH zu sehen war.

Sonnet riss die Hände hoch, verzweifelt bemüht, die klaffende Lücke zuzuhalten. Aber dann umklammerte sie stattdessen ihre Lenkstange. Sonnet Hamilton würde sich vor dieser Frau nicht bedecken.

Marg schwebte auf einer schweren Parfümwolke an ihr vorbei und hätte fast ihren verdammten Mund gehalten. Erst in der letzten Sekunde fauchte sie los. »Ihr Hamilton-Frauen wisst einfach nicht, dass man einen anständigen Mann in Ruhe lassen sollte!«

Sonnet drückte die Schultern durch. »O Marg, an dem, was Dr. Fairley eben mit mir gemacht hat, war *nichts* Anständiges.«

Sie lenkte ihr Fahrrad in die Mitte der belebten Straße, die Schultern noch immer gestrafft. Wärme flutete in ihr Innerstes. Sonnet blieb stehen und wandte sich um, um zu Jake hochzusehen, der sich über seinen winzigen Balkon gelehnt hatte, eine Hand scherzhaft an sein Herz gelegt.

Ein Lächeln umspielte ihre Mundwinkel, wrang die Bitterkeit heraus. Der letzte kleine Faden des Widerstands zerriss. Sie legte die Hände um den Mund und warf den Kopf zurück, um hochzurufen: »Ich liebe Sie, Dr. Fairley!«

Das Grinsen, das sich auf Jakes Gesicht ausbreitete, ließ sie auf einer Welle der Euphorie die Straße hinuntersegeln.

In der Abgeschiedenheit ihres Buchladens sah die Sache völlig anders aus. Sie kämpfte sich von der Wand zum Regal zur Leiter zum Sonderangebotstisch, während sie unter Tränen fluchte.

»Wo hast du es nur hingetan, Dummkopf? Du kannst es doch nicht verkauft haben! Das hast du nicht getan! Komm schon, denk nach!«

Es schien unwahrscheinlich, dass sie es jetzt, nach all den Jahren, all ihrer Ignoranz, noch finden würde. Vermutlich hatte sie es vor Ewigkeiten in einer Papiertüte zu ihrer Ladentür hinausgewinkt.

Aber nein – *da!* Im untersten Regal von Esthers Ecke, zwischen den Kinderbuchklassikern, entdeckte sie einen weichen taubengrauen Buchrücken, und das Wort, das sie gesucht hatte, in vergoldeten Schnörkeln: *Überredung*.

Es war ausgerechnet Reue, die sie bei seiner Entdeckung ergriff. Es brachte keine Erleichterung, das Buch zu öffnen, den Schutzumschlag zurückzuschieben und den Namen ihrer Mutter dort geschrieben zu sehen – in der Handschrift, der sie seit einem Jahrzehnt nicht mehr begegnet war und die sie doch selbst nach hundert Jahren immer noch erkannt hätte.

Wie viele der Bücher ihrer Mutter hatte sie zwischen den anderen so viel unbedeutenderen Büchern in die Versenkung verschwinden lassen? Wie viele hatte sie für unendlich viel weniger, als sie wert waren, *verkauft*?

Sonnet glitt mit einem Finger über den Schriftzug und reckte die Nase, als könnte sie den schwebenden Duft ihrer Mutter einatmen. Sie hielt sich das Buch ans Gesicht und wedelte unter ihren Nasenlöchern mit den Seiten, noch immer wartend.

Ein Umschlag fiel aus dem Buch und blieb zwischen ihren Füßen liegen.

Sonnet starrte ihn an, mit fassungslosem Unglauben. Ihr erster Instinkt war es, ihn dort liegen zu lassen, wo er war, um vor dem zu flüchten, was er enthielt.

Mamas Briefe waren in ihren Büchern versteckt gewesen.

Sonnet konnte das Papier kaum ruhig halten, während sie den Brief aus dem Umschlag nahm und entfaltete …

*Archer,*
*meine Liebe ist ein Fieber, noch immer voller Sehnsucht nach dem, was die Krankheit nicht länger kuriert.*

Aber Sonnet sah nicht die blasse, schlanke Hand ihrer Mutter, die über das Papier tänzelte; vielmehr eine gesichtslose, verachtete Ehefrau, die die Seite umklammerte; Noahs Hexenzirkel, der über den Worten brütete; Alfreds tränenreichen Blick, der über jede Zeile glitt.

Übelkeit rumorte in ihr, während sie weiterlas.

*Du hast eine Tochter. Eine pausbäckige kleine Pflaume, mit auberginefarbenen Augen. Mutter und Kind sind wohlauf, so sagt man zumindest – da niemand mich je fragt.*

Mama schrieb ihm noch immer, nachdem sie sich getrennt hatten? Sonnets Blick huschte zum oberen Ende der Seite, suchte nach einem Datum. Natürlich stand dort keines – wer datierte schon einen Brief an einen verflossenen Geliebten? Kopfschüttelnd las Sonnet weiter.

*Ihr Name ist Novella, aus unserer kürzesten Begegnung von allen entstanden.*

Sonnet ließ sich schwer zu Boden sinken. Plummy war sein Kind? Sie war Jahre zu spät, ein Leben zu langsam für diese Entdeckung.

*Ich habe sie still und leise zur Welt gebracht, wie auch bei den anderen Malen. Dann saß ich da und starrte auf die Tür der Station, trotzte den scharfsichtigen Blicken der Schwester und wartete. Diesmal, sagte ich mir, während ich unser Baby fest an mich gedrückt hielt – diesmal wird er kommen.*
*Aber du bist nicht gekommen.*
*Und ich habe lange genug gewartet.*

Sonnet dachte an die Gemälde, die Fables Wintergarten ausfüllten, wie einen lebendigen Schrein für Archer Brennan, den geheimen Vater, der ihr seine Talente vermacht hatte.

Das hieß, Fable wusste es schon damals. Aber woher?

*Am siebten Tag fuhr ich nach Hause. Ich packte meine wenigen Habseligkeiten zusammen und ging. Du wirst mich nicht wieder finden.*
*Ich höre dich schon jetzt: Das wird nicht von Dauer sein – wir können nicht lange ohne einander leben, Essie. Na, dann komm; finde mich. Scheitere. Kehr zurück zu dem Zuhause, für das du dich entschieden hast. Wir werden ja sehen, wer nicht ohne den anderen leben kann. Du denkst schon jetzt, dass das hier nur wieder ein stürmischer Esther-Wutanfall ist, nichts, was die Zeit nicht richten kann. Es ist eine vertraute Wendung – die Monate*

*schmachtender, verzehrender Sehnsucht, und dann unser gemeinsames Entflammen. Niemand brennt so für die Liebe, wie wir es tun.*
*Aber es sind unsere Töchter, die uns letztendlich auseinanderbringen werden. Sie haben mehr als das hier verdient. Sonnet – unsere brillante Tochter – geht in die Oberstufe, und in ihr erkenne ich endlich mein junges Selbst wieder. Ich war alt genug, aber ich war nicht weise genug. Jetzt ist mir klar: Ich hatte damals eine sehr naive Vorstellung von den Konsequenzen …*
*Siehst du Esther dort? Die flammenhaarige junge Frau im Bibliotheksanbau, gekommen, um für ihre Prüfungen zu lernen, mit jedermanns Liebling, dem stellvertretenden Schulleiter. Wie glücklich sie sich schätzen kann, mit diesen hochfliegenden Träumen und ihrem labilen Wesen, einen solch überaus begabten Lehrer zu haben, der sie fördert. Der gute alte Alfred denkt es in diesem Moment, während er durch die Gänge schleicht und unsere akademischen Bestrebungen vor Eindringlingen schützt. Er hat sich selbst zu unserem Alibi gemacht und ahnt es nicht einmal.*
*Denn sieh noch einmal genauer hin: Ihr Rock ist um ihre Taille hochgerutscht, ihr Hintern thront auf einem eingestaubten Buch, und ihr Tutor steht jetzt zwischen ihren Beinen. In dem viereckigen Innenhof draußen kullern Murmeln aneinander, Stimmen prallen stumm gegen die Fensterscheibe. Achte auf ihr Gesicht, während er in sie eindringt, mit den Händen ihren offenen Mund umfasst – o ja, ihr Flehen endlich erhört, aber hast du auch diesen ersten schmerzlichen Stich der Enttäuschung bemerkt?*

*Es war keine Liebesszene, die unserer würdig war. Unsere Liebe war größer, seltener, strahlender als die schmutzige Geschichte, auf die wir uns beschränken mussten.*

*Auf dem Bett deiner Ehefrau, während sie beim Arzt war; unter deinem Schreibtisch, während deine Sekretärin draußen vor sich hin tippte; in deinem Wagen, neben dunklen Zuckerrohrfeldern geparkt; und dann, unser neuer Lieblingsort – unter dem Porträt des Königs auf der Schulbühne, mit den Händen den roten Vorhang umklammernd, unsere Stöße im Rhythmus der stillen Empörung der Uhr ausgeführt.*
*Irgendjemand muss uns dort entdeckt haben, lange vor dem Abschlussball. Sie waren vorbereitet. Die ganze Welt ist eine Bühne, und an diesem Abend waren wir Marionetten in einer größeren Racheaufführung. Ich habe viele Jahre lang über mögliche Schuldige und ihre Motive nachgegrübelt. War es die hundegesichtige Margery? Oder dieses wutschnaubende Hardy-Mädchen? Aber letztendlich spielt es keine Rolle, wer den Vorhang zurückgezogen hat. Das Entscheidende war unsere öffentliche Beschämung …*
*Mein grünes Lieblingskleid raschelt protestierend, weit oben auf meinen Schenkeln, meine Zähne verbeißen sich in deiner gespreizten Hand. Aber horch jetzt auf dieses plötzliche Rascheln. Ein kühler Luftzug streicht über meine Beine, und unsere tänzelnden Schatten werden hart über den Boden geworfen. Eine einzelne misstönende Klaviernote erklingt, und dann diese gespenstische Stille. Ich versuche*

*angestrengt, einen Blick hinter uns zu werfen, deinen Namen zischelnd. Du wirfst dich auf meinen nackten Rücken, und jetzt kann ich sie über deinen ordentlich gebügelten Kragen hinweg sehen. Sie alle, wie sie uns mit offenem Mund anstarren. Mein erstickter Schrei verwandelt sich in stummes Entsetzen; deiner bricht laut aus, und dann beginnt auch die Menge zu kreischen …*
*Wie könnten wir eine solche Schande je überleben?*
*Fast zwei Jahrzehnte lang haben wir es versucht.*
*Vor unserer Entdeckung flehte ich dich oft an: Nimm mich mit dir fort! Du dachtest, dass ich um die Ekstase flehte, die darüber hinausging, es zwischen den Laken einer anderen Frau wild zu treiben. Aber in Wirklichkeit wollte ich, dass du mich vor den natürlichen Beschränkungen meines jungen Lebens selbst, und vor allem dieser kleingeistigen, gottverlassenen Stadt, errettest.*
*Schließlich entkamen wir tatsächlich – du zuerst, mit einer erzwungenen Kündigung und der Vertreibung deiner Familie, ein Kunstgriff, um dich für meine spätere Ankunft neu zu positionieren. In der Anonymität der Großstadt, unter dem abgewandten Blick deiner Ehefrau, glaubten wir, einen Neuanfang wagen zu können und eine Liebesgeschichte, die größer war als das alles. Aber nein, wir durchlebten nur wieder die gleiche Geschichte: Sehnsucht und Verbrennung, immer und immer wieder. Stets in Reichweite des anderen, entflammten oder verglühten wir. Ich floh, und du folgtest; du flohst, und ich folgte.*
*Doch du hast immer deinen kleinen Jungen gehört, hast immer ihr gehört.*

*»Die ihre Leidenschaften zügeln«, hast du so oft zitiert, um meine Eifersucht zum Schweigen zu bringen, »tun dies nur, weil ihre Leidenschaften schwach genug sind, um gezügelt zu werden.« Ich bemitleidete die welke, blasse Liebe anderer Leute um uns herum und in deiner Ehe. Ich sah mich als die wahre Siegerin. Deine Frau behielt nur die brüchige Zikadenschale, während ich allein dein singendes Fleisch und dein ausgehungertes Künstlerherz besaß.*
*So viele Jahre hast du dich für deine Untreue und Ehrlosigkeit gegeißelt, und doch hast du deine Frau nie verlassen, hast dich geweigert, sie und eure Söhne im Stich zu lassen. Vielleicht hätte ich dich nur umso mehr geliebt wegen dieses verletzten Edelmuts, der immer weiterhumpelte, wenn wir nicht beide so abhängig von deiner Schwäche gewesen wären.*
*Und was hatten unsere Töchter? Einen Schattenmann, der sich weigerte, gesehen oder gekannt zu werden; kaum mehr als geraubte Küsse, während sie schliefen, Geldscheine, in mein Portemonnaie gesteckt für ihre Geburtstage, neue Bücher, unter ihren Kopfkissen versteckt. Nur Fable hatte das Glück, dich kennenlernen zu dürfen – flüchtig, verkleidet als leidenschaftslosen Kunstlehrer.*
*Aber du hast nie aufgehört mit deinen Versprechungen: Eines Tages würdest du eine richtige Familie aus uns machen. Wenn die Jungen vielleicht leichter zu versorgen waren, wenn der Krieg vorbei war, wenn deine finanzielle Lage sich bessern würde, wenn es Vera nicht mehr so wehtat … wenn, wenn, wenn.*
*Von all den Dingen, die ich vielleicht hätte sein können,*

*bin ich dieses geworden: eine begehrliche, gefangene Frau. Nicht gefangen von den gelegentlichen Übertretungen und steten Zuwendungen eines verhexten Wohltäters – gefangen von Scham und dem Höllenkäfig, den ich daraus gemacht habe.*
*Wie leicht hätte mein Leben womöglich eine andere Wendung genommen, wenn Alfred an jenem ersten Tag auch nur drei Schritte näher an die Falttür herangekommen wäre. Oder wenn es, als wir ertappt wurden, auch nur einen einzigen Menschen gegeben hätte, der mir sagte: Esther, du kannst nicht zu weit von zu Hause weggehen; nichts, was du getan hast, ist so unverzeihlich; es gibt keinen Ort, von dem du nicht zurückkommen kannst.*
*Wenn ich diese Art Liebe gekannt hätte, wie viel anders hätten meine Optionen dann vielleicht ausgesehen.*
*Mein Leben lang hatte ich an mein Zuvielsein geglaubt – die blendende Hitze und das schwarze Loch meiner Heftigkeit. Aber nun habe ich eine Person kennengelernt, die mir das nicht eine Sekunde lang abnimmt.*
*Ihr Name ist Maria. Sie ist einer dieser ernsten Christen, über die man sich so leicht lustig machen kann, aber ich werde Maria sogar ihren starrköpfigen, dummen Glauben verzeihen, denn sie ist meine erste echte Freundin. Die Einzige, die nie gesagt hat: »Zu viel, Esther, du bist einfach zu viel.« Maria hilft mir, mich selbst zu heilen. Sie erinnert mich an Olive, und vielleicht ist das der Grund, weshalb ich so rasch gelernt habe, sie zu lieben und mich auf sie zu verlassen, weshalb ich mich jetzt danach sehne, nach Hause zu kommen.*

*Ich fasse einen Plan für meine Heimkehr.*
*Die Vorstellung, dass ich, zusammen mit unseren Kindern, nach Noah zurückkehren könnte, erschien mir immer anmaßend. Aber Noah ruft trotzdem.*
*Erinnere dich, Archie, an jene geheiligte, qualvolle Nacht, in der wir den Kasuar sahen – unsere letzte heimliche Umarmung im Wald, bevor du aus Noah flohst. Als wir uns dort trafen, hatten wir diesen majestätischen Vogel bei seiner Suche nach Pflaumen gestört. Erinnere dich an diesen Blick, den er uns zuwarf – als ob er uns für immer in seinem Bann halten wollte? Das Auge der Schöpfung, auf uns gerichtet, und wie wir darunter erzitterten. Handabdrücke brannten auf meinem Gesicht von ein paar Tagen zuvor, die Ohren klangen uns noch immer von der johlenden Aula, ich spürte den Klacks Spucke, längst von meiner Brust gewaschen, der mich für immer beschmutzen würde, und nichts von alledem war wichtig; denn ich hielt dich in meinen Armen, hilflos wie einen kleinen Jungen, eine Hand auf meinem Bauch, während du schluchzend deinen heißen Schwur tatest: »Das ist nicht das Ende. Ich werde in Ordnung bringen, was ich angerichtet habe. Das verspreche ich dir, Essie.«*
*Gib mich frei.*
*Ich werde dir nie wieder schreiben. Schließe dein geheimes Postfach, wirf dieses letzte Wort fort, verbrenne jedes Kapitel, das ich dir je geschickt habe – denn ich werde meinen Roman noch einmal von vorn beginnen. Wenn du all die vielen Briefe behalten hast, die ich dir über unsere Töchter geschrieben habe – über ihr unbedeutendes, unend-*

*lich wertvolles Leben –, dann weißt du, dass sie alles sind, was dir von uns geblieben ist.*

*»All unsere abendlichen Freuden sind uns genommen,*
*all unsere Liebe ist verloren, denn die Liebe ist tot.«*

*Nur die Erzählungen, die in unser eigenes Blut eingeschrieben sind, werden jetzt noch fortleben.*
*Esther*

Sonnet war starr vor Panik. Sie wandte sich ab, starrte mit angehaltenem Atem auf ihre Büchersammlung.

Wo war der Rest? Was für Kapitel, was für einen *Roman* hatte sie ihm gegeben? Und wie viele von Mamas intimsten Schriften, Details aus ihrem tiefsten Innersten, hatte Sonnet ahnungslos an Einheimische verhökert?

Mamas Brief war eine weiße Fahne, die in ihrer Hand bebte. Sonnet schloss die Augen, außerstande, das Bild zu verdrängen, wie Esther Hamiltons Geheimnisse in der Stadt verbreitet wurden, auf Bücherregalen überall im Tal loderten, bereit, irgendwann in den kommenden Jahren einen Skandal zu entfachen.

# Kapitel 46

*

## Das Zuckerfestival

Die Swingband im Pavillon hatte zu spielen begonnen, und die jazzige Stimmung breitete sich an den Familientischen unter den riesigen Regenbäumen aus. Nur Fable, die neben ihrer quirligen Tante und ihrem Onkel am Hamilton-Tisch wartete, trotzte der Stimmung und hielt den Blick starr auf die schmiedeeiserne Pforte gerichtet. Durch einen gewölbten Tunnel aus blühendem Zuckerrohr strömten Scharen fröhlicher Einheimischer. Doch der Richtige war nicht darunter. Fables Augen brannten, da sie nicht zu blinzeln wagte, um ihn ja nicht zu verpassen. Würde es sich immer so anfühlen – dass sie ihn sich nur zum Leben erträumt hatte?

Sie waren lediglich für eine Stunde getrennt gewesen, genug Zeit für ihn, um rasch über den Fluss zurückzulaufen und seine Familie zu begrüßen – und sie vermutlich direkt zu ruinieren. Raff hatte gewollt, dass Fable ihn begleitete. Nein, hatte sie entgegnet, diese Szene war den Hulls allein vorbehalten, sie wollte nichts damit zu tun haben. Nicht dass sie in der ganzen letzten Stunde mit ihren Gedanken nicht trotzdem ausschließlich in Summerlinn gewesen war.

Delia, Adriana und Eamon waren vor zehn Minuten eingetroffen, hatten es sich am Hull-Tisch gemütlich gemacht, unter dem prächtigsten Regenbaum von allen, allem Anschein nach nicht im Geringsten beunruhigt, und ohne auch nur ein einziges Mal in ihre Richtung zu blicken. Eamon hatte sich nicht einmal dazu herabgelassen, sie zu beäugen.

Warum war Raff nicht mit ihnen mitgekommen? Und wenn er es ihnen bereits gesagt hatte, warum rissen sie ihr nicht in genau dieser Sekunde die Haare aus?

Angst rumorte unter ihrer Haut. Fable streckte die Hand aus, um Sonnets zu ergreifen – eine reflexartige Angewohnheit, die sie seit Runes Geburt nicht hatte abschütteln können. Aber ihre große Schwester war nicht hier, seltsamerweise hatte ausgerechnet sie sich verspätet.

*Wo* steckst *du, Sonny?*

Marg Johnstone kam vorbei, auf dem Weg zum Hull-Tisch, und ihr betont lautes Flüstern landete mit geübter Präzision. »Oh, sieh mal einer an, noch eine Hamilton, der die Brüste heraushängen.«

Als Fable an sich hinuntersah, stellte sie fest, dass Rune von ihrer pfirsichweichen Brustwarze gerutscht war und tief und fest schlief. Sie lächelte, zog ihre Bluse wieder zu und wischte die Milch ab, die von seinen Lippen rann.

Olive schlug Plums Hand weg, die sich nach der mit Früchten verzierten Pavlova ausstreckte, und schickte sie los, um den Wasserkrug aufzufüllen. Gav beugte sich über Fables Schulter, um Runes schlafendes Gesicht zu betrachten. Er nickte vor sich hin und pfiff wieder weiter. Onkel Gav fand alles großartig, was Rune tat.

Fable ließ den Blick wieder schweifen, hastig vorbei am Hull-Tisch, wobei ihr Herz einen Takt aussetzte. Sie seufzte.

Dr. Fairley – nein, sie musste aufhören, ihn so zu nennen – *Jake* trat an ihren Tisch, strahlend, mit Wangenküssen für die ganze Runde, und einer Platte mit seiner schon jetzt berühmten Quiche. Fable hatte Jakes selbst gekochte Mahlzeiten lieben gelernt. Konnte Raff kochen? Sie hatte sein Kind ausgetragen, wusste aber nicht einmal, ob er kochen konnte. Fable wollte sich nach Sonnet erkundigen, aber offenbar konnte sie sich nicht erinnern, wie man den Mund aufmachte.

*Beeil dich, Sonny, ich brauche dich!*

Und dann, endlich, tauchten die tizianroten Locken auf, flammend unter dem Zuckerrohr-Torbogen. Fable ballte wieder die Faust, und der Knoten der Angst begann sich zu lösen. Was immer als Nächstes passierte, sie würden es gemeinsam durchstehen. Das war, was die Hamilton-Schwestern eben taten.

Sonnet war mehrere lange Minuten nach ihrem neuen Liebhaber erschienen, aber während Jake gestrahlt hatte, war Sonnets Miene finster. Mein Gott, hatten sie sich schon jetzt zerstritten? Nein, weit gefehlt, nach der leichten Unbeschwertheit zu urteilen, mit der sich Sonnet in seine Arme warf, und der Art, wie seine Hände rasch über ihr Rückgrat glitten, um unter ihr …

*Oh, kommt schon, Leute, ihr habt dafür jetzt genügend Zimmer in zwei Häusern!*

Fable schielte an den beiden vorbei zur Pforte.

»Was hast du mir eigentlich vorhin auf der Main Street zugerufen?«, fragte Jake Sonnet in einem neckenden Ton.

»Ich habe *Ja* gesagt.«

»Ja wozu?«

»Dazu, das Ziel zu verfehlen, in Flammen aufzugehen, Triumph und Desaster zu erleben – solange es alles mit dir zusammen ist.«

Fable hörte, wie viel Gefühl in Sonnets Stimme lag, und wagte noch einen Blick auf das Paar. Ihre Schwester hing an Jake wie eine Würgefeige. Olive und Gav, einen halben Meter entfernt, ignorierten die beiden geflissentlich. Plum, die mit ihrem Wasserkrug wiederkam, bot an, ihn über dem Paar auszugießen.

Doch Sonnet ließ sich davon nicht beeindrucken und schloss Plum in die Arme. Sie drückte sie so fest an sich, dass Plum über ihre Schulter vor Fable einen Erstickungsanfall vortäuschte. Als Nächstes war Fable an der Reihe – auch wenn sie wenigstens das Baby als eine Art Puffer gegen Sonnets stürmische Umarmung hatte.

Was war denn heute bloß *los* mit Sonnet? Ihre Augen quollen förmlich über vor Emotionen – und das Glück schien direkt aus ihr herauszuströmen.

Fable richtete den Blick wieder auf die Pforte. Und das genau im richtigen Moment – denn da war er. Er kam durch den von rosa Türmchen gekrönten Tunnel, und ein Gedränge von Leuten stürzte sich so rasch auf ihn, dass sie keine Zeit hatte, ihn auch nur herüberzuwinken. Fable erhob sich, versuchte vergeblich, seinen Blick aufzufangen. Es war die Prozession eines heimkehrenden Königs, sein Voranschreiten behindert von Umarmungen und Rückenklopfern und überschwänglichem Händeschütteln von allen Seiten. Fables

Herz hämmerte so wild, dass es Runes Kopf an ihrer Brust zu bewegen schien.

Auf der Bühne begann das wunderliche Trällern von »Bei mir bist du schön«. Das Karussell drehte sich zu wildem Gelächter. Würstchen zischten und brutzelten.

Unter den Regenbäumen, zwischen Familiengruppen hindurch, bahnte Raff sich seinen Weg. Nicht zu ihrem Tisch, sondern zu dem der Hulls. Er hatte Fables Blick noch immer nicht gesucht oder sie auch nur zur Kenntnis genommen. Fable ließ sich wieder auf ihren Stuhl fallen, verzweifelt bemüht, sich ihre Enttäuschung nicht anmerken zu lassen.

Als Erstes ging er zu seiner Mutter. Delia stand da, aufrecht und königinnenhaft, die Hände nach ihrem Goldjungen ausgestreckt. Er nahm ihre Arme in seine Hände und beugte sich vor, um ihr etwas ins Ohr zu flüstern. Ihr Körper versteifte sich, aber ihr Gesicht verlor nichts von seinem stolzen Glanz. Dann zog er sie zu einer festen Umarmung an sich, ihren silbergrau melierten Kopf an seiner Brust vergraben. Lange Zeit standen sie einfach so da. Dann drückte er ihr mit einem letzten Wort einen Kuss auf die Wange, löste sich sanft von ihr und entfernte sich vom Hull-Tisch.

Seine blauen Augen suchten die Menge ab, bis er seine Glade-Augen fand, bereits auf ihn gerichtet. Jetzt taub für die Freunde und Verwandten, die ihn bestürmten, schritt er an ihnen allen vorbei und genau auf Fable zu.

Sie hatte es knapp geschafft, sich zu erheben, bevor er sie erreichte. Es blieb keine Zeit für eine Begrüßung, so rasch nahm er ihr Gesicht in seine Hände und drückte seine Lippen auf ihre. Aus irgendeiner fernen Ecke hörte Fable einen

Jubelruf und Beifall. Raff küsste und küsste sie, immer weiter, bis das Baby zwischen ihnen sich protestierend regte.

Dann richtete Raff sich auf, streckte die Hände nach seinem Sohn aus und hob Rune sanft an seine Schulter.

»Hallo, mein kleiner Mann«, sagte er und liebkoste eine rosige Wange. Fable fuhr sich mit einer Hand ans Herz, presste den Schmerz zurück.

Er wandte sich zu Fables Familie um. Sonnet marschierte vor. Auge in Auge standen sie und Raff sich gegenüber.

»Wenn du ihr *je* wehtust«, verkündete Sonnet, nicht einmal bemüht, ihre Stimme zu dämpfen, »werde ich dich bei lebendigem Leib zerfleischen.«

Raff grinste. »Das fasse ich als ein ›Willkommen in der Familie!‹ auf.«

Sonnet räusperte sich, jetzt mit einem Funkeln in den Augen.

Jake streckte eine Hand aus. »Du musst Rafferty sein. Ich habe noch nichts von dir gehört.« Die beiden Männer gaben sich lachend die Hand.

»Und du musst der Doc sein«, erwiderte Raff, »der eine Flut durchquert hat, um unser Baby zur Welt zu bringen. Ich weiß gar nicht, wie ich dir genug danken soll.«

Jake tat ihn mit einer Handbewegung ab. »Ich habe das Ganze nur beaufsichtigt. Deine Fable hat das Wunder vollbracht. Du hast da eine wirklich beeindruckende Frau an Land gezogen.«

Fable hörte das anerkennende Geräusch, das Raff machte, tief in seiner Kehle, nur für sie. Sie hob das Gesicht strahlend zu seinem hin.

»Das ist so wundervoll! Einfach zu wundervoll!«, rief Olive aus.

Gav drückte die neue Familie, alle drei auf einmal, zu einer bärenhaften Umarmung an sich.

Nur Plum hielt sich im Hintergrund, ohne zu lächeln. Die Familie wandte sich erwartungsvoll zu ihr um.

Jake sprach beiseite. »Ich sag's ja nur ungern, aber ohne Plums Einverständnis könnt ihr's vergessen!«

Raff tat, als würde er zur Besinnung kommen. »Also dann.«

Plum kam näher. Sie blinzelte hart. »Du siehst aus wie Runey.«

»Danke«, sagte Raff.

»Weißt du«, fuhr Plum fort, »ihr habt beide die gleichen blauen …« Sie brach ab, mit geröteter Miene, als sich ein junger Mann, in einem brandneuen Button-down-Hemd herausgeputzt, mit zurückgegeltem Haar, dem Hamilton-Tisch näherte.

Alle wandten sich zu ihm, um ihn anzustarren.

Jimmy winkte und ließ die Hand dann unbeholfen sinken. Plum trat rasch an seine Seite, schob ihn weiter zu den Spielbuden, eine Hand an seinem Ellenbogen. Rune und Raff waren vergessen.

»Aber was ist mit dem Lunch?«, rief Olive ihr aufgeregt hinterher.

»Keinen Hunger«, rief Plum zurück, ohne sich umzudrehen.

»Keinen Hunger?«, murmelte Olive, während die beiden jungen Freunde außer Sichtweite verschwanden.

Raff wandte sich an Fable. »Augenblick, heißt das, Plum ist einverstanden, oder …?«

»Nein, du bist noch immer auf Bewährung«, warf Sonnet ein. »Finger weg von Fable, bis Plum eine Entscheidung getroffen hat.«

Raff hob Fables Kinn sanft an und beugte sich zu ihren Lippen hinunter. Fable war ein schlanker, biegsamer Zweig. Rune drückte eine Grübchenhand an ihre Wangen.

Ein Korken knallte, und Sekt schäumte. »Ich denke, ein Drink ist in Ordnung«, sagte Jake. Gläser klirrten in seiner Hand.

»O ja, bitte!«, sagte Sonnet und nahm begierig eine Flöte entgegen.

»Du liebe Güte«, sagte Olive, »Alkohol bei einem Kirchenpicknick?«

»Es ist ein Wunder«, erwiderte Sonnet.

Olive sah mit einem missbilligenden Kopfschütteln zu, wie die Gläser überliefen und sich auf Lois' antike Tischdecke ergossen.

»Was feiern wir denn eigentlich?«, fragte Olive, während sie die Flasche von ihrem Glas wegfuchtelte.

»Horizontales Jogging«, murmelte Fable so leise, dass nur sie es hören konnte. Laut sagte sie: »Neue Horizonte!«, und dann lächelte sie, als Sonnet wieder in Jakes Armen landete.

»Was für ein *Anblick*«, murmelte Olive mit einem schiefen Blick.

Jake löste sich von Sonnet, um sein Glas zu erheben. »Wenn wir schon ein Publikum haben, würde ich, ehrlich gesagt, gern einen Antrag machen.«

»O nein, verdammt, das wirst du *nicht* tun«, zischte Sonnet.

»Einen Toast ausbringen, meine ich«, berichtigte sich Jake und grinste, als Sonnet ihm einen Klaps auf den Allerwertesten gab.

»Also, auf … die Heimkehr nach Noah Valley!«

»Heimkehr nach Noah Valley!«, jubelte die Runde.

»Heimkehr«, wiederholte Raff einen Moment zu langsam, während er Fables Blick auffing.

*Mit Pauken und Trompeten*, antworteten Fables Augen. Seine Lippen zuckten. Ein heißer, ziehender Schmerz, tief unten in ihrem Bauch, sorgte dafür, dass sie am liebsten zu Boden sinken und sich forttragen lassen wollte.

Sonnet nippte kräftig an ihrem Glas, den Blick über den Bogen aus Zuckerrohr hinweg auf ihr Buchladenschild geheftet, und sah sich selbst dort stehen: inmitten von Büchern, aus Regalen gerissen und über den Boden verstreut – die Briefe, bislang nicht aufgetaucht –, von jetzt an für immer auf der Suche nach einem mythisches Manuskript.

»Heimkehr … *vergeblich*«, sagte sie düster.

Aber Jake war noch nicht fertig. Er erhob sein Glas erneut.

Sonnet legte ihm eine Hand auf den Arm. »Ähm, darf ich?«

»Na ja, ich hatte eigentlich vor, den nächsten Toast auf dich auszubringen, Son«, sagte er, »aber es scheint passender, wenn du das selbst tust.« Strahlenförmige Fältchen bildeten sich in seinen Augenwinkeln.

Sonnet räusperte sich, hielt ihre Sektflöte hoch. »Einen Toast«, begann sie erhaben, aber ihre Kehle schnürte sich zu.

Ein unerwartet quälendes Schweigen senkte sich über sie. Tränen begannen, ihr über die Wangen zu laufen, und ihre Brust bebte. Denn jetzt sah sie es: Das Versprechen eines Neuanfangs für die Hamilton-Mädchen in Noah Valley war nicht echt gewesen, würde nie zum Tragen kommen. Sie konnten die Geschichte, die Archer und Esther hier geschrieben hatten, nicht ungeschehen machen. Selbst jetzt, rings um sie herum, flackerte neue Glut – von Tisch zu Tisch.

Noah hatte ihnen nie ein völlig anderes Leben geboten – nur ein Leben.

*Und doch – es ist unsere Geschichte, die wir zu Ende führen.*

Jake trat leise an ihre Seite, legte ihr eine Hand ins Kreuz. Fable schlüpfte an ihre andere Seite, schlang einen schlanken Arm um Sonnets Taille. Sonnet sah die beiden einen nach dem anderen dankbar an, lehnte den Kopf an Fables.

Sonnet fing noch einmal von vorn an, mit einem tiefen Atemzug. »Auf … Mama.«

»Ja …«, nickte Olive und erhob ihre leere Flöte, »… auf Mütter.«

»Nein, Tante Olive«, sagte Sonnet und streckte – *endlich* – die Hände nach ihr aus. »Auf Schwestern.«

Olive trat vor.

# Epilog

Weder Augen noch Herzen waren Zeugen an jenem rauen Abend, an dem der uralte Baum, in Grün gehüllt und von Regen verschleiert, schließlich fiel, auch wenn der Wald noch lange nachzuhallen schien, nachdem er zur Ruhe gekommen war. Ein vermodernder Buchumschlag entschwebte, peridotfarbenes Kristall löste sich, und winzige Knochensplitter lagerten sich im Flussbett ab.

Eine schlanke rot gelockte Gestalt, die in der vergoldeten Morgendämmerung barfuß durch den Wald streifte, war die Erste, die auf den Hain der Grünen Frau stieß, wo neue Sonnenstrahlen jetzt durch die Nebelschwaden drangen.

Fable stand einen Moment da, verblüfft von der klaffenden neuen Lücke im Dach des Waldes. Über ihr warf der Wind glitzernde Regentropfen von Blättern. In den Tropfen spiegelte sich ein Regenbogen in all seinem Glanz.

Dann glitt ihr Blick hinunter zu der Grünen Frau selbst. Sie erstreckte sich jetzt über den Fluss wie eine Brücke zwischen zwei Ländereien.

Fable ließ sich auf die Knie fallen, die Hände vor der Brust gekreuzt, und ein Schluchzer blieb ihr in der Kehle stecken.

»O Mama.«

Licht flammte im Gehölz auf, und die Schlange wand sich weiter durch das schlummernde Tal.

# Zitatnachweise

S. 7: »Blick harmlos wie die Blume …«. William Shakespeare, *Macbeth*, Akt I, Szene 5. Übersetzt von August Wilhelm von Schlegel und Dorothea Tieck. Winkler Weltliteratur. Sämtliche Dramen. Düsseldorf: Artemis & Winkler, 1996.

S. 85: »Möcht' ich statt Tränen Feuerfunken weinen«. William Shakespeare, *Heinrich VIII.*, Akt II, Szene 4. Übersetzt von August Wilhelm von Schlegel und Dorothea Tieck. Winkler Weltliteratur. Sämtliche Dramen. Düsseldorf: Artemis & Winkler, 1996.

S. 87: »Aber es passt mir nicht …«. Jane Austen, *Überredung*. Aus dem Englischen übersetzt von Ursula und Christian Grawe. Stuttgart: Reclam, 1981, 2016.

S. 103: *»Sie ist nicht du, und nur du bist sie.«* Aus dem Gedicht: »Constancy to an Ideal Object« von Samuel Taylor Coleridge.

S. 129: »Tatsachen oder Meinungen, die durch so viele Hände gegangen …«. Jane Austen, *Überredung*. Aus dem Englischen übersetzt von Ursula und Christian Grawe. Stuttgart: Reclam, 1981, 2016.

S. 160: »Dem schlechten Spieler gleich«. William Shakespeare, *Sonett Nr. 23*. Übersetzt von Terese Robinson. München: Georg Müller, 1927.

S. 204: »Was jetzt geschah, ein Vorspiel ist«. William Shakespeare, *Der Sturm*, Akt II, Szene 1. Übersetzt von August Wilhelm von Schlegel und Dorothea Tieck. Winkler Weltliteratur. Sämtliche Dramen. Düsseldorf: Artemis & Winkler, 1996.

S. 262: »Verbirg dich, Sternenlicht«. William Shakespeare, *Macbeth*, Akt I, Szene 4. Übersetzt von August Wilhelm von Schlegel und Dorothea Tieck. Winkler Weltliteratur. Sämtliche Dramen. Düsseldorf: Artemis & Winkler, 1996.

S. 370: »hat man jede Menge Raum für Fantasie«. Lucy Maud Montgomery, *Anne auf Green Gables.* Aus dem Kanadischen übersetzt von Irmela Erckebrecht und Maria Rosken. Bindlach: Loewe Verlag, 2010.

S. 417: »Der Garten der Lüste«. Gemälde von Hieronymus Bosch.

S. 422: »In blinder Unterwerfung … pfadlosen Fluten … ungeträumten Küsten …«. William Shakespeare, *Das Wintermärchen*, Akt IV, Szene 3. Übersetzt von August Wilhelm von Schlegel und Dorothea Tieck. Winkler Weltliteratur. Sämtliche Dramen. Düsseldorf: Artemis & Winkler, 1996.

S. 451: »Sie hoffte, mit der Zeit weise und vernünftig zu werden …«. Jane Austen, *Überredung*. Aus dem Englischen übersetzt von Ursula und Christian Grawe. Stuttgart: Reclam, 1981, 2016.

S. 550: »Lass mich zählen, wie«. Elizabeth Barrett Browning. *Sonette aus dem Portugiesischen. Nr. 43*. Übertragen durch Rainer Maria Rilke. Wiesbaden: Insel Verlag, 1959.

S. 581: »Sie war in ihrer Jugend zu Besonnenheit gezwungen worden …«. Jane Austen, *Überredung*. Aus dem Englischen übersetzt von Ursula und Christian Grawe. Stuttgart: Reclam, 1981, 2016.

S. 590: »Redet wahr und lacht des Teufels.« William Shakespeare, *Heinrich IV.*, Akt III, Szene 1. Übersetzt von August Wilhelm von Schlegel und Dorothea Tieck. Winkler Weltliteratur. Sämtliche Dramen. Düsseldorf: Artemis & Winkler, 1996.

S. 592 ff.: »Schraub deinen Mut nur bis zum Punkt des Halts«. William Shakespeare, *Macbeth*, Akt I, Szene 7. Übersetzt von August Wilhelm von Schlegel und Dorothea Tieck. Winkler Weltliteratur. Sämtliche Dramen. Düsseldorf: Artemis & Winkler, 1996.

S. 620: »Die ihre Leidenschaften zügeln …«. Zitat, das William Blake zugeschrieben wird.

S. 623: »All unsere abendlichen Freuden sind uns genommen …«. William Shakespeare, *Der verliebte Pilger*, Gedicht 17.

## Autorin

Averil Kenny wuchs auf einer Milchfarm in Australien auf und studierte Erziehungswissenschaften und Journalismus. Wenn sie sich nicht gerade Geschichten ausdenkt, findet man sie in ihrem gelben Lieblingsohrensessel in ihrer Bibliothek mit Blick über den Regenwald, wo sie bei einer Tasse Tee in einem Buch versinkt. Averil Kenny lebt mit ihrem Mann und ihren vier Kindern in Far North Queensland. »Sterne über Noah Valley« ist ihr erster Roman.